LENDAS E NOTAS DE VIAGEM
A Amazônia de Ermanno Stradelli

ERMANNO STRADELLI

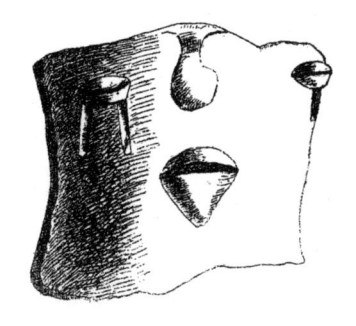

LENDAS E NOTAS DE VIAGEM
A Amazônia de Ermanno Stradelli

Prefácio
Gordon Brotherston

Introdução, seleção, notas e tradução
Aurora Fornoni Bernardini

martins
Martins Fontes

© 2009, Martins Editora Livraria Ltda., São Paulo, para a presente edição.
Lendas e notas de viagem – A Amazônia de Ermanno Stradelli
Ermanno Stradelli

Publisher *Evandro Mendonça Martins Fontes*
Coordenação editorial *Patrícia Rosseto*
Produção editorial *Luciane Helena Gomide*
Produção gráfica *Sidnei Simonelli*
Projeto gráfico *Megaart Design*
Capa *Renata Miyabe Ueda*
Ilustração da capa *Pascal Ruesch*
Preparação *Isabela Marcatti*
Revisão *Carolina Hidalgo Castelani*
Dinarte Zorzanelli da Silva
Huendel Viana
Maria do Carmo Zanini

Dados Internacionais de Catalogação na Publicação (CIP)
(Câmara Brasileira do Livro, SP, Brasil)

Stradelli, Ermanno, 1852-1926.
Lendas e notas de viagem : a Amazônia de Ermanno Stradelli / prefácio de Gordon Brotherston ; introdução, seleção, notas e tradução Aurora Fornoni Bernardini. – São Paulo : Martins, 2009.

Título original: Bolletini della Società Geografica Italiana
Bibliografia
ISBN 978-85-99102-54-1

1. Antropologia 2. Cosmogonia 3. Etnologia 4. Índios da América do Sul – Lendas 5. Lendas – Amazônia 6. Stradelli, Ermanno, Conde, 1852-1926 7. Viagens – Narrativas pessoais I. Brotherston, Gordon. II. Bernardini, Aurora Fornoni. III. Título.

09-00328   CDD-398.2098

Índices para catálogo sistemático:
1. Lendas indígenas : Amazônia : América do Sul   398.2098

Todos os direitos desta edição para o Brasil reservados à
Martins Editora Livraria Ltda.
Rua Prof. Laerte Ramos de Carvalho, 163
01325-030 São Paulo SP Brasil
Tel. (11) 3116 0000 Fax (11) 3115 1072
info@martinseditora.com.br
www.martinseditora.com.br

Agradecemos ao CNPq
*pelo imprescindível apoio e
a Evandro Mendonça Martins Fontes
por ter acreditado no projeto.*

Sumário

Nota de edição ... 9
Prefácio ... 11
Introdução ... 15

Ata da Sociedade Geográfica Italiana ... 45

LENDAS E NOTAS DE VIAGEM

Expedição às nascentes do Orenoco ... 51
Da ilha de Trinidad a Atures ... 61
O alto Orenoco – Notas de viagem, com 17 desenhos e um mapa ... 93
    De Atures a Maypures ... 93
    Vichada ... 101
    De Maypures a Cucuhy ... 127
    Apontamentos de língua tamo ou guahibo do rio Vichada ... 144
    Alguns apontamentos meteorológicos ... 150
Contra a imigração nos países do alto Orenoco ... 151
Do Cucuhy a Manaos ... 155
Rio Branco ... 181

O Uaupés e os uaupés	223
A lenda de Jurupary	257
Lendas dos tárias	339
Inscrições indígenas na região do Uaupés	349
Mapa geográfico do Amazonas	373
O estado da Amazônia	375
Bibliografia	379
Índice remissivo	387

Nota de edição

Na presente edição dos relatos de Ermanno Stradelli, foram mantidas, nos textos da Sociedade Geográfica Italiana, as grafias originais de todas as palavras em língua estrangeira (neste caso específico, tudo o que não estivesse em italiano), para que não se perdesse o registro feito por seu autor e o retrato da notação da época. No entanto, dada a preocupação mais etnográfica que lingüística do explorador nos textos ora publicados, as divergências ortográficas são numerosas, visto também que, sendo ágrafas as populações indígenas estudadas, o que haveria à disposição naquelas regiões isoladas seria, quando muito, publicações esparsas de outros pesquisadores, os quais, por sua vez, talvez lançassem mão de critérios particulares para suas notações.

Portanto, a reprodução da grafia dos boletins deu-se desta forma:
1. nas palavras em nheengatu e de demais origens indígenas, o sinal grave para indicar a tonicidade de sua última sílaba (característico do italiano) foi suprimido, mantidas as demais características da transcrição, e inseriu-se o acento agudo ou circunflexo, conforme o caso;
2. os nomes próprios, topônimos inclusive, foram preservados em suas formas originais, excetuados os sinais graves de tonicidade; nos casos necessários, quando a forma corrente não constar de outros textos, ela aparece entre parênteses, no índice remissivo, ou ao lado da forma original;
3. além disso, no original em italiano, há várias palavras em espanhol e português destacadas em itálico; nesta tradução, foram mantidos tais destaques, também dos termos em português, para ficar claro que Stradelli usou a forma local, e não a italiana;

4. os nomes de tribos foram grafados com inicial minúscula e *s* final para suas formas em plural (ex.: os tárias), de acordo com a norma dada no *Dicionário Houaiss da língua portuguesa* (Rio de Janeiro, Objetiva, 2001);
5. os erros evidentes de transcrição (por exemplo, Padaury, Scapa), por vezes seguidos de [sic], não considerados variantes, foram acompanhados de nota ou da forma correta entre parênteses.

Na introdução, no prefácio e nas demais partes deste livro cuja autoria não é de Ermanno Stradelli ou de membros da Sociedade Geográfica Italiana, os critérios para notação dos nomes indígenas foram:

1. para os acentos em geral: mantiveram-se os critérios de leitura em português, dispensando os marcadores redundantes;
2. substituiu-se *h* por acento agudo nos hiatos;
3. substituiu-se *y* (final, inicial ou antefinal) por *i*;
4. *w* alternou-se em *u* ou *v*, dependendo de seu uso, respectivamente, como semivogal ou consoante;
5. nos casos consagrados, as iniciais *Y* e *I* de nomes próprios foram grafadas com *J* (ex.: Jurupari);
6. a letra *k* foi mantida também apenas em casos consagrados; nos demais, foi substituída por *c* e *qu*;
7. o uso de *ç* ou *ss*, de *b* ou *v* e demais alternâncias ortográficas largamente encontradas em vocábulos de origem indígena seguiu o padrão preferível indicado no *Dicionário Houaiss da língua portuguesa*.

Para os nomes próprios, seguiram-se as formas mais recorrentes nos meios eletrônicos de pesquisa.

Ao final deste volume, encontram-se reunidas e sistematizadas, no índice remissivo, todas as formas variantes usadas nos relatos. Nele, além dos nomes de pessoas, foram inseridos nomes de tribos indígenas, de lugares geográficos e objetos, com as respectivas variantes que se encontram nos textos de Stradelli.

E para finalizar, foi utilizado um sistema de abreviaturas para as notas de rodapé, no qual: N. A. – Nota do Autor; N. D. – Nota da Direção da Sociedade Geográfica Italiana; N.S. – Nota do Secretário da Sociedade Geográfica Italiana; N. E. – Nota de Edição; N. O. – Nota da Organização; e N. E. B. – Nota de Ettore Biocca.

Prefácio

O mundo da literatura e do saber deve muito a Ermanno Stradelli, e por várias razões. A maior de suas contribuições, sem dúvida, decorre do papel desempenhado por ele na elucidação da cosmogonia do rio Negro, intitulada inicialmente *La leggenda dell'Jurupary* (1890). Como Stradelli, um aristocrata italiano, foi arrastado para o domínio amazônico de Jurupari e o que ele imaginava estar fazendo lá é revelado em seus relatórios, os *bollettini*, que na época costumava enviar para a Itália. Esses relatórios constituem uma fonte indispensável, largamente desconhecida no Brasil – a pátria que ele adotou e onde veio a morrer – e no resto do mundo. Felizmente, foram agora traduzidos para o português por Aurora Bernardini, com a sensibilidade que ela sabidamente também possui como escritora. Ademais, ao apresentar estas traduções, ela oferece ao leitor minúcias fascinantes e fatos em grande parte ignorados, frutos de uma paciente pesquisa a distância.

Da maneira como foi publicado por Stradelli, o "Jurupari" encontra equivalentes nos grandes mitos da criação do continente, o *Ayvu rapyta* dos guaranis e o *Watunna* dos sotos-caribes do Orenoco, originários do mesmo "cosmos amazônico" que o primeiro, e ainda circunscritos à América tropical; o *Manuscrito Huarochirí* andino; o insuperável *Popol Vuh*, transposto para a escrita alfabética pelos maias do planalto em meados do século xvi; o *Códice Bórgia*, de 76 páginas, entremeado nos códices pré-coloniais da Mesoamérica; e a Pedra do Sol dos mexicas. Em cada um deles, encontramos o mesmo alcance cósmico e a mesma preocupação intelectual com as origens como possível fundamento da história político-social.

Ampliado decisivamente por "Jurupari", esse magnífico *corpus* textual não é apenas uma autoridade a ser consultada em qualquer investigação séria do pensar e do viver dos habitantes nativos do continente; também nos lembra a todo momento que informação não se dissocia de argumento, que a criação do mundo não pode se divorciar da criação de imagens ou palavras. Assim como o *Popol Vuh*, a narrativa do herói epônimo, Jurupari, deixa pistas diminutas, mas indispensáveis, que levam às dimensões de espaço-tempo habitadas por seus personagens, alternando astuciosamente o enquadramento e o foco. Vitorioso, o herói reconta as próprias origens, introduzindo no meio da história um episódio cuja lógica associa a lua às icamiabas (amazonas) maternas e às Plêiades paternas. Ao mesmo tempo, na política local, sua luta com Ualri dá origem à federação do rio Negro, cuja música noturna combina instrumentos nomeados nas principais línguas da região.

A investigação diligente que Aurora faz da vida e da obra de Stradelli lança uma luz inestimável sobre as circunstâncias e os motivos que conduziram o italiano à sua grande realização – a apresentação do "Jurupari" a um público mais amplo. Ela é capaz, como ninguém antes o foi, de abordar com segurança a questão do *Urtext*; de como Maximiano José Roberto – o amigo nativo e poliglota de Manaus, que Stradelli tinha como um igual – recolheu episódios nas línguas que conhecia e, por ser o herdeiro das tribos locais, encarregou-se de organizá-los e traduzi-los para o nheengatu, a língua franca dos tupis-guaranis. Soubemos que, sempre fiel a seus co-autores indígenas, Max deu crucial atenção não só ao léxico como também a nomes, números e estruturas globais, respeitando minuciosamente o desenrolar da história e como esta se refletia sobre si mesma na qualidade de texto. Como Stradelli deixa explícito, esses fatores se converteram num antecedente riquíssimo quando chegou sua vez de traduzir o texto, agora do nheengatu para o italiano.

Como se já não bastasse a explicitação dessa façanha amazônica de Stradelli, há muito mais a se aprender com os boletins. Intrigam-nos certos fatores, como seus primeiros envolvimentos literários com as lendas nheengatu (*Eiara*) e a *Confederazione* de Magalhães; um certo estilo pós-humboldtiano que ele partilhava com o compatriota Codazzi; o capitalismo da borracha e os imigrantes explorados; os rivais que Peixoto expulsou para o norte distante; conversas imensamente fecundas com Barbosa Rodrigues e Brandão Amorim; os petrógliflos. E, do princípio ao fim, uma certa integridade aristocrática de tendência revolucionária, indissociável (apesar de um casamento abençoado pelo papa) da fé na filosofia pagã e das danças amazônicas que literalmente o arrebataram.

Elegante e extremamente informativa, esta edição dos boletins de Stradelli, retirada diretamente da versão completa original dos *Bollettini della Società Geografica Italiana* (1887-1901), ostenta o conhecimento e a habilidade que, há alguns anos[1], permitiram a Aurora tornar-se a primeira a traduzir o "Jurupari" para a língua do Brasil. Nesse sentido, deve-se receber esta publicação como continuação, dossiê competente e volume acompanhante dos mais deliciosos.

Gordon Brotherston
Novembro de 2006
(Tradução: *Maria do Carmo Zanini*)

---

1. Em 2002 foi publicada em *Makunaíma e Jurupari: Cosmogonias ameríndias* (com organização de Sérgio Medeiros para a editora Perspectiva, São Paulo) a tradução do texto *La leggenda dell'Jurupary*, retirada não dos *Bollettini*, mas de uma versão em italiano, com algumas modificações realizadas por Ettore Biocca, encontrada no *Quaderni* nº 4, 1964, do Istituto Italiano di Cultura di São Paulo. (N. O.)

Introdução

Stradelli: formação e linguagem

O que terá levado o jovem Ermanno Stradelli – nascido em 8 de dezembro de 1852 no castelo dos condes de Borgotaro (hoje província de Parma, mas antigamente de Piacenza), de família antiga, nobre desde os tempos de Maria Luiza de Bourbon, que a agraciou com o título[1] – a abandonar riqueza, estudos, amigos, condição privilegiada, trabalho promissor etc. para vir aventurar-se entre os índios da selva amazônica, a subir rios, a procurar fontes, a conviver com febres e desconfortos constantes, enfim, a dedicar 43 anos de sua vida, desde seu 27º aniversário, a isso tudo?

Muitas razões e uma gota d'água.

Era fantasia muito freqüente entre os rebentos nobres de famílias de recursos, na Europa do século XIX, a aventura em expedições geográficas exploratórias em terras estranhas. Basta verificar quem eram os membros das Sociedades Geográficas dos diferentes países. Condes, duques, marqueses, até mesmo prínci-

---

1. Desde os séculos XVII e XVIII os Stradelli já eram citados como bons cidadãos do ducado de Parma e Piacenza, suserania da Áustria, herdeira do Sacro Império Romano Germânico. Além da Lombardia, a Áustria ainda detinha, no começo do século XIX, a suserania sobre a Toscana e o Lombardo-Vêneto, mantendo-a até o início da unificação italiana. Foi quando Camillo Benso, conde de Cavour, primeiro-ministro do reino da Sardenha e Piemonte, tendo participado desde 1852 na Guerra da Criméia, conquistou o apoio da França na luta contra a Áustria e, após as vitórias de Magenta e Solferino, obteve, em 1859, entre outros, o ducado de Parma e Piacenza, em troca do de Sabóia e de Nice.
Maria Luiza de Bourbon (1819-1864), duquesa de Parma e Piacenza, foi casada com Carlos III. Quando da morte do marido, tornou-se regente pelo filho (1854-59). (Discursos proferidos, na noite de 23 de março de 2002, durante a sessão de posse do acadêmico Antonio José Souto Loureiro, Manaus, Academia Amazonense de Letras, 2002; doravante, *Discurso*.)

pes e..., naturalmente, capitalistas. Escolhiam, de preferência, lugares exóticos da Ásia e da África (entre os italianos, Matteucci, Antinori, Manfredo Camperio...). Preparavam-se estudando etnologia, topografia, astronomia, fotografia, farmácia (e homeopatia – no caso de Stradelli), botânica, zoologia... Alguns escolheram a América Latina e, nela, o Brasil. Foi o caso de Boggiani[2], da Reale Società Geografica Italiana, de Alessandro Sabatini e do conde Antonelli[3], todos eles contemporâneos de Stradelli. Mas há também casos de missionários – entre os muitos, os franciscanos italianos Coppi e Canioni, que em 1883 desencadearam no Uaupés uma rebelião indígena que bloqueou a atividade missionária na região por mais de trinta anos[4] – e de plebeus, como H. M. Tomlison, um simples contador de um banco de Londres que abandonou seus afazeres metódicos para também vir explorar o Brasil. "It was the Putney bus *that did it*" – diz o prefaciador a seu livro *The sea and the jungle* [O mar e a selva][5], contando como o futuro viajante teria entregue à sorte a decisão de sua viagem. "If that bus takes up two more passengers before it passes here, you have got to come." No ônibus subiram mais dois passageiros... e ele embarcou[6].

Qual terá sido o episódio definitivo que impeliu o jovem conde Stradelli a deixar pela metade o curso de Direito na Universidade de Pisa, os amigos poderosos, os cunhados ilustres (entre os quais o general Santoro de Florença[7]), o fu-

---

2. Cf. a dissertação de mestrado de Elisabetta Santoro, *Guido Boggiani: sulle orme dell'altro* (São Paulo, Universidade de São Paulo, 2002).
3. O nome desses e de outros exploradores, com suas respectivas notas de viagens, constam dos Boletins da Sociedade Geográfica Italiana.
4. Cf. Ermanno Stradelli – Amazzonia – <http://www.iclab.it/html/manera/stradelli.html>. Cf. também a nota 10 da presente introdução.
5. Cf. a introdução de Christopher Morley a *The sea and the jungle*, de H. M. Tomlison (Nova York, Random House, 1928).
6. O episódio é contado como verídico. Tomlison conhecera o capitão de um navio inglês que se dirigia ao Brasil e que penetraria, via Amazonas, pelo rio Madeira, para abastecer com peças a companhia inglesa encarregada da construção da Estrada de Ferro Madeira-Mamoré. Num *pub* onde, certa vez, estavam tomando uma cerveja, Tomlison contou para o capitão sobre sua vida monótona e seu desejo de abandonar tudo aquilo. O capitão teria, então, feito uma aposta com o futuro viajante: "Se aquele ônibus recolher mais dois passageiros naquele ponto, antes de passar por aqui, você embarcará". Na verdade, só havia um passageiro esperando, mas o capitão correu para o ponto e subiu no ônibus, completando o número necessário, e assim Tomlison acabou embarcando.
7. Assim era composta a família de Stradelli. O pai, Francesco, casara-se com a condessa Marianna Douglas Scotti de Vigoleno. Ermanno era o primogênito; a ele se seguiu Angelo (1862) e Alfonso (1865), que se tornou padre jesuíta e foi superior na igreja dos S. S. Mártires de Turim. As irmãs foram cinco: Bianca, casada com o conde Alessandro Calciati Grotti; Antonietta, casada com o conde

turo assegurado, para juntar seus pertences, contrariar o desejo da mãe (o pai tinha morrido) e, num belo dia do começo de 1879, embarcar – provavelmente de Marselha – para o Brasil?

Talvez algum desapontamento amoroso? Seus versos juvenis, reunidos em 1877 com o título de *Tempo sciupato* [Tempo desperdiçado], deixam entrever certa propensão a essas insatisfações, que, entretanto, deveriam ser muito mais vastas.

Para nos atermos ao depoimento do padre dr. Constantino Tastevin, que conheceu Stradelli em Tefé, para onde fora em missão em dezembro de 1905 (e com quem, entretanto, manteve relações "de rivalidade e suspeição"), aqui estaria o movente *that did it*:

> Corria uma lenda a respeito de sua presença no Brasil. [...] Diziam que, tendo sido infeliz no casamento, apesar da bênção do papa Pio IX, tinha deixado família, pátria e religião, para entranhar-se no deserto das florestas virgens do Amazonas.[8]

Qualquer que tenha sido o movente final de sua vinda – e muito provavelmente ele existiu, pois em 1884, após cinco anos de febris atividades em terras brasileiras, Stradelli voltou à Itália para finalizar o curso universitário interrompido e adquirir prática de advocacia em Gênova –, não há dúvida de que, para isso, ele havia se preparado material e espiritualmente. De fato, no começo de 1887, ele retorna ao Brasil.

Vale a pena fazer um rápido apanhado de sua formação, dos 15 até os 27 anos – idade em que embarca para o Brasil –, numa Itália recém-unificada (só a

---

Giuseppe Cigale Fulgosi; Luigia, casada com o marquês Luigi Mereghi de Jesi; e Gliceria, esposa do general Francesco Santoro, de Florença. Cf. Luís da Câmara Cascudo, *Em memória de Stradelli* (2. ed. atualizada, Manaus, Governo do Estado do Amazonas, 1967 [1. ed. 1936]), pp. 21-2 (doravante, respectivamente, *Memória* I e II). [Agradecemos ao professor paraense Walcyr Monteiro pela gentil remessa da segunda edição.]

A respeito do sobrenome Santoro, existe uma curiosa coincidência ligada à família dos Stradelli. De acordo com informações recebidas pessoalmente, em Manaus, por Antonio José Souto Loureiro, Stradelli teria se unido a uma índia ou cabocla e tido uma filha brasileira, "muito bonita e muito adiantada para sua época", mas cujos rastros, infelizmente, se perderam. A informação teria sido dada a Loureiro pelo sogro de uma de suas próprias filhas, certo senhor Santoro, que chegou, em sua juventude, a namorar a filha de Stradelli.

8. Cf. em *Memória* II (pp. 89-91) o testemunho do padre dr. Constantino Tastevin a Câmara Cascudo sobre Ermanno Stradelli.

guerra franco-prussiana permitirá, porém, ao exército italiano entrar em Roma, que se tornará a capital da península), com todos os problemas que tal unificação implica. Entre 1867 e 1879, a Itália passa de um governo conservador para outro de grandes reivindicações, denominado "transformista". A polarização dessas duas tendências nota-se na cultura da época. Em 1873, morre o escritor Alessandro Manzoni (venerado autor de poemas famosos como *Il cinque Maggio* e de romances fundantes como *Os noivos*), cujo ideário, que abeberou a geração dos pais de Ermanno e parcialmente a dele, vai da consciência romântica de ideólogos franceses, como Fauriel, até uma visão da história sob um perfil moral e um desenho providencialista. Francesco de Sanctis, o maior crítico literário da Itália unida, reúne e publica, em 1871, seus estudos na *História da literatura italiana*, enquanto o poeta Giosué Carducci lança suas *Odes bárbaras*, que exaltam o amor pátrio. Mas os jovens lêem Dostoiévski, Flaubert, Ibsen, Tolstói, Zola: para as indagações sobre a injustiça, seja ela cósmica, social ou individual, a Providência já não dá mais respostas. Começam a se contrapor o "decadentismo" langoroso de um Gabriele d'Annunzio e o "verismo" cheio de crueza dos sicilianos Verga e Capuana.

A mencionada ambivalência notar-se-á também nos *Boletins* de Stradelli: o matiz muitas vezes romântico com o qual ele abre os capítulos ou se refere, por exemplo, às donzelas de *a leggenda dell'Jurupary*[9], e a compreensão extremamente

---

9. Quanto à *Leggenda*, como o original em nheengatu nunca foi encontrado, só podemos confiar na opinião dos especialistas. Diz, por exemplo, Gordon Brotherston: "Como expressão da cultura milenar da região do Uaupés-Içana, a *Leggenda* de Stradelli merece análise mais detalhada. Tem uma riqueza inesperada de conhecimentos que abarcam desde o meio ambiente imediato até relatos sobre as origens vertebradas da espécie humana e uma astronomia bem elaborada. E articula esses argumentos numa narrativa bem animada, de personagens vivos, ao mesmo tempo que tem uma estrutura altamente sofisticada. Por essas e outras razões merece também comparação com os 'clássicos' da literatura indígena do continente, sobretudo a 'Bíblia da América', o *Popol Vuh*. É uma prova da dedicação e sensibilidade de Stradelli, que, nesse sentido, não deixa de expressar muito bem a inteligência dos textos originais". ("Jurupari articula o espaço dos tária e a ciência da América Tropical", em *Makunaíma e Jurupari*, op. cit., p. 411.)

E mais ainda – de *Makunaíma e Jurupari*, cito também o ensaio de Lúcia Sá: *A lenda de Jurupari: texto sagrado ou fruto da imaginação de littérateurs?*, p. 357 – "O próprio ritmo da narrativa é determinado por Jurupari, estando por isso ligado intrinsecamente aos extraordinários poderes do herói. Essa coerência interna sugere que não teria cabido a Stradelli, mas a Maximiano José Roberto [o índio que dera o manuscrito em nheengatu a Stradelli], definir a estrutura do texto. De resto, isso mesmo já havia sido dito pelo conde, que afirma ter se limitado a traduzir da maneira mais simples o original... Essa literariedade não nega, mas reafirma, o caráter possivelmente sagrado e regulador social dessa narrativa... A lenda de Jurupari demonstra que a separação entre textos literários e tex-

avançada não apenas de certos rituais indígenas considerados selvagens, mas de toda a sua cultura, que, nas várias ocasiões em que se manifestou, ele queria protegida das intromissões dos "civilizados", contrariavam, com sua compreensão, a opinião de outros exploradores, de etnólogos da época e dos próprios religiosos, que atribuíam aos indígenas características de "inferioridade". Teremos ocasião de exemplificar essa postura de Stradelli, ao tratar mais especificamente dos *Boletins*, mas, de uma maneira geral, o que pudemos verificar, ao longo da tradução, foi que romântica era, em alguns momentos, a linguagem dele – que faz uso de certas expressões correntes no século XVIII, hoje em desuso –, porém jamais suas conclusões, que (especialmente na lenda de Jurupari), ao contrário, são sempre objetivas e chegam muitas vezes – apesar de polidas – a serem irônicas, quando não cáusticas.

Basta ler o relato que ele faz do caso acontecido com Illuminato Coppi, no boletim sobre o Uaupés e os uaupés[10].

---

tos sagrados, filosóficos ou históricos é uma criação relativamente recente da sociedade ocidental" e, se não invalida, relativiza ao máximo o reparo de Câmara Cascudo quanto à "acomodação" da mencionada narrativa por parte de Stradelli.
Cf. também, da mesma autora, "The Upper Rio Negro: Jurupari and the Big Snake", em *Rain forest literatures: Amazonian texts and Latin American culture* (Londres/Mineápolis, University of Minnesota, 2004).
Finalmente, no prefácio, escrito em conjunto, ao *Vocabulário português-nheengatu e nheengatu-português*, de Stradelli, doravante (cf. *Vocabulário*), dizem os pesquisadores Lucia Sá e Gordon Brotherston: "No todo, é notável o respeito de Stradelli pelo saber indígena amazônico [...]. É verdade que esse respeito não se estende a todos os aspectos da sabedoria local: certas técnicas de pajelança, como o sopro e a sucção, são vistas como charlatanismo pelo conde, que não esteve imune ao positivismo que dominava o pensamento daqueles tempos".

10. Antes de mencionar a versão de Stradelli para o caso, sintetizamos a versão contida no segundo capítulo do livro de Danilo Manera, *Yuruparí: I flauti dell'anaconda celeste* (Milão, Feltrinelli Traveller, 1999), por conter informações pouco conhecidas, que o próprio autor retirou das memórias do padre Coppi.
As missões franciscanas iniciaram, em 1880, suas atividades no baixo Uaupés, com os frades Venanzio Zilochi, de Piacenza, Matteo Canioni, da Córsega, e Giuseppe Illuminato Coppi, de Siena. Este último já vinha de uma experiência de dez anos na Bolívia.
Em abril de 1883, Coppi e Canioni tentaram fazer com que os índios uaupés aceitassem as leis das missões, mas os índios não só quiseram conservar sua liberdade, como, instigados pelos pequenos comerciantes locais, negaram-lhes víveres e remadores. Imediatamente, Coppi fundou mais abaixo uma vila modelo, com 63 casas caiadas e uma capela. Ia batizar e rezar a missa também entre os tárias de Jauareté e ali conseguiu salvar o pajé Ambrósio Picuita da vingança dos parentes do *tuxáua* Manuel Juanaca – o pajé Picuita teria provocado a morte de Juanaca. Coppi levou Picuita a Ipanoré e, com a promessa de nomeá-lo chefe da vila, obteve dele uma série de presentes, entre os quais uma preciosa máscara de Jurupari (macacaraua), usada apenas em alguns rituais religiosos e cuja vista era

Várias vezes Stradelli teve ocasião de declarar: "não sou um especialista, sou um simples viajante, limito-me a registrar os fatos". Ele se dizia *touriste* – usando o termo francês que na época não implicava nenhuma acepção de superficialidade – com surpreendente modéstia por sinal, pois as qualificações que ele tinha (além da ampla e profissional formação em direito e as que já foram mencionadas – estudos de botânica e zoologia, meteorologia, astronomia, farmácia, desenho e topografia, etnologia, sem contar o domínio de todo o processo de produção da fotografia, conhecimentos de homeopatia que ele mesmo aplicava em si, e o aprendizado dos idiomas espanhol e português, nheengatu e outros) não eram comuns mesmo entre os "especialistas". A explicação dessa sua aparente modéstia está, em grande parte, em uma questão de formação: de acordo com a educação que recebera, o auto-elogio era considerado de mau tom. Tanto que existe um

---

proibida às mulheres, sob pena de morte. Escreve Coppi: "De posse do diabólico ídolo, quis tentar tirar daquelas gentes o erro principal de suas crenças extravagantes, desenganando-as e mostrando às mulheres a Divindade proibida, dando um primeiro e corajoso assalto a Satanás".

De fato, no dia 23 de outubro de 1883, depois das aulas ministradas na escola da missão, o frade reuniu no pátio meninos e meninas e fez com que um ajudante seu, indígena de outra tribo, vestisse a máscara de Jurupari. O caos foi total, e a máscara foi retirada da praça, já cheia de homens e mulheres que haviam acorrido, mas, para mostrar aos índios que da exposição da máscara não decorreriam nem doenças nem mortes, Coppi, no dia seguinte, colocou a macacaraua espetada num poste em frente à missão. "Quando chegou a hora da reza, só apareceram uns cinqüenta homens, anunciando que as mulheres haviam fugido." O padre ameaçou fechar a missão se as mulheres não voltassem. Chegaram a um acordo: elas voltariam, conquanto que a máscara fosse retirada e nunca mais mostrada às mulheres.

Mas Coppi não se deu por vencido. Deixou passar alguns dias e mandou chamar o frade Matteo Canioni para que o ajudasse. No dia 28 de outubro, às seis horas da manhã, juntou os trezentos moradores de Ipanoré na igreja, para a missa. Depois da função ele se dirigiu à porta para manter a ordem, e frade Matteo foi ao púlpito, onde havia sido escondida a macacaraua, e começou a pregar, mostrando o "simulacro diabólico". "Os esposos atiraram-se sobre as esposas, as mães sobre os filhos, os parentes sobre os parentes, caindo uns sobre os outros e se machucando, a porta do templo foi arrancada dos batentes, o telhado escancarado, as janelas quebradas" – descreve Coppi. No tumulto, Coppi e Canioni conseguiram barricar-se na missão e empunhar as armas. Os pajés urravam, explodiam tiros no ar, lançavam setas contra a casa dos profanadores.

Às dez horas daquela mesma manhã, os dois frades conseguiram fugir e, de noite, estavam em Taracuá, próximo da foz do Tiquié, na sede da missão de Canioni.

Quando, um mês depois, Coppi voltou a Ipanoré com uma escolta de soldados do governo, enfrentou a hostilidade manifesta dos indígenas e teve de renunciar. A credibilidade dos missionários ficou comprometida em toda a região. (Picuita foi morto em Jauareté pouco depois, mas as mulheres, embora consideradas impuras e prejudicadas por isso, foram castigadas apenas com jejum e não com a morte, graças a uma mensagem que Jurupari teria transmitido aos pajés, através de uma visão.)

Coppi retornou à Itália e vendeu a macacaraua e os objetos roubados de Picuita ao Museu Nacional Pré-Histórico Etnográfico de Roma, recebendo o dinheiro (600 liras) colocado à disposição pelo mecenas Carlo Landberg.

provérbio italiano que diz: "Chi si loda, s'imbroda" (algo como: "Quem se gaba, se baba"), que, na época, era elevado ao nível de princípio. Por outro lado, Stradelli, como filho primogênito, tinha herdado um título de nobreza. Ele era conde, e disso se orgulhava, chegando a enfurecer-se – segundo o relato de Câmara Cascudo – quando alguém, no Brasil, adepto de outro dito que por aqui vingou, "Corre, João, que te fazem barão"[11], punha em dúvida a autenticidade de seu título. Uma decorrência atribuível a esse seu status aristocrático pode ser considerada a familiaridade com que tratava os chefes de Estado e as autoridades detentoras do poder, ao apresentar-lhes seus pedidos e ao receber deles cartas de apresentação e/ou de recomendação: sem servilismos, bajulações, falsidades. Essa mesma fidalguia ele a praticava no trato com os chefes indígenas – aí estaria a razão do respeito recíproco, e não (somente) na troca de presentes e no poder dos instrumentos que carregava consigo, como o microscópio ou a máquina fotográfica.

> Em maio de 1884, Coppi encontrou, em Manaus, o explorador francês Henri Coudreau, que remontava em direção ao Uaupés, a quem deu para ler seu caderno de anotações. O francês utilizou seus dados e sua versão dos fatos no tomo 2 de *La France équinoxiale*, de 1887.
> Quando, em 1888, Stradelli voltou a Manaus e leu o livro de Coudreau, publicado enquanto ele, Stradelli, estava na Venezuela, e percebeu que a obra avalizava a versão de Coppi, sentiu-se instigado a retomar as indagações sobre o mito de Jurupari, pelo qual tinha se interessado desde sua primeira viagem, e teve logo muita sorte: "Volli averne il cuore netto e cominciai a riunire i miei pochissimi frammenti e cercare di raccappezzarmi, interrogando qualche Uaupés, come stava realmente la cosa: allorchè, parlandone con il mio buon amico Massimiano José Roberto, questi mi disse che il lavoro lo aveva già fatto e che, volendo, metteva il manoscritto a mia disposizione: potete figurarvi se accettai. In principio volevo farne un riassunto, ma poi mutai pensiero, e lo tradussi".
> Aqui está a tradução da versão de Stradelli (em "O Uaupés e os uaupés"):
> "Quando, em 1882, F. Coppi veio a Manaus depois da apresentação da máscara do Jurupary e me contou os segredos da 'religião do diabo' – como ele dizia –, então recentemente desvelados, esses me pareceram, em sua maior parte, exageros do fantasioso mas não igualmente corajoso franciscano, que pelo martírio não tinha o menor entusiasmo. Via no relato, em demasia, aquele mesmo espírito prevenido dos primeiros missionários, no sentido de que tudo o que saísse da órbita cristã, tudo o que tivesse um aspecto novo, era no mínimo diabólico; e só dei a ele uma atenção muito relativa. Era claro demais que para ele tudo isso era obra do diabo; ele chegava a afirmar que o Jurupary era uma verdadeira encarnação dele, portanto nada poderia ter de bom. Quando voltei, encontrei aqui o trabalho de Coudreau, publicado enquanto eu estava na Venezuela, e fiquei não pouco admirado ao ver aceita como boa moeda a história de F. Coppi, analisada pela crítica spenceriana. Quis tirar a limpo e comecei a juntar meus pouquíssimos fragmentos e, interrogando alguns uaupés, tentar compreender como era realmente a coisa. Foi então que, falando disso com meu bom amigo senhor Massimiano José Roberto, ele me disse que o trabalho ele já o havia feito e que, se eu quisesse, colocaria o manuscrito à minha disposição. Podem imaginar se não aceitei. No começo, pensei em resumi-lo, mas depois mudei de idéia e o traduzi."

11. *Memória II*, p. 105.

As expedições de Stradelli antes dos Boletins da Sociedade Geográfica Italiana

O fato de Ermanno Stradelli ter sido, segundo Câmara Cascudo, "o maior potógrafo da Bacia Amazônica" equivale a considerá-lo um de seus maiores exploradores, uma vez que as vias de acesso e de comunicação de toda aquela vasta região eram (e ainda são, em sua maior parte, mais de dois séculos depois), obviamente, os rios.

Chegado ao Brasil com 27 anos, em meados de 1879, no mês de junho está em Belém do Pará e em julho, em Manaus.

O que era Manaus na época de Stradelli? Uma cidade de pouco mais de 10 mil habitantes que crescia aceleradamente devido ao movimento comercial da produção de borracha e que se tornaria a maior cidade da região amazônica, até ser suplantada por Belém do Pará.

> Entre os seus prédios imperiais mais importantes, estavam o Paço da Câmara, servindo de Paço Provincial, a praça D. Pedro, o Palacete Provincial, atual quartel general da Polícia Militar, abrigando diversas repartições, o seminário, o hospital militar de São Vicente, o quartel em construção à praça Uruguiana, o quartel do 3º batalhão da Artilharia a Pé, que servira de alojamento às índias fiandeiras no tempo de Lobo d'Almada, a Tesouraria da Fazenda, a alfândega e a nova Matriz. A cidade não possuía água canalizada nem telefones, serviços inaugurados só mais tarde, em 1888. A iluminação noturna utilizava lampiões a gás acetileno, e os dejetos humanos, recolhidos em carros adequados, só podiam ser despejados no meio do rio Negro, após as dez horas da noite (*Discurso*, p. 15).

É em Manaus que Stradelli fixa sua residência.

No começo de 1880, já participa de viagem ao rio Purus e seus afluentes, Mamoré-Mirim, Ituxi.

O rio Purus, informa Antonio Loureiro,

fora aberto pelo sertanista amazonense Manuel Urbano da Encarnação, em 1861, que o navegara até o Aquiri, onde descobrira gigantescas ossadas fósseis e maravilhosas concentrações de *Hevea brasiliensis*, com algumas árvores chegando a dar dois litros de látex, em um corte (*Discurso*, p. 15).

Manuel Urbano da Encarnação realizou ainda duas viagens, em busca de uma passagem para o Madeira. Na segunda delas (1862), levou consigo Silva Coutinho, que se inspirou para escrever sua obra *Notícia sobre a exploração da salsa e da seringa: Vantagens das suas culturas*, que – conclui Loureiro – não despertou a devida atenção no Brasil, mas foi aproveitada pelos ingleses.

Em 1877, os franciscanos Venanzio Zilochi, Francesco Sidane e Matteo Canioni, vindos das missões (fundadas em 1870) no alto Madeira e Solimões, se estabeleceram no Purus e seus afluentes (dos quais saíram em 1880 pelo fato de os índios já estarem bastante envolvidos com os civilizados). Com a ajuda deles, Stradelli percorreu o Mamoré-Mirim e o Ituxi. Na volta, devido a uma corredeira, perdeu os instrumentos científicos que levava consigo.

Em julho de 1880, Stradelli remonta o Solimões até Fonte Boa. Encontra-se lá com o conde Alessandro Sabatini, conhecedor do nheengatu, o tupi do norte – a *língua boa* –, que lhe "comunica o entusiasmo pelo idioma selvagem, coleante, dúctil, melodioso. Até morrer, Stradelli estudou e amou o nheengatu", diz Câmara Cascudo (*Memória II*, p. 23)[12]. Seguiu dali Stradelli para Loreto (Peru) e para o rio Juruá, onde acompanhou o processo de preparação da borracha. Voltou para Manaus por ter contraído malária.

Em 1881, segue para o rio Negro, o Uaupés, chegando até o rio Tiquié. Para lá tinham se mudado os franciscanos com suas missões, e foi em Taracuá, no Uaupés, que Stradelli reencontrou seu amigo, o frade Venanzio Zilochi.

---

12. Reportamos essa convicção de Câmara Cascudo para contrapô-la a outra (quem sabe ditada pela rivalidade e suspeição latente em relação a Stradelli – e, talvez, recíproca – que é reconhecida pelo próprio formulador, o padre dr. Constantino Tastevin, chegado em dezembro de 1905 a Tefé, onde residia Stradelli): "Não me consta que tivesse continuado seus estudos de lingüística ou de etnologia. Vivendo muito retirado, não freqüentava o povinho e não procurava aperfeiçoar-se na língua geral, de que tinha algumas noções imprecisas" (*Memória II*, p. 90).

Em 1882, está de novo em Manaus. Faz amizade com João Barbosa Rodrigues, Antonio Brandão de Amorim e Bernardo da Silva Ramos[13].

É apresentado a Dionísio Evangelista de Castro Cerqueira, que fazia parte da Comissão de Limites, encarregada de demarcar a fronteira entre Brasil e Venezuela. O trecho entre o rio Memachi e o cerro Cupi já havia sido demarcado entre 1779-80, sendo que, para a continuação da operação, a partida da Comissão era prevista para 1882. Após animadas conversações e trocas de idéias com componentes da Comissão, Stradelli tornou-se amigo de Dionísio Cerqueira e acabou convidado pelo tenente-coronel Francisco Xavier a tomar parte na expedição até o rio Branco, como adido amador. Conforme o próprio Stradelli narra no *Boletim* dedicado ao rio Branco, o convite era irrecusável.

Em março e abril de 1882 estiveram no Padauri; em maio, em Tomar; em junho, em Carvoeiro; e, finalmente, em julho foram ao rio Branco, de lá voltando todos sem que a demarcação tivesse ficado completa.

Em 1882, parte de novo para o Uaupés, até Jauaretê-Cachoeira, e visita o Papuri até a cachoeira de Piraquara, onde as febres já conhecidas do impaludismo tornam a atacá-lo, vendo-se assim obrigado a tratar da moléstia, descendo o rio Madeira até a região mais saudável de Itacoatiara, em 1883.

Em início de 1884, está em Manaus, onde a amizade com Barbosa Rodrigues, jovem cientista, empreendedor e etnólogo, que já estava na Amazônia fazia mais de dez anos, leva-o a animar o amigo em sua idéia de fundar um Museu Botânico – idéia que se concretiza com muito sucesso – e conta com a participação da sociedade local. De fato, nas páginas do volumoso almanaque *Poranduba Amazonense* de 1884-85 – que pudemos pesquisar na Biblioteca Pública do Estado do Amazonas, além das *Lendas mythologicas*, de J. Barbosa Rodrigues, figura uma lista de mais de cinqüenta notáveis intitulada *Relação das pessoas que teem offertado objectos ao Museu Botanico desde a sua inauguração*. O nome do conde Ermanno Stradelli está nessa lista, assim como o do frade franciscano Illuminato Coppi, citado nos *Boletins*.

---

13. João Barbosa Rodrigues (1842–1909), eminente botânico carioca, chegou a dirigir o Museu Botânico do Amazonas. Antônio Brandão de Amorim (1865–1926), médico amazonense, foi secretário do Museu Botânico do Amazonas na gestão de Barbosa Rodrigues; com o famoso Maximiano J. Roberto, recolhia e traduzia lendas indígenas das tribos dos rios Negro e Branco. Bernardo da Silva Ramos (1858–1931), seringueiro, foi um dos pioneiros da paleografia no Brasil e presidente do Instituto Histórico e Geográfico da Amazônia.

De acordo com as informações de Antonio Loureiro (*Discurso*, pp. 19-20), o Museu Botânico de Manaus foi instalado, por decreto do presidente José Paranaguá, "a 16 de fevereiro de 1884, no sítio Cachangá, na ilha do mesmo nome, [...] mas logo transferido, pelo presidente [seguinte] Teodoreto Souto, para a chácara do barão de São Leonardo, à rua Ramos Ferreira".

Representou, na época (e até sua extinção, por uma infeliz "penada" das autoridades, em 1890), o maior centro científico e cultural do Amazonas. Em volta dele reuniam-se, entre outros, Antonio Brandão de Amorim, secretário do museu e ex-estudante de medicina em Coimbra, autor das famosas *Lendas em nheengatu e em português* (publicadas na *Revista do Instituto Histórico e Geográfico Brasileiro* em 1926 e republicadas, graças ao fundo doado por Antonio Loureiro, pela Associação Comercial – coleção Hiléia Amazônica); o índio Maximiano José Roberto[14], conhecedor de vários idiomas indígenas, coletor da maioria dos

---

14. Escritor indígena que coletou numerosas lendas do vale do Uaupés; não se conhecem suas datas de nascimento e morte. Sabe-se, pelas palavras de João Barbosa Rodrigues, que "em 1873 ainda era bem menino". O antropólogo Luís da Câmara Cascudo, em sua biografia *Em memória de Stradelli* (op. cit.), dedica a obra ao autor indígena com as seguintes palavras:
"Maximiano José Roberto, Max J. Roberto, companheiro de Stradelli, filho de índios Manáos e Tarianas, tuixáua espiritual de Tarumã-miry, príncipe amazônico, recolhedor apaixonado de centenas de lendas maravilhosas e seguras como documentação ethnológica; revelador da divindade selvagem de Jurupary, talento de pesquisa na audição amorosa às velhas vozes de sua raça desaparecida. Entendia a falla da mata, dos rios, dos pássaros. Descobridor do filão luminoso, viveu distribuindo o ouro de que só ele conhecia o invisível roteiro. Ignorada e gigantesca intelligencia, simples e generosa, forte e solidária em seu sonho mysterioso e absorvedor" (*Memória I* – Dedicatória).
Ainda em *Memória I* (pp. 62-3), Câmara Cascudo assim descreve o autor:
"Max J. Roberto descendia, pelo pai, dos índios Manáos e pela parte materna dos Tarianas do rio Uaupés, de onde parece ter irradiado o culto de Jurupari, sobrepondo-se aos cultos primitivos, possivelmente pela sorte das armas [...] Sua mãe era irmã de Mandú, tuixáua tariana de Jauareté. [...] Max J. Roberto passava tempos longos viajando entre a indiaria, ouvindo seu passado e registrando, com fidelidade absoluta, as odysséas que nenhum Homero rythmará. Falava admiravelmente o nheêngatú e diversos dialectos. Era conhecidíssimo entre as várias tribos. Acompanhou Stradelli numa jornada de estudos ao rio Uaupés. [...] Max J. Roberto reuniu, ouvindo dezenas e dezenas de índios, as histórias de Jurupary e notou a semelhança entre ellas e a versão dada pelos ethnógraphos e pelos historiadores brasileiros. Contentou-se em manter o material, que ia colhendo, em pureza, sem commentar nem deduzir. Acabou entregando-o a Stradelli, que o traduziu e adaptou ao gênero das narrativas, articulando as phases do conto. Não citou ninguém nem pretendeu explicar o mytho".
Pelo que consta de várias fontes, Ermanno Stradelli foi o único depositário de seu manuscrito, embora João Barbosa Rodrigues tivesse se esforçado por consegui-lo. (Cf. Hector H. Orjuela, *Yurupary: mito, leyenda y epopea del Vaupés*, Bogotá, Instituto Caro Cuervo, 1983, pp. 128 e 136-40; doravante, *Orjuela*.)

mitos e lendas divulgados por outros, inclusive, e principalmente, da coletânea dos mitos de Jurupari, que entregou a Stradelli (cf. boletim sobre os uaupés); e o próprio João Barbosa Rodrigues, entre cujas numerosas obras Antonio Loureiro lista as seguintes: *Vellosia* (1885); *Sertum palmarium, Orquídeas do Brasil, Poranduba amazonense* (1890); *Lendas, crenças e superstições* (1881); *O muiraquitã e os ídolos simbólicos* (1884); *Eclogae plantarum novarum, Palmae amazonensis noxae, Les réptiles fossiles de l'Amazonie* e *Estudos sobre a língua geral*.

Em 1884, Stradelli está em Manaus, pensando em voltar à Itália para matar as saudades[15]. Mas é convidado, junto com João Barbosa Rodrigues, pelo presidente da região, José Lustosa da Cunha Paranaguá, a participar, no Jauaperi, da expedição de pacificação dos índios crichanás que assaltavam continuamente a cidade de Moura. Outro convite irresistível. Na Páscoa de 1884, a expedição retorna, bem-sucedida[16].

Finalmente de volta à pátria, o conde Stradelli termina, em Pisa, a Faculdade de Direito (1885-86) e trabalha em Gênova, no escritório do afamado advogado Orsini. Em 1885, traduz em verso para o italiano *A Confederação dos Tamoios*, de Domingos José Gonçalves de Magalhães, e publica, em Piacenza, o poema *Eiara*, inspirado numa lenda indígena. Dez anos depois, seu poema *Eiara* passaria a ser conhecido do grande público por intermédio da ópera de mesmo nome composta pelo maestro paraense Gama Malcher[17].

---

15. Aos 14 de fevereiro, coloca a primeira pedra para a construção do Teatro Amazonas na qualidade de representante da firma Lossi & Fratelli, ganhadora da licitação para a construção da obra. [Fonte: <http://www.Scricciolo.com/Nuovo_Neornithes/Stradelli_Ermanno.htm>]
16. Os detalhes podem ser lidos em João Barbosa Rodrigues, *O rio Jauaperi: A pacificação dos crichanás* (Rio de Janeiro, 1885), mas são também referidos por Stradelli no *Boletim* sobre o Rio Branco.
17. "Aconteceu no dia 4 de maio de 1895, no Teatro da Paz, a primeira representação da ópera Yara, três atos, segundo spartito de José Cândido da Gama Malcher, também autor do libreto baseado na lenda divulgada pelo naturalista conde Ermanno de Stradelli (1852–1926). Na verdade, Gama Malcher encontrou o libreto quase pronto no poema que Stradelli, naturalista e poeta inspirado, escrevera em italiano, com ligeiros acréscimos e alterações somenos indicadas por Gama Malcher para a adaptação cênica a cargo do poeta Fulvio Fulgoni. A folha humorística *O Mosquito, nº 7*, que circulou no mesmo dia, a ele se referiu: 'Ao maestro Malcher não lhe custou trasladar para o italiano a lenda que forma o libreto da Yara; encontrou-a já adaptada à sonorosa língua de Dante, por um poeta distintíssimo que é ao mesmo tempo um dos mais infatigáveis exploradores das nossas regiões, o conde E. de Stradelli'." (Vicente Salles, *Maestro Gama Malcher – A figura humana e artística do compositor paraense*, Belém, UFPA/Secult, 2005, p. 98.)
Em agosto de 2006, a ópera voltou a ser encenada, novamente em Belém, na abertura do V Festival de Ópera do Theatro da Paz, mais de 110 anos após sua primeira (e até então única) temporada. [Agradecemos a Jorge Henrique Bastos pelas informações desta nota.]

Em 1886, Stradelli participa, em Turim, de um congresso de americanistas, em que apresenta o resultado de suas expedições.

De 1880 a 1886, a Itália atravessa um período de pleno "transformismo", em que o primeiro-ministro esquerdista Agostino Depretis leva adiante, em seus oito mandatos (o último data do ano de sua morte, 1887), durante o reinado de Umberto I, um projeto de reformas, entre as quais a da lei eleitoral e da abolição das taxas sobre os grãos moídos. As medidas não resolvem os problemas sociais, que se manifestam nos resultados das eleições em que os socialistas registram cada vez maior número de votos. Em contrapartida, reforçam-se na península as correntes militaristas. Na política exterior, concluída a Tríplice Aliança com a Alemanha e a Áustria, começa a expansão colonial na África. Não seria exatamente essa a ambiência capaz de vencer, no jovem Stradelli, o enfeitiçamento pelos grandes rios, pelas imensas florestas, pela vida selvagem do Novo Mundo.

Stradelli então conhece Augusto Serra dei Duchi di Cardinali, capitão de cavalaria dos Sabóia, com quem combina organizar uma expedição para a descoberta das nascentes do Orenoco, e estabelece contatos com a Real Sociedade Geográfica Italiana para a publicação, em seus *Boletins*, das viagens que irá empreender de novo pelo Brasil afora, sendo a primeira delas a "Expedição às Nascentes do Orenoco", para a qual havia convidado Cardinali. Stradelli vende suas propriedades na Itália para financiar as viagens. Entretanto, empreenderá sozinho a expedição (pois Cardinali acabou não participando), remontando o Orenoco e chegando a Javitá em dezembro de 1887, a Cucuí em janeiro de 1888 e a Manaus em 24 de fevereiro do mesmo ano.

Os textos de Stradelli nos *Boletins*

As publicações do conde Ermanno Stradelli nos *Bollettini della Società Geografica Italiana* – às quais nos referiremos também e apenas como *Boletins*, pois de boletins[18] se tratam, uma vez que são publicações periódicas e informativas escritas em cada etapa de suas expedições e dedicadas a determinados aspectos – foram

---

18. Cf. Oli G. & Devoto G., *Dizionario della lingua italiana*, 9. ed., Florença, Le Monnier, 1970, p. 300.

editadas pela Sociedade Geográfica Italiana entre 1887 e 1900, acompanhadas de cartas e extratos de cartas e apresentadas por notícias e notas do secretário da Sociedade. Os dados completos dessas publicações estão na bibliografia deste volume; e, em notas de rodapé, há uma indicação resumida dos *Boletins*, para que o leitor tenha como situar as fontes dos relatos.

É a partir desses *Boletins* que vamos acompanhar mais de perto nosso pesquisador, esquematizando cada uma das viagens (algumas delas são a retomada de expedições realizadas nos anos 1879-84) e sintetizando as lendas.

As expedições de Stradelli

Em 1887, Stradelli embarca em Marselha, rumo à Venezuela (La Guaira). Em 3 de março, está em Caracas, onde o presidente da República, Guzmán Blanco, o recebe com honrarias. Lá, ele teve notícia de que o explorador francês Chaffanjon, em 18 de dezembro de 1886, teria chegado às nascentes do rio Orenoco. O conde considerou isso um erro que teve ocasião de comprovar com o próprio Chaffanjon, conforme ele descreve nos *Boletins* (carta de 29 de março de 1887 ao secretário da Sociedade). De acordo com Stradelli, Chaffanjon não teria ido além do *raudal*[19] *de los* Guaharibos, ponto onde chegara Diaz de la Fuente, cujas anotações ele cita:

> A pouca profundidade que o rio tem neste ponto impediu-me de progredir, não sendo possível, por mais que tomássemos cuidado, continuar. Este lugar encontra-se aos pés de uma grande cordilheira chamada Parima (ou Paraima), de onde desce uma queda d'água que dá início ao famoso rio Orenoco ("Expedição às nascentes do Orenoco", p. 49).

---

19. Palavra castelhana que significa corrente de água caudalosa e violenta. O vocábulo *raudal* aparecerá numerosas vezes nos relatos do conde Stradelli, também grafado freqüentemente como *randal*, talvez um equívoco na transcrição do manuscrito. Manteremos as duas formas, segundo o uso registrado nos Boletins da Sociedade Geográfica Italiana. À p. 89 do livro *L'Amérique Espagnole en 1880* (trad. francesa da Calman-Lévy, Paris, 1965), Alexandre von Humboldt explica o uso do termo *randal* ou *raudal* como sinônimo de "catarata" e/ou "salto", em lugar de "corredeira": "Sur les côtes de Caracas, on désigne les grandes cataractes par le simple nom de deux raudales (rapides), dénomination qui rappelle les autres chutes d'eau; même les rapides de Camiseta et Carichaná ne sont pas considérées comme dignes d'attention si on les compare aux cataractes d'Aturès et de Maypurès". Na verdade, as corredeiras são trechos de rio em forte pendência, em que as águas correm com maior rapidez, sem chegar a ser cataratas.

Stradelli, entretanto, compartilha de outra hipótese, proposta pelo senhor Miguel Tejera:

> O Orenoco não nasce na serra Parima, Paraima, ou Paruma, como se queira chamar, mas esta seria tão-somente causadora do *raudal* dos Guaharibos, nascendo o rio mais além, num triângulo montanhoso que determinaria o curso do rio Branco (afluente do Amazonas) e cuja base seria justamente a serra Paraima. As razões que a isso me levam são, a meu ver, muito convincentes. [...] esses rios [Branco, Negro e Padauiri] recolhem as águas de um território muito limitado, ou seja, que existe um triângulo montanhoso que penetra naquele vasto retângulo, ainda desconhecido, compreendido entre a serra Paraima, o rio Branco e o rio Negro, cujas águas correm naturalmente para o Orenoco e lhe dão origem ("Expedição às nascentes do Orenoco", pp. 52-3).

Nesse mesmo relato, formado pela longa carta datada de 27 de março de 1887 e por duas breves enviadas ao secretário da Sociedade, e que recebeu o título de "Expedição às nascentes do Orenoco", Stradelli conta o que vê – Guaíra, Caracas, Ciudad Bolívar –, bem como seu encontro frente a frente com Chaffanjon.

Após comprovar que Cardinali não vem, decide subir sozinho o Orenoco.

No dia 3 de abril de 1887, a bordo do navio *Bolívar*, da Companhia Lees, deixa Puerto d'España rumo às nascentes do grande rio. O relato dessa parte da viagem encontra-se na longa carta seguinte, que tem o título "Da ilha de Trinidad a Atures". Stradelli vai remontando o Orenoco, desde seu delta, no Atlântico, por toda sua extensão em território venezuelano, onde as terras baixas, cobertas de luxuriante vegetação, lembram-lhe as selvas do Pará e onde os pescadores, em suas curiosas embarcações (*curiaras*), chegam até perto do navio para recolher objetos que lhes são lançados. Alcança o rio Meta, afluente do Orenoco, e refaz o histórico da busca do Eldorado (Munoa), desde Colombo até Antonio Berrio – uma grande povoação cheia de ouro e pedras preciosas que atraiu expedições durante séculos. Não faltam aventuras: encontros com jacarés e nuvens de gafanhotos, caçadas e pescarias.

Em julho está em Atures, onde permanece três meses cuidando dos preparativos (o que inclui comprar uma nova embarcação, pois a original se perdera nas corredeiras) para seguir viagem.

Sua estada na região e suas pesquisas pictográficas são relatadas nas "Notas de viagem" do *Boletim* de agosto de 1888 com o título "E. Stradelli no alto Orenoco – De Atures a Maypures".

Em 5 de outubro, Stradelli encontra-se em Maipures, cujas paisagens descreve admiravelmente, nas pegadas de Humboldt. Segue depois, numa excursão aventureira, para a foz do rio Vichada, onde trava contato com índios da tribo piaroa. É ali, pelas referências a eles, que começa a manifestar-se sua posição:

> É povoado [o rio Vichada] pela tribo piaroa, que mantém com os *racionales* um pequeno comércio de óleo de *copaibe* [copaíba], *salsafraz*, *paraman* e *curare*, muito procurados, pois têm a fama de ser os melhores de todos os que se fabricam no Orenoco. São eles mesmos [os membros da tribo] que habitualmente levam seus produtos para trocá-los por facas, contas, tecidos e outras coisas. Embora de índole branda e pacífica, nunca se tornaram aliados e, uma vez terminadas as transações, voltam a se resguardar nas florestas quase impenetráveis das montanhas do Sipapo, onde, por serem considerados pelos *racionales* pouco úteis e preguiçosos, são deixados em paz – e essa fama, bem ou mal conseguida, os protege da rapacidade piedosa dos mais ou menos brancos civilizadores ("De Atures a Maypures", pp. 103-4).

Ali novamente são descritos usos, caçadas, paisagens, acompanhados de desenhos do próprio autor, e são dadas informações geográficas precisas, sob forma de diário. No dia 8 de novembro de 1887, Stradelli está de volta a Maipures.

A última parte da viagem dessa série é publicada no *Boletim* de setembro de 1888, "E. Stradelli no alto Orenoco: de Maypures a Cucuhy".

No fim do mês de novembro, Stradelli embarca em um pequeno piróscafo (navio a vapor) para San Fernando de Atabapo, onde navega pelo rio de mesmo nome (afluente do Orenoco). A cidade, apesar de ter sido uma das mais importantes missões dos jesuítas no alto Orenoco, é insalubre, e Stradelli é reacometido pelas febres. Estuda os episódios da extração da borracha pelos estados e territórios venezuelanos adjacentes e narra fatos sombrios praticados por autoridades e relatados por testemunhas oculares. Parte de San Fernando em duas curiaras, para Javitá, com sua tripulação, com a qual divide horas de temor (os grandes temporais), de aconchego (as noites passadas nas praias dos rios, após comerem de suas pescarias) e de surpresa, diante de certos usos locais que são saborosamente contados (o *súcio*, por exemplo). Atinge o alto Guaínia, chegando a Javitá no dia de Natal de 1887. Em 2 de janeiro de 1888 está em Cucuí, na casa do velho amigo de Manaus, o tenente Antonio José Barbosa. Lá ficará Stradelli até começo de fevereiro, esperando o barco a vapor que o levará a Manaus. Em 24 de fevereiro de 1888 chega a Manaus.

Afinal, por que Stradelli não alcançou as nascentes do Orenoco?

Era convicção dele, conforme os índios urumanavis haviam dito a Diaz de la Fuente (*Memória II*, p. 38), que só entrando pelo rio Branco, e não pelos rios Negro e Cassiquiare, nem subindo o próprio Orenoco, seria possível vê-lo jorrar *sotto alla pietra ippa* [debaixo da pedra ippa]. Após a embarcação de Stradelli ficar inutilizada no *salto del* Guaiabal, nos Atures, o conde esperava voltar a Manaus e, seguindo o caminho indicado pelos índios (numa nova expedição, que porém não aconteceu), realizar seu intento.

Na verdade, quem fez duas tentativas, de barco, foi o inglês Hamilton Rice: uma, que terminou no *raudal* dos Guaaribos, em 1920, e outra, mais bem equipada e seguindo pelo caminho que os índios haviam sugerido a Diaz de la Fuente, em 1925. Rice tivera, de um índio baré – certo Pedro Caripoco que, com o pai e irmão, havia acompanhado Chaffanjon pelo Orenoco "até um estreito e profundo canal, onde continuava o rio, sem indícios de haver proximidades de sua origem" (*Memória II*, p. 39) –, a confirmação de que o francês jamais atingira as nascentes do Orenoco, apesar de Chaffanjon ter dito – não a Stradelli, porém – haver subido, durante mais dois dias, depois do *raudal* dos Guaaribos, e, em seguida, por mais quatro dias, "numa canoa pequenina, até o local onde o rio nascia" (*Memória II*, pp. 38-9).

Pois bem, de agosto de 1924 a junho de 1925, Rice tentou a rota pelo rio Branco. Com seu barco equipado com rádio, lanchas e hidroavião, dirigiu-se até um afluente do rio Uraricoera, ligado ao Orenoco. Chegou até o rio Parima, na latidude de 3°01'20" e na longitude de 63°39'26", mas o barco não conseguiu ir mais além. Quem sabe os índios tivessem chegado até as nascentes caminhando...

Hoje sabe-se que o rio Orenoco nasce ao pé do pico de Lesseps, de acordo com as conclusões geográficas reportadas por Câmara Cascudo em 1936, que assim conclui seu depoimento:

> Stradelli, modesto e sereno, não sustentou hipótese que o tempo recusasse por absurda. De sua longa jornada, nítida e honestamente narrada, resta a lição de coragem, de perseverança, de lealdade documentativa, égides supremas, para todo trabalho onde a consciência não peça à imaginação os recursos trepidantes duma beleza que só existe pela possibilidade de verificação (*Memória II*, p. 39).

"Contra a imigração nos países do alto Orenoco" não passa realmente de uma carta breve em que o conde quer alertar, por meio dos *Boletins* da Sociedade Geográfica, sobre a existência de organizações que teriam pretendido trazer emigrantes italianos incautos para as regiões de exploração de borracha do Orenoco, que não possuíam a menor estrutura para tanto, e fornece o exemplo da falência da Companhia Collins, concessionária da Estrada de Ferro Madeira-Mamoré, que implicou a dispersão de quatrocentos emigrados, quase todos italianos, que ou pereceram ou adoeceram por falta total de meios, tentando se refugiar em Manaus:

> Manaos [Manaus] regurgitava de infelizes que esperavam um alívio da caridade pública, uma vez que os que haviam sido poupados pela febre eram agora vítimas das doenças de fígado e de hidropsia. Isso, posso dizer, aconteceu sob meus olhos, e é por si mesmo suficientemente eloqüente ("Contra a imigração nas regiões do alto Orenoco", p. 153).

É mais uma prova do empenho patriótico de Stradelli em relação à Itália, mesmo empenho que mais tarde terá ocasião de manifestar em relação ao Brasil. (Cf. na nota 20, a seguir, o resumo do episódio "Stradelli revolucionário", de Antonio Loureiro[20].)

> Do Cucuí a Manaus
>
> Cucuí é o primeiro posto militar avançado do Brasil (transferido do posto de Marabitana, em 1853), depois da fronteira com a Venezuela – com tratado celebrado desde 5 de maio de 1859. Era ali, conforme narra Humboldt, que o famoso chefe Cucuhy extremava seus gostos de gastrônomo a ponto de manter um harém onde alimentava e engordava suas mulheres, para ter depois o prazer de saboreá-las à mesa. Refinamento antropófago, esse, cuja tradição morreu e que talvez jamais tenha existido a não ser na crédula mente de algum bom missionário – da mesma espécie [de Humboldt] que, para não se dar ao trabalho de conferir se o Cassiquiare punha ou não em comunicação as duas bacias limítrofes, decidia a questão negando racionalmente a possibilidade de sua existência ("Do Cucuhy a Manaos", p. 6).

Não é a primeira vez que Stradelli ironiza certas descrições fantasiosas de Humboldt (já o fizera em seu texto "De Atures a Maypures", em que desmente a

---

20. No capítulo "Stradelli revolucionário", nas pp. 22-3 de seu *Discurso*, Loureiro conta um episódio curioso que envolve Jacques Ouriques: "O governo do presidente Floriano Peixoto foi agitado por numerosas sedições militares, ocorrendo em 1892, a 19 de janeiro, a da fortaleza de Santa Cruz; a 6 de abril, a dos Treze Oficiais Generais; e a 10 de abril, a manifestação de Deodoro; e, em 1893, a revolta da Armada, a 10 de abril, que se confundiu com a revolução federalista do Rio Grande do Sul. A manifestação a Deodoro resultou na deportação de seus líderes para longínquos postos de fronteira do Amazonas, sendo embarcados às pressas nos navios Alagoas e Pernambuco, a 12 do mesmo mês. A 28, os navios chegaram a Manaus, onde os prisioneiros foram bem tratados por Eduardo Ribeiro. Daqui foram encaminhados para diversos destinos: [...]
No grupo destinado a Cucuí estava Jacques Ouriques, companheiro de Stradelli, na viagem de 1888, ao Rio Branco, que neste momento se encontrava em Santa Izabel, no médio Rio Negro. O conde conseguiu obstruir o fornecimento de barcos e remadores, para o prosseguimento da viagem, ficando todos ali, até a anistia de agosto de 1892, evitando que aquele seleto grupo fosse para a cucuia, termo adicionado à gíria brasileira, para indicar local distante e sem volta".

existência de palafitas, sobre as quais os índios locais, segundo o explorador alemão, teriam construído suas casas), mas nesse relato, em várias ocasiões, a ironia é mais contundente, em especial no que se refere ao estabelecimento de latitudes e longitudes arbitrárias, que o conde faz questão de fornecer minuciosamente. De novo, aqui, a espera prevista para seguir viagem era superior a um mês (era mister aguardar o correio militar que de dois em dois meses ligava Cucuí com o barco a vapor que servia o baixo rio Negro), mas – felizmente – o conde contava com a hospitalidade da família de um velho amigo seu de oito anos antes, o primeiro-tenente A. J. Barbosa. A espera rende uma série de descrições curiosas, desde o embriagamento dos peixes com timbó (um tipo de cipó) até sua pesca com os cacuris (espécies de grandes gaiolas). Em 28 de janeiro de 1888 chega o correio militar; no dia 29, os novos remadores, e assim Stradelli pode finalmente embarcar em 1º de fevereiro. As visões plásticas da natureza sucedem-se a considerações incisivas sobre a sorte dos índios, entregues à catequese das missões:

> Asseguram-me que, nesses nove anos [a partir de 1880, época do estabelecimento da primeira missão], as aldeias fundadas já se tornaram em sua maior parte desertas ou foram transformadas em *malocas* – única perda que se podia ter, uma vez que, quanto ao resto, as missões deixam o tempo que encontram ou, talvez, concorrem involuntariamente à mais rápida corrupção dos indígenas, abalando a fé nas tradições pelas quais eles se orientam, sem nada reconstruir, suavizando a rusticidade indígena sem poder subtrair os índios ao contato fatal de uma civilização corrompida. É um fato que notei em todo lugar: o dia em que o indígena é obrigado a se fixar a um local, ele dá o primeiro passo para seu próprio aviltamento, assina o primeiro artigo de seu ato de óbito. E então?... Então, a conclusão é dura, mas verdadeira: é preciso começar bem mais de baixo a obra de civilização e deixar o indígena tranqüilo em suas florestas até o dia em que se tenha uma população suficientemente civilizada, cuja avaliação apresente uma média de moralidade suficiente, mais ou menos ortodoxa, pouco importa, cujo contato [com outra cultura] seja capaz de elevar, não de rebaixar, o indígena ("Do Cucuhy a Manaos", p. 162).

Mais coisas interessantes são ditas sobre os índios: suas armas, seus animais domesticados, os males de seu engajamento na exploração da borracha, o regime de "empréstimo" ao qual são submetidos, a caça ao jaguar, os rituais de morte e de vingança, as pinturas tribais, enfim, esse e os demais textos de Stradelli sobre o Brasil tornam-se cada vez mais ricos e apaixonantes.

De fato, o boletim seguinte, datado de março e abril de 1889, intitulado "Rio Branco – notas de viagem", traz o relacionamento, que data de maio de 1888, de Stradelli com o major Alfredo Ernesto Jacques Ouriques[21], encarregado pelo governo imperial de visitar o rio Branco e verificar a conveniência de se estabelecer ali uma colônia militar. Stradelli, que lá estivera em 1882, acaba fazendo parte da comitiva e registrando tudo o que vê: a força hercúlea do mulato Muratu, a morte do *tuxáua* Roque, a festa de Santo Elias em Airão, a caça ao jacaré, os bois bravios, os pássaros, além da rememoração do processo de pacificação dos crichanás – do qual Stradelli participou ativamente, com Barbosa Rodrigues, como afortunado intermediário, junto aos índios, com os quais sempre conseguiu dialogar. Assim se expressa Câmara Cascudo quanto às qualidades desses registros de Stradelli:

> A monografia de Stradelli, escrita para olhos europeus, é clara e nítida. Ele não tem a moléstia do imprevisto, do exótico, a mania da tragédia, da raridade e do pitoresco. Julga não desmoralizar-se narrando uma jornada onde ninguém morreu, nenhum índio surgiu para atacar, nem as tabas apareceram incendiadas pela multidão furiosa. Não há romance nem invenção. É uma narrativa leve, tranqüila, sem sobressaltos, arremessos, alvoroços. Stradelli humaniza regiões que viviam acesas em lendas de pavor e de mistério. Depois de suas páginas, o rio Branco deflui com a nobre simplicidade dos elementos naturais, comuns, úteis ao Homem e não à sua imaginação. Desencantou o rio Branco, mas o tornou mais sensivelmente nosso, mais próximo do esforço, da tenacidade e do trabalho irremediável dos homens.[22]

---

21. *Memória II*, pp. 45-6.
22. Apud *Memória II*, p. 61, "Lendas em nheêngatú e em portuguez", *Revista do Instituto Histórico e Geográphico Brasileiro* (tomo 100, volume 154).

O boletim seguinte, que data de março de 1890, é "O Uaupés e os uaupés". Stradelli realizou três viagens à região do Uaupés: em 1881, 1882 e 1890-91. Essa monografia, como bem viu Câmara Cascudo, é um verdadeiro tratado de etnografia. Nela é descrito com vivacidade o habitat dos indígenas da região do Uaupés – como os tárias, os desanas, os uananas, os barrigudos-tapuias, os tijucas-tapuias, os macus, os miritis-tapuias – com ênfase especial, como sempre, aos rios e suas paragens. Mas, nesse escrito, Stradelli esmerou-se também na descrição dos hábitos dos índios: vestimentas, enfeites, malocas, bebidas, rituais, bem como no conceito de propriedade e sua superexploração pelos pequenos comerciantes – a ponto de os índios terem chegado a interditar o rio Uaupés aos brancos (não "ao conde", porém, que era assim que o chamavam quando a ele se referiam). A deferência não se devia, é óbvio, apenas ao impacto produzido sobre os índios pelos instrumentos do conde – tanto o microscópio, quanto a máquina fotográfica –, descrito jocosamente na parte final da monografia, mas ao respeito mútuo que marca seu comportamento, conforme tivemos ocasião de mencionar. O conde fora aceito, inclusive, para participar dos rituais indígenas. Sua descrição das bebidas, comidas, músicas e danças é uma preparação à monografia seguinte, a mais famosa e, com certeza, a mais valiosa de todo o conjunto: "A lenda de Jurupary".

Eis como Stradelli se refere ao amigo Maximiano José Roberto, que lhe entregou o manuscrito original, em nheengatu:

> Massimiano [Maximiano] J. Roberto descende, por parte de pai, dos manaos e, por parte de mãe, de uma tariana do Uaupés, irmã do *tuxáua* Mandu de Jauaretê, que ainda era viva por ocasião de minha última viagem àquele lugar. Era, portanto, a pessoa mais indicada, se não a única, que poderia realizar esse trabalho. Acrescente-se a isso que seu *sitio* no Tarumanmiry, onde ainda vive a ancestral materna, é o ponto de encontro de todos os indígenas do Uaupés, que lá vão como que em peregrinação para visitar a velha parente, e consideram seu neto como o verdadeiro chefe longínquo de suas tribos. Ele começou coletando a lenda de um e de outro, comparando, ordenando as diferentes narrativas e submetendo-as às críticas dos diversos

indígenas reunidos, de modo que hoje ele pode assegurar que apresenta a fiel expressão da lenda indígena, da qual conservou, o mais que pôde, até a cor da dicção. Isso, por sinal, não lhe era difícil, uma vez que ele conhecia o dialeto tucana e o tariana e profundamente a língua geral ou nehengatu [nheengatu], que se queira chamá-la. Espero, aliás, que, cedo ou tarde, ele publique, como prometeu, o texto original com a tradução. Eu fiz o melhor que pude para traduzi-lo o mais simplesmente possível (*O Uaupés e os uaupés*, p. 256).

Fica parecendo improvável, com esse testemunho, um rearranjo das narrativas ou, o que é mais grave, uma "acomodação literária" – conforme interpreta Câmara Cascudo –, por parte de Stradelli.

Não vamos analisar aqui um dos clássicos da literatura ameríndia – senão o maior, conforme diz Héctor H. Orjuela, que por sinal apresenta, na última parte de seu livro[23] um estudo detalhado da versão de Maximiano José Roberto/Stradelli –, uma verdadeira cosmogonia que, mais do que lida, merece ser minuciosamente estudada e comparada com as dos outros povos indígenas das Américas. Conforme o povo – explica Loureiro (*Discurso*, p. 22) –, Jurupari recebeu nomes diferentes: Aiapec, na costa do Peru; Itzi, entre os tárias; Mirim, entre os tucanos etc., e, conforme o país, as versões variam, nas particularidades.

Vamos apenas, para ter uma visão da riqueza e complexidade do mito, esquematizar, a partir de *Orjuela* (pp. 105-8), sua estrutura e suas variantes nas diversas culturas amazônicas:

1. *Ancestrais do herói*: trovões/sol/fecundação de uma virgem pela água/fecundação de uma mulher casada por uma serpente/por um pajé/por uma planta.
2. *Nascimento*: mãe virgem engravidada por suco de fruta/por comer frutas/por tomar cachiri/por uma folha de tabaco/por um pajé etc. Em muitas versões, a mãe não tem aberturas sexuais e deve ser "aberta" para dar à luz.
3. *Infância*: Jurupari é separado da mãe pelos pajés/pelos anciãos/pelos trovões. Em algumas versões ele também é "fechado", não podendo nem falar nem comer. Será "aberto" por um pajé ou outro personagem. A mãe o amamenta sem vê-lo. Quando adolescente é apresentado a seu povo.

---

23. Orjuela, op. cit.

4. *Juventude*: o jovem Jurupari é extraordinário: seu corpo é furado e produz música/seu corpo é coberto por pêlos/emana luz (fogo) e som. É enviado do Sol e procura uma mulher perfeita (que não seja curiosa, libidinosa e boquirrota). Ele tem a cumprir uma missão religiosa e legisladora. O Sol deu-lhe um *matiri* (saco) com apetrechos mágicos.

Missão, poderes e feitos:

5. Jurupari dá início à sua missão depois de receber a pedra da Lua e as instruções para governar. Produz o trovão e o fogo. Estabelece as leis sozinho/através de um representante. As mulheres querem conhecer os segredos do culto de Jurupari (assim se chamam também seus instrumentos musicais que lhes são proibidos). As mulheres espiam e são transformadas em pedra (inclusive sua própria mãe). Jurupari manda construir sua casa de pedra às margens do rio Aiari. Alguns de seus enviados contam o segredo às mulheres.

6. Crianças desobedecem a Jurupari. Ele/um enviado seu come os meninos. Os pais/velhos planejam a morte/vingança de Jurupari.

7. Jurupari é convidado a uma festa na qual sabe que tentarão matá-lo. Ele vomita as crianças. Jurupari é queimado numa fogueira de folhas de ingá. De suas cinzas brotam as palmeiras de paxiúba. Elas chegam ao céu, e Jurupari sobe por elas. De suas cinzas também nascem espíritos malignos. Segue-se uma grande conflagração. O povo se dispersa em diferentes rumos.

8. Das palmeiras de paxiúba se fabricam os instrumentos musicais do culto, que são a voz e os ossos de Jurupari. Por produzirem música, tais instrumentos se identificam com os pássaros. Instituem-se atos de flagelação catárticos. Nos ritos usam a máscara de Jurupari. As mulheres são proibidas de assistir ao culto; se o fizerem, morrerão envenenadas pelo pajé/espancadas.

9. As mulheres decidem roubar os instrumentos, constroem sua própria maloca e aprendem com a ajuda de um jovem/de crianças/de anciãos/ a tocar os instrumentos. Há reversão de status social: as mulheres realizam o culto; os homens trabalham e têm menstruação.

10. Jurupari reaparece, castiga (ultraja/viola/mata) as mulheres e restabelece a ordem patriarcal.
11. Jurupari, sozinho/com um discípulo, difunde suas leis. As leis são freqüentemente esquecidas em excessos orgiásticos.
12. Antes de deixar seu povo, Jurupari conhece o amor humano, mas não encontra a mulher perfeita. Realiza suas últimas missões (castiga os traidores, enterra o corpo petrificado da mãe, aumenta o número de leis, instrui os discípulos), despede-se do amigo favorito/*alter ego* e ruma para o leste.

Um estudo detalhado dos ritos de Jurupari e de sua ligação com o mito foi realizado por Stephen Hugh-Jones em sua obra *The palm and the Pleiades*, considerada por Orjuela e outros a mais completa, até hoje.

No Brasil, entre os muitos pesquisadores, Silvia Maria S. de Carvalho, em *Jurupari: Estudos de mitologia brasileira*, embora não se detendo na estrutura da *Leggenda* de Stradelli em si (em que ela discute a questão da monogamia como influência cristã) liga uma série de seus mitos e ritos a outras cosmogonias; e Eduardo Viveiros de Castro, em *A inconstância da alma selvagem,* particularmente no capítulo "Xamanismo e sacrifício", ao estudar o xamanismo amazônico do ponto de vista perspectivista permite interpretar de forma esclarecedora certos aspectos transformacionais que se encontram na Lenda do Jurupari.

Lendas dos tárias

Outra importante monografia é a "Lendas dos tárias", datada de março de 1896. Nela, Stradelli apresenta a mais importante lenda tariana, também tratada (admiravelmente, diz Câmara Cascudo) por Antonio Brandão do Amorim, e que narra as peripécias da vida de Buopé – que, por sua vez, recebeu vários nomes –, seu chefe e principal personagem histórico (Maximiano José Roberto, por sinal, era descendente de Buopé). Sintetizando, Câmara Cascudo assim relata a história:

> Buopé era o chefe da numerosa tribo dos tárias, que vivia nas margens do Uaupés. Como faltavam mulheres na tribo, Buopé permitiu que seus guer-

reiros as procurassem nos povos vizinhos. Mas as novas mulheres reclamavam, porque toda noite Buopé e seus homens as abandonavam para irem fazer a dança de Jurupari, a que as mulheres nem podiam assistir. Os homens não lhes deram atenção, e as mulheres então fugiram. Foram alcançadas e ameaçadas de morte, caso reincidissem. Reincidiram e foram atiradas às águas da cachoeira.

Jauixa, *tuxáua* dos araras, uma das tribos de onde provinham as mulheres, resolveu vingá-las e matou a flecha um filhinho de Buopé. Este declarou guerra aos araras e preparou-se com flechas, dardos, tacapes, fundas e escudos revestidos de couro de tapir. Os tapires tomaram forma humana e convidaram os tárias para um banquete (*dabacuri*), para que os poupassem. Os tárias pouparam os tapires, derrotaram os araras e mataram seu chefe, mas não as mulheres e as crianças. Os uananas, aliados dos araras, acorreram para vingá-los. Buopé montou um curioso sistema de defesa, com fossos e casas d'armas. Todos os assaltantes foram mortos, menos um, que levou a notícia. As mulheres araras quiseram vingar seus maridos e atacaram os tárias. Morreram todas. Os uananas formaram outro exército, que investiu de novo contra Buopé e seus homens. Depois da luta em território inimigo, vencida pelos tárias, Buopé respeitou o chefe dos adversários e proibiu que se violassem as mulheres uananas.

Ninguém mais ousou guerrear contra os tárias, e Buopé tornou-se amigo do *tuxáua* uanana. Todos acataram as ordens de Buopé, insólitas para um povo guerreiro (*Memória II*, pp. 63-5.)

Esses fatos levaram a interpretações históricas e etnológicas variadas. E Câmara Cascudo termina seu relato com a seguinte observação: "Stradelli, há quarenta anos, levou Buopé aos olhos dos estudiosos italianos. E quando o velho enamorado dos tárias merecerá a justiça, tardia e suprema, de seus irmãos do Brasil?".

Há, ainda, uma monografia avulsa, que data de março de 1900 e tem o título de "Inscrições indígenas da região do Uaupés". É um estudo pictográfico minucioso que foi parcialmente apresentado pelo conde em Turim, no VI Congresso

Internacional de Americanistas. Ele não confirmou nem negou a tese de que as inscrições não passariam de *ludus homini*, simples entretenimento, ocupação ociosa, mas aceitou o desafio de lhes dar uma significação. Copiou cuidadosamente os litóglifos e tentou estabelecer um nexo (uma chave) entre as figuras e os símbolos que se repetiam nas inscrições, lembrando a frase do velho índio Quenono: "Vocês têm o papel para escrever; nós, as pedras". Enfim, existirá uma tradição pictográfica no Brasil?, pergunta Câmara Cascudo em seu comentário (*Memória II*, p. 70).

O que permanece é que Stradelli levantou os petróglifos existentes na região do rio Uaupés e criteriosamente os identificou.

Trabalho, doença e morte

Em 1893, Stradelli naturalizou-se brasileiro, passando a ser advogado provisionado no Amazonas, onde ali continuou sua carreira jurídica. Em julho de 1895, tornou-se promotor público, sendo transferido para Lábrea.

Em 1897, voltou à Itália e lá tentou convencer o industrial Pirelli a implantar no Amazonas suas instalações para exploração da borracha, até então na mão dos ingleses. Seria o grande trunfo de Stradelli, mas Pirelli não aderiu à idéia. Informa Loureiro (*Discurso*, p. 23) que mais tarde, em 1906, o industrial capitalista teria vindo por sua conta a Manaus, mas nada conseguira das autoridades brasileiras locais, acabando por instalar sua fábrica de pneus em São Paulo.

Em 1901, esteve Stradelli novamente na Itália – parece que pela última vez –, onde, na aula magna do Colégio Romano, apresentado pelo presidente da Sociedade Geográfica Italiana, proferiu, em 10 de novembro, a conferência "O estado da Amazônia"[24].

Stradelli então retornou em definitivo ao Brasil. Em 1912, foi nomeado promotor público estadual em Tefé, onde passou a viver. Trabalhou lá onze anos, publicando uma série de artigos jurídicos na *Revista de Direito Civil, Comercial e Criminal* –

---

24. Das cartas de Stradelli sabe-se que as notas da conferência foram enviadas pela Sociedade Geográfica Italiana ao autor, que, entretanto, não as reenviou, e por isso não consta a publicação da conferência em nenhum dos boletins. Depois de 1901, parece não ter havido mais contato entre o conde e a Sociedade. O texto que aqui publicamos sobre a conferência é um relato da Sociedade sobre o que Stradelli apresentou pessoalmente na Itália. [Agradecemos ao cineasta Andrea Palladino, autor do documentário *Ermanno Stradelli: Il figlio del serpente incantato* (2006), pela confirmação deste fato.]

que chegou a 130 volumes, fundada e dirigida, durante mais de vinte anos, por Antônio Bento de Faria, do Rio de Janeiro[25] –, até sua exoneração do cargo, em 1923, no governo de Rego Monteiro, devido a uma terrível fatalidade, na qual jamais teria pensado: a lepra. Ele, que se curava pela homeopatia e que brincava dizendo que iria viver até os cem anos, aos setenta se viu impedido não só de continuar seu trabalho, mas também de morar em hotéis e até mesmo de embarcar de volta para a Itália. O comandante do navio da companhia da Booth Line, por intermédio do qual o irmão padre Alfonso lhe enviara o bilhete de viagem, não o aceitou a bordo. De acordo com informações de Loureiro – que, além de historiador e literato, é médico e autor de *Aspectos geomédicos da lepra, no Amazonas*, resultado de uma pesquisa realizada em 1968-69 (*Discurso*, pp. 24-5) –, Stradelli já devia estar edemaciado e com a fácies leonina, pois foi logo recolhido, em Manaus, ao Umirizal, um isolamento para portadores de doenças infectocontagiosas, transformado em leprocômio, e que, em 1924, nada mais era que barracões de madeira e casas de palha, com cinqüenta internados. Num desses barracões ficou Stradelli (Câmara Cascudo diz que, na verdade, tratava-se de um chalé, mandado construir para ele pelo governo do Amazonas), com os livros que pôde trazer consigo. Na época, em todo o estado do Amazonas havia cerca de mil atingidos pelo mal. Onde teria o conde contraído a doença? Na referida pesquisa, o dr. Loureiro se faz a mesma pergunta[26], sem chegar a uma resposta definitiva.

De acordo com Danilo Manera, o conde morreu em 24 de março de 1926, "generoso con i suoi compagni di sventura e circondato di mappe, manoscritti e ricordi" [generoso com seus companheiros de infortúnio e cercado de mapas, manuscritos e lembranças] (*Yuruparí*, capítulo 2) . Hoje, entretanto, admite-se que pode ter morrido em 21 de março de 1926[27]. Quanto ao lugar onde foi enterrado, em 2005 estivemos em Manaus procurando infrutiferamente nos vários ce-

---

25. Informa Câmara Cascudo (*Memória II*, pp. 98-9) nas publicações no âmbito específico da jurisprudência.
26. "Entre 1968-69 encontrei uma prevalência extremamente elevada da doença, nos rios da borracha, enquanto os rios sem seringueiras apresentavam populações com índices mais baixos, levando-nos à conclusão de que a emigração nordestina e a emigração estrangeira foram fatores importantes na disseminação da moléstia, face ao alto número de doentes entre os migrantes em geral.
Fica aqui a pergunta ainda sem resposta: onde teria Stradelli adquirido a doença? No Amazonas ou na Itália, de onde vieram alguns doentes? Entre compatriotas ou em Lábrea, um de nossos municípios de mais alta prevalência?" (*Discurso*, p. 24).
27. http://it.wikipedia.org/wiki/ErmannoStradelli.

mitérios da cidade. Não há sequer uma lápide, pois o cemitério de Umirizal foi mudado em 1930, e o terreno, terraplanado. No dizer de Loureiro, que também procurou o túmulo do conde em Manaus, é possível que seus restos tenham sido transladados para a Itália.

Na Itália, tentamos entrar em contato com o bisneto do conde, senhor Filippo Bassi, residente em Florença, organizador de um arquivo bem abastecido sobre o avô, mas chegamos tarde: em 18 de fevereiro de 2006 fomos informados de que ele também havia morrido. Sua filha, sra. Giovanna Balsi Giacomelli, em carta datada de 7 de setembro de 2007, informa que atualmente o arquivo se encontra em Bogotá "devido ao fato de que meu pai [o] entregou a uma pessoa, por ocasião de uma exposição ou comemoração de aniversário e que [...] jamais foi devolvido".

Hoje, em Manaus, Stradelli é patrono da cadeira número 34 da Academia Amazonense de Letras, e, em São Paulo, a editora Ateliê propõe-se a publicar, pela primeira vez em livro, sua obra póstuma: o *Vocabulário português-nheengatu e nheengatu-português*[28], com uma gramática e dados enciclopédicos sobre o Amazonas. No alto Uaupés – relata Loureiro –, os velhos índios ainda duvidam de que ele tenha morrido, e o conde que dançava com os tárias o Canto do Inajá, com os uananas o Canto da Puberdade, com os cubeos o Canto do Peixe, ainda faz parte das histórias que se transmitem de pai para filho, de geração em geração.

---

28. O vocabulário só havia sido editado na *Revista do Instituto Histórico e Geográphico Brasileiro* (tomo 104, vol. 158, de 1929), pouco mais de dois anos após a morte do autor.

Ata da Sociedade Geográfica Italiana[1]

Assembléias do Conselho Diretor
Sessão de 21 de janeiro de 1887.

[...]

Informa-se sobre a próxima partida do conde Ermanno Stradelli, o qual, sob os auspícios da Sociedade Geográfica, empreende uma viagem de exploração na América meridional às nascentes do Orenoco.

[...]

Relatório do secretário da Sociedade quanto à expedição de Stradelli às nascentes do Orenoco[2]

Conforme está dito no processo verbal referido à página 85 do *Boletim*, fascículo de fevereiro do corrente ano, a Sociedade Geográfica Italiana tomou sob seus auspícios uma viagem de exploração que está para ser realizada por dois italianos, na América meridional, às nascentes do rio Orenoco.

Muito incompleto é o conhecimento que possuem os geógrafos sobre as origens daquele rio importante e sobre os territórios circunvizinhos. Mesmo os mais

---

1. Trecho das atas publicadas no *Bollettino della Società Geografica Italiana* [Boletim da Sociedade Geográfica Italiana], Roma, Sociedade Geográfica Italiana, ano XXI, vol. 24, série 2, fasc. 12, 1887 (fevereiro), p. 85. Doravante, *Boletim*.
2. *Boletim*, ano XXI, vol. 24, série 2, fasc. 12, 1887 (maio), pp. 354-6.

recentes mapas publicados na Inglaterra, pela empresa Perthes de Gotha etc., mostram, com suas contradições e com a escassez das indicações, que ainda estamos bem longe de conhecer aquelas regiões como conhecemos muitas dos Estados Unidos do Norte ou mesmo da República Argentina. Incertezas e lacunas não menores encontram-se nos mais renomados e difundidos manuais de geografia. Isso prova o quão útil pode se tornar uma exploração como aquela, que no momento está para começar.

A expedição é composta pelo conde Ermanno Stradelli, de Piacenza, e pelo marquês Augusto Serra dei Duchi di Cardinale.

O conde Stradelli tem preparo de longa data para as viagens por aqueles territórios. Ele passou lá vários anos e realizou uma série de excursões, especialmente na região brasileira, às quais, por serem geograficamente importantes, só faltou a publicidade, da qual Stradelli cuidou, na verdade, bem pouco até o presente. Para garantir-lhes esse mérito bastariam tão-somente as informações por ele fornecidas verbalmente acerca de muitos detalhes que ou estão errados ou faltam até mesmo nos melhores mapas atuais. Os únicos escritos que Stradelli publicou depois de sua volta e com referência àquela sua viagem são de natureza essencialmente literária, como, por exemplo, *Eiara*, lenda tupi-guarani (Piacenza, 1885); *La Confederazione del* [sic] *Tamoi* [*A Confederação dos Tamoios*], poema épico de D. I. G. de Magalhaens [Magalhães], traduzido em versos brancos (Piacenza, 1885) etc.[3] Por isso parece-nos útil resumir aqui, em linhas gerais, suas viagens precedentes.

---

3. As obras literárias de Ermanno Stradelli, publicadas na Itália antes de seu contato com a Sociedade Geográfica Italiana, são: *Tempo sciupato* [Tempo desperdiçado] (Piacenza, Marchesottti, 1877, 143 p.); *Una gita alla rocca d'Olgisio* [Um passeio à roca d'Olgisio] (Piacenza, Marchesotti, 1876, 46 p.); *Eiara: leggenda tupi-guarani* [Eiara: lenda tupi-guarani] (Piacenza, Porta, 1885); *La Confederazione dei Tamoi, Poema epico di D. J. G. Magalhaens, Barão do Araguaia* [A Confederação dos Tamoios, poema épico de D. J. G. Magalhães] (Piacenza, Porta, 1885, 304 p.).
Depois de entrar para a Sociedade e após a publicação dos *Boletins*, Stradelli lançou outras obras literárias na Itália, a saber: *Due leggende amazzoniche* [Duas lendas amazônicas: Ajuricaba e a Cachoeira do Caruru] (Piacenza, Porta, 1900, 181 p.); *Pitiapo: poemetto* (1900, sem outros dados). No entanto, Loureiro (*Discurso*, p. 23) refere que em Canutama, onde Stradelli estivera já como jurista, em 16 de novembro de 1896, ele teria terminado "de escrever *Pitiápo: Lenda uanana* e *leggende dei taria*".

Em junho de 1879, o conde Stradelli chegava, pelo rio Amazonas, ao Pará e, em julho, a Manaus, de onde empreendeu, nos anos 80, 81, 82 e 83, numerosas viagens, em diversas direções, nas regiões internas. Assim, ele remontou primeiro o rio Purus, em companhia de alguns missionários, subindo, inclusive, o afluente da esquerda, Mamoria[Mamoré]-Mirim, e o da direita, Itaxy [Ituxy]. Depois de um naufrágio, que lhe custou todos os seus pertences e instrumentos, de volta a Manaus, partiu novamente, remontando o rio Amazonas, em julho de 1880, até Fonteboa [sic] e Loreto, e, de lá, dirigindo-se ao Juruá, para estudar, no próprio local, a extração da borracha. Durante uma segunda viagem pelo Juruá, tendo sido atacado pelas febres, voltou a Manaus, de onde, nem bem recuperado, em abril de 1881 fez uma excursão pelo rio Negro, o Haupés e o Tikié[4]. Tendo regressado mais uma vez a Manaus, tinha em mente voltar à Europa; mas, ao encontrar ali a Comissão oficial que devia delimitar os confins entre a Venezuela e o Brasil, e ao ser convidado a unir-se a ela *en amateur*, aceitou de bom grado, visitando, desse modo, algumas das regiões mais ignoradas entre o Brasil e a Venezuela. Percorreu assim o Padauri e o Mareri e, na Semana da Paixão de 1882, chegou ao monte Guai, tendo diante de si a serra de Paracaima, esfumada em azul no horizonte e unida angularmente à cordilheira de Parime [sic]. Daquelas montanhas correm o Castanho, o Giurapari [sic] e talvez o Orenoco. Às suas costas tinha os montes Tapiraperó e, mais ao longe, uma cadeia de montes isolados na planície, a oeste, que, indo em direção ao sul, forma o divisor de águas entre o Mareri e o Mauaca.

Foi naquela circunstância que surgiu, pela primeira vez, no ânimo do conde Stradelli, a idéia da exploração à qual ele agora se dispõe, apesar de os primeiros passos dados no vale superior do Orenoco terem sido acompanhados por grandes inconvenientes. A paisagem e a vegetação eram estupendas, entretanto faltavam víveres. No dia de Páscoa, os quatro membros da expedição tinham como inteira provisão uma lata de sardinhas, que teve de bastar, com um tanto de farinha de mandioca, para o café-da-manhã e o almoço.

---

4. Respectivamente, "Uaupés" e "Tiquié". No primeiro caso se trata, evidentemente, de um erro de transcrição, embora o próprio Stradelli não utilize sempre a mesma grafia.

No final de maio de 1882, a Comissão se encontrava em Thomar; no começo de junho, chegava a Carvoeiro, e, em meados do mesmo mês, ao rio Branco, de onde Stradelli voltou para Manaus.

Finalmente, depois de uma nova e longa excursão pelo rio Uaupés, pelo Tapo [Tapi] e o Apipurí, que valeu ao viajante uma grave recaída em febres e o obrigou a regressar novamente a Manaus, ele foi, em 1883, restabelecer-se em Itaquatiara e, de lá, até a foz do Madeira. Ali ele se recuperou completamente e se uniu, em 1884, ao diretor do Museu Botânico de Manaus, numa expedição ao Jauaperi, para tratar da paz com a intrépida tribo dos crichanás, os quais, por cerca de uma vintena de anos, eram hostis aos brancos e obrigavam o Brasil a manter naquele rio uma pequena estação naval para impedir-lhes as incursões que, sobretudo havia alguns anos, espalhavam terror por todos os povoados entre Carvoeiro e Airió.

Essa perigosa empresa também foi concluída com sucesso e, de volta a Manaus, o conde Stradelli regressou finalmente à pátria em fins de 1884.

A familiaridade que o conde pôde adquirir durante tantos anos com aquelas vastas regiões, com o modo de nelas viajar, com os produtos, com a índole dos habitantes, indígenas e imigrados, como também as numerosas relações pessoais que, em tantas viagens, teve ocasião de estreitar, levam a crer que, na importante empresa à qual agora se dispõe, ele encontrará a maneira de conduzir a bom termo o programa estabelecido; o qual, basicamente, consiste em adentrar, possivelmente pela Venezuela, as terras altas do Orenoco, explorar e estudar as regiões de sua nascente, atingir, pela célebre bifurcação do Cassiquiare, o curso do rio Negro e descer, por ele e pelo Amazonas, até a costa brasileira do Atlântico.

No dia 4 de fevereiro corrente, o conde Stradelli nos telegrafava os seus cumprimentos de Marselha[5], prestes a embarcar para a América no navio a vapor *Lesseps*. O marquês Serra irá alcançá-lo mais tarde, em Caracas.

---

5. Por ocasião de sua primeira vinda ao Brasil, Stradelli embarcou em 9 de abril de 1879 no porto de Bordeaux, de acordo com as informações de: <http://www. Scricciolo.com/Nuovo_Neornithes/ Stradelli_Ermanno>.

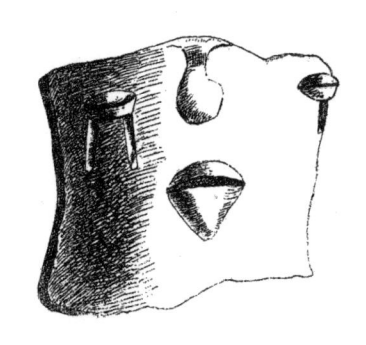

LENDAS E NOTAS DE VIAGEM

Expedição às nascentes do Orenoco[1]

Caracas, 27 de março de 1887.

Gentilíssimo professor,

[...] Nem creia que a exploração à qual me disponho não seja bem vista pelo governo: muito pelo contrário. Tanto o ministro do Exterior, d. Diego Urbanej, quanto o presidente da República, general Gusman [Guzmán] Blanco, acolheram-me de maneira totalmente encorajadora; e, além da permissão mencionada mais acima (de portar armas para uso de defesa), concederam-me a isenção dos direitos para as munições etc., e entrarei no Orenoco recomendado àquelas autoridades por cartas do próprio presidente. Tenho, portanto, agora tudo o que desejava e até mais do que esperava, e assim que Serra me tiver alcançado em Ciudad Bolívar, onde, entretanto, prepararei o necessário para podermos iniciar viagem imediatamente após a sua chegada, espero poder tentar logo a projetada exploração.

Há, porém, uma coisa que me incomoda: a notícia, chegada nestes últimos dias, de que as nascentes do Orenoco já foram descobertas. O afortunado explorador seria um francês, m.r [sic] Chaffanjon, retornado há pouco à Ciudad Bolívar.

Desde o dia de minha chegada têm-me falado dele: que ele havia partido em outubro de S. Fernando d'Atabapo e que, desde aquela época, não tinha mais dado notícias de si; no outro dia, um despacho a M. de l'Or [M. Delort] anunciou seu retorno e a descoberta.

---

1. Extratos de cartas do sócio conde E. Stradelli ao secretário da Sociedade. *Boletim*, ano XXI, vol. 24, série 2, fasc. 12, 1887 (julho), pp. 500-6.

Confesso que me chatearia e não pouco; mas, se o fato for verdade, será preciso resignar-se. Não por isso penso em retroceder. Se não terei podido ser o primeiro, serei o segundo, e paciência!

O espetáculo que deve apresentar o Orenoco no famoso *raudal* dos Guaharibos, já que me encontro a caminho, impelir-me-ia a ir até lá, ainda que tivesse a certeza de ser o centésimo a chegar, uma vez que isso somente, por breve e concisa que seja a descrição que dele faz Diaz de la Fuentes [Fuente] – o único até hoje que o viu e o descreveu –, mereceria uma viagem, tão extraordinário é o fenômeno e deve ser grandioso.

Eis as palavras dele:

> A pouca profundidade que o rio tem neste ponto impediu-me de progredir, não sendo possível, por mais que tomássemos cuidado, continuar. Este lugar encontra-se aos pés de uma grande cordilheira chamada Parima (ou Paraima), de onde desce uma queda d'água que dá início ao famoso rio Orenoco. Vendo a impossibilidade de poder ir adiante, convoquei o meu pessoal para que tentassem encontrar um modo de escalar aquelas montanhas, porém ninguém o pôde encontrar, e os índios urumanavis repetiram-me que não me desgastasse em vão, pois apenas entrando pelo rio Branco teria podido chegar a ver o Orenoco sair de debaixo da pedra (*ippa* [*itá?*], como disseram os índios). Em vista disso, exigi de todos uma declaração de quanto viam, junto a uma planta do terreno que levantei ali mesmo, constatando a impossibilidade de prosseguir, seja por terra, seja por água: e esse documento eu o tenho em mãos.

E é isso tudo o que se sabe de positivo até agora sobre o *raudal* dos Guaharibos; e do curso superior do Orenoco só se têm suposições fundadas em relatos de índios e nada mais, e essas variam de 15 a 150 léguas de curso.

Eu, porém, inclino-me para a opinião expressa pelo senhor Miguel Tejera, que é a seguinte. O Orenoco não nasce na serra Parima, Paraima, ou Paruma, como se queira chamar, mas esta seria tão-somente causadora do *raudal* dos Guaharibos, nascendo o rio mais além, num triângulo montanhoso que determinaria o curso do rio Branco (afluente do Amazonas) e cuja base seria justamente a serra Paraima. As razões que a isso me levam são, a meu ver, muito convincentes. O rio Branco, em todo o seu curso, não tem afluentes de grande importância que lhe cheguem da margem direita, mas todos são insignificantes, o que demonstra terem eles um percurso muito breve, ao mesmo tempo que igual fenômeno se verifica na margem esquerda do rio Negro, em todo o percurso que vai da boca do Padauiri ao rio Branco.

Qual é a dedução natural que deriva desse fenômeno? Uma só, isto é, que esses rios recolhem as águas de um território muito limitado, ou seja, que existe um triângulo montanhoso que penetra naquele vasto retângulo, ainda desconhecido, compreendido entre a serra Paraima, o rio Branco e o rio Negro, cujas águas correm naturalmente para o Orenoco e lhe dão origem.

E tem mais. Vista a maneira excepcional com que o Orenoco se atira em seu vale, abrindo passagem na serra Paraima, a idéia de um lago mais além, ou, melhor dizendo, de uma represa de águas, não é extraordinária, ainda que eu deva também dizer que já ouvi asseverar tantas vezes pelos índios a origem lacustre dos grandes rios, que hoje sou levado a duvidar de sua veracidade.

Mas essas são todas questões que ou já estão resolvidas ou espero poder resolver, se ao menos Deus me permitir.

E agora, se não o considera inoportuno, eis algumas coisas sobre os povoados percorridos por mim até agora.

La Guaira é uma pequena cidade encostada na montanha e que, vista do mar, se apresenta com bastante denguice[2]. Ela recebe sua importância por ser próxima da capital, da qual, afinal de contas, não passa de porto natural – apesar de, como porto, não ser o melhor do mundo, visto que porto, realmente, não existe, e o desembarque se realiza na praia, mal-e-mal protegida por um mísero dique de madeira.

Aliás, a esse respeito dizem-me que, muitas vezes, um mar um pouco agitado impede o embarque e o desembarque de mercadorias e passageiros.

Ela se liga à capital por uma arriscada estrada de ferro de bitola estreita, construída por uma companhia inglesa e terminada há apenas dois anos. O espe-

---

2. No original, "com abbastanza civetteria" [com bastante coqueteria].

táculo que se desfruta, ao percorrê-la, é magnífico e imponente. Parte-se do nível do mar e, após tê-lo costeado por pouco mais de dois quilômetros, eleva-se com estreitos e íngrimes *tournants* pelas vertentes das acidentadas montanhas que formam a costa, ora perdendo ora reencontrando a vista do mar e da cidade, que, com suas casas pintadas de cores vivas e caprichosamente acompanhando as irregularidades do terreno, quebra com uma nota alegre a brutalidade da montanha e a tristeza infinita das vagas azuis.

De repente, o trem encontra-se na crista dos contrafortes da cordilheira e por ela se adentra, enquanto o céu, como que contra a vontade, é limitado pela crista das montanhas vizinhas.

Aos nossos pés não está mais o mar, aos nossos pés não está mais o vale, no qual o coqueiro se eleva esguio e ousado, interrompendo com sua cor verde-cinza o verde da cana-de-açúcar e do milho. Incomensuráveis despenhadeiros se abrem abaixo de nós; a encosta do monte, brutal e árida, adquire uma fisionomia toda especial pelos cactos que, à guisa de candelabros, estendem seus braços nus ao céu, no meio de uma vegetação mísera e raquítica. E a estrada sobe e sobe sempre, e, quanto mais se adentra, mais a montanha se torna árida sob nossos pés; e o vale, que poucos minutos antes era largo, oferecendo um cômodo leito às torrentes que no tempo das chuvas prorrompem espumosas, enchendo com seus estrondos o silêncio do deserto, fez-se despenhadeiro, cujo fundo desaparece sob os magros ramos das árvores que o ladeiam. Aqui e acolá algumas míseras cabanas, algumas cabras, lembram a presença do homem; e os trabalhadores, que, com a aproximação do trem, deixam a sua tarefa e, na beira da estrada, param para vê-lo passar, com suas camisas fora das calças, com seu chapéu de palha, causam uma impressão estranha, que não se pode definir. Estão assim presentes os representantes de duas civilizações, tão diferentes uma da outra, que só penosamente a imaginação consegue, com sua potência, preencher a distância que as separa.

Partimos às 3h; às 5h20 um apito anuncia que chegamos, ou seja, que em pouco mais de duas horas subimos a 932 metros do nível do mar, por um percurso de 38 quilômetros.

Tendo chegado a Caracas, dirigi-me ao S. Amand, hotel que me havia sido recomendado em La Guaíra pelo general Pepe Garcias, hoje, pelas vicissitudes políticas, reduzido a viver como proprietário de um pequeno café, onde, ao chegar, tomei meu desjejum. Mas no S. Amand não havia vaga, de modo que, depois de percorrer alguns outros, na mesma situação, encontrei uma acomodação, e conveniente, no Hotel Paris.

Por enquanto, porém, basta. Não quero escrever desde agora um diário. Vou começá-lo da minha partida de Trinidad e remetê-lo regularmente de onde estiver.

Caracas está situada em um vale estreito, no meio de altas montanhas, e se estende quase em forma de um amplo leque, tendo seu centro no morro do Calvário, reduzido hoje a um esplêndido jardim e passeio público, com o nome de Passeio Gusman [sic] Blanco, cuja estátua de bronze domina, do cume do monte, a cidade adjacente. As estradas retas que vão de leste a oeste, cortadas em ângulo reto de norte a sul, não lhe apresentam, daqui, nada além de um xadrez de telhados de tijolos, cuja monotonia é quebrada aqui e acolá por jardins, praças arborizadas, edifícios públicos e igrejas, que se elevam com uma nota clara, estridente e, ao mesmo tempo, alegre. Lá embaixo, a noroeste, encostado no monte, o Pantheon, onde repousam os restos de Bolívar e de alguns dos valentes que o ajudaram na gigantesca empresa de arrancar um mundo da Espanha; depois, mais para cá, Alta Gracia, cujo campanário atesta, com uma ampla fenda, a força do terremoto que arrasou, no começo do século, grande parte da cidade. Mais a leste, quase na mesma linha, a catedral, igreja de tipo absolutamente espanhol e centro da cidade. É daqui, de fato, que parte a engenhosa e fácil divisão da capital.

Determinado o centro sobre essa, fez-se uma primeira divisão com quatro ruas que, cortando-se em ângulo reto, estabelecem seu início nas extremidades opostas da cidade e são denominadas *avenidas* Norte, Oeste, Sul e Leste. Depois, partindo-se sempre da catedral e voltando as costas para o norte, foram diferenciadas com números ímpares todas as ruas sul e todas as norte da esquerda, e, com números pares, aquelas à direita, fazendo o mesmo, voltando as costas para o oeste, para todas as ruas perpendiculares a estas, dando, dessa maneira, uma facilidade extraordinária a qualquer um para orientar-se – mas que, porém, é quase tornada vã pelo antigo hábito que se tem no povoado de dar os endereços e as indicações pelas denominações das esquinas das ruas que hoje já não existem, a não ser na tradição, e que terminam por confundir-se de maneira extraordinária: mas esse é um uso que se repete em todos os lugares e não há povoado, nem na Itália, que não o tenha experimentado, sobretudo nestes últimos tempos, nos quais são batizadas e rebatizadas tantas ruas, permita-me dizer, inutilmente.

Diante da catedral abre-se a praça Bolívar, ornada, no centro, pela estátua eqüestre do *Libertador*, lugar onde se reúnem, à noite, os *Caraqueños*, e que dá para a praça do Capitollo, onde surge o Palácio Federal, que contém as duas Câmaras, o salão das recepções oficiais, ornado com os retratos dos homens mais ilustres do país e que fica em frente à Academia Venezuelana, "seção da Academia Madrilena", e à universidade.

Eis um passo de importância grandíssima dado nestes últimos anos pela Espanha e que estreita cada vez mais os vínculos que unem as antigas colônias com a mãe pátria, preparando o caminho para a sonhada união ibero-americana: a fundação dessas seções americanas dependentes da Academia espanhola.

Depois, mais embaixo, mais ao sul, o teatro que leva o nome de Gusman Blanco; e, depois, Sta. Teresa; e, depois, a Candelária, lá embaixo, no fim da *avenida* Leste; e o teatro Caracas etc. etc.; ainda que sem querer, me pus a fazer um guia para viajantes, roubando o trabalho dos Baedecker[3].

E agora? Teria ainda tantas e tantas coisas a dizer, que não sei mesmo por onde começar.

O clima (peguem qualquer tratado de geografia e lhes dirá o mesmo) é ameno, quase, diria, eternamente primaveril; o máximo, dizem-me, é 29 ou 30 graus centígrados, uma delícia!

No que se refere ao cultivo rural, nos arredores de Caracas o que abunda é o milho, o café, a cana-de-açúcar, a banana e todos os gêneros de hortaliças da Europa, e estou convencido de que muitas plantas ainda não aclimatadas, sem a indolência, que é um grande coeficiente de toda a América do Sul, com a qual não se pode deixar de contar, e sem os preconceitos inveterados, poderiam crescer e prosperar viçosas e frutíferas. A videira, por exemplo, nas encostas das monta-

---

3. Referência a Karl Baedecker, alemão que foi um pioneiro, junto com o inglês John Murray, na criação de guias turísticos. Suas publicações iniciaram-se ao final da década de 1830 e perduram até hoje, com a editora de mesmo nome, tendo se tornado uma marca – um verdadeiro sinônimo – de guias de viagem.

nhas, que de cada lado, como vasta moldura, circundam Caracas, deveria amplamente recompensar o suor do primeiro audacioso que a plantasse. Certo que seria preciso, talvez, modificar seu cultivo, principalmente no que se refere à podadura, mas isso por certo não seria uma dificuldade.

Os habitantes, gentilíssimos, cordiais, hospitaleiros, não saberiam dizer mais sobre eles, nem poderiam dizer menos. E são de uma cultura, com freqüência, fora do comum, às vezes absolutamente superior; aliás, dentro de dias, no máximo dentro de meses, um deles, o senhor Miguel Tejera, do qual mais acima falei, provocará, com uma obra que, faço votos, em breve veja a luz, uma verdadeira revolução entre os seguidores de Galileu e de Newton.

Vi ontem, com o enviado extraordinário da França, M.r Thiessé, a carta na qual o M.r Chaffanjon lhe anuncia ter descoberto as nascentes do Orenoco no dia 18 de dezembro passado, mas, infelizmente, não entra em detalhes.

Sempre a seu dispor.
Ermanno Stradelli

Caracas, 29 de março de 1887.

[...] Pude ler, no original, a carta que o próprio Chaffanjon escreveu, anunciando a descoberta.

E agora quer saber a minha convicção, depois de ler a carta, inteirinha, sem rodeios?

Ei-la: ele fez o que Diaz de La Fuentes [sic] fez: chegou até os Guaharibos, depois voltou para trás sem ter acrescentado um único passo a mais além do que havia sido descoberto há cento e poucos anos. E, se acredita ter descoberto algo novo, isso quer dizer que ele ignora tudo o que foi feito e foi escrito antes por Diaz de la Fuentes, Solano, Bobadilla, Humboldt, Michellena, Codazzi e talvez outros que não conheço, como Schombourg [Schomburgk] etc.[4],

---

4. Câmara Cascudo refere-se a esses exploradores – neles incluindo obviamente Chaffanjon (*Memória II*, p. 36) – como pesquisadores que tentaram descobrir, sem êxito, as fontes do Orenoco:

já que esse famoso raudal de los Guaharibos ele o encontrou depois de um tempo de viagem quase idêntico ao que Diaz de la Fuentes gastou, e em condições idênticas. Esta é a impressão que tive e é compartilhada inteiramente por especialistas venezuelanos.

Seu devotadíssimo,
Ermanno Stradelli

Ciudad Bolívar, 4 de abril de 1887.

Professor caríssimo,

Daqui a alguns minutos deixarei Ciudad Bolívar rumo ao alto Orenoco. Serra não chegou... para mim a coisa é séria, já que estou sem cronômetros, uma vez que havíamos ficado entendidos que os traria ele. Portanto, parto com o risco de fazer uma viagem, pelo menos em parte, inutilmente.

As nascentes, de resto, ainda estão intactas. Chaffanjon, que conheci, que ainda se encontra aqui e de quem vi o mapa e ouvi o relato, não superou, como,

---

"Todas as outras tentativas falharam, antes e posteriormente a Chaffanjon. Humboldt voltou de Esmeralda, lat. 3°10'14", long. 65°33'30". Nem aí chegou Spruce. Schomburgk passara fora do raio perigoso e alheio ao Orenoco. Michelena y Rojas chegou ao rio Umauaca, lat. 2° 30'36", long. 65°11'01". Toda esta zona é domínio dos índios guaaribos, antropófagos, indomáveis, brutais, acima de qualquer sedução de ofertas e de ameaças. A *raudal* dos Guaaribos, lat. 2°18'18", long. 64°38'46", é o limite dos conhecimentos reais na pista do Orenoco às suas origens. Daí voltou Francisco Bobadilla, chefiando as forças da Comissão de Limites Espanhola em 1763. Diaz de La Fuente, em 1759, dissera ter ultrapassado a famosa *raudal*, povoada de guaaribos intratáveis que obrigaram Codazzi a retornar e ainda, em janeiro de 1920, punham ponto final nas explorações do doutor Hamilton Rice".

Em particular, sobre Agostino Codazzi, cujos mapas são usados e freqüentemente elogiados por Stradelli, sabe-se ter ele nascido em 1793, em Lugo, na região italiana da Romanha, tendo sido artilheiro de Napoleão, viajante nos Bálcãs, jogador em Constantinopla, corsário nas Caraíbas, coronel-geógrafo na Venezuela e autor de um atlas geográfico físico-político fundamental da Colômbia, país que explorou detalhadamente e onde morreu, em 1859. A ele foi consagrado o maior Instituto Geográfico colombiano, chamado Augustín Codazzi. [Agradecemos a Danilo Manera, pelas informações desta nota.]

aliás, eu lhe havia escrito, o ponto onde havia chegado Diaz de la Fuentes. Está ainda tudo por fazer, não tendo Chaffanjon feito outra coisa a não ser confirmar o que nos havia já contado do alto Orenoco aquele ousado espanhol. Portanto, a conclusão... fica para a minha próxima.

Parte comigo, como passageiro de primeira classe, o senhor M. P. de Teano. Ele se dirige a Atures, S. Fernando d'Atabapo, rio Negro, Amazonas e Rio de Janeiro.

Um aperto de mão do seu,
Ermanno Stradelli

Da ilha de Trinidad a Atures[1]

Carta ao secretário da Sociedade[2]

Às 8h da noite de 3 de abril, a bordo do vapor *Bolívar* da Companhia Lees, que faz essa viagem três vezes por mês, deixava eu Puerto d'España, rumo ao Orenoco. A noite estava calma; o mar, silencioso; um único ruído se ouvia, aquele das rodas que batiam as ondas movidas pelo enorme pistão que, acima do toldo, se desenhava entre a fumaça, sobre o céu estrelado.

Uma névoa finíssima à flor d'água estendia-se sobre o golfo de Paria, ou, melhor dizendo, golfo Triste; e a cidade, como uma linha irregular de pontos luminosos cada vez mais incerta, perdia-se no horizonte, escondendo-se no cândido véu que de cada lado a circundava. Teria podido facilmente imaginar-me entre o céu e a terra, sobre as nuvens, perto das estrelas.

A travessia do golfo, até a foz do *caño* Macareo, o mais setentrional e o que é, em qualquer tempo, praticável dos seis [*caños*] navegáveis entre os tantos que formam aquele vasto e quase ainda desconhecido labirinto de ilhas e canais que é o delta do Orenoco, dura, em tempos normais, de sete a oito horas; e nós entrávamos lá ontem, às três da manhã. As terras baixas e cobertas de vegetação perdiam-se numa linha monótona, à sombra, e quando pude admirá-las, iluminadas pelo sol, se não tivesse a certeza de encontrar-me no Orenoco, teria acreditado facilmente estar no Amazonas; mas a semelhança não dura. A *Muuritu tessilis*, o

---

1. *Boletim*, ano XXI, vol. 24, série 2, fasc. 12, 1887 (outubro-novembro), pp. 354-6.
2. Cf. o *Boletim* de maio, p. 354; julho, p. 500. (N. S.)

morice [*murici* ou *muruci*], como o chamam aqui, ora isolado, ora na mata atrás de baixas touceiras, os *manglar*[3], meio submersos e nas margens cobertas de arroz selvagem, de onde, ao ruído do vapor, fogem assustados bandos de patos e de cândidas ardeídas[4], substituem o *assaí*[5] das selvas do Pará, conferindo-lhes uma fisionomia especial, que essas não têm. Curvas sucedem-se a curvas, praias a praias, selvas a selvas, contínuas, monótonas e, sobretudo, monótonas, pois, passando por elas a todo vapor, não se pode apreciar suas sempre novas belezas, que o diverso comportamento das várias plantas em mil maneiras enoveladas apresentam ao olhar. Quantas vezes não ouvi dizer: "Quando se viu um rio, se viram todos: céu, água e margens, mais ou menos distantes, cobertas de florestas. Isso cansa, afinal". E é verdade, e eu preferi, mais de uma vez, ainda que mais lenta e mais custosa, a navegação a remos àquela a vapor.

Por volta das 2h passamos em frente a um *rancho* de guaraúnos, que, nos tendo ouvido de longe, acorrem ao nosso encontro em suas leves embarcações, feitas de um único tronco, que ouço, à minha volta, chamarem *curiaras*[6], nome que lembra *ygara*, que tem o mesmo significado em guarani e indica tão-somente uma embarcação maior, em tupi. No primeiro momento, confesso, não entendo a manobra, mas logo vem a explicação. Do navio, atiram-lhes grandes pães, que, mal caem na água, são recolhidos com demonstrações de alegria, enquanto, da margem, mulheres e crianças agradecem calorosamente. A cena se renova outras duas ou três vezes durante o dia, e sempre com o mesmo resultado e grande diversão de duas simpáticas *misses* americanas, que estão indo para Bolívar, contrariadas apenas pelo fato de que os vapores da Companhia, nesta época do ano, não passam por Ciudad Bolívar e não chegam até Nutrias, no Apure. Noto uma coisa. Parecia-me ter lido em Humboldt – e, de qualquer maneira, é o que se repete ainda todas as vezes que se fala dos indígenas do delta do Orenoco, se é tomado

---

3. "Mangues", em português, da denominação *mangle*, dada nas Índias Ocidentais.
4. Ardeídeos: família de aves que compreende as garças, os maguaris, os taquiris, os socós. Doravante traduziremos por "garça", o italiano *ardea*.
5. Açaí (*Euterpe edulis* e *E. oleracea*): tipo de palmeira de cujo fuste se extrai o palmito e cujos frutos são comestíveis.
6. No original, *curiare*, formação de plural em *e* (desinência de feminino plural em italiano) da palavra *curiara*; optamos, aqui, por usar a desinência *s* do plural em português.

de Humboldt ou de outrem, pouco importa – que os guaraúnos moram em casas suspensas, precisamente como em Catlin[7] [há o registro] de uma outra tribo do Amazonas que nunca pude encontrar e cujo nome perguntei; e, em vez disso, as casas que se vêem na margem são largos alpendres sustentados por postes solidamente fincados em lugares onde a água ou não chega ou, se então chega, só o faz por ocasião de uma cheia extraordinária. Nem posso supor que tenha me enganado a vista; algumas fotografias, tiradas ao passar, estão lá para confirmar-me o contrário. Afinal, em oitenta anos as coisas podem ter mudado, e, quem procurasse no interior do delta, talvez encontrasse ainda aquelas habitações pênseis, como hoje, depois de cerca de quatrocentos anos, ainda se vêem – e no caminho mais freqüentado, sem distinção de sexo ou de idade – os indígenas na mais adâmica vestimenta possível.

Disse depois de cerca de quatrocentos anos intencionalmente. As primeiras notícias, de fato, sobre esta parte da América, nós as temos do próprio Cristóvão Colombo, que, em 1498, tendo chegado no final de agosto à ilha de Trinidad, reconheceu o golfo e a costa de Paria e, tendo tomado, no princípio, a terra firme por uma ilha, chamou-a Santa; mas, tendo mudado de opinião imediatamente diante do volume enorme das águas do Orenoco, que põem em perigo suas frágeis embarcações na saída da Boca do Dragão, imagina ter chegado ao continente asiático e ser o rio um dos quatro que, segundo as Escrituras, partem do paraíso terrestre e dividem a Terra. Mas o primeiro a remontar o Yuyapari ou o Orenoco foi d. Diego d'Ordaz, em 1532 ou por volta disso. Em 1531, tentava inutilmente remontar o Orenoco e, tendo adentrado pelo Caño de los Navios ou de Ponta Barima, a mais meridional das fozes do rio, teve de enfrentar os indígenas em Uriapiari, onde, conta, depois de uma boa acolhida, fora assaltado, e, incendiando a casa de um chefe que suspeita ser fiel ao Carvao, onde todos os habitantes perecem, passa o Caroni, remonta o rio Ferro no *randal* de Kirichana ou Cariben, pouco abaixo da foz do Meta, mas, não podendo com os seus navios atravessá-lo, retorna.

---

7. George Catlin (1796–1872), pintor e ensaísta norte-americano, viveu entre várias tribos indígenas das Américas e retratou, em diversas obras, seus costumes, vestuário, artefatos, cerimônias etc., tendo sido um dos responsáveis pelo movimento conservacionista do século XIX.

Depois dele, Herrera tenta a façanha. Acha desertas as aldeias de Uriapiari e de Caroao [sic], mas encontra, por outro lado, os caribes, que o afrontam, lhe extorquem tributos e o cansam por mil maneiras, mas não chegam a prendê-lo. Chega a Cabritu, hoje Cabruta, onde é bem recebido pelo chefe, ao qual teve a sorte de restituir o filho, liberto das mãos dos caribes, que o haviam feito prisioneiro. Recuperado com seu pessoal das passadas fadigas, retoma o caminho, chega ao Kirichana, atravessa-o, remonta o Meta e teria talvez chegado aos pacíficos Muiscas, na Nova Granada, se uma flecha envenenada não o impedisse, tirando-lhe a vida. Álvaro d'Ordaz, que lhe sucede no comando, cedendo à pressão dos próprios companheiros, em lugar de prosseguir a exploração começada, retrocede. Hortal e Cedeño sucedem-no nas tentativas; mas tanto um quanto o outro são logo distraídos, entregando-se à mais lucrativa ocupação de capturar os indígenas, vendidos depois como escravos em Cubazna [Cuba, talvez], Porto Rico e São Domingos. Chega-se, assim, a 1576, ano em que, "a fin de reducirlo (o país) ya que por fortuna hubiesen sido inutiles las armas, se occuriò all'Evangelio como el medio mas eficaz y seguro di [sic] conquista" [para reduzi-lo (o país), já que felizmente as armas haviam sido inúteis, se recorreu ao Evangelho como meio mais eficaz e seguro de conquista], como diz Michelerra[8], de quem peguei a maior parte dessas notícias.

A fama, porém, de um país extremamente rico ao qual conduzia o Orenoco, o Eldorado, aguçava, e não pouco, a cupidez dos aventureiros. Em 1579, um holandês, Adam Sanson, acompanhado pelos indígenas, expulsa os primeiros missionários e funda a primeira cidade surgida sobre o grande rio, em frente à ilha do Fajardo, na afluência do Caroni.

Passam-se 12 anos. D. Antonio Berrio, genro do governador de Nova Granada, desce do Canaviare pelo Meta e funda, onde hoje se encontra Ciudad Bolívar, San Thomas de Guyanas, expulsa os holandeses e desemboca em Trinidad. A fábula do Eldorado ou Manoa, cuja posição se torna cada vez mais afastada à medida que as descobertas se sucedem, chega ao apogeu da verossimilhança. Um certo Martinez, desde o tempo da primeira expedição de Ordaz, abandonado e

---

8. Certamente erro de transcrição do manuscrito para "Michelena".

errante – segundo seu relato – entre os indígenas, narra ter sido por eles conduzido de cidade em cidade, de aldeia em aldeia, até uma cidade grandíssima, da qual, justamente pelo modo como chegou, não sabe precisar o lugar, mas onde o ouro e as pedras preciosas são abundantes em toda parte. Berrio, convencido da realidade do estranho relato, chega a fazer com que partam da Espanha dois mil homens, cifra enorme para aqueles tempos, com 24 missionários e todo o necessário para fundar duradouramente uma colônia. Mas o número era grande demais, e os meios de que dispunham eram, de longe, inferiores ao necessário, e, mais do que dizimados, chegam a San Thomas vítimas de privações, de febres e dos caribes. De uma expedição consistente de quatrocentos homens, partida para explorar o Caroni, não voltam mais do que 27. A tornar mais precárias as condições da nova cidade concorrem as incursões de sir Walter Ralegh – nas quais o próprio Berrio é feito prisioneiro –, em 1618 a morte do governador d. Diego Palomeque, que tenta impedir-lhe a passagem, e o saque e o incêndio da própria San Thomas. Sir Ralegh, de volta a Londres, é decapitado[9], vítima, segundo diz Schomburgh [Schomburgk], de uma política pusilânime.

Sucede uma época de calma, e o Orenoco – retomada a idéia da evangelização, que teve de ser abandonada por força dos acontecimentos – é dividido entre os capuchinhos de Catalunha, os observantes de Aragão e a Companhia de Jesus. Os primeiros estendem sua jurisdição desde o mar até Angostura, como começa a ser chamada San Thomas, por estar situada no ponto mais estreito do rio; os segundos, dali ao Cuchivero e do Cuchivero até a serra Parima; no rio Negro e na Nova Granada, os jesuítas. O rio está aberto. Em 1734, Ytturiaya e Solano vão pelo Orenoco, o Cassiyurare e o Negro para Maraviá ou Barcellos, para reunir-se com os delegados portugueses, sem encontrar nenhum obstáculo à navegação a não ser aqueles postos pela natureza, segundo o que narram, ou, então, os suscitados propositadamente contra eles pelos próprios missionários, que não viam com bons olhos que outros viessem a conhecer as riquezas do rio para além das cascatas de Atures e Maipures. Diaz de la Fuentes, em 1759, chega igualmente até os pés da Parima, e de lá retorna somente por causa da impossibilidade em

---

9. Na Torre de Londres, conforme é sabido, durante o reinado da rainha Elisabete i.

que se acha de passar o *randal* de los Guaribos [sic], que nesse ponto, pelo que ele diz, fecha o Orenoco. Em 1764, Bobadilla, que não leva a cabo sua exploração por falta de víveres, e muitos outros mais, até Humboldt, que só avança poucas léguas além de Esmeralda, e Codazzi e Schomburgh [sic], que, com Humboldt, renovam o relato dos perigos por parte dos indígenas, que chama, se não me engano, kirichana, em lugar de guaribos, como foram sempre chamados, antes e depois, mas que, segundo Michelerra [sic], só teriam existido na fantasia de alguns exploradores, e Chauffaujon, que refez a viagem de Diaz de la Fuentes, não encontrou, ainda que relate tê-los ouvido vagueando pela floresta.

Mas deixemos as digressões e voltemos ao assunto que nos interessa.

As margens baixas e lodosas, que se elevam pouco a pouco, mudam a fisionomia do rio e, ao longe, na linha do horizonte, desenham-se azuladas cadeias de montanhas. Ao sul, como uma grande linha pouquíssimo ondulada, estão os montes da Guayana [sic], entre os quais abre seu caminho o Caroni; mais para cá, no sudoeste, os de Piacoa, que surgem atrás da ilha de Baranquilla, no momento em que passamos por Baranca, à esquerda, um pouco a montante do começo da ilha da Tortola, onde o Orenoco se bifurca para formar o Macareo; e a oeste, quase fazendo uma barreira sobre o rio, que aqui é larguíssimo (mais de três léguas), os montes do Castillo, por onde passamos, por volta das seis, deixando à direita as ruínas de uma velha fortificação espanhola. Às 9h, estamos em Porto Tablas, a jusante da foz do Caroni, um dos rios mais importantes da República graças às ricas minas de ouro às quais ele leva, exploradas há não muitos anos. Porto Tablas – situado no lugar onde os holandeses haviam fundado San Thomas, destruída por Berrio, e depois uma missão franciscana, reduzida a nada com a supressão da missão, acontecida no princípio do século –, um porto natural da região aurífera, seguiu os altos e baixos desta, e não poderá deixar de tornar-se uma das mais importantes cidades do Orenoco tão logo seja ligada ao centro das minas por uma estrada de ferro, já projetada e concedida, se não já começada. Depois de uma parada de cerca de uma hora, na qual um vento forte lés-nordeste, um *chuvasco*, como o chamam aqui, nos faz balançar não muito agradavelmente, retomamos a rota para Ciudad Bolívar, onde acordamos na aurora do dia 7, ancorados ao largo, esperando a hora de fundear na praia e desembarcar.

É Sexta-Feira Santa, e todas as repartições públicas, a alfândega inclusive, estão fechadas, só vão reabrir na segunda-feira; impossível, portanto, desembarcar os próprios pertences, é preciso contentar-se com descer à terra com o pouco que se pode transportar em um pequeno saco de dormir e nada mais, a não ser que se trate de uns privilegiados que, com a permissão do "Amministrador de l'Aduana maritima", fazem uma brecha na lei; eu acreditava estar entre eles, mas estava enganado.

Encontrava-me no hotel Bolívar, onde me havia hospedado com o senhor De Bovet, um francês que se havia casado em Caracas e simpaticíssimo companheiro de viagem, furioso com tal situação, quando fomos gentilmente surpreendidos por um bilhete do administrador, o senhor general Santiago Rodil, que nos dava a permissão para retirar todos os nossos pertences, sem necessidade de maiores formalidades.

Gastei os primeiros dias fazendo visitas oficiais e entregando as cartas das quais eu era portador, entre elas duas que me foram utilíssimas: a do senhor Julio Calcaño ao irmão, general Alessandro, em cuja casa me alojei após deixar o hotel pouco confortável (como o são todos neste país), e a do nosso agente consular, senhor Soublette, ao cunhado, senhor Federico Dalla Costa; comecei a me ocupar com os preparativos para a viagem, aquisição das embarcações, víveres etc. e a visitar, nesse meio-tempo, a cidade e suas redondezas.

Ciudad Bolívar está situada na margem direita do Orenoco, em parte sobre um baixo morro de granito e em parte ao longo da estreita planície que dela se estende até o rio, cujo leito, naquele ponto, está reduzido a pouco mais de oitocentos metros. Circundada de todo lado por vastas *savanas*, levemente onduladas e varridas pelos ventos do leste e do oeste, que quase sem intermitência sucedem-se regularmente, não obstante esteja a uma latitude norte de 8°8'52" e, portanto, extremamente próxima ao equador, goza de uma temperatura não muito elevada, 29 graus centígrados (a média do mês em que lá fiquei foi de 27,5), e de um clima bastante salubre, e, se assim não fosse, o talento de um dos últimos presidentes do Estado Bolívar teria podido torná-la um foco permanente de febres. No sudeste, aos pés da colina onde se ergue a maior parte dos estabelecimentos públicos, a catedral, a casa de *Gobierno*, o liceu, o bispado, o hospital etc., estende-se uma laguna formada pelo declive das baixas colinas circunvizinhas e que comunicava, por um estreito canal, com o Orenoco, que por ele entrava periodicamente na época das grandes enchentes, conferindo-lhe, assim, uma salubridade relativa na estação de seca. Qualquer um, mesmo o menos versado no assunto, teria tentado ou eliminar diretamente a laguna, aterrando-a, ou facilitar-lhe o escoamento para impedir a estagnação das águas, mas a ninguém teria surgido a idéia de fechar a comunicação com o Orenoco com uma caríssima muralha e tornar, assim, necessária e permanente a estagnação das águas; no entanto, é o que foi feito, e se Ciudad Bolívar, salvo uma pequena zona justamente sobre a laguna em questão, goza, todavia, de um clima salubre, deve-o aos ventos do leste e do oeste, que, como eu disse, se sucedem, soprando regularmente na maior parte do ano.

Sua posição deveria torná-la uma das mais importantes da República; é nela que deveria desembocar todo o comércio do amplo braço do Orenoco e de parte do alto rio Negro ou Guaínia, mas aqui também se repete o fenômeno que há não muitos anos se notava ainda em Manaos [sic], que tinha uma posição análoga no rio Amazonas: mas o Pará se aproveitava das grandes proporções adquiridas pela extração da borracha, e isso em favor da vizinha Trinidad (sujeita aos ingleses, que a têm penhorado por uma quantia que dificilmente a Venezuela poderá desembolsar), que vive mais disso do que do comércio da própria demerara. O único meio de sair disso seria, a meu ver, entrar em contato direto com os mercados da Europa e da América, e se hoje o desenvolvimento comercial dessa ampla região, de longe inferior ao que deveria e poderia ser, exigiria não poucos sacrifícios por parte do governo, creio que o incremento que iria adquirir o comércio do rio, em geral, e o de Bolívar, em particular, valeria a pena. Hoje, porém, estamos bem longe disso, quando não em uma situação em que dominam idéias completa e abertamente contrárias.

As minas da região aurífera do Caroni estendem-se até a Gujana Inglesa – diz-se que o Cujun também é rico em minerais, mas, se existem depósitos, não são explorados, desembocando, no princípio, em Ciudad Bolívar – e, tendo atingido, como tinham, um elevado desenvolvimento, deram uma riqueza fácil, mas de breve duração, devido a várias e diferentes causas. Primeira entre essas, os altos e baixos da produção dos filões, que se faziam sentir sensivelmente porque uma grande parte dos braços válidos, subtraídos, em favor da mineração, das outras indústrias extrativas, mostrava-se nula e, com freqüência, deficitária, e pelo deslocamento paulatino para Trinidad ou para Caracas, no entanto, mais para aquela que para esta, das sedes das companhias extrativas e, portanto, dos lucros e das vantagens das mesmas. Nessas condições, nada mais restava a Bolívar a não ser dedicar-se às indústrias extrativas dos produtos naturais, das quais dependerá, de agora em diante, a razão de sua prosperidade e de sua vitalidade; mas essa via lhe foi quase completamente bloqueada pelas sucessivas concessões feitas à Companhia do Alto Orenoco pelo governo de Caracas. Com um golpe de pena, simplesmente se assinalou a decadência inevitável, quando não a morte, de uma cidade. Não é uma frase, é um fato.

Duas são as concessões em negociação: a primeira cede à Companhia o monopólio de toda a indústria extrativa da foz do Meta ao rio Negro e à Nova Granada; com a segunda, o monopólio da *sarapia* (*fava tontra*) em toda a bacia do Orenoco, do mar à serra Parima, aos Andes. O que se lhe tira com isso? Todo o comércio da borracha e da piaçaba ou *chiquelhique*[10], raiz adventícia de uma espécie de palmeira com a qual se fazem cordas, vassouras, tapetes etc., que são circunscritos [sic] pela República ao Cassiquiare, ao rio Negro e, em pequena parte, ao Orenoco, para lá de San Fernando d'Atabasso [Atabapo]; grande parte do óleo de copaíba – *aceite de palo*, como o chamam aqui –, da *manteiga de tortuga*, *sarapia* e de outras indústrias menores, como de redes, fibras têxteis, tabaco etc., o que representava alguns milhões, ainda que sejam imperfeitamente desenvolvidas, e das quais não posso dar exatamente as cifras, porque não consigo encontrar as anotações que, com esse objetivo, tinha feito. Tudo isso foi bruscamente subtraído com a primeira das concessões, ao passo que, com a segunda, foi subtraído todo o comércio da *sarapia*, cujo valor de colheita superava de longe todas as outras indústrias extrativas juntas e que maior extensão poderia ter tomado com o aumento de braços, de cuja carência tudo sofre aqui. Claro que talvez, em geral, as indústrias todas do rio adquiram um desenvolvimento maior do que o atual; mas isso redundará em proveito da Companhia concessionária e, até certo ponto, da caixa

---

10. Xiquexique ou palmeira-piaçaba (*Leopoldina piassaba*).

geral da República, a quem são devidas as rendas dos impostos gerais e do próprio país, assim monopolizado para a facilitação das comunicações que a companhia é obrigada a proporcionar, cláusula que, em parte, já começou a cumprir. Três pequenos vapores fazem o serviço, é verdade, até agora não completamente aberto ao público a não ser para a correspondência, da Ciudad Bolívar a Atures; dois outros já se encontram preparados, acima desse *randal*, e farão serviço entre este e Maypures. Logo também o *randal* de Maypures será transposto, e o serviço será ampliado até San Fernando d'Atabasso [sic] e, de lá, pelo Cassiquiare e o rio Negro, ao passo que os dois *randal* serão transpostos por uma estrada de ferro de bitola estreita. As dificuldades que, para fazer isso, foram superadas, não excessivas em condições normais, são enormes, dados o lugar e os braços com os quais é preciso contar; e, sem querer bajular ninguém, só mesmo a energia de M. Deloit para ter sucesso onde engenheiros vindos expressamente da França para isso só haviam visto o sonho de uma fantasia exagerada, mas não praticável – opinião que, de resto, antes de ter visto e tocado com a mão, eu também compartilhava.

Mas tudo isso pode compensar a destruição de uma cidade? Disso eu duvido.

Não me acusem de roubar o ofício a Jeremias, o mais choroso dos profetas, mas se, como eu, tivessem visto diante de Bolívar o avanço de uma cidade, que foi significativa e que se chamou Soledad, reduzido a algumas casas e poucas vendas de bebidas alcoólicas, e que, se hoje tem uma única razão de existir, esta é ser o ponto de apoio da via terrestre que une Ciudad Bolívar a Caracas, talvez, talvez achassem que o que eu disse é até pouco demais.

Entrementes, um pouco com a esperança de ser alcançado por Serra, um pouco atrasado pela dificuldade de encontrar uma embarcação adequada e, uma vez encontrada, pelo tempo preciso para torná-la apta a empreender uma viagem como aquela que eu estava por tentar, o tempo passava, e não pude ficar pronto para partir antes do começo de maio, e, se isso me foi possível, devo-o, em grande parte, à mediação do sr. Federico Dalla Costa e dos senhores irmãos Vicentini.

No dia 4 de maio, contudo, matriculadas na alfândega a tripulação e a *piragua* (é o nome que se dá ao tipo de embarcação por mim adquirido), com os víveres e meus pertences a postos, estava finalmente pronto para partir e podia telegrafar ao senhor cavalheiro Bensamoni, a cuja gentileza e ajuda tanto, aliás, muitíssimo, devo, que estava deixando Bolívar, rumo à nascente do Orenoco. Às três, com bom vento, içava a vela enquanto o *patron* (piloto) dirigia à equipagem a sacramental interrogação que ouvi, depois, repetir três ou quatro vezes todos os dias: "Con quen vamos?"; e o proeiro respondia: "Vamos con Dios" – "Y con la Virgen", concluía o primeiro.

Venezuela é o nome com que foi registrada a *piragua*, que quando comprei se chamava *prussiano*; trata-se de uma embarcação de 2,45 m de largura e 8,60 m de comprimento, feita com a quilha de uma *curiara*, à qual foram acrescentadas algumas tábuas para ampliação das laterais. Não é bonita e não é nova, mas espero que faça o meu serviço até o fim ou, ao menos, até onde se pode navegar numa piroga. Com a vela desfraldada, com seu *redondo* (o nome da vela quadrada usada nessas embarcações), seu toldo coberto de lona recém-pintada, ainda que não seja exatamente o meu ideal, tampouco é a pior das embarcações que se vêem por ali; tem um só defeito: para mim, não é suficientemente achatada e [por isso] cala[11] demais.

O vento fresco enche todo o *redondo*, e a piroga corre, contra a corrente, as suas três milhas por hora. Pouco antes das 5h chegamos a Playa Blanca e, embora cedo, paramos. O céu negro ameaça um temporal; além disso, no primeiro dia, nunca se navega muito e é costume parar antes da hora para acomodar o carregamento nas embarcações, fazendo as mudanças necessárias para encontrar o maior conforto possível, e é disso que me ocupo com o piloto e dois de meus homens, enquanto os outros dois preparam as redes para passar a noite. É um trabalho que se repete, com poucas variações, todas as noites. Duas estacas fortemente fincadas na areia servem de sustentação à rede e ao mosquiteiro; não há mosquitos, mas preserva do sereno à noite, protegida por uma cobertura feita com um retângulo de pano das velas. É simples, é fresco e é confortável, e, nestas regiões, é bem melhor que a barraca da qual sofri os inconvenientes em 1882, quando, com a comissão de fronteiras entre Brasil e Venezuela, remontei o Padancry[12] e o Mararis.

---

11. No original, *pesca*, do verbo *pescare*, em seu uso específico em navegação; neste caso, a embarcação cede muito em relação à superfície da água, ou seja, apresenta um calado acentuado.
12. Aqui, provavelmente, um erro de leitura ao se editar o relato – originalmente manuscrito – de Stradelli, e não um simples caso de variação ortográfica; deve se tratar, na verdade, de "Padauary".

A tripulação inteira, em parte por preguiça, em parte por não ter rede, enrola-se na ampla coberta de lã, na *cobica*, e se deita para dormir diretamente na areia. Há um que parece ser a primeira vez que sai de Bolívar e escuto os outros se divertirem a contar-lhe histórias de jacarés, de onças, de morcegos que dão arrepios, a não ser que o façam por minha causa, mas é tempo perdido. Eu também, como qualquer europeu, na primeira vez que pisei na América tinha uma idéia exageradíssima de tudo aquilo; mas hoje posso assegurar que, salvo em casos extremamente excepcionais, o *alligator*, ou *caimã*, ou jacaré, como queiram, não ataca. Apenas dois ou três fatos conheço em contrário, e é preciso uma imprudência absoluta para que sua presença seja em perigo; a onça e o puma, em toda a vasta extensão que percorri até hoje, se comportam do mesmo modo. Na ilha de Marajó, próxima ao Pará, caça-se a onça perseguindo-a a cavalo, com o laço; aqui falei com alguém que lida com isso, um velho índio que me contava nunca ter sido atacado, a não ser por animais feridos, que, sem isso, fogem. Quanto aos morcegos, basta dormir com uma coberta levíssima ou com o *mosquiteiro* para se estar protegido. As serpentes, por exemplo, impõem maior respeito, mas com exceção da *cuscavel*, a serpente de guizos, na *savana*, as outras quase não se encontram durante o dia, e basta não se aventurar à noite pela floresta, idéia que, de resto, não sei quem poderia ter, para que elas não sejam um perigo. Eu vi muitas nos quase seis anos transcorridos desde que estou nestas regiões, porque, sabendo que eu as coletava, traziam-nas para mim, mas encontrei pouquíssimas delas.

No dia 3, um bom vento lés-nordeste, que pouco a pouco se dirige para o norte, nos faz aportar, por volta das 11h, após cerca de cinco horas de caminho, numa praia da ilha Barlavela, diante da foz do Caris, afluente da margem esquerda. Mais tarde, o vento tornou-se norte-1/4 oeste, para retornar, mais uma vez, a lés-nordeste com o temporal. Procuro aproveitá-lo, mas inutilmente. Dos cinco homens, posso contar apenas com dois, os únicos que conhecem a manobra: Carmo, um indígena do rio Negro, e Gregorio Nieto, um *medio catire*, sangue misto de branco e indígena (*catire* quer dizer branco); o resto, dois mulatos de sangue indefinível e um *coolis* ou indiano, da Índia, não entendem de nada, e é inevitável jogar-me para a margem e aproveitar a primeira enseada que encontro para passar.

No dia 6, costeando a praia de Tucutucuna, passamos, às nove da manhã, diante do *pueblo de* Almacén, à direita: duas casas de aparência miserável são tudo o que se vê. Dizem-me que não há muito mais do que isso. Às 11h estamos na ilha do Venado, deixando, à direita, a costa de Custua, de onde partimos depois do almoço, com um bom vento leste-1/3 norte, que vai aumentando aos poucos, até tornar-se fortíssimo. A praia é baixa, não oferece abrigo; menos ainda o *baranco* [barranco] da ilha em frente, que, agora que o rio está crescendo, é perigosíssimo; portanto, ainda que contrariado, vejo-me obrigado a correr junto com o temporal, que se desembesta furioso. Por sorte, nós o temos à popa. Corremos com a velocidade de em pequeno barco a vapor, rompendo as ondas curtas e contínuas que se tornam cada vez mais ameaçadoras: o timão governa com dificuldade. Se seguirmos na direção em que estamos, acabaremos infalivelmente encalhados: é preciso desviar em direção à barra para evitá-lo. Dou a ordem, o piloto procura fazer que a executem, mas, inábeis, perdem tempo, e o que se esperava acontece: encalhamos, e a vela, arrancada pelo vento das mãos inexperientes que tentam amainá-la, nos deixa, por alguns instantes, prestes a virar. O perigo não era de vida, porque em menos de um metro de água esse perigo não existe, mas era pelo carregamento, o que, naquele momento, era pior. O piloto tenta, em vão, fazer-se compreender, mas os meus três (me davam raiva e me faziam rir) perdem a coragem, imploram, rezam, praguejam e impedem, com seu susto, que o único que conserva o sangue-frio possa fazer alguma coisa; para sair daquilo, uma vez que as ordens são vãs, sou obrigado eu mesmo a ir ajudar, pessoalmente, a amainar a vela. O vento, pouco a pouco, se acalma, e, depois de duas horas de trabalho, a piroga boiava outra vez e ancorávamos ao longe, próximo da praia de Agua Serapa, para lá passar a noite. Noite péssima, pois somos obrigados a nos acomodar como podemos, no barco, para dormir, o que está longe de ser o ideal de conforto humano.

Nos dias seguintes, a viagem continuava sem obstáculo nem contrariedade alguma. O vento, fraco pela manhã, costumava aumentar ao anoitecer, transformando-se, às vezes, em impetuoso temporal – *chuvasco* –, que eu evitava o mais conscienciosamente que podia. Deixávamos, assim, atrás de nós, além de Almacén, na margem direita, as fozes do Carinpo, Mapures, Tapaquiras, Caño Brea e o *pueblo* de Bourbon, antiga missão dos observantes, o rio Serapa e a pedra da Papona, na esquerda. Dormia, no dia 7, na ilha da Purya, um pouco mais a montante da foz do Aro, afluente de direita, o maior encontrado até agora, e, na noite do dia 8, numa ilha da Bosa del Pao, na esquerda, chegando, no dia 9, a Muitaco. Pouco menos de duzentos habitantes, umas cinqüenta casas de palha com as paredes de barro, uma igreja sem capelão, isso era Muitaco. Tirei duas fotos do lugar, que ilustram melhor do que qualquer descrição. Parto de lá às 12h, depois de uma péssima refeição no chão e caríssima. Na praia Maria-Luisa, margem esquerda, uma onça, a terceira que vi desde que viajo pela América Central, faz sua aparição. Dou-lhe dois tiros, mas inutilmente. Nunca fui um grande atirador, e, quando atiro de um barco, não consigo acertar nem numa casa (e pensar que atiro bastante, para treinar, nos jacarés, que não faltam e são um excelente alvo, que raramente se subtrai antes do terceiro ou quarto tiro). Passamos a noite na praia do Coval. O rio continua a crescer; de madrugada subiu dezessete centímetros.

No dia 11, começamos o passeio. O rio, que, até aqui, com pouquíssimo desvio do oeste-1/4 sudoeste, dá uma larga volta em forma de *S*, a partir do sul, até chegar a sul-1/3 leste, e o vento, que sem isso seria favorável, torna-se não apenas inútil, mas, a um certo momento, contrário. Essa ampla volta é determinada por uma baixa cadeia de colinas graníticas, na maior parte granitos decompostos e recompostos, que cortam em ângulo reto o curso do rio, obrigado a dobrar-se sobre si mesmo e contornar o obstáculo.

No começo do *S*, e precisamente onde, vindo do sul, vira-se bruscamente para o leste, está o *randal* de Camiseta, já mais de uma vez sério obstáculo para os primeiros navegantes, mas que eu passei quase sem perceber, tal como não percebi Santa-Cruz, antiga missão, que meu piloto diz termos deixado para trás, na margem esquerda, e é lá, de fato, que a situou Codazzi, que verifiquei ser exatíssimo e plenamente confiável em tudo o que pude constatar pessoalmente, ao remontar o rio, como fiz, com seu atlas em mãos: e no final, quando do oeste dobra para o norte, vindo do sul-1/4 leste – um pouco mais inclinado do que consta no Codazzi, mas isso pode ser um defeito de cálculo exato, de declinação da agulha magnética –, desemboca o Guanacapana (Corumutapo, no mapa), em cujo leito, pelo que diz sempre meu piloto, encontram-se cristais azuis e verdes belíssimos. Confesso ter tido por um instante a vontade de ir lá ver o que eram, mas levaram-me a desistir os três dias de viagem e a perspectiva de que não poderia fazê-lo com a minha piroga. Percorremos a curva um pouco a remo, um pouco *a palanca* (chama-se assim o fazer andar o barco por meio de longas varas, ditas *palancas*, que só podem ser utilizadas onde o rio não é muito profundo, porque devem apoiar-se no fundo para surtir efeito; como se chamam em italiano, eu não sei), e só pude mandar colocar a vela novamente pouco abaixo de Las Piedras, pequena povoação retirada, diante da Boca de l'Infierno, onde chegamos pouco antes do meio-dia, no dia 12. O *pueblito* é constituído por cinco ou seis casas de pescadores, colocadas na margem direita, casas de palha, como de hábito, e nada mais.

A Boca de l'Infierno, confundida muitas vezes com o *randal* de Camiseta, não deixa, porém, de fazer parte dele, pois é constituída pelo afloramento de pedras que pertencem às mesmas colinas graníticas que constituem o Camiseta, e o *S* do rio, antes de chegar a Mortaco, apresenta-se fechando o horizonte com um largo *C*, cuja máxima curva está no norte, formada por pedras graníticas negras entre as quais a água passa espumando; é imponente, mas a fotografia que tiro dela é absolutamente insignificante. A passagem não é das mais fáceis, mas o vento é favorável e nós passamos a vela, sem a menor dificuldade, rente a uma pedra, agora fora d'água, onde o *Apure*, um dos barcos a vapor da Companhia Lees, que faz o serviço entre Nutrias e Bolívar, se chocou há alguns anos, miseravelmente afundando. Superado o *randal*, o rio amplo, com suas praias brancas que começam a submergir, sua costa baixa e coberta de vegetação, retoma o aspecto majestoso e tranqüilo, todo especial dos amplos rios dessas regiões, e somente uns jacarés, umas garças, uns patos animam o imenso deserto, propiciando uma porção de tiros de espingarda e com isso abastecendo lautamente a nossa mesa.

À noite durmo na Playa da el Pollo, e passada, na manhã seguinte, com bom vento, a ilha da Galinha, deixo, à minha direita, na margem esquerda, Maipire, uma das mais importantes aldeias do rio, devido a sua posição um pouco a jusante do Caura, situada sobre uma encosta elevada e cheia de vegetação, numa esplêndida posição, e sou obrigado a parar na Ponta de Ignácio, porque o vento repentinamente me vem a faltar, e durmo, à noite, no Caño Cópeta.

Finalmente, há algo que se move no rio. São três pequenas *curiaras* que vêm, pelo que dizem, de *unos corrucos alsì cerca*. Uma destaca-se do grupo e se achega. É um negro, duas crianças e duas mulheres, uma negra e outra mulata, com chapéu de plumas e *toilette* completa, incluindo os sapatos – o que aqui não é extraordinário –, que me pergunta se lhe dou uma carona até Caicara. Recuso, naturalmente, mas compro uma grande tartaruga da mesma espécie que as do Amazonas e duas *terecas* (*emis tracaja-Martins*), e continuo minha viagem sem outros incidentes.

Nos dias 14 e 15, estou costeando a ilha do Alemão e a de Bertoldo, atrás da qual desemboca o Caura, vindo do sul, o qual, como todos os rios principais da margem direita, presume-se que venha do sistema do Parima, mas cujas verdadeiras nascentes são desconhecidas, condição na qual se encontram quase todos os outros rios da mesma margem.

No dia 16, estou em Buciadero. A piroga começa a se encher de água de maneira inquietante e somos obrigados a parar para consertá-la. Paramos próximo a uma *cova* de jacaré, e os pequenos jacarezinhos pululam à nossa volta. Consigo pegar dois, que coloco no álcool; não devem ter mais de quinze dias. O jacaré costuma cavar um buraco bastante profundo na areia, onde bota ovos brancos, de casca mole, do tamanho de um punho, em número inconstante, mas que supera os trinta (aqui só encontrei ovos já abertos, mas no Amazonas tive a ocasião de ver várias dúzias de covas, nas quais o número de ovos oscilava entre 31 e 36, só me lembro de uma que tinha apenas 28, mas havia indícios de que tinha sido mexida), grosseiramente recobertos com areia. São, nesse estado, abandonados à própria sorte, e o sol encarrega-se da encubação, que dura, de acordo com as informações, uns quarenta dias. Contaram-me mais de uma vez que a mãe se põe de atalaia perto do valioso monte e costuma se precipitar sobre o incauto que queira se apoderar dele. Aconteceu comigo uma única vez, e isso foi no Purus, em 1879, pouco acima do local Providência, de eu ter que me defender de um desses grandes animais que *dava a impressão* de querer me atacar, enquanto eu contava e destruía os ovos de um grande monte, uns 33, mas um bom tiro de espingarda, de balas grossas, o fez retroceder. É tudo o que posso dizer a respeito.

No dia 17, passo o Tucuragua, pequena aldeia meio abandonada. Restam três casas e uma dúzia de habitantes desprovidos de tudo. No dia 18, passo a ilha do Tigre e, no dia 19, Alta Graça, ex-missão dos observantes, que no começo deste século ainda era muito importante, pelo que diz Codazzi; hoje, contudo, a selva, dona despótica do lugar, só deixou alguns postes para testemunhar que outrora houve ali um *pueblo*. Um pouco acima, próximo à Playa de la Seiva, ameaçamos submergir, devido às manobras erradas de um de meus homens, o que me faz ver a necessidade de mudar a tripulação assim que puder e me obriga a parar e a passar a noite aqui, embora ainda seja muito cedo.

O rio cresce cada vez mais, mas aqui e acolá ainda há praias descobertas, mesmo que o rio tenda já a adquirir seu aspecto invernal, ou, melhor dizendo, estival, pois estamos sempre ao norte. No dia 20, após passar as pedras da praia da Seiva que se desenham, rosadas, à nossa direita e das quais tiro uma boa fotografia, chego, às cinco da tarde, a Las Bonitas, na margem direita, diante de um outro grupo de pedras que dão nome à aldeia.

Las Bonitas é um pequeno *pueblo* que surgiu da fusão dos restos de Alta Graça e de uma outra missão do *Cuchivero*, cujo nome me fugiu. Deve sua existência, mais do que a qualquer outra coisa, ao fato de ser o ponto onde desembocam as grandes propriedades que o general Joaquin Crespo tem no Caura e ao desenvolvimento que, graças ao impulso dado por ele, atingiram naquele rio a agricultura e, sobretudo, o pastoreio. O general, conforme me haviam dito no caminho, estava ali, e eu tinha para ele uma carta do bispo de San Tomás de Guajana, título que ainda têm os bispos de Bolívar. Enquanto me preparava para descer à terra, enviei-a a ele, com meu cartão, por meio do piloto. Poucos minutos depois, um bilhete gentil do general me fazia saber que a carta havia sido recebida e que seu agente, o senhor Oublion, vinha me convidar a descer à terra. Feita a visita, voltei a bordo, onde, poucos minutos depois, chegava o próprio general com o *Jefe civil* e o agente, para pedir que eu aceitasse a hospitalidade na casa do *Jefe* – o que fiz com prazer, devido às chuvas quase regulares da noite que nos acompanharam de Cópeta até aqui, obrigando-me, muitas vezes, a deixar minha rede, embora protegido por uma lona encerada que me abrigava da água, mas não dos ventos fortes. Até agora tivemos temporais, mas não uma chuva calma e contínua: nunca choveu um dia inteiro durante toda a viagem.

O general Crespo, que foi presidente dos Estados Unidos da Venezuela no último biênio e a quem sucedeu o ilustre americano que é o presidente atual, é um homem atraente que beira os quarenta, uma figura franca e aberta, de modos afáveis e gentis que me cativaram. A conversa desenvolveu-se, naturalmente, em volta da minha viagem, dos recursos do país e do progresso do Caura, ao qual ele se dedica e em relação ao qual teria idéias de colonização européia, que, a meu ver, não são práticas. Tratar-se-ia de transportar para cá agricultores aos quais não seria dada a posse da terra, mas que seriam pagos de acordo com seu trabalho, coisa que bem poucos, acredito eu, aceitarão. Para trocar tão-somente de patrão, hão de preferir, assim penso, ficar com o que têm a vir procurar novos além-mares. Antes de me despedir, perguntei se havia notícias do senhor Chaffanjon – o explorador francês há pouco retornado do alto Orenoco, cujas nascentes teria descoberto – e do senhor G. Orsi, com o qual havia combinado, em Bolívar, de cumprimentar, ao passar por aqui. Como ele não estava ali, mas no interior, ocupado no levantamento do relevo das propriedades do general, este teve a bondade de enviar um homem para avisá-lo de nossa chegada.

No dia seguinte à minha chegada, o general partiu para Caracas. É uma viagem de dezesseis dias, em média, conforme a estação e o estado das torrentes que se precisa atravessar, coisa que se faz a cavalo, havendo para tanto uma posta de animais do outro lado do Orenoco. No dia seguinte partiram o *Jefe civil*, o agente e a maior parte das pessoas que haviam animado, por um momento, as quatro ruas desertas da aldeia; e eu mesmo, à tarde, por volta das quatro, já que não via chegar ninguém, aproveito um bom vento, iço a vela e parto.

Encontrava-me na Playa de la Cuccuyera, tomando banho, quando fui alcançado por um homem que tinha vindo numa pequena *curiara*, portador de um bilhete de Orsi, anunciando que haviam chegado e que estavam à minha espera. Voltei imediatamente com o barco do homem, pois era o mínimo que podia fazer. Eles, para apertar minha mão, tinham percorrido 85 quilômetros, uma caminhada de dois dias, de modo que deixei uma ordem à tripulação da piroga para me alcançarem na manhã seguinte.

No dia 25, eu retomava a viagem em companhia de Orsi e de Chaffanjon, dos quais me separei no mesmo dia, quando chegamos a Palmare.

Chaffanjon sabe exatamente o que eu penso da exploração dele, e quando lhe dei para ler a passagem de Diaz de la Fuentes reportada por Michelena, que transcrevi em um manuscrito meu, anotado em Caracas, pareceu-me abalado na convicção de sua descoberta, ou, melhor dizendo: considerando exata a descrição de Diaz de La Fuentes, dizia-me que eram aquelas e não outras as nascentes do Orenoco. E, afinal, por que não? Só teria acontecido um fato, curioso, se quiserem, mas um fato. Diaz de la Fuentes, humilde como todos os que sabem, acreditou mais nos índios, que talvez não tenha compreendido, do que em seus próprios olhos e não teve coragem de dizer: "são estas as nascentes", embora, relendo-o atentamente, poder-se-ia, talvez, admitir que ele o acreditava. Enfim, se, conforme se costuma dizer, o diabo não meter o rabo, espero, cedo ou tarde, poder dizer eu mesmo alguma coisa a respeito; por enquanto, é impossível. No dia 26, eu estava na praia do Mustiqueiro, margem esquerda; no dia 27, dormia na praia de Rabo salado (nome da Sariga), margem direita, e, no dia 28, em Caicara, onde recebo uma simpática acolhida por parte do *Jefe civil*, senhor Silva, e do senhor Sampiero.

Caicara é o povoado mais importante, depois de C. Bolívar, do Orenoco, tem cerca de quatrocentos habitantes, uma igreja (sem ninguém para oficiar, como, de resto, em todos os outros lugares), duas escolas e diversos estabelecimentos de comércio muito importantes, mas decadentes, como todo o Orenoco, em geral. Além das duas ruas regulares ao longo do rio que se estendem como um estreito vale aos pés de uma colina de granito, em sua encosta já existiram várias vias de que hoje só se vêem os rastros, embora tenha encontrado mais de uma pessoa que me dizia se lembrar de tê-las visto habitadas, tempos atrás. Primeiro a guerra da independência, em que foi saqueada e destruída; depois a civil, de cinco anos, que terminou com o triunfo do partido que ainda hoje domina e que é chefiado pelo general Gusman Blanco, quando foi novamente destruída, e fez que, apesar de ser uma das mais antigas missões da Companhia de Jesus, tenha se tornado um *pueblo* de ontem.

A única coisa que resta de antigo é uma inscrição indígena que se encontra ao longo da margem do rio, sobre uma pedra, pouco acima do nível das maiores cheias. Representa uma onça (chamam-na, com efeito, *la piedra del tigre* e a atribuem aos jesuítas), flanqueada por um sol. O trabalho é evidentemente indígena, e a incisão é feita friccionando pedra contra pedra, como as que encontrei no Wapis, na foz do Apapury, no rio Negro, próximo a Moura e na foz do rio Blanco, e no Amazonas, num lugar dito Las Lages, um pouco a jusante da foz do rio Negro e do Solimões, que apresentei no ano passado no Congresso dos Americanistas, em Turim.

De lá parto no dia 1º de junho, tendo sido obrigado a permanecer mais do que o previsto para fazer reparos na piroga que se tornaram indispensáveis e para me reabastecer de carne seca. Passo à frente de Cabruta, na margem esquerda (Caicara está à direita), pouco abaixo da foz do Guarico: poucas casas de palha e nada mais.

O rio que de Torno até aqui vem, salvo pequenas curvas, do oeste, muda, com uma rápida curva, sua direção e vem do sul, recebendo, pela esquerda, o Guarico e o Apure, que, quase paralelos, desembocam nele, vindos do oeste-1/4 norte. A curva é determinada pelos cerros de Caicara, cujo ponto extremo, o Capuchinho, faz um pincel, obrigando o rio a se atirar na direção de Cabruta, onde, ao encontrar uma costa alta e rochosa, volta-se obrigatoriamente para o leste.

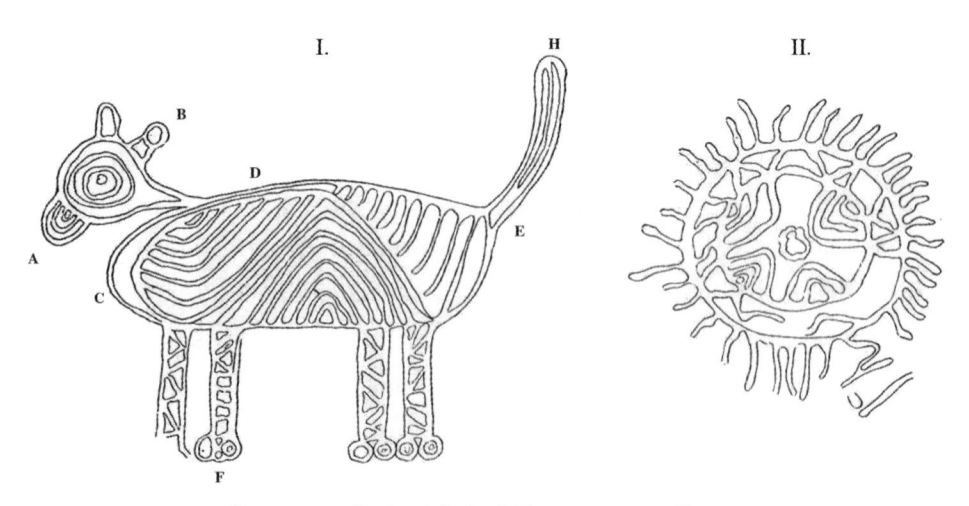

Inscrições na Piedra della [sic] *Tigre, próximo a Caicara.*

Figura 1
De A a B = 0,40 m; de A a E = 1,60 m
De C a D = 0,35 m; de D a F = 0,93 m
De E a H = 0,45 m

Figura 2
Diâmetro total maior: 0,52 m; raio interno maior: 0,20 m
Diâmetro total menor: 0,36 m; raio interno menor: 0,10 m

Dormimos, naquela noite, um pouco a montante do Capuchinho; no dia 2, passo o Apure e durmo a montante do cerro do Negro Parado, assim chamado devido a uma estranha pedra que, feito um antigo castelo em ruínas, domina o rio do alto de um enorme monte de pedras de granito; na foz do lago Guaricoto, no dia 3, antes de retomar meu rumo, vou dar uma volta para tentar matar alguma coisa que nos livre da carne seca de sempre. Naquela mesma noite durmo em Cogoial. Prossegue-se lentamente, o rio é grande e cansativo, devido às numerosas *chorreras*, lugares onde a correnteza, após bater sobre a encosta rochosa e ser empurrada por ela, adquire uma maior velocidade, e que, conforme avançamos, tornam-se mais freqüentes; além de os homens não estarem acostumados nem com o remo nem com a palanca, e como o vento cessou de todo e, quando volta, sopra ao contrário, somos obrigados a passar cada ponta a *spiac*. Esse é o mais lento e mais incômodo dos meios para se remontar um rio. Pára-se, agarrando-se a uma planta, a uma protuberância ou a qualquer coisa que, afinal, resista; dois homens saltam numa *curiara*, que, desde Caicara, com esse objetivo, sou obrigado a rebocar, transferem-se para lá três peças de corda de piaçaba que devem ser acomodadas na cobertura, remontam a correnteza, amarram fortemente uma das extremidades da corda em algum ponto, retornam à piroga, e aqui, então, todos se põem a alar, até que, tendo chegado ao final da corda, a operação recomeça – com que gosto, cada um pode imaginar. A maneira é sempre enfadonha, mas quando, além disso, há gente inexperiente, é um martírio que nenhuma força humana suporta, e eu, que me deixei enternecer em Caicara, sou absolutamente obrigado a fazer de tudo para mudar a tripulação tão logo chegue a Urbana.

Na manhã do dia 4, passo por Incamarada, um dos mais estranhos e estupendos agrupamentos de rochas graníticas que já vi, ainda que nessa estranha região, onde os vales são detritos de antigas cadeias graníticas decompostas pela ação conjunta da água e do sol, das quais as montanhas atuais não passam, em grande parte, de esqueletos ou restos, eu já tenha visto milhares deles. A poucos passos da margem existiram uma missão e um *pueblo*. Onde estão hoje? Durmo, à noite, na Playa del Sanniro, margem esquerda, aonde pudemos chegar graças a um sopro de vento que nos ajuda a atravessar o Orenoco, que, nesse ponto, tem a largura de uns 1.200 metros. Durante a travessia, uma nuvem de gafanhotos passava pelo rio em sentido contrário. Eram milhares de milhares, a maior invasão que já vi até hoje. Um fenômeno curioso: é desde Bonitas que nos acompanham; em Caicara, o capim alto da margem estava coberto por eles. Não são seguidos por nenhum tipo de ave, ainda que nessa região os *tiranos*[13] abundem. A espécie [de gafanhoto] que encontrei aqui é a manchada de preto; os de Caracas são vermelhos, mas de igual tamanho, de quatro a cinco centímetros. As praias tornam-se a cada dia mais raras, submersas pelo rio que cresce continuamente, deixando visíveis apenas os pontos mais altos, cobertos de arbustos baixos de uma planta que se parece muitíssimo, por seu aspecto, com as nossas urzes, onde começa a se tornar difícil encontrar um lugar onde pôr a rede e passar a noite. Quis, no princípio, calcular o crescimento das águas, mas tive de desistir da idéia. Sem que parássemos num ponto, isso era inexeqüível. Entretanto, calculando em sete metros o aumento do rio desde que deixei Bolívar, acredito estar ainda abaixo da realidade, e até agora a cheia não é grande. As marcas das grandes cheias aparecem claramente sobre as rochas ao longo da margem, em Incaramada, por exemplo, onde me diverti medindo a altura até 5,20 metros acima do nível atual, o que daria às grandes cheias uma altura de doze a treze metros.

No dia 5, passo a foz do Cabullare, no dia 6 durmo na praia da Seiva, nos dias 7, 8 e 9 seguimos ora pela margem esquerda, ora pela direita, chegando, no dia 10, a Buena Vista e, no dia 11 de junho, finalmente, a Urbana. Único fato relevante nesses últimos dias é uma sopa cheia de todos os tipos de insetos que teria, quem sabe, feito a alegria de um entomologista, mas não a minha, com certeza, e que me obrigou a ir para a cama sem jantar.

Urbana tem cerca de trezentos habitantes e se, quanto ao comércio, é inferior a Caicara, lhe é, porém, superior em termos de posição e condição. Situada bem em frente à foz do Arauca, com comunicações fáceis com Apure e Nova Granada, na desembocadura de uma larga planície, rica de pastos bons, aos pés de um morro de granito, ela também é próspera e muito bem conservada.

Eu tinha uma carta para o senhor Nicola Trabasilo, um italiano estabelecido aqui desde 1869 e, talvez, o negociante mais importante do lugar, que é genero-

---

13. No original, *tiranni*, grupo que compreende diversas espécies passeriformes, como as popularmente chamadas suiriri ou siriri e papa-moscas, que têm o hábito de capturar insetos em pleno vôo. Um de seus gêneros é *Tyrannus*, donde seu nome em italiano.

so de boa e cordial hospitalidade para comigo, e é, quem sabe, a isso e ao fato de nunca ter me faltado carne fresca durante todo o tempo em que fui obrigado a ficar aqui que devo a excelente impressão que me deixou Urbana. Mas não há rosas sem espinhos; foi aqui que vi pela primeira vez uma nova espécie de *playa* (é o nome que se dá, de maneira geral, a todas as invasões de insetos, como pernilongos, mosquitos[14] etc.), os *coquitos*, uma espécie de pequeno coleóptero com os élitros vermelhos da cor do couro que, quando irritado, secreta um líquido cáustico e malcheiroso. Caso não se tenha tomado a providência de não acender o lume, a casa fica cheia de milhares deles, a ponto de ter de se mudar. Eu, pelo menos, fui obrigado a me mudar, mas na mesma noite havia um baile em uma casa não muito distante, e continuaram, ainda assim, dançando até tarde, apesar do fedor. O chão de terra batida, como nas nossas eiras, brilhava lustrado de tantas vítimas aladas. Por sorte eles não aparecem todas as noites, mas apenas nas belas noites estreladas, sem vento e sem nuvens, e somente das sete às nove, horas que se passam de bom grado conversando e fumando ao ar livre, à beira do rio.

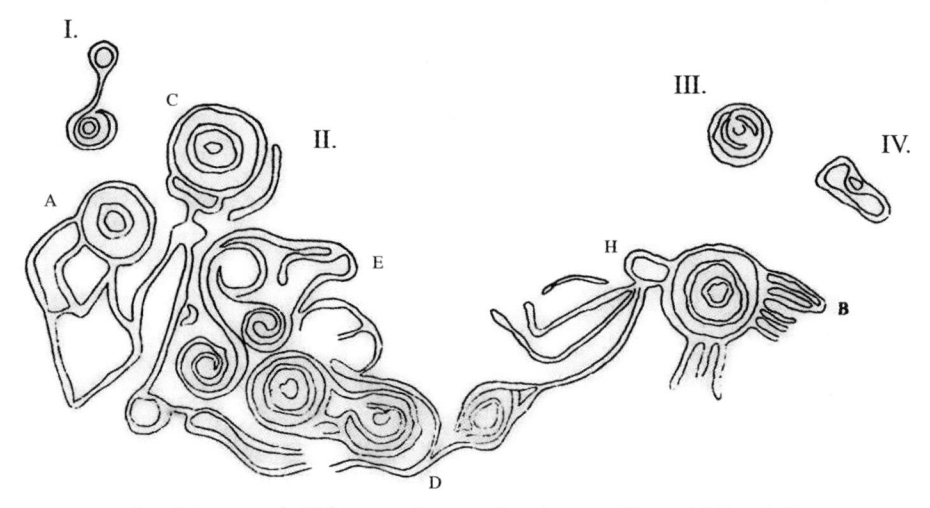

Inscrições perto de Urbana, no lugar conhecido como Chono del Trombillo.
Figura 1 – Comprimento 0,21 m; olho superior 0,036 m; inferior 0,10 m.
Figura 2 – De A a B = 1,80 m; de C a D = 0,75 m; de A a E = 0,55 m
Figura 3 – Diâmetro maior = 0,16 m
Figura 4 – Comprimento = 0,18 m

---

14. No original, *zanzare* e *piovre* (plural de *piovra*, literalmente, "polvo", mas concernente a certo tipo de mosquito).

A parada em Urbana prolonga-se até o dia 26; sou obrigado a mandar consertar novamente a piroga. Não quero me gabar, mas começo a acreditar que me tornei mestre no ofício.

Aproveito essa escala forçada para fazer repetidas excursões na *savana* e nos montes próximos. Num pequeno curso d'água, o Trombillo – que desce das montanhas atrás da aldeia, onde menos o teria esperado, a cerca de quarenta metros do nível do rio, do qual está a quase um quilômetro de distância –, encontrei uma outra inscrição indígena, parecidíssima, pelo aspecto e desenho, com uma outra, existente no rio Negro, próximo da vila de Moura, coincidência, quem sabe, não completamente casual. Aos pés da rocha havia traços de escavações feitas, pelo que me contaram, para procurar um tesouro que os padres jesuítas – pois esta também fora uma missão deles – haveriam enterrado lá.

Finalmente, no dia 23, a piroga está pronta, e no mesmo dia consigo juntar também a nova tripulação, uma vez que liberei a outra assim que chegamos. Ela [a nova] irá comigo até Atures; depois, verei. Eis como é composta: d. Juan Malpica, comissário da circunscrição de Urbana, é o meu piloto, ao qual se juntam, como marinheiros, Pedro Noriega e Manuel Hernandez, um baré, não muito puro, do alto rio Negro, e Bantissa, um esplêndido tipo de jovem guahibo, *cuñados*, como eles se chamam, mas não com o significado de parentesco, mas, sobretudo, de companheiros, tradução da palavra tupi *ruaiara*, que, além do significado de cunhado, tem também esse. Algo como os irmãos de armas da Idade Média. Fato curioso, mas que já verifiquei várias vezes, tanto no Amazonas quanto aqui, e que freqüentemente nos obriga, ao contratar um, contratar também o outro a ele ligado. Em C. Bolívar, um homem, que já estava meio comprometido a partir como piloto, no último momento negou-se a me acompanhar pelo fato de eu não ter aceitado o *cuñado* dele, porque, pelo que tinham me dito, era um bêbado. Não sei se ganhei com a troca. Sabe-se lá!

Eu poderia ter partido no dia 25, mas, conforme previra, não foi possível. O fato é que aqui no Brasil e, segundo me dizem, na América do Sul inteira, o dia depois de São João é festejado em todos os lugares pelo povo com fogos, danças e as clássicas bebedeiras, que duram de dois a três dias: 23, 24 e, muitas vezes, também o 25, o dia do *interro* [enterro] (sepultamento), como o chamam no Brasil, dia em que se acaba com as provisões que porventura tenham sobrado dos dias precedentes. Conheço pessoas que se sentiriam diminuídas caso não pudessem se embebedar em dia tão solene. O meu piloto, por exemplo, tomou tamanha bebedeira que suas seqüelas acompanharam-no uns cinco ou seis dias e me valeu a amolação de uma serenata no dia do santo. Não há nada de mais impossível do que essas serenatas realizadas a qualquer hora do dia ou da noite, compostas habitualmente por um violeiro, um cantor e um tocador de *maracás* (no Amazonas, *maraja*[s], chocalho), cabaças vazias, cheias de seixos ou frutas e presas por pequenos pauzinhos na parte de cima. O cantor emite uma rima improvisada, mas na qual, na maioria das vezes, não há sentido nem ritmo, e os outros dois o acompanham da forma mais infeliz que se possa imaginar, e cantam e cantam, e tocam e tocam, acompanhados por uma multidão que parece se divertir – a menos que não esteja lá para ver como se suporta tamanho martírio –, até que sejam despachados em paz com alguns copos de *rum* ou acompanhados o mais gentilmente possível até a porta, e então eles vão embora para cantar no vizinho, percorrendo, assim, enquanto ainda conseguem ficar em pé, o povoado inteiro. No entanto, de quantas coisas eles me fizeram lembrar!

Afinal, na manhã do dia 26 deixei Urbana, e já não era sem tempo! Quinze dias numa vila como esta são mais do que o necessário para se desejar o deserto, principalmente devido ao mau tempo, com quatro dias e meio sem poder fazer nada, pois a *playa* tira a vontade de escrever e de ler, e eu entendo como uma longa estada inutilize e embruteça até o espírito mais elevado. De noite, durmo em Las Beis, na casa do comissário da circunscrição que tem o mesmo nome, um subordinado de meu piloto. Um de meus homens teve febre durante a noite, mas no dia seguinte voltou, sem dificuldades, ao trabalho, restabelecido por uma dose homeopática de arsênico. Riam de mim, mas sou adepto da homeopatia e estou contente com isso.

No dia 27, dormimos aos pés do cerro S. Luiz, que limita, a sudoeste, com a savana de Urbana. No dia 28, passamos a foz do Capanapara, afluente da margem esquerda e, sempre costeando a margem direita, dormimos na noite do 29 na costa de Baraguan. No dia 30, passamos as fozes do Suapure e do Caripo e nos encontramos, no dia 1º de julho, em Coroso, e deste para o Baraneo no dia 2. A chuva, que nos tem acompanhado quase sempre até aqui, fina e insistente a manhã toda, parece querer dar-nos paz. As praias desapareceram de todo e somos obrigados a dormir na floresta, depois de ter verificado bem que não existiam árvores mortas nem galhos secos, que poderiam representar um perigo se, de noite, nos alcançasse um temporal. E isso também se revela uma coisa bastante difícil, pois a chuva as inundou quase todas, o que nos obriga a uma jornada ora mais longa, ora mais breve, conforme a possibilidade de se encontrar um lugar apropriado para fixar nossas redes.

Nessas condições impossíveis fica mais do que difícil calcular a massa de água corrente, pois o que se vê é pouca coisa em relação à parte que se esconde nas florestas inundadas. A cheia, entretanto, não é das maiores e, há alguns dias, está dando sinais de baixar. E Urbana, onde o rio mede cerca de três quilômetros de uma margem à outra, nas grandes cheias torna-se um mar; as savanas da foz do Arauca são inundadas por milhas e milhas, e o rio, abrindo seu caminho aos pés do cerro de São Luiz, corta a savana que fica atrás da vila, voltando a seu leito em Buena Vista e tornando-a, assim, uma ilha.

Uma vez passada a foz do Billacoa ou Anyacoa, como o chama Codazzi, dormimos na floresta diante da ilha de Bararuma, tendo à nossa direita as cristas negras do grupo de morros de granito do Castillito, aonde chegamos na manhã do dia 3. É esse o ponto, até agora, mais estreito do Orenoco: algo com menos de setecentos metros.

No final do século passado ainda existiam um *pueblito* e uma missão de jesuítas no vale estreito que se estende aos pés das colinas que formam o grupo do Castillito; hoje só existe a ruína de um grande muro periférico de proteção, no meio da encosta do enorme monolito que, com a forma de uma mama, se debruça sobre o rio e que, tomado por um resto de fortificação, fez que fosse dado ao lugar o nome de Castillito.

É aqui que o Orenoco assume um aspecto peculiar. Muros negros a pique sobre o rio, de distância em distância; à direita e à esquerda, feito colossais marcos miliários num caminho de gigantes, elevam-se até se perderem de vista monolitos graníticos em formato de mamas, sobre os quais a corrente se quebra e forma cascatas ou corredeiras que tornam penosa e difícil a navegação para quem, como nós, é obrigado a ir beirando a costa.

Durante o dia passamos por Oillita e dormimos no vale do Mongota, num cúmulo onde mora uma família de piaroas civilizados, *racionales*, como dizem aqui, uma vez que chamam de *irracionales* os índios. Tive a desgraça de perguntar a um dos membros da família se era realmente piaroa e ouvi como resposta: "yo soy racional", com o orgulho de um fidalgo. No dia 4, passamos o Mongota, um curioso monolito escarpado e inacessível de todo lado, cujo cume é coroado por uma vegetação espessa, onde, segundo a tradição, deve estar escondido um tesouro dos padres jesuítas, como sempre! Por volta do meio-dia estamos no Marimari. Em frente, na margem esquerda, ergue-se uma outra mama granítica chamada Piedra del Tigre, pois tem a inscrição de uma parelha de onças. Naturalmente, fiquei com vontade de vê-la e, enquanto a piroga com três homens continuava pela margem direita, atravessei o rio com dois e fui até lá ver o que era. Tempo perdido! Existem, é verdade, mas não têm nenhuma das características que, no meu entender, distinguem os trabalhos dos índios, e, não querendo perder meu tempo, sem nem ter copiado o desenho, tirei, em vez disso, algumas fotografias do Marimari e da margem direita.

No dia 5, depois de passarmos Chirichana – onde também existiu uma missão, hoje, no estado de todas as outras, abandonada (só resta uma casa com meia dúzia de habitantes) –, chegamos à pedra de Cariben. Em uma das ilhas que nesse ponto intercepta o rio, e, justamente, na primeira para quem o remonta, mora uma família de piaroas que acorreu inteira para nos fazer uma visita. Os homens e os garotos estão nus, com quatro dedos de tecido na frente e atrás, amarrados à cintura com um cordão de *tucum*; as mulheres são duas, uma velha e uma jovem. Elas vestem um camisolão de *percal bleu* com flores amarelas, o *non plus ultra* da elegância. Têm os cabelos cortados curtos sobre a testa, compridos atrás, até cobrir os ombros, e tanto estes como a cartilagem que separa as narinas são furados e têm, enfiados, pedacinhos de madeira. Baixos, atarracados, com o ventre demasiado desenvolvido, especialmente os jovens, a tez relativamente clara, lembram-me os macuxis do rio Blanco. Infelizmente já é tarde, caso contrário os teria fotografado. Distribuo-lhes anzóis, linha e rum, fazendo que eles me prometam voltar na manhã seguinte para trazer-me milho fresco e me ajudar a passar o Mono com um outro *randal*, logo depois do de Cariben, que passamos sem grandes dificuldades na manhã do dia 6. Quando estamos para passar o Mono, chegam os índios com o milho prometido e em tempo para nos ajudar a passar; dessa vez, também, é impossível fotografá-los, pois chove torrencialmente, como só se vê chover nestas terras. O dilúvio transforma-se pouco a pouco numa chuvinha fina, fina, que nos é atirada na cara por um forte vento de sudoeste. Por isso, embora tenhamos chegado à Piedra de la Pacienza, somos obrigados a adiar a passagem para a manhã seguinte: vento e correnteza contrária é demais.

Aqui também a *chorrera* [chorreira] é determinada por uma grande mama de granito não muito elevada, mas que, ao contrário, se estende com um declive extremamente suave muito adentro no rio, que, nesse ponto, é engrossado pelas águas do Meta que nele desemboca pela margem esquerda, poucas milhas a montante, e lá se atira com uma velocidade de 9.600 metros por hora, 40 metros a cada 15 segundos, o que já significa algo. Constatada a correnteza (e para isso sirvo-me de um sistema bastante primitivo, mas bastante fácil: peço a um dos homens, colocado a uma distância conhecida, que ponha na água, num momento determinado, um pedaço de madeira ou mais freqüentemente um barquinho de papel com um peso dentro, para que este se deixe levar pela correnteza, e eu fico esperando, com o relógio na mão, no ponto de chegada. Repito a experiência quatro ou cinco vezes, tiro a média e, com isso, acredito eliminar os erros que podem ocorrer na observação); constatada, então, a correnteza, disse ao piloto que seria preciso, a meu ver, descarregar para passar. Ele, porém, não quis fazer nada e tentou a experiência carregado como estava, mas inutilmente.

A forte corda de piaçaba tinha sido solidamente amarrada a uma árvore, uns cem metros acima, e meus homens alavam com todas as forças sem poder avançar uma polegada, quando, de repente, a árvore cai desenraizada sob o esforço poderoso e vem à deriva, enquanto a piroga, retrocedendo, gira rapidamente sobre si mesma. Por um momento a considerei perdida, e todas as minhas coisas com ela. Isso teria acontecido se o piloto e a equipagem tivessem menos prática de manobras semelhantes. Reamarrada a corda, tentaram de novo, mas inutilmente. É preciso descarregar para poder passar. Mas, entretanto, descarregando e carregando, perdemos mais de meio dia e, quando chegamos à pedra do Burro, quase em frente à foz do Meta, passamos seu *randalito* e, devido à hora tardia, tendo feito pouco mais de duas milhas, lá passamos a noite.

No dia 8 passamos o Horeda, deixando à direita a ilha de Babilla Flacca (aqui está um nome que ninguém conseguiu me explicar) e, no dia 9, dormimos na costa do Sapo, um pouco abaixo de São Borjas, que fecha seu horizonte ao sul.

Nas montanhas, que depois de formarem o *randal* de São Borjas se estendem pelas duas margens em direção leste-oeste, vivem, independentes e relutantes à civilização, tribos de guahibos, numerosa nação que se estende do Orenoco, ao longo do Meta, até além dos confins de Nova Granada, que, algumas vezes, segundo meus homens, atacam e assaltam os passantes. Pode até ser, mas coloco o fato em suspenso, e se, alguma vez, algo de semelhante ocorreu, se a verdade pudesse ser procurada e encontrada, talvez se descobrisse que os guahibos são os que menos têm culpa, e isso não me causaria surpresa alguma; já vi por vezes demais repetir-se a história dos macacos e do gato[15]. Com tudo isso, porém, tive que, cedendo à minha gente, pôr as armas em ordem e preparar-me para a defesa. Felizmente, inútil precaução, pois passamos São Borjas no dia 10 e dormimos por lá sem encontrá-los. O rio, que desde o dia 1º de julho estava em vazante, e que já tinha baixado 89 centímetros, é dos mais estacionários, pelo menos a julgar pelos traços [deixados] nas pedras.

No dia 11, estamos no Bachaco, depois de termos passado, sob uma chuva forte, a foz e grande mama do Guaripo, à esquerda, e, à direita, o Auavena e o Urape. No dia 12, passo por Parinagura e Casuarita e dormimos na ponta de Panunama, diante do *randal* de Atures, que irrompe espumando por cinco bocas entre os montes de negros maciços de granito, que defendem do amor perigoso do pai Orenoco as verdejantes ilhas que lhe obstruem a passagem. O espetáculo é grandioso. De um lado e de outro as margens são formadas por colinas baixas – a mais alta não chega a duzentos metros –, algumas nuas e negras, coroadas por raras árvores, e as outras, verdejantes de grama, sobre as quais se destacam, como sobre um tapete, os negros maciços de granito que desordenadamente se encon-

---

15. Alusão à fábula "O macaco e o gato", de La Fontaine.

tram por toda parte, agora inteiramente cobertas de bosques, fazendo com seu contraste uma digna moldura ao quadro da cascata.

Disse, mais acima, dormir, mas me corrijo. Tendo acordado por volta das 11h, estou para sair e encontro a piroga já quase cheia de água. Tivesse dormido meia hora a mais, teria ido prestar conta de minha viagem aos peixes, no fundo do Orenoco – coisa que por sinal deve ser completamente indiferente para seus pacíficos moradores e que só poderia eventualmente interessar a algum jacaré, que então teria tido ocasião de me conhecer pessoalmente. Pois bem, agora brinco, mas naquele momento foi bem diferente e não juraria não ter alterado minha voz quando chamei minha chusma, que dormia um sono profundíssimo, alquebrada que estava do estafante trabalho do dia.

Dois homens não bastam para tirar a água, de modo que me vejo obrigado a descarregar tudo sobre os dois palmos de pedra nos quais estamos ancorados, mas, se o vento se levantasse, as ondas do Orenoco passariam sem nenhuma dificuldade. Mas é isso ou ir ao fundo, e não hesito.

Por sorte, uma noite passa rápido e, ao amanhecer, consertada provisoriamente a piroga, passamos, prosseguimos e chegamos, por volta do meio-dia, ao porto de Verboral, na ilha com o mesmo nome, entre o Salto do Sardineiro e o Salto do Guaiabal, dois dos cinco que formam, abaixo, o *randal* de Atures, que são o Samuro, seco na época da vazante e o mais próximo da margem direita; depois, o Guaiabal e o Sardineiro, já mencionados; e, por fim, prosseguindo à esquerda, o Picure e o Javariben, que é o último e que, pelo que me dizem, não permite a passagem em tempo algum.

O *randal* de Atures não se compõe, porém, apenas desses saltos. Por uma extensão de duas léguas o leito do rio é hirto de recifes, de ilhas e de cascatas, que tornam a passagem difícil, se não impossível, e, nessa estação, a água é alta e encobre em toda parte os mil recifes, que, em tempo de vazante, ficam descobertos. São 52 as ilhas e os recifes que ficam expostos nessa época. Os principais, cujos nomes me foram referidos pelos indígenas, são: Cinciorro Viejo, Viboral, Guaiabal, Cucurrita, que é a maior [ilha], Sapo, Certua, Tortuga, Varideio, junto ao local onde se descarregam pela última vez as embarcações e se fazem passar, vazias, até o porto de Arriba, transportando por terra a caça até o *pueblo*, e, de lá, ao porto. (Eu, de resto, tirei, de uma das elevações da margem direita, uma foto panorâmica que anexo.)

Três de meus homens retornam. Mando cobrir com os encerados nossos pertences, para protegê-los da água; vou com um deles ao *pueblo* e deixo o outro para tomar conta das minhas coisas.

Coloco o pé na terra no porto do Samuro, que se encontra na costa em frente ao lugar onde desembarcamos e passamos a noite hospedados por dois funcionários da Companhia do Alto Orenoco, M. Galliard e M. Muté, que ali fez um depósito provisório enquanto faz passar seus próprios vapores por terra. Na manhã seguinte, eu estava em Atures, sete quilômetros longe daquele ponto, e lá encontro M. Delort (de Caracas escrevi, por engano, M. de l'Or[16], da Companhia do Callao), que é o diretor e a alma da Companhia do Alto Orenoco, de quem recebo uma acolhida gentilíssima e toda a ajuda que posso desejar, e no dia 15, com sete homens e uma polia, posso tentar fazer passar a piroga.

Mas estava decidido de outra forma lá onde se pode o que se quer[17]. Apesar de todos os esforços, não é possível fazer passar a piroga e sou obrigado a deixá-la, semi-inutilizada, sobre as pedras do Salto do Guaiabal e encontro-me aqui, esperando que o senhor Delort, depois de fazer passar por terra seus vapores, possa, sem atrasar com isso a empresa que dirige, fazer-me conduzir a San Fernando d'Atabapo, de onde, munido de outra embarcação, seguirei meu caminho para as nascentes. Se Serra vier, ou se, ao menos, eu receber os instrumentos necessários para fazer algo de útil, seja pelo Cassiquiare ou Iavita, conforme as circunstâncias, descerei pelo rio Negro até Manaos, de onde, abastecido daquilo que ora me falta, pretendo tentar novamente a empresa pelo rio Branco. Antes de decidir, entretanto, esperarei algum tempo em San Fernando, para ver se tenho a sorte de receber alguma carta de Serra que me explique o enigma de tão longo silêncio e me tire da incerteza em que me encontro.

E agora, antes de terminar, uma vez que entre as condições do contrato que a Companhia fechou com o governo há a da colonização, duas palavras quanto à factibilidade da coisa.

---

16. É freqüente esse tipo de erro nos relatos de Stradelli: obviamente, em plena selva, não tinha muitas vezes como conferir os nomes que ouvia, com sua forma escrita.

17. Aqui, Stradelli repete a frase de Virgílio, no *Inferno* de Dante: "là dove si puote ciò che si vuole".

A vasta planície do Orenoco, que percorri até aqui, composta, em sua maior parte, por detritos graníticos, não é apta para o cultivo, mas o é, e muito, para a criação de gado, que, se sabiamente encorajada, poderia atingir um desenvolvimento bem maior do que aquele que tem, podendo servir para alimentar o número de braços necessários para a exportação dos produtos naturais que abundam em todo canto, enquanto as colônias agrícolas serão, sempre e forçosamente, limitadas a algo pequeno, sendo pouco o terreno que a isso se preste. O clima, ao contrário, é muito mais saudável, em média, do que o do Amazonas, e tudo o que foi escrito até hoje sobre o caráter não habitável da região, devido às *playas* que a infestam, é exagerado. Compreendo que Humboldt as achasse insuportáveis, mas não são tais que a elas não se possa acostumar, e tenho certeza de que uma colonização européia, guiada não por teóricos, mas por práticos conhecedores do terreno e do clima, poderia certamente ali prosperar, desde que a especulação a isso não se misturasse. É isso o difícil.

Porto Samuro (Atures), 11 de agosto de 1887.

Faz quase um mês que estou aqui, nem sei quando poderei seguir viagem, mas uma coisa é certa: jamais teria encontrado tempo para escrever este abreviado relato – do qual o senhor, professor caríssimo, fará o que quiser –, se não fosse por esse descanso forçado.
Um aperto de mão e sou, novamente, todo seu.

Ermanno Stradelli

21 de agosto.

Pelas últimas cartas recebidas da Itália tenho agora a certeza de que Serra não vem.
Até Manaos, então, pois é para lá que irei.

Ermanno Stradelli

O alto Orenoco[1]
Notas de viagem, com 17 desenhos e um mapa[2]

De Atures a Maypures

Passei mais de dois meses em Atures, esperando todos os dias poder continuar a viagem e vendo sempre ser adiada a hora desejada. Nesse interregno, porém, não perdi a ocasião de aventurar-me algumas milhas para o interior para ter uma idéia mais ou menos exata do local. Uma das primeiras excursões foi dedicada a visitar um dos mais curiosos monumentos indígenas que se conhece.

Aproximadamente a seis milhas ao sul de Atures ergue-se, no meio de uma savana levemente acidentada, percorrida em seu comprimento por um pobre riacho que, devido ao pequeno declive do terreno, forma um amplo *morichal*, o serro Pintado, com a crista negra e desprovida de vegetação. É em sua face voltada para noroeste e quase a pique sobre a planície, que o ignoto artista indígena foi gravar algumas das tantas inscrições indecifráveis que, entretanto, um dia ou outro, estou convencido disso, darão a chave do caminho seguido pelas diferentes tribos emigrantes. Encontra-se a inscrição a mais de quarenta metros do chão e representa uma grande serpente com a cabeça característica das espécies venenosas, sobreposta a algo que se assemelha a um esqueleto, tendo à esquerda uma tentativa de figura humana, uma espécie de pássaro e o princípio de uma grega; e, do outro lado, uma figura cujo significado me foge (aliás, para maior clareza, anexo o desenho e a fotografia da colina sobre a qual, embora pequena, com a ajuda do microscópio, se chega, sem dificuldade, a discernir os desenhos em questão).

---

1. Cf. os *Boletins*: 1887 (outubro/novembro), p. 848; 1888 (maio), p. 495; 1888 (junho), p. 544. (N. S.)
2. *Boletim*, ano XXII, vol. 25, série 3, fasc. 1, 1888 (agosto), pp. 715-44 e 832-54.

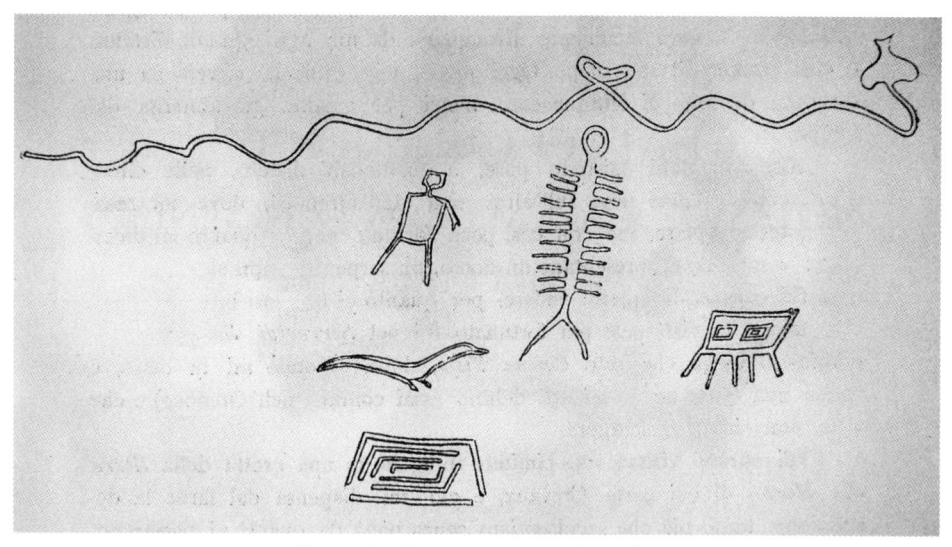

Figura 1 – *Inscrições no serro Pintado.*

As dificuldades que o artista teve de superar para levar a cabo este trabalho, ainda que grosseiro, dão fé da importância que certamente ele atribuía à obra, e nós, observando-a, somos obrigados a nos perguntar, sem encontrar resposta adequada: quais meios adotou para conseguir gravar essas figuras grosseiras, que ocupam mais de duzentos metros quadrados de superfície?

Sua orientação, voltada para o vale e o rio, sempre me confirma mais a idéia de que essas incisões eram sinais para guiar as tribos que vinham atrás e indicar o caminho pelo qual haviam passado as emigrações anteriores – já que esta [inscrição], não subsiste dúvida, no tempo em que foi gravada, destacando-se em claro sobre o fundo enegrecido pelos agentes atmosféricos, devia facilmente ser avistada de uma distância bastante grande e assim atingir seu escopo. Hoje mesmo se pode vê-la ainda, sem dificuldade, de uma distância de mais de quinhentos metros, embora já esteja escurecida pelo tempo.

Outras inscrições existem também, pelo que me disseram, nos morros circunstantes, como também na outra margem do Orenoco, onde estive para poder copiá-las, mas com tão pouca sorte que, por mais que me dissessem "estão lá, representam um homem, uma serpente e não sei mais o quê", não fui capaz de vê-las, por mais que tivesse boa vontade e aguçasse a vista. Igualmente desafortunado fui no serro de Suripana, que domina o lugar chamado *Comun Viejo*, onde, conforme me disseram, há a inscrição de uma *tonnina* (espécie de golfinho muito comum no Orenoco), que também não consegui distinguir.

Fui ainda visitar um cemitério indígena em uma gruta da *serra dos Mortos*, do qual fala Crevaux[3], e isso me dispensa de ter de fazer a descrição dele, tanto mais que foi saqueado sem dó por todos os que por lá passaram, hoje quase que só contém dejetos de urnas e restos incompletos de esqueletos humanos.

Notarei algo que não me parece indiferente: os restos das urnas que existem aqui fizeram-me lembrar de algumas das mais grosseiras urnas de Miracanera, cemitério indígena do Amazonas que visitei em 1883. Junto aqui o desenho de dois restos de urnas que provêm de outro ponto, nas quais observo uma curiosidade que não consigo me explicar, coisa, de resto, por nada extraordinária: a proeminência da testa.

Atures é um pequeno centro composto de poucas casas, que surge no mesmo lugar onde, em outro tempo, viveu a população indígena, hoje absolutamente desaparecida (não exis-

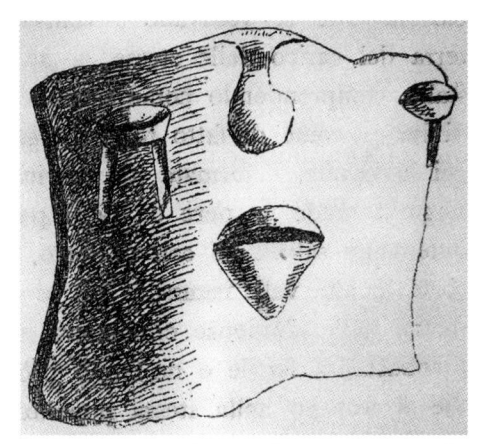

Figura 2 – *Restos de urnas funerárias encontradas em Atures, pertencentes ao sr. Delort.*

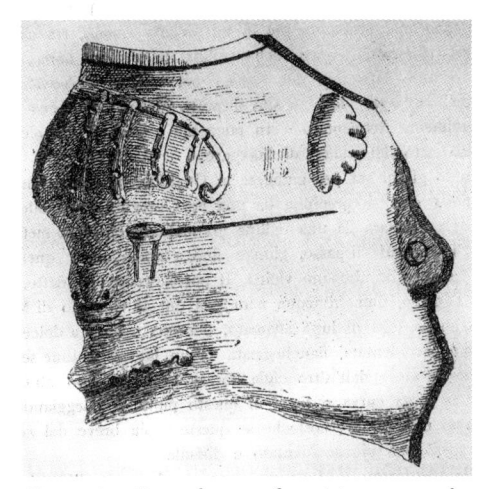

Figura 3 – *Restos de urnas funerárias encontradas em Atures, pertencentes ao sr. Delort.*

---

3. Jules Nicolas Crevaux, médico e explorador francês, nascido na Lorena em 1847 e morto na Bolívia em 1882 pelos índios tapetis. Entre 1880 e 1881, viajou pelo Orenoco, sobre o qual escreveu o livro *En radeau sur l' Orénoque* (2 ed., Paris, Payot, 1994).

te indígena algum entre seus habitantes, que ao todo não chegam a vinte): a população de *racionales*, como dizem aqui, ficava uma milha e meia abaixo, junto ao ponto denominado Porto Real, mas desapareceu, e mal a tradição lembra onde era. Os habitantes viviam, antes da chegada da Companhia Alto Orenoco e Amazonas, da passagem no *randal* das embarcações que iam e vinham de Bolívar e do transporte por terra do carregamento destas; e, nos primeiros tempos em que a Companhia se instalou, compreendendo que viria a lhes faltar essa fonte de lucro, como de fato ocorreu, hostilizaram-na de todas as formas. A savana, na qual está situada, é formada por detritos graníticos, devidos aos morros que surgem pelados e negros em toda parte, misturados a uma terra fortemente saturada de sais de ferro na superfície e da qual são quase totalmente compostos os altos vales encaixados entre os próprios morros; [dessa terra] são formadas algumas das elevações circunstantes, como o serro Perrûo, para citar um deles; é bastante fértil e disso são prova os poucos trechos de terra cultivada que se encontram no mesmo povoado, onde surge viçoso o milho, e o estado próspero no qual se encontra uma centena de bovinos que vivem da vegetação da savana.

No dia 2 de outubro, ao amanhecer, deixei Atures a bordo de uma *piragua* da Companhia destinada a Maypures, aonde cheguei sem incidentes no dia 5 do mesmo mês. O rio, nesse breve trecho de pouco mais de 35 milhas, é extremamente acidentado, formando mais do que um pequeno *randal*, entre os quais, os principais são: Garceta, aos pés do morro de mesmo nome; Torno, um pouco a jusante da foz do Tomo, e, por último, Guahibo, junto à foz do Tuparro, onde se encontra o porto da Companhia; aquele, geralmente mais freqüentado, se encontra um pouco mais a montante, quase aos pés do último salto do *randal* de Maypures.

Quando já se está para chegar ao Guahibo, o rumor ensurdecedor do Orenoco, que se precipita de uma cadeia de recifes negros – a qual, juntamente com uma ilha formada por uma colina granítica de cerca de 80 metros de altura, intercepta sua passagem –, chega até nós e cobre aquele da pequena cascata que está próxima. O lugar, como eu disse, está na foz do Tuparro, rio de água negra; dali até a aldeia de Maypures há uma boa légua por uma savana em suave declive e pouquíssimo acidentada, ladeada, por um lado, por morros seminus e pouquíssimos elevados, e, por outro, pela mata que se estende até o Orenoco, o qual, com uma larga curva, se atira nesse ponto espumando em um verdadeiro caos de pontas negras; sendo assim, se este é mais breve que o *randal* de Atures é, porém, bem mais acidentado e difícil.

Fazer a descrição de Maypures, não tento; a pena de Humboldt já o tentou e não me sinto capaz de rivalizar com o insigne autor do *Cosmos*[4]! Sete casas, em sua maior parte desabitadas, formam Maypures, que, pelo que se diz, ocupa a mesma posição já ocupada pela antiga aldeia indígena, tão famosa pelo célebre papagaio; e seus habitantes, além do agente da Companhia, senhor Vernet, são sete homens e não sei quantas mulheres, mas não devem exceder em muito esse número cabalístico. Certamente, quando era uma aldeia indígena, devia ter uma importância bem diferente, como facilmente se deduz pelo cemitério que se encontra, felizmente, ainda intacto, em um dos morros próximos. É composto por uma centena de grandes urnas de barro grosseiramente cozido e modelado, fechadas simplesmente por uma tampa, dentro das quais estão contidos dois, três e, muitas vezes, quatro esqueletos, raramente um. Tal como o de Atures, esse também está numa larga e baixa caverna natural, aberta na encosta do morro. E tenho certeza de que esse não é o único e que, procurando, se encontrariam outros pelos arredores. Eu, para não aumentar minha bagagem, já bastante volumosa, deixei de tentar transportar inteira uma daquelas urnas. Outros hão de fazê-lo. Porém, inspecionei com cuidado o morro para ver se não havia alguma inscrição, mas, por mais escrupulosa que tenha sido minha busca, não obtive nenhum resultado. O indígena, é claro, escondia cuidadosamente o lugar onde certamente recolhia os restos mortais de seus entes queridos, temeroso, talvez, de vê-lo violado por mão inimiga.

Maypures é hoje um pobre amontoado de cabanas, mas, provavelmente, dentro de alguns anos, o viajante procurará, em vão, os restos delas. A pequena aldeia, tal como Atures, vive da passagem das embarcações no perigoso *randal*; e se, com a chegada da Companhia, já recebeu um grande golpe, deverá desapare-

---

4. Cf., a esse respeito, de Alexandre von Humboldt, *L'Amérique Espagnole en 1800* (Paris, Calman-Lévy, 1965, textos selecionados da obra do autor), em particular "Le cours de l'Orenoque", p. 87, e, do mesmo autor, *Viaje a las regiones equinocciales del nuevo continente* (2. ed., Caracas, Monte Ávila, 1991, t. 5).

cer se ela concluir o projeto de uma estrada de ferro que de Perico, ponto imediatamente a jusante do *randal* de Atures (onde está localizada a direção e onde serão instalados os canteiros para os reparos ao material flutuante), vá dar, seguindo a margem direita, na foz do Samariapo, que desemboca a montante do *randal* de Maypures, ligando assim, com um caminho rápido e fácil, os dois trechos navegáveis do Orenoco que, se não permitem o serviço a embarcações pesadas a não ser em tempo de cheia, às pequenas chatas o permitem o ano todo. A execução não parece difícil, caso se acredite na exploração feita recentemente por um indivíduo do local, que, de Samariapo, em cinco dias, chegou por terra a Atures. Entretanto...

Voltemos a Maypures, que, cortado assim fora da circulação, deverá naturalmente desaparecer, a menos que o transformem numa fazenda de bovinos. A isso muito se presta, graças a suas amplas savanas, que se estendem quase sem interrupção até se juntarem às da vizinha Colômbia e que já servem hoje de pasto para alguns milhares de bovinos, os descendentes daqueles que, ao extinguir-se o último habitante da antiga aldeia, há mais de meio século (aquele que hoje existe data de ontem), abandonados à própria sorte, se tornaram selvagens: *ganado serrero*, como o chamam aqui. E é para se desejar que a futura fazenda em nada se pareça com as cabanas miseráveis, ou melhor, os tugúrios que hoje a formam.

Em Maypures e Atures, atrás da pequena barreira de morros que, na margem esquerda, flanqueiam o curso atual do Orenoco, livre e sem obstáculos estende-se vasta a planície, cuja monotonia é interrompida apenas por estreitas tiras de bosques que indicam os *morichales*, que, correndo para o rio, percorrem como caprichosas serpentes a savana. O observador não pode deixar de se perguntar o porquê de o Orenoco, em lugar de enveredar pelo caminho natural que se lhe apresentava, ter aberto sua passagem pela via mais acidentada e difícil. Um olhar lançado ao mapa explica facilmente o fenômeno. O Orenoco, obrigado pelo serro Mono a lançar-se nas gargantas na foz do Vichada, é forçado, por estas e pelos contrafortes na foz do Sipapo, a tomar, sem escolha possível, o caminho que hoje, rumorejando, percorre. Li, não sei mais onde, que essa parte do Orenoco era, em outros tempos, um vasto lago que da Cordilheira dos Andes chegava até a serra Parima. Mas procuro, em vão, quais eram seus confins; não os encontro.

A longa seqüência de morros graníticos que desde o Castillito estão escalonados em suas margens até as proximidades de San Fernando de Atabapo só corrobora, em um único lugar, essa estranha hipótese, em San Borjes. Aqui também, entretanto, somente para quem viu apenas os morros alongados que parecem se postar como uma barreira ao rio, uma vez que eles também, como todo esse estranho sistema de elevações parciais, são isolados e circundados por savanas, tanto a leste quanto a oeste, onde lhe teriam deixado sempre livre a passagem. É claro que houve um tempo em que o Orenoco chegava a um nível muito mais alto do que o que atualmente atinge nas grandes cheias, mas isso me parece mais ser devido a fenômenos meteorológicos, cujas causas ora me escapam – uma delas, por exemplo, poderia ser talvez o sistema da serra Parima, em outros tempos cheio de vegetação e hoje quase completamente nu.

Figura 4 – *Pedras do Castillito*.

A forma arredondada dos morros graníticos escalonados ao longo do Orenoco e, mais do que tudo, os montes de blocos caoticamente amontoados levaram alguém a pensar, não sem forte razão, que eles fossem os traços de morenas de antigas geleiras. A Encaramada, o Castillo e alguns outros pontos fizeram-me pensar repetidamente nessa hipótese, uma vez que, de outra forma, seria difícil entender a razão da sobreposição, muitas vezes estranha, de um rochedo sobre outro. No entanto, todas as vezes que essa hipótese me vinha à mente, uma outra se enraizava mais intensamente em meu ânimo. Em lugar de ver nessas antigas geleiras os traços de um fenômeno geral que se teria estendido, em tempos antiqüíssimos, a todas essas regiões abrasadas, eu só percebia um fenômeno parcial, diria quase local, do qual procurava em vão uma confirmação nas partes por mim conhecidas da grande bacia do Amazonas e então perguntava a mim mesmo: em lugar de esses morros serem contrafortes da Parima, junto com a qual se teriam sincronicamente erguido, eles não poderiam ser as cristas de uma cadeia de altas montanhas, um tempo cobertas por neves perpétuas e geleiras, que se abaixaram quando os Andes e a Parima se erguiam? O isolamento e a caprichosa disposição dessa excrescência negra na ampla planície circunstante e a memória de uma disposição semelhante na planície do rio Negro, do Uaupés, Marary etc. etc. pareciam querer dar-me uma resposta afirmativa, uma vez que, admitindo-se essa hipótese, sua disposição não seria mais estranha. Mas já o disse, não sou um cientista, mas um simples *touriste*, um tantinho, é preciso afinal confessá-lo, ignorante; e se às vezes atrevo-me a dizer o que penso sobre o que pensaram os outros é tão-somente a título de *impressão* e nada mais, deixando a *quem sabe* intacto o campo da especulação científica e restringindo-me aos fatos.

Figura 5 – *Pedras da Encaramada.*

Em uma hora e meia havia percorrido a distância que separa o porto de Tuparro da aldeia onde fui muito gentilmente acolhido pelo senhor Vernet, agente da C. Alto Orenoco e Amazonas. Ele, aproveitando a presença de alguns índios guahibos, fez que, no dia seguinte à minha chegada, eu pudesse ter todas as minhas bagagens na própria casa da Agência onde estava hospedado. Poucos dias fiquei em Maypures. O senhor Matteo Torreana estava para ir comprar farinha de mandioca no Vichada, afluente a montante do Orenoco, e eu pedi, sendo atendido sem dificuldade – aliás, com aparente satisfação –, para ser companheiro dele nessa breve

Figura 6 – *Pedras da Encaramada*.

viagem que empreendia, temendo demais ser obrigado a ficar muito tempo inativo em Maypures, uma vez que não tinha no momento meios de transporte e, para seguir minha viagem, teria de esperar a chegada do pequeno vapor *Maroa*, que já havia sido transportado para cá do *randal* de Atures e que deveria chegar a qualquer momento, para ser transportado por terra de Tuparro até aqui, posto novamente na água e destinado a fazer o serviço deste ponto até San Fernando.

VICHADA

10 de outubro. Parto para o Vichada; será um passeio, não uma exploração. Às 11 tudo está pronto para a partida, e vou, com o senhor Vernet, até o porto da aldeia que nesta estação não se encontra no Orenoco, mas num pequeno braço a uma centena de metros das últimas casas.

A *curiara* é pequena, e meus dois baús, a sacola da rede, os poucos víveres, o baú e os poucos pertences do senhor Matteo – um mulato nativo de Carabobo que me aceitou gentilmente como passageiro a bordo – carregam-na mais do que é preciso. Apesar disso, estarei à vontade; atrás há lugar para poder colocar minha *chaise longue*, e ficarei como um príncipe.

Mas onde estão os remadores? Matteo e um rapazinho somente? Já entendi, toca também a mim tomar o remo. Adeus, meu príncipe! Fico, por um instante, incerto se devo mandar desembarcar minhas coisas e permanecer em terra. Mas não passa de um instante. Aperto a mão do senhor Vernet e embarco, decidido.

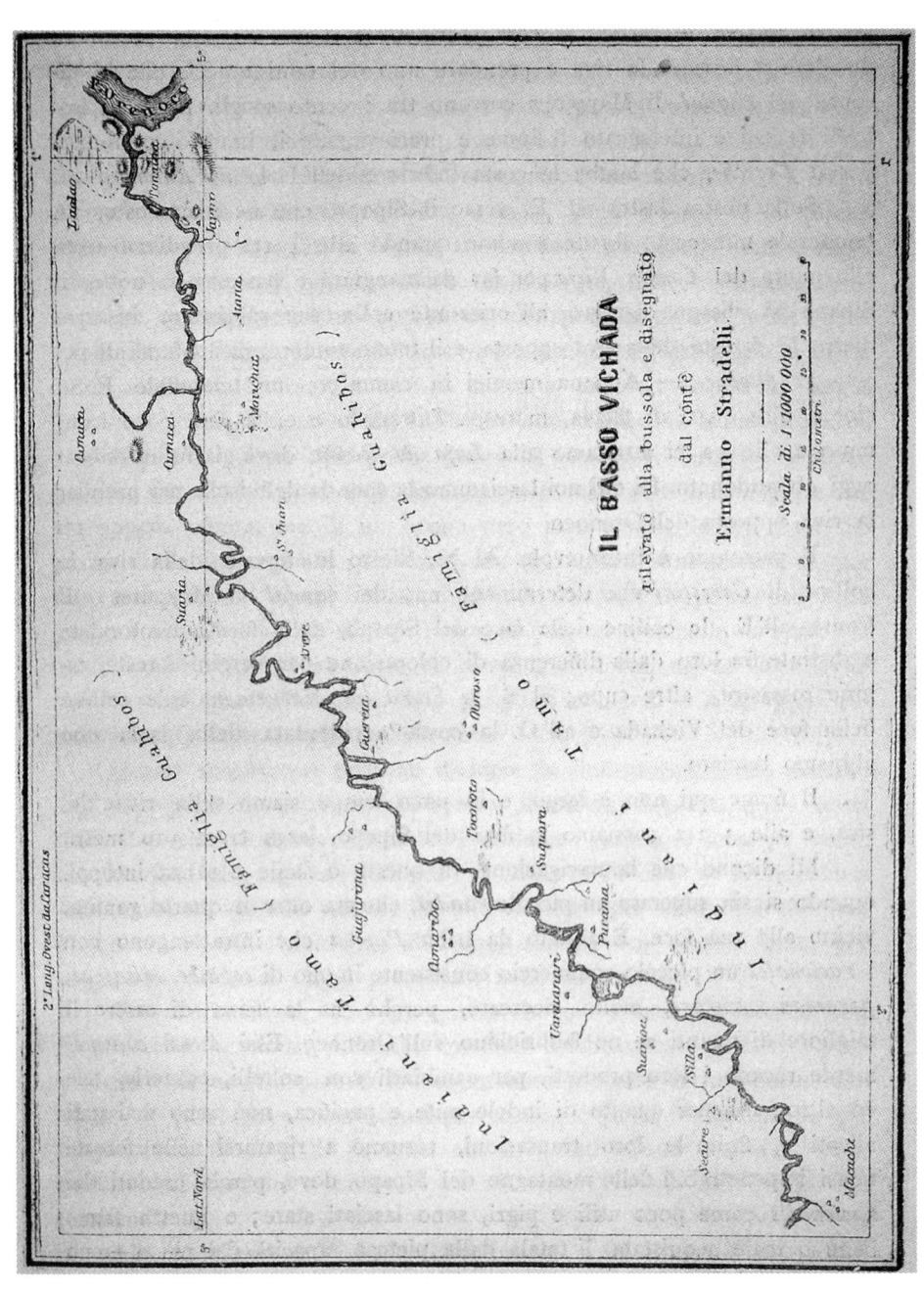

Figura 7 – *Relevo feito com a bússola do baixo Vichada (437 observações azimutais).*

Assim que saímos do pequeno braço, seguimos pela margem esquerda do rio; mas as correntezas nessa época são fortes, e na segunda ponta, tão logo passamos da guarita, um vagalhão entra na *curiara* e quase afundamos; o acontecido faz com que meu *capitano* reflita e tome a decisão de afastar-se da margem e enveredar por um dos tantos braços que, acima do *randal* de Maypures, correm entre os cem recifes, ilhas e ilhotas que cruzam o rio e, precisamente, pelo braço conhecido como o Desecho, que lambe a costa inferior da ilha do Raton.

À nossa direita, a leste, na direção de Sipapo, que está escondido, ameaça um temporal; felizmente, quando às 4h30 aportamos na ponta do Comun Viejo para preparar a comida e passar a noite, o Sipapo se desenha azul no horizonte, com seus recortes bizarros atrás das florestas da margem oposta, e o trovão rumoreja ao longe, no oeste.

11 de outubro. Tão logo retomamos nosso curso, um temporal vindo do leste-sul, ou seja, quase de frente, encrespa o Orenoco e nos obriga a percorrer pouco caminho. Às 12h paramos em Laja do Raton[5], onde já houve um *conuvo*[6], hoje abandonado. Dali, deixamos a beira da ilha rumo à margem oposta do Orenoco.

A paisagem é encantadora. Ao norte, atrás das florestas da margem, os morros da Carestia que determinam um dos *randal* de Maypures, à nossa frente; ao leste, os morros da foz do Sipapo, de forma arredondada e distintos entre si pela diferença de coloração das florestas virgens – algumas são de um avermelhado pálido, outras, escuras –; ao sul, a serra de Mucuriama e os morros da foz do Vichada; e, a oeste, a costa acidentada da ilha que deixamos.

O rio aqui não é largo, e em pouco tempo estamos na margem direita; às 3h30 passamos a foz do Sipapo, com quase trezentos metros de largura.

Dizem-me que a navegação desse [rio] é fácil e sem problemas, logo depois de passar um pequeno *randal* que se encontra além do quarto cotovelo, perto de sua foz. É povoado pela tribo piaroa, que mantém com os *racionales* um pequeno comércio de óleos de *copaibe*, *salsafraz*, *paraman* e *curare*, muito procurados, pois têm a fama de ser os melhores de todos os que se fabricam no Orenoco. São eles

---
5. Pedra chata, laje.
6. Pequena exploração agrícola.

mesmos [os membros da tribo] que habitualmente levam seus produtos para trocá-los por facas, contas, tecidos e outras coisas. Embora de índole branda e pacífica, nunca se tornaram aliados e, uma vez terminadas as transações, voltam a se resguardar nas florestas quase impenetráveis das montanhas do Sipapo, onde, por serem considerados pelos *racionales* pouco úteis e preguiçosos, são deixados em paz – e essa fama, bem ou mal conseguida, os protege da rapacidade piedosa dos mais ou menos brancos civilizadores.

Às 4h, forçados por um temporal que nos surpreende, paramos num pequeno *caño*, pouco a montante de Mucuriama. Às 5h, um temporal vindo do leste nos traz água que dura a noite inteira.

12 de outubro. Acordamos molhados até os ossos e, por causa do fogo que não quer pegar, só vamos partir às 7h. Continuamos mais um pouco pela margem direita, depois passamos à esquerda, quase diante das primeiras pedras do *randal* do Vichada. Desde que deixamos Maypures, a vegetação mudou. A vegetação raquítica das savanas – onde mal conseguem sobreviver poucas plantas contorcidas, crescidas, a custo, entre os detritos de granito, sob os raios escaldantes do sol – aqui não existe mais: uma outra, mais forte e robusta, onde as palmeiras se tornam freqüentes, a substituiu e se espelha, gigantesca, nas águas tranqüilas do rio. O *randal* não parece perigoso, já estamos a menos de uma milha de distância e ainda não dá para percebê-lo; apenas largos flocos de espuma que descem pela correnteza denunciam sua presença.

Às 9h40 estamos nas primeiras pedras. O *randal* é formado por rochedos graníticos (de um rosa bonito nas rachaduras mais recentes e nas partes que agora mal afloram, mas de um negro bem acentuado, devido, talvez, mais a um depósito de origem vegetal do que aos agentes atmosféricos, em todo lugar onde, a esses agentes, os rochedos se encontram há muito tempo expostos) e por cinco ou seis ilhas cobertas de espessos bosques (entre os quais domina a *sarupia*), as quais, fazendo uma barreira contra o rio, o puxam e o empurram umas às outras, obrigando a água a formar perigosos redemoinhos e levando-a a se quebrar rumorosamente contra os recifes da margem.

Essas cadeias de recifes podem se dividir em dois grupos, que distam entre si pouco menos de um quilômetro. Passamos pelo primeiro quase sem dificuldade, por sinal vencemos a última correnteza com a força dos remos, embora tivéssemos sido jogados para trás duas vezes; confesso, porém, que, se a resistência durasse mais alguns minutos, eu teria me dado por vencido, uma vez que ainda não retomei o hábito de remar – coisa que tinha me custado tanto a adquirir em minhas viagens precedentes pelo Amazonas.

O segundo, ao contrário, que era o que mais assustava Matteo, não apresentou a menor dificuldade; mas pela conformação da margem é fácil ver, porém, que, quando as águas estão mais altas ou mais baixas do que agora, a passagem deve ser bem mais perigosa. Matteo, de fato, recita-me uma longa ladainha de nomes de pessoas que nestes últimos anos aqui perderam embarcações e cargas, e me conta tudo isso bem na hora em que estamos passando!

Às 11h estamos no Vichada. Pouco antes, em um grupo de pedras cobertas por poucos *sarisari* (espécie de pequena palmeira espinhosa, muito abundante, sobretudo, no baixo Orenoco), escutei um dos mais belos ecos possíveis, que repetia, sem alterações e inteirinhas, as palavras que pronunciávamos com voz nada elevada. Na foz do Vichada há um banco de pedra que forma uma ilha, seguido por um longo banco de areia que obstrui o rio quase pela metade; passamos ao longo da costa sobre a margem esquerda, quase arrastando a leve *curiara*, e entramos no Vichada. Uma hora depois, diante da boca de *Tonnina*, numa praia que está começando a aparecer, tomamos nosso desjejum e colocamos para secar as redes e os cobertores ensopados pela água da noite passada.

Mal estamos dentro da foz, já não há mais as florestas do Orenoco; o rio tem um outro aspecto, devido às matas de *cigo* (espécie de grande leguminosa, cujo fruto se assemelha, pela forma, a uma orelha humana achatada) que abundam nas margens. Essa planta é, em alguns lugares, utilizada para fazer um tipo de farinha que, pelo que me assegura meu guia, substitui com vantagem a farinha de mandioca, e da qual, sempre segundo o que ele diz, fazem muito uso em Cunaviche e adjacências. Às 3h passamos a foz do Laolao, lago à esquerda (o de Tonnina está à direita), e às 6h dormimos numa ponta de praia, a montante de Tara, pequeno afluente da esquerda.

13 de outubro. Às 6h retomamos a viagem. Uma neblina leve esconde o horizonte, o que promete uma boa manhã, embora o barômetro tenha baixado. Navegamos lentamente; a correnteza é forte, e o rio que pensávamos estar baixo a partir de Maypures, ao contrário, está ainda bem cheio e só afloram as praias mais altas. Às 12h paramos em uma magnífica praia, onde espero poder dar alguns tiros de espingarda, mas inutilmente. As águas ainda estão altas demais, e a caça, nessa época, vive no centro das selvas e não vem até a margem. Quando volto, encontro Matteo, que me preparou uma espécie de polenta de maís tenro e que ele chama de *massamorra*, mas que não tem gosto de nada, e, por mais queijo que se acrescente, mal consigo comê-la, se bem que remar dá apetite.

Partimos novamente à 1h e, procurando ora na margem direita, ora na margem esquerda, os pontos onde a água corre menos, chegamos às 4h a Jajaro (pronuncia-se o *j* com a aspiração do *c* florentino, porém mais duro), onde mora o capitão Henrique – o rei, eu diria, do Vichada, e médico respeitado tanto pelos guahibos quanto pelos piaroas, que vêm dos lugares mais distantes para consultá-lo. Jajaro não passa de uma casa ampla e bastante espaçosa, bem construída ainda que de palha, atrás da qual surgem duas míseras cabaninhas de tipo verdadeiramente indígena. Estas são construções simples, com folhas de palmeira enterradas no chão, que adquirem o formato de cabana graças a sua inclinação natural; nada de mais primitivo, como se vê. O capitão Henrique não estava; em seu lugar encontramos um tal de Villasana, negociante de San Fernando, vindo também ele aqui atrás de farinha. Diz-nos que o capitão saiu como prático, com uma comissão do governo de San Fernando, que veio para prender quatro desertores. São valentes se os capturarem.

Um temporal vindo do leste desembesta furioso. Ainda bem que estamos resguardados. Dormimos na casa do capitão e, ainda que não haja mosquitos, colocamos o *mosquiteiro* para nos prevenir contra os morcegos, muito numerosos.

14 de outubro. Logo depois do café, Matteo saiu sem me dizer nada. Aproveito o tempo para dar uma volta e conseguir algumas informações. Visito as duas cabanas, uma está vazia, na outra há uma mulher com duas meninas. Toda a mobília compõe-se de duas *bíní*; redes de *morice* de tramas soltas, atiradas a um canto; uma *sarabacana* com seu alforje (cf. Figura 10, n. 16); um arco com poucas flechas com a ponta de ferro (Figura 10, n. 3, 4, 5, 6, 11); dois *uaehí*[7] (espécie de pequenos vasos de barro); um resto de forno para a mandioca, também de barro, em que, quando entrei, a mulher estava cozinhando seu *peri* (espécie de fogaça de mandioca fresca); um *badano* (cesto de tramas largas para passar a tapioca); um pouco de massa de mandioca em uma gamela feita do invólucro do cacho de uma espécie de palmeira, cujo nome não conheço; e um *tiscibó*, cesto no qual, desordenadamente, encontram-se as coisas mais disparatadas do mundo: um espelho, um fio de contas, peixe secado ao fogo, *cumare* em rama, ou seja, não fiado, e uma outra quantidade de pequenos objetos dos quais não conheço o nome nem o uso.

As meninas, assustadas quando me viram entrar, haviam aos poucos se tranqüilizado quando me ouviram repetir os nomes das coisas que a mãe delas complacentemente dizia para mim e que eu anotava em meu caderno de apontamentos; no fim a maiorzinha quis ver o que eu estava fazendo e criou a coragem de chegar até mim para satisfazer sua curiosidade. Nesse meio-tempo, Matteo tinha voltado, trazendo consigo um índio que devia me substituir ao remo. Com ele veio o filho do capitão Henrique, acompanhado por dois outros indígenas; são gente bonita, não muito alta, mas bem feita de corpo, de cabelos cacheados, os olhos doces e expressivos, com os maxilares amplos e fortes, um tanto salientes, mas, em geral, as maçãs do rosto não são muito proeminentes, e as articulações e as extremidades são de uma delicadeza extraordinária; a pele é de uma bela cor acobreada sem manchas, tão comuns em outras tribos, mas que escurece de acordo com a idade. Codazzi, em seu mapa, os chama de amoruas, eles, porém, dizem-me chamar-se tamos. Os amoruas, segundo eles, vivem no interior, na direção do Guaviare, tal como os guahibos na direção do Meta, e, pelo que parece, embora falem o puro guahibo, fazem questão de não serem confundidos com aqueles. Andam nus, com muitas voltas de contas, o mais das vezes pretas, e levam no pescoço e na cintura uma faixa de cordinhas tecidas com seus próprios cabelos, das quais, em forma de avental, pende, na frente e atrás, um tecido de al-

---

7. Aqui reproduzido como no original. Deve se tratar, porém, de *uachi* (como se pode ver pela Figura 15, adiante), num provável erro de transcrição do relato manuscrito.

godão, obra deles, da largura de quase um palmo e do comprimento de cerca de um metro, finalizado artisticamente, nos quatro lados, por grandes laços do mesmo material.

Às 9h partimos. O remador que me substitui é um jovem, entre 16 e 18 anos, que tem um talhe suave, quase feminino, com seus cabelos cacheados; o lenço colorido, negligentemente amarrado ao pescoço e jogado sobre os ombros, lembra-me vagamente um pajem de trezentos. Ele se põe a remar com vontade e, se continuar assim, é certo que fará por merecer o facão que lhe foi prometido para acompanhar-me até Cumaca. Dir-se-ia que hoje o rio corre mais do que ontem; não adianta muito buscar a margem direita e a esquerda, porque, em todo lugar, a correnteza é a mesma: forte, sem diferença alguma.

Às 12h aportamos em um lugar extremamente pitoresco e, após termos almoçado um peixe defumado e feijão, retomamos nosso curso, avançando sempre, porém, com maior dificuldade. Às 4h um temporal, primeiro vindo do leste, depois do oeste, com o sobrevento deste, nos surpreende e mal nos dá tempo de nos abrigar, transformando num instante o rio que freme ao redor em ondas breves e ameaçadoras. Felizmente, em vinte minutos tudo acabou, e nos pusemos a caminho com uma chuvinha intermitente que não nos promete nada de bom.

Chegamos com a noite a uma praia a montante da Boca de Átana. É aqui, neste *caño*, que costuma ficar o pessoal do capitão Henrique e temos bastante trabalho para conseguir prender as redes entre os baixos *cigos* que ali crescem; impossível, porém, acender o fogo e cozinhar nosso jantar; um pouco de farinha na água, *incuta*, como a chamam aqui, e, depois, cama.

15 de outubro. Feito o café, nos pusemos a caminho; devemos chegar às 2h a Cumaca, isto é, no lugar da laguna que conduz a essa pequena aldeia indígena. Deixamos o rio umas duas ou três vezes para nos meter em pequenos canais, poupando-nos assim de muitas das curvas que faz o rio, e vamos em frente, sem parar, como de hábito, ao meio-dia, pela boa razão que só temos *cassave* [farinha de mandioca] para comer, e isso não precisa de fogo. Em frente à Plaja del Guaco entramos por um *caño*, à esquerda, e depois de cerca de duas horas chegamos ao porto da laguna, guiados por três índios encontrados no caminho e que nos vendem três esplêndidos peixes. A refeição está garantida. Encontramos ali certo Pablo, um índio de Morichal, outra aldeia mais a montante, ocupado no acabamento de uma *curiara*. Já a escavou todinha, só falta agora abri-la com o fogo. Estão junto com ele o filho e a mulher; esta tem o rosto pintado com desenhos feitos com a *chica orellana*; assim que nos vê, corre e se esconde; pouco a pouco,

Figura 8 – *Cabanas de Cumaca, chamadas* boô.

entretanto, torna-se mais confiante e no fim aceita um pouco de queijo e, convidada, come conosco, de modo extremamente familiar, o peixe que, nesse meio-tempo, Matteo preparou.

Assim que acabamos, nos pusemos a caminho, rumo à aldeia, e, com a ajuda de Pablo, fui aumentando meu dicionário tamo. O caminho, que não passa de uma senda, não poderia ser mais confortável; corre todinho por uma savana, nesta época, seca, e, quando se aproxima da aldeia, cruza uma pequena torrente, que se atravessa sobre uma pinguela construída grosseira, mas solidamente.

A aldeia compõe-se de sete casas de palha arredondadas, cuja inclinação começa a partir do chão: são as cabaninhas de Jajaro aperfeiçoadas.

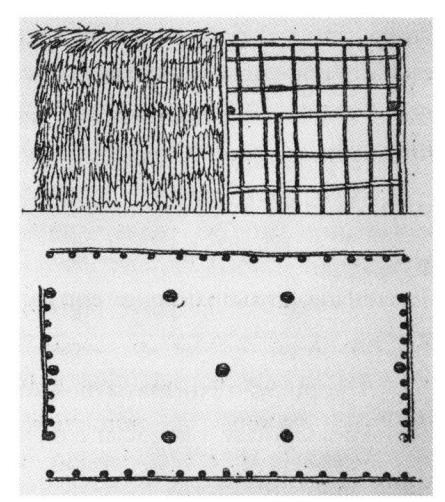

Figura 9 – *Planta das mesmas cabanas, vistas do alto.*

A acolhida foi excelente e logo depois já era amigo de todos e todos competiam para oferecer mais palavras para meu dicionário, de modo que muitas vezes, justamente pelo excesso de zelo, me confundiam, a ponto de eu não entender mais nada.

As mulheres, principalmente, eram as mais espertas. Têm fama de serem bonitas, mas não o são: baixas e rechonchudas, podem ser apetecíveis, enquanto jovens, mas nada mais; é verdade que o traje que usam não as embeleza em nada. É constituído por uma camisa de pano ou de líber de árvore[8] que desempenha a mesma função, sem mangas e sem graça. Com tudo isso, acredito que mesmo entre as mais bem arrumadas não haveria nenhuma passável. (Sorte é que elas nunca lerão estas linhas e eu não mais as verei, caso contrário, ai de mim!) Procuramos algo para comer, mas inutilmente. Oferecem-me uma galinha, mas não há sal, e o jantar desse magro dia compõe-se de duas fatias de *ananas* [ananás] e um pouco de *cassave*.

Às 6h todos se retiram da aldeia, deixando-nos com quatro ou cinco cachorros, que uivam a noite toda, donos do terreiro. Por causa dos mosquitos e, acima de tudo, para escapar dos morcegos que abundam por lá, eles [os indígenas] possuem duas habitações: uma para o dia e outra, hermeticamente fechada, para a noite, onde se entra por uma única abertura, que é fechada cuidadosamente por cada um que entra, e serve exclusivamente para dormir.

16 de outubro. Antes do amanhecer todos os habitantes da aldeia estão de volta. Às 6h30 nos pusemos a caminho, mas antes de partir compro um enfeite de cabeça feito de unhas de tigre e de penas de *aninga*, não porém sem alguma dificuldade, principalmente por parte da mulher do vendedor; é sempre assim. (Cf. Figura 17, n. 4.)

A população em massa nos acompanha. Matteo, que se encontra no ambiente dele, põe-se a negociar e dá a crédito panos, facas, contas em troca da farinha de mandioca que deve receber na volta. Tudo isso em meio a uma gritaria e a um ruído que faria qualquer um perder a cabeça, mas não ele. Eu, enquan-

---

8. No original, *libbro d'albero*.

to isso, faço uma distribuição de agulhas para as mulheres, que as enfiam em um pequeno orifício que fizeram no lábio inferior e que eu não havia notado antes. Mostro-lhes uma máquina de costura e a ponho em ação; mas, para minha total maravilha, é, sem dificuldades, reconhecida por quase todas. Matteo terminou [o que fazia] e contratou dois homens: Valentino, que nos servirá como prático e intérprete, e Luiz, que será o *proero* [proeiro]; o contrato não foi fácil porque queriam receber adiantado e o outro não queria, mas finalmente se entenderam, e eis-nos agora em viagem.

Pouco depois de termos partido encontramos dois homens em uma *curiara* que nos vendem um bonito peixe que, às 12h30, comemos numa das praias da savana.

O rio, em parte, retomou o aspecto do baixo Orenoco: uma faixa mais ou menos larga de floresta ao longo do rio, onde domina o *copaibe*, e depois a savana, cortada aqui e acolá por *morichale*, onde o *moriche* e o *assaí*, tão diferentes no porte, disputam entre si o predomínio.

Por volta das 4h30 chegamos ao porto de Cumaca, na margem do rio, onde o capitão do povoado que visitamos de manhã se estabeleceu com duas ou três famílias, para estar mais facilmente em contato com os negociantes, que, por encontrar-se aquele [povoado] demasiado longe da margem, raramente lá iam. Pouco depois de nossa chegada, todos nos deixam para ir dormir em outro lugar. Chove toda a santa noite: como é bom estar no abrigo!

17 de outubro. Partimos às 7h, sem ter conseguido nada mais do que um galo que nos serviu, ontem à noite, de jantar. Às 10h paramos para tentar suprir essa falta com a pesca, mas inutilmente, pois o anzol não funciona. Então, Ilario salta do barco e com a flecha faz o que não conseguimos fazer com o anzol. Poucos minutos depois volta com uma esplêndida *guavina* de mais de quarenta centímetros: estamos salvos.

Retomamos o caminho até meio-dia, hora em que, normalmente, paramos. Ao chegarmos, os dois índios pedem-me o *siripu*, uma espécie de garfo de osso que serve para inalar o *túbere*, uma folha seca de não sei que planta, transformada em um pó fino, da qual fazem muitíssimo uso. Não se trata de tabaco e seu efeito é uma excitação desagradável sobre a mucosa, sem perfume. Os índios, depois de tê-la inalado, ficam repugnantes. O muco, esverdeado pelo *túbere*, escorre do nariz até os lábios sem que eles se incomodem com isso; são repulsivos. É assim que eles o inalam: colocam o pó na palma da mão e as duas extremidades do garfo no nariz, aspiram com força, mas antes sopram um pouco do pó à direita deles, coisa que não deixam de fazer os meus dois; e, como tem todo o jeito de um ritual propiciatório, pergunto o porquê, ao que me respondem: "matabuàna matacanaparè", que Valentino traduz para mim: "é para alegrar os corações".

Por volta de uma hora retomamos o caminho e vamos dormir numa praia onde tenho a sorte de matar cinco pombos para o jantar. Enquanto o preparam, compro de Valentino dois dentes de jacaré cheios de pedrinhas, amuletos para esconjurar o mau tempo, uma pequena urna que encerra um pouco de *capi* e uma pequena fruta de *tucuman* [tucumã], elegantemente trabalhada e contendo a tinta vermelha com a qual se pintam.

18 de outubro. Um dia que começou bem: um tiro de espingarda garantiu-nos um almoço com um magnífico pato. Encontramos a Comissão que foi atrás dos desertores, que parecem ter se adentrado pela savana e não foi possível rastreá-los. Seguimos o caminho sem novidades e às 3h15 estamos em Suária, pequena aldeia composta de duas cabanas e uma casa totalmente de palha, que pertence ao capitão do lugar, agora ausente. Sua posição não poderia ter sido escolhida melhor: a cerca de quinhentos metros do rio, sobre a lombada de uma savana, elevada, com um vasto horizonte de qualquer lado que se olhe. O povoado que está embaixo de meus olhos é formado por amplas savanas a perder de vista que se estendem tanto de um lado quanto do outro do rio, cortadas em todos os sentidos por faixas de bosques que lhe dão o aspecto de campos trabalhados, circundados intencionalmente por vegetação espessa. E os campos de Piacenza, com mil memórias dos entes queridos distantes, vieram-me à mente, e, sem que eu percebesse, a noite me surpreendeu diante daquele panorama, do qual só me tirou um temporal que me atingiu e fez que voltasse às pressas para a casa, que encontrei absolutamente deserta.

19 de outubro. Só deixamos Suária por volta das 8h30, por termos ficado esperando que nos preparassem um pouco de *cassave* fresco, uma vez que, provavelmente, não chegaremos a Areve. Compro cinco codornas apanhadas com a arapuca, parecem-se muitíssimo com a codorna da Carolina, descrita por Brehm[9]. Sempre caminhando, encontramos duas pequenas *curiaras*, uma é de S. Juan, pequeno povoado que deixamos para trás, na margem direita, antes de chegar a Suária; a outra é de Areve. Estão aqui para preparar o terreno para o *conuco*, ou plantação de mandioca ou de alguma outra coisa. Por volta das 3h encontramos a mãe do capitão Marcellino d'Areve, com três homens e duas mulheres, ela também ocupada com o mesmo serviço. Ela, da margem, reconhece Matteo e nos chama, de modo que aportamos e descemos. Sob o pequeno toldo de palmeira, que mal consegue nos abrigar da chuva, observo um elegante vaso com desenhos vermelhos sobre fundo branco que lembra muitíssimo os trabalhos do mesmo tipo dos baníuas[10] e dos barés, do alto rio Negro e da Guiana. Ninguém fala espanhol, e fico sem saber se é trabalho deles ou não. Valentino, que temos como intérprete, não serve absolutamente para nada e a maioria das vezes finge não entender ou realmente não entende. De modo que permaneço com minha curiosidade.

Enquanto isso, perdemos tempo, e agora é certo que não chegaremos hoje a Areve, apesar de o estado do rio permitir que se aproveite um *desecho*, ou braço secundário, que encurta bastante o caminho; mas chegamos para dormir em um lugar colocado na boca superior do mesmo.

20 de outubro. Chegamos às 8h a Areve. O capitão Marcellino nos esperava vestindo uma camisa de cor solferino, na porta de casa, onde está reunido o povo todo, entre adultos e crianças, pouco mais de uma centena de pessoas. O capitão Marcellino fala quase corretamente o castelhano, o que me permite aumentar de algumas palavras meu dicionário, que agora, porém, vai aumentando muito devagar. Faz-me, com muita seriedade, as honras da aldeia e na volta para casa mos-

---

9. Alfred Edmund Brehm, naturalista alemão (1829-1884). Compilou sua maior obra, *A vida dos animais*, utilizando o vasto material recolhido em suas viagens.
10. No original, *banina*, por certo um erro de transcrição do manuscrito para "baniua", "baniva" ou "baniwa".

tra-me sua nomeação de capitão *poblador* de Areve, da qual tem muito orgulho e me diz que nem todos a possuem.

Antes de partir, me dá um grande dente de jacaré enfeitado com desenhos e um cristal de quartzo; antes de entregá-lo a mim, porém, tira dele um pedaço de resina amarela como o âmbar ao qual parece atribuir muita importância, já que não há jeito de fazer com ele o "deixe para mim".

Às 11h nos despedimos como muito bons amigos.

O rio continua mudando de aspecto: os *cigos* tornam-se cada vez mais raros e são substituídos pelas *guajabe*[11] silvestres, neste momento carregadas de suas flores brancas, que muito me lembram nossas rosas silvestres; e as praias que começam a aflorar estão cobertas por uma planta, de folha longa e estreita, delicadamente serreada nas bordas, de um verde bem carregado; nesta estação ela também está com flores, que se parecem com longas bocas-de-leão, com as bordas recortadas e de um belo vermelho-cinabre aveludado, com leves estrias amarelas.

Onde não há praia, a floresta, ora a pique e corroída pelo rio, desenhando-se nitidamente com seus troncos fechados sobre o fundo escuro da folhagem, ora respeitada pelas águas, envolvida como em um manto de samambaias de todo gênero, alterna-se com a savana, repousando o olho e a mente.

Ao cair da tarde, Ilario, que está na popa empurrando com a palanca a leve embarcação, pára, tende o arco e *tac*: a flecha fincada em um corpo duro oscila por um instante, mas nada se move; porém, dali a pouco, um *matamatá* é içado a bordo. Essa é uma das mais curiosas tartarugas que eu conheço, com as escamas em enorme relevo; o pescoço e a cabeça desproporcionais em comparação com o resto dão-lhe a aparência de uma feiúra clássica, mas o jantar fica garantido.

21 de outubro. Que decepção! A carne do *matamatá* tem um sabor desagradabilíssimo, que, porém, não têm os [seus] ovos, com os quais me contentei de jantar. Jantar ruim, noite péssima; e de manhã, molhado até os ossos, com verdadeira alegria saudei o sol. O rio continua tortuoso, com as praias que começam a emergir, mas não é monótono. Os bosques, as florestas, que se alternam

---

11. Goiabas.

às savanas, tornam a paisagem bastante variada. Às 10h, já que o tempo ameaça, paramos para um repasto e para secar nossas roupas, e foi boa idéia, pois, não tínhamos ainda terminado, um solene aguaceiro, que nos acompanha a tarde inteira, nos surpreende e nos obriga a levantar acampamento o mais rápido possível. Isso não é o pior: não temos mais nada para comer, e Guasurima ainda está longe – não chegaremos lá esta noite. Somos, em vez disso, obrigados a dormir numa praia, onde, por sorte, Ilario, sempre ele, flecha uma raia que nos dá um magro jantar, é verdade, mas que, com sua buchada, nos permite pescar o almoço para amanhã.

22 de outubro. Às 7h estamos em Guasurima; o porto fica na margem do rio, e a aldeia, pouco distante, na savana, se estende além das breves faixas de floresta que orlam a margem. O capitão não está; há muita gente, mas não é bonita; as mulheres, sobretudo, estão aquém de qualquer tentação.

As mulheres, em geral, têm todas os cabelos longos, só uma os tem curtinhos e me dizem que é viúva. Os homens, em vez de usar os cabelos como, em geral, tenho visto até aqui, os cortam de maneira bem diferente, curtos sobre a testa e longos sobre as orelhas e mais curtos atrás: mal lhes cobrem o pescoço. Matteo afana-se por comprar algo, mas só consegue um frango e um pequeno macaco.

Quando já estamos no porto, prontos para embarcar, chega o capitão e pede não sei o quê, a crédito, para Matteo, prometendo farinha para a volta. E, como este recusa, o pobre diabo fica irado e parece resmungar: "Se não queriam me dar nada, era bem inútil me fazer vir!". E não deixa de ter razão. Dou-lhe um colar de contas, e isso o acalma bastante. Compro um par de dentes e seguimos nossa viagem, prometendo na volta parar novamente ali. Em torno das 12h, o tempo ameaça, mas não nos molha, porém, fica incerto o dia inteiro. Às 8h paramos.

23 de outubro. No caminho desde as 6h, chegamos, às 8h30, a Suquara, pequena aldeia de três casas, que domina, por uma vasta extensão, o curso do rio e as savanas adjacentes. O capitão não está; estão o irmão e o filho, um simpático rapazola de seus 17, 18 anos, que me cede um resto de unhas de *jaguar*, que aqui chamam tigre, enfeitadas com penas caudais da *aninga*, ave bastante comum, mas da qual havia notado a falta quase completa nesse rio, onde também faltam, ou quase, os jacarés. Nós ainda não encontramos nenhum deles. Isso certamente se deve à caça ativa de que eles são objeto por parte dos numerosos indígenas que habitam este rio.

As aldeias que a cada passo se encontram mais ou menos próximas à margem não passam de postos avançados de aldeias mais importantes e populosas, que se encontram mais adentro, na savana; e, na época em que as águas baixas tornam copiosa a pesca e fácil a caça, que se reúne procurando água nas margens do rio, distantes e próximos, todos acorrem, e as praias, no dizer de Matteo, são literalmente cobertas. Não creio que ele exagere demasiado. Hoje ele está radiante, pois conseguiu comprar uma velha leitoa, único resto de uma estirpe infeliz. Dizem que, há alguns anos, em todas essas aldeias havia uma quantidade de porcos; a raça, por falta de cuidado ou de previdência dos indígenas, hoje desapareceu, e essa é a única sobrevivente, mas, na minha opinião, não serve mais para nada, de tão velha.

Às 10h estamos a caminho. Desde esta manhã não se vêem mais praias, tudo está embaixo d'água; o rio, larguíssimo nesse ponto, forma uma porção de ilhas baixas e inundadas como as margens, que, de tempos em tempos, à direita, mal se elevam acima do nível das águas. Às 2h chegamos a Pucama, mas vemos quase uma hora antes suas casas se desenhar nitidamente no dorso da savana, sem porém dela se destacar demais pelo colorido; mas o vento torna nossa chegada até lá longa e penosa.

Ao alcançar o porto, que está num pequeno braço, costa adentro, encontramos uma família de índios que nos guia até o povoado. Na primeira casa a que chegamos, acho que estão preparando uma bebida com a fruta de uma palmeira que aqui chamam *seje* e da qual Matteo me diz maravilhas, principalmente do óleo que se extrai de seu caroço, que é utilizado, segundo ele, nas doenças do peito e que, principalmente, para a tuberculose, faz milagres. (Senhores médicos, estão avisados.)

Perguntamos onde está o capitão e nos levam de Herodes a Pilatos antes de encontrá-lo. É um homem bonito e tem na cabeça uma grande *acanzatara* de penas de *tucano* e um lenço de cores vistosas, atirado nas costas como uma pequena manta, e tem o rosto pintado de vermelho. Recebe-nos bem e, como está na hora da refeição deles, oferece-nos *cassave* e peixe sem sal – mas, por outro lado, com tanta pimenta que daria para abastecer um regimento –, e uma grande cabaça de *sucuta*. A falta de sal impede-me de saborear, como gostaria, a mesa lautamente posta; e bem que posso dizer que estou com fome. Contento-me com um pouco de *cassave*, esperando poder cozinhar um franguinho que consegui comprar e que vai ser meu jantar. Como sempre, quando partimos, todos nos acompanham ao porto carregando tanto *cassave* que Matteo é obrigado a recusá-lo. Todos pedem sal em troca de *cassave*; quase ninguém, contas ou miçangas. As casas ficam longe e, para estarmos prontos para partir cedo amanhã, dormimos um pouco abaixo do ponto onde desembarcamos, na foz do pequeno *caño*, num lugar que certamente já serviu muitas vezes a essa finalidade.

25 de outubro. A febre chegou, mas é fraca. Sinto-me melhor esta manhã, espero que não seja outra coisa. Ao alvorecer, o capitão Leon à frente, todos, grandes e pequenos, homens e mulheres, vêm em silêncio apertar minha mão. Se alguma criança está relutante, basta um aceno do capitão para fazê-la decidir. É um homem que leva a sério suas funções e é irmão de nosso suposto intérprete, Valentino. E como, pelo que dizem, é severo, alguns turbulentos se retiraram, indo constituir novas aldeias, não muito distantes, no centro; ele, porém, parece não se preocupar demais com isso, uma vez que ele mesmo se apressa em confirmar o fato, acrescentando com um certo ar de satisfação e apontando-me sua gente: "esses são bons". Faz-me as honras do pequeno povoado esforçando-se por fazer-se entender o melhor possível, e, a cada palavra indígena que eu acerto, ele e toda a sua escolta riem e todos repetem a palavra que tive a sorte de adivinhar. Mas, se me engano, a correção chega de todos os lados e a ela acrescentam a explicação – na língua deles, é claro, e é aí que eu não entendo nada mesmo, resigno-me e finjo tomar nota, caso contrário jamais se aquietariam, e então espero que eles terminem.

Compro alguns arcos e uma dúzia de flechas: quase todas, a não ser três, têm a ponta de ferro, algumas em forma de estoque quadrangular, outras em forma de

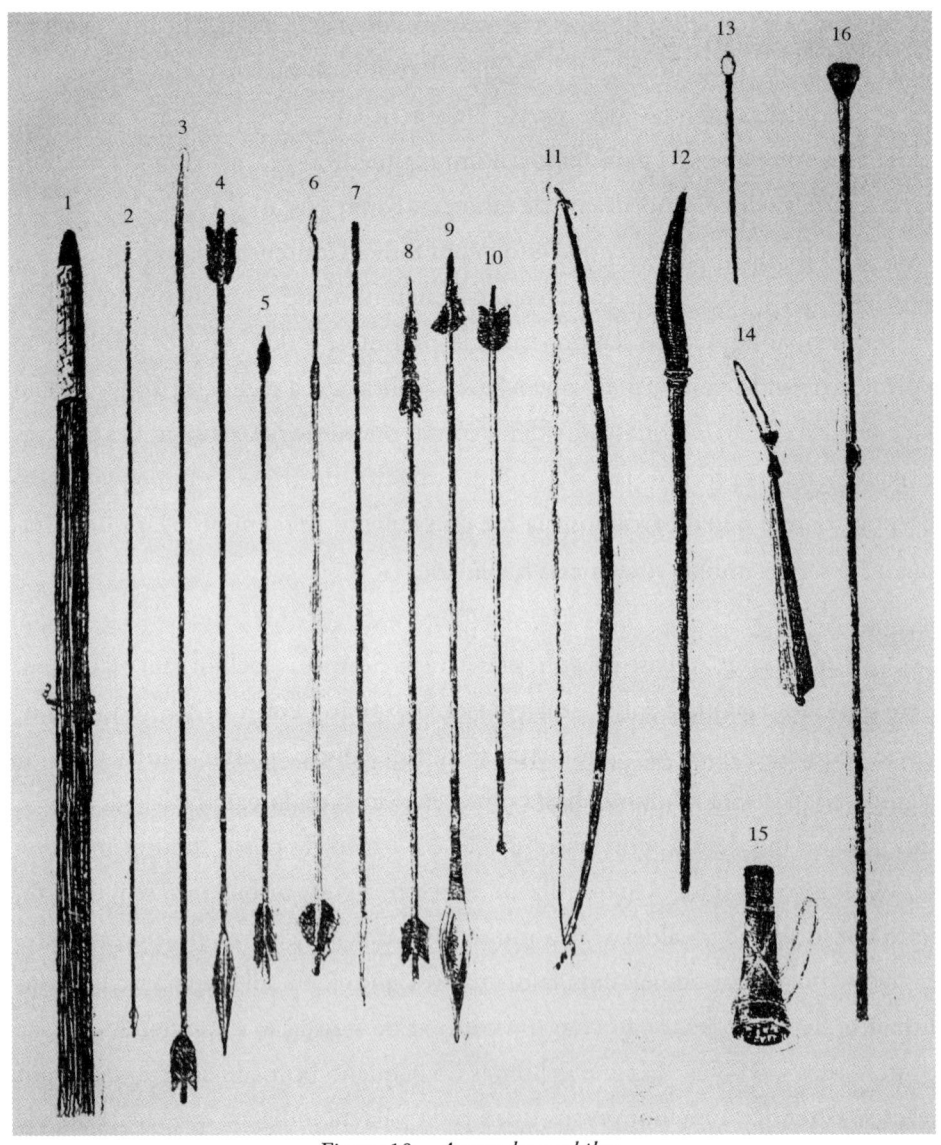

Figura 10 – *Armas dos guahibos.*

1. Maço de flechas envenenadas.
2. Flecha envenenada para caça.
3. Flecha de caça ou guerra, em ferro.
4. Flecha de caça ou guerra.
5. Flecha de caça em ferro.
6. Flecha de pesca em ferro.
7. Flecha de pesca em osso.
8. Flecha de caça ou guerra, em madeira.
9. Flecha de caça, em madeira.
10. Flecha para caçar aves, em madeira.
11. Arco.
12. Lança.
13. Flecha para sarabacana.
14. Pequena maça.
15. Alforje de setas para sarabacana.
16. Sarabacana.

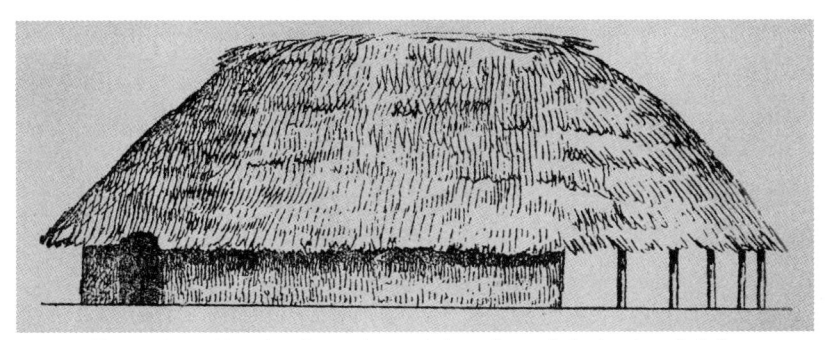

Figura 11 – *Grande cabana dos guahibos, chamada* boô, *vista de lado.*

folha de *alianto*¹² mais ou menos alongada, formas que eles mesmos dão ao ferro; só uma delas tem a ponta feita com uma espécie de cana espinhosa que no Brasil é chamada *taboca* e tem a forma tão conhecida da *tayuara* do baixo Amazonas, e duas têm a ponta de osso. Para não carregar mais a *curiara*, que já o está demasiado, deixo tudo com o capitão; pegarei na volta. Quando voltamos ao porto para retomar a viagem, trazem-nos verdadeiros montes de abacaxis, de *igname, mapoeis* (espécie de batata), *macachera*, cana-de-açúcar, suficientes para abastecer um mercado. Embarcamos o que podemos e vamos ao largo, mas, enquanto nos afastamos, pedem-me que dê um tiro com a *colt*, cujo alcance meus homens magnificaram. Contento-os, e um grunhido de satisfação parte de toda aquela boa gente, enquanto nós nos escondemos atrás de uma ponta da margem.

O rio nada apresenta de extraordinário, tem o aspecto de sempre; quando de repente, quase abruptamente, as margens se elevam de cerca de dez metros sobre o nível atual do rio, formando de um lado e de outro – por um trecho, porém, muito breve – duas muralhas a pique, que representam nitidamente a seção vertical dos diferentes estratos que formam a savana nesse ponto. O primeiro é composto de uma areia detrítica, misturada, na parte superior, com *humus*; depois vem uma terra vermelha espargida de fragmentos de rocha de um vermelho mais carregado, mas que se diria terem se formado espontaneamente no próprio estrato, já que não apresentam nenhum aspecto de flutuação; em terceiro lugar vem um estrato de terra amarela, encimado por outro, de terra branca, que no Brasil

---

12. Na verdade, a grafia correta é "ailanto", referência ao gênero de árvores *Ailanthus*, popularmente conhecidas como árvore-do-céu.

chamam *tabatenya*; e finalmente, um estrato de argila cinzenta misturada com argila vermelha que repousa imediatamente sobre uma arenária[13] escura, que aqui e acolá mal aflora das águas. Essa idêntica superposição de formações diferentes já a notei mais de uma vez, mas nunca a havia visto desenhar-se tão nitidamente como aqui. Assim também em todos os lugares onde cresce a floresta, salvo poucas e raras exceções, os estratos superiores desapareceram e o depósito detrítico que as águas aí deixaram, misturado ao *humus*, cuja profundidade varia dos 45 centímetros aos dois metros, repousa imediatamente sobre o último estrato de argila.

É nos pontos em que o terreno dos bosques se eleva acima das cheias normais do rio que o indígena abate a selva para plantar o *cunuco*, onde cultiva mandioca, *ñame* [inhame], batata-doce, *mapoeis*, abacaxi, banana, cana-de-açúcar, tabaco, *ururù*, *chica orellana* e tudo o que, afinal, os espanhóis chamam de *fructos menores*.

Poucos minutos depois o rio retoma seu aspecto natural, as praias se sucedem às praias e as margens baixas e escarpadas às margens baixas e escarpadas, sem interrupção alguma.

Por volta das 12h encontramos uma *curiara* com três índios; Matteo gostaria de ter notícias daquilo que pode esperar encontrar continuando a montante, mas não há jeito de saber; não aportaram em parte alguma e vieram de Albertobó diretamente, sem parar. Eu tenho a sorte de poder comprar uma dúzia de flechas envenenadas com o *curare*. Têm uma especificidade em relação àquelas que tive até agora: têm a ponta de ferro e a madeira que as suporta está incisa em pequenos segmentos para que, uma vez entrada na carne, nela se fragmente, deixando lá dentro a ponta cravada. (Cf. figura 10, n. 8.)

Às 2h chegamos a Silla. Ao mesmo tempo voltavam da pescaria dois índios em uma pequena embarcação, que Matteo adquire em troca de um ralador para a mandioca. O ralador é obra dos índios piaroas que vêm de Sipapo e que aqui, onde falta a sílica para fazê-lo, tem um valor grandíssimo. É um instrumento absolutamente primitivo. Sobre uma tábua levemente côncava de quinze centímetros de largura por sessenta de comprimento estão cravadas, em desenhos muitas

---

13. Rocha sedimentar coerente, constituída de grânulos de quartzo, feldspato e mica, cimentados por uma matriz argilosa calcárea ou de sílica.

vezes elegantes (o que entregamos é de losangos em três voltas concêntricas), algumas pequenas pedras de sílica, acima das quais há uma camada de resina brilhante e dura, colorida de vermelho, de cuja boa qualidade depende, acima de tudo, sua duração.

Uma vez realizada a compra, dirigimo-nos para a casa, mas inutilmente: a patroa não está, e as duas mulheres que lá encontramos não querem nos vender

Figura 12 – *A mesma [a grande cabana dos guahibos, chamada* boô, *vista a partir das extremidades.*

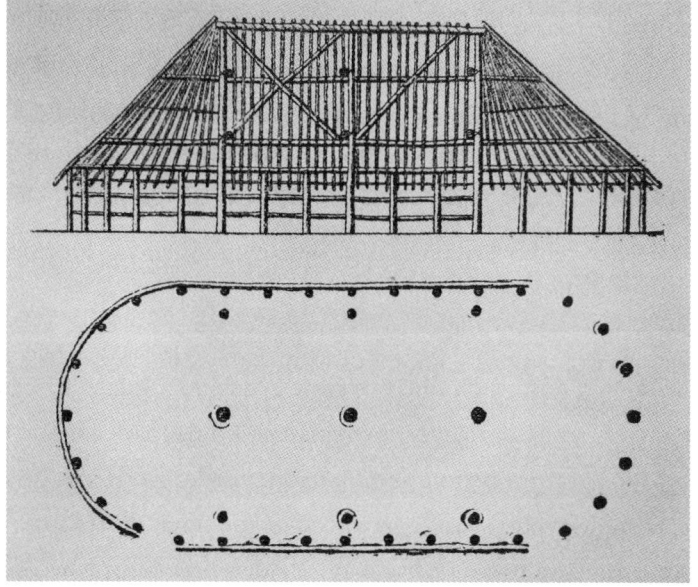

Figura 13 – *A mesma [a grande cabana dos guahibos, chamada* boô, *esqueleto e planta.*

nada. Enquanto isso, fez-se tarde e decidimos dormir no próprio porto: partiremos novamente ao amanhecer.

26 de outubro. A chuva que havia amainado durante toda a noite não perdoa de manhã e nos acompanha até Sécure, aonde chegamos por volta das 8h. Chegando à miserável aldeia, a primeira pessoa que vem ao nosso encontro é um velho de cabelos cinza, coisa muito rara nessa raça, e que me diz chamar-se Ignazio Molina. Fala algumas palavras de espanhol e, com as poucas palavras indígenas que eu já compreendo, consegue me fazer as honras da aldeia. Ele, entretanto, não é daqui. Veio para se encontrar com uma irmã, uma velha mais branca do que ele. Procuro em vão saber sua idade. Como sempre, inutilmente. Um velho do Japó, afluente do Uaupés, a quem, em 1882, perguntei a idade, depois de muito pensar respondeu: 20 anos, e o filho do filho, ali presente, tinha pelo menos 40 anos!

Às 11h retomamos o caminho e logo depois encontramos a dona de Silla, a viúva do capitão Silvestro. Estava curiosíssimo por encontrá-la, para ver se ela também estava com os cabelos cortados como as duas viúvas que já tinha visto; mas ela tem os cabelos longos como todas as outras. Retorna de Macacho, onde diz que há um *curungo* (estrangeiro), o que irrita Matteo, que, com essa notícia, está quase voltando para trás, e é preciso muita lábia para fazê-lo decidir ir adiante. Finalmente o persuado e, assim, chegarei até Macacho, mas vejo que não poderei ir além desse ponto, como a princípio esperava, nem eu posso prosseguir sozinho; falta-me o necessário para tanto e o dinheiro aqui nada vale; o que é necessário é sal, contas, ferramentas, tecidos, única moeda corrente.

Ao entardecer tenho arrepios, mas sem conseqüência. Dormimos numa praia.

27 de outubro. Durante a noite tive febre e, devido à vida e, sobretudo, à alimentação a que estamos obrigados, os remédios homeopáticos, que necessitam ser acompanhados por um regime severo, não têm eficácia. É preciso que me resigne a esperar até Maypures, onde será possível me tratar. Portanto, em frente.

Às 7h chegamos ao porto de Cassiare. A aldeia está longe e não conhecemos o caminho, portanto, renunciamos a ir até lá. No lugar disso, dou um tiro de espingarda: se alguém quiser vir, que venha. Uns vinte minutos depois, de fato, em pequenos grupos, haviam chegado mais de vinte pessoas. Matteo fecha uns negócios, o que o deixa de bom humor e o convence a ir até Macacho. Um chefe, que diz ser de uma aldeia acima desta, está aqui de visita, acompanhado por dois acólitos que têm nas bochechas um *S* feito com *genipapo*, enquanto ele tem dois triângulos vermelhos nas bochechas. Até agora, porém, não pude notar nada que me indique que esses desenhos tenham um caráter fixo e que sejam, como o são em outras partes, distintivos de tribo a tribo; têm antes o caráter de desenhos feitos ao acaso e nada mais. Na mesma aldeia notei, várias vezes, cinco ou seis tipos de desenhos diferentes.

Pusemo-nos novamente a caminho às 10h. O rio segue com o mesmo aspecto, alternando as savanas à selva, mas as praias vão se tornando cada vez mais raras; dir-se-ia que o rio, em lugar de baixar, cresce, e a muito custo encontramos uma pequena ponta de areia onde passar a noite.

28 de outubro. Às 6h retomamos a viagem; é o último dia; hoje mesmo, provavelmente, começaremos a descer. Macacho não está longe, já se podem notar os *conucos*, e se desenham, também, os esqueletos de quatro ou cinco casas, como grandes gaiolas, sobre o divisor de águas do banco de areia que está além delas. É para cá que, em breve, deve se mudar a aldeia para estar mais facilmente em contato com os negociantes que agora, devido à distância, dificilmente vão até lá (Matteo diz: "é por causa da malvadeza dos habitantes e da prepotência deles").

Um pouco acima dos *conucos* deixamos o rio e enveredamos por um canal, aberto à direita no meio da floresta, remando com precaução entre tronco e tronco, e logo chegamos ao porto. Mal postos os pés no chão, nos colocamos a caminho da aldeia e, antes de chegar lá, encontramos o capitão que nos serve de guia. É a maior aldeia que vi até agora. São umas trinta ou mais casas circundadas pelo dobro de *soruetô*, ou seja, por aquelas casas que não têm outra abertura a não ser a porta, nas quais passam a noite, espalhadas por uma savana alta e levemente acidentada, circundadas, por todos os lados, por límpidos *morichales*. É vasta, selvagem e tem mais o jeito de um acampamento do que de uma aldeia. O chefe acompanha-nos até sua casa, e logo depois aparece o *curungo* de que nos haviam falado. É um pobre diabo de um colombiano que, sem ter mais nada de seu, se pôs decididamente entre esses selvagens. Pelo que parece, porém, não está muito contente: são por demais exigentes e tentam espoliá-lo de todas as maneiras.

Compro um par de frangos enquanto Matteo, que tinha desaparecido por um momento, volta triunfante com três *taparas*, das quais se esperam maravilhas. Trata-se de cabaças inteiras, presas dentro de uma rede, da qual pende uma braça de corda em cuja extremidade está fixado um anzol; lá se coloca a isca e se deixam ir ao sabor da corrente. O peixe abocanha e fica preso, não podendo fazer submergir facilmente a cabaça à qual permanece amarrado. O método é engenhoso: veremos se funciona na prática. Voltamos ao porto com o cortejo de sempre e ali Matteo tenta comprar duas *curiaras*, das quais tem absoluta necessidade para poder transportar a Maypures a farinha adquirida. Mas a negociação não é fácil e pouco falta para que Matteo dê uma facada num grande diabo de cara pintada de vermelho e uma coroa de penas de *tucano* na cabeça; pelo que me disseram depois, era o filho do chefe. Vi-nos prestes a sermos atacados. A coisa não passou de simples ameaça, mas com isso o chefe já tinha dado ordem para que nada fosse vendido. Tínhamos necessidade absoluta das *curiaras*, e eu, que até aquele momento não tinha me manifestado, retomei as tratativas e tive a sorte de conduzi-las a um final feliz.

Ao mesmo tempo pude perceber que o senhor Nepomuceno Suarez teria abandonado a aldeia com muito gosto; como eu tinha agora os meios, com a com-

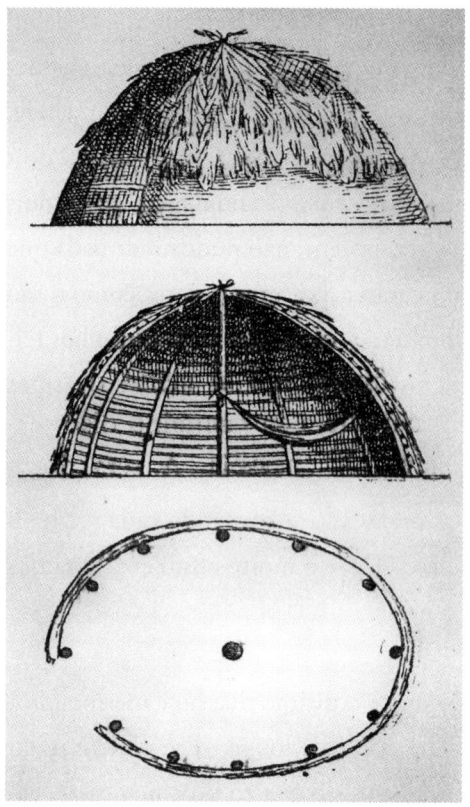

Figura 14 – *Cabana dos guahibos, dita* soruetô.

pra das duas *curiaras*, isso podia lhe ser oferecido e, tendo entrado em acordo com Matteo, propus que descesse o rio conosco, coisa que ele aceitou com entusiasmo.

Mas aqui estava o difícil: o capitão e o filho dele criaram dificuldades, e foi necessária muita conversa para fazer que se decidissem a deixá-lo partir. Finalmente, chegamos a um acordo. Ele vai buscar suas poucas coisas e lá estamos nós, às 2h, a caminho, descendo o rio, e eu começo a fazer seu levantamento com a bússola. À noitinha dormimos numa praia um pouco a montante do Cassiare. O senhor Nepomuceno conta-me que as histórias mais estranhas tinham se difundido entre aqueles índios a propósito do estabelecimento da Companhia no Orenoco e que ele, por causa disso, já estivera mais do que uma vez em perigo de vida.

29 de outubro. Passamos a boca do Cassiare sem ver ninguém, e, um pouco abaixo da boca inferior do próprio *desecho*, tenho o azar de perder a bússola, com a qual estou fazendo o levantamento; por sorte, tenho outra, minha velha companheira do Uaupés, e posso continuar sem outro prejuízo a não ser a perda de um bom instrumento.

Às 2h estamos em Silla. A viúva de Silvestro é uma fabricante habilidosa de vasilhas de barro, e tenho aqui a prova irrefutável de que o vaso, que faz poucos dias chamou minha atenção pela elegância de seu desenho, é de fato trabalho indígena. A pequena esquadra sai daqui acrescida de uma nova *curiara*, e de noite dormimos em uma praia a montante de Suária.

30 de outubro. Passamos a manhã nessa pequena aldeia e calculamos que iríamos dormir em Pucama, mas em frente a Uanuanari encontramos o capitão de Cumaribo, ocupado, com sua gente, em pescar. Era um espetáculo de uma estranheza toda local. Dois a dois, em pequenas *giangadas*[14] que mal conseguiam não afundar: um deles ficava deitado de bruços ou ajoelhado, e o outro de pé, com o arco tendido, pronto a golpear a presa. Parecia, a certa distância, não que estivessem num barco, mas que passeassem, literalmente, sobre as ondas, sem afundar. Matteo, depois de ter falado com o capitão, que lhe promete levar-lhe não sei o

---

14. No original, *giangade*. Também aqui, como em *curiare*, optamos pela forma de plural em *s* do português.

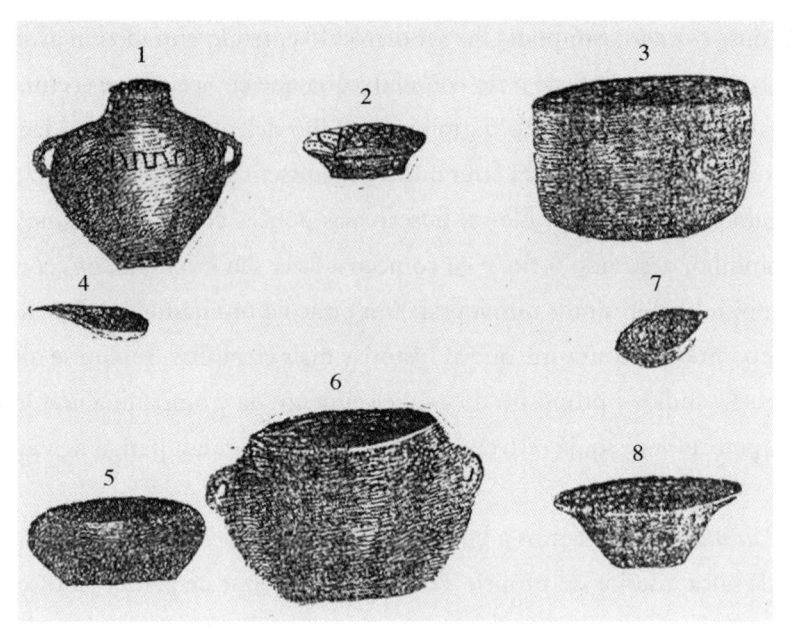

Figura 15 – *Utensílios dos guahibos.*

1. Canalitos.
2. Uachi (Silla).
3. Sïpariboci.
4. Surupá.
5. Uachi.
6. Uachi barapï.
7. Surupá.
8. Uachi (Silla).

quê, decide permanecer aqui até a manhã seguinte. Às 2h, acampamos nas margens baixas e lamacentas do rio.

31 de outubro. Tive febre durante a noite. O capitão de Cumaribo chegou; Matteo fez, parece, um bom negócio, porque está contente.

Às 10h chegamos a Pucama, onde perdemos o dia inteiro. Às 4h nos colocamos novamente a caminho, para dormir numa praia que fica uma hora e meia mais a jusante. A esquadra aumentou mais uma vez.

1º de novembro. Descemos sempre, parando ora aqui ora acolá, sem nada de novo. Somente, por volta da 1h, Matteo, que carrega em seu barco a leitoa cuja compra tanto lhe custou, faz um movimento brusco que vira a *curiara* de ponta-cabeça, é obrigado a tomar um banho, perdendo todo o carregamento que levava consigo.

Assim, nos dias seguintes, nada de novo. Apenas o fato de que dia sim, dia não, estou com febre. No dia 7 de novembro, de tarde, estávamos no Orenoco, e no dia 8, por volta das 3h, chegávamos a Maypures.

De Maypures a Cucuhy

Poucos dias depois de meu retorno, tive a sorte de me ver livre das febres e, praticamente bom, no finzinho de novembro, a bordo do pequeno vapor *Maroa*, em pouco menos de dois dias estava em San Fernando d'Atabapo, enquanto de *piragua* e com navegação bem-sucedida são pelo menos sete dias.

O terreno acidentado e montanhoso que forma as duas margens pouco a montante da foz do Vichada dá sinais de transformar-se em planície de formação recente, o que confere a esse trecho de rio um aspecto bem característico. Apenas alguns morros negros de granito, como a serra do Mono e duas outras das quais me foge o nome (perdi as anotações desse trecho), e alguma rocha como o Castillito, *a jusante* do *caño* de Síquita (Codazzi o coloca *a montante*), fazem lembrar o aspecto do curso inferior do Orenoco, quando se chega ao *randal* de Atures. Porém, quanto mais nos aproximamos de San Fernando, mais esse aspecto desaparece para dar lugar às florestas, onde cresce abundante a árvore da borracha.

À 1h do segundo dia de navegação entramos em Atabapo ou Guaviari, tanto faz, uma vez que as duas fozes se confundem de tal maneira que nunca se sabe qual dos dois rios tem o direito de batizar o local; seguindo o costume, vamos chamá-lo de Atabapo, afluente de esquerda do Orenoco.

Sua entrada não é das mais fáceis devido a uma cadeia baixa de recifes que, nessa época, mal afloram aqui e acolá e barram a foz, deixando apenas uma passagem estreita livre em qualquer tempo.

Poucos minutos depois, quase na frente do Guaviari, que fica escondido por uma seqüência de ilhas baixas e cobertas de vegetação, aparece, na margem direita, San Fernando, com suas casas caiadas de *tabatinga*, salientando-se sobre a linha escura da selva que lhe está às costas, cuja monotonia é graciosamente in-

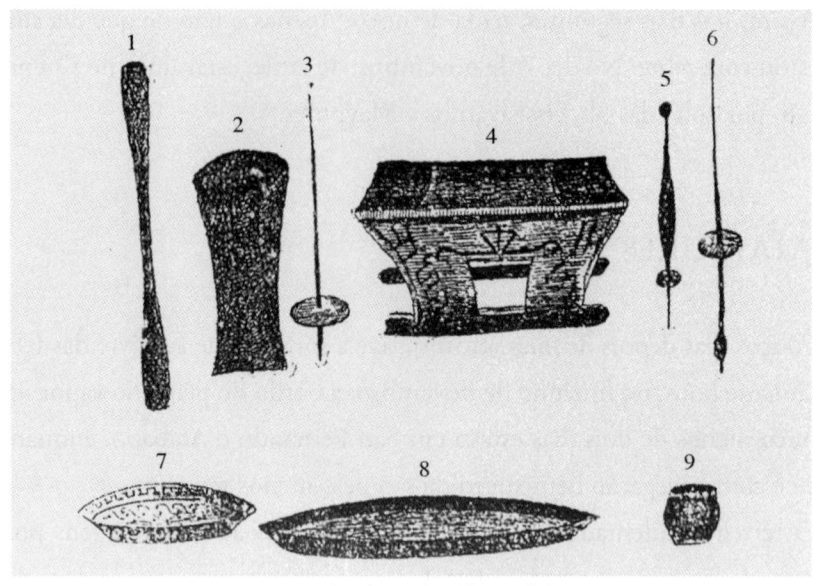

Figura 16 – *Utensílios dos guahibos.*

1. Omocatï eroune.
2. Guaíbocan.
3. Uatabô.
4. Taapi.
5. Papoosito (Cumaca).
6. Papoosito (Cumaca).
7. Uachi (Silla).
8. Irobirto.
9. Uachi Nonachi.

terrompida por grupos de pupunhas[15] e de cocos que elevam ousadamente às estrelas os verdes buquês de suas longas e entrecortadas folhas.

O agente da companhia, senhor Mary, esperava-nos na praia, e com ele vou à casa em que mora, onde me alojo.

Ai de mim! A graciosa vista que oferece San Fernando é um engodo, uma verdadeira armadilha para os incautos: sua posição em lugar baixo e pantanoso, a cujos pés as águas do Atabapo, formando uma laguna, acabam estagnando, torna-o sobremaneira insalubre. Quando cheguei, encontrei quase todos os habitantes ou doentes ou convalescentes. Eu mesmo, depois de alguns dias, tive de novo a febre que acreditava exconjurada por um bom tempo. Dessa forma, eu, que esperava poder prosseguir imediatamente para Yavita, vejo-me obrigado a ficar mais do que queria.

---

15. No original, *pupugne*.

San Fernando d'Atabapo, fundado em meados da metade do século passado por dom José Solano, foi com certeza uma das mais importantes missões dos jesuítas no alto Orenoco. Quando Humboldt passou, residiam lá 26 missionários; apesar disso, hoje nenhum traço permanece de sua estada, nem uma parede, nem uma pedra restam. E, como nada de materialmente estável fundaram, também nada deixaram moralmente. Os indígenas, abandonados de novo à própria sorte, ou quase, fundiram, com a antiga, a nova crença, cujos atos praticavam sem ter compreendido o espírito, tornando muitas vezes impossível determinar qual das duas prepondera. Após a expulsão dos jesuítas, no começo do século, San Fernando decaiu rapidamente, e, por volta de 1852, Michelena, que ali fora como governador, queixa-se de tê-la encontrado decadente e já, em grande parte, tomada pela mata.

Hoje San Fernando d'Atabapo conta com umas quarenta casas com as paredes, em sua grande maioria, de barro, retocadas com cal ou *tabatinga* e cobertas de palmeiras, e, desde que a Companhia lá implantou uma de suas principais agências, o que se vê em toda parte é o surgimento de casas destinadas, porém, a permanecerem desertas durante a maior parte do ano.

É um uso quase que geralmente estabelecido aqui, como de resto no rio Negro e no Amazonas, uso talvez herdado do indígena, o de passar uma parte do ano no *sitio* e outra parte no acampamento do *cautchal* (mata onde cresce a árvore da borracha) e só vir até o *pueblo* nas recorrências festivas como a Páscoa, o Natal, a festa do padroeiro e assim por diante, apesar de os homens virem mais freqüentemente para vender produtos ou comprar as poucas coisas de que necessitam. É a esse costume que se deve, em grande parte, a decadência de todas essas pequenas aldeias; as casas não habitadas caem logo em ruína; o telhado, não protegido pela fumaça, acaba sendo presa dos insetos, e as famílias, pouco a pouco, se desacostumam de vir ao *pueblo* e ficam definitivamente no *sitio*, onde vivem mais confortavelmente e em maior liberdade. Mais de uma vez, governadores e prefeitos tentaram forçar as famílias a morar pelo menos três ou quatro meses no *pueblo*, mas com um único resultado real, isto é, o de afastá-las mais ainda.

San Fernando é hoje a capital dos territórios reunidos do Alto Orinoco y Amazonas e, como tal, residência do governador. Os dois territórios foram reunidos apenas há pouco tempo num só, tais como eram em sua origem, sendo que a divisão não teve outro resultado positivo senão onerar ainda mais o tesouro da República.

Vim falando, no decorrer dessas notas que se pretendem um relatório, ora de estado, ora de território. Talvez não seja inútil, para maior clareza, que eu diga duas palavras sobre a constituição política dos Estados Unidos da Venezuela.

Uma vez terminada a guerra dos três anos, que levou ao poder o general Gusman Blanco, a República foi dividida em estados semi-soberanos e em territórios, e essa divisão foi consagrada pela Constituição de 7 de julho de 1883, que constituía os vinte estados, declarados independentes e unidos pela Constituição de 28 de março de 1864, em nove grandes estados e dois territórios, Amazonas e Guagera, e as ilhas, pertencentes à nação, cuja administração é deixada ao governo federal, *até que não se julgue conveniente elevá-los a outra categoria*. A esses dois originais e às ilhas foram acrescidos, depois, pelo ódio ao Estado de Bolívar, os territórios Caura, Yuruari e Delta.

As condições dos estados e dos territórios, conforme se pode prever pelas poucas linhas da Constituição acima citada, são diferentes. Os estados provêm sua organização interna com constituições próprias, elegem os próprios presidentes e, com exceção dos funcionários fiscais, provêm, independentemente do governo central, a todos os empregos públicos; elegem deputados e senadores e, por meio deles, concorrem à eleição do presidente da República, eleito no próprio seio pelo Conselho Federal, o qual é composto por um senador e um deputado para cada estado, eleitos a cada dois anos pelo Congresso (Senado e Câmara reunidos) entre os representantes dos respectivos estados e do Distrito Federal.

Os territórios, ao contrário, que dependem diretamente do governo federal, não têm representantes nem na Câmara nem no Senado e são administrados por um governador, que reúne as atribuições do poder administrativo (embora haja um embrião de Conselho), o poder executivo e, dentro de certos limites, o legislativo.

Essa condição especial dos territórios faz que os governadores, nada devendo a seus administrados e aproveitando-se da enorme distância e das dificuldades de comunicação, secundados pelos próprios funcionários, que são seus apadrinhados, uma vez que a eles devem sua nomeação, façam o que melhor lhes parece e apraz, pouco ocupando-se dos interesses reais do país para onde foram enviados e menos ainda dos de seus habitantes, que, na maioria das vezes, vexam de diversas maneiras.

Não se pense que esse ligeiro esboço seja exagerado e as cores por demais sombrias: muito pelo contrário. Citarei alguns fatos, sem nomes – que para vocês seriam inúteis, enquanto quem conhece o país facilmente os identificará –, e de cuja autenticidade dou garantia. Foram-me todos fornecidos por interessados e por testemunhas oculares; deixarei que o leitor julgue por si mesmo.

Há alguns anos, um velho governador desejava uma moça e, não conseguindo obtê-la de modo algum, decidiu casar-se com ela; por mais relutante que ela fosse, conduziu-a ao altar, mas, pelo que dizem, não foi além, devido à extenuada defesa da pobrezinha. Ajudou, depois, um sujeito de sua confiança a tentar o mesmo, com igual resultado.

Um outro, ainda mais recente, sem outra razão a não ser seu bel-prazer, tirou dos legítimos proprietários a inteira colheita de borracha do ano, enfiou o di-

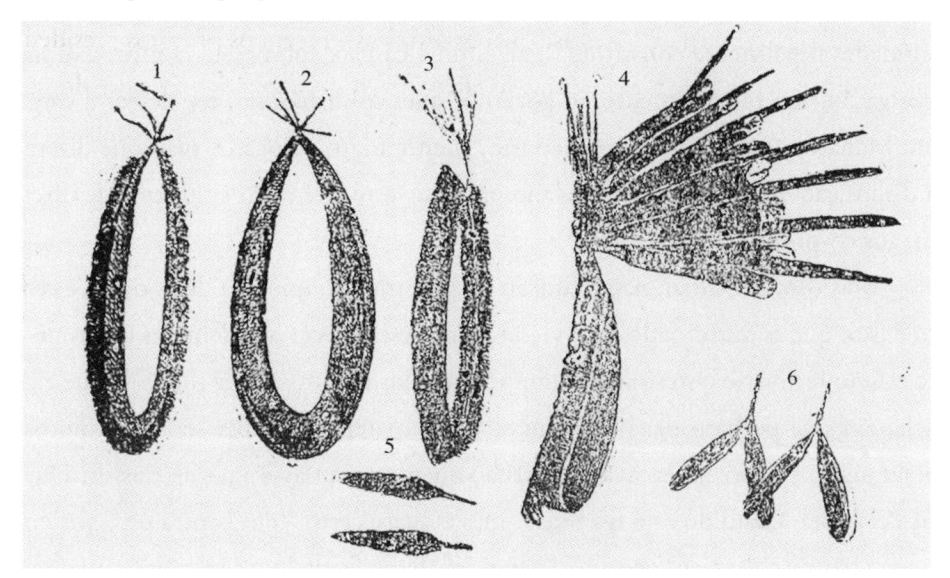

Figura 17 – *Ornamentos dos guahibos.*

1. Sesépei.
2. Sesépei.
3. Sesépei.
4. Negutí sesépei.
5. Brincos.
6. Brincos.

nheiro no bolso e aqueles que quiseram rebelar-se, colocou-os na prisão, e não se falou mais nisso.

Um outro fato que ocupa hoje a diplomacia da Venezuela e do Brasil, e encerro. Um tal de Candido Garcias, auxiliado, dizem as más línguas, por um alto personagem, juntou uma quadrilha e surgiu com ela de repente no território do Amazonas quando, terminada a colheita da borracha, encontrava-se esta toda reunida e pronta para ser transportada a Bolívar ou a Manaos. Tomou tudo para si à mão armada: dinheiro, jóias, objetos; expulsou as autoridades, aprisionando as que pôde, constituindo novas; mandou que os lesados fossem presos, atirando suas famílias para o olho da rua. Em seguida, fez que as autoridades por ele nomeadas legalizassem seu cargo e dirigiu-se à fronteira do Brasil. Aqui, porém, deu com os burros n'água. Os fugitivos, com o governador à frente, haviam-se refugiado, conforme o hábito (podia-se dizer, portanto, que era a criadagem do comandante da fronteira à qual o Brasil deveria prover), em Cucuhy, onde tinham dado o alarme. Quando Candido se apresentou para passar, a autoridade militar brasileira, verificando que as apólices de seguro da carga eram assinadas por autoridades ilegalmente constituídas, arrestou a carga e submeteu, conforme é sua obrigação, seu procedimento ao governo, que, confirmando, fez descer a carga em Manaos, onde até hoje se encontra, já entretanto colocada, pelo que dizem, à disposição do governo venezuelano para que este a remeta, conforme de direito, aos co-proprietários.

Mas isso, me dirão, não é função do governador; que seja. Mas o que é certo é isto: que as autoridades não vieram para restabelecer a ordem das coisas nesse mísero território e só souberam impor pesados tributos sobre todos os que eles acharam que podiam pagá-los, sem se preocuparem em saber se [tais tributos] eram justos ou não; ameaçavam de prisão quem se recusasse a pagar, e assim a justiça era feita. Candido está no Brasil, mas é quase certo, cem contra um, que em pouco tempo voltará à Venezuela "cândido", livre de qualquer mancha, como seu nome, e o ousado empreendimento – para não chamá-lo por seu verdadeiro nome – será classificado como represália política e o caso estará encerrado. Poderia continuar, mas já é o bastante... Quanto às leis, então, as leis existem e são boas, mas... mesmo no tempo de Renzo havia leis e decretos e Azzeccagarbugli bem o sabia, no entanto[16]...

Na minha chegada a San Fernando, o governador geral, Enrique Silva, não estava; encontrava-se no rio Negro, para onde quisera ir pessoalmente a fim de ter uma idéia das necessidades daquele território e lá instalar, ao mesmo tempo, as autoridades respectivas. Estava interinamente no governo o irmão dele, general Pepe Silva, prefeito de San Fernando, a quem entreguei a carta de recomendação que levava e que me fora entregue em Caracas pelo ilustre Americano, então presidente da República. Poucos dias antes de minha partida, o governador estava de volta e, quando eu estava prestes a retomar o caminho, extremou-se em gentilezas e recomendações para as diferentes autoridades, que me facilitaram muitíssimo a viagem nessa época em que, devido à colheita da borracha, principal produto da região, dificilmente se encontram remadores.

Acompanhado até o local do embarque pelas autoridades e pelos amigos em 19 de dezembro, às 3h eu deixava San Fernando, com a secreta esperança de voltar a vê-la um dia ou outro, se possível, vindo do vale do rio Branco, através da serra Parima, para descer o Orenoco depois de ter descoberto e determinado suas nascentes. Mas, infelizmente, tão bela esperança, temo jamais poder ver realizada!

Cerca de uma hora após ter deixado o porto, ouvia o silvo do pequeno vapor que chegava de Maypures e, desejoso de ter notícias e com a esperança de receber alguma carta, deixei uma das *curiaras* seguir seu caminho e voltei para trás.

Embora, desde os primeiros dias de minha chegada, o senhor Orosco tivesse me oferecido uma embarcação capaz de conduzir-me a Yavita, justamente no último momento, não sei por qual motivo, ela não ficou disponível. Não fosse pela gentileza do senhor Mirabal, já conhecido pela ajuda prestada a Creveaux e a todos os estrangeiros que aqui chegam, que colocou à minha disposição, sem interesse algum, uma *curiara* sua, talvez me visse obrigado a adiar para não se sabe quando minha partida. Claro que o meio de transporte não era o mais confortá-

---

16. Referência a personagens da obra *Os noivos* de Alessandro Manzoni (1785-1873), em que dois jovens, Renzo e Lucia, são perseguidos por capangas de uma autoridade local (da Lombardia – na época sob domínio espanhol) que assedia Lucia. O advogado, manipulado pela autoridade, chama-se Azzeccagarbugli, algo como "Acertarrolos".

vel, mas os confortos, há muito tempo, se divorciaram de mim, e, como minhas bagagens não cabiam numa [*curiara*] só, aproveitando daquela na qual tinham vindo meus homens, uma vez divididos a carga e os homens, coloquei-me a caminho, fazendo da necessidade virtude.

Tive a ótima inspiração de voltar sobre meus passos, pois, além de uma carta de mamãe e outra proveniente de Caracas, recebi uma carta da secretaria desta Sociedade, a primeira recebida depois de minha partida, da qual me consta claramente que posso abandonar qualquer esperança, se é que ainda tinha alguma, de que venha a meu encontro meu caríssimo ex-futuro companheiro.

Às 5h colocava-me novamente a caminho, mais contente e leve, mas o tempo havia se fechado e ameaçava chuva de todo lado, de modo que parecia mesmo que não escaparíamos. Mas graças a Deus não foi assim, e por volta das 8h, depois de ter me reunido com a outra *curiara*, amarrava a rede aos magros galhos da *arussá*, numa praia recém-descoberta pelo rio, e dormia tranqüilamente até o alvorecer; aí, então, um solene aguaceiro, depois de ter dado voltas a noite inteira, veio furioso do norte para nos dar o bom-dia.

Passada a fúria do temporal, colocamo-nos a caminho por volta das 7h, mas, às 8h, eis-nos novamente parados. Meus homens não prepararam a *incuta*; é preciso descer e dar-lhes o tempo para cozinhar sua farinha de mandioca com água e sal, o que me rouba uma boa hora.

A tripulação de minhas duas *curiaras* se compõe de seis pessoas, três homens entre 30 e 40 anos e três jovenzinhos entre 16 e 20. São banivas (vanivas), de Vittorino, pequeno povoado indígena do alto Guainia, a montante de Maroa, e, quando eu os contratei, se encontravam em San Fernando, de volta do Vichada, onde tinham ido levar ao capitão Enrique de Jajáro o *sucio* para examinar.

O que é o *sucio*? Como ocorre de uma maneira geral com todos os povos primitivos, o indígena não acredita que a morte seja um fato natural (quando morrem grandes homens, até os povos mais civilizados imitam [os índios]), mas sim o resultado de um malefício ou da feitiçaria de algum inimigo oculto. Baseados nessa crença, os parentes e os amigos do finado juntam religiosamente as unhas dele e a elas acrescentam alguns tufos de cabelo; isso é o *sucio*, que levam, com não poucos dons, a algum *paye* (misto de feiticeiro e curandeiro), para que diga a eles quem foi e de que modo causou a morte do infeliz, e para que, por meio de sua ciência, aquele receba a adequada punição. Com essa finalidade realizam muitas vezes viagens nada curtas, com a inconsciência do tempo e das distâncias, tão típica do indígena. Estes meus, por exemplo, do alto da Guainia, passando por Yavita e Atabapo, chegaram até o Vichada, levando nessa viagem mais de um mês e meio.

O costume é estranho, mas, refletindo bem, menos estranho do que parece, uma vez que estamos habituados a ver todos os dias enviarem a videntes os cabelos de uma pessoa doente a fim de que indiquem a enfermidade e a cura.

Fiz de tudo para poder saber qual tinha sido a resposta do oráculo, mas inutilmente; aliás, no começo negaram-me até mesmo o motivo de sua viagem e, só quando viram que não poderiam me enganar, admitiram-no.

Meus homens, entretanto, terminaram sua parca refeição e nos colocamos novamente a caminho. O rio tem uma correnteza fraquíssima e não apresenta a menor dificuldade para a navegação. Por volta das 3h, passamos por um pequeno *randal*, cujo nome não me sabem informar, mas que deve ser o Samusida de Codazzi, formado por uma ilha rochosa e por uma cadeia de recifes que vai desta até quase a margem esquerda, mas que, no tempo das grandes cheias, deve ficar completamente submersa. Passamos facilmente, remontando ao longo da margem direita. Pouco depois de tê-lo passado, aporto na aldeia de Cimincin, situada na margem esquerda e hoje completamente abandonada, por causa das requisições demasiado freqüentes que as autoridades de San Fernando faziam de seus habitantes.

Às 6h paramos e passamos a noite numa larga laje de grés granítico que morre com suave declive na água escura do rio.

No dia 31, ao amanhecer, estamos a caminho e às 9h paramos na pequena *aldea* de San Juan, antiga missão, se formos prestar fé ao nome que tem. Nessa época está quase deserta, e seus habitantes são os cautchales.

Ao chegar fico agradavelmente surpreso por encontrar uma estrada ampla e bem cuidada que do porto conduz à aldeia. Ilusão das ilusões! Não passa do leito arenoso de um riacho que corre ali perto, seco nesta época do ano.

Procuro ovos e galinhas para o jantar e tenho certa sorte, graças à intervenção do capitão, em encontrar peixe *moquento*, seco, sem sal, ao calor lento do fogo, e uma galinha que me cedem por um preço relativamente baixo. A vendedora é uma mocetona de 18 ou 20 anos, pintada no rosto, nos braços e nas pernas (que mostra descobertas até acima do joelho) com linhas de pontinhos vermelhos do tamanho de uma moeda de cinqüenta centavos, dispostos simetricamente.

Por volta das 12h, quebrando a monotonia da paisagem circunstante, desenham-se, ao longe, duas pequenas montanhas, que meus homens me dizem ser a serra de Guassurima, nome que não encontro em Codazzi.

Por volta das 2h, começa uma chuva intermitente que nos acompanha até a noite. Três de meus homens estão com febre, e eu também não me sinto bem.

No dia 22, às 8h, estamos aos pés do *randal* de Guassurima (talvez o *randal* de Guarinamo de Codazzi); a passagem está à esquerda; remontamos a margem direita e, em seguida, atravessamos o rio para ultrapassá-lo, coisa que fazemos com extrema facilidade. Às 3h, estamos em Baldassar, nova aldeia na margem direita. Aporto com a esperança de encontrar ali algum mantimento, mas inutilmente. Encontro o capitão com o rosto pintado de vermelho à guisa de uma

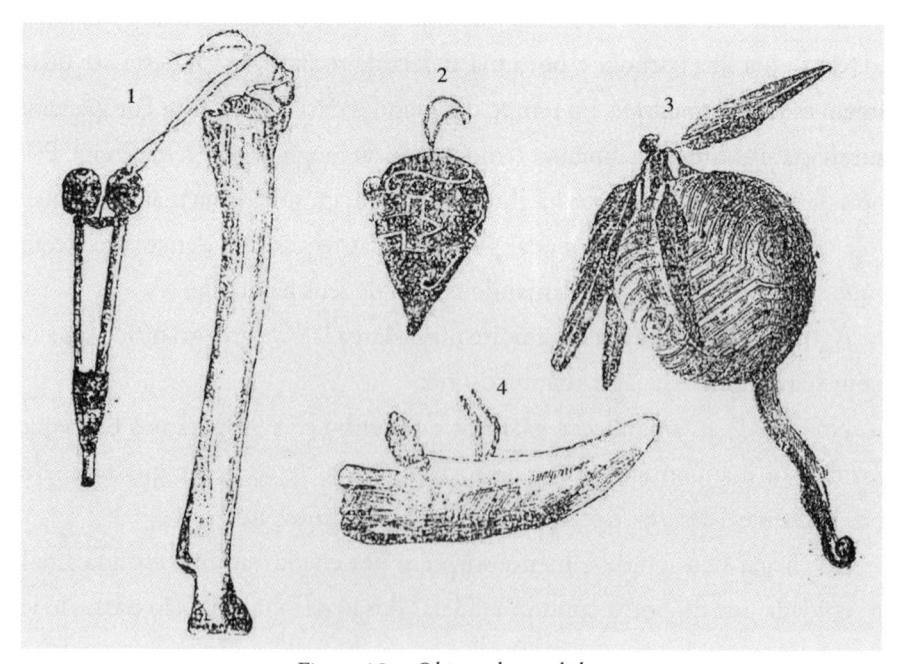

Figura 18 – *Objetos dos guahibos.*

1. Siripu.
2. Cumaritito.
3. Tzïzïto.
4. Machinena.

máscara de Arlequim e, ao sair da casa dele, fico face a face com sua doce metade, que volta do banho com a saia atirada sobre o braço, tendo como veste as jóias da mãe dos Gracos[17]: duas pequenas que não desencostam de seu flanco e um menino que é levado a cavalo no quadril, conforme o uso geral. O pé dele faz as vezes da tradicional folha de figueira. Ao me ver, leva a saia ao peito para cobrir as tetas e põe-se de lado para me deixar passar.

Essas aldeias indígenas são razoavelmente bem conservadas e dispostas simetricamente, com as casas pintadas de *tabatinga* e que ressaltam graciosamente por entre as plantações viçosas de frutas de palmeiras, pelas quais geralmente são cercadas, e têm um ar de limpeza que dá gosto, tanto mais que não se esperaria encontrá-la. Toda essa gente é cristã, ou, ao menos, batizada. É verdade que nem sempre é o padre quem a batiza; o *regaton* ou negociante ambulante cumpre de boa vontade esse serviço, para se tornar compadre dos indígenas e, com a desculpa do parentesco, explorá-los mais facilmente. Mas, para além do batismo e de alguma prática exterior, nada há de cristão, embora em San Fernando haja um padre que, certamente para dar um bom exemplo aos fiéis, vive publicamente *amasiado* com uma índia.

No dia 23, às 8h30, deixamos, à nossa direita, um grupo de casas abandonadas e às 9h estamos em Corona, onde não aporto. Estou cansado e não tão bem como de hábito e, certo como estou de não encontrar nada, não me dou ao trabalho de aportar, e sigo adiante. Ancorada no pequeno porto está uma *giangada*, sobre a qual está construída uma verdadeira casa de palha, capaz de conter uma família inteira. É gente que vai com todas as suas coisas aos *cautchales* para trabalhar e leva um carregamento de farinha bem grande.

Às 11h paramos para almoçar de qualquer jeito em Pueblo Viejo, do qual só restam em pé a capela e duas casas meio descambadas: o resto foi destruído pelas chamas. Abandonaram-no, dizem-me, por causa de uma epidemia de febre palustre que o arrasou; e, é bem verdade, não se poderia dizer[, pois,] em posição elevada e bem arejado, domina um longo trecho de rio e tem todos os requisitos

---

17. Mãe de Tibério e Caio Graco, estadistas romanos, Cornélia é o símbolo da virtude da mulher-mãe, que zela pela família e pelo lar. O conde Stradelli faz referência à famosa passagem em que Cornélia é visitada em casa por uma mulher rica e ostentadora, que pergunta à anfitriã, que se apresenta com vestes modestas, onde estão suas jóias, ao que Cornélia responde: "Estas são minhas jóias", apontando os filhos.

para ser salubre – se é que se pode falar em salubridade nesse rio de margens baixas e alargadas, quase sem correnteza, e que forma a todo momento charcos e lagunas, ao longo da beira. À 1h30 deixamos à esquerda o *caño* Uaçamo e entramos naquele que os indígenas chamam *caño* de Yavita, que outra coisa não é senão o curso superior do Atabapo. No dia 23, eu chegava a Yavita.

E agora, como dizia meu avô, voltemos um passo, para um olhar geral sobre o rio.

O Atabapo, como todos sabem, é um rio de águas escuras. Seu curso não é muito longo: noventa milhas ou pouco mais, caso se queira considerar o *rio* Temi (r. Tuamimi) como o verdadeiro e próprio Atabapo, que é minha tendência; e pouco menos de oitenta milhas se, conforme Codazzi, se quer fazê-lo começar em Yavita.

Sua direção geral é, de Yavita a San Fernando, de sul a norte, enquanto o Temi corre de leste a oeste. Ele corre quase que exclusivamente por entre margens baixas e sujeitas à inundação, e nelas cresce de tal forma uma planta, tanto de quase não deixar espaço a outra vegetação, chamada *palo de boja*, cujo tronco (em forma de cenoura de ponta-cabeça, terminada em raminhos exíguos, sobre os quais despontam pequenas e raras folhas de um verde acinzentado, enquanto o tronco é de um amarelo sujo, salpicado por manchas escuras) contribui para dar-lhe um estranho aspecto que não muda até Yavita, ainda que, quanto mais nos aproximamos dessa população, mais as altas plantas, próprias dos terrenos inundáveis, cobertas por numerosos e intrincados cipós, tendam a substituir essa estranha planta – a qual é, porém, de uma utilidade bastante grande, uma vez que é com ela que, devido a sua extrema leveza, se fazem *giangadas* fortes e insubmergíveis. Seu leito é escavado quase que exclusivamente em um grés granitóide que, em certos pontos, forma suaves declives ao longo das margens e das raras cadeias de recifes que, cá e lá, afloram de mil maneiras entrecortadas por largos veios de quartzo misto a uma matéria negra, leve e esponjosa, que parece ter sido submetida à fusão. A direção geral, porém, desses veios é notável por sua regularidade: leste-norte-leste, oeste-sul-oeste. Por um de seus afluentes, que não são muitos e são de pouca importância, o *caño* Canane, que desponta à direita, comunicaria, conforme me foi dito em San Fernando, com o Orenoco, passando pelo lago e *caño* Carida, que tem sua foz a montante do Ventuário.

A cor escura de suas águas creio que deva ser atribuída a matérias orgânico-vegetais que, justamente devido ao tipo de terreno que percorre, não foram precipitadas por matérias terrosas, que, assimilando-as, ao se depositarem, agem como clarificadores.

O Orenoco e o Amazonas e todos os rios de águas assim chamadas brancas, por manterem em suspensão matérias terrosas, dão águas que, ao serem depositadas e filtradas, adquirem grande pureza, enquanto estas [as do Atabapo], mesmo filtradas, conservam sempre sua cor, como uma água leitosa. Uma prova de que essa cor provém mais facilmente de matérias orgânico-vegetais do que de sais minerais, eu a tenho todos os dias, ao preparar soluções de sais de prata e de ouro para uso fotográfico, com a simples precaução de filtrá-las antes de me servir delas, sem que sofram nenhuma alteração, salvo um leve depósito, ora preto, ora violeta, conforme a natureza dos próprios sais, característicos, justamente, se não me engano, de sua combinação com matérias orgânico-vegetais.

No dia de Natal, às 10h da manhã, eu chegava a Yavita. Mal aportei, fui levar a carta oficial, que estava comigo, ao prefeito do pequeno povoado, a quem encontrei no pleno desempenho de suas atribuições, presidindo a comissão dos notáveis reunidos para a eleição do capitão e do tenente, as duas autoridades secundárias que o ajudam em sua *tarefa*. Eram umas vinte pessoas, de calças brancas e camisa passada, sentadas solenemente em círculo, cabeça e pés nus, em volta do prefeito, que, com as costas apoiadas na única mesa existente no local, tem a seu lado dois bastões grossos, de tamanhos diferentes, destinados a serem entregues como insígnia do comando aos dois eleitos. Ao entrar, por não esperar aquele espetáculo, fico maravilhado e, por um momento, incerto, porém mais maravilhado e estupefato fica o digno funcionário quando lhe apresento a grande carta de que sou portador. Ele não sabe ler e me pergunta com uma inflexão de voz indescritível: "O que é isso?". Eu lhe explico em poucas palavras, e ele, então, quer honrar-me cedendo-me seu lugar, que, humildemente, recuso, e, virando e revirando de todos os lados a folha enigmática, deixo-o continuar em suas deliberações. Terminada a assembléia e após ter pedido a um comerciante, que tinha chegado no dia anterior, que lesse o conteúdo da carta, vem procurar-me no lugar onde eu o esperava enquanto mandava descarregar as duas *curiaras*. Ele coloca à minha disposição a casa do governo e, de comum acordo, adia-se para amanhã o transporte dos objetos, coisa que hoje seria impossível, visto o estado avançado de bebedeira em que se encontram o prefeito e seus administrados e que, antes da noite, conforme é praxe nas festividades, atingirá seu ápice.

Yavita é um povoado de cerca de uma centena de almas, posto na foz do *rio Temi* (que, como eu disse, nada mais é, pelo menos para mim, do que o curso superior do próprio Atabapo). É composta por uma praça, limpa e bem conservada, circundada por ruas paralelas em seus lados, elas também limpas e bem conservadas, e deixa no visitante uma impressão melhor do que muitos dos povoados do Orenoco e do Atabapo que já encontrei de Bolívar até aqui. O que realmente me cativou, acima de tudo, foi seu cemitério: amplo, cuidadosamente conservado, livre de ervas daninhas, é circundado por sólidas muralhas e protegido por um pequeno telhado de palha, com uma porta de cada lado. A igrejinha que se encontra na praça também, dadas as condições desses lugares, não deixa nada a desejar. Ela guarda os restos mortais de um homem que muito amou e protegeu os indígenas: os restos mortais do *viajero al rededor del mondo*, como amava chamar-se F. Michelena y Rójas, morto devido à queda de uma árvore quando atravessava a selva de Yavita para ir até San Carlos tomar posse, pela segunda vez, do governo daquele território. Nesse lugar nada lembra o ponto exato onde repousam seus despojos, e eu não pude deixar de refletir se teria realmente valido a pena gastar toda a sua vida em viagens e a serviço da pátria, amando-a a ponto de muitas vezes ser injusto, para vir a dormir seu último sono nesse canto ignorado da terra, sem uma cruz, sem uma inscrição, nada – a não ser a piedosa tradição do indígena – que diga: "Aqui jaz".

Na manhã do dia 26, o senhor Pilas, prefeito de Yavita, e seus administrados, ainda um pouco tontos da festa do dia anterior, estavam reunidos na sala do conselho, que me servia, momentaneamente, de alojamento, para distribuir e transportar minhas bagagens ao porto de Piminchin, num trajeto de quatro léguas. A balança estava presa a uma viga do teto para pesar as bagagens, uma vez que o transporte é pago por peso, na razão de quatro *reales* (dois francos) cada 25 libras. Em pouco tempo, com a maior ordem e regularidade, tudo foi pesado e entregue aos carregadores e às carregadoras (pois as mulheres não são menos fortes que os homens), e, às 9h, embora eu me sentisse ainda um pouco fraco devido à febre que tive durante a noite, também me punha a caminho. A estrada larga, espaçosa e razoavelmente bem cuidada desenrola-se no seio de uma esplêndida selva tropical, onde os pontos pantanosos são tornados praticáveis graças a grandes troncos grosseiramente esquadrejados que permitem atravessá-los sem molhar os pés. Uma garoazinha que começou pouco depois de eu ter partido acompanhou-me até o porto de Piminchin, aonde cheguei à 1h.

Meu pessoal já estava lá desde a manhã, enquanto a embarcação com a qual eu devia descer ainda não havia chegado; apenas às 4h pude iniciar minha viagem, rumo a Maroa.

O Piminchin é um pequeno rio de pouco mais de quarenta metros de largura em sua maior amplitude; tortuoso e rápido em seu curso superior, vai aos poucos se tornando mais lento e reto quanto mais se aproxima da foz, junto à qual a vegetação, raquítica e pobre no começo, adquire certa importância.

Aqui também notei os mesmos *palos de boja* nos quais já havia reparado no Atabapo, mas de uma variedade que atinge maiores proporções e cuja folha é maior e de um verde carregado, muito escuro.

Às 9h da noite chegava a Maroa e me alojava na Casa Real, reservada especialmente para abrigar os passageiros e que é própria de todos os povoados venezuelanos do rio Negro. Na manhã seguinte fui à procura do prefeito para entregar-lhe a carta de recomendação da qual era portador e tive a grata surpresa de encontrar nesse funcionário um bom e velho amigo, na pessoa do senhor Candido Chaves. Maroa está deserta, portanto ordeno aos homens que tinham me acompanhado até aqui que, uma vez chegados a Vittorino, me mandem quatro remadores para que eu possa seguir viagem sem dificuldade. Quanto a eles, após terem sido pagos em razão de dois francos por dia, para cada um, por volta das 9h embarcaram para voltarem a suas casas.

Maroa é um pequeno povoado na margem esquerda do rio Negro, o mais importante depois de San Carlos, com o qual dividiu a honra de ser a residência do governador do território, quando este era separado daquele do alto Orenoco. Situado em um terreno elevado, mas de extensão restrita, no tempo das altas águas fica quase reduzido a uma pequena ilha; domina, por sua posição, um grande trecho de rio, seja a montante seja a jusante, mas apesar disso o pequeno povoado hoje está em decadência, e mais do que uma de suas casas ameaça desabar. O número de seus habitantes oscila entre 150 e 200, mas, conforme disse, neste momento está quase deserto. Foi aqui que no dia 28 de novembro de 1819 se reuniram as comissões brasileira e venezuelana para os limites entre o império e a república, em memória de que um monumento, que consiste em uma pilastra terminada em pirâmide (algo como um apagador de velas sobre uma base toscana), ergue-se, com a altura de poucos metros, na praça próxima, lembrando aos pósteros o faustoso acontecimento. Passei aqui, graças ao senhor Chaves e família, três dias quase sem me dar conta deles, e no dia 30, ao alvorecer, tendo chegado meus homens no dia anterior, quase contra a vontade me punha novamente a caminho.

Por volta das 7h chego à Boca do Tomo, a jusante da foz de um pequeno afluente de direita que tem o mesmo nome; sete ou oito casas em ruína, e nada mais. Às 9h, passamos Gusman Blanco sem aproar, uma aldeia sobre a margem esquerda. Umas vinte casas, todas fechadas, dispostas como sempre: uma praça e quatro ruas paralelas ao lado dela. Às 2h eu chegava a Democrazia, sobre a mesma margem, que em 1879, de acordo com o relatório da Comissão Brasileira, contava oito casas e hoje só tem uma habitável.

Esperava-me ali uma grata surpresa. Encontrei o general Muñoz Souza, prefeito de San Carlos, chegado poucos momentos antes e que tem a gentileza de trocar sua embarcação, grande e capaz, com a minha, na verdade por demais pequena e incômoda, pela quantidade de bagagem que sou obrigado a trazer comigo. Tendo ficado pouco tempo juntos, porque ambos estávamos desejosos de chegar ao destino, uma vez realizada a troca das bagagens entre as duas *canoas*, nos colocamos a caminho e, às 8h da noite, chego a Tiriquin, sobre a margem direita, alojando-me, como de hábito, na Casa Real. Tiriquin é mais ou menos do tamanho de Guzman Blanco, porém, parece-me, em posição melhor.

Amigos caríssimos e distantes: Feliz Ano Novo! Para vocês é um dia solene; para mim, é um dia como todos os outros, e, caso não fizesse minhas anotações diariamente, por certo não me daria conta de que ontem terminou 1887 e hoje começou 1888. Bom ano novo e mil votos de felicidade.

Às 5h30 partimos. O rio vai gradativamente se alargando, mas ainda estamos longe da imponência do baixo rio Negro, que, por vezes, chega a três léguas de largura; aqui mal chega aos trezentos metros, enquanto, em frente a Maroa, mal os passava. Seu leito, porém, que até ontem estava, aqui e ali, hirto de cadeias de baixos recifes, formados por um grés com as mesmas características do de Atabapo, que, se não formam cascatas, determinam, nesta época, fortes correntezas, vai se tornando menos acidentado e mais livre. Às 6h passo Santa Rita, na mesma margem do Tiriquin; são três casas, todas fechadas. Às 11h estamos na foz inferior do Cassiquiari e, para minha grande admiração, vejo que ele tem águas negras e não brancas como o Orenoco, do qual, como todos sabem, é um canal, engrossado em seu caminho, porém, por mais de um tributário, prevalecendo, por importância, aqueles da margem esquerda, que tem o Curamumi, o Siapa e o Pacimoni como principais. Às 2h estamos em San Carlos.

O senhor Pelissero, que desempenha neste momento as funções de prefeito do departamento, com gentil violência, retém-me com ele o dia inteiro e me garante que amanhã poderei seguir sem problemas minha viagem rumo à fronteira brasileira. San Carlos, situada na margem esquerda, já foi, alternando-se com Maroa, a residência dos governadores do território do Amazonas. Tem, pelo que me dizem, cerca de duzentas almas, mas ela também, neste momento, está quase deserta. Minha chegada teve o dom de colocar em polvorosa seus poucos habitantes. Tinham-me eles tomado por um certo Perazzi, sócio e companheiro de Candido Garcias, e temiam que eu viesse a renovar as proezas do chefe! Na frente, na margem direita, surgem seis ou sete casas: é San Filippo, onde, em 1734, os espanhóis ergueram um forte para incutir respeito aos portugueses e do qual hoje não resta sequer um traço.

No dia 2, por volta das 8h, acompanhado pelo comandante do *Resguardo*, punha-me novamente a caminho e, de noite, dormia na antiga Missão de Santa Rosa de Amadona, de onde voltava a partir, na manhã seguinte, rumo a Cucuhy, aonde chegava às 2h, encontrando no comandante militar dessa fronteira, o tenente Antonio José Barbosa, um caro e velho amigo de Manaos, em cuja casa sou hospedado e que, junto com sua excelentíssima família, faz de tudo para que esse longo mês de espera pareça breve – uma vez que não desce, até o 1º de fevereiro, o correio militar que deverá me levar ao encontro do vapor no qual embarcarei com destino a Manaos, de onde postarei a presente.

Apontamentos de língua tamo ou guahibo[18] do rio Vichada[19]

A

aíbe: não, nem, nada.
abequè: ruim, malvado, feio.
auïrì: cão, cadela.
arevè: pesado.
auibïtzítzi: fumar.
auibitzitzieni cèéma: fumo, tabaco.
arabocotò: terecai (espécie de tartaruga).
aiotó: cabaça.
arà: avante.
arabernechí: vamos adiante.
araberiâche ou *araberiàboche*: vá adiante.
acqueiebï: três.
acatù: calor, luz, sol.
anaípaua: latrado, latrar.
aintaquindia: minha filha.
aïtacatù: escuro, sem luz.
acaí (*Euterpe edulis*): espécie de palmeira.
acaí cuperi: fruto dessa palmeira.
attáu: queimar, escaldar.
aueba: beber.
aruatô: estrela.
asigua: mesquinho, avarento.
acatù acotiatane: o sol está queimando.
apauicipe: quero já.
Amatabuconetzi: Deus.
abùcarï: chefe, capitão.
aena: hoje.
ana: primo.
acantiò: filho.
acà: pai.
auibï: cervo.
amatabutito: coração.
assíassiè: espirro, espirrar.

B

bitzóma: rápido; *bitzóma bitzóma*: rápido, rápido.
bereman latù: preguiçoso, lento.
badàno: cesto chato com trama larga.
bacô: pena; *cura bacô*: pena de curica.
bissâbí: arco; *bissâbí caconò*: corda do arco.
bùú: rede de tramas soltas (cinciorro).
boô: cabana, casa.
banumanta: abelha.
butzoé: cana-de-açúcar.
bèécobá: bater.

---

18. Os vocábulos deste pequeno glossário foram transcritos segundo a grafia, os acentos e a ordem originais contidas no *Boletim*.
19. Eis as regras seguidas na transcrição dos vocábulos, segundo seu som:
    aà, eé, ií, oó, uù: pronunciar o primeiro levemente nasal e o segundo aberto, arrastando seu som.
    î: sempre nasal.
    ^: unir, o máximo possível, o som das duas vogais.
    ï: pronunciar com um som intermediário entre *i* e *e*, porém sempre nasal.
    c: na frente de *e* e *i*, com a pronúncia do português.
    ch: som aspirado do *c* florentino.
    h: som aspirado, mas muito suave.
    tz: som doce, mas sibilante.
    th: como em inglês.
    qu: som italiano. (N. A.)

bacotò: unha, casca.
ba puntabin: até logo.
beta béta: vem, vem.
benèéca: empurrar, calcar.
berecári: goiaba silvestre.
bacare: não.
bizzabï tupä: flechar.
bao: banana.
bacô: folha; *uati bacô*: folha de palmeira.
bô: terminação usadíssima (v. n. g.).
binatzizi: óleo, gordura; *omoa binatzizi*: óleo de jibóia.
babí: campo trabalhado.
bacaiaconô: manhã.
bachïríenï: eu caminho.
bucarà: galinheiro, poleiro.
bopi: espécie de mandioca.
beri: a (preposição que se usa como sufixo); *Maypuríberi*: a Maypures; *Tamoióberi*: a jusante.
boca: pertence [subst.].
boca boca: trocar um coisa por outra.
bossidé: espécie de madeira forte usada para palanca (*maja*).

C

canibiö: tarde.
cumaríbo: lugar de cumare.
canïuï: ontem.
copiò: pequena espécie de tamanduá.
codorra: bolsa; *negutí bo codorra*: bolsa de pele de onça.
coàtzanî: tapioca.
canipíenï: vem.
cinecicai: espécie de mandioca.
curï: espécie de mandioca.
cèéma: tabaco.
cèéma quí: flor de tabaco.

cuipa: planta de folhas palmadas (?) [sic].
cura: papagaio (*curica*).
cucarì matundô: alforje para flechas de sarabacana.
cetá uaní: ventarola para acender o fogo.
caconô: corda de arco.
coarabô: (*caribe*) espécie de peixe.
cabuléri: espécie de peixe (*pavon*).
capera: escrever, desenhar, colorir.
camuè: erva (?) [sic].
canaénchë:[20]
coacosito: tíbia limpa e preparada para conservar o *tubere*.
canalito: vaso para a água.
cuérerè: ponta de flecha em ferro, no formato de folha de louro.
cubiabechè: cortar em pedacinhos.
cusiäpà: faca.
còórnâ: garfo.
cichinîglia: pequeno, criança.
cónina: espécie de laurácea (*salsafraz*)
canïpana: bom, belo.
côcana: espécie de leguminosa (*cigo*).
caèéna: vizinho.
câmö: nome? como se chama?
caerù: um.
cacabetà: quatro.
caraï: dá-me.
cana: mãe.
cämè: eu.
camuberiè: tu.
caíeröre: misturar.
cacaraí: quebrar.
coiobacù: penas de *aninga* que enfeitam o *maracá*.
cotacabiem: vem atrás.
coráua: ferver.

---

20. Assim também no original, sem tradução para o italiano.

cumaritito: fruto de *tucuman* trabalhado e usado ao pescoço como amuleto.
cuperí: fruto.
chaenachi: mastigar.
coátô: tucun em rama, não fiado.

D
donosito: ananás.
deretô: planta de cabaça para beber.
dacadethiè: vamos.
deîchî: raiz da mandioca.
donachí: tipo de molho feito de pimenta.
donosi nutaiè: muda de ananás.
damuccù: cesta quadrada de trançado estreito.

E
eareman batù: preguiçoso, lento.
erisibô: cesta para colocar a farinha de mandioca.
èèra: bater.
emírï: savana.
èèna: mãe.
èéca: está ali, há.
èèrre panapô: porto.
èèrre: barco, canoa.
eraní: fibras fiadas de *Attalea spectabilis*.
èèriguan: fio de (?) [sic].
ètzolô: milho em maços.
etzà: milho.
èètà: que está, que é.
èère: pousar.
erémene: tirar, podar.
èèpanerè: versar.
èèma: nuvem, chuva.

èérinè: bandagem de cabeça feita de palha.
euachí: raiz de mandioca.

F
fobi: branco.

G
guambò: morteiro.
guaíbocan: morteiro.
guanàrï: amuleto feito de um cristal de quartzo ou com uma rolha esmerilhada.

I
ïsota: fogo; *ïsota nerùri*: dá-me fogo.
ïsòtäna: pegar fogo, acender.
ïsotô: fumo.
iaputanè: compreender.
iobére: atirar.
inocò: *Mauritia tessilis*.
ierotô: ornamento da cabeça em palha de tucuman trançada.
iatabà: tecer.
ïtapupunë: soprar.
ïtacubíacuba: apagar.
ïtanòtâ: acender.
ïtzapàna: do outro lado; *ïtzapàna beriabe*: ir para o outro lado.
icorosito: ponta de flecha em madeira.
ïàiàïîbô: rir.
iacarí: cesto em tecido compacto.
icamuto: mandioca ainda não espremida.
irobirto: tipo de grande panela de barro para cozinhar a mandioca.
ibotô: pedra, tripé feito de pedras.
ipiri: espécie de palmeira (*pupuyna*[21]).

---

21. Provável erro de transcrição do manuscrito: em lugar de *y*, Stradelli deve ter grafado *g*, para reproduzir, em italiano, o som "nh" de *pupunha*.

iaco: sal.
icípe-icípa: querer; *icipeni pèriche*: quero cassave.
ïrra: terra.
iamè: savana.
iauíba: dançar.
itzintabenche: desatar.
iracuan: escavar.
iucurunä: cujera[22].
itabocô: céu.
iamachè: raio.
iamacíto: espingarda.

L

lipatò: puxar.

M

mazotâ: foice.
matachertanche: enodar.
mamutô: caminho.
mahità: dormir.
meti: estreito, apertado.
mereuì: noite.
mereuì babóche: é noite.
mereuíbaca: tarde.
matonèé: meio-dia.
maithientzi: dormiremos.
màán: arara.
meta: tapir.
merauià: amanhã.
matacanapanarè: alegrar.
matabuàna: coração.
màáui: resina (*paraman*).
màpotô: coberta feita com o líber de uma planta (*turury*).
mutandô: para conservar.
muthïra: rede.
mulëi (pl. *mulëira*): contas negras.

máputa: camisão feito com o líber de uma planta (*turury*).
matibï: espécie de grande lagarto (iguana).
marïetâ: fruto de uma planta espinhosa de sabor de ramos novos (*cubío*).
misipà: gaiola.
maracanu mahitá: vamos dormir.
mäcurucurú: fruto comestível de uma passiflora.
mòóbapú: secadouro, grade de madeira.
machinéna: amuleto feito com o dente de jacaré (para se defender).

N

néuèsi: raíz comestível (*cará* ou *arpin*[23]).
nettáua: está queimando.
nauánechï: banhar-se.
nebotô: fio de *Mauritia tessilis*.
nonachí: pimentão.
navita: muito, em grande quantidade.
näuarùbê: dois.
nuacabêpe: dez.
nuatacube: vinte.
netzaiò eibiéni chaènachï uipotô: mande-me um pouco de *capi* para mascar.
nacotina: desenhos em vermelho sobre o rosto.
negutí ou *neutí*: onça.
nacoten: afugentar insetos.
nametô: lua.
no: pequeno fruto comestível de um cipó.
nomatachènerï: ponha-se a caminho.
neuïchi: ralar mandioca.
naè: pau, bastão.
nacanciò, nacancibò: venha cá.
naebò: pau para empurrar uma canoa.
nàácipónari: vá embora.

---

22. Variedade grande de pé de abóbora.
23. Aqui, mais uma vez, erro de transcrição do manuscrito. Provavelmente, o correto seja "aipim".

O

oabô: cano para flecha.
ouauàsíto: cair.
opáua ocamapï: puxar a corda.
oópé: espécie de tartaruga (*matamatá*).
omocatï eroune: pilão de duas cabeças.
ona: papagaio verde com os olhos cercados de branco (*molero*).
omo'omo: cortar com tesoura.
omöa: jibóia.

P

paparï: algodão; *papaï puntobà*: algodão cardado; *papaï mestô*: algodão fiado.
pumantô: novelo.
papauïrtà: tecido de algodão com o qual os homens cobrem as partes pudendas.
píroban: fiar.
papòósito: fuso.
pecabïemè: cinto feito com cabelos fiados.
pématauà: cabelos.
pépierto: lábio.
pecototò: ventre.
pepumüteíto: nariz.
pebuchéna: barba.
pecabï: mão.
pecabecìto: dedo.
pemaquê: braço.
petapà: perna.
pecito: batata da perna.
petacù: pé; *petacù cabï*: dedo do pé.
pecabï bacotô: unha da mão.
petacù cabï bocotô: unha do pé.
pétapotà: olho.
peuítacára: ombros, espádua.
petito: coxa.
pemuchìietô: orelha.
pebortô: língua.
peitapéue: pálpebras.
petabuito: nádegas.
pemachèsólito: cotovelo.
pecabetabù: osso do pulso.
peteríua: mulher.
pebi: homem.
pepèmené: rio.
pemcitámo: pagamento.
pecabï tabuinbêcha: pulso.
paràturipä: remo.
pahià: pai.
periacosito: *cassave* seco.
poretzi: pequena espécie de macaco (*macuquinho de chero* [sic]).
papaèi: amarra de algodão.
puiëuï: ponta de flecha em ferro.
peuàna: dente.
pecípa: ponta de flecha em osso.
peruamö: cozinhar o *cassave*.
pôna: erva das savanas.
pecaiauatzibï: remador.
pebartzibíto ïbotó: pedra de afiar.
pebartzibï: amolador.
pùlere: descasca.
paare: abre.
piniabí: cinco.
piniauà: seis.
peri: *cassave*.

R

rutanghe: amarrar.

S

surupà: cabaça para beber.
sobi: vermelho.
sipari: machado.
sesépei: ornamento para a cabeça feito de penas de tucano.

sïpariboci: grande vaso de terra.
siripù: garfo de osso para inalar o *tubere*.
síue: tesoura.
sacùsacù: feijão.
sorvetô: cabana onde se refugiam à noite.

T

tamíto: mamas, tetas.
tobi: grande espécie de papagaio verde.
tàábujù: dá-me.
tupà: golpear.
tauà: esposa, mulher.
tamocô: amigo.
tajapími: irmão.
tacanto: tucun.
tacanito: pequena rede para pescar feita de tucun.
taüaröâra: rodinha no fim do fuso.
tucùricùri: cortar.
tàápí: banquete.
tùbere: pó de uma folha, cuja planta não descobri, que serve para inalar.
taetabô: praia.
tamojo: abaixo, em baixo, a jusante.
tamojo beriè: água abaixo.
tuquèquè: tucano.
tacunta: rede.
tipa: morto.
tzacanito: agulha [arquitetura].
tzamaï: peixe defumado.
tzïtzïto: maracá.
tzutzuba: sugar a mama.
tineí: desenhos em preto.
tiscibò: cesto.
tzonesi: grande tamanduá.
tachí: longe.

U

ucù: grande bola (*tuiuiú*).
uarra: espécie de pato (*marecon*).
uitcibà: espécie de mergulhão completamente negro.
uajò: a montante, em cima.
uuiripa: leguminosa que cresce feito árvore cuja fruta é comestível (*ingá*).
ùúto: pomba.
uúa: nascente, cabeceira, pedra da qual jorra uma nascente, adorada como divindade.
uipä: capi; cipó cuja casca serve para mastigar.
uuasí: leque.
uatzò: mosquito, pernilongo.
uaebô: tronco de árvore.
uno: bosque.
uatabô: fuso para fiar os cabelos, com os quais os homens fazem seus cintos.
uati: espécie de palmeira (*Attalea funifera*).
uacarà: galinha; *uacarà tabï echeníchena tabî cheba icanieebô?*: tens galinhas para vender?
ure: porta.
uirepane: raiz comestível (*ñame*) [sic].
uatubô: flecha.
uáruà: contas brancas ou azuis.
uáca: chaga; *uacapecabï*: chaga da mão.
unàua: medroso.
uametô: sol.
uachi barapï: grande vaso de terra com alças.
uaïpuchï: ralador para mandioca feito de lascas de sílica fincadas na madeira e cobertas com uma camada de resina.
uobutô: funil para mandioca (*tipiti*).
uatarama: *Ardea cinerea* [espécie de garça].
uemaï: espécie de peixe (?) [sic]
ücà: laguna.

Alguns apontamentos meteorológicos

As condições anormais da viagem, a saúde precária dos últimos dias e a escassez de instrumentos prejudicaram a possibilidade de recolher regularmente as observações. Os apontamentos vão de 11 de outubro até 7 de novembro de 1887. São de duas a três observações diárias, feitas, na maioria das vezes, por volta das seis da manhã, meio-dia e seis da tarde.

Colhendo os dados principais dessas observações, resulta o que segue:

Barômetro: pressão máxima 478, nos dias 20 de outubro de 1887, horas 5 e 38' p.[24] (temporal do sul); 23 id. [de outubro], 6 e 5' p.; 24 id., 6 p. (temporal do oeste); 28 id., 6 p. (céu limpo); 29 id., 1 e 3' p. (céu limpo); 3 de novembro, horas 6 p. (céu parcialmente nublado). Pressão mínima 757, no dia 31 de novembro de 1887, 6 e 14' antemeridianas (céu encoberto). Pressão média 751,33.

Temperatura à sombra: máxima + 33 no dia 25 de outubro, horas 12 m.[25], no Vichada, com ventos frescos de leste, e céu em cirros (id. ibid. 8 e 30' ant. + 27). Mínima + 24 no dia 17 de outubro, com céu encoberto, 6 ant., e no dia 22 id., 6 e 20' ant. (+ 27 às 12 m.), com céu limpo, salvo poucas nuvens no leste, que, mais tarde, trouxeram mau tempo. Temperatura média + 28 à sombra.

Temperatura ao sol (observações incompletas): máxima + 41 nos dias 18 de outubro, 12 m. (+ 31 à sombra com temporal ao norte); 25 de outubro, 12 m. e 7 de novembro, 11 e 20' ant. (+ 30 à sombra). Mínima + 26 no dia 29 de outubro, 6 e 30' ant. (+ 25 à sombra, com céu limpo).

Temperatura da água: máxima + 29,5 no dia 16 de outubro, 7 e 30' ant.[26], na Laguna de Cumaca (+ 29 à sombra, + 31 ao sol, com céu limpo). Mínima + 27 nos dias 11 de outubro, 6 e 20' ant., no Orenoco (+ 26 à sombra, com temporal leste-1/4 sul); 22 id., 6 e 20' ant., no Vichada, e 23 id., 6 e 5' *post meridiem*[27], no Cañito de Cumaca. Média + 28,2.

Temperatura da areia do Vichada (observações incompletas): + 39 no dia 13 de outubro, 12 m.; + 51 em 14 id., 12 m. (Céu limpo.)

---

24. Referente ao período pós-meridiano.
25. Meridianas.
26. Antemeridianas.
27. No original, *pom.*, abreviatura para *pomeriggio*, "de tarde".

Contra a imigração nos países do alto Orenoco[1]

De uma carta do conde Ermanno Stradelli[2]

Em meu último relatório, datado de Atures, eu terminava dizendo que segundo meu modesto parecer devia ser favorecida a emigração italiana ao longo das margens do alto Orenoco, por todo o trecho compreendido entre o Meta e o *randal* de Atures[3].

Confirmando aquilo que escrevi então, isto é, que, pela natureza do terreno e o clima, uma emigração européia inteligentemente secundada poderia ter muita probabilidade de êxito, vejo-me hoje, depois de longa permanência no âmbito da

---

1. *Boletim*, ano XXII, vol. 25, série 3, fasc. 1, 1888 (junho), pp. 544-6.
2. Cf. *Boletim* de maio 1888, à p. 495 (*A emigração no alto Orenoco* – Notícias do Secretário da Sociedade sobre os relatos do conde Stradelli). (N. D.)
   São as seguintes as notícias (publicadas em maio de 1888, à p. 495):
   "O CONDE ERMANNO STRADELLI, nosso sócio, de cuja viagem rumo às fontes do Orenoco publicamos várias vezes notícias (cf. *Boletim* de 1887, fevereiro, p. 85; maio, p. 354; julho, p. 500, outubro-novembro, p. 822), escreve-nos em data de 28 de janeiro p.p. (1888) de Cucuhy (na fronteira do Brasil com a Venezuela, no Rio Negro), enviando-nos um amplo relatório acompanhado de desenhos, sobre a última parte de suas explorações. Será publicado tão logo as reproduções fiquem prontas [a publicação ocorrerá no *Boletim* de janeiro de 1889, série 3, vol. 2, pp. 6-26].
   A EMIGRAÇÃO NO ALTO ORENOCO. Na carta com a qual o conde E. Stradelli acompanha o relatório de sua viagem, ele desaconselha aos emigrantes italianos, no modo mais explícito e caloroso, que se dirijam à Venezuela e precisamente às províncias do alto Orenoco, onde só encontrariam infalivelmente a miséria e a morte. Uma vez que a carta nos chegou tarde demais para ser publicada neste fascículo, será referida no próximo número." [Será publicada no fascículo de junho de 1888, do mesmo volume 1, série 3, pp. 544-6.] (N. O.)
3. Cf. *Boletim* de outubro-novembro de 1887, p. 848. (N. D.)

companhia concessionária – da qual só posso louvar-me pelas mil atenções recebidas –, hoje, digo, sou obrigado a modificar o que escrevi então.

As muitas dificuldades contra as quais luta a Companhia, ainda não definitivamente organizada para a exploração da própria concessão, são de tal monta que não apresentam, ao menos no momento, garantias suficientes quanto ao futuro dos emigrantes. Assim, hoje aconselharia impedir, por todos os meios possíveis, em lugar de facilitar, uma tentativa qualquer nesse sentido. Escrevo isso porque ouvi falar de um contrato entre a Companhia e os senhores Gondrant de Gênova com a finalidade de facilitar uma emigração italiana para essas regiões. Nada está pronto para receber emigrantes, e estes se veriam, com toda probabilidade, obrigados a contar apenas consigo próprios. Isso se deve à dificuldade de assisti-los quanto à sua sobrevivência – apesar do que possam dizer em contrário –, na qual se encontram os concessionários, dificuldade que não tende a diminuir.

Caso essa emigração devesse servir para fornecer braços necessários à exploração da borracha à outra parte do Orenoco, compreendida entre S. Fernando, ou melhor, Atures e Esmeralda e o Cassiquiare e o rio Negro, favorecê-la, então, seria um crime de lesa-humanidade, seria contribuir conscientemente para o suicídio dos pobres iludidos que, com a esperança de ganhos fáceis e lautos, viriam entregar-se sem defesa alguma a uma morte lenta, mas certa, em virtude da inclemência do clima, da insalubridade do trabalho, das privações de toda natureza às quais está sujeito, nesses desertos de selva e de água, quem quer que se dedique à extração da borracha, à qual o próprio indígena dificilmente resiste. Mesmo que este consiga reunir, no final da colheita, um pequeno pecúlio, vê-se, com freqüência, obrigado a gastá-lo para vencer as febres do impaludismo que contraiu no ímprobo trabalho.

Em 1879, devido à falência da Companhia Collins, concessionária da Estrada de Ferro Madeira-Mamoré, quatrocentos trabalhadores, a maioria deles italianos, se encontraram abandonados a si mesmos e obrigados a fazer qualquer coisa para sobreviver. A maior parte, espalhando-se pelos diversos afluentes do Amazonas, dedicou-se ao único trabalho que podia lhe permitir retirar-se em breve, ou seja, à extração da borracha. Em 1881, salvo alguma rara exceção dos que se haviam aclimatado e um número ainda menor que conseguira voltar, mais de dois terços haviam morrido ou estavam prestes a morrer. Manaos regurgitava de infelizes que esperavam um alívio da caridade pública, uma vez que os que haviam sido poupados pela febre eram agora vítimas das doenças de fígado e de hidropsia. Isso, posso dizer, aconteceu sob meus olhos, e é por si mesmo suficientemente eloqüente. A seringueira ou *Siphonia elastica* não nasce e não responde às exigências do extrator a não ser nos terrenos pantanosos e palúdicos, e esses terrenos, seja no Orenoco, seja no Amazonas, estão em condições climatológicas idênticas; aquilo que acontece num deles, acontece em todos.

Devotadíssimo
E. Stradelli

Do Cucuhy a Manaos[1]

Relato do conde E. Stradelli[2]

A 1°13'51"8 lat. norte e 69° 9'40"5 long. oeste de Paris, a cujo meridiano irei me referir sempre, deixa-se o território venezuelano e entra-se no Brasil[3]. Um pouco a montante, na margem esquerda, eleva-se a Pedra do Cucuhy, palco, pelo que me dizem, de um fenômeno curioso ao qual não assisti. Nos meses mais quentes, quando a seca é mais intensa, parece que se elevam em suas vertentes pretas e escarpadas como que bolas de fogo que iluminam por um instante a planície e, chegadas ao topo, voltam a cair numa chuva miúda de faíscas. Era ali, conforme narra Humboldt, que o famoso chefe Cucuhy extremava seus gostos de gastrônomo a ponto de manter um harém onde alimentava e engordava suas mulheres, para ter depois o prazer de saboreá-las à mesa. Refinamento antropófago, esse, cuja tradição morreu e que talvez jamais tenha existido a não ser na crédula mente de algum bom missionário – da mesma espécie [de Humboldt] que, para não se dar ao trabalho de conferir se o Cassiquiare punha ou não em comunicação as duas bacias limítrofes, decidia a questão negando racionalmente a possibilidade de sua existência.

O rio, ao entrar em território brasileiro, forma uma ilha estreita chamada S. José, com cerca de um quilômetro de comprimento, cortada ao meio pela li-

---

1. *Boletim*, ano XXIII, vol. 26, série 3, fasc. 2, 1889 (janeiro), pp. 6-26.
2. Cf. os relatos precedentes, respectivamente nos *Boletins* de 1888, agosto, p. 715, e setembro, p. 832. (N. S.)
3. Os pontos mais importantes e os limites indicados neste relato encontram-se referidos na Tabela 90 da nova edição (3º fascículo) do *Atlas* de Stieler, em curso de publicação. (N. D.)

nha da fronteira. Logo a jusante, quase diante de sua ponta oriental, existia, em 1879, num terreno baixo e alagadiço da margem direita, um posto militar brasileiro que, por isso e porque uma embarcação proveniente da Venezuela podia chegar lá sem ser vista e passar ao largo com a probabilidade de escapar de qualquer perseguição, por menos equipada que fosse, foi transferido, cerca de uma légua rio abaixo, para uma pequena elevação de onde domina um longo trecho do rio, de modo que, por mais medíocre que seja a vigilância, qualquer surpresa tornou-se agora impossível desse lado. Não é um forte. Na margem esquerda, uma casa para o comando, outra que serve de quartel, e quatro ou cinco cabanas dispostas paralelamente à margem formam o posto do Cucuhy; as duas primeiras são de madeira rebocadas de barro e cobertas com folhas de palmeira e servem de alojamento para os soldados que têm mulher ou algo[4] que a substitua, pois o Brasil permite a seus defensores que se casem e, aliás, nos postos de confins como este, prefere os casados aos solteiros. Em frente à casa do comando, sobre uma pequena plataforma natural, seis pequenos canhões de ferro ameaçam platonicamente o rio (no estado em que se encontram, o mais ameaçado seria certamente o artilheiro encarregado da manobra, a qual não seria fácil, montados como estão sobre dois troncos de árvore levemente polidos, que lhe servem de carreta de artilharia[5]). Tudo isso, entretanto, não é certamente culpa do pobre oficial que foi enviado até aqui, ao confim, mas se deve à manutenção de um estado de paz, que invejo e desejo longo para este rico e hospitaleiro país.

Antigamente, o posto militar encontrava-se em Marabitana e só foi transferido ao Cucuhy em 1853 ou nessa época. Essa transferência, ainda que tacitamente realizada, não impediu que a Venezuela se fizesse ouvir em altos brados, queixando-se de se ter ocupado militarmente uma zona que devia permanecer neutra até que fossem definitivamente decididas as questões pendentes e demarcada a fronteira. O Brasil fez ouvidos moucos, valendo-se do direito do leão e das elucubrações do barão de Humboldt, que, tendo cruzado a pé o estreito de Javita a Piminchim, pensou ter se aproximado suficientemente do ponto de litígio para poder apresentar uma decisão – coisa que declara na carta que acompanha o pa-

---

4. No original, "o qualche cosa che la sostituisca".
5. Stradelli usa o termo próprio *affusto*, do francês antigo *affust*: bastão de apoio ao canhão.

recer – e que, com a mesma facilidade com que determina latitudes e longitudes, dá a Portugal, por meio de informações, um direito que a Espanha lhe contestara durante séculos. Hoje a fronteira, que, desde 1859, com tratado celebrado em Caracas no dia 5 de maio, era oficialmente reconhecida, está, graças aos trabalhos da Comissão mista brasileiro-venezuelana, fora de questão deste lado, e pela Comissão brasileira, que continuou sozinha o trabalho, [a fronteira está] conscienciosamente determinada, se não em sua totalidade, em seus pontos principais. Vale a pena fazer aqui um breve resumo.

A partir da nascente principal do Memaqui, afluente do Naquieni, que por sua vez é afluente de direita do Guainia ou Negro, a 2°1'29"3 lat. norte e 70°34'57"65 long. oeste, começa a linha de fronteira entre a República da Venezuela e o Império da Cruz. As pretensões recíprocas se estendem muito mais para oeste, mas, além de ser litigioso entre o Brasil e a Venezuela, o direito sobre esse território é contestado a esta última pela República da Colômbia e creio, em parte, também pelo Equador, apoiados na autoridade das cartas régias que constituíram os vice-reinos e as capitanias de onde tiveram origem; o Brasil não quis tratar disso para não prejudicar, com seu próprio reconhecimento, os direitos que porventura assistam aos reclamantes.

A partir daqui a fronteira segue o divisor de águas e, a 1°54'4"75 lat. norte e 70°20'44"11 long. oeste, encontra o serro Caparro, corta o caminho que leva do Tomo ao Japery, afluente do Xié, vai até as nascentes do Macacuny, 1°12'3" lat. N e 69°22'35" long. oeste, desce ao rio Negro, que atravessa, e, num percurso retilíneo, dirige-se à cascata Húa no Maturacá a 1° 32'14" 9 lat. norte e 78°34'18"50 long. oeste, e de lá, numa outra reta, até o serro Cupy, margem esquerda do rio Bária ou Bahina, a 0°48'10"26 lat. norte, e 68°24'11"75 long. oeste.

Aqui começa a cadeia que divide os dois estados e pertence ao sistema da Parima. A linha de fronteira continua retomando o *divortium aquarum* para os montes Imeri, Tapyra Pecô, 1°12'47" lat. norte., 67°14'31" long. oeste, e Curupira 1°13'18" lat. norte, e 67° 9'47" long. oeste. A direção geral da fronteira até o serro Cupy é de oeste para leste, mas na extremidade oriental do serro Curupyra muda de direção e se inclina para o norte, percorrendo a cadeia desconhecida da Parima, que divide a bacia do rio Branco da do Orenoco. No serro Masquiati

4°31' lat. norte[6] e 47°9'35" long. oeste., retoma a direção geral oeste-leste, seguindo a cadeia sinuosa da Pacaraíma. Passa pelos montes Piauassu 3°32'24" lat. norte e 65°15'2" long. oeste, entre os rios Uraricapará e Auapirá, afluente do Paranámuxy, e Roraima, em cujas proximidades nasce o Cottingo ou Cotin, 5°9'40" lat. norte e 58°4'55" long. oeste, e, daqui até as nascentes do Unamará, adentra para sudeste, depois dobra para nordeste, passa as nascentes de Mahu e termina no serro Anay 3°36' lat. norte[7] e 61°24'20" long. oeste, onde começam os domínios ingleses. Essa longa linha de fronteira corre por um território inóspito e inexplorado em sua maior parte e que, por muitos séculos ainda, permanecerá sendo um enigma, subtraindo-se, protegido pelo clima e pelos homens, a qualquer tentativa de civilização.

O correio militar, que de dois em dois meses vai encontrar o barco a vapor que serve o baixo rio Negro, só partiria em fevereiro. Estávamos no começo de janeiro, portanto um longo mês de espera que, porém, não se apresentava tão desalentadora, graças à bondade e à acolhida hospitaleira do comandante do destacamento, 1º tenente A. J. Barbosa, um velho amigo já há oito anos, e de sua senhora. Havia um mal, porém: as febres não me haviam deixado e não davam sinais de querer me deixar e, contra minha vontade, obrigavam-me a ficar fechado em casa. A isso acrescento que já sentia a falta de muitas coisas, devido ao inexplicável atraso do correio militar, em um mês em que, por causa dos *repiquetes* (pequenas enchentes extemporâneas), a caça e a pesca são pouco frutuosas. A condição do pequeno destacamento é, deste lado, certamente pouco invejável. O rio está, como dizem os nativos, *faminto*, mas não tanto que não possa, durante certas épocas, abastecer abundantemente a cozinha. No tempo das cheias o recurso principal são os *cacury* (armadilha para pegar peixe), que proporcionam uma pesca fácil e abundante. O *cacury* é uma espécie de grande gaiola que forma uma câmara, construída com uma grade de passiúba, alta o suficiente para elevar-se meio metro acima da superfície da água, com uma abertura estreita em um de seus lados. Imersa no rio na época das cheias, acompanhando e adaptando-se ao fundo acidentado, naqueles lugares onde a correnteza, determinada por um cotovelo,

---

6. Não foi colocada aqui, no original, a latitude em segundos.
7. Idem.

uma rocha ou outra coisa qualquer, é mais forte, [a gaiola] é mantida no lugar por uma sólida armadura de paus, a abertura voltada rio abaixo e mantida fechada pela força da própria correnteza. É assim que funciona.

O peixe que remonta o rio segue, de preferência, a direção da correnteza, encontra o *cacury*, um obstáculo que não lhe inspira desconfiança nenhuma, procura passar por ele, encontra a abertura, força-a, esta cede e ele entra; mas se lhe permitiu entrar, não o deixa sair, fica prisioneiro. Duas vezes por dia um homem entra no *cacury* com um cesto ou uma pequena rede chamada *pussá* e pega os peixes que ali se encontram. Não existe casa que não tenha seu *cacury* na época conveniente, e a mesa, então, é abastecida diariamente com peixe fresco. Além dos peixes, entram muitas vezes pequenas espécies de tartarugas, o *cabeçudo* e a *uyrapuca*, mas entra também um inimigo, o *puraquê* ou gimnoto, e, se eles não percebem logo, o *cacury* fica deserto enquanto o incômodo hóspede o habita. É que o peixe pressente o inimigo e evita entrar [no *cacury*]. Quando o rio está baixo, basta espantar o peixe junto às margens para pescar bastante, e a caça, que, para livrar-se da sede, é obrigada a procurar os cursos d'água, torna-se uma presa fácil, mesmo para quem não esteja muito familiarizado com a floresta. No final das chuvas, repete-se o fenômeno, quando as frutas maduras começam a cair das árvores. Entretanto, nesta época bastarda – me desculpe a expressão –, o único recurso é o *pary*. Depois de um *repiquete*, antes que os pequenos *ygarapé* fiquem novamente privados de água, escolhe-se um deles, de preferência encaixado e profundo; obstrui-se a foz com um gradeado idêntico ao que serve para o *cacury*, só que mais baixo, chamado *pary*, que também dá nome a esse tipo de pesca. Preparado este, no máximo a uns quinhentos metros a montante da obstrução, joga-se na água uma papa de terra e raiz de um cipó dito *timbó*, amassada e deixada em fusão durante algumas horas. A parte ativa é o suco do *timbó*, a terra só serve para que se obtenha mais depressa a fusão com a água e para impedir que o suco fique na superfície.

O peixe fica embriagado e, depois de alguns instantes, bóia na superfície e é transportado pela correnteza ao *pary*, onde se torna presa fácil para os pescadores. O peixe assim obtido pode ser comido sem maiores conseqüências, mas altera-se com facilidade, mesmo depois de ter sido seco em fogo brando, *motreado*.

Além disso, esse gênero de pesca não pode ser praticado muito freqüentemente e, antes de poder utilizá-lo de novo no mesmo lugar, é preciso esperar um lapso de tempo relativamente grande. O *timbó* é com certeza prejudicial à multiplicação dos peixes, pois, se por um lado as espécies grandes não sofrem muito e uma vez nadando em águas puras se recobram logo, as pequenas espécies e os jovens não resistem e são destruídos aos milhares.

No dia 28 de janeiro, o correio chegou. O atraso tinha sido causado pelo naufrágio da embarcação, passando por uma pequena corredeira acima de Camanaos, e a nós, esfomeados, só trazia gêneros alimentícios molhados ou estragados. O correio havia deixado sua embarcação e trazia outra pequena, quase inútil; seria preciso providenciar outra. Imaginei que todos aqueles contratempos iriam atrasar mais ainda minha partida, e isso me pesava pelo incômodo que, na circunstância, causava a meu anfitrião. Graças a Deus, porém, no dia 29 chegaram os remadores; vinham do Xié, ao qual cabia, por turno, fornecê-los. No dia 1º de fevereiro, às 10h, me lancei em viagem, acomodado do melhor jeito possível na desconfortável embarcação, com a qual deveria ir até um pequeno *sitio*, a jusante de Marabitana, e ali tomar uma outra canoa que estava à nossa disposição. Às 3h20 passava diante de Marabitana, situada na margem direita de um lugar baixo e sujeito a inundação, em cuja base afloram numerosas rochas de grés granítico. Foi missão dos carmelitas, formada com os índios marapitanas, da corrupção de cujo nome vem a denominação atual. Em 1763, depois que Bobadilla foi expulso pelos portugueses e ateou fogo à missão antes de ir-se, foi ali construído, por uma ordem de Manoel Bernardo de Mello e Castro, um pequeno forte, hoje desmantelado e em ruínas. Ele possuía quatro baterias munidas de dezenove bocas de fogo em ferro e, em 1843, ainda estava em tal estado que merecia ser reparado, e o foi, mas inutilmente. O pequeno povoado, que já teve, segundo Baena, 1.500 casas, hoje está reduzido a umas vinte, cobertas de palha e nem todas em bom estado. A população festejava Nossa Sra. da Candelária e eu fui em frente sem parar e dormi no *sitio* de Longino Bueno, um venezuelano que, como tantos outros, devido às reviravoltas políticas do território, refugiou-se aqui. É aqui que temos de tomar a embarcação que deve me conduzir até encontrar o barco a vapor. Está em terra, mas, por sorte, em condições bastante boas, de modo que, no dia 2, às 8h, podemos nos pôr a caminho novamente, apesar de o toldo não estar lá essas coisas; o consertaremos mais adiante.

As costas aqui são altas e acidentadas, e o leito do rio, pedregoso, mas sem corredeiras de importância. São grandes estratos de arenito[8] escuro em que abundam o quartzo e a mica, que se estendem em suave declive, passando muitas vezes de um lado a outro e forrando o leito. O rio é pouco profundo e semeado, como, por sinal, em todo o seu longo curso, de ilhotas raramente desabitadas, cobertas de vegetação e colocadas, como que intencionalmente, sobre estratos de rocha e pedra, que às vezes se apresentam como uma barreira erguida por um povo de gigantes para se defenderem da ira das ondas. Nada de mais pitoresco; e para completar o efeito, muitas vezes, entre os interstícios, elegantes grupos de palmeiras, da espécie que aqui chamam *caranay*, elevam-se desenhando-se nitidamente no azul diáfano do céu do equador. O nosso belo azul aqui é desconhecido; o ar, sempre carregado de vapores aquosos, mesmo nas épocas mais secas, tem um tom de suavidade infinita. Em compensação, devido talvez à perpendicularidade dos raios solares, as sombras são duras, e os meios-tons quase não existem.

Pouco após ter deixado a casa de Longino, passamos pela foz do Dimitty, afluente da esquerda. Esse rio foi, em 1880, explorado pelo major, hoje tenente-coronel da engenharia militar, Dionísio de Castro Cerqueira, que o remontou até a passagem que o une ao Já, desceu ao Cahabury, remontou-o até o Maturacá, canal que o une ao Bária ou Bahina e, deste, pelo Pacimoni, entrou no Cassiquiare, constatando assim uma nova comunicação fluvial do Cassiquiare com o rio Negro, a respeito da qual se tinham indicações, mas não a certeza.

De noite chegamos à foz do Xié, afluente de direita. As quatro casas e a capela que hoje constituem S. Marcellino são os restos de uma próspera aldeia de quatrocentas casas, que surgia no mesmo lugar, na margem direita do rio, que, na sua foz, tem pouco mais de duzentos metros de largura. Tudo está em decadência; o baixo Xié, outrora centro de numerosas tribos, entre as quais se destacavam os baníuas, está quase deserto. Nossa Senhora da Guia, missão carmelita cujo núcleo foi formado por baníuas, apesar de estar numa excelente posição, encontra-

---

8. Ao termo *grés*, usado indistintamente por Stradelli, substituiremos, quando oportuno, pelo termo *arenito*, segundo sugestão da geóloga Maria Angela Candia.

se nas mesmas condições: umas dez casas, desertas no momento, são o que resta, quando no final do século passado havia mais de seiscentas. Chegamos lá no dia 3 à noite e só partimos depois das 6h do dia seguinte, obrigados a isso por uma pequena queda d'água e por numerosos afloramentos de pedras contra as quais, nesta época, rebenta, espumando o rio.

Às 7h20, passamos a foz do Issana, afluente de direita e um dos maiores. Esse seria, pelo que me foi assegurado em San Fernando de Atabapo, a contravertente do Guaviare, fechando, assim, em um ângulo relativamente estreito, as nascentes do rio Negro conhecidas, como de resto os são todas as dos rios desta região, não traçadas nos mapas; ora, se informações muitas vezes contraditórias, melhor dizendo, se o exame do mapa mais confiável, o de Codazzi, no qual todos os outros estão baseados, demonstraria impossível o fato, como se pode confiar nele, depois de ter constatado os erros dos quais está repleto devido à insuficiência de dados com os quais foi obrigado a trabalhar o autor?

Numerosas missões carmelitas, retomadas depois pelos franciscanos, já existiram no baixo Issana e só foram abandonadas definitivamente em 1880, quando o missionário que morava na Guja se retirou para o Uaupés. Asseguram-me que, nesses nove anos [a partir de 1880, época do estabelecimento da primeira missão], as aldeias fundadas já se tornaram em sua maior parte desertas ou foram transformadas em *malocas* – única perda que se podia ter, uma vez que, quanto ao resto, as missões deixam o tempo que encontram ou, talvez, concorrem involuntariamente à mais rápida corrupção dos indígenas, abalando a fé nas tradições pelas quais eles se orientam, sem nada reconstruir, suavizando a rusticidade indígena sem poder subtrair os índios ao contato fatal de uma civilização corrompida. É um fato que notei em todo lugar: o dia em que o indígena é obrigado a se fixar a um local, ele dá o primeiro passo para seu próprio aviltamento, assina o primeiro artigo de seu ato de óbito. E então?... Então, a conclusão é dura, mas verdadeira: é preciso começar bem mais de baixo a obra de civilização e deixar o indígena tranqüilo em suas florestas até o dia em que se tenha uma população suficientemente civilizada, cuja avaliação apresente uma média de moralidade suficiente, mais ou menos ortodoxa, pouco importa, cujo contato [com outra cultura] seja capaz de elevar, não de rebaixar, o indígena.

Mas retomemos o caminho, pois quem sabe esteja pedindo o impossível.

O rio torna-se cada vez mais vasto e, dividindo-se em numerosos canais, forma ilhas de importância cada vez maior; as margens acidentadas são ricas em *seringales*[9], sobretudo a margem esquerda. Às 10h, sobre uma pequena proeminência, branqueja a casa de Germano, um dos mais fortes comerciantes do alto rio Negro, em volta da qual se agrupa uma dezena de casas de palha. É San Felippe, que já teve 320 casas. À 1h passamos Sant'Anna, que já teve 290 casas e que agora só tem três, sepultadas na vegetação luxuriante que a invade. Só uma casa é habitada: tem um pobre doente, ainda na flor dos anos, cujos dias estão contados: está inchado e já não se move, vítima de uma das doenças mais terríveis que eu conheça, o *beri-beri*. Começa com um inchaço nos pés e um enfraquecimento e dormência nas pernas, que, pouco a pouco, também incham; e o inchaço vai subindo sempre, acompanhado por uma atonia e impotência geral, à qual se segue a paralisia; o inchaço atinge a região cardíaca e produz a morte. O que há de horrível nessa doença é que as faculdades mentais permanecem intactas até o último momento. Às 5h passamos pela foz do Uaupés, margem direita, o mais importante (excetuando-se apenas, talvez, o rio Branco) dos afluentes do rio Negro, e pernoitamos em Carapaná, margem esquerda. Perdidas em um bosque de *manyhe* e de laranjas, quatro casas compõem o pequeno lugar, no momento completamente deserto. Nós precisávamos do inspetor do *quarteirão* para ter gente. Começam as corredeiras, e a equipagem de nossa embarcação – reduzida para fornecer remadores à outra, que veio até aqui rebocada e que temos de devolver apenas em Trindade, depois de Camanáos – é insuficiente; seria preciso aumentá-la, mas como, se estamos no deserto? Ao alvorecer, um pescador nos informa onde poderemos encontrar o *senhor inspetor*, e nos colocamos a caminho, repartindo, porém, a equipagem: quatro remadores permanecem em nossa embarcação e dois vão para a outra. O *sítio* não está longe; até lá, que Deus nos ajude. Nova desilusão: o inspetor encontra-se no Uaupés, e no *sítio* só tem mulheres; portanto, coragem e em frente.

O rio começa a se tornar deveras perigoso e, certamente para nos acalmar, os remadores se põem a contar uns aos outros as últimas desgraças. O olhar atento,

---

9. No original, *seringali* [seringais].

a mão no leme, o piloto está de pé dando, com uma calma toda indígena, as ordens à chusma; de tempos em tempos o primeiro remador da proa levanta-se, perscruta o caminho com um rápido olhar, troca algumas palavras com o timoneiro, senta de novo, e as pequenas *pagajas*[10] caem todas juntas na água, nela mergulhando com um movimento rápido e nervoso, e a *ygarité* escorrega sobre o dorso da correnteza, seguindo por um caminho de curvas rápidas no meio de grupos de recifes que afloram de todo lado. Uma corrida fantástica, na qual, a cada momento, se tem a impressão de ir inevitavelmente se chocar contra um escolho que parece nos barrar o caminho: estamos em cima, já não há tempo... vão temor! O perigo já passou, e a *ygarité* navega tranqüila em águas mais calmas. E, desse jeito, passamos corredeiras umas após as outras, primeiro o Cabary, depois o Caranguejo, o Caldeirão de Saint-Miguel, o Paredão, a Fortaleza, e paramos, às 3h, sob uma chuva cerrada, no pequeno porto do Agujar; salta-se à terra, deixando os índios encarregados de seguirem o caminho e de irem nos esperar a jusante, na queda do Curucuhy ou Cachoecia[11] de San Gabriel, uma das piores, mas nesta época não há perigo, ela está *mansa*, conforme dizem aqui. E o rio, que a montante mede uma légua ou mais de largura, rico em águas pelos numerosos e importantes afluentes que recebeu, é obrigado a passar por uma estreita garganta dividida por uma ilha em dois canais, hirtos de escolhos, de uma largura máxima de uns trezentos metros e uma queda de mais de um metro. Não é grande coisa, mas o volume da água e a brevidade e a altura das ondas, quando o rio está cheio, tornam perigoso o único canal praticável, que desce mugindo ao longo da margem esquerda e dos escolhos das pequenas ilhas e, mal superado o salto, dobra bruscamente à direita. Aqui, acima da cascata, a primeira vez que fui ao Uaupés, numa enseada em que a onda morre calma sobre uma praia de areia e de pequenos seixos, encontrei uma ponta de flecha de *silex lascata*. Raríssimos são os objetos dessa espécie que se encontram na bacia do Amazonas, enquanto são comuns os objetos que pertencem à época da pedra polida, que em algumas partes são usados ainda hoje. Isso fez pensar que, quando ocorreu a emigração das raças que povoaram essa região, elas já tinham transposto a idade da pedra lascada e já se encontravam na mais adianta-

---
10. No original, *pagaje*.
11. Provável erro de transcrição do manuscrito para "cachoeira".

da, a da pedra polida, e se não progrediram percorrendo os degraus das conquistas humanas foi devido ao meio em que viviam, na ausência absoluta dos metais necessários, da mesma forma que a falta de raças semelhantes aos nossos animais domésticos os impediu de se tornarem pastores – embora a tendência natural exista e se revele na domesticidade em que mantêm todos os animais que caem em suas mãos, de modo que a *maloca* é muitas vezes o museu vivente da região. Além do meu, só tenho notícia de dois outros exemplares da mesma época: uma ponta de flecha de cristal de quartzo pertencente ao senhor Barbosa Rodriguez, proveniente do rio Tapajós, e o outro também uma ponta de flecha, mas de sílex, existente no Rio de Janeiro, mas cuja proveniência ignoro. A oportunidade favorável de encontrar baixas as águas do rio, que não tive em 1882, permitiu-me tentar, no local, novas observações; infelizmente, tiveram o destino das primeiras – não deram em nada –, e o chão, cheio dos restos mais heterogêneos e composto de materiais flutuantes, não me forneceu a menor indicação para que eu pudesse responder às perguntas que afluíam à minha mente em multidão. A quem pertenceu? De onde veio? É obra indígena ou não? No sul, esses resquícios, pelo que dizem, abundam na Patagônia e na Terra do Fogo e, segundo o senhor Giglioli, são usados até hoje. Vieram de lá? Tenho minhas dúvidas. O movimento das raças primitivas deu-se, segundo todas as aparências, do norte para o sul e não houve influência, senão parcial, ocasionada pela conquista. Seria um traço das raças hoje confinadas à Terra do Fogo? Enquanto dispusermos apenas de documentos escassos e isolados como esses, qualquer resposta é impossível. O que posso dizer é o seguinte: a ponta da flecha que recolhi foi por mim mostrada aos indígenas de todos os lugares por onde andei, ofereci ricos presentes a quem me trouxesse outras iguais, mas inutilmente; o objeto era a todos desconhecido.

San Gabriel também está em ruínas, abandonado por seus habitantes, que preferem morar nos *sitios*. Em 1881, havia ainda 25 casas, hoje, de habitáveis, só tem seis, e é tudo. A fortaleza, da mesma época daquela de Marabitana, só conserva os grandes muros, semi-escondidos pela vegetação, decadentes, desmantelados, escondendo outras ruínas em seu seio: o quartel, os armazéns, a casamata.

Construído no alto de um morro, em cujas vertentes se desenrolavam as três vias paralelas ao rio de que já foi orgulhoso, S. Gabriel domina, assim, tanto a montante quanto a jusante, um longo trecho de rio. Dois pequenos morros, um pouco mais elevados, surgem-lhe a nordeste, e só é separado deles por um barranco profundo e estreito, onde nidificam em bandos as *pipras rupicolas*[12]; ao sul há o rio que espumeja lá no fundo, aos pés do abismo escarpado, entre as encostas altas e acidentadas da margem oposta; depois há o vale amplo, infinito, sobre o qual se estende um véu de névoa; e mais acima, como que perdidas naquele meio, dois morros graníticos liliputianos, o Cabury e o Uanary; abaixo, azulejam ao leste os morros do Curicujary. A pequena igreja teve mais sorte, ela ainda está de pé, mas ficou sozinha junto à velha fortaleza; a aldeia está toda agrupada lá no fundo, em volta da casa do Aguiar, o mais forte negociante do rio Negro, o feudatário de S. Gabriel; dir-se-ia que escorregou ao longo das vertentes do morro, transportado lá para baixo por alguma chuva torrencial. A surpresa com a minha chegada é grande, mas tenho a satisfação de ver rostos amigos por todos os lados e, se tivesse cedido aos cordiais convites, não teria partido tão cedo; mas é preciso apressar-se se queremos chegar a tempo, e às 8h nos colocamos novamente a caminho.

De S. Gabriel a Camanaos é uma corrida vertiginosa, uma seqüência de corredeiras e saltos que se alternam sem interrupção, em que uma distração do piloto, um instante de indecisão, pode jogar você na água ou fazê-lo chocar-se contra alguma pedra. As corredeiras e os saltos, que tornam difícil esse trecho de rio, são 42 para quem é obrigado a remontar ao longo da costa, mas são menos da metade para quem desce, acompanhando o *thalveg*[13] do rio. As mais perigosas, nesta época, para quem desce, são: Arapazo (passada às 8h45); Furnas (dez minutos depois); Inamby (às 9h10); Cujubi (onde uma onda no salto nos molhou a todos, às 9h20); Pederneira (9h36); Camanáos (porto, a montante, às 10h) e, poucos minutos depois, chegamos ao porto, a jusante, quase no meio do rio, neste momento extremamente seco. Nunca o tinha visto assim: é um caos de pedras entre as quais domina uma granitóide, com largas manchas rosa e grandes veios de cristal de quartzo, mostrando aqui e acolá inteiros blocos de granito primiti-

---

12. No original, *pipre rupicole*. Mais uma vez optou-se, aqui, pela formação do plural em *s* do português.
13. Talvegue: linha de maior profundidade no leito de um rio e/ou linha sinuosa em fundo de vale, interseção dos planos das vertentes.

vo, encerrados como que encaixados na pedra mais recente, que forma a quase totalidade do leito do rio, no qual se quebra a onda ruidosa nas épocas normais, enquanto a jusante, sempre interceptado por ilhas de toda forma e tamanho, torna-se menos acidentado e mais lento.

Na margem esquerda, uma pequena casa bastante confortável – para a região, eu diria quase um palácio – abre-nos suas portas hospitaleiras. O senhor Oliveira, o proprietário atual, que a comprou do major Palheta, não se encontra no local (foi ao Uaupés comprar farinhas), mas a mulher e o filho me acolhem como a um velho conhecido, e passo da melhor maneira possível os dois dias necessários para reparar o toldo: conversando, buscando informações sobre uma coisa ou outra. A colheita da borracha parece não ir muito bem; falta farinha; e a febre faz miséria em Barcelos, de modo que muitas famílias de trabalhadores já estão voltando. Camanaos já foi uma pequena aldeia indígena, missão carmelita, como todo o rio Negro, e mais a montante, onde ruge a cachoeira de Furnas, surgia uma outra aldeia, curiana, hoje floresta e deserto; da mesma forma que voltou a ser floresta a estrada que, em outros tempos, reunia Camanaos a S. Gabriel.

No dia 8, às 6h, nos colocamos novamente a caminho. Às 10h, passamos Trinidade, *sitio* do capitão Cardoso, onde, sobre uma pequena ilha subtraída à floresta, conseguiu a duras penas criar uma dezena de cabeças de gado. O capitão não está; o correio está atrasado e não nos esperou. O correio militar é o único meio mais ou menos seguro para as comunicações entre o alto e o baixo rio Negro e, como é natural, todos se aproveitam dele para enviar sua própria correspondência. Portanto, sua passagem, tanto na ida quanto na volta, é sempre esperada. Às 3h, estamos em Cajutino, *sitio* do capitão Marcellino Cordeiro; às 5h passamos S. Pedro. Uma outra aldeia em plena decadência: já teve seiscentas casas, quem diria? Às 7h chegamos a Pao d'Arco, onde pernoitamos. As corredeiras terminaram; portanto, nos colocamos novamente a caminho às 4h, e às 12h estamos em S. José. Já teve 840 casas e hoje está reduzido a seis, mas está progredindo desde a última vez que passei por aqui. Foi aberto a facão um vasto campo na floresta e lá estão agora algumas cabeças de gado pertencentes ao senhor Fruttuoso, um negociante português estabelecido ali há muitos anos e, pelo que me consta, naturalizado. Às 6h chegamos a Aruty, onde passamos a noite.

No dia 10, às 8h, passamos a pequena corredeira de Masaraby. Aqui, na margem direita, um pouco a montante da corredeira, ainda existia, no final do século passado, uma aldeia florescente, que contava com setecentas casas: Nossa Senhora de Loreto do Masaraby, da qual não há mais sinal. Às 2h passamos por Castanhero, margem esquerda, neste momento, deserto: são umas dez casas de palha, a maior parte em ruína, e já teve setecentas. A nordeste, um pouco afastado da margem, ergue-se um pequeno morro de vertentes escarpadas e nuas ao longo do declive oriental, que toma o nome da aldeia ou a ela o dá. Os freqüentes afloramentos de rocha só apresentam agora largas coroas, que morrem em suave declive no rio. Entretanto, mal passado o Cujuby, pequeno morro na margem direita (o mais setentrional de três outros, que se estendem em cadeia na direção geral norte-sul, divididos somente por vales estreitos, cobertos de rica vegetação), uma pedra arredondada à guisa de coluna banha-se a pique no rio, tornando a passagem bastante perigosa para quem remonta. Seu nome é Jurupary Ita e é uma das pedras sagradas do rio; a outra está em uma das pequenas cascatas, a do Pajé, entre Camanaos e San Gabriel. Não havia indígena que, passando por lá, não deixasse alguma oferenda, nem que fosse a simples casca de uma banana. Hoje a pedra é encimada por uma cruz, que um *bom* missionário lá ergueu, com a intenção de santificá-la e subtraí-la ao demônio. A cruz está lá, e a pedra está coberta de oferendas, como antes, que certamente são dirigidas ao antigo e não ao novo ocupante: tudo o que ele conseguiu fazer foi, mais uma vez, pospor Cristo a Barrabás. Logo à direita, abre-se uma ampla baía, em cuja margem direita surge Boa Vista, do capitão João Riccardo de Sá, onde passamos a noite, para partir novamente ao amanhecer. Em frente, atrás de uma grande ilha coberta de vegetação, tem sua foz o Maraviá; é um afluente da margem esquerda, cujas nascentes são provavelmente contravertentes com as do Castanho, nos contrafortes ocidentais de Tapyra Pecô. Só partimos às 8h, e às 10h passávamos por Santa Isabel Nova, uma igrejinha coberta de palha, com duas casas à esquerda e uma à direita, deserta; todos os habitantes haviam ido à *siringa*. À 1h passamos o Darahá, esse também um pequeno afluente da margem esquerda; às 3h estamos em Tapuruquara e às 5h em Santa Isabel Velha, depois de termos parado um pouco a montante, na casa de um negociante português, de quem compro uma *saraba-*

tana com sua aljava de flechas, proveniente do Maraviá. Diante do local onde se ergueu a antiga aldeia, que já teve 186 casas, estabeleceu-se o major Palheta com um depósito que abriga as mercadorias destinadas ao alto rio Negro. É esse o último ponto aonde, quando o rio o permite, chega o barco a vapor. Neste mês, porém, não há como esperá-lo: as águas estão por demais baixas; sendo assim, no dia 12, às 5h30, nos colocamos novamente a caminho, logo depois passamos o Urubaxy, afluente de direita, e às 11h deixamos para trás o Uajanary, último ponto aonde, em 1882, chegava o barco a vapor e célebre, nos faustos do rio Negro, pela derrota aí sofrida pelos índios manaos, chefiados por Ajuricaba. Este, conforme contam, era aliado dos holandeses, cuja bandeira usava em suas incursões, e, no comando das tribos manaos, então fortes e beligerantes, caía sobre as tribos submetidas aos portugueses, matava, saqueava e fazia prisioneiros que remetia ou conduzia pelo rio Branco, para serem vendidos aos holandeses. As rebeliões que sucederam à proclamação da independência do Brasil, a luta que desde aquela época se iniciou entre as duas ex-capitanias reunidas em uma única província, fizeram com que, por alguns anos, Ajuricaba pudesse impunemente exercitar suas rapinas, até que, tendo se acalmado as coisas, em 1825 foi enviado do Pará um corpo de infantaria, comandado por Belchior Mendez de Moraes, que, porém, conseguiu tão-somente subjugá-lo e confiná-lo entre Santa Isabel Velha e o Uajanary. Esse estado de coisas durou dois anos, até que, em 1827, depois de ter recebido novos reforços sob as ordens do capitão João Paes d'Amaras, surpreendem e atacam Ajuricaba, entrincheirado em uma ilha em frente ao Uajanary e, apesar de uma defesa desesperada, o fazem prisioneiro com nada menos que 2 mil indígenas. Mas, durante a viagem, quando chega em frente a Manaos, consegue se atirar na água e morre afogado. Durante muito tempo, diz o cronista, parece impossível aos manaos a morte de Ajuricaba e esperaram sua volta com uma ansiedade igual ao amor e à obediência que haviam tido para com ele.

No dia 13, às 6h, chegamos ao barracão de Vista Alegre, onde sou recebido com a hospitalidade e a gentileza que distinguem meu bom amigo Manoel Gentil Porfírio; por mais que tivesse intenção de ir até Thomar para esperar lá o barco a vapor, fico aqui. O correio que me trouxe parte hoje mesmo com destino a Cucuhy; o rio está baixo demais, é inútil esperar o barco a vapor, ele não poderá, provavelmente, ultrapassar Moreira. Então paciência: a companhia sendo boa, a gente se resigna com facilidade.

Estamos aqui em plena temporada de extração da borracha; só se fala nisso, só se pensa nisso. A borracha é o recurso e a ruína do rio Negro. Aquilo que não conseguiram fazer as perseguições e as exigências dos governadores de antes, e das autoridades que lhes seguiram, a borracha fez: "quod non fecerunt barbari fecerunt Barberini"[14]. É à borracha e não a outra coisa qualquer que deve ser atribuído o estado atual do alto e do baixo rio Negro: a decadência rápida e irremediável de suas povoações, que já foram florescentes e prósperas; o abandono de toda e qualquer cultura, deixada de lado, hoje, em troca de um trabalho de poucos meses em que encontram um proveito ilusório, mais rápido e mais fácil do que no trabalho da terra. A anileira, o algodão, o tabaco, o café, a mandioca etc. etc., que já fizeram a riqueza de seus habitantes, quem mais os cultiva? A anileira cresce, abandonada a si própria, onde quer que outrora tenha existido um povoamento; muitas vezes, na floresta, ainda se encontram os restos de antigas plantações de café, já em estado selvagem; a mandioca não é cultivada em quantidade suficiente para satisfazer o consumo (é importada do Pará, do Uaupés, do Issana); e muitas vezes o atraso de um barco traz consigo a carestia.

Tão logo as águas começam a baixar, os habitantes de aldeias e *sítios* os abandonam e se dirigem aos *siringaes*, muitas vezes afastados quinze, vinte dias de viagem; têm apenas os mantimentos necessários para tanto; o *patrão* proverá. Quando chegam ao lugar, montam novamente a cabana que habitaram no ano anterior; limpam novamente o caminho que liga, umas às outras, as seringueiras, que, dispersas, crescem espontaneamente na floresta; raspam do tronco as rugosidades produzidas pelas antigas cicatrizes, pelos liquens, pelos musgos que ali cresceram desde a última coleta; fazem um amarrado com o miolo da haste da folha de *myrity*, colocado de modo a formar uma espécie de canalete ao longo do tronco, a fim de que corra para um único ponto todo o suco que sairá das futuras incisões e seja facilmente recolhido em uma tigela colocada abaixo. A es-

---

14. "O que não fizeram os bárbaros, fizeram os Barberini": referência ao papa Urbano VIII (século XVII), da família Barberini, que demoliu parte do patrimônio arquitetônico e artístico de Roma, remanescente do Império, para construir obras católicas e equipamentos bélicos.

trada está pronta para ser trabalhada. Todas as manhãs, munido de um balde e de um pequeno machado de dois dedos de corte no máximo, o *siringueiro* vai de uma árvore a outra e, com um golpe seco, dado de baixo para cima, de modo a fazer saltar ao mesmo tempo um pedacinho de casca, faz em cada árvore uma ou mais incisões, conforme o tamanho. Depois de ter inciso desse jeito todas as árvores que compõem o caminho, e que variam, de acordo com a atividade de cada um, de 80 a 120, espera umas duas horas, retoma então o caminho em sentido contrário e vai despejando no balde o conteúdo da tigelinha, um suco branco, da consistência do leite. Depois, continuadamente, antes que coagule espontaneamente o leite colhido, acende, em uma pequena cova no chão, da forma de um grosseiro funil de ponta-cabeça, um fogo feito com lenha para que, mais do que chama, faça fumaça, mal protegido por um toldo grosseiro e, na maioria das vezes, para escapar dos importunos da selva, e começa a *defumar* a borracha. Para tanto, sobre uma palheta cujo formato pode variar, mas que é geralmente redonda, ele verte pouco a pouco o conteúdo do balde e o passa lentamente pela coluna de fumaça, que produz sua coagulação. Em menos de uma hora a operação é concluída e a borracha é deixada à dessecação, para que se lhe acrescentem novos estratos no dia seguinte, se ainda não atingiu o peso que cada um quer lhe dar, à sua vontade. Entre duas e três horas, tudo está terminado. A borracha recém-preparada é esbranquiçada, mas com o tempo escurece e perde, com freqüência, um bom terço do próprio peso, sobretudo nas últimas etapas da extração. Quando a *pelle* (a quantidade de borracha que está estratificada na pá) atingiu o peso desejado, com uma incisão lateral é tirada da forma, colocada para secar e está pronta para ser vendida. Essa é a que se chama *borracha*[15] ou *siringa fina*, dois nomes que lhe vêm; o primeiro, do formato, que parece o de uma cabaça de água, e, o segundo, do uso que dela faziam no começo, quase que exclusivamente. Todos os restos que ficam grudados nas árvores ou no fundo das tigelinhas, tudo o que se coagulou espontaneamente é *sernamby*. A diferença na venda entre uma qualidade e outra é fixa e geralmente aceita: o *sernamby* vale 1 mil réis, ou seja, 2,50 liras menos que a seringa fixa, enquanto esta varia do mo-

---

15. Esfera oca provida de um bico, uma das acepções do termo.

do mais desproporcional, de um momento a outro; eu já a vi oscilar entre 27 e 64 mil réis a *arroba*, ou seja, 15 quilos. Um bom trabalhador no rio Negro consegue fazer, no máximo, de 6 a 7 quilos por dia – a média é, talvez, de 4 –, pelos quais, ano bom, ano ruim, lhe podem pagar de 1 a 2 mil réis o quilo, o que já dá um lucro discreto. Mas quem usufrui disso? Não, decerto, o extrator, que, com poucas exceções, endividado começa a fábrica e endividado sai dela: mas, com tudo isso, receberá o crédito necessário para manter-se até a nova colheita em que, em vez de pagar, aumentará a dívida, e assim indefinidamente. Vê-se, muitas vezes, gente que passa a vida em uma embriaguez crônica, que possui apenas uma canoa e uma camisa, devendo, desse modo, milhares e milhares de liras. E o hábito é a coisa mais natural do mundo, seja para quem deve, seja para quem fia[16]. O homem que não deve é homem sem valor, e um *tapujo* nunca pagará completamente sua dívida, ou, se o fizer, será para contrair imediatamente outra nova e poder dizer que tem um *patrão*. Este, que conhece o vício de sua vítima, vende-lhe os objetos de maneira a satisfazê-lo, com lucro de 50%, 100%, 200%, e se contenta com aquilo que pode tirar, sem mais pensar no assunto e – é preciso confessá-lo – sem mostrar-se por demais exigente; basta que o crédito apareça bem claro em seus livros, o resto não importa. Por pouco que ele receba, já está pago, e, quando quiser retirar-se do comércio, sempre encontrará quem, com um desconto qualquer, lhe compre o crédito; o *tapujo*, acostumado a isso, passa de mala e cuia à dependência do novo patrão; nada possuindo, responde pela dívida com sua própria pessoa, a mulher inclusive. Se alguém quer conviver com uma mulher, a primeira coisa que faz é pagar-lhe sua dívida, adquirindo assim o direito de que ela não possa deixá-lo até que um outro, por sua vez, a redima. Isso, pelo uso, é considerado normal e, muitas vezes, a pessoa em questão sequer é consultada, mas nem por isso deixa de passar para o novo comprador. O curioso é que essas coitadas fazem todos os serviços e freqüentemente são as concubinas de seus compradores, mas nem por isso sua dívida diminui: dir-se-ia que é o preço fixado pela transferência de propriedade. (Não se assustem; como vêem, não falo de venda.)

---

16. No original, "sia per l'avviato che per l'avviatore".

Uma vez terminados os trabalhos da extração da borracha, começam as festividades durante as quais todos descansam, saboreiam o *dolce far niente* e mesmo os mais precavidos gastam o que ganharam e começam a gastar por conta aquilo que irão ganhar. Essas festas duram, quase sem interrupção, de maio a setembro: todos os santos passam por lá, e, nesse tempo, as casas dos pequenos povoados formigam de pessoas, transbordam, de modo que, muitas vezes, muitos dos visitantes dormem nas embarcações com as quais vieram. Uma vez descido o mastro e queimado o último fogo de artifício, o local volta a ficar deserto até as próximas festividades; todos retornam aos *sitios* para se reabastecerem de provisões. Os homens, nesse meio-tempo, os mais ativos, se dirigem ao Uaupés ou ao Issana, para comprar farinha para a futura coleta e para recrutar pessoal, procurando endividá-lo ao máximo antes de contratá-lo, para poder depois lidar mais facilmente com ele, e procurando ter, o mais possível, homens novos, que são mais maleáveis, se sujeitam mais. Se a civilização já os estragou, o patrão corre o sério perigo de acordar uma bela manhã sozinho no seringal. Depois de ter avaliado o serviço que os espera, eles se consideram livres de qualquer obrigação e vão-se embora – quando isso não ocorre antes de terem chegado ao local do trabalho.

Por volta do final de fevereiro, o rio começou a crescer tanto que o barco a vapor, saído de Manaos no dia 12, só conseguiu chegar até Tapuruquara; e no dia 19, agradecendo meus bons amigos pela hospitalidade, pude retomar meu caminho de volta a Manaos. Partimos às 11h de Vista Alegre e chegamos de tardezinha a Thomar, em outros tempos, o Jardim do Rio Negro. Hoje lhe deram de novo o nome antigo com que foi fundada a primitiva aldeia: Bararoá, nome do chefe da tribo que primeiramente por lá se fixou. Um pouco mais a montante, entre o Xibaru e o Anhory, existiu outra povoação: Lamalonga, hoje desaparecida, fundada pelo chefe Dary, irmão de Barraroá. Foi daqui, em 1737, que se iniciou o movimento de revolta que ateou fogo às missões recém-estabelecidas, ocasionado pelo fato de um dos missionários ter querido separar um dos chefes locais de sua amada. Mas [a revolta] foi logo domada, e seus chefes, João Damaseno, Ambrósio e Domingo, pagaram, em Moreira, com a própria cabeça, sua coragem.

Thomar é o centro do comércio da borracha no baixo rio Negro. Isso se deve principalmente ao fato de que os maiores e os melhores seringais estão em suas imediações; apesar disso não é florescente: é um mercado, um ponto de reunião de *regatões* e nada mais (o *regatão* é o vendedor ambulante).

Na margem esquerda, quase em frente a Thomar, desemboca o Padanyry, ou melhor, o rio Preto, sendo este seu primeiro tributário de esquerda. Tem sua foz a 0°8'49"7 lat. sul e a 66°25'25" long. oeste. Até sua confluência com o rio Pytima, tem uma direção geral de norte a sul, formando um leve arco com a curva dirigida para o oeste, e dali até sua confluência com o Marary, leste-norte-leste-oeste-sul-oeste, de onde corre vindo do norte, enquanto o Marary segue até suas nascentes, aos pés do Tapyra-Pecô leste-norte-leste-oeste-sul-oeste. O regime geral do rio é pouco variado, as margens altas e as pontas de terra firme alternam-se com os *ygapó*, raramente, porém, muito extensos; até as quedas, raros são os afloramentos rochosos; seu leito é de areia, tortuoso e pouco profundo. O Marary, mais torrente do que rio, corre entre margens estreitas e acidentadas e está sujeito a breves cheias e a mais breves secas, devidas à vizinhança das montanhas e à brevidade de seu curso: 55 quilômetros aproximadamente. É o caminho mais batido pelos comerciantes de salsaparrilha, que, após colocar os pés num lugar desconhecido com o nome de Porto de Marary, transpõem, por um caminho de terra, o Tapyra-Pecô, acompanhando seus contrafortes orientais, e, com um percurso de cerca de 24 quilômetros, descem no Castanho.

Em março de 1882, percorri esse caminho, remontando o Castanho até o cerro[17] Guay, a poucos quilômetros da casa do *tuxáua* Domingo, de cujo cume deleitei-me com um dos mais esplêndidos panoramas que jamais vira e que compensou em muito as três horas de subida, muitas vezes escalando pela inacessível costa com os pés e as mãos.

Havia por todo lado muralhas de selva com curvas suaves, nas quais se fundiam, em matizes impossíveis de serem reproduzidos, todas as tonalidades de verde, quebrado aqui e ali, estranhamente, por listas brancas de prata ou por cumes negros de granito, até se perder em perfis confusos de verde-mar, com os quais o azul do céu parecia confundir-se. Ao sul, gigante, Tapyra-Pecô erguia-se, com seus três picos negros e nus, destacando-se do verde-escuro das selvas de seus va-

---

17. Aqui e em outras ocorrências, a forma antiga "serro" (infl. de "serra") foi substituída pela mais usual "cerro".

les e de suas gargantas estreitas e profundas que se abrem em suas vertentes escarpadas, de onde, em brancos flocos de neve, se precipita o Jacaré, afluente do Castanho. No dorso do mais alto pico um enorme bloco se desenha nítido no espaço, na forma de um cesto: o *Curumy-quera-Uraçucanza* ("o cesto com o menino morto"), que tem sua lenda. O *curumy* tinha sido mandado por Máyua (a mãe má das águas, aquela de quem, segundo os tucanos do Uaupés, eu sou filho) a levar um cesto de frutas a não sei quem, com a ordem de seguir reto e de não se perder pelo caminho. Pois sim! No meio do caminho o *curumy* encontra uma borboleta grande e bela, como jamais se vira, e, naturalmente, fica com vontade de pegá-la; começa a segui-la, e ela sobe, sobe, pelas encostas da montanha; ele, sempre com o cesto, atrás dela, mas inutilmente. Tendo chegado ao cume, cansado, pousa o cesto e, mais leve, persegue a borboleta e consegue tocá-la. Ao ser tocada, a borboleta morre, e ele e o cesto são transformados em pedra. O *curumy*, me dizia meu cicerone, o *tuxáua* Domingo, vê-se ainda estendido do outro lado da montanha. Atrás do Tapyra-Pecô, o Curupyra, escuro de selvas, e, ao longe, perdidos na planície, os montes do Yuruparu; depois seguindo para leste, ao lado do Curupyra, o alto e desnudo pico do Tamaquaré, que se eleva à semelhança de um enorme nariz virado para o céu, e depois a Parima, que com uma longa curva se perde no azul do céu, ao norte, atrás da serra de Unturan, que, mais próxima, tinge de uma cor violeta suas cristas nuas, e, entre elas, a nossos pés, um número imenso de colinas, cobertas de selvas e uma tira prateada que se perde e volta a aparecer entre elas: o Castanho, cujas nascentes permanecem ao oeste e nos são veladas pela cortina de selvas que continua erguida e nos impede a visão. O próprio velho *tuxáua* ficou surpreso: ele conhecia todos aqueles lugares, todas aquelas colinas, aquelas selvas lhe eram familiares, mas só os havia visto aos poucos, aos trechos, por assim dizer, e aquele imenso panorama o surpreendeu, não por muito, entretanto. "Aquela, aquela é a serra Parima, foi lá que eu nasci, foi de lá que me expulsaram os guaharibos, é lá que nasce o Orenoco." E então me contava que, quando criança, morava nas margens do Orenoco, aos pés da Parima, mas que os seus foram expulsos de lá pelos índios guaharibos, que mataram todos os que não conseguiram fugir, e que sua tribo foi dizimada, refugiando-se cada vez mais longe até fixar-se, já fazia mais de dez anos, naquele lugar retirado do

Castanho; e que o Forte das Malocas era mais a jusante, em degraus, ao longo do rio. Por mais vontade que eu tivesse de seguir caminho e retornar via Orenoco e Cussiquiare, não pude fazê-lo e tive de voltar sobre meus passos.

O Padauiry, em seu curso inferior, como igualmente o rio Preto, é rico em *siringaes*, que não sobem muito além das fozes, e a única riqueza extrativa explorada, pode-se dizer, é a *piassaba*, as raízes adventícias de uma espécie de palmeira que cresce abundantemente, formando vastas florestas nas margens, e que é utilizada para cordas, vassouras, tapetes etc., e preferida por sua leveza e resistência. A não ser por poucos *sitios* e algumas barracas de extratores de *piassaba*, o Padauiry é deserto; dizem, porém, que numerosas tribos indígenas *bravias* (ferozes) habitam seu alto curso. No Marary só existe uma única *maloca*, a do *tuxáua* Riccardo, e ela também pertence à mesma tribo do alto Castanho, ou seja, segundo me diziam, aos jacaré-tapuyas.

Às 7h passávamos por Moreira, fundada por um irmão de Barraroá, chamado Caboquena, e às 2h estamos em Barcellos, também chamado Mariuá, *Cabeça da Comarca* do rio Negro. No tempo das colônias foi capital da capitania de mesmo nome, elevada a esse grau com as regalias de *vila*, em 1758. Em 1780, contava com 480 casas, distribuídas sobre três longas ruas paralelas ao rio, com paço do governador, catedral, uma fiação de algodão, uma de tecidos, uma cordoaria de *piassaba*, fábricas de anil, de tabaco etc.

Hoje tudo isso desapareceu; o rio de um lado e a floresta do outro reduziram a antiga capital a bem pouco, e, das quarenta casas que existiam ainda em 1879, muitas estão em ruína e poucas foram reparadas. Neste momento está quase deserta: uma febre maligna de caráter bilioso desola a pequena povoação, fazendo vítimas numerosas.

No porto, que em outros tempos foi a praça pública, branquejam, danificados pelo tempo e pelas águas, que os recobrem na época das cheias, os marcos destinados à fronteira, transportados para cá quando, no final do século passado, Espanha e Portugal elegeram uma Comissão mista para determiná-la – sem chegar a nenhuma conclusão pelo desacordo entre os encarregados, ou talvez, melhor, por ordem das duas Cortes, às quais não interessava definir a questão, esperando obter, quem sabe, melhores condições com o tempo.

Na manhã do dia seguinte estamos em Cariveiro [carvoeiro] e, de lá, em Moura, a antiga Itá-Rendana, ambas em decadência. Em 1879, valendo-se da emigração cearense, devida à carestia que devastava aquela infeliz província, o governo imperial procurou injetar sangue novo em Moura enviando para lá uma colônia desses habitantes, mas inutilmente; hoje, deles, só resta um, mostrando, mais uma vez, que não é uma determinação, não é a introdução de elementos heterogêneos que pode frear a decadência dessas regiões, mas somente a remoção das causas que a determinaram, confusas, contraditórias e difíceis de serem levantadas. Como em todo o rio Negro, sua decadência teve início em 1833, exatamente quando Manaos começava a crescer; para acelerá-la, concorreram as incursões que até 1884 praticaram os índios chrishanas, então conhecidos com o nome de uaimyris ou jauapiris, dos quais, como do Uaupés, me ocuparei mais tarde. Adiante, na margem esquerda, tem sua foz o Jauapiry, e, um pouco mais a montante, o rio Branco, de onde voltei poucos dias atrás, ou seja, no dia 29 de junho passado. O rio, que em Moreira mede de uma margem a outra mais de cinco léguas, só tem aqui uma, ou pouco mais.

De Moura a Ayrão, são nove horas de viagem; é a única, hoje, além de Thomar, que apresenta um mínimo de progresso, devido à vizinhança com o Jahu, que tem sua foz um pouco mais a jusante, rica em *siringaes*. Ayrão, antiga São José do Jahu, foi fundada com os restos de uma missão de tarumans de Anavilhana, corrupção (se devo acreditar no Baena) de Anuéne, destruída pelos antropófagos arnayuízes. Doze horas depois de termos deixado Ayrão, fundeávamos diante de Taupessasu, antiga Pojares, onde só restam algumas casas, perdidas no meio de uma espessa vegetação; e na manhã do dia 24, ao alvorecer, chegávamos a Manaos, a jovem rainha do rio Negro, que, embora recente, começa a rivalizar com Belém, capital da província vizinha do Pará. O viajante que lá chega com o coração oprimido por tanta decadência, permitam-me dizer a palavra, por tanta miséria, que tanto mais salta aos olhos por tão grande ser a riqueza natural da região, sente um verdadeiro alívio ao avistar a gentil cidade que se espelha nas escuras águas do rio. E para mim [o alívio] era ainda maior, pois significava o descanso de uma longa peregrinação, no meio de pessoas amigas e benevolentes. Mas, sobre Manaos, [falarei] mais longamente e mais tarde, já que, devido a sua importância, bem merece que eu me ocupe especialmente dela.

O rio Negro tem suas desconhecidas nascentes provavelmente nos contrafortes ocidentais dos Andes da Nova Granada, hoje Colômbia; sua direção geral, na parte conhecida desse primeiro trecho, onde tem o nome de Guainia, ou seja, até cerca de 12 km a montante de Maroa, é norte-norte-oeste; a partir dali, salvo um breve e brusco desvio para Leste, a jusante de Maratitana, dirige-se para o sul-sul-oeste, até encontrar o Uaupés. Deste, até a foz do Padauiry, seu curso é quase paralelo ao equador; depois, com um vasto semicírculo cuja curva é virada para o norte, corre a sul-sul-oeste até encontrar, a cerca de 18 km a jusante de Manaus, o Silimões, com o qual forma o que aqui, propriamente, é chamado *Amazonas*. É um dos mais vastos rios dessa rica bacia, cuja largura supera, muitas vezes, os 18 km; no ponto mais largo, diante de Moreira, chega a cerca de 30 km. Sua largura média, porém, do ponto onde abandona a denominação de Guainia, até Manaus, é de cerca de 9 km, e seu ponto mais estreito, nesse longo percurso (1.100 km, aproximadamente), encontra-se em San Gabriel, onde passa por uma garganta de pouco mais de 300 m. Entretanto, à largura não corresponde a profundidade; quando as águas estão baixas, os barcos a vapor de um certo tamanho só conseguem navegar uma pequena parte, por causa dos numerosos bancos de areia e dos recifes que abundam em seu leito; e se nas cheias chegam até Tapuruquara, nas vazantes raras vezes conseguem passar de Moreira; o alto rio Negro é sempre proibido para eles. Em 1879, uma pequena lancha a vapor conseguiu remontar até Maroa, na Venezuela, mas as dificuldades e os perigos que teve de superar, em lugar de atestar a navegabilidade do rio, provaram o contrário. Seria o canal passível de melhoras? Pode ser que sim, pois o declive não é sensível e o regime geral da parte superior apresenta uma profundidade média maior que a inferior: duvido, entretanto, que valha a pena, no momento. Confesso, não creio nos progressos e nos melhoramentos que, em regiões como essas, segundo alguns, poderiam produzir as maiores facilidades de comunicação; creio, ao contrário, que estas produziriam um resultado oposto: o despovoamento; e o estado do baixo rio Negro, aonde também chegam barcos a vapor todos os meses, autoriza-me a dizê-lo.

Numerosos, e alguns deles importantíssimos pelo volume de suas águas, são os afluentes que nele desembocam, sendo os principais, da margem direita: o Aquio, o Tomo, na Venezuela; o Xié, o Issana, o Uaupés, o Curicuriary, o Marié, o Urubaxy, o Arirahá, o Jahu, no Brasil. E da margem esquerda: o Coronochito, o Tirinquin, o Canal Cassiquiari, que recebe água do Orenoco, Scapa [Siapa] e Pacimoni, na Venezuela; o Dimitty, Cahabury, Maraviá, Darahá, Padauiry, Uaracá, Xiruiny, Branco, Jauapiry, Anene, Taruman, no Brasil, para não citar uma série de outros menores e menos importantes. De todos esses, exceto os dois primeiros e o Cassiquiari, não se conhecem as nascentes e o curso superior, sendo que de alguns deles mal se conhece a foz.

Sua principal riqueza reside nas florestas, que reúnem, na zona que ele percorre, as vantagens das terras altas e das terras baixas; e, deste lado, o rio Negro está naturalmente dividido em zonas que se alternam, ora apresentando sempre zonas florestais, onde vivem *bertholétias, massarandubas, copaíbas*[18] etc., ora outras onde a borracha reina soberana. O Guainia e o alto rio Negro, até a foz do Cassiquiari, são terras altas; do Cassiquiari até a foz do Uaupés, ricos seringais se estendem em suas margens, mas desaparecem, pouco depois, em toda a região das quedas; e até Boa Vista, salvo poucas exceções, a seringueira é escassa. Daqui, até Moreira, as margens e o infinito número de ilhas deste vasto arquipélago são responsáveis, pode-se dizer, por dois terços do produto do rio inteiro; mais além, a seringueira desaparece de suas margens, para voltar a aparecer, aqui e acolá, na foz dos afluentes, até Manaos.

---

18. Todos esses nomes foram grafados, originalmente, com a desinência *e* do italiano feminino plural.

Rio Branco[1]

Notas de viagem

Nem deu tempo de me instalar completamente em Manaos, aonde havia chegado fazia poucos dias, e já estava partindo de novo para o rio Branco.

Uma noite, quando estava entrando no Hôtel de France, encontrei meu bom amigo, o capitão Tertulliano, conversando com um senhor alto e magro, de aspecto simpático e distinto, que eu não conhecia e a quem me apresentou, depois de trocadas poucas palavras para satisfazer as impaciências da curiosidade recíproca. Tratava-se do major Ernesto Jacques Ourique, chefe de uma Comissão oficial para a inspeção das colônias militares, dirigido ao rio Branco para decidir se devia ou não estabelecer lá uma colônia, cuja fundação fora estabelecida por lei uns vinte anos antes. Naturalmente, a conversa encaminhou-se para o país e para o rio Branco.

– O senhor Barboza já me havia falado do senhor e eu desejava conhecê-lo.
– Bondade sua, realmente...
– E, depois, espero que o senhor me dê alguma informação sobre o rio Branco.
– Não tem muita coisa [que eu possa dizer]; só subi um pequeno trecho dele, em 1882, quando estive com a Comissão dos Limites entre Brasil e Venezuela. Não passei *Carapaná-tuba*, que está um pouco a jusante das primeiras quedas. Até onde os senhores tencionam subir?

---

1. *Boletim*, ano XXIII, vol. 26, série 3, fasc. 2, 1889 (março-abril), pp. 210-28 e 251-66.

– Até as Fazendas Nacionaes. Uma viagem de uns trinta dias.

– Se forem de barco a vapor. Mas, mesmo assim, calcule sessenta e vão se enganar por pouco.

– Ora, o senhor quer nos assustar!

– Absolutamente. Claro que se pode fazer a mesma viagem em vinte dias, indo de lancha a vapor, até as cascatas. Não serão os senhores, porém, que a poderão fazer. É preciso contar com os remadores indígenas e estar acostumado a esse tipo de viagem.

– Estou voltando agora do Tieté, onde visitei a colônia militar, e garanto-lhe que não é viagem fácil nem confortável.

– Como o senhor quiser. Mas com que pessoal pensa em remontar o rio?

– Ainda não sei. Estou esperando a chegada do Presidente para decidir, uma vez que até agora não encontrei meio possível de condução.

– Se é assim, espero que tenhamos tempo de falar mais longamente sobre o assunto.

– Também o espero.

– Até outro dia, então.

– Até outro dia.

Separamo-nos com um cordial aperto de mão.

Nos dias que se seguiram tive ocasião de encontrá-lo várias vezes, assim como a seus companheiros de Comissão, capitão Vaz Lobo, veterano da guerra do Paraguay, o tenente José de Moraes, do corpo de Estado-maior, pessoas simpaticíssimas, eles também; e, como uma coisa leva à outra, um belo dia, sem saber como, acabei prometendo acompanhá-los ao rio Branco.

O presidente da província havia colocado à disposição uma lancha a vapor da *flotilha* de guerra, e no dia 10 de maio [de 1888], às 3h30, zarpávamos, deixando atrás de nós Manaos, como que adormecida na margem do rio, perdida numa longa esteira de casas garridas escondidas entre o verde das palmeiras e das mangueiras, entre os restos de suas antigas selvas distantes, seguindo ao longe as mil ondulações do terreno, como que fugindo aos beijos de fogo de seu sol ardente. É dia de festa e a esta hora tudo está deserto. Subimos o rio lentamente, temos duas canoas a reboque. Uma é destinada a nos tranportar, quando tivermos de deixar a lancha a vapor, mas, por enquanto, como a outra, serve para levar uma dezena de índios, que desceram ultimamente do rio Branco em companhia do senhor conde Pimenta Bueno, Presidente da Província, e que agora estão voltando para lá. São duas mulheres, uma casada, a outra moça; dois *tuxáua* macuxys, *o João* e *o Tapajuna*, que serve-nos como prático; *Mandu*, o marido de uma das mulheres, e três rapazotes da mesma tribo que vivem ao longo das margens do *Tucutu*; um *tuxáua* uapixana, *Roque*, com um sobrinho, dos campos de *Tucutu*. Os dois *tuxáua* (chefes) macuxys deixam crescer os raros pêlos do queixo, o uapixana, não. As mulheres não são feias, pelo contrário; a Idalina, a mais jovem, pode passar por uma beleza. Vêm cheios de presentes e contentíssimos consigo mesmos. O primeiro dia, sabe-se, não se viaja; é para mover-se. Assim, às 5h ancoramos na foz do Taruman grande, rio que vem do Norte seguindo um curso quase completamente desconhecido e entra no Negro a pouco mais de três léguas a montante da capital. Tomamos posse de uma casa abandonada na margem direita e preparamo-nos para passar a noite, comendo às pressas alguma coisa regada a duas garrafas de bom Chianti, presente do amigo Ventilari, que desaparecem alegremente entre brindes erguidos ao sucesso da viagem, aos amigos distantes, à Itália, ao Brasil. No momento de amarrar as redes, Vaz Lobo e Moraes colocam inadvertidamente os pés em uma casa de *sauba*, espécie de grande formiga de mandíbulas poderosas, flagelo destas regiões, que, incomodadas, atiram-se furiosas sobre os intrusos, que fogem às pressas entre risadas gerais e mandam um marinheiro acabar de fixar as redes que hão de nos servir de cama.

No dia 11, às 6h45, nos colocamos novamente a caminho e de noite estamos em Tanapessassu, de onde partimos na manhã do dia 12, chegando de noite a Ayrão.

Ayrão está em festa, em homenagem – segundo me diz um dos *festeiros* – "do glorioso santo Elias". Ontem levantaram o "mastro" e depois de amanhã haverá o jantar, que dará fim à festa, com a eleição do *juiz*, da *juiza* e dos *mordomos* para o ano vindouro.

Essas festas são, para mim, uma das coisas mais características do país; especialmente as do interior, onde a civilização ainda não lhes tirou seu caráter semipagão e onde as tradições indígenas despontam a cada instante. Populações abandonadas quase que exclusivamente a si mesmas, que se formaram pela fusão das raças indígenas, mantidas assim por interesse de quem poderia ajudá-las: no rebaixamento moral em que se encontram, seria uma surpresa se fosse diferente. A tradição cristã das antigas Missões, raramente avivada, por sinal, pela presença de um sacerdote, se confunde com os restos de todas as tradições de raça, e a festa cristã se vê fundida com a festa selvagem; as ladainhas precedem o *cachiry*[2] e o *dabucury* (festa)[3], onde as danças religiosas e compassadas dos indígenas são substituídas pelo *londu* e *caruatá*, quando não o são pela *polka* ou pela quadrilha francesa, comandada até mesmo por algo que pretenderia ser francês: *salé as damas*! O que não faz a civilização!

Tudo está pronto: a cera, os fogos de artifício, as bebidas, a larga tenda preparada para a dança; e os vizinhos, deixando o *sitio*, vêm com toda a família, cachorros inclusive, para assistir à festa. A pequena aldeia, habitualmente deserta, anima-se de vida fictícia e fugaz, o porto formiga de canoas de todas as dimensões. Chega o dia solene. Desde o alvorecer, o *juiz*, a *juiza*, os *mordomos*, com bandeiras e tambores, percorrem a aldeia, enquanto três ou quatro pessoas vão no mato próximo, escolhem uma árvore não muito grande, alta e reta, e, depois de cortá-la, trazem-na ao pátio em frente à igreja. Lá a enfeitam com folhas e frutas, de maneira que ela desaparece completamente debaixo de seus ornamentos, e uma bandeirinha, feita com um pedaço de pano qualquer, é içada na extremidade. O mastro está pronto e, na presença dos *festeiros* e do povo todo, é enfiado solenemente no chão, saudado por uma saraivada de fogos de artifício, que explodem ruidosamente no ar. A festa, a partir desse momento, começou e durará até que o mastro seja derrubado com a mesma solenidade e a fruta seja repartida entre os presentes. O santo, cuja imagem é conservada na igreja, é retirado de seu lugar, carregado de fitas e colocado em uma canoa, ela também é enfeitada para a festa com fitas e cascas de laranja cheias de óleo de tartaruga, no qual bóia um es-

---

2. Caxiry: festa indígena do nome da bebida, que nela largamente se bebe. É festa particular para a qual não há época prefixada, nem há convites, embora seja sempre bem-vindo qualquer estranho. (Cf. *Vocabulário*)
3. Cf., para esses termos, as notas à "Lenda de Jurupary".

topim, as quais devem servir para a iluminação da noite. Outras cascas de laranja, cortadas ao meio e preparadas da mesma forma, são distribuídas sobre pequenas hastes com a extremidade superior cortada em quatro, ao longo do pátio e pelo caminho que sai da igreja e vai até o posto. Essa despesa fica a cargo da *juíza*, enquanto a da cera que enfeita o altar é dividida entre ela e o *juiz*.

Quando a noite chega, acendem-se os lumes e, ao primeiro sinal dos fogos de artifício, a canoa que leva o santo, também iluminada, com os *festeiros* do ano anterior, cantores e música (um tambor, um violão e, quando muito, um violino) deixa seu esconderijo e, numa larga volta triunfal, aproxima-se do porto entre alegres cantos e sons. De instante em instante, da canoa, deixam-se cair no rio pequenos lumes feitos com o mesmo sistema das cascas da laranja, que bóiam ao sabor da correnteza e têm, no rio negro e silencioso à noite, um efeito surpreendente. Os fogos de artifício, os sinos, se a igrejinha os possui, nesse meio-tempo, não param de encher o ar com seus sons discordes. A canoa toca o solo, os *juiz* [sic] anteriores entregam a imagem aos novos, que a levam em procissão à igreja iluminada, acompanhados pelo povo todo. Depois de colocada em seu lugar, o *juiz*, a *juíza* e os *mordomos*, ajoelhados nos degraus do altar, entoam as ladainhas, que todos conhecem de cor, e depois todos saem da igreja e se dirigem à casa da festa, onde começam as danças generosamente regadas a *cachaca* (o *ch*, nas palavras em português, lê-se como *sc* em "scena" [italiano]). A partir desse momento, o *londu* e as quadrilhas se sucedem sem interrupção e só cessam nas horas quentes do dia. Trocam-se os parceiros, renovam-se os dançarinos na sala de baile; a orquestra de luxo é substituída pelo *gambá*, espécie de tambor alongado, mas as danças não param, há sempre alguém que dança. Com a chegada da noite, todo o povo retorna à igreja para cantar uma outra ladainha, para depois voltar com mais entusiasmo à dança; e assim em diante, até o dia em que, postas as mesas, depois de uma solene ladainha, o *juiz* oferece o jantar aos convivas. Todos são convidados, todos comem, os homens sentados à mesa e as mulheres sobre as esteiras, na cozinha; e as comidas, o vinho e a *cachaca* são servidos em profusão, sem regateio, à vontade. Uma vez encerrado o repasto, sorteiam-se solenemente, diante das autoridades, os *festeiros* do ano vindouro, o mastro é derrubado, queima-se uma última dúzia de fogos de artifício e a festa está acabada.

Muita, muita gente trabalha todo o resto do ano, e muitas vezes [isso] não basta para poder dar conta das despesas que implica o fato de aceitar ser *juiz* ou *juíza*, uma vez que não aceitar o oneroso encargo seria uma vergonha insuportável. A sorte o designou; pedirá esmolas, contrairá uma dívida que não poderá pagar, fará coisa pior, se necessário, mas cumprirá seu dever, certo de que o santo o absolverá de qualquer coisa que ele fizer para honrá-lo e irá recompensá-lo largamente com sua proteção.

Mal desembarcamos, fomos convidados a tomar parte nas danças. Acompanhei os outros por um momento e depois me retirei a bordo; não me sentia bem: uma dor constante na altura do fígado me incomodava desde a manhã. Garantiram-me, depois, que não havia perdido nada.

No dia 13, retomamos o caminho, depois de um forte temporal, e às 3h chegamos a Moura. Moura também está em festa, mas não sei dizer por qual santo, esqueci de anotar.

Tínhamos uma carta para o tenente Horta, que nos recebeu perfeitamente e que, por sinal, nos foi de considerável utilidade. Tudo visto e considerado, a embarcação que tínhamos era pequena demais; necessitávamos de outra maior, e ele, gentilmente, forneceu-a para nós. Poderíamos ter seguido viagem naquele mesmo dia, mas preferimos passar a noite em Moura e partir de novo pela manhã. Assim, depois do jantar, ficamos conversando sobre vários assuntos, entre os quais, naturalmente, o Jauapiry, os crichanás e Barboza Rodrigues, sobretudo porque eu, em 1884, havia tomado parte na primeira expedição por ele conduzida. A esse respeito, as recriminações de Horta, certas em alguns aspectos, não tinham fim. Eis, resumidamente, do que se trata:

Desde o começo de 1840 alguns indígenas, descendo pelo rio Jauapiry, e por isso conhecidos por esse nome, compareceram no rio Negro em número suficientemente grande para inspirar sérios temores em seus habitantes e forçá-los a abandonar as plantações estabelecidas no Jauapiry e nas imediações de sua foz. Parece, porém, que ainda não se haviam estabelecido por lá definitivamente e que se tratava apenas de incursões, uma vez que o brigadeiro Gabriel, enviado a título de exploração pelo presidente Manoel Gomes Correa de Miranda, diz em seu relatório, segundo o que reporta o citado Barboza em sua *Pacificaçao dos chrichanás*, da qual retiro estes dados históricos: "Neste rio não há nenhum vestígio de indígenas". Um ano mais tarde, certo major Vasconcellos para lá se dirigiu com trinta homens e, remontado o afluente Uaturacá, no dia 8 de maio, aportou e adentrou-se pela floresta em busca da *maloca*. Três dias mais tarde encontrou um indígena e, logo em seguida, um bom número de guerreiros acorridos em defesa de seu território, mas em vão. A espingarda ganhou da flecha, e os índios, deixando muitos abatidos no chão, foram obrigados a se retirar. No dia seguinte, os *civilizados* entraram na *maloca*, saquearam-na e nela atearam fogo. Diz-se que uma velha e uma menina morreram nessa circunstância, vítimas do elemento destruidor, ministro de civilização. Desde aquele dia o Jauapiry foi interditado aos civilizados, e os (não poucos) que se arriscaram a ir para lá pagaram com a vida por sua temeridade. Uma guerra sem trégua começou entre selvagens e civilizados; guerra sem quartel, quem primeiro podia, primeiro feria, mas os índios não saíam do limite de seu rio. Em 1862, entretanto, começaram a deixá-lo e a voltar a aparecer no rio Negro. Em diversas ocasiões, de ambos os lados, as mortes foram muitas, até que, em 12 de janeiro de 1873, apareceram em grande número em Moura, que foi abandonada por seus habitantes. Estes, assustados, refugiaram-se em uma ilhota em frente à terra firme – que, desde aquela época, passou a chamar-se ilha da Salvação – e pediram ajuda a Manaos.

Barboza Rodrigues sustenta que aquela brava gente tinha vindo com intenções absolutamente pacíficas – aliás, vinha a seu encontro – e que tudo fora um mal-entendido. Fosse como fosse, foi enviado ao socorro da população aflita o brigadeiro J. dos Regos Barros Falcão, com duas lanchas de guerra e um destacamento do 3º [batalhão] da artilharia, a pé. À sua chegada, os indígenas, que já se haviam retirado para a floresta, foram perseguidos e obrigados a voltar para o Jauapiry. Tão logo os moradores retornaram a Moura, o brigadeiro voltou a Manaos, deixando o destacamento e uma lancha sob as ordens do tenente Horta, nosso anfitrião. No dia 29 de outubro, os índios reaparecem, mas são logo afugentados; não tão facilmente no dia 21 de novembro, quando quase chegam a tomar posse, outra vez, da vila, mas, rechaçados e obrigados a se refugiar na floresta, são perseguidos e achados na beira de um lago, onde somente a aproximação da noite pôs fim à carnificina. O relatório oficial, em seu laconismo, diz: *moreram* [sic] *muitos*; mas não dá o número. Nessa ocasião foram tomadas doze *ubás*[4], que, com exceção de três, foram levadas como troféu até Moura e destruídas a golpes de machado. No dia seguinte voltaram a caçar os indígenas, que foram encontrados, em silêncio, escondidos entre a folhagem das árvores, segundo diz Barboza. Quem presenciou a cena, porém, conta que de seu esconderijo os indígenas flechavam como melhor podiam os perseguidores, os quais, para atacá-los, faziam de escudo os troncos das árvores. Começou o fogo, ou melhor, a carnificina, numa luta sem quartel.

Tudo isso não era feito para acalmar os ânimos e as represálias, e as mortes de um lado e de outro aumentaram. Tem-se o número das vítimas dos civilizados, mas o número dos indígenas é um segredo que só a floresta pode revelar. O rio Negro ficou, até 1878, livre dos jauapirys ou vaimirys, como então se chamavam; apenas em 1881, no dia 6 de janeiro, voltaram a aparecer em Moura os índios, fazendo duas mortes em suas redondezas e entrando na casa de certo Pastana, que conseguiu fugir sem ser ferido. Uma vez dado o alarme, porém, tal como tinham vindo, retiraram-se, perseguidos em vão pelos soldados e pela lancha a vapor. Dali em diante, nunca mais haveriam de aparecer no rio Negro; as mortes e os ferimentos que ocorrem depois disso dão-se no Jauapiry, onde mais de uma vez os indígenas são atacados e até metralhados pela guarnição e pelos habitantes de Moura.

Estavam as coisas nesse estado quando o senhor Barboza Rodriguez veio a Manaos como diretor do Museu Botânico daquela cidade. Pouco depois de sua chegada, ofereceu-se ao senhor presidente da província – na época, d. José Lustosa da Cunha Paranaguá – para ir tentar a pacificação dos jauapirys; e, então, pelo próprio presidente, fui interpelado para saber se, caso a expedição viesse a acontecer, eu aceitava tomar parte dela. A ocasião para mim era irresistível, de modo que respondi que não haveria nenhuma dificuldade. Aconteceu, entretanto, que o presidente foi mudado: a d. Paranaguá, sucedeu o senhor d. Teodoreto Sonto[5],

---

4. Tipo de embarcação dos índios jauaperis.
5. Erro de transcrição do manuscrito para o sobrenome "Souto". Theodoreto Carlos de Faria Souto (1841-1893) permaneceu apenas quatro meses como presidente da província do Amazonas (de março a julho de 1884), período curto porém marcante de sua história, pois foi em 24 de maio de 1884 que se declarou abolida a escravidão naquele estado. José Lustosa da Cunha Paranaguá, líder abolicionista, esteve à frente do governo amazonense por dois anos, de março de 1882 a fevereiro de 1884. (Fonte: <http://www.portalamazonia.globo.com>.)

que, por mais que aprovasse o projeto, teve de, por diversas razões, procrastinar sua execução.

Entrementes, alguns habitantes de Moura encontraram-se no Jauapiry com os indígenas e, tendo consigo um índio macuxy, chamado Pedro, que por meio da língua dos porocotós conseguiu fazer-se entender, se entretiveram amigavelmente, separando-se à noite, depois de terem, de parte a parte, trocado presentes. O primeiro passo havia sido dado. Poucos dias depois, Horta, o prefeito de Moura e não sei mais quem, cujos nomes é inútil mencionar, voltaram a Jauapiry e se entretiveram amigavelmente com os indígenas. Estávamos nos preparando para a partida, quando essa notícia chegou a Manaos. Adiantamos a partida. Ao chegar a Moura, fomos pessimamente recebidos pelos habitantes, instigados pelo Horta; nem ele nem ninguém entre os que haviam tomado parte nas expedições anteriores queria nos acompanhar, por mais que eu, pessoa neutra nisso tudo, procurasse estabelecer a paz e a calma. Barboza, entretanto, ajudado pelo *alferes* Ferreire, tanto fez que conseguiu levar consigo, mesmo contra a vontade, o Bicudinho com a família e, o que mais importava, o Jararaca com Pedro, o intérprete. Bicudinho era, até então, pelo que nos constava, quem se ocupava dos jauapirys e era ele quem sempre se encarregara da distribuição dos presentes – portanto, precioso e necessário.

Partimos poucos dias antes da Páscoa e, em três canoas, remontamos o rio. Nos primeiros três dias não encontramos nem índios nem rastro de índios e já perdíamos a esperança do sucesso. Bicudinho, com suas duas canoas mais bem equipadas do que a nossa, cujos remadores eram todos soldados, estava sempre duas ou três horas à nossa frente e, com a desculpa de querer estar em casa para a festa de Páscoa, deixou-nos e voltou para Moura. Ficamos com Pedro e Jararaca e, logo após sua partida, avistamos uma *ubá* encostada à margem que dava a impressão de ter sido abandonada fazia pouco; lá colocamos os presentes e, deixando marcas pelo caminho com umas tiras de pano, seguimos em frente sem nenhum incidente e dormimos à noite, por precaução, no meio do rio, e na manhã seguinte aportamos na ilhota de Macáua, batizada pomposamente com o nome de ilha do Triunfo (*ilha do Thriumpho*). Podiam ser umas 10h e mal tínhamos acabado nossa magra refeição quando demos por algumas *ubás*, vigorosamente remadas por indígenas, subindo o rio. Na primeira, em pé, três homens carregavam como troféu os presentes que tínhamos deixado no dia anterior: vinham pacificamente, não havia dúvida. Pouco antes de chegar à nossa ilha, desembarcaram em terra firme e desapareceram na floresta. Passaram-se alguns minutos de expectativa. De repente, sobre uma pedra de arenito que se debruça no rio, entre a espessa vegetação da floresta, a oeste da ilha, onde ela está mais próxima da terra, surgiu uma vintena de indígenas, erguendo as flechas e os arcos para o alto, batendo-se no peito, gritando, urrando, gesticulando feito possessos. O intérprete perguntou-lhes o que queriam, e, diante da resposta pacífica que lhe deram, Barboza foi, em uma pequena canoa, encontrá-los. Foi o sinal: alguns momentos depois a ilha era invadida, e os presentes começaram a ser trocados de parte a parte; os indígenas nos davam arcos e flechas, e nós, chapéus, camisas, calças, facas etc., que nos haviam sido entregues para esse fim pelo presidente da província, mas de uma coisa, acima de tudo, mostravam-se desejosos: de botões. E os arrancavam sem nenhuma cerimônia, onde quer que os encontrassem, de modo que, em poucos minutos, tivemos de substituí-los por laços e fitas. Apenas três deles conservaram, sem que nada pudesse desarmá-los, o arco e as flechas. Eram, disseram-nos, os caçadores da tribo. Acalmado o primeiro furor, pudemos obter alguns esclarecimentos e informações, entre as quais um importante: chamavam-se eles *chrichaná* ou *ririchaná*[6], nome bem conhecido de uma tribo da alta Parima.

Pouco antes da noite nos separamos, convidando-os para se encontrarem conosco no mesmo lugar dali a cinco dias, já que voltaríamos de lancha a vapor, avisando-os disso para que não se assustassem. Responderam-nos que não tinham medo e que poderíamos voltar quando quiséssemos no nosso *mutum mutum* – forma onomatopéica com a qual designaram a lancha a vapor. Que não os enganássemos nós, que eles não faltariam. Três dias depois estávamos em Moura. Fez-se uma outra tentativa para ver se se impedia Pedro e Jararaca de nos acompanhar, e, na manhã seguinte ao nosso retorno, partíamos novamente a todo va-

---

6. Aqui há um possível erro de transcrição do manuscrito. Como se vê antes e ainda mais adiante nestes relatos, Stradelli usa também a grafia *kirichaná*, e, dada a semelhança gráfica entre *k* e *r* manuscritos e a proximidade sonora entre *kirichaná* e *chrichaná*, é plausível crer-se em tal engano. No entanto, como não dispomos dos diários de próprio punho do conde, não podendo assim ratificar nossa suposição, manteremos a grafia *ririchaná* onde ela aparecer nos originais dos *Boletins*.

por para o Jauapiry. Em maio, foi feito um levantamento do rio. Pouco antes de chegar a Macáua, encontrou-se uma *ubá* com sete indígenas. Paramos, e eles se aproximaram sem dificuldade. Convidados a subir a bordo e tendo-lhes oferecido rebocar a *ubá*, somente quatro aceitaram. Os outros disseram que avisariam os restantes sobre nossa chegada. Eram quatro jovens ágeis, bem feitos de corpo, relativamente claros, de figura inteligente e perfil não muito achatado, com as extremidades finas e delicadas, de modo que se confirmou a idéia que eu tinha de que eles pertenciam àquela raça, que, no meu entender, é a mais antiga no país e cujo tipo é o macu. Ninguém mostrou surpresa, nem quando a máquina se pôs em movimento; só estranharam, por um instante, o silvo agudo do vapor, mas não passou de um instante: olharam um para o outro e caíram numa homérica gargalhada. Numa caixinha de lata havia chumbo para caçar; um deles, movido pela curiosidade, colocou a mão lá e tirou um chumbinho, que tornou a colocar no lugar com sinais evidentes de susto, avisando o que era aos colegas, que nos mostraram, um a um, onde haviam sido feridos. Um deles tinha no corpo cicatrizes de todo gênero, de bala, de chumbinhos, e na barriga da perna uma ferida longa, difícil de ser definida, mas que ele, vendo em nosso rosto a interrogação, fez-nos saber que era de metralha, mostrando repetidamente o canháozinho da popa e em seguida a perna, e acompanhando a mímica com um expressivo: *Puum tzaz!* Não eram velhacos – as feridas eram aquelas que Esparta honrava – e, conhecendo o perigo, não haviam fugido. O estado das cicatrizes dizia que não eram todas da mesma época.

De resto, parecia estarem em sua própria casa: um resolveu cavalgar o canhão e se fez de fiel porta-voz do comandante; os outros, que ficaram conosco na cabine, tentavam um jeito de se fazerem entender. Eu estava com meu *album* aberto, e um deles tomou-o de mim e, com o lápis – que me pediu reiteradamente –, desenhou uma espécie de grega primitiva; os outros dois imitaram seu exemplo e um deles fez uma linha cortada por outras sete linhas quebradas que, segundo o intérprete, devia representar uma *ubá*.

Eles também insistiram chamar-se ririchaná e não jauapiry. Tendo chegado a Macáua, embora tarde, não quiseram dormir conosco e pediram que os transportássemos para a terra firme, prometendo voltar com os outros, no dia seguinte.

Ao alvorecer, nossos quatro amigos estavam de volta e vieram a bordo; entre outras coisas foram-lhe presenteadas algumas caixas de fósforos, cujo uso lhes foi mostrado. O restante dos indígenas não tardou e, entre eles, algumas mulheres; mal surgiram na ilha, nossos amigos, impacientes, atiraram-se à água e foram nadando até a terra, onde quiseram imediatamente mostrar os fósforos, que (como é natural) não se acenderam. Ninguém mais os quis: disseram que só serviam para nós. Após a distribuição dos presentes, o banquete começou: eram porcos do mato, *aguty*; peixe em *moquen* com as vísceras e tudo; *beju* de farinha de mandioca e molho de pimentão, acompanhados por uma bebida feita da fruta do *myrity* em princípio de fermentação, destemperado em água. Da parte sólida consegui livrar-me com hábeis evoluções, engolindo apenas um pouco de *beju*, mas da bebida não foi possível. Não pude fugir da velha que a servia e fui obrigado a beber. Ainda hoje admiro minha coragem e estremeço. Nossa Ebe[7], além de velha, era suja, ou ao menos aparentava sê-lo, e como, de acordo com o uso, no *cachiry* oferecido havia sido diluído um pouco de farinha, ela misturava antes de oferecê-la, enfiando dentro [da bebida] a mão inteira, que, enquanto as pessoas bebiam, secava metodicamente nas dobras das nádegas. Quando Deus quis, o banquete terminou, e começaram as danças: não que estas fossem melhores do que aquele, mas não deixaram de ser um alívio. Segurando um a mão do outro, ficamos rodando por mais de uma hora ao compasso de uma cantilena lenta e monótona, cujas únicas palavras que, de tempos em tempos, se ouviam eram *camarará*. Em pouco tempo, confesso-o, eu não agüentava mais e, assim que surgiu a oportunidade, esgueirei-me para a lancha; de lá podia observar melhor e estava mais confortável, e aproveitei o momento para tirar algumas fotografias, que não saíram tão mal. Enquanto isso, Barboza, que ainda estava em terra, pontificava. Um a um, os indígenas passavam por ele oferecendo-lhe ambas as mãos para que ele soprasse nelas, acreditando, com isso, proteger-se de não sei quais males. A cerimônia acabada, lá estava o *pajé* transformado em cabeleireiro: todos queriam cortar os cabelos ao mesmo tempo. Mas, nesse ínterim, não paravam de pedir continuamente presentes, de modo que, à noite, já nada mais tínhamos para dar. Quan-

---

7. Ironia de Stradelli: na mitologia grega, Hebe, filha de Zeus e Hera, personificava a juventude e servia aos deuses o néctar, bebida divina.

do, ao escurecer, eles se retiraram, decidiu-se que ao alvorecer retornaríamos para Moura; o que foi feito.

Os ririchanás andam desnudos, cobrindo apenas as partes pudendas, os homens com uma estreita tira de tecido de algodão enfeitada com desenhos, em geral gregas, pintadas com *genipapo*, e floquinhos de penas anais de *tucano*, habilidosamente inseridas no mesmo tecido; e as mulheres, com uma *tanga* estreita, também de algodão e frutas silvestres, em desenhos regulares em que sempre predomina a grega, terminando numa franja feita de frutas maiores e de pequenos pompons de algodão tingido com *urucu*. Sua altura, em geral, é inferior à nossa média, mas suas formas são esguias, as extremidades delicadas, o tronco bem desenvolvido, sem ser excessivamente forte; as pernas, do joelho para baixo, são secas, sem a barriga da perna; a cabeça, levemente ortógnata; o nariz, afilado e reto, raramente achatado; olhos não muito oblíquos, quase horizontais, sem sobrancelhas (arrancam-nas), sem barba; os cabelos lisos, duros, de uma cor indefinida preto-avermelhada, quase queimados, devido à contínua exposição ao sol, que os priva de qualquer oleosidade; a pele, em geral, puxando para um vermelho-acobreado, não muito intenso, embora entre eles se encontrem indivíduos de todas as tonalidades e alguns deles lembrem mulatos. Não conheciam anzóis nem o uso de ferramentas e mostravam uma alegria infantil a cada explicação que se lhes dava sobre isso. Os objetos que traziam consigo eram arcos e flechas; aqueles [eram] fortes, de mais de dois metros de altura, feitos em sua maioria de *muirá piranga*; estas, longas, ornadas de penas de diferentes pássaros e de um floco de três ou quatro penas anais de *tucano*, no ponto em que a ligadura, uma vez deixada a pena que serve a conduzir a flecha, está amarrada à haste; a outra extremidade é de madeira, muitas vezes enfeitada com desenhos caprichosos na qual está fortemente encaixado e colado, com uma resina preta, o *curaná*, uma ponta de osso. Havia algumas flechas, porém, sem ponta e terminadas por uma bola; outras todas de madeira, sem osso, essas também feitas à guisa de vários anzóis de seta, um dentro do outro; não vi arma nenhuma que fosse envenenada. As carnes e os *beju*[s] eram transportados em dois cestos compridos abertos nos dois lados e que, uma vez carregados e fechados com amarras na parte mais longa, pendem nas costas feito sacos, levados como mochilas pelos homens e com uma faixa de *embira* que se apóia na testa pelas mulheres, que são, em geral, as únicas a carregar. O vasilhame, além da *cuia*[8] tradicional, consistia numa panela suficientemente grande e em duas tigelas grosseiramente modeladas, onde era vertido o molho de pimentões. Tudo de barro, misturado, conforme o uso, com cinza de casca de árvore – provavelmente, como para tudo, do *caraipé* – e submetido a um cozimento imperfeito, de maneira que o produto final era de uma cor quase preta.

De volta a Manaos, pouco depois repatriei. Enquanto isso, Barboza foi encarregado pelo governo de tentar fixar e catequizar os ririchanás. Por isso foi, várias vezes, para o Jauapiry, fechando-o para qualquer outra pessoa, medida essa por sinal necessária para se obter qualquer resultado sério. Com o indígena, qualquer precaução é pouca, e uma imprudência pode, em um instante, pôr a perder todas as vantagens obtidas. Esses são os fatos sobre os quais, talvez, tenha me demorado demais, mas espero obter vênia. Moura, que tinha dado o primeiro passo, considerou uma ofensa a prioridade dada a Barboza. De acordo com a opinião local, era, para isso, naturalmente indicado Horta, a pessoa mais influente do lugar e – sem querer adulá-lo – de uma estatura superior ao ambiente em que vive. Esse descontentamento foi aumentado pela publicação da obra de Barboza, a *Pacificação dos chrichanás*, já citada, na qual tenta demonstrar que Moura e seus habitantes eram a única causa da hostilidade prolongada daqueles e que, se no princípio tinham feito um contato com os indígenas, esse era um fato filho do acaso, sem real importância, e que só a ele se devia a pacificação, se ela existia. *Deinde irae*[9].

O rio Jauapiry tem sua foz no rio Negro a 1°26' lat. sul e 63°39'35" long. oeste de Paris. Seu curso, até o ponto aonde chegamos, cheio de cotovelos e ilhas, está compreendido entre 63°39'35" e 63°45'35" long. oeste (Paris) e 0°3' e 1°26' lat. sul. Sua direção [é] de norte a sul; sua largura média vai dos 100 aos 150 metros. As margens são baixas e cobertas de vegetação e, em grande parte, inundáveis; o leito [é] fácil e pouco acidentado, com raros afloramentos de grés granítico, idêntico ao do baixo rio Negro; a correnteza não é muito forte, com

---

8. Cúia: casaca da fruta da cuiera, a cuieté recortada e limpa, espalmada, pelo menos na parte interior, de cumatî, é própria para servir de tigela. O cumatî que lhe dá uma esplêndida cor preta, que rivaliza com a laca japonesa, fechando as porosidades da madeira, impede que se embeba dos líquidos que sucessivamente possa vir a conter. (Cf. *Vocabulário*)

9. Expressão latina: "depois disso, a ira".

uma média de pouco mais de 2 mil metros por hora. Seu curso, de acordo com um mapa que tive em mãos por um momento, e que creio que seja do brigadeiro Gabriel, seguiria por uma região montanhosa, cheia de cascatas, por cerca de um grau, ainda rumo ao norte, inclinando-se levemente para leste. A piscosidade de suas águas e a riqueza de suas florestas fazem desejar muito que possa ser abertamente explorável, mas disso ainda estamos muito longe. Os indígenas, habituados a obter os objetos dos quais precisam, não por serviços prestados, mas em troca de seus arcos e flechas, tornam-se cada vez mais exigentes, e negar-lhes é perigoso. Depois da "pacificação" já houve duas vítimas. Mas continuemos nosso caminho.

No dia 14 de maio, deixamos Moura, rumo ao rio Branco; embarcamos o índio Pedro, da tribo dos macuxys, o mesmo que serviu de intérprete no Jauapiry, e um porocotó que o acompanha. Encontra-se em péssimo estado, coitado, sofre de hemoptise, que com toda a probabilidade o levará em breve tempo ao sepulcro. Ele me reconheceu imediatamente e me fez muita festa. Conta-me que volta para os seus, onde espera recuperar-se, e que lá irá se casar e ter filhos e depois voltará a Manaos, junto ao Barboza. Às 12h10 entramos no rio Branco. O rio, não muito grande, corre, porém, mais que o normal e, com os numerosos reboques que temos, a navegação torna-se lenta. Só chegaremos ao Caracaray dentro de cinco ou seis dias, enquanto planejávamos três. Paramos às 6h. Esperava-se poder dormir na foz do Xiruiny, mas agora dormimos bem abaixo, em uma praia descoberta apenas em uma pequena parte, onde saltamos para ver se conseguimos matar alguma *mareca*, mas inutilmente. As acácias tornam-nos a tentativa um verdadeiro caminho de espinhos. Dormimos todos a bordo na cabine, parecendo uma lata de sardinha.

15 de maio. Às 6h30, em marcha. Uma neblina fina fina está sobre a mata, como um véu atirado de qualquer jeito; vez ou outra uma esfumatura de orvalho lambe a superfície das águas, enquanto em outros lugares a aglomeração dos vapores é tal que impede a vista a dez passos de distância. Às 8h30 já não há mais nenhum traço. Por volta das 9h entramos no Xiruiny para pegar um prático. Esse rio é um afluente do rio Negro, no qual desemboca um pouco acima da foz do rio Branco, mas que, em vários pontos, na parte inferior de seu curso, comunica-se com ele. Suas águas são escuras como as do rio Negro, enquanto as do rio Branco são terrosas. O Xiruiny é, pode-se dizer, um verdadeiro subúrbio de Moura, e suas margens estão cheias de *sitios*, onde se cultiva quase que exclusivamente a *mandioca*; em suas florestas cresce também a *Siphonia elastica*, mas seus *siringaes* não têm muita importância. Era a primeira vez que lá adentrava nosso comandante e, mesmo entre os marinheiros, ninguém antes havia estado no Xiruiny. Assim, num certo momento, não sabíamos mais para onde ir, devido aos múltiplos meandros do rio, nem havia a quem perguntar, numa hora em que, estando os habitantes ocupados na caça ou na *roça*, quase sempre longe da margem, as casas estão desertas. A sorte quis, porém, que fôssemos parar em uma casa habitada, que era justamente a da cunhada do prático que estávamos procurando. Por intermédio dela conseguimos um guia que nos conduziu, felizmente, até nosso destino. O prático João Borralho ficou maravilhadíssimo ao ver-nos chegar de lancha a vapor – fato, pelo que ele disse, único, pois até então nenhuma por lá tinha entrado.

À 1h saímos do Xiruiny e às 5h fundeamos diante de uma praia para onde rumamos, na pequena canoa de bordo, na esperança de podermos descer à terra. Entretanto, ficamos desiludidos: está toda submersa, o rio cresce continuamente, e, talvez, amanhã também aquelas pequenas palmeiras que hoje afloram não existirão mais. Ao leste o tempo está ameaçador, carregado de cúmulos negros, iluminados de tempos em tempos por rápidos lampejos de luz, e nos promete tudo, menos uma noite tranqüila, e na cabine chove por todo lado. No oeste já chove torrencialmente; parece uma tela de um cinza-avermelhado escuro que se destaca de nuvens de tinta, descendo até o chão, enquanto dos lados, no sul e no norte, o sol que se esconde atrás dela emite feixes de luz de fogo sobre estratos distantes, formando um quadro de uma dureza e de uma potência de contrastes extraordinários. Mal voltamos, a água começa a cair a cântaros.

16 de maio. Garoa quase o dia todo. À 1h passamos a foz do Tapará, afluente de esquerda de águas escuras, pouco a montante da costa de S. Maria, onde já existiu uma missão; depois, a foz do lago Quariny, na margem direita; por volta das 3h, o Myrity, do mesmo lado. Dormimos na frente do Mamoré-pana-paraná-miry, margem esquerda; garoa sempre.

17 de maio. Tempo relativamente discreto. Eu não estou bem, e pouco depois do desjejum a febre volta e sinto dor de cabeça. À 1h40 deixamos atrás de nós a foz do lago do Coresco e às 5h10 a do Curiaú, margem direita, enquanto a primeira está na margem esquerda, como o Matamatá que passamos às 6h40 e às 9h15. Deitamos a âncora no antigo povoado (*pueblo*) do Carmo, onde hoje só existem dois miseráveis casebres de palha. Esperávamos encontrar ali lenha pronta; no entanto, ao contrário, somos obrigados a enviar os marinheiros à floresta para cortar lenha, de modo que só tornamos a partir por volta das 12h. Às 4h30 passamos pela foz do Caterimani, de águas brancas, afluente de direita. Vem do noroeste, dos pés da Parima, onde provavelmente tem suas nascentes, não muito longe das do Padauiry. Às 6h ancoramos na foz do Inauiny, de águas escuras, ele também afluente de direita. Na margem esquerda do pequeno rio, uma praia alta se estende no rio Branco, branquejando sob os raios do sol que morre e contrastando estranhamente com todas as que vimos até agora, que, nesta época, têm uma cor avermelhada que lembra as praias do Ituxy; ou seja, é formada pelo Inauiny, e não pelo rio Branco.

18 de maio. Ao alvorecer, novamente nos colocamos a caminho e às 9h passamos o Caapiranga-paraná ("rio da selva vermelha"), afluente de esquerda. Poucos minutos depois – enquanto estávamos conversando tranquilamente sobre o comércio, discutindo se na noite anterior um *jacaré* (um *aligátor* de cabeça de lúcio), que tinha tido a temeridade de querer saber quem perturbava os silêncios de seus reinos, tinha ou não recebido as balas que Ourique ou Moraes haviam disparado nele – da popa gritaram: "Veado! – Não! – Não! – Jauaretê! – Jauaretê!". E num momento estávamos todos de pé, procurando no rio, largamente iluminado pelo sol, a causa do alarme. Não era um cervo, mas na verdade uma esplêndida onça, chamada em tupi *jauaretê*, que vinha atravessando o rio, sem dar o menor sinal de preocupação pela presença da lancha; só quando chegou a poucos passos dela, quando estava por passar em frente [da embarcação], ergueu a cabeça e parou um momento, como para ver com toda a comodidade do que se tratava. Dois tiros partiram e duas balas a atingiram, uma no olho esquerdo e outra na testa, acima do focinho, mas devido à inclinação do tiro não foram imediatamente mortais; ainda levou uns bons quinze minutos rodando sobre si mesma e ameaçando com os dentes e com suas garras formidáveis os marinheiros que tentavam capturá-la para suspendê-la a bordo, de maneira que estes foram obrigados a acabar com ela a golpes de remo. Uma vez içada a bordo, pudemos admirá-la à vontade. Era um velho macho com as manchas distintas e regulares, mas sua pele, infelizmente, quase não tem valor por estar toda coberta por larvas de *ura*, uma espécie de grande mosca ([larvas] que, posso dizer por experiência própria, são extremamente dolorosas e, formando abcesso, estragaram [a pele]). Seus dentes estavam quase todos gastos.

Antes do meio-dia somos obrigados a parar para cortar lenha. É o que há de mais incômodo nessas pequenas lanchas a vapor, que não podem carregar combustível para muito tempo, de modo que a cada dez ou onze horas é necessário parar para renová-lo. O pior é que, sendo obrigados a nos aproximar da floresta, os *caupaná* e os *pium*[10] tomam, sem permissão, uma carona que recusaríamos de bom grado. Mas o que fazer? O ponto onde aproamos é um *ygapó* no qual se encontram algumas seringueiras da espécie que é conhecida, pelos extratores, com o nome de *barriguda*. Mais para dentro há árvores derrubadas e duas *ubás* começadas. O major e Moraes vão à caça, mas só conseguem um *sorocoin*, *juruty* e um pica-pau da cabeça vermelha, a espécie mais comum e, até agora, a maior que eu conheça. Manuel, genro do *tuxáua* Tapajuna, volta com um macaco, um *cajarara*, diz ele. É uma espécie que não conheço; é do tamanho aproximado do *cajarara* e como ele tem cinco dedos em todas as extremidades, cauda não calosa, embora preênsil, e garras fortes, mas diferencia-se dele pelo focinho muito mais pontudo, a cor cinza-rato e uma espécie de peruca em forma de topete, como a dos *clowns*, que começando nos cílios estende-se sobre a cabeça até o pescoço, onde se perde sem fazer uma ponta. É um macho adulto cujo comprimento total é de 1,36 metro, sendo que mais de dois terços são ocupados pela cauda. Embora não possa dar seu nome, posso assegurar que no jantar, em *civet*[11], era excelente.

À noite o silêncio do deserto é rompido pelo silvo de uma lancha a vapor: é a *Cerqueira Lima*, que faz o serviço de transporte dos bovinos das cascatas até

---

10. Minúsculos mosquitos que atacam em grande quantidade.
11. Em francês, no original: cozido no molho, como se cozinha a lebre.

Manaos e que nos ultrapassa, apesar de ter partido da capital pelo menos três dias depois de nós.

19 de maio. Partimos antes da aurora. Nosso comandante ficou sentido ao ver que a *Cerqueira Lima* nos ultrapassou, e, como quer chegar antes dela a Carapanatuba para lá se abastecer de lenha em vez de ser obrigado a ir cortá-la na floresta, navegamos a todo vapor. Com efeito, às 8h passamos por ela e, pouco depois, deixamos para trás a foz do Anauá, afluente de esquerda, e depois, por volta das 12h, o Uaimy-paraná ("o rio da velha"), na margem direita; e à uma fundeamos um pouco a jusante de Carapanatuba ("terra dos mosquitos'), aonde, depois de pegarmos a lenha, chegamos por volta das 3h e paramos para dormir.

A aldeia – se é que se pode chamá-la assim, pois sequer era um lugarejo – é formada por meia dúzia de casas espalhadas ao longo da margem direita por cerca de um quilômetro. Porém, diante do que era em 1882, não posso dizer que esteja em decadência. Então só havia uma casa habitada, a do nosso atual fornecedor de lenha, Gerenaldo, com quem passei seis dias, e duas casas abandonadas e em ruína. Naquela época fui visitar uma *maloca* uapixana que existia do outro lado do rio. Eram quatro casas bastante bem cuidadas, aliás, em estado muito melhor do que a de meu anfitrião, nas quais habitavam de 25 a 30 pessoas, entre grandes e pequenos. Não longe da margem, mais para o interior, ficava a roça deles, a *cupiscáua*, que era grande e onde se plantava, além da *mandioca* e da cana-de-açúcar, *ananás* e *batata-doce*. Chegava-se lá por uma ampla e confortável alameda aberta na floresta e conservada admiravelmente. O *tuxáua*, cujo nome agora me foge, disse-me que, no interior, havia uma numerosa tribo de uapixanas com a qual estava sempre em comunicação. Com efeito, ao entardecer, chegaram, entre homens, mulheres e crianças, cerca de quinze pessoas, mas não pude observá-las bem, pois, tão logo me viram, fugiram para esconder-se na floresta. Por mais que eu e o *tuxáua* rogássemos, ninguém quis sair, a não ser uma jovem que, quando eu tentei me aproximar, fugiu mais rápido do que antes. Só pude ver uma coisa: que estava completamente nua, o corpo pintado de vermelho com o *urucu*. Dormi lá e pude comprar algumas galinhas, objetivo da minha passagem, e na manhã seguinte (20 de maio) voltava a Carapanatuba para esperar a lancha número 2, que devia me reconduzir a Manaos.

21 de maio. Às 7h zarpamos e pouco depois ultrapassamos a *Cerqueira Lima*, que passara por nós durante a noite. Choveu até meio-dia, e, quando o tempo clareou ao norte, apareceu a serra do Caracaray, aonde teríamos podido chegar naquela mesma tarde; no entanto, paramos em Vista Alegre. A casa está chamuscada, e o proprietário vive, com toda a família, em uma *ygaritê*. Ao entardecer os *carapaná* (mosquitos) assaltam-nos vigorosamente, e isso durou a noite inteira.

22 de maio. Tornamos a nos colocar a caminho pouco depois das 7h e chegamos às 8h40 a Caracaray, onde tomamos imediatamente posse das palhoças, construídas no mês anterior pelos marinheiros que haviam ficado ali para esperar o presidente, o qual tinha ido até a fronteira. Nossos índios estão acampados mais abaixo, num resto de praia, mas o *tuxáua* Roque, com seu neto, escolheu um lugar mais retirado, embaixo de um grupo de árvores, no alto da encosta, e não quis ficar com os outros.

Desde que deixamos Moura, o coitado está doente. Em Vista Alegre, margem esquerda, avistamos os primeiros campos, mas, na margem direita, é aqui que realmente começam. Depois de uma curta faixa de mata, que se espraia ao longo da margem do rio, uma vasta planície relvada abre-se para o interior, interrompida aqui e acolá por manchas de bosques e limitada, no horizonte, por uma linha escura de florestas. Ao noroeste ergue-se uma montanha isolada que, de acordo com o mapa de Gama Lobo, eleva-se na direção oeste-leste na margem do Caterimani, e ao norte a serra do Caracaray rompe a monótona linha do horizonte com suas duas pontas de um azul intenso. Não temos provisões frescas há tempo, e um *cearense* que mora aqui diz-nos que no campo existem uns trinta bois, *alçados* e *bravios* (fugidos e selvagens) que quase toda noite chegam-se à margem para se abeberarem no rio, mas que só podem ser pegos a tiro. Organizamos uma caçada e de manhã temos carne fresca, que nos parece excelente, apesar de dura e fibrosa. A lancha não pode seguir além; no máximo poderá nos levar até o pé das cascatas, na embocadura do canal do Cujuby, ainda navegável nesta estação; é preciso, portanto, arrumar as embarcações que deverão nos transportar até as Fazendas Nacionaes. O major Ourique encarrega do trabalho o *patrão* da lancha a vapor, que faz uma ação indigna, impossível; com tudo isso, no dia 25 nos colocamos a caminho, e às 2h, na foz do Cujuby, tudo está embarcado e estamos prontos para remontar a remo. Em uma embarcação vai o *tuxáua* João e o *tuxáua* Roque com dois rapazes e Pedro; na outra, a que nos estava destinada, embarca uma das mulheres, com o marido – o *tuxáua* Tapajuna –, um jovenzinho e o capitão Vaz Lobo; naquela que nos foi dada por Horta, o major Ourique, o tenente Moraes, eu, dois marinheiros da lancha, um soldado e o *porocotó*. O comandante da lancha distribuiu *cachaça* à vontade, e quase toda a nossa comitiva está embriagada; assim, quando nos pomos em viagem, mais de uma vez arriscamos afundar. Por sorte, tudo se reduz à perda de uma lanterna, uma panela e não sei mais o quê. O rio corre muito; progredimos mal e lentamente. Às 4h30, diante do estado em que se encontra nossa gente, somos obrigados a parar e a buscar um lugar para dormir na margem esquerda, abrindo caminho na floresta com facão.

26 de maio. Às 6h retomamos o caminho, mas procedemos devagar. Nossos homens, embora cheios de boa vontade, não estão acostumados ao trabalho extremamente fatigante, cuja dificuldade é aumentada pela quilha que foi colocada em nossa canoa por aquela besta de *patrão*, que a pregou de qualquer jeito, e agora ela se prende em todos os galhos sobre os quais passa. O remo quase não adianta. Um homem tem de ficar à frente, com uma vara, em cuja extremidade está preso um gancho de madeira que agarra os arbustos da margem, enquanto outros, com outras varas, apoiando-se no fundo ou nos troncos das árvores, forçam a embarcação a ir em frente, agarrando-se com as mãos aos ramos todas as vezes que as varas não têm onde se apoiar. Acontece, mais vezes do que deveria, que o homem que está à proa não consegue enganchar direito, e então a embarcação faz uma meia-volta e em poucos segundos se perde o trabalho de mais de um quarto de hora. Os homens blasfemam, estão inquietos. Blasfemar não é a palavra: desabafam com palavras baixas e vulgares, pois a blasfêmia propriamente dita aqui é desconhecida, talvez por nunca ter havido uma lei que a proibisse. Cansados de ter de desimpedir a quilha a todo instante, um dos marinheiros cai n'água e a arranca de vez. Com isso, porém, não ganhamos muito, pois um dos quatro remos precisa agora ficar na popa para direcionar o barco, transformando-se em leme. Às 7h encontramos duas embarcações que descem o rio. Em uma delas está o agente do arrendatário das Fazendas Nacionaes e na outra Sebastião Deniz, que subira dias antes com a *Cerqueira Lima*, que ficou a jusante do Cajuby, e já está de volta das propriedades aonde foi para pegar duas chatas carregadas de gado que subiriam uma meia hora depois. Às 9h passamos uma pequena *corredeira* chamada Do Rabo, formada por um maciço de pedras de grés granítico muito silicoso, amontoadas pitorescamente ao longo da margem pela qual seguimos. À 1h passamos a Jacy Itá ("pedra da lua"). Até agora estivemos subindo o rio, beirando a margem esquerda; aqui cortamos a correnteza e vamos à outra margem, acompanhando as sinuosidades da margem direita e de uma ilha rochosa e bastante arborizada. Em sua extremidade superior, uma outra aglomeração de pedras determina uma outra corredeira, a do Japiin, e para conseguir transpô-la vamos na direção de uma ilha em frente cuja margem direita remontamos até onde a água se represa, a jusante da ilha do Cujuby (nome vindo de uma pedra enegrecida pelos depósitos vegetais e cujo cume, que fica exposto ao sol em todas as épocas, é esbranquiçado, exatamente como a ave de mesmo nome, toda preta e com a cabeça branca). Dali cruzamos sempre pela direita e às 4h aportamos na ilha do Cemitério Grande, onde se prepara o acampamento para passar a noite.

27 de maio. Noite de chuva nunca vista dantes; às 10h começou a chover a cântaros e choveu assim quase a noite inteira. De manhã, embora estivéssemos abrigados sob uma tenda do acampamento, levantamos encharcados até a medula. A primeira notícia que recebemos, ao sair, foi que o *tuxáua* Roque havia morrido durante a madrugada. Um dia ou outro isso ia acontecer. Desde Moura ele vinha extremamente doente, com uma forte disenteria que, em pouco tempo, o deixou extenuado. Pensávamos, no entanto, que conseguiria chegar até as Fazendas. Os marinheiros dizem que o afogaram. Eu não acredito. Essa é, entretanto, uma das tantas mortes horríveis que sucedem nesse meio de vida que é a água. O cadáver foi encontrado desfigurado, falta-lhe toda a carne do lado direito do rosto; os dentes, postos a nu, parecem rir com um *rictus* satânico. A posição do cadáver revela seu trágico fim. Encontra-se ainda encolhido, tal como o surpreendeu a última convulsão da agonia; a cabeça pendente e a mão direita apertando um galhinho ao qual, decerto como único apoio, se agarrou nos últimos momentos. O infeliz, fraco como estava, abandonado, sozinho na canoa aonde nenhum dos companheiros foi à noite, devido à forte chuva, quem sabe tenha se levantado para beber ou por outra razão qualquer e tenha se arrastado como pôde até a beira da embarcação. As forças lhe faltaram completamente, caiu com a cabeça n'água, e, em vão, tentou erguer-se. Estava fraco demais, e o galho ao qual se agarrou, tentando reerguer-se, também era fraco e quebrou-se em sua mão. Aconteceu então uma coisa horrível. *Piranhas*[12] e *candirus* atiraram-se sobre o rosto flutuante do moribundo e o descarnaram, sem que ele pudesse se defender. É uma verdadeira morte selvagem. E isso não é o pior: não é uma morte indiferente. Trata-se de um uapixana que morre na canoa de um macuxy; é um chefe que morre em uma embarcação inimiga.

O indígena, como de resto todos os selvagens, não admite a morte natural: ela é sempre causada pelo malquerer de alguém. Ou é o *pajé* da tribo vizinha que *assoprô* nele, ou é o *canaimé*, o inimigo, ou, talvez melhor, a divindade do inimigo. Para os seus, não morreu naturalmente, foi morto, e foi morto pelos inimigos, pelos macuxys, é preciso vingá-lo. Assim disseram nossos marinheiros e assim dirá sua tribo: afogaram-no; e o ódio que já existe entre as duas tribos aumenta. Talvez a fama de sua vingança nunca chegue a nós; a savana ou a selva serão seu palco selvagem e o deserto guardará seu impenetrável segredo. O pobre Roque havia sido nomeado recentemente, pelo presidente da província do Amazonas, *tuxáua* geral dos uapixanas e, como tal, levava consigo, além da patente, um uniforme de soldado de artilharia a pé com galões de capitão. Foi sepultado com seu uniforme e com todas as honras possíveis de modo a repercutir profundamente na imaginação dos outros dois *tuxáuas* que nos acompanham. Às 9h30 nos colocamos novamente a caminho e por volta das 11h saímos do Cajubim. Às 12h30 paramos na margem direita, diante da queda da Pancada, com a esperança de poder secar nossas roupas; infelizmente duas trombas d'água nos ensopam de novo a todos. Por sorte minha, não molhei minha rede; posso dormir nela, protegido por um toldo improvisado de *pacovas*[13] *sorroroca* (urânia).

28 de maio. Pegou-nos em cheio água e mais água, sem dar mostras de querer diminuir. O sol não volta o dia inteiro, mas há uma chuvinha fina e um céu cinza plúmbeo; o céu das calmarias com um calor úmido que penetra até os ossos.

---

12. No original, *piragne*.
13. No original, *pacove*.

Durante a noite paramos um pouco a jusante de um *ygarapé* (riozinho) da margem esquerda.

29 de maio. Devemos chegar de noite a Conceição, onde mora uma celebridade do rio Branco, Muratu, um velho mulato, prático das cascatas. Qualquer pessoa pode contar-lhes aqui os prodígios de sua força e de seu sangue-frio, mas, acima de tudo, suas bebedeiras colossais. Um exemplo ao acaso. Uma chata carregada de gado, descendo o rio, tinha subido sobre uma grande pedra e ficado encalhada de tal forma que dez pessoas não haviam conseguido removê-la. Muratu passa, oferece-se para repô-la na água por meio garrafão de *cachaça*. O trato é aceito e, arregaçadas as mangas, com dois ou três golpes de ombros consegue o que dez não haviam conseguido; depois, com sua *cachaça* bem ganha, embebeda-se por oito dias consecutivos. Outra vez, esse mesmo homem dentro das propriedades nacionais, já meio alto[14], se inquieta, não sei por quê, e com uma ombrada derruba uma cerca inteira e a carrega, como se fosse uma pena, floresta adentro. Muitos mais casos contam dele, um sem-número, dos quais não garanto a veracidade, por mais que ele seja um verdadeiro colosso, com uma musculatura esplendidamente desenvolvida, que lembra, de certo modo, a força de um touro. Estabeleceu-se aqui há uns vinte anos; fala, além do português e do tupi, o macuxy e o uapixana. Vive servindo de prático das quedas d'água e construindo embarcações. Seu *sitio* não é este, mas no Tucutu, onde possui uma pequena propriedade com umas cinqüenta cabeças de gado. Este aqui é apenas um canteiro de obras, com uma plantação insignificante num terreno baixo e sujeito a ficar submerso na época das grandes cheias. No interior, além da floresta, talvez não muito longe, estendem-se os *campos*, que, nessa margem, começam em Vista Alegre. Ninguém pode dizê-lo ao certo, pois uma légua além já é um mistério; o fato seguinte, entretanto, levaria a pensar. Não faz muito tempo, dois bois foram desembarcados aqui. Dez dias depois desapareceram sem deixar rastro, nem voltaram jamais. Quando o gado foge, não busca a floresta; ele possui um olfato excelente e, por instinto, guiado por ele, consegue descobrir os pastos e a água, quando lhe vêm a faltar. Isso posto, se os bois fugiram, é porque, não muito lon-

---

14. Stradelli usa aqui a expressão arcaica "già mezzo in cimberli", de uso bíblico (*cimberli* = címbalos) e popular.

ge, farejam campos, cuja presença lhes foi, provavelmente, revelada pelos ventos do nordeste. O canteiro, se assim pode ser chamado, é formado por dois toldos de palha, destinados a proteger os trabalhadores, e uma cabana, igualmente de palha de palmeira, como moradia. Neste momento estão ali três embarcações, duas pequenas canoas e um batelão ou chata, que poderá conter uns trinta bois. Para preparar o material e construir uma embarcação assim, até o ponto de colocá-la na água, dois homens, segundo eles mesmos me dizem, devem trabalhar de três a quatro meses e podem vendê-la por um preço que varia, conforme o resultado, de 4 a seis 6 francos.

Instalamo-nos confortavelmente embaixo de um toldo que protege uma canoa na véspera de ser lançada ao rio. Tenho outro acesso de febre.

30 de maio. Decidimos passar aqui o dia inteiro, para ver se podemos retomar nossa viagem com a roupa enxuta, mas de manhã uma neblina, que dura até as 10h, parece não querer permiti-lo. Trata-se, entretanto, de um falso alarme: o sol, embora atrasado, faz seu trabalho.

31 de maio. Partimos por volta das 8h. A comitiva dos índios aumentou: um jovem casal com um filho e um cachorro vão na canoa onde se encontra Vaz Lobo, mas são tão sujos e fedidos que o fazem fugir e ele vem reunir-se a nós. Eu passo quase o dia inteiro embaixo do toldo, o fígado me atormenta de maneira horrível e estou com febre. Mas por volta de meio-dia melhoro. Às 2h chegamos ao barraco de certo Firmino, onde esperávamos comprar alguma coisa, mas ficamos frustrados: tudo o que podemos comprar é alguma raiz de *aipin* ou, como a chamam aqui, *macachera*. Pouco depois das 3h paramos definitivamente e nos instalamos em uma casa abandonada. Somos obrigados a prosseguir em pequenas jornadas: nosso pessoal não está acostumado a esse gênero de trabalho e, querendo demais, há o perigo de se ficar, um dia ou outro, sem remadores. Portanto, nada melhor a fazer do que se contentar.

1º de junho. Às 6h30 nos colocamos novamente a caminho e às 11h estamos embaixo da Cachoeirinha. Aportamos em um *sitio* na margem direita, que estamos costeando desde ontem, onde compramos melancias. Nesta estação, tendo amadurecido embaixo de chuvas diárias, não são grande coisa. Meia hora depois passamos Cachoeirinha, a última corredeira que existe nesse trecho de rio, isto é, até as Fazendas Nacionaes. Ela também é formada por um cordão de pedras, que afloram aqui e acolá, a partir do pé de um pequeno morro a cerca de uma milha para dentro, na margem esquerda, e é ao longo dessa mesma margem que o canal é mais profundo; nós, porém, com embarcações de pequeno calado e com o rio não baixo demais, não precisamos abandonar a margem direita. Por volta das 4h, aportamos em um lugar chamado Pederneira, ao pé de uma pequena elevação coberta de vegetação e formada de *grés silicoso* em decomposição, entre o qual se encontram livres muitíssimos detritos de sílica pura, intensamente coloridos de vermelho, e que desce até o rio numa rápida pendência.

2 de junho. Hoje de noite Moraes ficou com febre. Às 9h30 passamos a foz do Mucajahy, afluente de direita. Vem de noroeste e tem suas nascentes aos pés da serra Parima; está inexplorado. Às 5h, depois de passarmos por dois barracos na beira do rio, chegamos à *maloca* do *tuxáua* Pepeña-Macuxy. É irmão do *tuxáua* João, nosso companheiro de viagem. Não faz muito que ele mora por aqui; antes residia aos pés da serra Pelada, que se desenha azulada a nordeste. O lugar não podia ser escolhido melhor: uma larga zona de terra cultivável se estende ao seu redor e, na frente dele, sobre a outra margem, alça-se imponente a serra do Caruman, rica, pelo que ele me diz, de caça de toda espécie. É uma seqüência de poços graníticos com encostas escarpadas e ricas em bosques, de direção geral sudeste-noroeste, que se eleva sobre uma planície coberta por selvas que se alternam com campos. Além da massa principal, elevam-se na planície, rumo ao norte, três pequenos morros que, vistos daqui, parecem perfeitamente iguais entre si. O *tuxáua* Pepeña coloca à nossa disposição uma parte da casa, fazendo sair dali as mulheres.

3 de junho. Às 5h30 já estávamos a caminho, com a esperança de dormir em Boa Vista; na verdade, dormimos um pouco a jusante do *ygarapé* de Água Boa, afluente de direita, de águas escuras. A serra do Caruman e seus contrafortes já estão distantes, e à nossa frente, na margem esquerda, azuleja no horizonte a serra Pelada. Noite péssima, chuva e *carapaná* (mosquitos) até dizer chega. Como se isso não bastasse, ainda estou com febre.

4 de junho. O sol não chega com o dia; cai uma garoa como em outubro, na Itália. Às 8h30 passamos a foz (33 metros de largura, aproximadamente) do *ygarapé* de Água Boa (dão esse nome a todos os rios que, em lugar de serem terrosos como o rio Branco, são mais ou menos escuros, dependendo de sua profundidade), e às 5h chegamos a Boa Vista. O senhor Alfredo Cruz, capitão da guarda nacional (aqui a coisa é levada a sério, principalmente por quem vive no interior, devido à regalia de poder fazer uma procuração sem necessidade de tabelião), um patrício, o senhor Baroni, o professor público e três ou quatro outras pessoas vêm a nosso encontro até o porto. A maior parte era de velhos conhecidos meus; porém, surpreendeu-me muito a frieza com a qual o capitão Cruz, apertando-me a mão, me disse: "Então, doutor, outra vez V. para cá?". Admirei-me ainda mais ao vê-lo mudar completamente quando Baroni lhe disse: "Não é o doutor Enrique, é o conde de Stradelli". Haviam-me tomado pelo doutor Enrico [Henri] Coudreau[15], que aqui esteve em 1884-85, de quem, pelo que dizem, pouco têm a louvar. Eis o que significa parecer, nem que seja de longe, com alguém, ainda que seja este um personagem como o senhor Coudreau! Sorte que o erro foi logo esclarecido, e eu passei a ser recebido, assim como meus companheiros, com a maior cordialidade. Num instante vimo-nos confortavelmente instalados na casa do senhor Medeiros, de cuja janela vêem-se distintamente as montanhas de Maracachetta e, mais ao longe, a serra da Lua, recentemente explorada pelo senhor Coudreau. O capitão Cruz, nesse meio-tempo, deu ordens para que nos fosse preparado o jantar, ao qual honramos – por sinal realmente o merecia –, e o engano esclarecido serviu tão-somente para nos pôr de bom humor e a beber à minha saúde alguns dedos de vinho a mais.

5 de junho. A boa e cordial recepção fez, sim, que, em vez de partir hoje, como já estava estabelecido, partamos amanhã. Até há poucos anos, Boa Vista não passava do *sitio* do senhor major Mardel, hoje falecido; em 1881, só tinha duas casas e hoje já conta com 27, entre as quais uma de pedra que pertence ao senhor Baroni, e em breve terá uma igreja, também de pedra, cuja construção, já bastante adiantada, é custeada, coisa rara, por particulares, sem ajuda da província. Baroni não é o único italiano a residir no rio Branco; há mais dois, um pedreiro toscano e um napolitano que está começando sua vida de negociante. Em breve, con-

---

15. Já referido em nota na introdução deste volume. (N. O.)

forme me disse o primeiro, virão mais seis, já em palavra, que no momento estão em Manaus. Aqui o clima e o tipo de vida se adequam melhor ao europeu do que qualquer outro ponto da região amazônica. Nisso estou de acordo com Coudreau. O rio Branco, embora pobre de borracha, apresenta, com seus campos aptos à criação de gado e com suas florestas, elementos de prosperidade que raramente se encontram reunidos em outras localidades. O dia em que houver uma comunicação fácil entre a zona dos campos e a capital, tal que permita escoar sua produção, não poderá deixar de se estabelecer uma corrente natural de imigração – que, porém, a meu ver, deve ser espontânea, e não obtida por meio da intervenção do governo. O projeto de uma estrada que, transpondo as cascatas, una o alto com o baixo rio Branco já foi ventilado mais de uma vez, e, aliás, em função de uma lei da província, em 1882 foi encarregado o engenheiro Haag de fazer seu traçado e de colocá-lo em execução. A estrada foi feita, mas somente no pequeno trecho da região das cascatas e, não tendo sido prolongada além do Mucajahy, ninguém dela se serviu, pelo incômodo de carregar e descarregar os bois que descem os rios numa chata, preferindo a isso o risco de passar com a carga pelas cascatas, onde, com um bom prático e pessoal acostumado, raras são as desgraças. Haag encerrou o relatório apresentado, quando se retirou da Comissão, com um parecer contrário ao prosseguimento da estrada, alegando, de forma especiosa, que esta, por encontrar-se na margem direita, não poderia ser usada a não ser por seus habitantes, como se não fosse mais fácil, principalmente com o rio seco, quando pode ser atravessado até a cavalo, simplesmente cruzar o rio e deixar os bois na estrada, do que descê-lo com a possibilidade de encalhar a qualquer momento. Uma idéia que me parece prática é a do major Ourique. Um pouco a jusante de Cachoeirinha, o rio se divide em dois canais: o primeiro, utilizado na época das águas baixas por ser o único que permite ainda a passagem, segue, à direita, formando corredeiras, sendo as principais a Cachoeria do Germano e a Cachoeria de S. Filippe, que forma uma queda, mais outras duas ou três menos importantes; o segundo dirige-se para a esquerda por um caminho mais fácil: é o Cujubi, o mesmo que seguimos nós, remontando-o por uma extensão de aproximadamente seis léguas, e cuja navegação não é interrompida por saltos, mas apenas tornada difícil pela velocidade da correnteza e pelos fundos baixos e pedregosos que se sucedem ao longo do percurso e o tornam impraticável no tempo das águas baixas e perigoso para embarcações de calado grande, ainda que um barco a vapor, em tempo de cheia, já o tenha passado sem dificuldade, chegando até S. Joaquim. O projeto, agora, seria o seguinte: melhorar o canal, dinamitando as pedras mais perigosas, evitando alterar, com isso, o regime superior do rio; construir uma barra na bifurcação dos dois canais, que, calculada segundo a necessidade, diminuísse a imissão em um deles, aumentando-a no outro. É um belo projeto e, no estado atual das coisas, provavelmente o único realmente útil; duvido, porém, mesmo que ele fosse realizável – coisa que não está provada –, que não se trate de uma despesa cara demais diante das vantagens que dele adviriam. O que é certo é que o governo imperial deve, mais cedo ou mais tarde, tomar medidas sérias para facilitar as comunicações com esta região, pois se continuar desconsiderando-a, como tem ocorrido até agora, terá muito a perder. Não estou falando das pretensões da Guiana Francesa, da qual [a região] é defendida bastante bem pelo deserto, mas dos ingleses, que, pelo que dizem, continuam invadindo tranqüilamente *antiquo more*[16]. Portanto, cedo ou tarde, deverão escolher entre o caminho por terra ou aquele por água, a menos que não se queira ligar diretamente S. Joaquim a Manaus, 122 léguas em linha reta, com uma estrada de ferro; mas acho a idéia improvável, devido ao sistema de centralização exagerada que até hoje regeu o emprego das rendas gerais da nação, e para a província uma despesa dessa natureza seria insuportável.

6 de junho. Tínhamos de partir ao amanhecer, mas no último momento resolvemos pôr uma quilha em nossa embarcação e só deixamos Boa Vista às 11h, depois do desjejum com o capitão Cruz, que nos surpreendeu com um prato de figos frescos de sua horta. De noite chegamos ao retiro de Água Boa, na margem esquerda do *ygarapé* de mesmo nome, o segundo posto das Fazendas Nacionaes. O primeiro, nós o passamos logo depois que deixamos Boa Vista, na margem do Canimé, pertencente à Fazenda S. Bento. Dormimos depois de ter comido uma boa tigela de *qualhada* (leite coagulado) cada um.

7 de junho. Ao amanhecer estamos de pé, depois de beber uma *cuia* de leite recém-tirado, nos colocamos novamente a caminho. Às 4h chegamos a S. Bento

---

16. Expressão latina que significa "conforme o velho hábito".

e às 5h estamos em S. Marcos. O administrador interino, senhor Manoel José Alves, um simpático jovem, nativo do Rio de Janeiro, e o tenente-comandante do forte de S. Joaquim recebem-nos no posto e nos acompanham até a casa posta a uns 250 metros do lugar onde se desembarca nesta época.

A propriedade de S. Marco fica na península formada pela confluência do Tucutu e do Urariquera, que, reunidos, formam aquele que aqui chamam rio Branco, apesar de, geograficamente, o Urariquera ser apenas sua continuação. Seus limites são, de acordo com o *Relatório do Ministro da Fazenda* (das Finanças), de 1878: ao norte, o terreno neutro que termina na cordilheira da Paracaima, lado em parte explorado pela Comissão do Araújo, em 1882; ao sul, a confluência do rio Branco com o Tucutu; ao leste, com o Tucutu e o Surumu; ao oeste, com o rio Branco (Urariquera) e Paremé. A propriedade de San Bento, situada a sudoeste de S. Marco, na margem direita, tem por limites: ao norte, o rio Branco; ao sul, o Canaimé; ao leste, o rio Branco (Urariquera), e ao oeste, em parte, o Canaimé e, em parte, a serra Parima, onde limita com a Venezuela. A terceira, a de S. José, onde está o forte de S. Joaquim, fica ao sudeste de S. Marco e limita, ao norte, com o Tucutu e, em parte, com o Repununy, lado este, diz o relatório, pouco explorado até o presente; ao sul, com o *ygaripé* do Surrão, que a separa da fazenda de S. Pedro, de propriedade privada, e, em parte, com terras devolutas; ao leste, lado completamente desconhecido, com a província do Pará; ao oeste, com o rio Branco e o Tucutu. O número de bovinos e eqüinos que existem nas três propriedades, cujos extensos limites representam uma superfície de mais de cem léguas quadradas, era calculado, no mesmo relatório, segundo o censo mais recente, em 5.114 dos primeiros e 667 dos segundos, e foram arrendados, no fim do mesmo ano, por 3 mil e poucas cabeças de bovinos e quatrocentas de eqüinos, quando já existia mais que o dobro da primeira cifra. *Arranjos de Compadres!*[17] Além dessas, umas oitenta pequenas propriedades que pertencem a 32 proprietários, sendo que algumas delas chegam a ter 2 mil cabeças de gado, estão estabelecidas nas pradarias devolutas do rio Branco, Tucutu, Urariquera e Majary. Seus proprietários pediram, mais de uma vez, que a simples posse co-

---

17. No original, "Arangios de Compadres!".

mo primeiro ocupante fosse comutada pelo governo imperial em posse legítima – medida, até hoje, não sei com que vantagem, sempre procrastinada.

A região dos campos se estende da margem direita do rio Branco até o Urariquera, começando pelo Mucajahy, excluindo o *campo* de Caracaray, não muito extenso, e formando quase uma ilha no seio da floresta, até os pés da Parima, alternando-se, porém, na região das corredeiras, com largas manchas de selvas e terminando ao sudoeste com a imensa e desconhecida floresta, que, aos pés da própria Parima, esconderia a grande depressão alagada onde, segundo o mapa recente da comissão dos limites entre Venezuela e Brasil, nasceria o Paruimé, contravertente do Orenoco. Na margem esquerda, os campos se estendem até Paracaima e compreendem a vasta região banhada pelos rios Majary, Surumu, Tucutu, Mahu, até o Repununy, para juntar-se, seguindo a direção sul-sul-leste, quem sabe nas nascentes do Trombeta, com os Campos de Obidos, se não, talvez, também por uma região alternada de selvas e pradarias, com os do Arayuary. Foi justamente essa probabilidade que deu origem à exploração Coudreau, que se encerrou, porém, sem ter resolvido o problema.

O forte de S. Joaquim encontra-se na margem esquerda do rio Branco, à foz do Tucutu, quase na frente da extremidade da península formada por este e pelo Urariquera, numa excelente posição para vigiar essas duas únicas vias que levam à fronteira, apesar de o terreno sobre o qual se ergue ser baixo e sujeito a inundação, na época das grandes cheias. Sua construção remonta a 1775, dezessete anos antes da fundação das fazendas, devidas ao governador Gama Lobo d'Almada, cujo nome recorre, sempre que se queira evocar o passado dessas regiões, como sendo o do homem que mais ativamente tentou fazer progredir o território cujo governo lhe fora confiado. Trata-se de um pequeno forte com bastiões e duas baterias protegidas por um parapeito, armado de velhas artilharias espanholas e portuguesas, onde reside uma guarnição de doze soldados, um cabo e um tenente, trocada irregularmente de tempos em tempos.

O rio Branco, que já foi chamado Paraujana ou Quecenene, a partir do lugar onde, na confluência do Tucutu (outros escrevem Tacutu) e do Urariquera, assume esse nome, corre até um pouco a jusante do Inauiny, ou Iniuiny, segundo Gama Lobo, em uma direção geral norte-norte-leste-sul-sul-oeste, dirigindo-se, daqui até sua foz, francamente de norte a sul. Pouco sinuoso, corre sobre um vale detrítico de inclinação bastante forte. Suas margens, altas na região dos campos, encontram-se, abaixo das cascatas, geralmente baixas e, no tempo das máximas cheias, inundáveis, apresentando, porém, em vários pontos, terrenos altos, *terras firmas*, como em Santa Maria, Nossa Senhora do Carmo, Carapanatuba e Vista Alegre. O primeiro a navegá-lo e a dar-lhe um *roteiro* foi, em 1740, Francisco Xavier d'Andrade, que o explorou até as nascentes; depois dele, em 1787, Gama Lobo, seguido por outros cujos nomes não recordo, e, recentemente, em 1882, pela Comissão do Araújo, já tantas vezes citada, à qual, em 1884, seguiu Coudreau, que, assumindo o inútil quebra-cabeça de fazer seu levantamento, forneceu um mapa cheio de erros grosseiros.

Na época em que, pobre de águas, o rio Branco, e agora turvo e cheio de limo, leva seu tributo cristalino ao rio Negro, amplas praias se estendem ao pé de suas margens, elevadas, às vezes, até vinte metros sobre o nível do rio, na afluência do Tucutu no Urariquera; a diferença entre as altas e baixas águas é, de acordo com Haag, de dezesseis metros; essas margens, ora a pique, ora em declive suave, juntam-se às águas de cor levemente avermelhada, principalmente na foz. Aqui, abundantes, costumam vir depor seus ovos nada menos que quatro espécies de tartarugas, oferecendo então uma caça fácil e farta aos habitantes das margens e àqueles do vizinho rio Negro, que, de Tauapessasu, Ayrão, Moura, Carvoeiro e até mesmo de Barcellos, chegam em grande número. As tartarugas são depois vendidas por 4 ou 5 mil *réis* cada; e dos ovos, tirando os que são consumidos frescos ou *moqueados*, se extrai a gordura, vendida em garrafões, com o nome de *manteiga de tartaruga*, que serve para a cozinha e a iluminação. Logo a montante do Caracaray começam as cascatas determinadas pelas rochas graníticas, que se estendem até o pé da serra de mesmo nome, ligando-a com a Do Castanhal, na margem direita, sobre a qual o rio se quebra, abrindo caminho. É a partir dali que ele passa a formar um intrincado labirinto de ilhas e canais, de que tive ocasião de falar em outra passagem. Acima desse, o único impedimento à livre navegação é a Cachoeirinha, mas somente quando as águas são baixas e para embarcações cujo calado supere os seis pés. Daqui até as Fazendas Nacionaes a navegação é livre, e apenas bancos móveis de areia a impedem um ou dois meses por ano. Ao longo da margem direita, até o Mucajahy, a floresta domina, soberana. Quebrada apenas por raras *campinas*, além do rio, sua extremidade vai se tornando cada vez mais exígua, até parecer uma pequena faixa que beira o rio e esconde, a quem o navega, os vastos horizontes dos Campos Geraes. À esquerda está a selva; por mais que se acredite que no interior existam *campinas* ligando os campos com a *campina* de Vista Alegre, a selva se estende até a terra do Curuman, e aqui diminui e, em alguns pontos, desaparece, de modo que a pradaria vem a morrer em doce declive no rio, confundindo-se com suas praias. Os *campos* são uma vasta região detrítica, em geral elevada acima das grandes cheias, cuja monotonia é quebrada por grupos de árvores, faixas de selva e *myritisaes*, que acompanham as depressões do terreno, indicando sempre uma nascente ou uma laguna, um pântano, um *ygaripé*, enfim, água, e por raras colinas graníticas, entre as quais as mais importantes são a serra da Lua, em direção sudoeste; vindo depois as de Malaqueta, Pelada, Caruman, Conceição, Cachoera, Castanhal, na margem esquerda; e as do Murupu, Canaimé, Mucajahy, Caracaray, Jarauy, que surgem a oeste-sudoeste dessas; e as de Tapyira, a não se confundir, como foi feito, com os m. [montes?] Tapyira Pecô; para citar tão-somente aquelas que surgem na região por mim percorrida e que se avistam ao longo do caminho. As cadeias da Parima e da Paracaima são invisíveis e apenas do forte vêem-se às vezes, na direção norte-nordeste, os perfis azuis das serras do Tucano e do Quano Quano. O terreno do amplo vale é formado, segundo as observações de Haag, por duas camadas de argila bem distintas, a primeira ou inferior de cor branca, ou melhor, levemente amarelada, fina, pegajosa ao tato (*tauatinga* e *tauá*), e a segunda, ou superior, mais granulosa, avermelhada, contendo uma quantidade maior ou menor de óxido de ferro e, sobretudo nos *campos*, misturada com areias que provêm da decomposição de grés graníticos que predominam nas manifestações rochosas circunstantes, junto com um *psephito* argiloso em que se encontram mica e fragmentos de xisto. Grandes pedaços de sílica variegada encontram-se muitas vezes livres nos *campos*, e, segundo me dizem, essa rocha formaria verdadeiras colinas nos arredores de Quano Quano – como montanhas de puro quartzo que dizem existir na Paracaima.

A *Bertholetia eccelsa* ou *castanheira*, várias espécies de *euforbiáceas*, a *copaíba*, o *cumaru* (tipo de árvore que dá na terra firme), a *andiroba*, nascem espontâneas sobre as margens, e a salsaparrilha cresce abundante nas selvas das regiões elevadas, aos pés dos mais esplêndidos lenhos para construção e marcenaria, entre os quais só mencionarei o raro *muyrá pinima*, vermelho, com pequenas manchas regulares pretas; o *muyrá piranga*, de um vermelho vivo com listas oblongas pretas; o *muyrá pixuna*, negro como ébano; o *pao rosa*, com cheiro de rosa; o *pao setim*, o *pao rainha*, para não falar das numerosas espécies de *itauba*, de *laurí-neas*[18], de *acapu* etc., utilizadas nas construções de chatas e embarcações menores, que abastecem a navegação do rio. Nos campos cresce naturalmente uma erva conhecida pelo nome de *pé de gallinha*, misturada a uma mais dura e consistente, e alguma pequena espécie de *gymnerium*, cujo verde é interrompido por numerosas e elegantíssimas flores, entre as quais uma pequena espécie de lírio azul e uma *portulaca* de belas flores solferinas. A única bonificação aplicada às pradarias é o fogo, que é ateado no tempo da maior seca: um uso, por sinal, comum a toda a América do Sul. Várias espécies de cervos e felinos habitam aquelas pradarias – aliás, estes últimos são numerosos e representados por todas as suas variedades. Há a *sassuarana* ou *puma*, o *jauaretê* (*Felis jaguar*), o *jauaretê pixuara* (*Felis nigra*), um dos quais foi morto em S. Bento por esses dias – um esplêndido exemplar com manchas negras sobre fundo cinza-escuro –, e todas as variedades provenientes do cruzamento dessas, de maneira que, se alguém tiver se dado o trabalho de classificá-las, encontrou-se diante de um quebra-cabeça chinês pouco diferente do que seria a classificação dos gatos domésticos, tomando como base a cor do pêlo. Além das três citadas, conheço apenas o *cangussu*, aqui raríssimo, que possa pretender formar espécie, cuja característica é o grande desenvolvimento da cabeça, a menos que se queiram contar os pequenos felinos da espécie *maracajá*. Por sorte, eles são tão numerosos quanto pouco ferozes e, embora massacrem o gado, fogem do homem e não têm coragem de atacá-lo. Os *vaqueiros* das Fazendas Nacionais[19], que raramente possuem uma espingarda e, na maioria das vezes, só têm como arma um grande facão e um *laço*, os matam pegando-os com este último e, às vezes, atacando-os apenas com a faca. É uma caça interessante. Uma vez descoberto o felino, dois ou mais cavaleiros se atiram sobre ele e procuram cercá-lo. Conseguindo que ele fique no meio deles, tendo cercado o sagaz, atiram-lhe o la-

---

18. No original, *laurinee*.
19. No original, *Tenute Nazionali*.

ço, que raramente erra a mira. Preso o animal no laço, o cavaleiro parte à toda, e, se mais de um o laçou, todos partem em sentidos contrários até que o nó, apertando-se, o estrangule. Mais perigoso é atacá-lo apenas com a faca. Assediado pelos cães, que só enfrenta em último caso, o felino procura abrigo geralmente em algum grande tronco cuja inclinação lhe permita subir. De lá não mais se move e só de vez em quando, ao ser importunado em demasia, com uma simples patada, eventra um ou outro dos ladradores inimigos. O caçador, então, procura atrair a atenção do animal e o atiça para que se atire contra ele, afastando os cães. O felino raramente recusa o desafio e dá o salto. Esse é o momento no qual o homem lhe apresenta a ponta do facão, preso a um grosso bastão à guisa de lança, tentando atingi-lo mortalmente no peito. A ferida enfurece a fera; os cães, irritados, atiram-se novamente sobre ela, mas ela os despreza: seu inimigo é bem outro. Ai do caçador que perder seu sangue-frio: o segundo ataque é mais perigoso que o primeiro, porém a grande faca manejada com habilidade e a perda abundante de sangue do animal conseguem dar conta dele. Em breve, a matilha inteira vai poder, sem perigo, lamber o sangue da fera vencida.

Além dos cervos e dos felinos, a mata abriga *tajassu*, *taititu*, *acuty*, *tapyira*, *capinara*, *paca*, *tatu*, *tamanduá* e numerosos tipos de macacos, para citar apenas as espécies maiores e mais úteis dos mamíferos. Nas florestas, pelas pradarias, ao longo dos rios, nos lagos, nos charcos, abundam as aves. Os falcões, os abutres, mas, que eu saiba, nenhuma espécie de águia, a não ser a harpia, e uma espécie grande de *pirargo* raríssimo são amplamente representados; numerosas são as aves aquáticas; várias espécies de patos e mergulhões, um com o bico em formato de espátula, a *culherera*, de um belo rosa; dois tipos de *ibis*; um de cegonha, o *maguary*; várias espécies de *árdeas*[20]; numerosas espécies de pequenas gralhas, entre as quais a maior é o *massa rico do rio Branco*, procurado por ser uma excelente sentinela, à qual nenhum ruído escapa; os *agami*; os *occo*, uma espécie afim com a codorna da Carolina[21]; vários *uru*, *inambu*, *penelopis*, numerosos papagaios,

---

20. No original, *Ardee*.
21. Ao falar de "codorna da Carolina", Stradelli faz referência, ao que tudo indica, à espécie *Colinus virginianus* (ave galiforme norte-americana), possivelmente para dar a seus leitores da Sociedade Geográfica Italiana, por certo pouco familiarizados com as aves brasileiras, uma idéia da aparência geral do *occo*. Em ocorrência posterior nestes boletins, Stradelli relaciona *occo* também ao uru-

periquitos, a arara-vermelha e a amarela com todo o cortejo das pequenas aves da selva, entre as quais, como é natural, dominam os insetívoros, sobretudo os da espécie *tyramni*[22], *muscicapa*[23] e afins. A *sicuriju*, a *giboja*, a *giararaca*, a serpente de guizos, a *surucucu*, a *coral* e uma infinidade de outras mais ou menos venenosas vivem por todo lado; a *carcavel* nas pradarias, a *giararaca* na selva ao longo dos cursos d'água, a *surucucu* em um ou outro lugar e, muitas vezes, dentro das casas; pode-se, porém, andar por dias inteiros e percorrer extensões imensas sem encontrar nenhuma; o indígena diz que a cobra só caça de noite e fica encovada durante o dia, dormindo – observador como, por força, é o indígena, poucas devem ser as exceções a essa regra. O *gaboti*, espécie de tartaruga terrestre, é numeroso nos campos. O peixe-boi (*manatus*), o *pirarucu*, o *tambayuy* e outras não poucas espécies de excelentes peixes, além de quatro ou cinco espécies de *emis*, vivem nas águas do rio, em seus lagos e afluentes. Poderia se dizer que aqui só falta o homem. Por 390 quilômetros, isto é, desde a foz até as cascatas, é deserto; apenas quatro pontos contam com algum habitante, mas, ao todo, poucos passam de doze. O próprio indígena falta; dizem que apenas na região que vai do Carmo até a foz aparecem, de vez em quando, os kirichanás e diante de Carapanatuba mora uma tribo dizimada de uapixanas. Acima das cascatas, na região dos campos, a população, embora sempre rara, é, entretanto, um pouco mais densa, atraída pela facilidade de vida e pelo clima melhor. Mesmo assim, a população civilizada não passa de duas ou três centenas de indivíduos, se tanto. O número de indígenas, inclusive, diminuiu. No "Amazzonas" de De Sá, está relacionada a lista das tribos

---

mutum (*Nothocrax urumutum*). Mas foi com a *Piccola Enciclopedia Hoepli*, do professor doutor G. Garollo (2. ed. corrigida, Milão, Ulrico Hoepli, 1913, vol. 1), que teve fim a dúvida sobre a verdadeira identidade da ave *occo*. Nessa publicação, encontra-se uma das raras definições de *hocco* ou *occo* que se pôde achar: é a *Crax alector*, galiforme de bico curto com corcova recoberta por membrana, e um topete de penas encrespadas no alto da cabeça, de pernas altas e patas sem esporas. Vive, monógama, nas florestas da América (especialmente a meridional) e se alimenta de frutos e sementes. Sua carne é considerada uma iguaria. Enfim, é o nosso conhecido mutum (mais especificamente o mutum-poranga). (Agradecemos a Augusto Góes Jr. pela pesquisa na *Piccola Enciclopedia Hoepli* e a Maria do Carmo Zanini pelas informações desta nota.)

22. Provável erro de transcrição do manuscrito, onde devia figurar *tyranni*. A referência é à família dos tiranídeos.
23. Gênero dos muscicapídeos; várias de suas espécies são popularmente conhecidas como "papa-moscas", tradução literal de seu nome latino.

que existiam ainda na primeira metade do século; torno a apresentá-la a título de curiosidade. É a seguinte: acarapis, agaranis, amaribás, avaquis, arinas, aturahis, caribes, cuimarás, macus, macuxis, guajuros, ojacás, paraujanas, pauxianas, porocotós, quinhás, saparás, tacus, tupicaris, tucurujus, uajurus, uapixanas, xaperus. Uma grande parte dessas desapareceu; de algumas só sobraram restos; outras existem dizimadas; poucas prosperaram, e um ou dois novos nomes apareceram, dos quais seria impossível dizer se são novas tribos ou velhas tribos rebatizadas, tão raras e difíceis são as notícias sobre elas. Aqui estão as que existem:

Os macuxis formam a nação mais numerosa entre as que vivem em contato com os brancos, que deles se valem para os transportes sobre o rio e como *vaqueiros*; os índios que estão nas propriedades nacionais são quase todos dessa tribo. As *malocas*[24] deles ficam no rio Branco, Tucutu, Urariquera, Majarary, estendendo-se até o Repununy e dando preferência às pradarias não distantes das pequenas cadeias de morros que surgem na planície. Têm estatura regular; o nariz achatado; a boca larga; o queixo, geralmente, com raros pêlos que se deixam crescer; as maçãs do rosto acentuadas e salientes; olhos pequenos, vivos e brilhantes, sob sobrancelhas levemente inclinadas para a raiz do nariz; cabelos lisos, preto-avermelhados. As mulheres, menores e delicadas, são raramente belas, ainda que, dado o tipo, haja algumas de que não se possa dizer que sejam feias, com suas formas esguias e elegantes enquanto jovens, embora sejam elas que, como é de costume, fazem os serviços mais pesados. Tanto estas quanto os outros têm as orelhas e o lábio inferior furados; não costumam tatuar-se. Nos *casciry* costumam pintar-se de vermelho, e os homens usam enfeites de penas muito semelhantes aos de outras tribos. Recebi uma *acanzatura*[25] tecida de *jussara*, com um desenho no sentido de sua circunferência, na qual é fixada, por meio de uma pequena corda, uma fileira de penas de *arara*, retalhadas uniformemente, entre as quais sobressaem sete penas da cauda da mesma ave, como se fossem raios de uma auréola. As mulheres vestem uma *tanga* de contas, elegantemente desenhada com losangos, e colares e braceletes também de contas, nos pulsos, nos braços, na barriga da perna, logo abaixo do

---

24. No original, *maloche*.
25. Provável influência do italiano *acconciatura* (arranjo, traje).

joelho, e no tornozelo. No conjunto o efeito é muito gracioso, no entanto, trata-se de uma moda antiga que, por falta de outra melhor, ainda é usada por algumas delas. As *tangas*[26] e os colares eram feitos de frutas, dentes e conchas, e os braceletes, de amarras de algodão. Entre os instrumentos de música, utilizam, além das flautas de osso de cervo e de *taboca*, um pequeno tambor feito grosseiramente com peles esticadas sobre um aro baixo de madeira e enfeitado em preto com desenhos bizarros, feitos de curvas e pontos. Um uso curioso, que notei durante a viagem, é o de pingar nos olhos o suco de pimentões vermelhos de Cajenna para preservar-se das febres.

Os uapixanas, que habitam quase as mesmas regiões dos anteriores, antigamente a tribo mais numerosa, hoje dizimada, deixaram as margens do rio e se retiraram para o interior. Trabalhadores e dóceis, prestam-se de boa vontade ao serviço dos brancos. A melhor farinha de *mandioca* que se pode encontrar aqui e que pode ser comparada à dos melhores cultivadores civilizados é a dos uapixanas de Malacachetta (Maracite, de Coudreau), que estão em contato contínuo com os habitantes de Boa Vista. Eles se espalham ao longo do rio Branco, do Tucutu, do Mahu e nas regiões circunvizinhas; algumas *malocas* pouco numerosas podem ser encontradas também entre o Tucutu e o Urariquera, ao longo do Surumu e a montante do Parimé. É em uma tribo uapixana além desse último rio que, pelo que dizem, se estabeleceu uma missão inglesa com escola, igreja etc., que, nos últimos tempos, criou em torno de si uma série de rixas, que agora estão se acalmando e dissolvendo em notas diplomáticas e outros adminículos do tipo.

Os porocotós vivem nas selvas do alto Urariquera, estão em contato com os brancos e, pelo que dizem, são pouco numerosos. O senhor Barboza acredita que esses sejam a estirpe dos macuxys e dos ririchanás, que, para ele, são o mesmo que os guaharibos do alto Orenoco, e, por mais que, no Castanho, o *tuxáua* Domingos me dissesse "guaharibos" e não "ririchaná", eu também tenho essa idéia, baseada na afirmação dos irmãos Scombury[27]. Devido ao fato de não

---

26. No original, *tanghe*.
27. Referência aos irmãos Robert-Hermann (1804) e Richard Schomburgk (1811), de origem alemã. Entre 1835 e 1844, Robert-Hermann Schomburgk percorreu os rios da atualmente denominada República Cooperativa de Guiana, além de boa parte de Roraima e do sudeste da Venezuela. Deixaram importantes trabalhos científicos nas áreas de zoologia e botânica e tiveram uma relação

estarem os porocotós muito em contato com os brancos, não pude verificar aquilo que conta de seus hábitos o próprio Barboza, em sua obra já citada *Pacificação dos crichanás*.

Depois vêm os pauxianas, que habitavam o rio Branco, onde já foram *aldeados* e que hoje, em pequeno número, habitam o Mocajahy. Os jaricunas, eles também pouco numerosos, que habitam o Majary, gozam de não muito boa fama, embora o capitão Cruz, que mantém contato com uma de suas tribos, lhes faça grandes elogios. Parece que não passam de uma ramificação dos macuxys, dos quais, com pouca diferença, teriam a língua e os costumes e com os quais se unem e vivem em boa harmonia.

Os maracanás, temidos inimigos dos porocotós, viveriam nas mesmas regiões, chegando até a Paracaima. Os avaquis, ao longo da mesma cadeia no alto Uraricapará. Os macus, nas florestas que das nascentes do Caterimani e do Padauiry se estendem até o rio Negro. Os saparás, hoje espalhados pelas tribos macuxys. Dos ajumoras, dos quais, de tempos em tempos, aparecem alguns indivíduos, que dizem ser fortes e de boa índole, se conhece apenas o aglomerado. Os paravilhanas, que já tiveram uma missão na Conceição e dos quais só há um único sobre-

---

bastante próxima com Alexandre von Humboldt (há uma vasta correspondência registrada entre ele e os Schomburgk). Os irmãos Schomburgk também fizeram relevante contribuição à etnografia da região amazônica, tendo descrito a construção e a organização de casas, pinturas corporais, adornos e rituais de várias tribos locais. Robert-Hermann destacou-se ainda por sua participação no processo de delimitação das fronteiras da Guiana Inglesa.

Joaquim Nabuco, em seus *Diários* (volume I, pp. 171-2; cf. bibliografia), refere-se a Robert Schomburgk em duas ocasiões. No dia 16 de janeiro de 1900, escreve ele: "Ontem, conferência com lord Russell. Escrevo ao Rio Branco pedindo o mapa Schomburgk". E no dia 18 do mesmo mês: "Recebo do Correia a nota do Foreign Office sobre o tratamento de arbitramento".

As notas explicativas 33 e 35, apostas ao diário, informam respectivamente: "Robert Schomburgk fora encarregado em 1834 pela 'Royal Geographical Society' de mapear as fronteiras da Guiana Inglesa, o que daria início ao contencioso com o Brasil" e "O governo britânico propunha na nota em questão que a Inglaterra e o Brasil negociassem o litígio, com base no limite traçado por Schomburgk, o que era inaceitável para o governo brasileiro".

No que concerne ao trabalho de Robert Schomburgk, agraciado com o título de "sir" durante o reinado da rainha Vitória, os dezoito documentos que constituem todo o processo referente ao traçado do limite da ex-Guiana Inglesa, durante os anos 1841-43, foram apresentados ao Parlamento Britânico em 1896 e constituíram evidência de apoio à causa britânica no Tribunal Internacional de Arbitragem, onde o litígio foi resolvido a favor da Inglaterra. Os documentos podem ser consultados isoladamente em <http://www.guyanaca.com/suriname/schomburgk_reports.html> ("Reports by *sir* Robert H. Schombugk").

vivente no rio Branco, vivem hoje em Santarém, no baixo Amazonas, para onde foram transferidos em massa pelas autoridades brasileiras para subtraí-los aos jurupixunas, eles também são pouco numerosos e refratários ao contato com os brancos. Os mojongós, já catequizados em Nossa Senhora do Carmo, destruídos pelos ririchanás; e, por último, os aturahiós ou aturahis, confinados nas selvas da margem esquerda do rio Branco.

Todos esses indígenas vivem uma vida mais ou menos nômade e deixam com facilidade o território no qual moraram durante longo tempo para ocupar um outro que mais convenha a seus usos, aos quais são muito apegados, e a suas necessidades. Isso explica como facilmente se formam núcleos de missões e como, com a mesma facilidade, assim que [desaparecem] as vantagens que a presença do missionário proporcionava, [os núcleos] deixam de existir. Todos vivem sob o império do *tuxáua*, cuja autoridade na realidade não é muita e de pouco supera, na maior parte dos casos, a de um chefe de família. Depois dele vem o *pajé*, a quem atribuem, além da ciência de curar as doenças, também a de preveni-las e, principalmente, a de poder enviá-las aos inimigos por meio do *Canaimé*, a divindade assustadora que faz o indígena perder o rumo e morrer de febre e de fome na savana, que dirige a flecha do inimigo, que subtrai a presa à [flecha] do caçador; que, [sendo] cobra, fogo, onça, faz morrer as crianças deixadas sozinhas na cabana e de cuja ira o indígena procura sempre se proteger; a mesma que incendeia os campos, abate as árvores da floresta, submerge os frágeis esquifes e que se revela inteira, em sua majestosa grandeza, no seio da tempestade, entre relâmpagos e trovões, como o irado Deus do Olimpo grego. Mas divindade sem forma, imaterial, da qual o índio nunca teve uma idéia exata, que ele não plasmou, não modelou conforme nenhuma imagem, tão vaga quanto a nuvem, que de noite, depois da tempestade, vê, avermelhada, dissolver-se no céu violáceo, mas, justamente por isso, mais terrível e assustadora.

Procurei inutilmente informações sobre a *maloca des femmes* [maloca das mulheres]. Em 1884, quando estive no Jauapiry, o yararaca[28], dizendo que traduzia informações de Pedro, contou-me algo semelhante sem, no entanto, os deta-

---

28. Também iararaca ou jararaca (*Cophias atrox*) (cf. *Vocabulário*), mas, aqui, provavelmente, apelido de alguém.

lhes fisiológicos que maravilharam Coudreau. Agora, porém, por mais que tenha perguntado a uapixana, macuxi e jaricuna, e mais uma vez ao próprio Pedro, não consegui nenhuma informação a respeito, e só me resta considerá-la uma espirituosa invenção que, na época, coloquei em suspenso e hoje deixo totalmente de lado. Coloquei-a, na época, apenas em suspenso, confesso-o, porque afinal estou por demais habituado a ver realizado o impossível e a descobrir como falso o que, segundo toda lógica, tinha mais probabilidade de ser verdadeiro; sendo assim, procuro sempre a confirmação ou a negação de qualquer informação, por mais estranha que me pareça.

O comércio dessa região é feito, em sua maior parte, com Manaos e consiste na exportação de gado, carne salgada, *pirarucia*[29], tartarugas, madeira de marcenaria e construção, e na importação de armas, tecidos, quinquilharias etc.: tanto uma como a outra, pouco importantes. Eu disse na sua maior parte porque muitos, sobretudo os indígenas habitantes da alta bacia, preferem abastecer-se em Demerara, aonde, pelo que dizem, chegam com poucos dias de viagem e com menores dificuldades.

---

29. Provavelmente erro de transcrição de *pirarucu*.

O Uaupés e os uaupés[1]

Minha primeira viagem ao Uaupés foi em 1881 e, então, percorri o Tiquié, o Japô; a segunda, em 1882, quando, de retorno do rio Branco, remontei o rio até Jauaretê e, depois, o Apapury até Piraquara.

O Uaupés é um dos mais importantes e, ao mesmo tempo, um dos mais interessantes afluentes do rio Negro, embora pouco explorado. Gama Lobo d'Almada visitou uma pequena parte dele no final do século passado e, na metade deste, Wallace[2], de quem os velhos se recordavam ainda em Jauaretê, e, depois de mim, o senhor Coudreau, que, por mais que estivesse fazendo uma rápida visita, soube dele dizer muitas coisas bonitas.

De águas escuras e margens baixas e inundadas, alternadas com pontos altos que, às vezes, se elevam como pequenas colinas, quebrado em sua foz por ilhas, ninguém perceberia, ao adentrar-se, ter deixado o rio Negro, do qual mais que o próprio rio segue a direção geral, e estar nas águas do Uaupés, se no pequeno e antigo povoado de S. Joaquim, situado à sua foz, na margem direita, o piloto não dissesse: *Carýua, aiquè Cayary tomaçáua*: "branco, eis a boca do Cayary". Cayary é o velho nome indígena; Uaupés é o nome dado mais modernamente pelos brancos (por quem, em primeiro, não sei) e foi dado tanto aos habitantes quanto ao rio.

Numerosas tribos com o nome de uaupés saíram da bacia hidrográfica do rio no século passado e no começo deste, e mais do que uma população no rio Negro e no Solimões devem a ele sua existência, como: Coané, Coari ou Quary,

---

1. *Boletim*, ano XXIV, vol. 27, série 3, fasc. 3, 1890 (março), pp. 425-53.
2. Alfred Russel Wallace (1823–1913), grande naturalista inglês.

Ipuraná, neste último; e S. Isabel, Marauiá, S. Marcelino, no primeiro. Talvez tenha sido por isso que o nome de Cayary foi mudado para Uaupés ou, como escrevem os mais antigos, "rio dos uaupés".

Hoje só se encontram uaupés muito longe, conforme me dissera o senhor Niccolau Palheta, o negociante que remontou mais do que todos o rio, onde recentemente foi morto. Eles habitam um pequeno afluente da região montanhosa, já nas terras dos cobéuas e fogem ao contato com os civilizados. Eu jamais encontrei um de seus representantes.

O rio, que se atira no rio Negro poucos minutos a norte do Equador, com larga curva dirigida ao sul, ultrapassando em alguns minutos a linha de seu desenvolvimento máximo para retornar a norte no Taraquá, vem, a partir desse ponto, de oeste para leste, e do Taraquá para além, cada vez mais do norte, quanto mais nos aproximamos à região das corredeiras.

A região inteira eleva-se sensivelmente até Ipanoré, onde um agrupamento de morros de grés em decomposição barra bruscamente o rio, formando como que um alto degrau com as duas quedas de Ipanoré e Pinu-Pinu; segue, depois,

Figura 1 – *Inscrições sobre as pedras de Jauareté (Cachoeira do Uaupés, 1/6 do natural).*

uma ampla região baixa e inundável, que se estende desta última queda até Jujutu-Arapecuma ("promontório do vento"), formando um vasto labirinto de ilhas, entre as quais a principal é a denominada Campina, onde, no meio da vegetação rasteira que a recobre, cresce a baunilha de forma tão abundante que, quando às suas flores efêmeras sucedem as bagas perfumadas, sente-se de longe o olor agudo. De Jujutu-Arapecuma até Jauaretê, a região eleva-se mais um pouco e o rio corre num leito de rochas, formando corredeiras de pequena importância, para entrar em uma região onde as corredeiras, os saltos e as quedas se sucedem, quase sem interrupção, até que o rio, de acordo com o relato dos índios, corre outra vez livremente em uma vasta planície, onde o capim cresce alto, aos pés de uma grande montanha, e lá pastam rebanhos de bois e de cavalos.

Ipanoré e Pinu-Pinu são verdadeiras cachoeiras. Ao remontar, transpõe-se a primeira evitando o salto, que se corre, ao contrário, na descida com a embarcação completamente vazia e contorna-se o salto indo pelo Pyrá-Miry, um pequeno braço alargado artificialmente em muitos pontos, ao longo da margem direita, onde, apesar disso, é preciso descarregar mais de uma vez a embarcação.

A segunda só se pode transpor por terra. O rio, que a montante mede mais de seiscentos metros de largura, está aqui dividido em dois canais que, juntos, não têm mais do que 120 metros de abertura; precipita-se de uma altura de quase quatro metros, mugindo e espumando, numa larga bacia tranqüila na qual se espelham as brancas espumas da cachoeira e as plantas contorcidas que, na ilhota do meio, crescem entre as anfractuosidades das pedras amontoadas como que propositadamente, para depois descer e mugir ainda pelos trezentos metros de canal rochoso que, com um rápido declive, forma o salto de Ipanoré.

Tanto em uma como na outra, o transporte das cargas é feito pelos indígenas de Ipanoré e Pinu-Pinu em troca de quinquilharias. É uma contribuição da qual não há como escapar, mesmo que já se tenha pessoal suficiente para o transporte. Sua equipagem passará a canoa, mas dificilmente se prestará ao resto. É um direito de pedágio que, pelo uso, pertence às duas aldeias; é sagrado e é preciso se submeter. Verdade que, dessa maneira, se ganha bastante tempo, porque os homens e, se necessário, mulheres, moças e rapazes acorrem de boa vontade sem nenhuma dificuldade e, o que é importante, sem muitas exigências.

Numerosos são os pequenos afluentes que alimentam o rio à esquerda e à direita, mas a maior parte de pequena ou nenhuma importância, no trecho por mim percorrido. Poder-se-ia talvez excetuar somente Myrity, Icáua, Pituna e Pupunha na margem esquerda, já próximo de Jauaretê, e Embayua, Tucano, Tiquié, Apapury na margem direita, mais importantes, muitas vezes, pelo comprimento do curso e pelas comunicações que facilitam com as bacias limítrofes, do que pelo volume de suas águas. Assim, o Myrity desafoga um intrincado labirinto de lagos internos, enquanto o Icáua e o Pupunha são contravertentes de afluentes do Issana, com o qual facilitam as comunicações. O Tucano liga, em um breve trecho por terra, o Uaupés e o Curycujary. O Tiquié é, entre os afluentes, talvez o mais notável, tanto pelo volume de água como pela importância de comunicações.

A foz dele fica no Uaupés, um pouco a jusante do Taraquá, formando, em sua confluência, uma ilha baixa, detrítica. Desemboca vindo quase diretamente do sul, obrigado a uma curva abrupta devido a pequenas elevações graníticas da margem esquerda; mas sua direção geral é oeste-sudoeste, no meio de voltas e mais voltas, tendendo sempre mais a vir do sul até Pary, onde seu leito se curva bruscamente para oeste até Tyiuca; e de lá, dizem os índios, sobe de novo rumo ao norte, onde o rio nasce em um terreno montanhoso e inóspito. Seu regime apresenta quase os fenômenos do rio principal, exceto que suas margens elevam-se mais cedo, formadas que são, em sua quase totalidade, por beiras altas que morrem num breve *ygapó* (selva inundada) no rio. Corre livre de obstáculos até Tucano e, nesse percurso, recebe apenas dois tributários de alguma importância: o Arara, na direita, a quase um dia de distância da foz, e o Pixuna, na esquerda; o resto não passa de *ygarapé* (riachos). Em Tucano, um filão de arenito atravessa o rio com umas lastras enormes que afloram nas águas baixas e deixam nas fendas, aumentadas pela erosão, um canal estreito e tortuoso. De Tucano até Pary só se tem de transpor algumas corredeiras de pouca ou nenhuma importância. Pary, ao contrário, é uma queda, e das mais bonitas.

Duas colinas rochosas fecham, nos dois lados, o rio, reduzido, na verdade, a uma largura de uns cinquenta metros, se tanto, mas que se atira espumando por cinco aberturas de uma monstruosa balaustrada de rochas sobrepostas. Dali até Tyiuca as corredeiras e as quedas aumentam e, a cada passo, por mais que remontemos apenas em pequenas *ubás*, é preciso descarregar e carregar de novo para conseguir passar. De Tyiuca para além (pelo que dizem os indígenas, uma vez que eu não fui além desse ponto), as corredeiras tornam-se ainda mais numerosas, de modo que o rio deixa de ser navegável quando o volume das águas é baixo.

Nas partes mais elevadas, raras *campinas*, mas sempre longe das margens, alegram e rompem a monotonia da floresta. Dessas campinas, encontrei várias no Apapury e, ainda que de curso brevíssimo, também no Japô. Isso pareceria indicar uma região de *campos* que se estende no planalto e que serve de divisor de águas entre a bacia do Uaupés e a do Japurá ou Caquetá, como se quiser chamá-lo. Mas as induções ou deduções a respeito disso são fáceis demais para que eu me empolgue por elas. Se todos escrevessem apenas o que viram e constataram, pareceria talvez se saber menos, mas, na verdade, saber-se-ia bem mais do que não se sabe hoje, porque saber-se-ia o que se sabe; e o que não se sabe é melhor não sabê-lo do que sabê-lo mal.

A largura do rio nesse percurso todo varia de 200 a 150 metros desde a foz até Tucano, e mais além, dos 25 aos 50, sendo que entre Pary e Tyiuca é muitas vezes inferior aos 25 metros.

De Tyiuca, atravessando o Dgy-Paraná, afluente do Curycujary, há um caminho, pelo que dizem os indígenas, que, passando pelo território dos carapaná-tapuyas, leva ao Japurá ou, melhor dizendo, ao seu afluente mais importante de esquerda, o Apapury. Sempre de acordo com as informações, da *maloca* dos barrigudo-tapuyas, situada na margem esquerda do Pary, a jusante da cascata, sai uma senda que vai do Tiquié a um outro Apapury, afluente do Uaupés, do qual falarei mais adiante.

Além disso, uma rede de sendas abertas na floresta une entre si as *malocas*[3] que existem ao longo das margens, de modo que, sem recorrer ao rio, elas estão em comunicação entre si. Nunca cheguei a uma *maloca* sem que seus habitantes já tivessem sido informados. E muitas vezes era impossível que alguém pudesse ter chegado, pela água, antes de mim, que navegava com uma *ubá* com sete remadores vigorosos; só mais tarde, quando conheci e percorri essas comunicações terrestres, tive uma explicação do enigma.

---

3. No original, *maloche*.

Essas sendas não são largas, mas usadas continuamente; são bem conservadas e dão confortavelmente passagem a uma pessoa carregada. Seguem habitualmente a linha mais breve praticável entre os pontos que unem, e é por isso que, quando têm de ultrapassar alguma elevação, seguem de preferência as cristas, ainda que sejam freqüentemente interrompidas nos declives laterais por precipícios profundos, os quais, embora transitáveis com pendência muito menor, demandam um desenvolvimento de traçado bem maior. Os únicos desvios são devidos aos charcos, que impedem a passagem no tempo das cheias; e, algumas vezes, devem-se também à procura de um lugar onde cruzar mais facilmente os cursos d'água, que a contragosto se passam a vau e, preferivelmente, sobre troncos de árvores abatidas para isso, muitas vezes acondicionados, com pequenos apoios, à guisa de passarela.

O Japô é um pequeno afluente de direita, quase insignificante; só subi por ele devido à curiosidade de conhecer o maior *pajé* do Uaupés, Cristo Vicente. Sua foz fica num intrincado *ygapó*, pouco a jusante da *maloca* de Jukyra, mas suas margens logo se elevam e a pequena torrente corre encaixada no fundo de altas florestas que, juntando os ramos de lado a lado, fazem-lhe cúpulas de verde e protegem o viajante dos raios quentes do sol. O mais interessante é um trecho de cerca de quatrocentos metros, em que ele corre entre margens escavadas num arenito ferruginoso que, formando seu leito, determina uma quantidade de pequenas quedas, descrevendo, qual escadaria, uma ampla curva em cuja linha exterior se desenrola um canal fácil e profundo que ora se choca contra as margens a pique, ora passa dentro de pequenas grutas limpas e arredondadas em sua parte superior, onde a água cristalina mal murmura. Tudo isso, porém, desaparece no tempo das cheias rápidas, turvas e passageiras, como todas as desses pequenos cursos d'água cujo leito corre numa região mais elevada do que o nível do rio no qual se descarregam. O lugar é chamado Pajé-Tendáua ("terra do *pajé*"), e numerosas são as ofertas que os passantes que vão pedir coisas ao Cristo deixam sobre as pedras para se propiciar o imaginário habitante. Consistem, porém, como aquelas já notadas no rio Negro, no Padauiry e em outros lugares, em cascas de banana, estopa, alguns punhados de farinha e coisas dessa natureza, uma vez que o *pajé* parece ser boa pessoa e – seguindo uma máxima do Evangelho tão pouco seguida, sobretudo em tal assunto, por seus ministros – se contenta com a intenção do doador, sem olhar para a coisa doada, que muitas vezes não tentaria sequer um devoto de Santo Antônio[4].

Mais adiante desaparece qualquer traço de arenito, e o riozinho corre por entre colinas pouco elevadas de um terreno argiloso, fortemente colorido de vermelho pelos óxidos de ferro, desenhando, com o branco das areias – compostas, em sua maior parte, de quartzo –, seu próprio caminho. É sobre essas colinas que já aparecem traços de *campinas* ou pradarias naturais, fazendo como que umas grandes manchas na floresta, que já perdeu a majestade e a grandeza que lhe são próprias e parece tísica e em vias de extinguir-se.

O Japô dá passagem apenas a pequenas *ubás*, e mesmo essas só o remontam em certas épocas do ano, uma vez que, quando as águas estão baixas, ele fica completamente seco. Sua direção geral é de oeste-noroeste para leste-sudeste, e seu curso, até a *maloca* onde mora Cristo Vicente e onde ele não passa de um fio d'água, é, no máximo, de trinta milhas geográficas.

A montante de Jauaretê Táua, ou Missão S. Gerolamo [Jerônimo], bem no meio da queda de Jauaretê, formando em sua foz uma série de corredeiras e de saltos, o Apapury, bem menos importante do que o Tiquié pelo volume de água, desemboca, confundindo a própria fúria com a do Uaupés. Sua direção é quase a do Tiquié, inclinando-se, porém, mais para o sul, na direção de suas nascentes, de maneira que esses dois rios surgiriam não muito longe um do outro.

Suas margens são altas e, em alguns pontos, [formam] verdadeiras colinas de barro argiloso em suave declive e com numerosos afloramentos de arenito. Em sua parte superior, especialmente a montante de Jauaca, aparecem várias campinas que, muitas vezes, como em Pyraquara, se estendem até o rio, formando pequenas ilhas circundadas por altas cadeias de recifes, o que produz um efeito bastante pitoresco, e sobre as quais a vista descansa, nessas regiões onde domina, soberana, a selva.

Em geral a região é rica, sem apresentar, porém, nenhum produto especial que não seja comum a alguma outra parte dessa grande bacia amazônica.

---

4. Santo Antônio é o padroeiro dos pobres e desvalidos.

Entre os enfeites que os chefes levam ao pescoço encontrei, por vezes, alguns quartzos auríferos, o que levaria a crer que algum filão poderia existir nos lugares onde extraíram aqueles; de qualquer maneira, as dificuldades de transporte seriam tantas que apenas uma riqueza excepcional da mina poderia apresentar alguma vantagem em explorá-la. Por sua posição e seu regime, o Uaupés está condenado a ser um dos últimos a entrar nos caminhos do progresso e da civilização.

É verdade que sua largura média, da foz até Ipanoré, é de uns bons quatrocentos metros, superando, muitas vezes, em seu longo percurso, o quilômetro, e conserva, desse ponto até Iauareté, uma média superior a duzentos metros, com uma profundidade mais do que suficiente no canal; mas, além das duas quedas de Ipanoré e Pinu-Pinu, [o Uaupés] tem, a poucas horas da embocadura, um largo cordão de pedras que atravessa o leito de lado a lado que não forma cascatas, mas sim um fundo baixo bastante perigoso e, em muitas épocas do ano, intransponível; como se isso não bastasse, a queda do rio Negro, de um lado, e a do Orinoco, do outro, tornam quase impraticável o caminho que conduz ao rio. Quem sabe, um dia – mas esse dia está longe –, se a vasta bacia do Amazonas viesse a ser muito povoada e a população, mais numerosa, necessitasse de novos desafogos, poderia acontecer que um esforço titânico desembaraçasse o caminho dos obstáculos que hoje o barram. Permitam-me, porém, conservar, diante dessa probabilidade, todas as minhas dúvidas. Colônia latina, o Brasil, ao qual se acrescentou toda a indolência da raça indígena, é capaz de concepções grandiosas, de ímpetos e de entusiasmo, mas lhe faltará sempre a constância, diria mesmo a teimosia, que tanto caracteriza as raças nórdicas, para perseverar e vencer.

Os produtos que nutrem o pouco comércio do Uaupés são: a farinha de *mandioca*, que é exportada para o alto rio Negro e, às vezes, até mesmo para Tomar; a borracha, cuja colheita é bastante importante no baixo Uaupés, isto é, da foz até o Tiquié, embora também exista no baixo vale entre Pinu-Pinu e Jujutu e no Castanha, afluente do alto Tiquié, onde, porém, é pouco ou nada utilizada; e a salsaparrilha, que provém da região das cachoeiras. Além disso, podem-se notar, embora representem um comércio muito limitado, o *tucun* ao natural ou fiado, o *curauá*, fiado, redes, cestos, *crajuru* e outras ninharias cujos nomes agora me fogem.

Esse comércio é feito habitualmente por negociantes mais ou menos civilizados, que vão levar aos indígenas aquilo de que eles geralmente não carecem, enganando-os de todas as maneiras e abusando da hospitalidade que o selvagem oferece ao estrangeiro.

Várias, se não numerosas tribos, vivem hoje nas margens do rio e de seus afluentes, cujo domínio dividem entre si. São elas:

Os tarianas, a tribo dominante, o viveiro, por assim dizer, dos chefes, cujo núcleo está em Ipanoré e Jauaretê;

Os tucanas, que habitam o baixo Uaupés, o Tiquié, Jukyra e o baixo Japô;

Os arapaços[5], no Jujutu-Arapecuma, alto Japô, Pupunha-paraná etc.;

Os dessanas, no alto Apapury até o Tiquié etc.;

Os pyrá-tapuyas, habitantes de seus pequenos afluentes e, no interior, da região entre o Tiquiê e o Ipanoré, excetuando-se o Matapy e Tipiaca, que são dos[6] tucanas;

Os uananas, a montante de Jauaretê;

Os barrigudos (amoré) tapuya, na margem esquerda do Tiquiê, em Pary e no interior;

Os tyiuca-tapuyas, em Tyuca;

Os acanyatara-tapuyas, no Castanha;

Os macus, no baixo Apapury, Arora-Paraná, e um pouco em todo lugar, em geral como escravos das outras tribos.

E, além desses (cujas *malocas* visitei, em sua maior parte, e com quem dividi o *curadá* e bebi o *cachiry*), os myrity-tapuyas, que desde o Myrity-Paraná, disse, estendem-se pelo interior até o Uassay Paraná-miry; os cubéuas, os uaupés, os umáuas, distribuídos no alto Uaupés e ao longo dos afluentes na região das quedas até, pelo que dizem, as pradarias da Colômbia, e os carapaná-tapuyas, que se confundem e limitam com os miranhas e se estendem entre o Tiquiê e o Apapury, afluente do Tapurá.

Além desses, segundo o senhor Coudreau, há ainda: os sous-uananas (?), os tatu-miras, os jurupary-miras, os araras e os arara-tapuyas e outros que, além

---

5. No original, *arapazzo*.
6. Provável erro de impressão; em lugar de "dos" (*dei*) aparece "nos" (*nei*).

dos primeiros, que são uma divisão imaginosa dos uananas, devo confessar que não os conheço, ao menos, como habitantes do Uaupés; porque os araras, por exemplo, são infelizmente bem conhecidos do Madeira até Purus, onde, às vezes, aparecem em suas excursões, como igualmente não conheço entre suas tribos os coeuannas, macucuenas, mamenyas, tunuanaras e os boanaris, que encontro citados como sendo daquele rio, no "Amazonas de Sá", embora, dos primeiros, encontre citado o nome a propósito de um dos instrumentos de Jurupary, cuja lenda virá mais adiante traduzida em toda a sua integralidade.

Em todas as tribos hoje existentes no Uaupés e afluentes, as línguas são diferentes, embora a tucana seja quase universalmente entendida; entretanto, os costumes são idênticos, excetuados os dos macus, que moram na floresta e fogem, na medida do possível, do contato e da convivência com as outras tribos, pelas quais são mantidos em verdadeira sujeição. "Eles" – pelo que me dizia João (o *tuxáua* do Taraquá, que foi meu piloto na primeira viagem ao Tiquiê), a propósito dos macus de Arara-Paraná – "não trabalham a terra, não sabem pescar, mal conseguem caçar, nutrem-se de frutas, vivem onde podem, sem construir casas, ainda usam machados de pedra, não são gente!". E isso, com o mesmo desprezo com o qual devia responder um *hidalgo* português do tempo da conquista a algum missionário que tentasse lhe insinuar que os pobres índios não eram animais, mas homens como ele – coisa, porém, que não parecia bem certa sequer ao papa Alexandre VI[7], se não me engano, uma vez que ele, em sua famosa bula

---

7. Alexandre VI (Rodrigo Borja y Borja) (Espanha, 1431 – Itália, 1503) foi papa de 1492 até sua morte. (Cristóvão Colombo descobriria o Novo Mundo três meses depois da nomeação do papa Alexandre VI.) Naquela época de expansões marítimas, Alexandre VI interveio na disputa entre Espanha e Portugal pelo controle das novas terras, lançando, em 1493, a bula *Inter Coetera* – bastante imprecisa, dada a rudimentariedade dos instrumentos de então. Os termos da bula não agradaram a Portugal, e ela logo foi substituída pelo *Tratado de Tordesilhas* (1494), que definia a partilha e contrariava o texto de Alexandre VI.
Desde o final do século XV e ao longo do século seguinte, foi intensa a discussão acerca dos "atributos humanos" de negros e índios e da legitimidade de subjugá-los. A Igreja apoiou, em vários documentos, a apreensão e o tráfico de escravos, como em sua bula *Romanus Pontifex*, de 1454, em que o papa Nicolau V autorizava o mercado de africanos, alegando, para isso, que o negro era pagão e que a escravidão representava para ele um meio de salvação. Em 1537, o papa Paulo III promulgou a bula *Sublimis Deus*, declarando que os habitantes do Novo Mundo tinham alma e, portanto, eram capazes de entender e abraçar a fé católica, fortalecendo com isso o projeto colonial de conquista e domínio pela campanha de catequização, por um lado, e desautorizando os maus-tratos e as torturas, por outro, práticas injustificáveis se aplicadas a potenciais "filhos de Deus". A discussão, no entanto, estava bem longe de ver seu fim.

de divisão, acompanha, com um *sic videtur* ["assim parece"], a declaração de que eram homens.

E esse desprezo para com os macus é tão arraigado nas tribos superiores que atinge também aqueles que já haviam aceitado seus costumes e os imitam, e não apenas isso, mas recai, inclusive, sobre os filhos que outros índios tenham com uma macu e que não são considerados como tais, mas tão-somente como escravos, que o pai cederá ou venderá sem muita dificuldade.

No Uaupés foram várias vezes iniciadas, retomadas, abandonadas as missões, e não só isso, mas todos os tipos de missões: religiosas, com os carmelitas e os primeiros franciscanos, de 1841 a 1853 ou por volta disso; depois laico-militares, com o tenente Jesuíno, morto há pouco, e pouco mais civilizado que os civilizandos.

Foi na casa dele que, chegando eu um dia repentinamente, encontrei toda a família nos trajes de nossos ancestrais; e, quando me desculpei por ter chegado tão inoportunamente, Jesuíno me explicou a coisa com a maior naturalidade do mundo: "Amigo, seria necessário muito sabão se andássemos sempre vestidos".

Mas isso também não durou muito, e o Uaupés ficou, por muitos anos, abandonado à própria sorte. Em 1879, foram retomadas as missões dos franciscanos, e o primeiro a ir até lá foi o frade Venanzio Zilochi, da nossa Piacenza, seguido, em 1881, pelo frade Matteo Canioni, da Córsega, excelente coração, e, em 1883, pelo frade Coppi, que, devido à exposição no púlpito da máscara de Jurupary[8], arriscou-se a ser massacrado, em Ipanoré, junto com Canioni – e o teriam sido, se não houvessem fugido o quanto antes. O próprio Coppi, na tentativa de retomar a posse das missões, apoiado pelos soldados, tornou isso muito difícil; e agora, embora não tenham sido suprimidas, estão, porém, abandonadas.

Tudo isso contribuiu para modificar bastante a exterioridade dos indígenas do baixo rio e para levá-los a ter algumas necessidades que antes não tinham: mas no fundo pouco influiu, ou quase nada, creio poder afirmá-lo, nas tribos do interior.

---

8. De acordo com o relato de Antonio Loureiro (*Discurso*, p. 17), tratar-se-ia de uma máscara feita de pêlos pubianos femininos "cortados por ocasião da primeira menstruação e entrelaçados em pêlos de macaco", conforme Orjuela complementa em seu livro.

Hoje é verdade que qualquer um que venha ao Uaupés encontra quase todos os seus habitantes vestidos, uma vez que correm a se cobrir assim que percebem a chegada do branco. O traje, porém, não passa de um ornamento do qual fazem pompa diante daqueles que lhes ensinaram a vesti-lo, mas que abandonam tão logo o branco tenha passado.

Na mesma missão de Taraquá, onde, quando lá estive, residia o padre Venanzio, ocorreu-me mais de uma vez encontrar, ao entrar numa cabana, todos os seus habitantes em completa liberdade; e se, durante a caça, eu chegava a algum campo lavrado onde os cachorros, que me conheciam, não ladravam, podia sem dificuldade apreciar as belezas indígenas sem nenhum véu importuno que as resguardasse. Para trabalhar, o traje, principalmente a saia, é um incômodo. A segunda vez que remontei o Tiquiê, fui com frade Venanzio; para as mulheres que vinham se batizar a saia é obrigatória. O frade, no começo, estava comigo, que lhe servia de sacristão no altar, e as neófitas passavam, uma por uma, para receber a água lustral. Poucas eram aquelas que, para atravessar o curto trecho que as separava do altar, não levantassem as saias, recolhendo-as em um feixe acima das ancas, e que, apesar dos gestos desesperados que lhes fizessem, não se apresentassem desse jeito. Isso fez, sim, com que também a água lustral lhes fosse dada sem que elas tivessem de sair de seu lugar na fila durante todo o resto da cerimônia.

Isso se deve ao costume que tem o indígena de andar nu. Os homens, com as partes pudendas escondidas sob uma faixa apertada de couro ou de tecido, que, presa na cintura, passa entre as pernas e é presa novamente atrás, de onde, muitas vezes, pendem alguns dedos de tecido ou couro. As mulheres andam completamente nuas (a *tanzá*[9] só é usada por todas na dança), com os grandes lábios virados para dentro e o monte de vênus completamente desprovido de pêlos, que arrancam fazendo uma pinça com um pedaço de *uambé* (espécie de cipó) partido. O único ornamento habitual dos homens, que o merecem de acordo com sua posição, é a *itá-tuxáua*, que já foi chamada *cerembetá*, confundindo-a com um ornamento labial, e que o senhor Coudreau chama *muyrakitan*, nome que só serve para aumentar a confusão – uma vez que querer transpor esse nome (aceito hoje

---

9. Provavelmente *tanga*, em que *g* e *z* se confundiram na leitura do manuscrito. O mesmo vale para as demais ocorrências de *tanza* ao longo deste volume.

para os artefatos de jadeíta ou nefrita), de proveniência, pelo que dizem os mestres, asiática, para um objeto de origem absolutamente indígena, é querer misturar as cartas e adiantar, para dizer o mínimo, uma conclusão que poderá até vir a ser verdadeira, mas que, por enquanto, está envolta em dúvidas[10]. De qualquer modo, a *itá-tuxáua*, que tem tantos nomes quantos são os dialetos das tribos que a usam, é um cilindro de quartzo mais ou menos perfeitamente cristalizado, de comprimento que varia de cinco a quinze centímetros, perfurado no sentido de seu diâmetro, mais precisamente no de seu comprimento; e é usada pendurada no pescoço, acompanhada, às vezes, por algumas sementes duríssimas e pretas e, mais freqüentemente, por um ou mais dentes de *jaguar*. O quartzo, mesmo que imperfeitamente cristalizado, é duríssimo, e tem de se ter uma paciência de santo para reduzi-lo, com os únicos meios que os índios possuem – água e areia –, à forma de cilindro, e, sobretudo, para perfurá-lo, como fazem, servindo-se de uma estaca de uma espécie de urânia da qual fazem uma broca, acrescentando água e areia.

As mulheres usam, desde crianças, abaixo do joelho, ou melhor, acima da barriga da perna, que raramente é desenvolvida, uma atadura apertada feita com uma tira de tecido de *curauá* compacto, com desenhos elegantes e tingido de amarelo com terra amarela. Esse tecido, por sua urdidura e desenho considerado por muitas senhoras simplesmente maravilhoso, é obra das próprias indígenas e é feito com o mesmo sistema com o qual se trabalham as rendas, com a almofadinha e as bolinhas, mas, em lugar de um desenho com furos, é um desenho em relevo sobre um fundo uniforme. Às vezes, mas não sempre, têm contas nos pulsos e no pescoço, e o dorso e as mãos freqüentemente tingidos com *genipapo*.

Somente quando se enfeitam para as festas usam longos fios de contas; de preferência brancas e miudíssimas, ou então pretas, dificilmente de outras cores, às quais unem moedas de prata de todas as proveniências, furadas e cuidadosamente limpas, e usam a *tanza* [tanga], também de contas de várias cores, artisti-

---

10. Sobre a origem da palavra "muiraquitã" parece, ao menos hoje, não haver dúvidas (cf. *Dicionário Houaiss da língua portuguesa*). Quanto à possível origem asiática do muiraquitã, veja-se o trabalho de João Barbosa Rodrigues, *O muiraquitã e os ídolos simbólicos* (1884) (apud Loureiro, *Discurso*, p. 20). Vale lembrar que é a busca de uma muiraquitã perdida que norteia a saga de *Macunaíma*, de Mário de Andrade.

camente dispostas em gregas mais freqüentemente que em losangos e, além disso, pintam o corpo inteiro com *caraiuru*, mas com desenhos diferentes conforme a tribo à qual pertencem.

Para os homens, ao contrário, variadíssimos são os ornamentos, que diferem conforme a importância do indivíduo e da festa.

O *tuxáua*, além da pedra, empunha o *murucu*, um cetro de mais de dois metros de altura, de uma bela madeira flexível e forte, vermelho com veios pretos, enfeitado, de um lado, com dois dentes como se fossem dois dardos de *ayuti* de rio, encaixados ou amarrados na parte de cima com *tucun* pintado de vermelho com *caraiuru*, ao qual se seguem dois palmos, mais ou menos, de entalhes ou enfeites de pequenas penas de *cotinga*, dispostas num desenho, e de borlas de penas ventrais brancas de mutum, terminando, onde começa o bastão, com longas mechas de cabelos humanos, que são retirados quando o objeto é vendido a um branco. Esses cabelos – tal como a ponta da lança, que, após um inchaço recheado de pedrinhas, termina do outro lado – nos dizem que o cetro que hoje serve para dirigir as danças era originalmente a arma de guerra do chefe. Ele tem no cinto uma fileira de dentes de *taiussu*, espécie de porco do mato, e da qual cai à frente, de modo a esconder a amarração do cinto, um avental de *turury*, líber de uma planta, cuidadosamente encaracolado em pequenos canudos e enfeitado com desenhos bizarros, feitos com o *caraiuru* (cipó de raízes bulbosas) e, mais raramente, com o *genipapo*. No braço esquerdo, na parte alta, acima do cotovelo, um bracelete de cordinhas tecidas com pêlos de macaco, do qual cai uma borla de penas caudais de papagaio, de *japô* ou de *tucano*, ou todas juntas, com peles de pequenos quadrúpedes – em geral, de um pequeno, desdentado e de pêlos sedosos, ao qual atribuem efeitos maravilhosos –, ou então com inteiros despojos de *pipra rupicola* de uma bela cor amarela. Na cabeça, um diadema – *acanyatara*, em nehengatu [sic], e *mââm-pòari*, em tucana – feito com as coberturas amarelas das asas de velhas araras vermelhas, criadas para isso na *maloca*, cobertas no topo por uma faixa de penas ventrais brancas de *occo* [mutum], dispostas artisticamente sobre um tecido de *tucun* e acabando em longas cordinhas de pêlo de macaco e *tucun*, com que se prende o diadema, amarrando-o à cabeça. As cordinhas servem também para sustentar o resto do arranjo da cabeça, constituído, na maioria das vezes, por um osso de *jaguar*, colocado transversalmente como se fosse um pente, que sustenta as longas cordas de macaco, *macacaráua*, de dois dedos de grossura e que descem, repartidas em quatro, como longas tranças, até a cintura, por um penacho de penas de airão ou mais raramente de penas de harpia, e por duas penas, ou dois pauzinhos enfeitados com penas de *cotinga* ou de airão, que saem como que de duas rosas de penas amarelas de arara vermelha e um pequeno disco de pele de tatu, mais raramente de *cuia*. Tem o corpo inteiramente pintado com *caraiuru*.

Os jovens usam longos colares de contas e moedas, como as mulheres; [usam] o avental, os dentes de *taiussu*, o bracelete, mas não o *murucu*. Apenas em algumas festas, como naquela do tapir (*becôn* em tucana), carregam bastões simples enfeitados com diferentes entalhes ou ornamentos, mas não de penas; [usam] uma coroa ou franja de penas anais de tucano, amarelas e vermelhas, mantidas fixas e presas sobre um círculo de fibras tecidas de *tucun*, do qual despontam de cinco a sete penas da cauda de arara vermelha ou amarela e às vezes de *maracaná*, formando uma auréola; completam a ornamentação, em alguns casos, fios de cascas de frutos, cortados ao meio, de diferentes tipos de palmeira, freqüentemente de *patauá*, amarrados acima do artelho do pé, que servem para marcar o tempo na dança, como fios de sinos. Em alguns lugares, não em todos, ostentam uma pena branca na orelha, tal como também usam os jovens que na festa servem o *cachiry*. Estes, porém, geralmente só usam os fios de contas e um pente, enfeitado nas extremidades com penas ou rabos de macacos, colocado sobre a parte de trás, de través. O *pajé* não usa nenhum enfeite: tem ao pescoço um saquinho, o *matiry*, a cabeça coberta por algodão em flocos e, às vezes, por um lenço branco. Ele preside às cerimônias das danças, solenemente, com um garfo que sustenta o enorme charuto (*bôti*, em tucana), enfiado à direita, no chão, diante do lugar onde ele está acocorado, e o vaso do *capy* cuidadosamente coberto até a hora da distribuição, à esquerda. Nas grandes festas dos homens, ou seja, nos *jurupary*, ele e o *tuxáua* vestem a máscara de cabelos de mulher, uma espécie de túnica sem mangas, que vai da cabeça até quase a cintura, encimada por um penacho branco, com três furos: dois para os olhos e um para a boca, inteirinha de cabelos de mulher. Só vi uma dessas máscaras, e ainda está em seu lugar, ou melhor, estará hoje melhor escondida em Ipanoré; as outras, em sua maioria, só têm uma pequena parte, a figura, o resto é feito de pêlos de macaco e de *aguar*[11]. Assim, se não me engano, é a que se encontra em Roma e que veio de Jauaretê.

"O indígena é indolente, é preguiçoso." Quem não viveu na *maloca*, quem não estudou seus hábitos e costumes, a não ser nos lugares onde já ocorreu o contato com os civilizadores, de qualquer espécie que esses sejam, e que, afinal, quisesse medir a atividade dos índios por nossos critérios, pode dizê-lo. Os outros, não.

Antes do amanhecer a *maloca* está em movimento. As mulheres levantam-se e, com o *camuty* embaixo do braço e as crianças no colo ou pela mão, vão banhar-se no porto, que nunca fica muito longe, e voltam carregando na cabeça o próprio vaso, cheio de água. Mal estão de volta, acendem o fogo e preparam a primeira refeição, enquanto os homens, por sua vez, vão banhar-se.

Quando o sol aparece, essa primeira tarefa está mais do que terminada, e os homens colocam em ordem seus instrumentos de pesca ou suas armas de caça, e às 8h já estão fora. Pouco depois saem as mulheres, que, com as crianças e um cesto às costas, se dirigem para o campo, onde o trabalho é diário, pois tudo o que colhem elas replantam, de modo que nunca falta o necessário. Às três, as mulheres retornam do campo, lavam a *mandioca*, tomam um banho e preparam o *mbeiú*[12]. Só fazem farinha para vender ou para mantimento de viagem. Quando, pouco depois, o homem volta com a caça ou a pesca, preparam-na num instante, e, no tempo em que ele vai tomar um banho e volta, a esteira está colocada, as comidas estão cozidas, assadas, e até mesmo no molho, fumegam em grosseiros pratos de barro, com o molho de pimentões no meio. Cada família senta-se ao redor e, para o vizinho que não teve a mesma sorte, sempre há um lugar. Um por vez retira um pedaço de carne do prato comum, sem muitas cerimônias, com dois dedos mergulha seu pedaço de *mbeiú* no molho de pimentões, que arde como o inferno nos primeiros momentos; e é um certame em que o homem desaparece e resta o animal. Tive ocasião de pensar nisso várias vezes: é principalmente diante

---

11. Aqui, no original da Sociedade Geográfica Italiana, é visível a falta de uma letra na composição do linotipo. Certamente trata-se de *jaguar*.

12. Ou meiú, (ou ainda beju/beiju, cf. uso de Stradelli): bolo de farinha de mandioca, em forma de torta, deixado cozinhar até perder o veneno, mas de forma que não fique torrado ou duro. (Cf. *Vocabulário*)

da comida que se diferencia o selvagem do civilizado, uma vez que, no resto, este é muitas vezes superado por aquele.

A propriedade, absoluta, ciosa, não se estende para além do que é obra de suas próprias mãos e adquirida com seu próprio suor ou disso fruto: a casa, a rede, os utensílios de cozinha, de pesca e de caça e o produto de sua roça; [a propriedade] não passa nem à terra, nem ao resto, de modo que uma planta frutífera que tenha nascido espontaneamente sem cuidados humanos pertence a todos, como o território, o campo; depois de ter servido a um, passa sem nenhuma recriminação a ser ocupado por outro, se, em lugar de lavrar um novo, acha isso mais conveniente. Esse tipo de vida só é alterado pela preparação da roça, pelas emigrações temporárias e pelas festas.

As roças, ou *cupixáua* em nehengatu, são preparadas no começo da estação seca, isto é, em julho ou agosto. Uma vez escolhido o terreno adequado, dele são arrancados os arbustos e os cipós; depois, a golpes de machado, são abatidas as árvores maiores. Nessa operação, todos os homens da *maloca* se ausentam em turnos, sobrando apenas um pequeno número, encarregado de prover a caça e a pesca aos trabalhadores. Isso, porém, na maioria das vezes, não acontece, pois o dono da futura roça providencia, em tempo, uma quantidade suficiente de carne e peixe *moqueados*[13]. Uma vez terminado o trabalho, festejam-no com um *cachiry*. As árvores abatidas são deixadas para secar dois ou três meses, e depois amontoadas e queimadas. É pouco freqüente que essa primeira operação limpe completamente o terreno: os troncos que ficaram são amontoados mais uma vez e novamente queimados. Depois, assim que se aproxima a estação das chuvas (dezembro e janeiro), nos primeiros aguaceiros, as mulheres e os homens, que terminaram seu trabalho, plantam a *mandioca*, que em seis meses já apresenta raízes em estado de serem colhidas. Além disso, plantam bananeiras, abacaxis e alguns nonadas, mas em pequena quantidade.

Os indígenas só precisam do estritamente necessário para todos os dias; apesar disso, hoje a colheita da *mandioca* é muito maior do que o consumo dos produtores; e são esses preguiçosos que fornecem a maior parte da farinha, a preços

---

13. No original, *moqueati*, com a forma italiana do plural masculino.

muitas vezes insanos, a quase todos os "ativíssimos" habitantes do rio Negro, que, juntamente com os do Pará e do Maranhão, alimentam os *siringeiros* do rio inteiro, até a Venezuela. Neste ano, só no mês de janeiro saíram do rio Uaupés quatrocentos cestos de farinha, que impediram que, no alto rio Negro, se abandonasse a extração da borracha antes do tempo, como se ameaçava fazer pela ausência de víveres; quatrocentos cestos de farinha, eu sei, não parecem grande coisa, mas, considerando o pequeno número dos indígenas em contato com o mundo civil, são até muitos.

Claro que, especialmente para os pequenos negociantes, que nunca cansam de espoliá-lo, o indígena não deixa, com tudo isso, de ser indolente e preguiçoso, e eu serei para eles um encarniçado indianófilo: que seja. O índio para eles tem um grave defeito: não tendo necessidades para satisfazer e não sabendo o que fazer com todos os encalhes de loja que o especulador leva até ele e dos quais, há muito tempo, já reconheceu a inutilidade, não os aceita e cede contra a vontade um cesto de farinha de cinqüenta a sessenta quilos, mais ou menos, que lhe custa tempo e suor, em troca de dois *cavados* (1,60 m) de tecido, dos quais não sabe o que fazer e que só usa por vaidade quando vai até ele aquele mesmo branco. Já vi venderem facões por oito e dez cestos de farinha; saias, por quatro, e outras roubalheiras do gênero. E esses vendedores não eram dos mais gananciosos.

E, como se isso não bastasse, o negociante trata o índio como o último dos seres, pior do que a um cachorro, pois, fiando-se em sua índole paciente, tem certeza de não ser mordido e, de qualquer maneira, sabe que sempre dará um jeito em tudo com um meio infalível: a *cachaça* (aguardente), *ultima ratio*, suprema tentação à qual tudo cede. É verdade que, de tempos em tempos, alguém se rebela e alguém – mais imprudente e, como costuma acontecer, menos culpado e mais desafortunado – acaba pagando por todos. Neste ano parece que as coisas foram um pouco além: as vítimas, pelo que consta, são três; pelas informações do *tuxáua* deles, o Uaupés está interditado aos brancos. Ao mesmo tempo que um deles me dizia isso, tive a satisfação de ouvir acrescentar que tal proibição não se estendia "ao Conde", que é como me chamam quando falam comigo; o *Mayua raira*, ou "filho da Grande Cobra", como o senhor Coudreau diz que me chamam, eu só ouvi uma ou duas vezes, enquanto revelava fotografias; talvez isso explique o poder que me atribuíam de fazer nascer pessoas pelo simples bater de mãos[14]. Mas voltemos à vaca fria.

O tempo que passa entre a preparação de um terreno para a roça e a queima das árvores abatidas é utilizado em migrações de um lugar a outro. A família inteira se desloca com armas e bagagens ou para um ponto do rio, ou para algum lago no interior, onde a pesca seja abundante, e a vida, mais fácil, ou para algum lugar mais bem provido de caça, ou mesmo para visitar alguma *maloca* amiga. Nessas peregrinações as distâncias nada contam. A única provisão que levam consigo, nesses casos, é a farinha. Os macus – que a *maloca* possui como escravos – e as mulheres carregam as provisões, e os homens, aptos para carregar as armas, seguem prontos para a caça ou a defesa. É nesse ínterim que as tribos do centro vêm se abastecer junto àquelas que estão em contato com os negociantes dos objetos de que mais necessitam – isto é, armas, artefatos de ferro – e dão em troca objetos de ornamento, *tucun, curaurá, myrity, ubá, caraiuru* e não sei mais o quê.

As missões erigiram o estabelecimento num lugar bem à vista, na margem do rio, mas os indígenas do Uaupés, como provavelmente todos os indígenas, escolhiam e ainda escolhem para estabelecer as próprias habitações lugares retirados, embora sempre próximos a algum curso de água, e escondidos, de maneira que, quem não sabe, principalmente se estrangeiro, passa sem nem suspeitar da quantidade de olhos que o espiam. Da primeira vez que remontei o Tiquiê, o *tuxáua* João, que era meu piloto, com a desculpa de que o rio era desabitado, fez-me chegar em sete dias à cachoeira de Tucana, sem que eu nem mesmo desconfiasse de que ele estava me enganando. Foi só na volta, quando o *tuxáua* Torquato me disse que isso era falso, e que, por bem ou por mal, decidiu-se João a me fazer visitar todas as *malocas*, e que ele, empenhado nisso, fez-me levar dez dias na descida, [foi só então] que pude verificar o quanto estava longe da verdade a minha primeira suposição. Não havia riacho, pequenos afluentes ou terra um pouco ele-

---

14. "Puis c'est l'histoire du C.t Stradelli, qui était ici il y a quatre ans. On nous raconte qu'il était fils du Grand Serpent, et que dans l'Uaupés, rien qu'en frappant des mains, il faisait naître des hommes" ["Depois vem a história do conde Stradelli, que esteve aqui há quatro anos. Contam-nos que ele era filho da Grande Cobra e que no Uaupés ele fazia nascer os homens apenas batendo as mãos."], Henri Anatole Coudreau, *Voyages à travers les Guyanes et l'Amazonie* (Paris, Librairie Coloniale, 1887, t. 2, p. 214). (N. A.)

vada na própria margem do rio onde não habitasse alguém, e, à exceção de poucas realmente abandonadas pelos habitantes que tinham se recolhido em alguma das missões próximas, nas *malocas* havia gente por todo lugar; a maior parte, é verdade, era composta, porém, de mulheres, crianças e velhos, porque os homens estavam no baixo rio Negro, extraindo borracha ou remando a canoa do *patrão*. Talvez fosse essa a razão pela qual o meu João, que ainda não me conhecia, não quisera no começo desvelar-me todos aqueles verdadeiros esconderijos.

A construção das casas nada tem de especial. Nas missões, há dois tipos: ou a cabana com as formas reduzidas da *maloca*, ou a casa com as paredes de gradeados de bambu recobertos por barro [pau-a-pique], em geral constituída por uma varanda e uma única sala, raramente duas, uma grande e uma pequena. A *maloca* é uma cabana grande, muitas vezes de vinte ou trinta metros de comprimento por dez ou doze de largura, com o telhado de palha que cai até o chão, e as paredes, até certa altura, de casca de árvore e depois de palha de palmeira, como o telhado – sobretudo as do interior. Essas paredes de casca de árvore são verdadeiras fortificações e se talvez não defendam completamente de uma bala, defendem das balas de chumbinho e, principalmente, são impenetráveis às flechas, coisa que as paredes de palha não são. Não raro, atrás da parede de casca de árvore encontra-se uma verdadeira paliçada de defesa. Em geral essas casas são construídas no alto de uma esplanada, no meio de um pátio que é conservado limpo, como medida de defesa, por uns cem metros, em volta da casa. As plantações são sempre distantes: em volta da *maloca* só surgem, geralmente, alguns elegantíssimos grupos de pupunhas, de cana-de-açúcar, alguns pés de banana e a indispensável planta de pimenta. Mas, se as plantas são poucas, os animais criados e domesticados são muitíssimos; isso me fez lembrar mais do que uma vez aquilo que o senhor Couto de Magalhães dizia a respeito das tribos do alto Araguaia, se não me engano: "A *maloca* é, muitas vezes, um museu vivente da fauna das redondezas".

Internamente a *maloca* se divide, poderia dizer, em três partes. A parte reservada ao *tuxáua*, a do povo e uma terceira para os forasteiros. Logo entrando, à esquerda, um compartimento duas vezes o tamanho do dedicado à família é reservado ao estrangeiro; uma série de estacas expressamente dispostas permite amarrar nelas um bom número de redes. Durante o dia, só há duas, uma destinada ao *tuxáua* da *maloca* e a outra ao visitante; para o restante das pessoas há dois longos bancos, ou, então, o chão. O compartimento que fica em frente é fechado por um gradeado e serve como depósito dos objetos comuns. Na parte do meio da *maloca* designada para a população, ao longo das paredes, como se fossem baias de uma cavalariça, há muitas divisões oblongas de tamanho e número variáveis, e cada uma é destinada a uma família. Diante de cada uma há o lugar para os utensílios de cozinha e, a uns dois metros de altura, um gradeado que é o armário ou a dispensa da família. Na parte posterior da *maloca*, que costuma ter uma forma semicircular, fica o apartamento, assim se pode chamar, do *tuxáua*, separado por um gradeado que corre, muitas vezes, de parede a parede e ocupa a área de quatro baias, duas de cada lado. Atrás está a cozinha comunitária, mas constituindo um corpo à parte. A cozinha, ou melhor dizendo, o forno, é comum, mas a comida é geralmente feita em frente a cada baia; no meio, entre duas fileiras de colunas de madeira, estão as gamelas e os vasos para o *cachiry*[15].

Mal você chega, é-lhe oferecida a rede pelo *tuxáua*, que o recebe na porta; depois que você tomou assento, todos os homens desfilam à sua frente, um a um, perguntando-lhe como vai, de onde vem, para onde vai, e passam a fazer a mesma coisa com todo o seu pessoal. Por sorte, como na maioria das vezes não os entendia, só tinha de responder aos poucos que falavam a língua geral ou nehengatu. Depois chega a vez das mulheres. Todas as mães de família vêm carregando cada uma, em uma cesta, *mbeiú* ou *curadá* (fogaças, as primeiras, de *mandioca*; as segundas, de *tapioca*) acompanhadas pelo inevitável molho de pimenta vermelha, *biá*, como eles dizem; colocam tudo no chão, diante de sua rede, seguidas pelas moças e pelas crianças, que, nas missões, vêm pedir sua bênção, que recebem beijando-se os dois dedos da mão direita que lhe é oferecida. A pragmática exige, então, que se pegue um pedacinho de cada uma das fogaças oferecidas, que se deguste todas, molhando-os no famoso molho. A primeira vez, quando não o conhecia, caí na esparrela: molhei, compenetrado, minha porção de *mbeiú* e achei que perdera para sempre o paladar; das outras vezes apenas fingi [molhar]. A partir desse momento, a hospitalidade é dada e aceita, você está em sua casa, pode ir,

---

15. A explicação do significado deste e de outros termos da alimentação indígena poderá ser encontrada nas notas à "Lenda do Jurupary".

vir, fazer, ficar, que ninguém se incomodará. Essa liberdade, porém, dura pouco. Uma vez superado, por parte dos indígenas, o primeiro sentimento de respeitoso temor, você se torna vítima da curiosidade deles: todos, feito crianças, querem ver tudo, saber tudo, tocar em tudo. E as mulheres e as moças, que no começo são as mais tímidas e reservadas, são as que mais dão trabalho.

Isso, porém, se às vezes me incomodava, outras me divertia, e sobretudo quando lhes mostrava ao microscópio aqueles bichinhos – infelizmente numerosos, apesar da caça constante de que são objeto – que povoam suas vastas cabeleiras. Grandes eram as exclamações de admiração e animadas as discussões que se seguiam, e depois me olhavam com mais respeito: havia subido de grau. Um dia, em Tucana, no Tiquiê, testemunhei uma curiosa explicação de meu poder. Duas jovens esposas estavam sentadas não longe de mim, uma aleitando um robusto bebê, outra brincando com o papagaio que não quisera me vender alguns minutos antes. Esta explicava à outra que o papagaio fora prometido e que por isso não podia dá-lo a mim.

– Você faz mal, o branco pode ficar bravo com você.

– O branco é bom, não fica bravo.

– Pois sim, você não viu como ele aumenta os animais? Se se irrita, é capaz de aumentar todos os piolhos que você tem no cabelo e fazer que a comam.

Poucos minutos depois o papagaio era meu, um soberbo *anacá*, que eu não soube recusar.

Com a fotografia, foi mais difícil; se não tivesse sido um caso fortuito que me permitiu retratá-los, jamais o teria conseguido. Ainda me valia do incômodo processo em colódio e fixava com o cianeto. Em Jauaretê, aonde havia chegado sem ter conseguido fotografar um único índio, por mais que tivesse fotografado os frades e seus discípulos de todas as maneiras possíveis, montei a tenda que me servia como câmara escura perto da casa do *tuxáua* Mandu e tirei umas fotos da cachoeira e da aldeia. Na manhã seguinte aparece o *tuxáua* pedindo-me veneno para as formigas. Respondo que não tenho. Ele me diz, com todas as letras, que estou mentindo; me inquieto e, então, ele me conduz ao lugar onde eu tinha montado a tenda no dia anterior. Lá mesmo, com um gesto grandioso, digno de um melodrama, aponta-me o campo semeado de mortos. Tive de baixar a cabeça e dizer: *Cupi teen*, "é verdade". É que, sem querer, havia montado a tenda sobre um formigueiro e naturalmente, onde havia penetrado, o cianeto tinha cumprido sua missão.

Eu já havia tirado as fotos de que precisava e não queria privar-me do cianeto, do qual não possuía grande quantidade, quando tive uma idéia. "Você tem razão", disse ao *tuxáua*, "mas este veneno não é o melhor, pois é feito com a vista das plantas e das casas; o bom é o que se faz com os homens e com as mulheres. Venha aqui, fique parado ali em frente à máquina e verá que bom veneno." Mandu aceitou de pronto, e, quando saí da câmara, dei-lhe uma boa solução de cianeto, com todas as recomendações possíveis. Foi experimentá-lo, acompanhado por toda sua gente. O efeito foi extraordinário. A partir desse dia, arranjou-me pessoas para que as fotografasse. Quando as de Jauaretê terminaram, mandou vir de fora e tenho certeza de que, sem me mexer dali, teria podido fotografar o Uaupés inteirinho. No final, era obrigado a fazer fotos de grupos, para não desagradá-los. Tudo isso foi trabalho perdido. Havia colocado todos os *clichês* numa caixa. Os *copins* [cupins] entraram nela e não respeitaram sequer um. As secreções com as quais haviam sido unidas as lentes [da máquina fotográfica] estavam tão corroídas que a superfície atacada ficou completamente polida, como se lhe tivessem passado o esmeril.

Farei agora uma rápida retrospectiva dos costumes descritos até aqui e, finalmente, passarei à lenda, que é, posso dizer, a causa destas rápidas notas.

O *tuxáua* é o chefe da tribo; o *payé*, ou melhor, *paié*[16] é ao mesmo tempo médico e sacerdote. O poder do *tuxáua* é porém, eu diria, patriarcal; mas para mim não há dúvida de que, originariamente, devia ser guerreiro e, se hoje quase já não apresenta esse caráter, isso se deve às circunstâncias mudadas. As tribos do Uaupés, de origens e proveniências diversas, ainda que suas lendas falem delas como de indígenas do Temu – uma pequena cadeia de montanhas que se eleva entre o Uaupés e o Issana –, não passam, a meu ver, de descendentes de nações muito mais numerosas que, por razões quem sabe diferentes, vieram procurar abrigo ali. Dizimadas como hoje se encontram, raras são as guerras que fazem entre si. Os nomes das tribos atuais, em parte diferentes dos antigos, pouco podem contribuir para aclarar sua história, uma vez que eu poderia quase afirmar que tais nomes mudam com a mudança dos chefes, especialmente se alguns deles deixaram uma forte memória de si. E às vezes se devem à região em que vivem as tribos, de modo que pouca luz nos podem trazer. A língua é uma prova da diferença de origem, enquanto pareceria negá-la a igualdade de tradições e de usos.

---

16. Pajé.

De onde vieram? Eis uma questão difícil de ser respondida. Certos usos e costumes, como me fazia notar o senhor Barboza Rodriguez – como, por exemplo, o uso de um retiro para as virgens, que a propósito dos biancás encontramos na lenda –, poderiam filiá-los ao Peru, de onde não seria difícil ter saído uma parte deles, constituída talvez exclusivamente pelas classes inferiores. Mas seria difícil explicar, em tal caso, a total ausência de monumentos. O culto ao sol, que parece resultar do conjunto das tradições de Jurupary, não é tal, pelo fato de que, acima do astro, que atua quase como seu representante, há um outro ser, mal conhecido, indefinido, se quiserem, mas um ser superior, conceito esse que não sei se coincide com algo de semelhante na religião dos incas.

No enfeite que usam os chefes, há quem tenha querido ver uma ligação com o enfeite que a tradição atribui às amazonas, um sucedâneo, perdoem-me a expressão, da *pedra das amazzonas*, dos enfeites em jadeíta e nefrita, das quais o berilo verde, conhecido com o nome de *amasone's stone*, seria a imitação. Pode ser, mas duvido, e diante da tradição verdadeira não sei como se possa sustentar – pois, se houver algo a ser sustentado, seria exatamente o oposto. A tribo de mulheres encontrada por Orellana não seria refratária à lei de Jurupary de cujos seguidores havia fugido? Desses êxodos, encontramos um no final da lenda de Jurupary, e um outro, bem mais definido, na lenda dos naui-nauis, que segue a de Jurupary.

De qualquer maneira, não quero me deter agora em uma discussão desse gênero; é um fato, porém, que numa época mais ou menos remota o Uaupés sofreu uma ou talvez mais invasões: seus habitantes estão lá para atestá-lo a quem observe um pouco.

De um lado, há os macus, a raça escrava, a antiga senhora da terra que do Uaupés se estende ao Jupurá e ao Marié, onde domina, livre, até o rio Branco. A outra, composta pelas tribos dominantes dos senhores atuais, ou seja, tarianas[17], tucanas, arapaços, dessanas etc., de uma cor inconstante, mas sempre puxando para o escuro, de tronco forte e robusto, em cuja comparação, muitas vezes, as pernas parecem exíguos suportes; as mãos e os pés bem-feitos, mas não por demais pequenos; o rosto decididamente prógnato, com as maçãs acentuadas e sa-

---

17. O autor alterna "tariana" e "tária".

lientes lateralmente; a boca larga; o lábio não por demais carnudo e saliente; o nariz achatado e largo na base; os olhos pequenos e amendoados, com as sobrancelhas (quando existem, pois, normalmente, são depiladas) retas e inclinadas para a raiz do nariz; cabelos daquele preto-avermelhado tão característico a todas as raças indígenas (é o traço que mais resiste nos cruzamentos), lisos, rebeldes a qualquer vinco, mas não grossos nem cerdosos. A estatura média dessa raça é acima de 1,68 m; na própria raça talvez se possa distinguir um subgrupo que, mesmo mantendo em geral os mesmos traços, é constituído por indivíduos mais escuros, menores, com a mesma conformação zigomática, mas menos acentuada. Entre esses eu incluiria os pyrá-tapuyas, os barriudo-tapuyas, os tuyuca-tapuyas e quem sabe, embora tenha visto muito poucos deles para podê-lo afirmar, os cubeuas, enquanto assimilaria os umáuas ao grupo principal.

Os macus, apesar de terem a cor geralmente mais clara, não os tomaria jamais como base de distinção, uma vez que a cor deles é sempre muito variável; e conheço macus que parecem pretos, embora não o sejam; o rosto deles é geralmente ortógnata, os zigomas salientes, mas mais para o interior, para frente, a boca regular, o nariz muitas vezes reto e afilado; isso significa que, afora a cor, encontram-se tipos pouco ou nada diferentes do caucasiano: mais delgados e delicados de forma, são ainda menos robustos.

É certo que no baixo Uaupés é difícil diferençar bem esses dois tipos, a civilização misturou demais as raças, e o macu quase não está representado nelas. Porém, nos lugares aonde [a civilização] não chegou, onde as mulheres tentam desvesti-lo para se assegurar de que você é feito como os outros homens, onde puxam os pêlos de suas pernas para assegurar-se de que estão presos à pele e não são postiços, a coisa muda de figura. A esse respeito, não sei onde li, mas com certeza num encarniçado seguidor de Darwin, que a ausência de pêlos nas pernas se deveria ao uso de vestimentas. Mas, ou muito me engano, ou o indígena deporia em contrário. Todo o corpo dele é desprovido de pêlos e, tirando o rosto, as axilas e as partes pudendas, seu corpo inteiro está coberto por uma fina lanugem que dá à pele a sensação de uma maciez extraordinária.

Originariamente, os casamentos deviam ser exógamos e feitos por rapto; ainda hoje esse uso é muito freqüente. O rapto da moça escolhida data do tempo dos grandes *dabucury*. O raptor conduz a escolhida até um lugar distante, já preparado há tempo. Os parentes fazem estrépito, gritam, mas não se mexem, embora saibam perfeitamente onde os fugitivos se esconderam. Um ano depois, mais ou menos, os noivos voltam. Se a moça está grávida, o esposo presenteia o sogro com um cinto de dentes de *taiussu*, objeto muito apreciado e ao qual atribuem influência sobre a duração da vida de quem o possui; o *pajé* sopra sobre os esposos, e o matrimônio é concluído sem outras formalidades. Em caso contrário, a moça é devolvida aos parentes, que a aceitam de volta, sem objeção. Conheço algumas que, dessa maneira, foram raptadas três ou quatro vezes e ainda não encontraram marido. Jurupary estabeleceu a indissolubilidade do matrimônio, e talvez seja por isso que eles experimentam antes se a esposa serve. Ao ato da cópula em si não é dada grande importância: o que consagra o matrimônio é o dever dos pais de criarem seus filhos; quando isso não existe, a união dos cônjuges não tem mais razão de ser; e é por isso que, mesmo quando não houve o rapto, se de qualquer união nasce um filho, o matrimônio existe e é indissolúvel, escravos nisso do próprio dever. Jurupary estabeleceu a exceção da esterilidade para os *tuxáuas*; hoje, porém, [o costume] é geral, e é essa idéia – que têm do matrimônio e de sua razão de ser – que muitas vezes fez, sim, que alguns, casados pelo missionário, retornassem depois de certo tempo com outra mulher para serem casados novamente; e, à pergunta se a primeira mulher havia morrido, ele teria ouvido responder ingenuamente: "Não, mas o que posso fazer, se ela é estéril?". Os missionários, é verdade, mandavam-nos de volta sem casá-los, depois de um sermão daqueles, do qual, na maioria das vezes, não compreendiam uma vírgula. E eles iam embora, mas não para tornar a conviver com a primeira mulher. Se o missionário não os quisera casar de novo, tanto pior, eles abriam mão disso; no máximo – e é o mais freqüente –, ficavam com ambas as mulheres. Mandu de Maximiano Táua, o *tuxáua* de Oconory [O'Connory]e outros que o digam.

Pois bem, isso não seria de se prever pelo ciúme com que são custodiadas as moças antes que atinjam a puberdade.

Qualquer contato com os homens é-lhes interdito, e essa interdição é tanto mais rigorosamente observada, quanto mais se vai longe das missões. Quando a puberdade chega, a moça é trancada num quarto feito para essa finalidade e inacessível aos homens, onde passa um mês jejuando, servida apenas por mulheres. Diziam-me que, se um homem a visse, a estragaria. É nessa época que seus cabelos são cortados. Quando eles voltam a crescer e as moças são apresentadas no grande *dabacury* ou no *cachiry* de cada mês, estão liberadas para terem quantos amantes quiserem, porém, onde a assim chamada civilização ainda não levou a prostituição, elas não abusam.

Esse estado de coisas levaria a pensar que o infanticídio fosse desconhecido. Infelizmente, não é assim. Do comércio com o *regatão* (negociante viajante), que, com presentes, obtém os favores das belezas locais, nascem filhos sem pai, fato que, para uma mulher que não é notoriamente viúva, constitui um obstáculo para qualquer colocação futura entre os seus. No conceito geral ela já é casada, portanto, inatingível, daí o infanticídio e a razão pela qual, talvez, depois de tantos anos de contato com os brancos, a raça pode continuar, salvo raríssimas exceções, sendo considerada pura. De outros absurdos que a eles são atribuídos, nada sei.

Não apenas as moças são submetidas ao jejum; o homem também o é, e com bastante freqüência. É submetido ao jejum todas as vezes que a mulher tem suas regras – e isso, diziam-me, para que ele não tenha vontades e possa respeitar o estado da mulher. E é submetido também quando a consorte o torna pai – e isso para que a criança, que toma a força do homem e não da mulher, possa assimilar a quantidade de forças que o pai perde em um mês de jejum ao qual o costume o condena.

Quando chega a época em que a mulher deve dar à luz, lhe é preparada uma cabana de palha na mata próxima e para lá ela é conduzida por uma das velhas, que tem por missão matar uma galinha preta, tirar dela a gordura e, com essa [gordura], lubrificar as partes para facilitar a saída da criança. Mas, habitualmente, quando dá à luz, a mulher está sozinha e sozinha dispensa os primeiros cuidados à criança, lava-a no rio, onde também se lava, e a entrega ao pai, que já começou seu jejum e a espera deitado em sua rede. Feito isso, ela volta a se ocupar, como se nada tivesse acontecido, de suas tarefas domésticas, enquanto o marido jejua e descansa, segundo a lei de Jurupary (costume que já foi notado pelos primeiros missionários em várias partes do Brasil).

Quando alguém está prestes a morrer, as pessoas da família o circundam, e todos, em voz alta, mas principalmente as mulheres, decantam suas virtudes e choram sua perda, esperando que, com aquele barulho e aqueles louvores, a doença, que a ciência do *pajé* não conseguiu vencer, seja abrandada e o abandone.

Mas, se morre fora dos lugares onde reside o missionário (porque, no caso [de o índio morrer em uma localidade onde haja um missionário], ele é levado em uma rede até o cemitério), o corpo é envolvido cuidadosamente como um salame, com uma atadura de *nambé* e enterrado no próprio lugar onde expirou, fazendo-se, em seguida, uma fogueira em cima.

No passado, depois de quatro ou seis meses, o cadáver era desenterrado, os ossos limpos com fogo dos últimos restos de carne, depois pisados e reunidos ao *capy*, que devia ser bebido no *cachiry* da primeira lua cheia. Esse uso, embora negado pelos indígenas, por receio, ainda era mantido às escondidas no território das missões; pelo menos, fui testemunha de um fato que me autoriza a afirmá-lo.

Morreu um velho pyra-tapuya, de quem agora me foge o nome, e foi enterrado no cemitério, conforme a ordem dada pelo missionário. Qual não foi minha surpresa, porém, quando, na manhã seguinte, encontrei seu corpo estendido numa *ubá*, coberto com folhas de bananeira, pronto para ser transportado na *cupixáua* do outro lado do rio. Eles já sabiam que eu não revelaria o que visse, de modo que continuaram fazendo o que pretendiam, sem se incomodar muito com minha presença. Eu, porém, por desencargo de consciência, fui até o cemitério, onde encontrei realmente a sepultura vazia. Poucos dias depois, parti, se não me engano, para o Tiquiê. Quando voltei fui até Ipanoré e, dali, voltei a Taraquá, onde o fato ocorrera. Havia passado três ou quatro meses, quando os habitantes da cabana onde o infeliz morrera voltaram. Mas, em lugar de irem para a própria casa, foram à de um vizinho e prepararam o *cachiry*, como se se tratasse de realizar a festa da próxima lua cheia e de recomeçar a viver em sua antiga casa. Nas missões não se podia realizar festas sem a permissão dos frades; aqueles vieram a pedi-la, mas, em um primeiro momento, lhes foi negada; depois, um pouco devido à minha intercessão e um pouco devido à condescendência de frade Matteo, a permissão foi concedida.

Desde o alvorecer, o *pajé* Pedro foi, com uma canoa e seis remadores, apanhar o vaso do *capy*, que tinha ficado no *sitio*; por volta das 5h, quando ele foi visto de longe, as mulheres desapareceram, e todos os homens, entre os quais eu também estava, precedidos por quatro tocadores das sagradas *passyua*, de um bom metro e meio de comprimento, foram até o porto ao encontro dos recém-chegados. Mal se encontraram, o filho do defunto, que vinha remando com o *pajé*, desceu à terra, pegou o vaso com o *capy*, cobriu-o com o escudo de vimes trançados e se dirigiu – sempre acompanhado pelo *pajé*, que carregava o garfo com o charuto, pelos tocadores, depois pelo *tuxáua*, por mim e pelo resto em procissão – até a cabana e depositou ali o vaso no lugar onde estivera amarrada a rede do defunto, quando ainda estava vivo. Os tocadores ficaram fora e só entraram quando todos nos colocamos de pé, encostados às paredes, eu entre o *tuxáua* e o *pajé*. Deram, então, três voltas, tocando ao redor do vaso, depois saíram e voltaram três vezes para cumprir a mesma cerimônia. Depois disso, nos acocoramos todos no lugar em que estávamos, e eu, por atenção especial, recebi um banquinho para me sentar. O vaso do *capy*, com uma pequena *cuia*, foi colocado, coberto pelo escudo, à esquerda do *pajé*, e o charuto enfiado no garfo, à direita. O *tuxáua*, batendo no ombro o *murucu*[18], que lhe fora dado ao entrar e que voltou a enfiar no chão à sua direita, deu o sinal; então, em silêncio, foram distribuídos a cada um os enfeites de penas, que foram vestidos em cima das calças, que todos usavam porque estavam nas missões; foi acendido o charuto, que deu a volta nos presentes, e, pelo filho do defunto, foi servida a primeira *cuia* de *cachiry*. Então, escondidas as *passyua*, foram chamadas as mulheres. Pouquíssimas estavam pintadas e todas estavam de saia. As *cuias*[19] de *cachiry* sucediam-se, e, de quando em quando, os tocadores de *passyua*, fora da cabana, faziam ecoar a floresta com seu som monótono e profundo.

A lua, nesse meio-tempo, se elevava, sangüínea, no horizonte, saudada pelo som das *passyua*; é a hora em que começa a dança.

---

18. *Murucú*: longa haste ornamentada de plumas e de desenhos em alto relevo e munida de uma ponta de lança móvel, e alguma rara vez de um ferrão de arraia, num dos lados e no outro de um maracá, aberto na própria madeira em que é feito o *murucú*, acabando em ponto e endurecido ao fogo. É a insígnia dos chefes de muitas tribos uaupés e japurás, e dela se servem hoje para puxar as danças, como já se serviram para guiar os próprios guerreiros na peleja. O *murucú* é geralmente usado pelas tribos que usam o torocana, parecendo por isso mesmo arma tupi-guarani. (Cf. *Vocabulário*)
19. No original, *cuie*.

No meio da sala, um grupo de tocadores de gaita e de *memby* (pífano feito com a tíbia do cervo) entoaram ou, melhor dizendo, destoaram um monótono acompanhamento de dança que, mais do que a qualquer outra coisa, se assemelhava a uma nênia. Com o *tuxáua*, que brandia na cabeça o *murucu*, um homem e uma mulher foram se alternando, com a mão esquerda sobre o ombro do vizinho e o *maracá* na direita, com o qual se acompanhavam, marcando o compasso. Começamos a ir da direita para esquerda, com um movimento lento e cadenciado, aclarados pela luz tremulante das tochas de resina que, acesas no meio da sala, perto dos músicos, projetavam de modo fantástico, sobre as paredes e o teto, negros de fumaça, as sombras dos que dançavam. De tempo em tempo, a dança parava e o *cachiry* corria de um a outro, mas logo depois a dança recomeçava, acompanhada por um refrão de louvação ao defunto; e a cada libação o *maracá* acompanhava mais nervoso e a dança ia se tornando mais rápida e menos compassada. A um certo ponto o círculo se divide em duas linhas, que ficam *vis-à-vis* pulando e recuando, e deixam o vaso no meio; depois se forma o círculo de novo, mas, em lugar de se seguir à esquerda, se segue à direita, para se recomeçar indefinidamente. Os velhos, entretanto, um a um, deixando o círculo dos dançantes, se acocoram em volta do *pajé*, que durante todo esse tempo não saiu de seu lugar, e as velhas se aproximam das gamelas de *cachiry* e ajudam a servir. A lua, entretanto, segue seu curso, e, quando está próxima ao zênite, as *passyua*, silenciosas por tanto tempo, anunciam [o fato] ruidosamente. Nesse momento, o *pajé* descobre o *capy*, enche a pequena *cuia*, sopra nela, remexe, bebe e a passa ao vizinho, e assim passa e repassa até dar a volta por todos os homens e retornar ao *pajé*, que a coloca novamente em seu lugar, para começar dali a pouco a distribuição, pois nada deve ficar no vaso. As mulheres não bebem *capy*, e a mim não o quiseram dar, dizendo-me que não estava acostumado e podia me fazer mal. Era tarde e me retirei. A festa durou até o amanhecer.

Mais tarde tive a chave de por que não quiseram me dar o *capy*: meu colega de pajelança, pai da Maria Taraquá *pajé*, de quem agora me foge o nome, assegurou-me que não quiseram me dar o *capy* porque nele estavam pulverizados os ossos do morto e eu era estrangeiro. Joaquin Liborio confirmou-me, faz pouco, a mesma coisa. Acredita-se que esse uso permaneça em vigor apenas entre os cobéuas, mas é um erro.

Há alguém que sustenta, inclusive, que a antropofagia existe entre os umáuas, mas que seria limitada, porém, às mulheres jovens. Passo adiante como me passaram, sem acrescentar nada[20].

A dois outros *cachiry* assisti no Tiquiê. Um em Jauira, pouco depois um outro em uma *maloca* do Myrity *ygarapé*, embora o primeiro fosse em homenagem ao *tapyra*, ou seja, em homenagem às moças que, entradas na puberdade, tinham o direito de comer pela primeira vez dessa carne. As poucas diferenças foram estas. De tempo em tempo interrompiam o compasso monótono da música imitando o assobio agudo do *tapyra*; em lugar do *maracá* cada um tinha um bastão, e todos, homens e mulheres, só tinham os ornamentos de costume e o corpo pintado com desenhos extravagantes. Eu mesmo estava em perfeita caracterização de *tuxáua* e não me haviam poupado sequer da pintura, fato que me incomodava não pouco. O indígena não tem pêlos no corpo e, onde os têm, freqüentemente se depila. Com isso, os desenhos feitos com o *carairu* não o incomodam de maneira alguma; eu não sou um Esaú, mas com todo o *carairu* grudado nos poucos pêlos que tenho no rosto, especialmente nos primeiros momentos, depois de a cor ter secado, via todas as estrelas do firmamento. Isso, sem levar em conta que a ornamentação de meu corpo, embora entregue às mãos de duas talentosas pintoras, não durou menos do que uma hora de lobo[21]. Por volta da meia-noite um grande pedaço de *tapyra* foi colocado diante do *pajé*, que, depois de ter cumprido a cerimônia de soprar nele, arrancou com as mãos tantos nacos quantas eram as iniciandas, três, dando um a cada uma, que recebia e comia *ipso facto* o que lhe tinha sido dado, enquanto os que assistiam, batendo os longos bastões no chão, imitavam, todos juntos, o assobio do *tapyra*, e as sagradas *passyua* tocavam, lá fora, pela última vez. Depois, o *cachiry* voltava a ser distribuído fartamente, interrompido de tempos em tempos, para os homens, por pequenas *cuias* de *capy*. E a dança continuava, e o refrão em homenagem ao *tapyra* era repetido com voz cada vez mais rouca, enquanto os bastões batiam cada vez mais forte a cadência, e os assobios não ressoavam mais em todo o seu volume. A amplidão da *maloca*,

---

20. Em italiano, a curiosa expressão "non ci metto nè sale nè pepe", ou seja, "não coloco nem sal nem pimenta".
21. No original, "un'ora di lupo".

os montes de resina acesos, que mal conseguiam dissipar as trevas, a sombra dos corpos, dos penachos, dos longos bastões que se desenhavam vagamente, aumentados nas paredes e no teto, que se perdia como que pelo infinito, davam à cena selvagem algo de grandioso, que se impunha. Porém, por seu efeito, o de Taraquá não passava de uma mesquinha paródia; a não ser pelo fato de que era de *ingá* e que o bastão substituía o *maracá* e não havia iniciação alguma, em nada diferia do descrito.

Nunca assisti a um *dabucury*, festa muito maior e mais solene do que o *cachiry*, pois se este é, por assim dizer, uma festa de família ou, quando muito, de tribo, que se repete a todas as luas cheias, salvo quando coincide com um *dabucury*, aquela é uma festa de tribo para tribo, de nação para nação. Os grandes *dabucury* só se dão duas vezes por ano em cada *maloca*, nos solstícios; mas essa não é uma regra muito certa.

Uma vez, no Tiquiê, e mais precisamente em Massimiano [sic] Táua, cheguei quando o *dabucury* tinha acabado de findar e os tucanas de Pary estavam se retirando. O *tuxáua* e a tribo inteira, enfeitados e pintados como para a dança, os acompanharam solenemente até o porto, onde suas embarcações os esperavam, prometendo a reciprocidade no ano seguinte.

Eis aquilo que me consta, quanto ao *dabucury*. Os habitantes de uma *maloca*, esse é o caso mais comum, decidem fazer uma visita àqueles de uma outra e mandam, com antecedência, avisá-los. É coisa absolutamente necessária, pois os que irão oferecer o *dabucury* têm de levar os víveres, e os que recebem preparam as bebidas. Quanto ao resto, salvo no tempo em que a festa é exclusivamente masculina e sobretudo no terceiro dia, em que, excluídas as mulheres, tocam as sagradas *passyua*, pelo que me disseram, as danças e as cerimônias pouco diferem das usadas no *cachiry*. Não posso, porém, fornecer detalhes e nem asseverar, porque não vi.

Porém, tanto o *cachiry* quanto o *dabucury* não são pura e simplesmente festas; são cerimônias religiosas, estabelecidas por Jurupary, ou, melhor dizendo, por ele confirmadas, pois ele já as encontrou quando veio, enviado pelo Sol, ensinar novas leis e costumes aos homens, para ver se assim conseguiria encontrar no mundo uma mulher que fosse perfeita, ou seja, que fosse ao mesmo tempo paciente, reservada, discreta – virtudes essas que, dizem, não se encontram jamais reunidas num mesmo indivíduo feminino.

Desde minha primeira viagem, o Jurupary havia atraído minha atenção e fora objeto de meus estudos, mas não consegui concluir nada. A existência das máscaras não era segredo para mim; já tinha visto uma em Jauaretê e outra em Ipanoré; em Taraquá não havia nenhuma; tenho motivos para crer que existisse uma na *maloca* do *tuxáua* João do Taraquá, na foz do Tiquiê, mas não poderia afirmá-lo. Isso e aquele episódio da lenda me haviam sido contados; eu fizera a viagem até Cristo Vicente quase que exclusivamente para essa finalidade, mas nada conseguira tirar dele. A única impressão que de tudo isso me ficara na mente é que a identificação de Jurupary com o diabo era falsa, que bem longe de ser um mito cristão ele se aproximava, no caso, ao conceito do *daimonion* grego. Quando, em 1882, F. Coppi veio a Manaos depois da apresentação da máscara de Jurupary e me contou os segredos da "religião do diabo" – como ele dizia –, então recentemente desvelados, esses me pareceram, em sua maior parte, exageros do fantasioso mas não igualmente corajoso franciscano, que pelo martírio não tinha o menor entusiasmo. Via no relato, em demasia, aquele mesmo espírito prevenido dos primeiros missionários, no sentido de que tudo o que saísse da órbita cristã, tudo o que tivesse um aspecto novo, era no mínimo diabólico; e só dei a ele uma atenção muito relativa. Era claro demais que para ele tudo isso era obra do diabo; ele chegava a afirmar que Jurupary era uma verdadeira encarnação dele, portanto nada poderia ter de bom. Quando voltei, encontrei aqui o trabalho de Coudreau, publicado enquanto eu estava na Venezuela, e fiquei não pouco admirado ao ver aceita como boa moeda a história de F. Coppi, analisada pela crítica spenceriana. Quis tirar a limpo e comecei a juntar meus pouquíssimos fragmentos e, interrogando alguns uaupés, tentar compreender como era realmente a coisa. Foi então que, falando disso com meu bom amigo senhor Massimiano José Roberto, ele me disse que o trabalho ele já o havia feito e que, se eu quisesse, colocaria o manuscrito à minha disposição. Podem imaginar se não aceitei. No começo, pensei em resumi-lo, mas depois mudei de idéia e o traduzi. E é essa tradução que acrescento, depois destas notas, sem maiores comentários. Esta é apenas a primeira parte, outras virão em seguida, diz o autor. Quando tiver enviado o trabalho todo, que considero interessante o bastante para ser conhecido, introduzirei algumas poucas observações, visando esclarecer melhor alguns pontos que, por enquanto, mal toquei[22].

E agora, antes de terminar, duas palavras sobre o senhor Massimiano J. Roberto – que teve a gentileza de permitir que enviasse aos senhores as primícias de um trabalho destinado a modificar profundamente tudo o que se conhece sobre esses indígenas e a lançar, talvez, uma imensa luz sobre sua proveniência – e sobre o método seguido para colher essas informações.

Massimiano J. Roberto descende, por parte de pai, dos *manaos* e, por parte de mãe, de uma tariana do Uaupés, irmã do *tuxáua* Mandu de Jauaretê, que ainda era viva por ocasião de minha última viagem àquele lugar. Era, portanto, a pessoa mais indicada, se não a única, que poderia realizar esse trabalho. Acrescente-se a isso que seu *sitio* no Tarumanmiry, onde ainda vive a ancestral materna, é o ponto de encontro de todos os indígenas do Uaupés, que lá vão como que em peregrinação para visitar a velha parente, e consideram seu neto como o verdadeiro chefe longínquo de suas tribos. Ele começou coletando a lenda de um e de outro, comparando, ordenando as diferentes narrativas e submetendo-as às críticas dos diversos indígenas reunidos, de modo que hoje ele pode assegurar que apresenta a fiel expressão da lenda indígena, da qual conservou, o mais que pôde, até a cor da dicção. Isso, por sinal, não lhe era difícil, uma vez que ele conhecia o dialeto tucana e o tariana e profundamente a língua geral ou nehengatu, que se queira chamá-la. Espero, aliás, que, cedo ou tarde, ele publique, como prometeu, o texto original com a tradução. Eu fiz o melhor que pude para traduzi-lo o mais simplesmente possível.

---

22. Será publicada em seguida a primeira e a segunda parte da lenda. (N. D.)

A LENDA DE JURUPARY[1]

No começo do mundo uma terrível epidemia grassou entre os habitantes da serra de Tenui e atingiu exclusivamente os homens. Só conseguiram escapar uns poucos velhos já gastos e carregados de anos e um antigo *paié*.

Preocupadas com isso, as mulheres, que viam em um porvir já próximo a extinção de sua raça, uma vez que não existia nas vizinhanças nenhum povoado ao qual pudessem recorrer para suprir o que lhes faltava, decidiram se reunir em conselho para ver se conseguiam encontrar uma saída para aquele estado de coisas.

A consternação estava pintada em todos os rostos; apenas o velho *paié* permanecia calmo e impenetrável.

Violando o costume, sua ciência, considerada em tal caso impotente, não tinha sido consultada.

Foi às margens do lago Muypa, onde Seucy (nome dado à constelação das Plêiades) tinha o hábito de se banhar, que teve lugar o encontro das mulheres.

Os pareceres mais estranhos e diferentes foram debatidos ali. Havia quem propusesse tentar ainda revigorar aquelas velhas carcaças e, caso a tentativa não

---

1. Cf. o que o A. [Ermanno Stradelli] diz sobre esta lenda no fascículo de maio passado ["O Uaupés e os uaupés"] à p. 452. (N. D.)
Respeitando os critérios da Editora, conservam-se as normas propostas para a reprodução da grafia original dos boletins. Na primeira tradução, por nós realizada em *Makunaíma e Jurupari* e extraída de outra fonte, os critérios de edição foram outros. De acordo com a redação original do *Boletim* de Ermanno Stradelli, conservamos entre parênteses, ao lado dos termos indígenas, as respectivas explicações, em lugar de apresentá-las à parte, num glossário, tal como preferiu fazer Ettore Biocca. Outras explicações, além das fornecidas por Stradelli, foram por nós acrescentadas, quando necessário, em notas de rodapé. (N. E.)

desse certo, atirá-las aos peixes; houve até mesmo quem propusesse mulher tentar fecundar mulher, e a discussão, animada, prolongou-se até que as surpreendeu Seucy, que, como de costume, vinha se banhar.

Só então perceberam a presença do *paié*, tranqüilamente sentado entre elas, sem que nenhuma delas pudesse dizer nem quando nem como ele tinha vindo.

Envergonhadas por terem sido surpreendidas em flagrante, quiseram fugir, mas não conseguiram: seus pés pareciam presos ao solo como pedras.

E o *paié* falou assim:

– Vejo que infelizmente nunca se poderá encontrar sobre a Terra nenhuma mulher paciente, discreta e capaz de conservar um segredo. Não está muito distante o tempo em que o Sol me avisou em sonho para eu não permitir a mulher nenhuma se aproximar, de noite, às margens deste lago. Eu avisei a vocês dessa proibição, e agora as vejo todas aqui e, ainda por cima, maquinando coisas vergonhosas contra nós velhos, desobedecendo assim às ordens daquele que governa o mundo. *Seucy*, senhora deste lago, cujas águas se tornaram impuras devido às impurezas de vocês, de agora em diante não mais virá se banhar aqui. A geração que nascerá amanhã excluirá as mulheres para sempre da intrusão em todo assunto de alguma gravidade.

A essas palavras, as conspiradoras começaram a perguntar como que enlouquecidas:

– Se você não está mentindo, diga então: como e quando isso poderá acontecer?

– Aí estão vocês de novo tão impacientes, que até ousam me interrogar. Pensam que estou mentindo, quando sabem que eu sou um *paié*, que enxergo tudo através de minha imaginação.

E ele, com as mulheres todas, foi se banhar nas águas do lago, de onde cada uma voltou com um sorriso nos lábios e uma esperança no coração.

– Agora – disse o *paié* – cada uma de vocês tem dentro de suas entranhas o germe da vida.

Na verdade todas estavam grávidas: ele as havia fecundado, sem que elas nem mesmo suspeitassem.

Feito isso, o velho *paié*, com uma agilidade imprópria para sua idade, subiu a serra de Dubá. Chegando lá soltou um grito prolongado: éééé... e se atirou no lago, cuja superfície ficou toda coberta por uma poeira branca. Era a poeira com que o *paié*, que não era velho como parecia, tinha disfarçado sua juventude.

Seucy também se atirara no lago, deixando no azul do céu, como marca de sua passagem, uma senda quase branca, semeada de pequenas estrelas.

As mulheres, cheias de alegria, contavam umas às outras o feliz acontecimento, esquecendo de que todas haviam assistido a ele, e, tomadas então por estranhas suspeitas, que desapareciam diante da realidade dos fatos, examinavam-se atentamente para ter certeza de que aquilo não era um sonho.

Dez luas depois, no mesmo dia e na mesma hora, todas deram à luz, assegurando com isso o futuro às gentes do Tenui.

Entre os recém-nascidos havia uma esplêndida menina que, por sua beleza, foi chamada Seucy. A Seucy da Terra era o retrato da Seucy do céu e cresceu até a idade dos primeiros amores tão pura como a estrela da manhã.

Um dia desejou comer da fruta do *pihycan* [fruto proibido às donzelas que ainda não haviam atingido a puberdade, por despertar os apetites latentes] e entrou na floresta. Encontrou facilmente as frutas desejadas e não teve dificuldade para recolhê-las: poucos minutos antes alguns macacos tinham derrubado uma grande quantidade delas, que, frescas e apetitosas, ainda estavam no chão. A bela moça escolheu as mais belas e maduras e, juntando-as diante de si, começou a comê-las.

Elas eram tão saborosas que parte do suco, escorregando entre os seios, descia a banhar-lhe as mais recônditas partes, sem que ela prestasse atenção alguma a isso.

Comeu até a se saciar e só voltou para casa à hora das tristezas, contente por ter satisfeito um desejo que acalentava fazia tanto tempo.

Sentia, porém, seus membros como que entorpecidos por uma estranha sensação, jamais antes experimentada.

Movida por um instinto material, examinou-se atentamente e descobriu que sua virgindade não mais existia e que em suas entranhas havia algo de desconhecido.

Envergonhada, nada disse à sua mãe e conservou zelosamente seu segredo, até que o tempo se encarregou de revelar seu estado.

Então, às perguntas das pessoas da tribo que queriam vingar a afronta do violador, em sua simplicidade [Seucy] contou a história do *pihyran* [pihican].

Dez luas depois ela teve um menino robusto que superava em beleza a mãe e se parecia com o Sol.

Os tenuianas, tão logo souberam do nascimento do menino, proclamaram-no um *tuxáua* e deram-lhe o pomposo nome de *Jurupary*, isto é, "gerado pelas frutas".

Jurupary só contava uma lua quando os tenuianos resolveram preparar e entregar-lhe as insígnias de chefe.

Faltava, porém, a *itá-tuxáua* (*itá*: "pedra"; *tuxáua*: "chefe" [pedra do tuxáua]), que era preciso ir procurar na serra do Gancho da Lua, e uma parte da tribo já se preparava para tal viagem.

A direção das coisas estava, porém, em grande parte, nas mãos das mulheres, e por isso surgiram logo opiniões diferentes, que rapidamente dividiram a tribo em dois partidos.

Uns queriam que a tribo inteira fosse procurar a pedra; outros, que para lá fossem tão-somente os homens, não podendo as mulheres tocarem nela.

Na discussão levaram uma outra lua, até que a ela pôs fim o desaparecimento de Jurupary.

O que se passara, nesse meio-tempo, com Jurupary?

Sua mãe não fazia idéia.

Ele tinha desaparecido, mas ninguém na aldeia sabia como.

As mulheres atribuíram aos velhos o rapto de Jurupary e, por mais inutilmente que os interrogassem, os intimaram a restituir o menino no prazo de um dia, sob a pena de, caso não o fizessem, serem submetidos ao "suplício dos peixes", ou seja, serem amarrados dentro d'água com apenas a cabeça para fora, com feridas no corpo para serem devorados pelos peixes, atraídos pelo gosto do sangue.

E, temendo que eles fugissem para escapar do castigo, elas os amarraram imediatamente, acabando assim com qualquer esperança de salvação que os infelizes tivessem.

Para todos, preocupados com os acontecimentos, corria longa a noite, e ninguém ainda dormia na aldeia quando se ouviram distintamente na floresta os vagidos de Jurupary, justamente na direção da árvore de *pihycan*.

Todos foram para lá e já se havia percebido claramente a respiração ofegante do menino, quando tudo voltou à calma.

Procuraram por toda parte, vasculharam a árvore, ramo por ramo, as moitas, as plantas próximas; mas não encontraram nada que os pusesse nos rastros do menino, e só abandonaram a floresta ao entardecer.

De noite, porém, à mesma hora, na mesma direção, ouviram-se novamente os vagidos de Jurupary.

Procuraram e tornaram a procurar, bem decididos, se preciso fosse, a não fazer outra coisa na vida; mas não obtiveram melhor resultado.

Na terceira noite cercaram a árvore do *pihycan*, mas qual não foi seu susto quando ouviram os vagidos ressoarem no meio deles, sem que pudessem desvendar o lugar de onde vinham.

Os vagidos eram tão lamentosos que chegavam a doer.

Assustados pela estranheza do fato, abandonaram precipitadamente a floresta, jurando não mais voltar lá para procurar Jurupary.

Mas nem por isso cessaram os vagidos; e, se os habitantes da aldeia já não ligavam para eles, a infeliz Seucy, sozinha no ponto mais alto da montanha, chorava por sua criatura e, ouvindo os vagidos do filho, só adormecia aos primeiros alegres albores do dia.

Passaram-se assim três noites.

Uma manhã, ao despertar, ela percebeu que suas mamas já não tinham mais o leite que as tornava túrgidas na hora de adormecer.

Desejou aclarar o mistério e decidiu ficar acordada, mas, quando começavam os vagidos de Jurupary, um invencível torpor tomava conta dela e a fazia cair num sono profundíssimo.

Quando acordava, suas mamas estavam vazias.

Nunca ficou sabendo quem, durante seu sono profundo, se alimentava com o leite de seu seio.

Assim se passaram dois anos; mas, ao começar o terceiro, em lugar dos vagidos eram cantos, eram gritos, era a risada de um alegre menino, que a pobrezinha ouvia ressoar na montanha; eram corridas, eram lutas com seres desconhecidos que, muitas vezes, ouvia repercutir bem pertinho dela.

E enquanto ele crescia entre as montanhas do Tenui, invisível, mas forte e robusto, a pobrezinha ia ficando velha; e quando, quinze anos depois, Jurupary veio para cuidar dela, ela ainda estava lá, indiferente a tudo, sentada naquele mesmo lugar onde tantas noites, sem sabê-lo, o tinha amamentado.

Era o tempo em que as *bacabas*[2] (frutas de uma palmeira) estão maduras, uma noite de lua, noite em que voltou a se banhar no lago a Seucy celeste, quando Jurupary voltou a aparecer na aldeia na companhia de sua mãe, a Seucy da Terra.

Era um jovenzinho bonito, bonito como o Sol.

Os tenuianas, mal souberam da volta de Jurupary, lembrando que ele era o *tuxáua* eleito, trataram logo de entregar-lhe os adornos de chefe, embora ainda estivesse faltando a *itá-tuxáua*.

Jurupary já tinha recebido pelas mãos do Sol, na véspera de seu aparecimento, um *matiry*[3], onde se encontravam todos os meios de que ele precisava para levar a cabo a reforma dos costumes.

Sorriu dos ardis das ambiciosas mulheres porque, embora a população fosse composta também de vários homens, irmãos da Seucy da Terra, com tudo isso eles não tinham voto deliberativo, tanto se dobravam à vontade materna.

Na noite seguinte à sua chegada, ao som de *nembé*, *maraiá* [maracá] e *iauty*[4], os tenuianas foram à casa de Jurupary para apresentar-lhe as insígnias de chefe.

---

2. No original, *bacabe*.
3. Matirí Matiri – pequeno saco de couro ou mesmo de tecido, em que o caçador leva os apetrechos de seu uso, e a sacola do pajé. (Cf. *Vocabulário*)
4. Tal como "maraiá" em nheengatu, o "tembé", talvez grafia errônea de nembé, é nome, em outra língua indígena (cf. Silvia Maria S. de Carvalho, *Jurupari: Estudos de mitologia brasileira*, São Paulo, Ática, 1979, p. 313), do fruto de uma palmeira – a pupunheira, no caso, transformado em instrumento musical. Iauty/iauti, em nheengatu, é o jabuti, que também dá o nome a um instrumento musical, cujo verbete, no *Vocabulário* de Stradelli, é o seguinte: Iauti Jabuti – *Testudo tubulata* e afins. É uma tartaruga terrestre largamente espalhada em todo o país, e no folclore indígena representa a astúcia aliada à perseverança. O jabuti vence, sem correr, o veado na carreira, escalando os parentes ao longo do percurso, para que lhe respondam, e fazendo-se encontrar lampeiro e descansado no ponto terminal. Escapa ao homem que o tinha guardado numa caixa para comê-lo, lisonjeando as crianças, que tinham ficado. Chega ao céu escondido no balaio de um dos convidados, com quem tinha apostado que lá o encontraria. Só com o macaco não se sai bem, o que o deixa em cima de um galho de pau, sem que possa descer; mas ainda assim sai airosamente do aperto, matando a onça que lhe ampara a queda. Manha e paciência, as duas virtudes fundamentais do indígena, são os atributos do jabuti; o tempo que pode gastar é indiferente e só perde a esperança de sair-se do aperto quando enterrado pelo taperebá. Debaixo de outra qualquer espécie de árvore, só tem que esperar que apodreça. Com o tapeberá esta esperança não existe. Onde cai, aí mesmo bota novas raízes, e o que pode acontecer é que em lugar de uma árvore nasçam dezenas, e o pobre do jabuti fica enterrado para todo o sempre. (Cf. *Vocabulário*)

Jurupary não quis aceitá-las porque não estavam completas, mas mandou que os homens, na noite seguinte, comparecessem à serra do Canuké, nas margens do lago Muypa, onde seriam tratados os assuntos da comunidade.

As mulheres, que até então eram as únicas a dirigir os negócios do povoado, ficaram logo descontentes por terem sido excluídas da futura reunião e combinaram de depor aquele que, em tão malfadado momento, tinham eleito *tuxáua*, valendo-se do fato de que ele ainda não tinha os enfeites de chefe.

Jurupary, naquela mesma noite, retirou de seu *matiry* uma panelinha e um pedaço de *xicantá* (espécie de resina), que levou ao fogo dentro [da panelinha].

Da primeira fervura originaram-se bandos de morcegos, corujas e outras aves noturnas semelhantes, que se dispersaram no espaço.

Da segunda, nasceram araras, papagaios, periquitos e outras aves semelhantes, que também se dispersaram no espaço.

Da terceira fervura ganhou vida uma porção de pequenos falcões e, por último, o *uirá-uassu* (águia), que lhe serviu de transporte na serra do Gan[c]ho da Lua.

Rápidos como uma flecha chegaram à montanha, onde estava sentada a bela Renstalro (nome tariano da Lua), segurando na mão do coração os enfeites de pena; e na outra, a *itá-tuxáua*.

Renstalro vestiu, ela mesma, os enfeites de chefe em Jurupary, sem proferir uma única palavra.

Quando a cerimônia terminou, Jurupary voltou à aldeia com os primeiros sorrisos do dia, de maneira que ninguém soube do grande acontecimento.

Durante o dia, as tenuianas deliberaram que tinham de descobrir, de qualquer jeito, por meio de espiãs, o que iria acontecer na reunião marcada por Jurupary. Para essa finalidade foram escolhidas as que não tinham crianças de colo.

Encontravam-se já todos reunidos na serra do Canuké, quando apareceu Jurupary vestido de *tuxáua*. Fulgurava em seus ricos ornamentos.

Ali ele falou dos negócios comuns, ordenando, antes de mais nada, que cultivassem a terra, e revelou as leis que deveriam ser mantidas secretas e orientou a conduta deles dali em diante.

Começou declarando que sua constituição, com o nome de Jurupary, duraria enquanto o Sol iluminasse a Terra e que as mulheres estavam absolutamente proibidas de tomar parte nas festas dos homens quando estivessem presentes os instrumentos especiais que deviam ser distribuídos na próxima assembléia inaugural.

[E continuou:]

Aquela que violar essa proibição será condenada à morte. A condenação deverá ser executada por quem primeiro tomar conhecimento do delito, seja ele pai, irmão ou marido.

Da mesma forma, o homem que mostrar a uma mulher os instrumentos ou revelar-lhe as leis secretas vigentes será obrigado a envenenar-se e, se não quiser fazê-lo, o primeiro que o encontrar deverá dar-lhe a morte, sob a ameaça de incorrer na mesma pena.

Todos os jovens que tenham alcançado a idade da puberdade têm de conhecer as leis de Jurupary e tomar parte nas festas dos homens.

As festas terão lugar:

Quando a *cunhaquyra* (virgem) for deflorada pela Lua (tiver a primeira menstruação).

Quando tiver de comer a fruta do *pihycan*.

Quando tiver de comer da caça da floresta.

Quando tiver de comer da carne de peixe grande.

Quando tiver de comer aves. Tudo isso, porém, depois que a *cunhaquyra* tiver passado uma lua inteira esperando sua hora e alimentando-se com caranguejos, saúva e *beju* [beiju], sem ver homens e nem com eles manter contato.

Quando for dado o *dabucury* de fruta, peixe, caça ou outro, como penhor de boa amizade.

Quando terminar qualquer serviço cansativo, como derrubar árvores, construir a casa, plantar a *roça*[5] ou outro trabalho semelhante.

Todos os tocadores de Jurupary devem ter à mão uma *capeia* ("chicote", em baníua) para se chicotearem um ao outro, para se lembrarem do segredo que todos devem guardar.

---

5. Por provável erro de grafia, o original traz roço.

Todos os que receberem algum instrumento de Jurupary (o que acontecerá na próxima lua cheia) serão obrigados a ir ensinar por todas as terras do Sol as coisas agora ditas, e não apenas estas, mas também aquelas que serão ensinadas no dia inaugural.

Quando a reunião terminou, o *tuxáua* Jurupary chorava. Ninguém, porém, ousou interrogá-lo.

Quando desceram da montanha, encontraram pelo caminho as mulheres que tinham ido espionar o que estava acontecendo e as viram transformadas em pedra.

Todas conservavam os traços que tinham quando estavam vivas.

Quem as havia transformado nisso? Ninguém jamais o soube exatamente. O que é verdade é que entre elas se encontrava a própria mãe de Jurupary. Estava com o rosto voltado para o oriente – indicando com a mão do coração a direção do lago de Muypa e, com a outra, a árvore de *pihycan* –, rejuvenescida e com um sorriso malicioso nos lábios.

Depois de um castigo tão tremendo, porém, as tenuianas, em lugar de recuarem assustadas, exasperaram-se ainda mais contra Jurupary, que agora chamavam de *buscan* ("coração duro", em dialeto uynamby), e juraram acabar com ele para poderem continuar a comandar segundo a sua vontade.

Jurupary, por sua vez, para evitar novos castigos, resolveu mandar construir uma casa bem longe do lugar onde viviam, para poder ali ter suas reuniões.

Para tanto, chamou os cinco velhos da tribo e deu-lhes as ordens e as instruções necessárias para que fossem até as margens do Aiary (pequeno tributário do Issana [Içana]) e lá construíssem uma casa com todos os confortos desejados.

– Porém – disse Jurupary –, partam durante a noite, para que ninguém na aldeia fique sabendo, e, quando estiverem bem longe daqui, prendam esta *pussanga* [puçanga] ("talismã", "fetiche") no nariz e ver-se-ão transportados num instante pelas nuvens até o Aiary.

Tão logo a noite chegou no meio de seu curso, os velhos deixaram a aldeia, e, quando se encontraram bem longe dela, cada um levou ao nariz as unhas de preguiça (essa era a *pussanga* que tinham recebido) e, antes que pudessem imaginar, encontraram-se transportados sobre uma rocha que se ergue na margem do Aiary.

Como nada havia que pudesse distraí-los, naquele mesmo dia escolheram o lugar onde deveria ser levantada a casa, e a maioria dos velhos estabeleceu que deveria ser sobre aquela mesma pedra.

Quando apareceu o Sol do dia seguinte, eles deram início ao trabalho, começando pelas portas, que ficaram prontas naquele mesmo dia.

No dia seguinte escavaram os quartos, que ficaram prontos antes que chegassem as sombras da noite.

No terceiro, fizeram os assentos e os outros acessórios, que ficaram prontos antes do entardecer.

Assim, em três dias, a *Jurupary-ocá*[6] ficou pronta, e isso porque a pedra estava ainda *iaquira* [Jaquira] ("verde", "ainda não dura").

Faltavam quinze dias para o dia combinado para a chegada de Jurupary, e os velhos resolveram aproveitar esse tempo para explorar as redondezas.

Ao primeiro coaxar do *buá-buá* (espécie de sapo) foram para o bosque, na direção do oriente. Caminharam o espaço de um grito, encontraram um largo caminho que seguiram e, de repente, ouviram sons, cantos e risadas.

– Companheiros – disse um dos velhos –, aqui perto há uma aldeia, o que vamos fazer?

– Vamos até lá– disseram os outros –, temos certeza de que eles não vão nos tomar por inimigos e chegaremos numa boa ocasião: a música nos diz que estão em tempo de festa.

– Vamos, então, até lá.

Mal os velhos tenuianas foram vistos pelos nunuibas, logo foi ao seu encontro, para recebê-los, um grupo de lindas jovens, que os convidaram a tomar parte nas festas pelas núpcias da filha do *tuxáua*.

O próprio Nunuiba veio receber os recém-chegados e os conduziu até a sala da dança, dando a cada um deles um *maracá*, sinal de amizade e de paz quando provém das mãos de um chefe.

---

6. Óca, róca, sóca, tóca – casa, lugar onde alguém mora, cova. (Cf. *Vocabulário*)

Os velhos, após terem bebido algumas *cuia* [sic] de *cachiry*[7] e de *capy-ipinima*[8], entraram, eles também, no círculo de danças, tendo cada um uma linda jovem a seu lado.

Elas, nas danças, usavam de toda sua sedução, e com gestos e palavras tentavam excitar seus velhos companheiros.

Quer o hábito que, nos países do Sol, não se recuse nada do que é oferecido: os velhos beberam além da conta e acabaram por se embriagar, e um deles deixou escapar estas palavras imprudentes:

– Que terra boa é esta, onde as mocinhas são todas lindas como era a nossa Seucy! Mas quem sabe se amanhã não terão de maldizer nossa chegada entre elas, por causa da lei de Jurupary!

Dito isso, adormeceu.

Logo as palavras imprudentes correram de boca em boca, fazendo o efeito do redemoinho na cascata.

– É alguma traição que estão tramando contra nós – disse uma das nunuibas. – Temos de descobrir isso o quanto antes, para ficarmos com o coração em paz. Amanhã cada uma de nós, aqui ou na casa deles, por sedução ou por surpresa, deve obrigá-los a dizer o que há contra nós.

Uma vez combinado, decidiram que algumas delas iriam para a casa dos velhos, no dia seguinte.

Assim foi feito.

Quando os velhos voltaram para casa, lá encontraram as mais belas moças da aldeia, que tinham acabado de sair do banho.

Elas se apressaram, abraçando-os afetuosamente, a conduzi-los para dentro de casa, onde já tinham preparado as redes e o *cudiary* (festa), com a mandioca mais branca e mais viçosa que elas mesmas tinham recolhido.

Terminada a leve refeição, os velhos procuraram descanso nas redes, mas não era isso que as jovens espertas desejavam.

---

7. Caxiry – bebida fermentada de qualquer espécie de fécula, mas, de preferência, de farinha de mandioca, cozida antes em beju e desmanchada em água fria. (Cf. *Vocabulário*)
8. Capy-ipinima/capi – tipo de capim com o qual é feita a beberagem do mesmo nome. Casta de Graminácea. (Cf. *Vocabulário*)

Em vão, porém, com mil seduções e artes diferentes, tentaram fazer reviver os mortos sentidos dos pobrezinhos.

Todas as artes, todas as seduções ficaram frustradas; e, ao cair da tarde, as jovens se retiraram sem nada terem obtido, tencionando, porém, voltar no dia seguinte.

Os velhos ficaram olhando um para o outro, tristes e calados, até que a mãe do sono veio para levá-los ao mundo das imagens, ela que, mesmo sendo velha e feia, é amada por todos os viventes.

Mas, se durante o dia os velhos fizeram um papelão desses, durante o sonho as coisas mudaram.

Os papéis se inverteram.

Eles, ousados e ardentes; elas, fracas e frias, vencidas no segundo assalto.

Quando surgiu o sol no dia seguinte as jovens mulheres chegaram à *Jurupary-oca* e, encontrando os velhos ainda imersos no sono, aproveitaram-se da ocasião e se introduziram em suas redes.

Aconteceu, então, que os velhos, quando acordaram, já em pleno dia, encontraram em seus braços justamente aquelas que durante a noite tinham partilhado com eles suas alegrias imaginárias.

Facilmente, convenceram-se, então, de que não tinha sido sonho, mas realidade.

E as espertinhas, que perceberam o engano em que eles tinham caído, longe de tentar dissuadi-los, aumentavam tal convicção.

– Por que você não satisfez meus desejos ontem, em lugar de me cansar tanto esta noite?

E as palavras eram acompanhadas por beijos e carícias.

– Amigos, o dia passa sem que a gente sinta, vamos comer.

Alguns momentos depois todos estavam comendo, e cada um deles tinha a seu lado o fruto de seu mal dormir.

As nunuibas, mais do que com os beijos e as carícias, esperavam, com o *capy* e o *caxiry*, chegar a seu intento e forçavam seus velhos amantes a beber copiosamente do *curupy* (vaso especial para o *capy*), de que os velhos, alegres e contentes, não tentavam se esquivar.

O sol já estava a pino quando terminaram; e os velhos voltaram imediatamente para as redes, para onde as jovens os seguiram.

A embriaguez confere certa audácia e aquece até os mais frios. Agora eram os velhos que tentavam excitar as jovens e, como não conseguiam fazê-lo com outra coisa, era com os dedos que delicadamente as estimulavam, até que cada uma delas se sentisse transformada em uma úmida fonte.

E os velhos iam se esquentando com a brincadeira, e Ualri (*tamandua*, em baníua), em quem o prazer era mais intenso, começou a se queixar da lei rigorosa de Jurupary e pouco a pouco contou todos os segredos [da lei].

Dessa forma, graças ao involuntário relato de Ualri, as nunuibas já tinham conseguido seu intento.

E, quando os velhos adormeceram, elas se retiraram e voltaram para a aldeia, onde repetiram o que tinham escutado.

A partir daquele dia as nunuibas não mais voltaram à *Jurupary-oca*.

Os velhos, que tinham se acostumado àquela companhia, passavam o tempo queixando-se por tamanha ingratidão.

A lembrança estava viva, e, todos os dias, tinham notícias das belas nunuibas por uns rapazes que vinham se banhar no rio.

Certa manhã, Ualri, encontrando um grupo deles, perguntou para onde iam.

– Catar *uacu* – (fruto de uma gigantesca leguminosa, a *uacucuyua*), responderam.

– Eu também vou com vocês – disse Ualri. – Quero mandar um cesto [de frutas] para a ingrata da Diadue.

– Vamos – disseram os rapazes –, aqui perto tem uma planta bastante carregada, dará para todos.

Como a *uacucuyua*[9] era muito grande e os *curumy* (jovens, em língua geral) não conseguiam subir nela, pediram ao velho que o fizesse e que jogasse as frutas para eles.

---

9. Planta leguminosa cujos frutos são os uacus. (Cf. *Vocabulário*)

E o velho os contentou, recomendando-lhes, porém, que não acendessem o fogo embaixo da planta.

Ualri já se encontrava entre os ramos da árvore catando *uacu*[s] quando os moleques acenderam embaixo dela uma grande fogueira para assar as frutas.

O fruto é muito oleoso: num instante uma densa fumaça envolveu a árvore.

Ao se sentir sufocar e percebendo-se em perigo, Ualri mal teve tempo de se agarrar aos galhos para não cair, e nem se lembrou do amuleto que levava ao pescoço.

Os *curumy*[s] comiam as frutas assadas sem sequer imaginar os tormentos pelos quais estava passando o velho; só quando ficaram satisfeitos, apagaram o fogo.

Quando a fumaça se dissipou, notaram que dos ramos da árvore descia até o solo um longo cipó, que antes não estava ali, e por ele viram descer Ualri.

– Vovô, que cipó é esse que lhe serviu de caminho?

– *Ualri-puy* ("baba de *tamandoá*") –, respondeu ele furioso. – Já se esqueceram de que estavam me sufocando com a fumaça. Que fique aqui como lembrança que uns moleques malvados queriam matar um velho.

Levou ao nariz seu amuleto e pediu chuva, relâmpagos e trovões: e foi logo atendido.

E os rapazes corriam de um lado para outro, para se protegerem do temporal.

Ualri chamou-os de dentro da floresta, dizendo que havia uma casa para se abrigar.

E levou o amuleto às narinas e pediu para ser transformado em casa, e tornou-se uma casa, e os *curumy* se abrigaram nela; e, quando o último acabou de entrar, as portas fecharam-se, e os rapazes ficaram assim na barriga de Ualri, que voltou a ser homem.

E essa foi a punição que Ualri deu aos malvados moleques.

Quando, já de noite, os nunuibas não viram retornar os rapazes que tinham ido catar *uacu*, foram, com as mães dos perdidos, dar notícia do fato ao *tuxáua*.

E o *tuxáua* mandou chamar o *paié* para interrogá-lo.

E o *paié*, após ter tomado um pouco de *caragiru*[10] da lua e ter acendido seu charuto de *tauary*[11], foi para o porto fazer os conjuros necessários.

Quando voltou, disse:

— Os *curumy*[s] estão dentro da barriga de um daqueles velhos que vivem na pedra; foram engolidos durante o temporal que veio hoje; e para salvá-los é preciso preparar muito *capy* e muito *caxiry* para poder embriagar amanhã aqueles velhos e ver se aquele que os engoliu os vomita.

E imediatamente a aldeia inteira pôs-se à obra para preparar as bebidas necessárias.

E o *paié* subiu no telhado da casa, de onde começou a soprar, na direção do lugar onde se encontravam os velhos, grandes nuvens de fumaça de seu *tauary*, enquanto aspirava longas pitadas de *caragiru* da lua.

Entrementes, Ualri, após aquela terrível vingança, não tirava mais o talismã do nariz.

Quando a noite já estava virando alvorada, todos os seus ossos pareciam transformados em instrumentos, e ouviam-se distintamente os sons que deles saíam.

Seus companheiros logo ficaram sabendo que em Ualri havia algo de extraordinário.

E Ualri, antes do Sol, saiu de casa e voou.

O *paié*, que ainda se encontrava sobre o telhado da casa do *tuxáua*, viu-o e ouviu quando [Ualri] passou sobre a aldeia.

As jovens mulheres, assim que cantou o *buá-buá*, partiram para a *Jurupary-oca* e, ao chegar lá, encontraram Ualri de volta, e Diadue, já instruída pelo *paié*, abraçou-o com todas as provas de afeição.

---

10. Caraiurú (carajuru) *Bignonia chica* – cipós de raízes bulbosas e de cujas folhas se extrai uma matéria corante usada pelos indígenas dos rios Japurá, Uaupés e alto rio Negro e seus afluentes, para se pintarem nos dias de suas festas. O nome lhe é dado da forma da raiz. (Cf. *Vocabulário*)
11. Tauárí, tavari – a entrecasca de uma espécie de *Curataria* que serve para mortalha para cigarro, muito usada em todo interior do Amazonas. Extrai-se cortando a casca do tavarizeiro da largura desejada, batendo-a depois com um macete ou coisa que o valha, até separar a parte externa do líber, e continuando para depois separar as diversas folhas do líber entre si. (Cf. *Vocabulário*)

— Bons amigos, viemos convidá-los à aldeia, tudo está pronto, só se espera a sua chegada para começar a dança, não vamos perder tempo.

— Vamos — responderam eles.

Quando se aproximavam da aldeia, Ualri deixou o braço de Diadue e voou sobre uma palmeira, e seus ossos começaram a tocar uma música festiva, que era a todos desconhecida.

— Agora, disse Diadue — bebamos e dancemos, embalemos nossos corações até amanhã.

E o *caxiry* e o *capy* eram oferecidos cada vez mais freqüentemente, mas no fim da tarde Ualri ainda estava sóbrio, enquanto seus companheiros já estavam embriagados fazia muito tempo.

E o *paié*, que com seu sopro tinha tornado as bebidas mais fortes que de costume, ficava maravilhado que ele resistisse tanto.

E Ualri bebia, bebia e nada ressentia, e, ao chegar a noite, voou e voltou para a *Jurupary-oca*.

— Agora — gritou o *paié* —, é o momento de pegar dele o amuleto que o protege, agora que vai tirar uma soneca; mas é necessário se pôr imediatamente a caminho.

Diadue pôs-se logo a caminho junto com alguns companheiros, e, quando chegaram à casa, Ualri já estava em pé, e de seus ossos saía aquela mesma música festiva já ouvida, porém a todos desconhecida.

E o *urutauy* (ave noturna) começou a trinar na estrada, e [Ualri] voou de volta para a aldeia.

E Diadue, com os companheiros, voltou correndo e, quando ela chegou à sala da festa, Ualri estava sentado em um canto, e de seus ossos continuava saindo aquela mesma música festiva, mas muito baixinho.

O *paié* então disse ao *tuxáua* que os meninos tinham morrido naquele momento.

— E agora, como exemplo a seus companheiros, vamos acabar com ele, antes que fuja e que isso seja impossível.

E os homens, que deviam dar cabo de Ualri, foram untados [pelo *paié*] com *manufá* (planta usada pelos indígenas como perfume e como remédio contra as hemorragias), a única *pussanga* capaz de vencer a *maracaimbara* que o protegia.

E mandou que Diadue, durante a luta, aproveitasse de um momento favorável e procurasse tirar a *maracaimbara* que Ualri escondia dentro do nariz.

E assim foi feito.

Quando o Sol chegou ao meio do céu, o *paié* entrou na sala e precipitou-se imediatamente sobre Ualri; os dois atracaram-se como se fossem um só e caíram ao chão.

Os homens que já estavam prontos, escondidos na sala e em jejum das moças, correram para o lugar da luta, munidos de cordas para amarrar Ualri.

Diadue atirou-se logo sobre a cabeça de Ualri para tirar-lhe o amuleto, mas ele, sabendo da intenção dela, com um supremo esforço arrancou com a mão a *maracaimbara* do nariz e a engoliu.

Dos ossos de Ualri, no calor da luta, saía uma música espantosa.

Os companheiros dele, que haviam acabado de acordar e tinham a cabeça pesada devido à embriaguez, assistiam a isso tudo com os braços cruzados.

Depois de uma luta de dois lapsos de tempo, Ualri foi vencido, porque o *paié* jogou em cima dele uma *cuia* de *manufá* ralada, que imediatamente fez que ele perdesse as forças.

Ele foi amarrado e arrastado para o meio do salão; e então perguntou a seus inimigos:

— Por que vocês fazem isso comigo?

— Você não sabe por quê? O que você fez dos meninos que foram colher *uacu*?

— Ah, é por isso? Eles quiseram me matar e eu me vinguei.

— Se eles atentaram contra sua vida, não foi por querer. Eram jovens inocentes que só conheciam duas coisas na vida, a doçura dos frutos que procuravam na mata para comer e a doçura do colo de suas mães, onde adormeciam de noite, cansados das labutas do dia. Você quis ignorar isso e por isso morrerá, pagando com a vida a malvadeza de seu coração. Quando os *uacuráuas*[12] começarem a voar sobre nossas cabeças, você morrerá.

— Já que eu tenho que morrer – disse Ualri –, que me coloquem em cima de uma fogueira com o peito virado para o céu. E, quando meu corpo estiver ar-

---

12. Bacuráua – nome genérico comum a várias espécies de *Caprimulgus* de hábitos crepusculares e noturnos. (Cf. *Vocabulário*)

dendo, peço-lhes que venham olhar em meu ventre, porque é dali que deverá sair minha *pussanga*. Peguem-na e dêem-na para Diadue, como recompensa pela traição que ela me fez.

Quando o Sol foi desaparecendo e os *uacuráuas* começaram a voar, levaram o condenado ao lugar do suplício.

E ao longo do caminho seus ossos cantavam uma nova música, e o *paié* disse ao *tuxáua*:

– É a música de *Jurupary*.

E quando Ualri viu a fogueira onde iria morrer, exclamou:

– Amarga Diadue! Não sabia que sua beleza me custaria tão caro! Mas você pode ter certeza, grave bem isto em sua mente: amanhã estarei vingado.

O Sol já sumira e sobre a cabeça dos nunuibas voavam numerosos *uacuráua*, e o *paié* mandou que o condenado fosse atirado à fogueira.

Da boca de Ualri não saiu nem um gemido.

Quando seu corpo começou a arder, o *paié* se aproximou para ver se de lá saía a *maracaimbara*. Nesse momento ouviu-se um ruído espantoso que sacudiu a Terra, e do ventre de Ualri saiu e ergueu-se uma *passyua* (espécie de palmeira) que se elevou até tocar o céu.

Ao mesmo tempo, um vento impetuoso varreu parte das cinzas de Ualri e as depositou na floresta próxima, e, quando tudo voltou à calma, dela saíram gritos e cantos, como se fossem de gente.

Os que estavam assistindo fugiram assustados ao verem tantas coisas extraordinárias em tão curto tempo.

O *paié* foi o único que ficou perto da fogueira, fumando seu *tauary*, perscrutando o porvir através de sua imaginação.

Na aldeia nunuiba ninguém dormiu naquela noite, esperando a volta do *paié*: mas veio o dia, e o *paié* não apareceu.

E então o *tuxáua* Nunuiba resolveu ir procurá-lo com seus guerreiros. Quando se aproximaram da palmeira colossal, ouviram distintamente a voz do *paié*, que dizia:

– Nem mais um passo adiante, se não quiserem experimentar as dores que eu estou sofrendo. Das cinzas desse *myra uçarra* ("antropófago") não apenas nasceu um novo tipo de gente, mas uma infinidade de animais venenosos, contra os quais minha ciência quase nada vale: e essa nova gente atirou pedras em mim a noite toda. O meu *tauary* e meu *caraiuru* não tiveram força para fazer que eu conseguisse apalpar sua sombra: estou vencido, são mais poderosos do que eu. Esses animais que estão sobre meu corpo são terríveis.

Mas o *tuxáua* e seus guerreiros não levaram em consideração as advertências [do *paié*] e aproximaram-se dele.

A poucos passos da palmeira, cobras e insetos venenosos de toda espécie atiraram-se contra Nunuiba e seus guerreiros, que, por mais espertos que fossem, não conseguiram escapar e todos foram mordidos e, depois de mordidos, gritando, se contorceram na poeira.

– Agora – disse o *paié* –, sofram o fruto de sua teimosia, até aparecer alguma mulher que possa dar-lhes o remédio.

Todos os olhares voltaram-se para a aldeia.

– Diadue vem vindo para cá. Ela que vá ao *ygarapê* e volte com a água.

E, recebendo a ordem, Diadue foi até o *ygarapê* e voltou com um *curuatá* cheio de água e o depositou aos pés do *paié*.

– Agora – disse o *paié* –, sente-se em cima e lave por dentro suas partes genitais, depois dê-me a água para beber.

E assim fez Diadue. Quando o *paié* acabou de beber, naquele mesmo instante caíram ao chão todos os bichos que o atormentavam e cessaram todas as dores.

E passou a água para os companheiros, que logo foram libertos, e as *tocandira*[s][13], as aranhas, as cobras e os outros bichinhos venenosos ficaram mortalmente envenenados.

– Antes de abandonar este lugar – onde tiveram origem, além desse povo de gente invisível, sem lei nem coração, todos esses animais venenosos que antes não existiam –, ouçam-me e saberão. Contra eles nós todos possuímos o contra-

---

13. Tocandyra, tocanyra – grossa e comprida formiga preta, armada de um esporão, como o das vespas, cuja ferroada, muito dolorosa, chega a produzir febre. Bicho nascido das cinzas de Ualri, conforme conta a Lenda do Jurupary, se torna inócuo para as mulheres grávidas, e os índios sustentam, e com eles muitos civilizados, que a ferroada da tocandira deixa de doer quando lavada com a urina de um indivíduo do sexo diferente, e, na falta, com a água da lavagem das suas partes sexuais, e que a cópula produz o mesmo efeito. (Cf. *Vocabulário*)

veneno, o homem para a mulher, a mulher para o homem, mas ninguém pode se curar sozinho; o contato da parte ferida com o sexo diferente, ou com a água em que este foi lavado, caso o contato não seja possível, é suficiente. Essas ervas que estão nascendo em volta da *passyua* são todas terríveis *maracaimbara*[s] se usadas para fazer o mal; *pussanga*[s], se para fazer o bem. A raiz deste cipó é um veneno poderosíssimo e, unido ao ferrão desses insetos, tão logo ele entre em contato com o sangue, matará instantaneamente; é o *uirary* (veneno usado nas flechas indígenas). Mas ele também tem sua *pussanga*; os excrementos humanos, os dos vermes da praia, o sal, a espuma das cascatas, dissolvidos na água e bebidos tornarão são quem os beber. Mas quanto a essa nova gente, que de agora em diante chamaremos *Uancten-mascan* ("gente do Jurupary", em dialeto tucana), serão, de agora em diante, inimigos de todos os filhos do Sol. São seres fortes, superiores ao meu poder, e mesmo com toda minha ciência de *paié* não pude apalpar a sombra deles. Agora que falei, voltemos à aldeia; que cada um cuide de sua cabeça; os *Uancten-mascan*, mesmo sendo invisíveis, vão nos atirar tantas pedras que será impossível algum de nós não ficar ferido.

E, quando estavam voltando para aldeia, de todos os lados começaram a cair pedras, e poucos foram os que não ficaram feridos.

Diadue levou na cabeça uma grande pedrada, que a atirou no chão, desmaiada.

O *paié* e o *tuxáua* levaram-na para casa.

Ruídos de gente invisível perturbaram, ao longo de toda aquela noite, a paz da aldeia.

Diadue, com o tempo, sarou, mas a ferida mudou-lhe completamente o aspecto.

Aquele rosto, que tinha sido o espelho da beleza nunuiba, estava horrendo.

E, poucas luas depois, Diadue, indo banhar-se onde a água estanca ao pé da cascata, ficou espantada com sua própria feiúra que viu refletida nas águas e, desesperada, atirou-se nos remoinhos da cascata, onde desapareceu para sempre.

Jurupary teve notícia do triste fim de Ualri. Uma borboleta preta pousou-lhe sobre a mão e lá deixou uma gota quente de sangue; ele sentiu então que sua coragem minguava.

Vivia na tristeza daquele lugar, onde um triste dever de justiça induzira-o a punir sua própria mãe.

O que tinha acontecido nas margens do Aiary?

Estava em suas mãos sabê-lo, bastava recorrer a seu *matiry*; porém, foi tomado por uma depressão profunda que quase o levou ao estado de loucura.

Ruídos sinistros ressoavam pela montanha, acompanhados por gemidos dolorosos.

Quando dormia, apareciam-lhe suas vítimas zombando de sua *acangatara* (insígnia dos chefes feita de penas, com que se enfeita a cabeça) e muitas vezes chegavam até a cuspir em seu rosto: e ele suportava tudo resignadamente. Sua mãe sempre encabeçava as zombadoras.

As tenuianas não deixavam, entrementes, de conspirar contra ele e trabalhavam dia e noite para levantar seus próprios filhos contra Jurupary. Eles, porém, mais prudentes que elas, recusavam-se a obedecer, mostrando [às mães], para se justificarem, as figuras das mulheres transformadas em pedra, onde estava esculpida a história de sua leviandade.

Diante de tantas contrariedades, Jurupary sentia-se cada dia mais desanimado e, quase enlouquecido, dirigiu-se um dia ao lugar onde estavam suas vítimas, atirou-se gemendo aos pés de sua desventurada mãe e desmaiou.

Quando voltou a si, o Sol, já alto, resplandecia sobre o rosto de sua mãe; e então ele se lembrou de que tinha uma missão e que devia cumpri-la.

Abraçou aquela fria mulher de pedra, fez uma promessa que suas lágrimas confirmaram e desceu para a aldeia.

Quando, no dia seguinte, o Sol chegou ao meio-dia, o *tauté* (espécie de grande tambor) soou, chamando os homens para que se reunissem.

Os homens reuniram-se, e, na presença de todos, Jurupary falou:

– Quando *Iacy-tatá* ("Vênus", em nheengatu) estiver da altura da mão com os dedos fechados, quero que todos vocês se encontrem no lugar de nossa primeira reunião: vocês deverão, porém, sair de casa sem que as mulheres percebam. Antes disso, entretanto, à noite, vocês devem se banhar no lago e esfregar o corpo com folhas de *genipá* (arbusto usado como antiafrodisíaco) e, voltando para casa, cada um de vocês deve encher a boca com um punhado de *uosca* ("milho", em cubéua), tendo o cuidado de mantê-lo lá dentro até vocês chegarem diante de mim. Quem não fizer segundo as minhas palavras ficará mudo. E se então as mulheres perguntarem a vocês "Por que foram chamados?", vocês responderão que eu os chamei para mostrar um grande *uçá* ("caranguejo") que eu apanhei no lago.

E os tenuianas repararam que Jurupary estava triste, e seus olhos indicavam que tinha chorado; e Jurupary, por sua vez, ficou sabendo que entre seu povo havia alguns tão apaixonados por suas mulheres, que provavelmente não teriam sabido guardar o segredo – e para evitar que isso acontecesse foi que ordenou o banho de *genipá* e o milho na boca.

Logo que os homens chegaram a suas casas, as mulheres lhes perguntaram:
– Por que vocês foram chamados?
– Para ver um grande *uçá*, que o *tuxáua* caçou no lago.
– Por acaso já é o tempo dos *uçás* virem para a terra?
– Certamente, se um saiu, é provável que saiam muitos.
– Se é assim – disseram as mulheres – nós iremos esta noite esperar os *uçás* na margem do lago.

E Jurupary, mal a noite chegou, quis saber o que estava se passando com seu pessoal no *Aiary*; tirou do *matiry* uma pequena pedra colorida e ordenou que lhe mostrasse o que tinha acontecido a seus homens.

Gostou da *Jurupary-oca*, admirou a beleza das nunuibas, riu dos velhos, mas, quando chegou a Ualri e à sua vingança, atirou a pedra contra a árvore que sustentava, no centro, o telhado da casa.

A pedra desfez-se em pó, e este se converteu em vagalumes, que vieram manchar a escuridão da noite.

Quando *Iacy-tatá* ficou na altura devida, os tenuianas saíram de suas casas, e as mulheres, que tinham ficado para ver os *uçá*[s] na margem do lago, nem desconfiaram. Eles puseram-se em marcha rumo à montanha e, quando lá chegaram, Jurupary já estava sentado no centro de uma larga esteira de *uaruman* (espécie de palmeira), onde pediu que todos sentassem para ouvir melhor o que ele tinha a dizer.

— Ontem à noite eu fiz uma promessa que tenho que cumprir, e vocês todos, que têm suas mães perto da minha, [têm de cumpri-la] comigo. Fui obrigado a dar uma amostra de meu poder para que também aqueles que não sabem obedecer o respeitassem, e essas pedras o demonstram. Porém, ainda não foi suficiente: e aquelas mulheres que agora estão na margem do lago estão pensando que pelo fato de terem me eleito *tuxáua* poderiam me manter escravo da vontade delas, mas todos os que me ouvem sabem que eu vim para reformar os usos e os costumes dos habitantes de todos os lugares. Quando estivermos nas margens do Aiary, direi a vocês o que teremos que fazer, mas, na verdade, quem não cumprir minhas ordens será punido de modo terrível.

Calou-se. O pessoal que não movia as pálpebras enquanto ele falava esperava que continuasse, mas de sua boca não saiu mais nenhuma palavra.

Olhava distraído para *Iacy-tatá*, como se estivesse conversando com ela.

Os tenuianas, quando viram que não havia mais motivo para prestar atenção, foram deitar-se na esteira, até que a mãe do sono veio separá-los de seu próprio espírito.

Quando acordaram ao sopro do vento que murmurava por entre as folhas da floresta, encontraram-se ainda sobre a esteira onde haviam adormecido, mas à margem do Aiary, sobre a *Jurupary-oca*.

— Saibam que estamos nas margens do Aiary – disse Jurupari –, e antes de abandonar este lugar, onde, de agora em diante, teremos nossas reuniões, eu lhes ensinarei o que há para fazer, uma vez que não quero mais castigar ninguém. Os homens devem ter o coração forte para resistir às seduções das mulheres, que muitas vezes procuram enganar com carícias, tal como aconteceu com os velhos que eu mandei para cá. Se as mulheres de nossa terra são impacientes, curiosas e falantes, estas são piores e mais perigosas, pois conhecem parte de nosso segredo. Poucos resistem a elas, pois as palavras delas têm a doçura do mel das abelhas, seus olhos têm a atração da cobra, e todo seu ser tem seduções irresistíveis, que começam por agradar e terminam por vencer. Estas minhas palavras não são para fazê-los fugir do contato com as mulheres, mas apenas para que vocês possam resistir a elas e para que elas não fiquem donas de nosso segredo, que só pode ser conhecido pelos homens. Ualri, ainda que velho e curvado pela maturidade de seus anos, com os sentidos já frios, deixou-se mesmo assim seduzir por elas, revelou parte dos nossos segredos, mas pagou com a vida a traição. Quem achas que está suficientemente firme de mente e forte de coração pode enfrentá-las. E agora vamos entrar em casa, mas, quando a noite chegar ao meio do céu, vocês deverão todos se encontrar aqui novamente.

Quando entraram na *Jurupary-oca* encontraram os quatro velhos prestes a morrer de fome.

Desde o dia seguinte à morte de Ualri haviam-se recolhido ali dentro, dispostos a se deixar morrer de fome, pois não encontravam uma desculpa para justificar a ausência do companheiro.

Mal Jurupary os viu, imaginou logo o pensamento deles e disse:

— Acreditam, então, que a morte pode fazer desaparecer a leviandade que cometeram? Não há grande vergonha para um jovem ser vencido por uma mulher, mas, quando os cabelos dizem que a juventude já está longe, é uma leviandade digna de castigo. E agora alguns de vocês vão para o mato e tragam aqui as folhas de *yuacáua* (*Aenocarpus bacaba*), para que possamos pescar sem demora; é preciso salvar esses velhos insensatos.

E vieram as folhas de *yuacáua*; [Jurupary] as trançou todas juntas e tirou de seu *matiry* um pedaço de resina de *cunauaru* (batráquio que faz um ninho, dizem, com resina de plantas aromáticas), esfregou-o na rede nova e mandou que fossem com ela pescar no rio.

Quando os pescadores recolheram a rede à terra, saltando para fora da água, vinha porta adentro tamanha quantidade de *iuhy*[s] (pequenas rãs) que a sala principal logo encheu-se delas.

— Preparem a comida para os velhos; depois, que cada um cuide de si.

Chegou a hora da reunião, e os tenuianas encontraram-se na casa de Jurupary.

— Antes de continuar a dizer-lhes as leis que devem regrar os usos e os costumes da gente desta terra — começou Jurupary —, quero, antes, contar-lhe uma história que nos diz respeito:

No começo do mundo o Senhor de todas as coisas apareceu sobre a Terra e deixou nela um povo tão feliz que só passava a vida a dançar, comer e dormir.

Naquele tempo, os hábitos dos moradores da Terra não permitiam que ninguém dançasse com outras mulheres a não ser a sua, sob a pena de ser obrigado a se matar com as próprias mãos ou ser queimado vivo.

Tão logo nascia alguém, os pais procuravam-lhe um companheiro, para evitar que se achasse sozinho mais tarde.

Aconteceu então que as mulheres começaram a nascer em maior número, de modo que superaram o número de homens, e o *tuxáua* mandou construir um lugar onde se recolhessem as solteiras, à espera de que lhes fosse providenciado um esposo.

E, em um lugar separado, eram também recolhidos os viúvos [as viúvas][14], e lá esperavam a morte, pois se acreditava que, com a morte do companheiro, sua missão tinha terminado.

Uma linda moça, cansada de esperar que o tempo lhe desse um esposo, resolveu fugir e procurar a morte na tristeza da floresta, único remédio que lhe sugeria seu infortúnio, já que ela não sabia que existia um outro povo junto ao qual pudesse se refugiar.

Antes da aurora saiu da aldeia seguindo o caminho do Sol e prometendo a si mesma não mais voltar.

Caminhou o dia todo e à noite abrigou-se na *sapupema* ("raiz achatada") de uma árvore e lá adormeceu.

Quando a noite já estava alta, acordou e ouviu claramente risos e conversas de pessoas.

No começo achou que aquilo era sonho e correu com as mãos aos olhos, mas percebeu que estava desperta e então se convenceu de que se tratava mesmo de pessoas e que ela devia estar próxima de alguma *maloca*[15].

Ela ouviu perfeitamente a voz jovial de um rapaz dizer:

---

14. Provável erro de Stradelli. De acordo com as informações de Ettore Biocca em *La leggenda dell'Jurupary e outras lendas amazônicas* (São Paulo, Istituto Italiano di Cultura de São Paulo, 1964), Stradelli não teria tido tempo de revisar esta lenda antes de sua publicação. Isso explica, entre outros, um engano como este e certas alternâncias (i / j / y, maiúsculas/minúsculas nos nomes indígenas).
15. Conjunto de habitações de indígenas; aldeia. (Cf. *Dicionário Houaiss da língua portuguesa*)

— Ontem, quando eu estava pescando com *timbi*[16] no *ygarapê* Dianumion, vi passar próximo de mim uma jovem mulher que, porém, me pareceu muito triste, ao menos assim demonstravam seus olhos, que estavam cheios de lágrimas. Eu quis lhe falar, mas ela estava tão triste que eu não tive coragem e deixei-a passar e não a importunei, repetindo com meu silêncio a sua dor. Era bela como um *coaracy-uirá* ("ave do Sol") e vinha nesta direção.

— Você fez mal — disseram outras vozes — tão logo surja o Sol, iremos procurá-la, uma vez que ela é certamente da tribo dos bianacas; talvez ela tenha perdido o rumo e agora vagueie sem saber como voltar. Se a encontrarmos, iremos perguntar a ela se quer ser esposa do filho de nosso *tuxáua*, e, se ela recusar, nós a conduziremos de volta aos seus.

Ela ouviu essa conversa e ficou com vontade de se atirar nos braços de seus salvadores.

Quando o Sol começou a tingir de vermelho as raízes do céu, os jovens saíram para procurar os rastros da moça e, seguindo-os, chegaram à *sapupema* onde ela tinha se refugiado.

Quando ela escutou se aproximar o ruído daqueles que a procuravam, fingiu estar adormecida; eles chegaram perto dela, e o jovem filho do *tuxáua*, a quem tinha sido prometida sua mão, ficou realmente encantado diante de tão bela moça.

---

16. Timbó – nome dado ao sumo de diversas plantas – *Paulinias, Cocculus* e afins – que têm a propriedade de atordoar e matar os peixes que o ingerem, embora em pequena quantidade, sem contudo ser nocivo a quem os come. A planta ou a parte dela utilizada, que varia conforme a qualidade, é pisada e misturada com tijuco. A mistura assim obtida é jogada n'água no lugar escolhido. O peixe, quando o timbó é de boa qualidade e bem preparado, não demora muito a vir à tona, quando é apanhado sem dificuldade. Nos lugares de correnteza, porém, para não perder muito peixe inutilmente, precisa barrar o rio ou igarapé a jusante, o que se faz geralmente com tapagem de pari, e, somente quando se trata de igarapés muito estreitos e pouco correntosos, se contentam com atravessar as canoas e esperar o peixe na passagem. Em geral, todavia, os lugares preferidos são os de pouca ou nenhuma correnteza, que só precisam do trabalho de jogar o timbó e recolher o peixe. O timbó é misturado com tijuco para que assente e mais facilmente se misture com a água. A pesca com timbó, que parece usada pelos indígenas desde tempos imemoriais, ao mesmo tempo que, quando o lugar é bem escolhido por conhecedores dos hábitos dos peixes, é sempre muito proveitosa, tem o defeito de estragar muito peixe, especialmente miúdo. Na realidade, se o peixe é graúdo, segundo se afirma, fica apenas atordoado e volta facilmente a si logo que se encontra em águas limpas, outro tanto não acontece ao peixe miúdo; este morre em grandes quantidades, especialmente se não se trata de tamanho, mas de peixe morto. (Cf. *Vocabulário*)

Ele se sentou perto da adormecida e, ao pé de seu ouvido, murmurou:

– Bela donzela, o que faz tão longe de sua terra?

Ela fingiu acordar naquele momento e, olhando ao redor, assustada, deu um grito e começou a verter tantas lágrimas que apagaram o fogo de seus olhos.

– Bela donzela, o que faz tão longe de sua terra?

– Procuro a morte.

– Mas você é tão infeliz a ponto de procurar a morte? Quando se tem olhos que brilham como o sol, cabelos negros que resplandecem como as estrelas do céu, lábios suaves como a pele do *eshauin* (pequeno [mamífero] desdentado de pêlo finíssimo), seios intocados que têm o perfume das flores de *umiry*[17], e se parece com a *yuácaua*[18], como pode ser infeliz?

– No entanto, nem sempre a juventude – disse a moça – traz a felicidade consigo; eu sou uma dessas infelizes, a cujas penas só a morte pode dar remédio.

– Se está em minhas mãos pôr fim a sua dor, diga-me, pois, se for necessário ir até onde termina o mundo para buscar sua tranqüilidade, eu e esses meus companheiros iremos aonde termina o mundo, para poupar-lhe o pranto que verte e que já sinto me queimar o coração. Vamos nos casar e seremos felizes; porém, se você quiser voltar para a sua gente, eu a levarei de volta, mas, na verdade, meu coração ficará com você.

– Belo jovem, já que você se condói de minha desventura, eu seria uma moça sem coração se recusasse o que me oferece; a partir deste momento sou sua, pode me levar com você, que a partir deste momento serei sua companheira até que a morte nos separe. Uma coisa, porém, lhe peço: não me pergunte jamais os motivos que me trouxeram aqui.

– Prometo-lhe nunca perguntar os motivos que a trouxeram aqui, pois você não é a única que sofreria com o veneno de novas feridas. Levante-se e vamos até minha *maloca*, onde você encontrará homens dos quais você já é senhora.

---

17. Umirî, umiri – fruta comestível, uma pequena baga bruno-azulada, coberta de um pó esbranquiçado de perfume e gosto muito especiais e agradáveis. (Cf. *Vocabulário*)

18. Bacaba – fruta gordurenta. Da fruta da bacada se extrai uma bebida, pisando-a, depois de amolecida em água quente; alguma coisa parecida com o açaí e que é geralmente chamada vinho de bacaba, tomando-se ela também com farinha e açúcar, ou somente com uma destas coisas. (Cf. *Vocabulário*)

E, quando atravessavam as nascentes do Dianumion, o jovem fez a moça parar e pediu-lhe que pisasse nas folhas de uma erva que lhe ofereceu e com elas esfregasse o corpo todo e se atirasse na nascente.

E assim ela fez, e, quando saiu do banho, tinha se transformado em *iacamy*[19] ("agami") como o eram todos os seus companheiros.

A moça tinha passado a fazer parte da tribo dos jacamis.

Algumas luas depois, Dinari (este era o nome da donzela) sentiu em suas entranhas que estava prestes a ser mãe e disse-o ao marido.

Puseram-se logo a fazer um ninho para depor os ovos, e Dinari estava todo contente, já imaginando ver em volta de si seus pintinhos cheios de penugem.

Passou uma lua, veio a segunda, entrou a terceira, e Dinari já não conseguia se manter em pé. Então ambos souberam que a *pussanga* não a transformara completamente e que, por mais que a tivesse transformado em ave, o que ela carregava no ventre eram seres humanos.

Ela então pediu ao marido que lhe devolvesse sua primeira forma para, assim, escapar a uma morte certa e salvar os filhos que já davam sinal de vida.

O marido conduziu-a até o Dianumion e, depois de ter preparado a mesma *pussanga*, deu-lhe para beber e ela retornou ao que era antes.

Quando Dinari completou dez luas, deu à luz um menino e uma menina.

E a menina tinha um punhado de estrelas na testa, e o menino, da testa até os pés, uma cobra com as mesmas estrelas.

As duas crianças nada tinham da raça do pai; pareciam-se com a da mãe, tendo, a mais, as estrelas com que nasceram.

Quando chegaram à puberdade, um dia o menino perguntou à mãe por que ela queria tantos *ilapay*[s] ("agami", em uynamby), que de nada servem, a não ser para incomodar quem dorme à noite.

---

19. Na verdade, segundo o *Dicionário Houaiss da língua portuguesa*, há "jacamim" e "agami". Provavelmente, a lenda e Stradelli referem-se aqui ao jacamim (*Psophia sp.*), ave amazônica da ordem dos gruiformes, cujo canto, segundo o ornitólogo Helmut Sick (*Ornitologia brasileira: uma introdução*, Brasília, UnB, 1988, vol. 1, pp. 246-7), é uma seqüência "peitoral" surda, semelhante ao ruído obtido por alguém que sopra em uma garrafa (Sick chega a classificá-lo até como ventríloquo, tamanha é a potência de sua voz). Ainda segundo Sick, o jacamim costuma cantar no pouso noturno. Não confundi-lo então com o agami ou japacanim (*Donacobius atricapillus*), um passeriforme da família dos trogloditídeos. [Agradecemos à bióloga Maria do Carmo Zanini pelos valiosos esclarecimentos para esta nota.]

– Antes de seu nascimento não tinha com que passar o tempo e dei de criar esses pássaros; e agora os amo tanto como amo você e sua irmã e peço a você que nunca lhes faça mal; são bons companheiros e eu morreria de desgosto caso eles fugissem, algum dia. Amanhã terei que ir para longe daqui, procurar comida para nós, e, para que vocês não fiquem sozinhos, uma parte deles ficará aqui para fazer companhia a você e à sua irmã.

O menino não perguntou mais nada, pôs-se a fazer dois arcos e o mais que pôde de flechas para experimentá-las, na ausência da mãe, contra os *iacamy*[s].

As crianças, desde o dia em que nasceram, dormiam sós, fechadas dentro de um quarto onde ninguém nunca entrara de noite.

Naquela noite, Dinari tinha o coração inquieto; rodava pela casa de um lado para o outro, até sentir um desejo irresistível de ver os próprios filhos, e entrou no quarto onde eles estavam dormindo.

Eles dormiam, e as estrelas que tinham sobre o corpo brilhavam como as estrelas do céu. Dinari, ao ver aquilo, se retirou assustada.

Tomada por um terror que não compreendia, chamou o marido para que visse como aquelas estrelas brilhavam.

E o marido veio e entraram juntos onde dormiam as crianças.

Ele ficou olhando longamente sem dizer palavra, saiu e perguntou a Dinari:

– O que querem dizer essas estrelas nos nossos filhos?

– Não sei.

– Será que você não as teve com outro, essas crianças?

– Quando é que eu teria podido ser infiel a você se nunca nos separamos? Parece-me, na verdade, que você quer jogar sobre mim aquilo que você deve atribuir somente à mãe das coisas.

– Se seus filhos fossem meus, você teria primeiro botado os ovos, de onde teriam saído meus verdadeiros filhos, que se pareceriam comigo. Mas aconteceu tudo ao contrário; e agora, para eu ter ainda mais dúvidas, eles têm estrelas que brilham como as do céu. Não lhe direi mais nada. Apenas peço a você que abandone essas crianças e que fuja comigo.

– Eu, abandonar meus filhos? Jamais!

— Você recusa? Pode ficar: amanhã você não me encontrará mais entre os meus, e, sem que você me veja, hei de descobrir o que você me oculta.

Dito isto, desapareceu no meio da sombra da noite.

Quando veio o dia, não se ouviu cantar nem mesmo um *iacamy*, apenas o *urutauhy*[20], que nas bordas da estrada desatava suas risadas estridentes.

Enquanto isso, o *tuxáua* dos jacamis junto com a sua gente se dirigiram para as margens do Dianumion, onde fizeram uma grande fogueira, atirando nela várias frutas de *piquiá*[21].

Todos se puseram em roda, e, quando cada um se encontrou em seu lugar, o mais velho perguntou:

— Por que nosso *tuxáua* nos chamou?

— Eis-me pronto a dizê-lo: acho que minha mulher me traiu.

— E por que acredita nisso?

— Ela não botou ovos como as mulheres de nossa tribo, e seus filhos têm no corpo uma porção de estrelas, que brilham como as estrelas do céu. Será isso indício de infidelidade?

— Você não vê que em sua união com uma raça superior à nossa, a mãe das coisas tinha que escolher, para ser fecundada, a melhor semente?

— Mas... e as estrelas?

— Diga a verdade. Você nunca teve relações com a Dinari após ter-lhe devolvido sua forma primitiva?

— Muitas vezes.

— Que posição mantinha, então, sua mulher?

— Com o rosto voltado para o céu.

— Agora tudo está claro. Ela sentia maior prazer em sua forma primitiva do que na nossa, e foi em uma dessas ocasiões que ela concebeu, tendo diante dos olhos as estrelas do céu, que deixaram sua imagem nas duas crianças, como lembrança de um momento cheio de doçura. E é por isso que você a acusa e, talvez, já a quisesse abandonar? Volte para sua casa, mostre-se amoroso com seus filhos e com sua mulher, pois é nisso que consiste a felicidade dos esposos; e não acuse mais sua mulher sem ter visto com seus próprios olhos.

---

20. Urutauí ou maú – pássaro da mesma família das arapongas.
21. Piquiá – casta de fruta comestível. (Cf. *Vocabulário*)

— As razões que você me deu são verdadeiras e eu voltarei para casa; agora, porém, quero que, para fazer uma surpresa, tinjamos nosso dorso com a cinza de *piquiá*, para que não nos reconheçam logo ao nos ver.

— Você sabe que estamos sempre prontos para acompanhá-lo em todos os seus caprichos, mas nós, porém, lhe pedimos que hoje mesmo volte para casa.

Quando o dia surgiu, Dinari partiu para procurar comida; e os seus filhos a viram perder-se na sinuosidade do caminho habitual.

— Irmã, vamos experimentar nossas flechas nos iacamis.

— Vamos.

Fizeram um furo na parede e por ele começaram a flechar os iacamis com tamanha pontaria que nenhuma flecha errou seu alvo.

E, quando caiu o último daqueles que tinham ficado no lugar, [os filhos de Dinari] saíram de casa para ver o que tinham feito e levaram para a floresta os restos dos pobres ilapais que tanto os incomodavam à noite com seu canto.

Quando terminaram a tarefa, estavam para voltar para dentro de casa, quando ouviram o barulho dos outros que chegavam, e então imediatamente correram para ficar de tocaia.

Viram o dorso acinzentado e [acharam] portanto que não eram iguais aos que tinham matado, mas mesmo assim começaram a atirar flechas neles de forma tão certeira que poucos momentos depois o último deles caía morto.

Só escaparam da carnificina algumas fêmeas que estavam chocando.

Assim o *tuxáua* dos jacamis morria assassinado pelos próprios filhos.

Se Dinari não tivesse tido vergonha de revelar aos filhos a origem deles, jamais teria ocorrido esse grande morticínio que até hoje é lembrado, mas eles ignoravam os laços que existiam entre a mãe e os desventurados ilapais.

Quando Dinari voltou e se deparou com sangue por todo lado, pensou que seu marido tivesse matado os próprios filhos. Correu para dentro de casa e, ao encontrá-los brincando tranqüilamente, perguntou:

— O que aconteceu aqui, hoje, que vejo sangue por toda parte?

— Muitas coisas, mamãe. Um bando de iacamis de costas esbranquiçadas veio até aqui para nos atacar, a mim e a minha irmã, e nós, com nossas flechas, matamos todos eles.

— Onde estão os corpos dos iacamis?

— Nós os amontoamos ao pé do *ucuquy*[22], na estrada.

Dinari correu imediatamente onde crescia o *ucuquy* e ficou horrorizada diante da quantidade de mortos que as duas crianças haviam amontoado, e, no meio deles, reconheceu o marido. Quase louca atirou-se sobre seu corpo, dizendo:

— Ai! Muito severamente foi punida sua imprudência! Você mudou a cor de seu dorso para que seus filhos o matassem! Eu daria todo o meu coração para não o ver morto, gostaria de apresentá-lo a meus filhos e contar-lhes do vínculo que nos unia! Agora tudo está acabado.

E ela não quis mais ficar naquela terra, onde foi tão feliz e onde era agora tão desgraçada.

Quando o *urumutu* (espécie de *occo*) anunciou a alvorada, Dinari e seus filhos partiram rumo ao oriente.

Caminharam o dia inteiro e quando o dia começou a entristecer chegaram ao alto de uma montanha de onde se via a *maloca* dos bianacas, e Dinari reconheceu sua antiga morada, sentou-se numa pedra, chamou seus filhos para perto de si e, abraçando-os, começou a chorar.

As crianças viam sua mãe chorar tanto e não sabiam por quê. O menino perguntou:

— Mamãe, por que a senhora está chorando? Está com sede? Está com fome? Diga-me o que tenho que fazer para que a senhora não chore. Se tiver que virar esta montanha com as raízes para o céu, eu o farei.

— Não estou com fome nem com sede, estou apenas lamentando porque amanhã teremos que viver sob os rigorosos costumes daquela gente, e, com isso, seremos obrigados a nos separar. Eu irei para a casa dos inúteis, você, para a dos solteiros, e sua irmã, para a das solteiras, de onde cada um de vocês não deve sair até que encontre um esposo, e eu, que venha a morte.

— E quem haverá de consentir com tal separação? Eu certamente não. Na verdade, se lhe disse que se for necessário virar esta montanha com as raízes voltadas para o céu, eu o farei, é porque posso fazê-lo. E, para que a senhora não duvide das minhas palavras, que seus olhos vejam!

---

22. Ucuki, ucuqui – fruta de uma árvore de alto porte, do tamanho de um abacate, comestível depois de assada ou cozida. Crua é usada contra as lombrigas. (Cf. *Vocabulário*)

E o filho de Dinari pegou uma rocha do tamanho de três homens de pé e atirou-a sobre a aldeia, e a rocha foi cair quase em cima da casa das solteiras, com um estrondo tão grande que a Terra tremeu todinha.

Os moradores da *maloca* saíram de suas casas e procuraram descobrir a causa de tamanho estrondo.

Ninguém conseguia entender o que tinha sido, até que viram em cima do morro dois agrupamentos de estrelas brilhantes que avançavam em direção a eles.

O *tuxáua* foi o primeiro a ver aquela novidade e falou:

– Querem ver que foram aquelas estrelas que caíram do céu? Pois só uma coisa assim poderia fazer a Terra tremer e produzir um estrondo tão medonho ao cair. Vamos pegá-las, pois é a ocasião propícia para termos para nós a beleza das mulheres. ([Referência às] manchas hepáticas, que são consideradas um indicador de beleza e que se acredita serem gotas de sangue caídas das estrelas sobre a terra.) Se as estrelas não têm más intenções para com os filhos da Terra, podemos esperar obter delas remédios que deixarão nossas mulheres muito contentes! Mas, ou meus olhos me enganam, ou elas vêm em nossa direção! Na verdade, elas se movem nesta direção. Será que elas vêm de parte do Sol, trazer-nos as ordens de Uán-Masquîn? Saberemos em breve, mas, de qualquer modo, armemo-nos, pois bem poderiam ter vindo do céu só para nos combater.

– Quem ousaria – gritou o *tuxáua* – vir atacar os bianacas, sabendo que nós seremos sempre os vencedores?

Quando Dinari chegou perto de sua antiga morada, sentou-se justamente em cima daquela grande pedra que seu filho atirara pouco antes e da qual aflorava apenas uma pequena porção, da altura de duas mãos.

Os bianacas correram imediatamente até os recém-chegados, formando em volta deles um grande círculo. Ninguém reconheceu Dinari.

– Filhos do céu – falou o *tuxáua* –, o que querem de mim?

– Um abrigo para mim, para minha mãe e minha irmã, para viver em paz na Terra de vocês.

Todos ficaram maravilhados diante daquele jovenzinho de aspecto tão diferente do deles e que falava com tamanha franqueza.

Suas estrelas brilhavam tanto que faziam tremer a vista dos que as fitavam, e muitos mantinham a mão diante dos olhos para não ficarem ofuscados.

– Uma vez que você pede somente um abrigo para você e sua família – falou o *tuxáua* –, você já o tem: por hoje pode se acomodar nesta casa, e amanhã colocarei todas as coisas em seu lugar.

– Bem – falou o jovem –, suas palavras me agradam. Eu e minha família, nascidos e crescidos na terra dos ilapais, temos usos e costumes diferentes dos seus, e, como você gosta de tudo no seu devido lugar, sei que eu e os meus viveremos juntos de acordo com os usos e costumes nossos. E, para mostrar-lhe que penso como você, vou recolocar em seu lugar essa pedra que atirei aqui para avisá-lo de minha chegada.

E, segurando a pedra com uma das mãos, arrancou-a do seio da terra e atirou-a sobre a montanha, onde foi cair, renovando o barulho que tinham ouvido pouco antes.

Os presentes viram então como a pedra era grande e ficaram de tal forma assustados que a maior parte deles sentiu os joelhos bambos.

Um jovem, com três pés de altura, jogar à distância, por bem dizer, de dois gritos (quase um quilômetro), um rochedo daqueles, que todos eles juntos teriam sido incapazes de mover, era um acontecimento ainda não visto desde que nascera o mundo.

Dinari e seus filhos entraram na casa, e os bianacas retiraram-se assustados.

Na casa havia todo o necessário.

– Mamãe, sabe, amanhã de manhã irei à casa do *tuxáua* e ele irá me perguntar como me chamo, a senhora não me disse nem mesmo um nome, mas eu já o escolhi: eu me chamo Pinon ("cobra", em tucana), e minha irmã, Meenspuin ("fogo das estrelas", em tariana e cubéua).

Os habitantes, depois de se retirarem de lá, reuniram-se na casa do *tuxáua* para saber o que ele pensava daquela gente, filha do céu.

Uns diziam que era melhor permitir que ficassem entre eles, pois de outra forma aquele jovem podia ficar com raiva e destruir a *maloca*, atirando sobre todas as casas rochedos como aquele que ele voltou a jogar sobre a montanha.

Outros, que era preciso tratá-los bem, para não atiçar a ira do jovem, que, se assim não fosse, eles poderiam sentir os efeitos do mal que viessem a lhe causar.

As mulheres esperavam que aquele jovenzinho pudesse fazer alguma coisa em benefício delas e deram, elas também, seu parecer. Para elas, aquele jovem que assustara tanto a todos devia possuir um bom coração e nunca lhes faria mal. Que ninguém o perturbasse, pois não existe ninguém no mundo que não procure se vingar ao ser ofendido. E elas não tinham medo nenhum daquele jovem, que, quem sabe, ainda estivesse sendo amamentado.

– E eu também penso assim – falou o *tuxáua*. – Eu acolho quem queira viver à minha sombra, e seria feio rechaçar quem quer viver na minha *maloca*. Quanto aos temores que vocês alimentam, é fácil evitar que ele possa nos fazer algum mal: que ninguém o ofenda, e nós viveremos sempre como bons amigos.

Já o sol se encontrava na altura da junção de um dedo, quando Pinon foi até a casa do *tuxáua*, que veio recebê-lo em pessoa.

– Como passou a noite em sua casa?

– Muito bem. Apenas pensei e penso que você achou necessário tirar os habitantes da casa que me deu, e isso faz que eu e minha família não possamos nos unir em amizade com sua gente. Por isso eu venho lhe pedir, se mereço alguma coisa, que devolva seus antigos moradores, para que nos possamos unir em amizade com eles. Acredite, somos gente boa, e você encontrará em nós pessoas que saberão obedecer às suas ordens, como verdadeiros filhos da terra dos jacamis.

E o dizer de Pinon surtiu tanto efeito, que o *tuxáua* atendeu logo a seu pedido e mandou dezessete solteiras para fazer companhia a Dinari e seus filhos.

Pinon, que tinha obtido sem esforço a realização de um de seus planos, esfregou as mãos de contentamento.

E, depois daquela primeira visita ao *tuxáua*, [Pinon] foi considerado gente muito boa, e tudo o que saía de sua boca era executado sem hesitação.

E a lei da aldeia foi aos poucos perdendo seu rigor, e já era tolerado que os viúvos [as viúvas] casassem quantas vezes pudessem.

E uma parte do dia já era consagrada ao trabalho; até que mudaram de aspecto os antigos costumes daquela terra.

Pinon e Meenspuin cresciam a olhos vistos: em dezoito meses haviam atingido toda a plenitude de seu tamanho.

Pinon, que já era um belo moço, mas que ninguém considerava capaz de ofender o pudor das solteiras que moravam em sua mesma casa, infringiu as leis dos bianacas, unindo-se não só às virgens, que se encontravam sob sua custódia, mas também a todas as viúvas, sem que lhe escapasse uma sequer: e todas foram fecundadas.

O *tuxáua* soube da infração que Pinon havia cometido e no começo ficou muito aborrecido, mas depois acalmou-se pensando: "Na verdade, quando os filhos de Pinon forem homens, toda a gente dos ilapais não será capaz de vencê-los, e os bianacas serão os primeiros em valentia".

Se foi natural ou não a condescendência do *tuxáua*, não se sabe, o que é certo é que Pinon, daí em diante, teve imitadores.

Meenspuin, chegada à idade da puberdade, começou a sentir desejos que não compreendia e ficou tão incomodada com isso, que disse a sua mãe:

– Mamãe, sofro de um mal assim assado, que me dá um desejo que não sei como explicar.

– O que é que você sente?

– Quando meu mal começa, é uma coceira, um mal-estar que dói e não dói, e essa dor que não dói corre-me depois pelo corpo todo e me dá uma vontade de me morder todinha, e no fim sinto que vou desmaiar e choro. Quando durmo, vejo sempre ao lado de minha rede uma porção de jovens bonitos que ora querem me beijar, ora querem me abraçar e eu não consigo fugir.

– Conheço o mal que você tem e hoje mesmo lhe darei um remédio para acalmar suas dores.

Chegando Pinon, a mãe pediu-lhe que fosse à mata e procurasse para ela raízes de *brany* (muirá-puama[23], em nehengatu), para fazer um remédio para a irmã dele.

– Qual é a doença dela?

– Ela necessita de um marido, mas como não há, quero medicá-la com *brany*, que tem a propriedade de diminuir esses desejos.

– Se mamãe me confiasse a cura de Meenspuin, eu iria dar uma volta com ela pela margem do rio, até seu mal passar.

– Sempre ouvi meu filho, como se fosse ele um homem maduro nas coisas do mundo; faça, portanto, o que achar melhor para sua irmã.

---

23. Myrá, muyrá, mbyrá – árvore, pau, madeira. A parte dura e resistente das hastes das plantas. (Cf. *Vocabulário*)

— Uma vez que a senhora me dá plena liberdade para fazer o que acho melhor, amanhã partirei. A senhora ficará aqui esperando por minha volta, mas não se aflija, porque talvez não seja tão logo; será quando minha irmã estiver curada.

No alvorecer do dia seguinte, Pinon e Meenspuin, seguindo ao longo das margens do rio o curso da água, partiram.

Dinari, que era a imagem da tristeza desde que tinha perdido o marido, depois que partiram seus filhos tornou-se ainda mais [triste]: chorava quase estuporada, sem achar nada que a consolasse.

As amantes de Pinon, para distraí-la, contavam-lhe histórias bonitas, que ela não ouvia.

Esquivava-se da presença de todos, e um dia fugiu da *maloca*, sem que ninguém soubesse que direção tinha tomado.

As bianacas saíram a sua procura, mas inutilmente – não conseguiram encontrá-la.

Dinari tinha partido em busca de seus filhos e, quando viu que a noite ia chegar, subiu sobre uma grande rocha, onde o Sol a deixou.

Quando o Sol voltou, ela não estava mais lá: a mãe dos peixes levara-a para as profundezas do rio, e ninguém sabia.

Pinon, para garantir a virgindade da irmã, conduziu-a até a serra das Pedras Brancas, e ali, para chegar às portas do céu, fez um garavato e por meio dele subiram até o país das estrelas; e lá deixou Meenspuin, que outros chamam Seucy.

Esta é a primeira história das loucuras humanas, desde que o mundo começou.

Agora vou contar a vocês como foi povoada a Terra: e esta história está mais próxima de nós e nos pertence.

Pinon, de volta à *maloca* de onde tinha ficado afastado por mais de uma lua, não encontrou mais sua mãe, e não havia ninguém que lhe pudesse dizer aonde ela tinha ido.

Ele percorreu todos os montes e os vales dos arredores; esteve na terra dos ilapais sem que encontrasse ninguém que lhe desse notícia de que por lá havia estado alguém.

E passou, procurando, sem nada achar, uma inteira lua.

Enquanto ele procurava, iam nascendo seus filhos. Entre eles, uma linda menina que tinha na testa uma bela estrela.

Todas as buscas de Pinon foram em vão; foi então até a casa do *tuxáua* e falou:

– *Tuxáua*, é do seu bom coração que depende o resultado daquilo que estou para tentar. Hoje completa-se uma lua que estou à procura de minha mãe: desapareceu há muito de sua aldeia e, como senhor desta terra, você também tem sua parte de responsabilidade. Mas eu não o acuso, só quero que você me ajude a procurá-la, dando-me uma parte de seu povo para esse fim: ache um jeito para que amanhã sem falta estejam aqui, e eu indicarei a eles qual direção tomar.

E o *tuxáua* respondeu:

– Amanhã de manhãzinha você terá a gente de que precisa e fará aquilo que quiser, mas acredite em minha palavra de *tuxáua* que eu não sei onde sua mãe se encontra.

E Pinon disse:

– Você e os seus são inocentes, eu sei, mas você, que é o senhor desta terra, tem sua parte de responsabilidade.

Naquela noite Pinon fecundou novamente todas as suas mulheres, que haviam aumentado de número com algumas solteiras; e, quando as primeiras alegrias do dia vinham aparecendo pelas raízes do céu, Pinon se encontrava na presença do *tuxáua* e desenhava no chão uma figura assim[24] e dava explicações sobre ela.

– Nós estamos no meio da Terra, como nos ensina o sol, que quando está no meio do céu esconde-nos nossa sombra no corpo. Em cada direção dessas linhas deve seguir o número de uma mão de casados (cinco casais), que só deverão voltar quando tiverem encontrado minha mãe, ou então quando tiverem dado com as raízes do céu. Eu fico com todos esses espaços sem linhas, que vou percorrer até reencontrar a todos, para voltarmos juntos. Mas, na verdade, saibam que se alguém voltar sem que tudo isso tenha acontecido, eu o atirarei contra as rochas da montanha.

Naquele dia, cada um, cheio de tristeza, seguiu o caminho que lhe tinha sido indicado, e Pinon, pegando no colo sua linda filha, seguiu por um dos espaços

---

24. Um círculo, no qual são traçados quatro diâmetros inclinados sucessivamente entre si, com ângulo de 45 graus. (N. S.)

que tinha deixado em branco, reservando-o para si próprio e abandonando com isso suas mulheres, que choravam. Muitas correram atrás dele e tentaram demovê-lo de sua decisão, mas não conseguiram. Seu amor de filho era superior a seu amor por elas.

Passou um ano, dois, dez, muitos, sem que houvesse notícias nem da gente que tinha partido, nem de Pinon.

E, naquele tempo, o *tuxáua* dos bianacas morreu, deixando em seu lugar um filho de Pinon, chamado Diatanomion ("pato mudo", em tucana).

Esse novo chefe resolveu enviar novas pessoas à procura das primeiras; porém, nunca mais teve notícias delas, o que lhe fez perder a coragem; mas Pinon era o amor das mulheres, e se organizaram novas expedições, compostas apenas por mulheres, das quais tomaram parte todas as solteiras do povoado.

Partiram com a primeira luz do dia, mas não tristes, como tinham partido todas as outras expedições, e sim em meio a gritos e cantos que se repetiam ao longe.

A Diatonomion sucederam outros *tuxáuas*; todos ignoravam, porém, que aquelas caravanas haviam se transformado em populosas *malocas*.

Pinon, depois ter partido daquela terra, foi direto para o país das estrelas e lá deixou sua bela filha, a quem dera o nome de *Jacy-tatá*.

Quando voltou para a terra, correu o mundo inteiro, encontrando, em todo lugar, aquela gente que, por ele mandada à procura de sua mãe, Dinari, tinha se transformado em populações numerosas; e deixou filhos por todo lado, mas ninguém reconheceu nele o forte Pinon, filho da terra dos ilapais.

Foi nesse tempo que apareceu na terra o primeiro *paié*, e foi na *maloca* de Cudiacury. Pinon, tão logo ficou sabendo da existência desse homem que via todas as coisas através da própria imaginação, dirigiu-se para lá. Quando o encontrou, assim lhe disse:

— Filho das nuvens, eu venho perguntar a você onde se encontra minha mãe, que há muito tempo se perdeu na terra dos bianacas.

— Eu vou dizer a você – disse o *paié* –, mas é necessário que eu saiba o nome dela para chamar sua sombra.

— Chamava-se Dinari.

E o *paié* imediatamente pôs seu *matiry* no chão, tirou dele um charuto de *tauary* e a cabaça de *caraiuru* da lua; acendeu o charuto e cheirou uma boa pitada de *caruiuru* [sic] da lua.

Gesticulava, gritava, cantava, sempre soltando grandes nuvens de fumaça. De repente caiu numa grande gargalhada e disse:

– Para você só falta a adivinhação; você é leve como uma ave do ar, forte como os relâmpagos (estalos) do céu. Eu vou lhe ensinar aquilo que lhe falta, e você me ajudará a ensinar aos fortes de coração o segredo do *paié*.

– Estou pronto, mas antes quero saber que fim levou minha mãe.

– Já, já você vai saber. Oh, como sua mãe é linda! Mas está longe, muito longe daqui, já transformada em peixe.

– Em que parte da Terra se encontra?

– Do lado do poente, no alto de uma grande montanha, em um lago bem próximo do céu, para onde a conduziu a mãe dos peixes e a transformou em *pirarara* (*pirá* = peixe; *arara*: arara, em nehengatu).

– Posso tirá-la de lá?

– Pode, mas é necessário que você aprenda comigo o segredo do *paié*, que você fume do meu tabaco, cheire do meu pó e jejue uma lua inteira, e então você conseguirá tudo.

– Disse-lhe que estarei pronto para obedecer a você em tudo, porque quero que você me dê os meios para reencontrar minha mãe.

– Na verdade, esses *paié* que existem hoje – continuou Jurupary –, foram todos alunos de Pinon, e ele foi o segundo *paié* do mundo. O último dia em que ele ficou na terra foi aquele em que fecundou as mães de vocês, das quais eu também descendo, e em que libertou a mãe dele e a conduziu ao céu, onde todos vivem. E, agora que vocês conhecem nossa história, peço a todos que me ajudem com boa vontade a mudar os usos e os costumes dos habitantes da terra, segundo a nossa lei.

Logo que o dia raiou, Jurupary foi com seu pessoal até onde se encontrava a *passyua* nascida de Ualri e, à sombra dela, contou a história de sua triste origem.

– Não quero que ninguém saiba que nós estamos aqui; convém, portanto, derrubar esse osso de Ualri sem fazer ruído. Quem de vocês sobe até o topo para cortar as folhagens?

Ninguém respondeu, e, vendo que todos estavam com medo, tirou de seu *matiry* a panelinha, colocou dentro dela um pedaço de *xicantá* e a pôs no fogo.

Logo com a primeira fervura, foram saindo papagaios, araras, periquitos e outras aves roedoras que foram pousar sobre as folhas da palmeira e as cortaram num instante.

E aqueles do séquito de Jurupary que tinham parado à margem do rio para beber viram que das folhas que caíam dentro d'água nasciam peixes munidos de dentes afiadíssimos, cujas nadadeiras pareciam aquelas folhas (*tarihyra*).

O primeiro trabalho está feito; agora pesquem no Ygarapê um peixe de dentes grandes e tragam-no para mim, para que eu possa derrubar este osso.

Eles foram e lhe trouxeram uma *tarihyra*, e ele tirou dela o maxilar e com ele serrou a *passyua*, que caiu ao chão – mas tão de leve que mal se ouviu, como o vôo dos pássaros.

Jurupary mediu e cortou os instrumentos e, quando viu que o número era suficiente, atirou dentro d'água o resto do tronco da palmeira, que foi engolida pelas águas.

– Companheiros, levem logo esses instrumentos para casa, pois estão chegando não apenas aquelas que foram a causa da morte de Ualri, mas também as sombras das cinzas de Ualri, que querem tomar posse de nossos instrumentos.

Aquilo que Jurupary falou foi executado com a rapidez de uma flecha.

Quando Jurupary chegou em casa, jogou na água um grão de sal de *caruru* (alga que nasce nas cachoeiras), que tirou de seu *matiry*, e logo se abateram sobre a terra trovões, relâmpagos e chuva de assustar, e assim Jurupary salvou-se da obrigação de ter de combater com as sombras das cinzas de Ualri.

Naquela mesma noite, no meio da horrenda tempestade, ele transportou a *Jurupary-oca* para as margens do Cayary, próximo da cascata de Nusque-Buscá ("casa do peixe", em carapaná-tapuya), e que hoje se chama cascata do Jurupary.

Os tenuianas levantaram-se tarde naquela manhã, pois pensaram que o ruído da cachoeira fosse a continuação da tempestade.

Jurupary lhes falou assim:

– Companheiros, já estamos bem longe das sombras das cinzas de Ualri e das mulheres que sabem enganar os homens; mas isso não quer dizer que vocês já estejam livres das seduções. Estamos próximos de uma outra terra, onde as mulheres são bonitas e não são inferiores àquelas em esperteza e curiosidade. Agora vou terminar de dizer a vocês as últimas coisas a respeito de nossa lei; antes, porém, quero que vocês conheçam o nome de cada instrumento e por que se chama assim. Sentem-se à minha volta e ouçam[25]:

Este é o instrumento-chefe, tem a minha altura e se chama *ualri*[26], cuja história todos vocês já conhecem.

Este, que tem o comprimento de minhas pernas, se chama *yasmece-rené* [yasmecerené] ("onça", em *tariana*)/jaguar[27], porque é o único animal que se parece com o homem no valor e com a mulher nos enganos.

Este, da largura de meu peito, chama-se *bêdêbo*[28] ("pato mudo", em *cabéna*[29]) e sua origem foi a curiosidade.

---

25. Quanto ao fato de os instrumentos musicais irem recebendo denominações em dialeto diferente, conforme será visto, Silvia Maria S. de Carvalho atribui isso à possibilidade de que "a indicação através dos dialetos encubra alguma representação menos lisonjeira que os tarianas fazem das outras tribos". Cf. Carvalho, op. cit., nota 83, p. 355)
26. Ualri – o tamanduá fraco, confiante demais, deixa-se enganar pela mulher. Como pajé (feiticeiro), representa a força escondida sob a aparente fraqueza.
Segundo Silvia Maria S. de Carvalho: "É Jurupari que toca este instrumento, que tem também a altura dele, o que não deixa dúvida quanto à identidade de Jurupari com Ualri. O índio crê serem todos os grandes tamanduás do sexo feminino". (Cf. Carvalho, op. cit., nota 72, p. 353.)
Diz também na nota 70, à p. 352: "Parece que o protótipo das flautas é o instrumento feito de ossos, pois várias entidades (como Ualri, como o Uaxti dos Tukano do Tiquié) são referidas como tendo o corpo esburacado, o vento fazendo um som horrível ao passar pelos orifícios dos ossos. É muito provável que o primeiro instrumento de sopro tenha nascido dos ossos de um inimigo morto, no afã de se aperfeiçoar o canto da vitória e humilhar mais ainda o inimigo devorado".
27. Jaguar – violento, enganador como a mulher. Valoroso como o homem, mas não é o homem, é o inimigo.
Para Silvia Maria S. de Carvalho, "tem o comprimento da perna de Jurupari, o que lembra o tema da perna amputada e Hikaniké. A oposição Onça-Tamanduá já foi discutida por Lévi-Strauss (*Du miel aux cèndres*, pp. 110ss). Os Tukuna vêem mesmo, em duas nebulosas negras dentro da Via-Láctea, ladeando Escorpião, Nimuendajú). (Cf. Carvalho, op. cit., nota 73, p. 353.)
28. Bêbêdo (Anatra muta ou Diatamanión) – na – leggenda", Diatamonión é um tuxáua que dá tudo a Pinon, sem pedir nada em troca. Segundo as palavras de Jurupari, representa a curiosidade. Voltado por demais para fora, portanto. (Cf. Carvalho, op. cit., p. 353)
29. Aqui, provavelmente, um erro de transcrição do manuscrito. Deve se tratar, na verdade, de – cabéua".

Este, do tamanho de meu braço, chama-se *tintabri* (*euripigia* [sic][30], em uaupés). Esse pássaro nasceu de uma mulher que era muito linda, mas que, por mais bonita que fosse, pintava-se com *urucu* para ver se superava assim as outras em beleza, e por isso o *tuxáua* dos *cuiubis* (*pelopis*) transformou-a em euripigia [sic].

Este, do tamanho de minha coxa, chama-se *mocino* ("grilo", em arapazo), representa a sombra de um homem-mulher que, por não querer amar ninguém, viveu sempre escondido, cantando apenas de noite, e pela própria mãe da noite foi transformado em grilo.

Este, do tamanho de dois braços, chama-se *arandi* ("ara'", em pyra-tapuya), representa uma mulher bonita, mas sem atrativos nem gosto por homem, por isso foi transformada em ara pelo pai dos iautis.

Este, que tem o tamanho de dois pés, chama-se *dasmae*[31] ("rolinha", em aroaquy) e representa o coração de uma donzela que durante sua curta existência alimentava-se somente de frutas silvestres e foi transformada em rola, depois de morta, por seu próprio pai, que era *paié*.

Este, da largura de três de minhas mãos, chama-se *piron*[32] ("águia", no dialeto dos jurupixunas), representa o *paié*, porque foi essa ave quem lhe deu a pedra em que ele aprendeu a ver todas as coisas através de sua imaginação, com o fumo e o *caraiuru*.

---

30. Do grego eurýs (– largo") e pygé (– nádega"). Trata-se do pavãozinho-do-pará (*Eurypygas helias*), ave da ordem dos gruiformes, freqüente na América do Sul setentrional; tem comprimento de cerca de cinqüenta centímetros, a cabeça negra com estrias brancas, plumagem variegada nos tons ferrugem, branco e preto. Ao abrir suas asas (durante o ritual de acasalamento ou para afugentar intrusos ou predadores), exibe uma bela plumagem vermelho-fogo, preta e dourada.
    Euripigia ou tintabri – mulher, não contente com a própria beleza. Preocupada demais consigo mesma. Voltada para dentro, portanto. (Cf. Carvalho, op. cit., p. 353.)
31. Aqui Silvia Maria S. de Carvalho apresenta uma interpretação diferente. Considera o termo correspondente à "tartaruga", a menina que só comia frutas silvestres. Representa a não-transformação da natureza. A tartaruga alimenta-se só de frutos, raízes, como os coletores nômades, ou melhor, como certos animais mais indefesos. Além disso, a tartaruga é comida por excelência". (Cf. Carvalho, op. cit., pp. 353-4.)
32. Piron (águia) – representa a transformação extrema da natureza pela magia. Parece indicar que este extremo também é perigoso e precisa ser controlado. (Cf. Carvalho, op. cit., p. 353.)

Este, do comprimento de meu tornozelo, chama-se *dianari/dinari*[33] e todos já conhecem sua história ("ave preta", em uynamby-tapuya).

Este, que vai de meu joelho a minha cabeça, chama-se *tity* ("paca", em baníua), representa o ladrão e é a imagem de uma velha que vivia apenas do alheio e foi transformada em *paca*[34] pelo *acuty-purú* ("esquilo", em nehengatu).

Este, que tem o comprimento de duas mãos, chama-se *ilapay*; este outro, do comprimento de minha espinha dorsal, chama-se *mingo*[35] (*tarchyra*, em cueuanna); a origem de ambos vocês já conhecem.

Este, que vai do meu joelho até meu queixo, chama-se *peripinacuári* [cauré] (*tenten*, em uaupés, pequeno pássaro cantor, todo preto, com a cabeça e as ombreiras amarelas) e representa um belo jovem desejado por todas as mulheres, mas que não se deu a nenhuma, de modo que elas, irritadas, o atiraram na cascata, depois de lhe terem feito um encantamento.

Este, que mede a metade de meu corpo, chama-se *buê*[36] (*ayuti*, em cobéua), representa aquela velha medrosa que, esperando que o céu desabasse sobre a terra a qualquer momento, nunca plantou uma única semente, vivendo daquilo que os outros plantavam, e foi por isso transformada em *ayuti* pelo macaco da noite.

E este último, que vai de meus ombros até o umbigo, chama-se *canaroarro* (*saúba* [saúva][37] em *manau*), representa aquele velho que, tendo visto em sonho a fome, comendo a terra, trabalhava dia e noite amontoando provisões dentro de

---

33. Dinari – a moça de que Jurupari conta a história. Deixa sua aldeia, casa-se com um jacamim, tem dele dois filhos, Pinon e Meenspuin. Não depende mais do seu povo para nada, não aceita as limitações que a sociedade lhe impõe. (Cf. Carvalho, op. cit., p. 354)
34. Tity (paca) – a velha que depende só dos outros de sua própria sociedade. É um peso para a comunidade. Representa o ladrão. (Cf. Carvalho, op. cit., p. 354)
35. Ylapay (jacamin) – na – leggenda", apaixona-se sem reservas, sem desconfiança e à primeira vista por uma estrangeira (Dinari). É um animal dotado de instinto maternal muito grande, adotando mesmo filhotes de outras aves. É citado juntamente com o – mingo" (tarchyra). (Cf. Carvalho, op. cit., p. 354)
36. Sílvia comenta: – Buê (cutia) – representa a imprevidência total. Depende dos bens dos outros". (Cf. Carvalho, op. cit., p. 355)
37. Saúva – previdência demasiada. Não repartição dos bens. (Cf. Carvalho, op. cit, p. 355)

casa, para ter o que comer quando a fome viesse; foi transformado em formiga pela *tatu* (pangolim)[38] para ser comido.

E agora que vocês conhecem o nome de todos os instrumentos, passo a dar a cada um a voz que deve ter.

E Jurupary retirou do *matiry* um pouco de cera, que passou sobre a boca de cada um dos instrumentos, e quando o último ficou pronto mandou que os levassem para fora da sala, colocando-os de pé, mas que ninguém mexesse neles até o momento da festa.

E, quando acabaram com isso, chamou-os de novo à sua volta, e quando todos estavam ali, assim falou:

É proibido ao *tuxáua* de uma tribo que seja casado com uma mulher estéril continuar a viver com ela, sem tomar uma ou mais mulheres, conforme o caso, até ter sucessores. Se alguém não se conformar com isso, que seja substituído pelo mais forte entre os guerreiros da tribo.

Ninguém tente seduzir a mulher de outrem, sob pena de morte, que será aplicada tanto ao homem quanto à mulher.

Nenhuma donzela chegada ao tempo de ser violada pela lua (à puberdade) conserve longos os seus cabelos, sob pena de não casar antes dos cabelos brancos.

Quando a mulher parir, que o marido guarde jejum pelo espaço de uma lua, para que o filho possa adquirir as forças que o pai perderá. Durante o tempo desse jejum o homem só poderá se alimentar de *saúba*[s] (saúvas), camarões, *beju*[s] e pimentões.

Isso era o que me restava dizer sobre os costumes que devem reger a família; que cada um os faça conhecer e guardar em sua própria casa.

---

38. Stradelli associa o tatu (que aqui emprega no gênero feminino) a pangolino, mas trata-se, na verdade, de dois mamíferos diversos (sua distribuição geográfica, por exemplo, é bastante distinta – o tatu é encontrado no continente americano, ao passo que o pangolim vive na África e na Ásia –; as ordens taxonômicas a que pertencem são diferentes), porém assemelhados, sobretudo, pela carapaça que os reveste.

E agora, quando se escutar o sinal, começará nossa festa. Preparem, portanto, a casa e preparem nossas bebidas, que já está chegando a hora.

Após ter dado essas ordens, Jurupary desapareceu no meio de seus companheiros.

Os jovens que desejavam ver pronta a festa de Jurupary começaram logo a preparar a casa, mostrando no rosto a alegria do coração.

Os velhos continuavam frios e tristes, sem que aqueles preparativos tivessem o poder de acalmá-los.

Quando o sol daquele dia desapareceu, os instrumentos começaram a tocar, sem que ninguém os tocasse, aquela mesma música festiva que somente os nunuibas tinham ouvido, quando conduziam ao suplício Ualri.

Nesse momento entrou Jurupary e disse:

– Irmãos e companheiros, chegou a hora da festa. Temos três dias e três noites para aprender a música e o canto de Jurupary. Que os mais jovens peguem os instrumentos e vamos formar a grande roda.

E, pegando o instrumento-chefe, colocou-se no meio da sala e logo se ouviram ecoar sons bem ao longe.

E os ouviram as onças e as cobras, e os próprios peixes vieram à flor da água para ouvir a música de Jurupary.

Quando a noite chegou à metade, Jurupary deixou de tocar e ordenou que os outros continuassem, e naquele mesmo momento ouviram-se os gritos dos animais que estavam em volta da casa.

E ele disse:

– Até os animais estão ouvindo nossa música.

Beberam o *cachiry* e o *capy*, a música recomeçou com novos tocadores e no meio da festa ouvia-se o estalido do *adaby* (chicote do Jurupary, em nehengatu).

Quando o sol ia se avermelhando lá pelas raízes do céu, Jurupary voltou a guardar o instrumento para que pudessem entrar novos tocadores.

Então em volta da casa ouviram-se risadas de pessoas.

E Jurupary correu até a porta e viu uma porção de gente que vinha na direção dele.

— Companheiros, escondam nossos instrumentos pois estão chegando os moradores desta terra.

E os instrumentos foram escondidos num pequeno quartinho feito especialmente para isso e sua porta foi obstruída por uma pedra.

Quando chegou à porta o *tuxáua* dos que vinham, Jurupary em pessoa foi recebê-lo e logo o reconheceu, pois levava ao pescoço o *itá-tuxáua*.

— De minha *maloca* ouvi sua música e apressei-me a vir até aqui para dançar com você, mesmo sem ser convidado. Quero conhecê-lo e saber de que terra vem e o que deseja da minha.

E Jurupary respondeu:

— Eu sou o *tuxáua* dos tenuianas e minha terra é a aquela que está mais próxima do sol. Eu tenho que mudar os usos e os costumes de todos os habitantes do mundo e vim aqui para deixar-lhes as leis às quais todos têm que obedecer.

— Deixe que eu conheça suas leis e, se forem boas, as seguirei.

E, enquanto os dois chefes falavam, as mulheres entraram em casa xeretando por todo lado, até no dormitório, e perguntavam:

— Então, de onde vocês são?

— Somos tenuianas.

— Com certeza vocês vieram à nossa terra à procura de mulheres com quem se casar; somos solteiras e seria um grande prazer se vocês quisessem se casar conosco. Fica muito longe a terra de onde vêm?

— Longe.

— Se vocês se casarem conosco, nós iremos viver lá. Vamos dançar?

— Estamos cansados.

— Então, toquem algo que nos agrade.

— Não podemos, precisamos descansar.

E, enquanto eles falavam, elas os provocavam de todas as maneiras; mas os tenuianas permaneciam frios diante daqueles lindos corpos que nenhum véu escondia; somente o poder da nova lei podia mantê-los tão frios.

Quando a noite chegou e os visitantes se retiraram, aquelas mulheres levavam consigo o coração daqueles jovenzinhos que as haviam rejeitado para obedecer à lei de Jurupary.

E Jurupary disse:

– Como fomos interrompidos em nossas festas pelo *tuxáua* Arianda e por sua tribo, elas ficam adiadas para mais tarde, e então ele também tomará parte delas. Eu lhe prometi que o visitarei amanhã com todos vocês, e antes que volte o sol estaremos todos a caminho. Vocês podem ser gentis com aquelas jovens mulheres e se regozijar com elas, mas ai de quem revelar a mínima parte de nosso segredo. E aqueles que não se julgarem suficientemente fortes para resistir às seduções que fiquem aqui; mas aqueles que forem lembrem: mesmo nos casos de amor é melhor mentir do que revelar nossos segredos.

Os quatro velhos não dormiram a noite inteira, preparando seus ornamentos e banhando-se na cascata para se apresentar o mais favoravelmente possível às vizinhas.

O sol ainda não se fazia bonito nas raízes do céu quando Jurupary partia com os companheiros, e todos repararam que os velhos estavam muito contentes.

Mal chegaram ao alto de uma subida, viram a *maloca* cujos habitantes passeavam diante das casas enfeitados com penas.

Arianda veio com suas filhas para receber Jurupary até o começo do caminho e conduziu-o à casa onde antes, em vista da chegada dos visitantes, havia sido preparada comida em grande quantidade.

E Arianda, ao encontrar Jurupary, disse:

– Saiba que eu tive um lindo sonho com você.

– Não duvido, pois você estava à minha espera: e que sonho foi esse?

– Contarei somente a você.

– Pois sim: falaremos a sós, pois eu também tenho a lhe dizer algumas coisas em segredo e a ensinar a você o que deve fazer.

– Assim faremos, depois que você e sua gente tiverem comido; sente-se, portanto, na esteira e chame seus companheiros para que comam.

E assim foi feito, e cada visitante tinha a seu lado uma bela moça e ao lado de Jurupary estava a filha de Arianda, que o servia e lhe passava o *cachiry*.

Pouco contentes mostravam-se as moças que se encontravam ao lado dos velhos; enquanto as que estavam ao lado dos jovens mostravam pelos atos e pela voz toda a sua alegria, e antes que terminasse o banquete já corria mais que um abraço e um beijo furtivo.

E os velhos que viam tudo aquilo continuavam frios até os ossos.

Quando terminaram de comer, Arianda e Jurupary dirigiram-se para uma casa, longe do lugar habitado, onde foram tratar das novas leis; antes de partir, porém, Arianda avisou que podiam dançar e beber por três noites e três dias, pois esse tempo durariam as festas em honra a Jurupary.

Todas essas coisas aconteciam na véspera do dia em que os homens tinham de partir da *maloca* para acompanhar, no alto da montanha, os *paié*[s], que, com seus remédios, iam assustar a morte, que queria vir para matar a lua.

Com isso os tenuianas ficaram livres para usufruir à vontade das belas ariandas.

Os usos da terra queriam que as mulheres escolhessem seus companheiros; e assim os homens foram logo conduzidos até o meio do salão, onde duas jovens tocadoras esperavam que os casais estivessem prontos, para começar a dança.

Apesar de muitas jovens terem ficado sem companheiro, nenhuma quis dançar com os velhos, que se quedavam tristes, sentados num canto.

E o *capy* e o *cachiry* eram distribuídos em abundância, e pouco a pouco foram se acendendo os desejos. À noite as ariandas já disputavam entre si os visitantes, e os beijos e os abraços provocadores tornavam-se cada vez mais freqüentes.

Chegou a noite, e, como não havia resina para iluminar a sala da festa, a dança continuou no escuro até o amanhecer, e ninguém soube o que aconteceu entre os que dançavam; apenas Jurupary e Arianda viram tudo.

Chegando à casa com Jurupary, Arianda assim falou:

— Na verdade sua visita me dá muito prazer, pois a aldeia mais próxima da minha está a duas luas daqui e eu não posso visitá-la com freqüência. Mais de uma vez quis deixar esta aldeia para me aproximar mais de uma outra aldeia povoada, mas minha gente não quer abandonar a terra que a viu nascer. Se meu sonho se realizar, eu serei seu companheiro em todas as lutas da vida.

— Como foi o sonho que você teve?

— Sonhei que você tinha vindo até minha *maloca* para pedir minha filha Curán em casamento e que isso aconteceu um dia depois de sua chegada. É raro que meus sonhos não sejam verdadeiros, e estou esperando, então, para ver se realizar o que a mãe dos meus sonhos prenunciou.

– Arianda, digo-lhe, na verdade, que até realizar a grande reforma que devo efetuar na terra não me casarei. Sua filha Curán é muito bonita e se ela quiser escolher algum de meus companheiros, eu aceitarei e o farei senhor de uma grande tribo.

– Eu quero aprender aquilo que ainda não sei, ser seu companheiro e acompanhar você em todas as lutas, e por isso acho boas as suas palavras.

– Uma vez que a noite já está sobre nós –, continuou Jurupary –, vamos assistir à festa; amanhã direi a você o que temos de fazer.

– Então, vamos à casa da festa – disse Arianda, erguendo-se da rede.

– Não precisa, nós podemos ver tudo sem sair das nossas redes; lá seremos importunados.

E Jurupary colocou a mão no *matiry* e de lá tirou duas pedras brilhantes e coloridas. Deu uma para Arianda dizendo:

– Aqui está um pedaço da sombra do céu, onde você verá tudo o que acontece na festa.

Logo que Arianda teve a pedra na mão e lançou o olhar sobre ela, viu reproduzir-se diante de seus olhos a cena com tanta fidelidade, que se reconheciam facilmente todas as pessoas.

Viu que as velhas que durante o dia tinham assistido à dança de longe agora estavam tomando parte dela, procurando aproveitar o mais possível do engano que a escuridão e as bebidas podiam produzir.

Os velhos, eles também, após terem ficado de lado o dia inteiro, eram agora procurados pelas jovens ariandas, às quais se esforçavam para satisfazer como melhor podiam.

Arianda e Jurupary riam dos erros e dos esforços dos outros e de suas hábeis substituições.

Quando o dia chegou, os dois chefes colocaram de lado as sombras do céu e continuaram a discorrer sobre as coisas da nova lei. Enquanto isso, a festa continuava.

As velhas fofoqueiras foram correndo contar a Curán o que tinha se passado de noite com elas, e Curán, que era muito curiosa, quis ver o que lhe tinham contado.

Quando a segunda noite chegou, Arianda e Jurupary voltaram a pegar as sombras do céu e começaram a assistir à festa.

E viram coisas ainda piores do que as da noite anterior. Para cada tenuiana, havia cinco ariandas.

Jurupary se indignava, e Arianda calava; mas aquela era a primeira vez que ele via essas coisas na sua *maloca*.

Chegou a meia-noite e Arianda viu sua filha Curán pular da rede e caminhar até a porta da casa da festa, onde um tenuiana a pegou e a deflorou.

E, nesse ponto, Arianda gemeu; Jurupary, que ouviu, perguntou:

– O que você tem?

– A minha desgraça diante de meus olhos.

– Se minha lei já estivesse em vigor, nada disso teria acontecido; mas quem tocou sua filha casará com ela, e tudo será reparado.

E Arianda, gemendo por aquilo que tinha visto, entregou a sombra do céu para Jurupary e disse:

– Aqui está sua pedra, não me serve mais para nada, pois nada mais quero ver. Vou dormir para tentar esquecer minha desgraça. Quando você tiver terminado de ver, me acorde, que continuaremos nossa conversa.

Jurupary ficou só e continuou a olhar, mas tudo era mais feio.

O *curampa* (pequena coruja) já cantava à beira do caminho e os salvadores da lua já estavam de volta, enquanto a festa continuava cada vez mais desenfreada. Jurupary, para não ver mais nada, escondeu a sombra do céu em seu *matiry*.

Acordou Arianda e continuaram a falar das coisas futuras.

Quando surgiu o sol do quarto dia, os dois *tuxáuas* voltaram à *maloca* e logo se viu em Arianda uma profunda tristeza e em Jurupary algo de terrível e ameaçador.

– Companheiros – disse Jurupary –, acomodem-se e vamos conversar. Amanhã vocês vão ouvir de mim verdades amargas: vocês abusaram demais da liberdade que eu lhes dei. Mas não será sobre isso; agora vão antes readquirir com o descanso as forças que perderam.

No dia seguinte, assim voltou a falar Jurupary:

– Infelizmente, devo lhes dizer amargas verdades, já que vocês me obrigam a isso. Nunca pensei que houvesse gente tão ruim como vocês. Que um homem abuse da fragilidade de uma mulher ainda é natural; mas que um satisfaça a cinco, é um fato novo, que só se viu na terra de Arianda, praticado pelos reformadores. Se amanhã as outras tribos souberem que os habitantes de Tenuí são gente ruim que não respeita nada, como poderão acreditar que são eles que devem reformar os usos e os costumes da terra toda? Se isso se repetir, eu os abandonarei e irei procurar um outro povo para educá-lo, que há de ser melhor do que vocês. Vocês abusaram de tal maneira da liberdade que lhes dei, que a dor cresce em meu coração e o enche de ira; e de suas mãos não escapou sequer Curán, a filha de Arianda. Quem de vocês deflorou Curán? Ninguém? Quem quer que tenha sido, não adianta se esconder. Eu vi tudo o que aconteceu e Arianda também viu. E um novo ser está no seio de Curán e verá o sol, como nós. Por isso eu prometi que quem a violou repararia [o mal] casando-se com ela. Não posso permitir que minha palavra verdadeira se perca. Quem foi, se apresente.

E, como ninguém se apresentava, Jurupary tirou do *matiry* as sombras do céu, onde estava pintado tudo o que tinha acontecido, e disse, mostrando-o à sua gente:

– Aqui está pintada Curán sofrendo seu mal e esse é o culpado. Quem é ele?

E o jovem que reconheceu sua própria figura baixou a cabeça envergonhado.

– Fui eu, *tuxáua* – disse Caminda –, mas não teria imaginado que me caberia tão nobre solteira, pois não pude ver sua beleza nas sombras da noite.

– E será você mesmo quem se casará com Curán, pois isso eu já prometi ao pai dela: amanhã terá lugar o casamento e depois terminaremos nossas festas. Mas se os jovens foram repreensíveis, não o foram menos os velhos que esqueceram sua idade e quiseram satisfazer as mulheres, quando já não podiam. Amanhã iremos assistir ao casamento de Caminda; preparem hoje todos os seus ornamentos, pois, ao surgirem as primeiras alegrias do céu, partiremos rumo à *maloca* de Arianda.

Quando o oriente avermelhava, Jurupary e sua gente dirigiram-se à *maloca* de Arianda, onde a música já anunciava a festa próxima, e os moradores, enfeitados com penas, encontravam-se reunidos diante da casa da festa.

Chegando, Jurupary disse:

— Companheiros, esta noite nosso parente Caminda vai se casar com a bela Curán. Este casamento vai nos assegurar a participação de todos esses jovens na reforma que temos que fazer sobre esta terra. Fiquem sabendo, porém, que a nada mais quero remediar dessa maneira.

Terminada a fala, Arianda e Jurupary foram até a casa fora do povoado para falar das festas futuras, e os tenuianas ficaram na casa da dança.

E os velhos, que tinham sido tão severamente repreendidos por Jurupary, ficaram cautelosos e em silêncio sem nem ousar olhar para as ariandas.

O dia era de festa e as mulheres serviam as comidas e as bebidas de costume aos tenuianas, e eles comiam e bebiam, pois é falta recusar, de maneira que, ao chegar da noite, os tenuianas e os ariandas já estavam quase embriagados.

As mulheres tentavam aproveitar-se desse estado para satisfazer suas vontades, mas os velhos e os jovens resistiam, recordando as palavras de Jurupary.

Chegou a noite, e a música entrou na casa, precedendo os noivos e os dois *tuxáuas*, seguidos pelos restantes. Formou-se uma grande roda, e, dentro dela, a roda dos noivos, e começou a música.

Quando a roda dos noivos girava para a direita, os outros giravam para a esquerda, e vice-versa, e continuaram bebendo e dançando até a meia-noite. Então os noivos, já quase embriagados, foram conduzidos para o quarto nupcial e deixados a sós por algum tempo.

Passado o tempo estabelecido pelo uso, os noivos entraram de novo na roda grande, onde receberam de todos a saudação do *macuhy*.

Quando o dia despontava, os noivos entraram de novo no quarto nupcial, de onde só deveriam sair à meia-noite seguinte, para terminar o matrimônio.

Arianda e Jurupary voltaram para a casa fora do povoado, e Arianda pediu a Jurupary que não tirasse as sombras do céu e que desse toda a liberdade à sua gente.

— Se é assim que você quer, vá dá-la você mesmo.

E Arianda quase fez isso, mas, quando chegou perto da casa da festa, viu que ia fazer uma coisa inútil e voltou.

À meia-noite os *tuxáuas* regressaram, e os noivos, que tinham saído do quarto nupcial, colocaram-se no meio de uma grande roda, onde receberam, de cada um dos presentes, uma chicotada.

Quando receberam a última chicotada com o cipó sobre o qual o *paié* tinha soprado, Caminda e Curán voltaram para o quarto, de onde não deviam sair até o meio-dia seguinte, quando assistiriam ao grande banquete.

Os chefes retiraram-se e a festa continuou.

Na hora do grande banquete, os noivos receberam da mão do *tuxáua* suas coroas de penas [cocares], e então paramentados foram para o banquete, do qual todos tomaram parte.

E assim foram casados Caminda e Curán.

No dia seguinte, Jurupary e sua gente voltaram para sua própria casa, à qual também voltou Caminda, que se despediu por três dias da mulher.

Os dois *tuxáuas* tinham estabelecido que a festa de Jurupary devia começar naquele mesmo dia, e que Arianda enviaria as mulheres para pescar camarões durante três dias, no *ygarapé* da Mycura (espécie de gambá).

Curán foi a única que não se juntou ao grupo, dizendo que estava doente.

Naquele mesmo dia Arianda partiu com sua gente para ir até a *Jurupary-oca*, onde, logo que a noite chegou, começou a festa.

Quando a noite estava na metade, Jurupary colocou os instrumentos de lado e disse todos os pontos da lei que devem regular os usos e costumes de toda a terra.

E, quando terminou, disse.

– Agora que vocês já conhecem tudo o que devem conhecer, lhes ensino o canto de Jurupary, que só será ensinado aos jovens quando forem admitidos pela primeira vez à festa dos homens e souberem guardar segredo.

E disse a Arianda

– Deixe seu instrumento e acompanhe o canto, e, com você, todos aqueles que não têm instrumento acompanhem o canto.

Curán – cujo marido e cujo pai pensavam que estivesse na *maloca* –, logo que os seus saíram, também saiu, seguiu-os de longe até a *Jurupary-oca* e do alto de uma pedra que estava perto deles pôde ver, quando a noite chegou, tudo o que estava acontecendo, ouviu a lei e aprendeu a música e o canto de Jurupary.

Ao conhecer todos aqueles segredos, partiu e voltou para a *maloca*, e antes do dia chegar tinha formado em seu coração um desejo que se propôs a cumprir.

As festas terminaram no terceiro dia, e então Jurupary se despediu de Arianda. Quando os tenuianas ficaram sozinhos, Jurupary disse:

– Vocês sabem que eu ainda tenho que cumprir uma promessa na terra do Tenuí, e aqueles que têm a mãe perto da minha voltarão comigo, porque temos que cumpri-la juntos. Os outros podem voltar ou ficar, como quiserem, uma vez que pouco me resta para ensinar, e os que virão comigo ficarão obrigados a ensinar depois aos outros aquilo que ainda falta. Partiremos quando aparecer a lua.

Logo que a lua apareceu, Jurupary mandou que seus companheiros sentassem sobre a esteira de *naruman* (tipo de cipó); em seguida partiram, e quando chegaram, em plena manhã, à *maloca*, não encontraram ninguém.

Só encontraram em todas as casas ossos de crianças, e, na casa de Jurupary, um quarto cheio de cabelos de mulher.

Os companheiros de Jurupary perguntaram:

– O que significa isso?

– Depois que tivermos cumprido nossa promessa, contarei o que houve: quero ter o coração vazio de cólera para poder chorar. Hoje é a noite da malvadeza da lua[39], e, antes que ela apareça, queimem os ossos que estão nas casas e tragam-me suas cinzas para bebê-las no *cachiry*. Vou fazer nossas roupas, para que nossas mães não nos conheçam quando estivermos chorando perto delas, com os cabelos que as mulheres nos deixaram, e farei os dois instrumentos que devem chorar conosco e que serão tocados por mim e por Caryda, que escolhi para me acompanhar por toda a terra. Quando a lua estiver comovendo as mulheres, venham aqui para preparar nossas bebidas e para subir no cume da montanha.

Assim foi feito, e, após terem transformado os ossos em cinza, misturaram-na com *cachiry*. Quando tudo ficou pronto, disse Jurupary:

– Chegou a hora de cumprir nossa promessa: vamos beber as cinzas de nossos parentes para que não se percam no seio da terra; e você, Caryda, apanhe seu instrumento, vamos nos vestir todos com essas roupas feitas com os cabelos para que nossas mães não nos reconheçam, e vamos para onde elas estão, para chorar.

E Jurupary e Caryda, em pé diante de suas mães, tocaram a marcha dos mortos, e seus companheiros os seguiam chorando diante das próprias mães.

---

39. Noite de lua cheia.

Quando a lua diminuiu sua malvadeza, os corpos daquelas mulheres inclinaram-se em direção ao chão até ficarem estendidas nele, e Jurupary disse:

– Companheiros, nossa missão acabou, que cada um enterre a própria mãe.

Jurupary pegou o corpo de sua mãe, voou com ele para a serra de Marubitena e deixou-o lá, dizendo:

– Deixo-a sobre esta montanha para que você seja útil a todos e de seu corpo nasçam plantas preciosas, que sirvam como remédio para os amores infelizes.

Quando apareceu o sol, tudo era silêncio e tristeza na serra do Tenuí.

Foi com o sol do terceiro dia que Jurupary deu o sinal para que se reunissem.

– Agora vou contar – disse – o que aconteceu durante nossa ausência. No dia seguinte à nossa partida para o Aiary, as mulheres nos procuraram por todo lado, tristes e desesperadas por nosso desaparecimento. Nenhuma sabia a direção que tínhamos tomado e se juntaram todas para deliberar. Arauyry, jovem astuciosa e cheia de maldade, disse: "Já que os homens fogem de nós sem motivo e sem ter dito nada, significa que aqui não colocarão mais os pés; e por isso, para não propagar essa raça de homens sem amor, sem coração, eu digo que nós devemos matar todos os meninos homens". E Pesparen acrescentou: "Não só é necessário matar todos os filhos machos desses homens ingratos, mas também cortar nossos cabelos, que ainda conservam o cheiro dos lábios daqueles traidores, e deixá-los todos na casa de Jurupary; depois procuraremos um novo destino". Nuré, que tinha mais que um homem, entre os quais Caryda, disse: "Tudo é bom; mas, para que não sobre ninguém, vamos levar conosco também nossas parentes de pedra e, com elas, Seucy". Saén, jovem impetuosa e exagerada, propôs, enfim, que fizessem uma operação para que não mais lhes fosse possível ceder a um homem. Tudo foi aprovado, e a primeira coisa que tentaram foi tirar nossas mães, mas não conseguiram; então cortaram seus cabelos, que foram depositados aqui; mataram todos os meninos e, fazendo uma incisão nos lábios, colaram-nos com resina de *uanany* (espécie de planta), para que se fechassem. E agora elas descem o rio sem rumo, tendo a correnteza como seu único guia. Saibam então que os instrumentos que servem para chorar os mortos devem ser tocados apenas pelo *paié* e pelo *tuxáua*, quando vocês forem chorar os parentes e beber suas cinzas.

E então, sentindo que algo se mexia no *matiry*, Jurupary colocou a mão dentro e sentiu que alguma coisa feria seus dedos:

– Companheiros, fomos traídos!

Os companheiros perguntaram quem os havia traído, e ele tirou do *matiry* uma das sombras do céu e viu Curán, com todas as mulheres ariandas, fazer o *dabucury* e tocar e cantar a música e o canto da festa dos homens. Ele tirou com a mão uma outra pedra em que tudo estava pintado, e viu Curán, que, do outro lado da pedra, assistia a toda a festa. E cheio de tristeza falou assim:

– Existirá sobre a terra, algum dia, uma mulher realmente sensata? Curán, que todos pensavam que tivesse ficado em casa doente, assistiu a toda nossa festa. Eu e Caryda vamos partir imediatamente.

– E nós, o que faremos sem você?

– Vão por toda a terra ensinar a lei, a música e o canto de Jurupary. Caryda, segure-se bem às minhas costas, pois nós vamos cair na terra dos ariandas.

E Caryda perguntou:

– O que devo fazer quando chegarmos lá?.

– Você irá se transformar em inseto e entrará no instrumento que Curán estará tocando e roerá toda a cera que lhe dá a voz.

E ao mesmo tempo deu-lhe um talismã, para que o pusesse no nariz quando se transformasse em inseto.

Caminda, ao voltar para a *maloca*, encontrou Curán já sarada.

Arianda, que agora era o reformador dos velhos usos e costumes de sua terra, mandou que os *paié* os ensinassem, mas de modo que jamais as mulheres suspeitassem de que aquela era obra de Jurupary.

Então Curán, um dia, juntou todas as mulheres longe da *maloca* e revelou-lhes o segredo de Jurupary; disse como eram os instrumentos, e cantou a música e o canto de Jurupary.

– E é por isso – concluiu – que os homens deixaram de fazer a nossa vontade. Para que eles possam continuar achando que nós não sabemos nada, vamos organizar nós também nosso Jurupary e fazer nossa festa, que deve ser inaugurada com um *dabucury* de *tapioca*. De agora em diante, todas as noites iremos nos reunir aqui para aprender o canto de Jurupary até que eu possa roubar o instrumento que meu marido escondeu. Nessa mesma noite, quando ele tiver saído, eu o seguirei para saber aonde ele vai, e, se eu descobrir, amanhã mesmo teremos nossos instrumentos feitos conforme aquele: mas, sobretudo, segredo.

Os velhos, que eram desprezados por seus companheiros, resolveram abandoná-los e reunir-se às nuibas.

Logo que a noite chegou, recorreram a seus amuletos e voaram até a terra onde fora castigado Ualri, e, ao passarem pelo local onde ele foi queimado, levaram pedradas de sua sombra.

Naquela mesma noite, Curán, quando chegou Caminda, fingiu estar dormindo.

Ao vê-la com os olhos fechados, Caminda saiu de casa. Curán seguiu-o até onde as águas da cascata descansam e onde Caminda tinha escondido seu instrumento.

Então, já tendo descoberto o que desejava, voltou para casa. Quando estava para entrar, ouviu que alguém a chamava, virou-se e viu um belo jovem que fazia um sinal para ela como se quisesse lhe falar.

Ela o acompanhou, e ele a conduziu num lugar apertado, onde se ofereceu para fazer os instrumentos, dizendo-lhe que era indispensável que fosse roubado o de Caminda, para que pudessem ser completos.

E Curán, fascinada pela beleza do jovem, não lhe perguntou nem mesmo quem era, mas apenas quando iria revê-lo.

– Amanhã, no mesmo lugar, para entregar a você os instrumentos.

Ao voltar para sua rede, [Curán] adormeceu imediatamente e sonhou a noite inteira com a grande festa, na qual o principal tocador era o belo jovem que lhe tinha prometido os instrumentos.

Quando chegou a manhã, ela logo contou às companheiras que um belo jovem ia ser o tocador e que tudo estava pronto, de modo que podiam preparar os pães de *tapioca* para o *dabucury*, que seria no dia seguinte.

Chegou novamente a noite, e Caminda foi ver seu instrumento. Curán foi ao encontro do jovem, que lhe deu logo os instrumentos iguais àqueles de Jurupary, menos um. Ao entregá-los, ele disse:

— Aqui está o que lhe prometi, só falta um instrumento, mas você sabe onde encontrá-lo.

— Você não vem com a gente?

— A festa é só de mulheres, não ficaria bem eu aparecer por lá.

— Venha pelo menos beber o *cachiry* conosco, pois quero que você conheça minhas companheiras.

— Virei com as outras pessoas presentes, mas não diga a ninguém que fui eu que lhe dei os instrumentos.

— Qual é seu nome?

— Cudeabumá ("espírito maligno", em *pamary*).

— E de que lugar você é filho?

— Da terra das cinzas. Mas vá logo que seu marido está chegando. Amanhã, quando o sol estiver a pino, vá procurar o instrumento dele. Façam logo o *dabucury* acompanhado da música e do canto de Jurupary.

O jovem desapareceu nas sombras da noite, e Curán voltou para casa. Lá Caminda a encontrou, quando chegou mais tarde, ainda acordada e pensativa, de modo que lhe perguntou o que ela tinha.

— Acordei e procurei você na rede, mas você não estava lá, e achei que você tivesse fugido de mim.

— Não tinha motivo para fugir de você; só tinha ido ver surgir a lua, que hoje vem perturbar todas as mulheres.

— Se você está com ciúme da lua, venha para a rede comigo para me proteger.

E Caminda deitou-se com sua mulher. Aconteceu que durante a noite Curán sonhou com Cudeabumá e o chamou, abraçando Caminda, que ouviu tudo.

Quando, porém, ele se levantou de manhã, não disse nada, pensando que a lua tivesse entrado em Curán, ainda que ele quisesse impedi-lo.

Quando o sol chegou à metade do céu, os ariandas ouviram a música e o canto de Jurupary, e correram todos para ver quem é que vinha tocando, e viram as mulheres chegando do porto, umas tocavam e outras cantavam, e todas carregavam nas costas cestos cheios de *tapioca*.

Ele foi, com seu pessoal, ver se os instrumentos estavam no lugar onde os haviam deixado, e todos os encontraram no mesmo lugar, só Caminda não encontrou o dele.

Todos ficaram imóveis diante daquela grande profanação e ninguém respondeu a Caminda, que perguntava quem tinha pego seu instrumento. Então ele quis ir para cima de Curán para matá-la e executar assim a lei de Jurupary, mas Arianda impediu-o e disse:

– Não acredito que seu instrumento esteja entre aqueles que estão tocando: vá e procure melhor, que você deverá encontrá-lo.

E Caminda voltou para a cascata e procurou seu instrumento.

Naquele momento, o instrumento de Curán começou, pouco a pouco, a perder a voz, até que se calou de vez.

E no meio das dançarinas levantou-se uma grande fumaça que as fez enlouquecer, e riam e não sabiam por quê.

Entre elas estavam Jurupary e Caryda, que logo tiraram os instrumentos das mãos das mulheres, atirando-os ao fogo.

Jurupary devolveu a Caminda o instrumento que lhe pertencia e disse a ele:

– Nunca confie nas mulheres. Se você tivesse mandado Curán pescar com as outras, não teria acontecido o que estamos vendo. Ela assistiu do alto de uma pedra a toda a festa dos homens e só se retirou de manhã, após conhecer todos os nossos segredos. Curán roubou o instrumento de Caminda porque ele não o soube esconder como fizeram seus companheiros; agora quero saber quem deu a ela os outros, e vou descobrir, pois para mim nada é oculto.

Jurupary tirou do *matiry* as sombras do céu e nelas viu a figura de Cudeabumá, que ria e disse:

– Aqui estão agora as más sombras sobre a terra, para trazer a ruína das mulheres!

– E quem são?

– *Uacten-mascan.*

– Aquelas que nasceram das cinzas de Ualri?

– Aquelas mesmo.

– E o que temos que fazer para que essas infelizes esqueçam o delito que cometeram?

– Destruir os vestígios desse delito.

– Mas as sombras de Ualri voltarão a tentá-las.

– Vão tentá-las sempre, até que a terra morra. Quando chegar a noite, fumeguem com pimenta todas as casas para afugentar as sombras e atirem no rio os cestos de *tapioca* e os enfeites de penas, e amanhã, quando as mulheres acordarem, façam um fumego de *xicantá* para elas.

Arianda pediu a Jurupary que ficasse mais uma lua para ensinar àquelas mulheres o caminho que elas deveriam trilhar.

– E por que não o ensina você? Observe e faça observar minha lei, porém vou me disfarçar para todos de *paié* e ficar mais meia lua com você.

No dia seguinte, foi o próprio Jurupary que acordou todas as mulheres, que, tão logo despertaram, queriam agarrá-lo, mas Jurupary escapava rapidamente delas.

Ele, transformado em *paié*, reuniu-as todas e lhes falou assim:

– Se não fosse pela compaixão que vocês me inspiram, não as avisaria da sentença que pesa sobre vocês, provocada por sua loucura. Na mente do *tuxáua*, vocês já estão condenadas a morrer, pois pecaram contra as leis do Sol. Daqui a três dias eu lhes direi tudo o que devem fazer para fugir à ira do nosso *tuxáua*.

E muitas disseram:

– Por que você não nos diz agora?

– Para que vocês aprendam a saber esperar e a ter paciência.

E, quando chegou o terceiro dia, Jurupary as reuniu e disse:

– Agora vou dar a vocês as normas para sua conduta. Foi o Sol quem as mandou e se chamam leis de Jurupary, às quais estão sujeitos homens e mulheres; quem não as cumprir será condenado a morrer. Por isso, se vocês quiserem viver em paz sobre a terra, devem obedecer a essas leis.

E as mulheres disseram:

– Pois diga quais são essas leis para que possamos observá-las.

– São as seguintes – disse Jurupary. – Uma mulher, para ser boa, só pode se casar com um homem e deve viver com ele até a morte, ser fiel a ele e não traí-lo por nenhuma razão. Não deve querer saber os segredos dos homens nem o que acontece com os outros; não deve desejar e nem experimentar o que lhe parece apetitoso; deve guardar jejum durante uma lua inteira até que Jurupary tenha preparado as comidas que lhe são destinadas; não deve ceder às sombras que nasceram de Ualri e que sempre devem ser protegidas pela noite. Essas são as coisas principais que de agora em diante vocês devem observar cuidadosamente, para não cair mais uma vez na ira do *tuxáua*, e as coisas que ainda faltam eu lhes direi mais tarde.

E elas prometeram que iriam obedecer a ele em tudo, e já não se lembravam de mais nada do que tinha acontecido.

Depois disso, Jurupary foi com Arianda e Caryda para a casa afastada e lá tirou seu disfarce.

– Já disse para suas mulheres as principais coisas que elas têm que saber, e prometi que a cada malvadeza da lua haverá uma reunião em que os *paié* lhes ensinarão as coisas que ainda faltam: agora, chame seus *paié* e diga a eles a obrigação que têm, e cuide que a cumpram, e tudo sairá da melhor maneira. Quando elas estiverem convencidas dos perigos que correm se não observarem nossas leis, você poderá praticá-las livremente e fazer as festas dos homens, aqui nesta mesma *maloca*, porque elas não vão querer correr o risco de perder a vida. E, se alguma delas não obedecer, mate-a à vista de todas, como exemplo para as companheiras. Caryda hoje mesmo irá ensinar-lhe a música dos mortos, que deverá ser executada no dia em que você tiver que chorar os que morreram e quando for beber as cinzas deles. Pegue estes ornamentos e esta máscara, que você usará apenas naqueles dias e que só poderão ser usados pelo *tuxáua* e pelo *paié*.

As mulheres, nesse meio-tempo, não ousavam nem sair de casa, por medo de que pudessem fazer alguma coisa de mal.

Curán, porém, que era astuta e cheia de ousadia, passava os dias inteiros na cascata, sentada numa pedra e com a cabeça entre as mãos.

Caminda ia buscá-la todas as noites, para levá-la de volta para casa. Uma noite, porém, não a encontrou lá e, desesperado, juntou todos os homens do povoado e começou a procurá-la, mas inutilmente, e até hoje ninguém sabe o paradeiro dela. A maioria, porém, achou que a Cobra Grande a tivesse levado para o fundo das águas (aliás, contam que desde aquele dia, à meia-noite, no meio da cascata de Nusqué-Buscá, aparece uma mulher lindíssima de cabelos negros que, após cantar a música e o canto de Jurupary, desaparece outra vez nas águas).

Antes que chegasse a hora da malvadeza da lua, Caryda foi assaltado por dois *tananá*[s] (grilos grandes que devem seu nome a seu grito, em nehengatu) que se atiraram sobre ele com a força de um *curaby* (flecha que se lança com a mão, sempre envenenada, em nehengatu).

Caryda fugiu até onde se encontrava Jurupary, mas lá também o perseguiram os *tananás*.

E então Jurupary, vendo Caryda ser perseguido, disse assim:

– Fomos traídos outra vez.

Tirou as sombras do céu e viu dois velhos tenuianas que cantavam e tocavam a música e o canto de Jurupary no meio das mulheres.

– Caryda, segure em mim com força, porque temos que partir.

E voaram na direção da *maloca-nunuiba* e com eles voaram também os *tananás*. Jurupary tentou pegá-los, mas eles desapareceram adiante.

E Caryda perguntou:

– Para onde vamos?

– Punir os dois traidores.

– Eram eles os dois *tananá*[s]?

– Não, mas foram seus donos que os mandaram para me espionar.

– Então eles já estão lá e os velhos têm tempo de se esconder.

– E onde poderão se esconder que eu não saiba? Mesmo que eles se escondam no seio das águas ou no seio da terra, ou no ar, eu sempre os encontrarei.

E, enquanto isso, passavam pelo lugar onde já estivera a *Jurupary-oca*, e Jurupary perguntou a Caryda:

– Onde está sua *pussanga*?

– Está aqui.

– Dê a sua para mim e pegue esta outra, com que você irá atrás de um dos traidores, até matá-lo; qualquer coisa que você quiser fazer, você conseguirá se a puser no nariz e conservar no coração a vontade daquilo que você quer fazer.

E Jurupary consultou as sombras do céu e viu os traidores fugindo – um deles em forma de tapir e o outro em forma de verme – e entrando na rachadura de uma pedra.

– Eu irei atrás do tapir, você cuide do outro.

E Jurupary transformou-se logo em uma grande *giaguar* (jaguar), que seguiu as pegadas do tapir com a velocidade de uma flecha. Caryda transformou-se em *tatu* e entrou pela rachadura da pedra, atrás do verme.

Quando Jurupary chegou ao rio Inambu, o tapir já tinha atravessado para a outra margem, e, como [Jurupary] não podia molhar seu *matiry*, tornou a metamorfosear-se em homem e atravessou o rio. Mas, quando ele também se encontrou na outra margem, o tapir já tinha se transformado em *cujuby*[40] e voava na direção do rio Issana, e [então Jurupary] se transformou logo num falcão pequeno e ligeiro e foi atrás dele.

Quando chegou à margem do rio, o *cujuby* havia se transformado em uma grande cobra e tinha se escondido na água, e Jurupary, que não podia molhar o *matiry* nem se separar dele, resolveu capturar a cobra usando um *cacury*[41].

Para isso, ele aproveitou uma ilha para servir de um dos lados do *cacury* e com pedras amontoadas fez o resto, deixando no meio uma passagem livre por onde devia entrar a cobra; e, para ser avisado quando ela entrasse, [Jurupary] colocou de guarda um *caucao*[42].

Quando tudo ficou pronto, Jurupary voltou ao lugar onde se encontrava a cobra e atirou na água uma boa quantidade de pimenta.

Logo que sentiu o ardor da pimenta, a cobra desceu para o rio. Quando [a cobra] já tinha entrado no *cacury*, o *caucao* deu o sinal fazendo um grande ruído.

A cobra o ouviu e, querendo saber o que era, transformou-se em sapo e subiu para a superfície da água; então Jurupary atirou-lhe à cabeça um amuleto que o transformou em pedra.

---

40. Cujubim – ave galiforme do mesmo gênero da jacutinga.
41. Cacurí – armadilha para pegar peixes. Consiste numa barragem construída nos lugares de maior correnteza, geralmente apoiada à margem, com a qual forma ângulo, destinada a obrigar o peixe que vem subindo, arrostando a correnteza, a entrar num curral, de que a barragem é um lado, onde fica preso. O parí, ou a grade de que são feitas as paredes do curral, é armado sobre uma forte armação de paus fincados no leito do rio e, em terra, até onde chega a enchente. O curral é uma espécie de quarto mais ou menos quadrangular, com a abertura virada a jusante. Esta é formada por dois panos soltos de grade, que fecham o lugar, por onde o peixe deve entrar simplesmente pela força da correnteza, coincidindo, apoiados sobre as travessas da armação, exatamente no ponto onde a barragem faz ângulo. É fácil compreender como a armadilha funciona. As extremidades dos panos da grade, que não são amarradas, cedem facilmente à pressão do peixe, que vem subindo com força para vencer os obstáculos que se lhe opõem, e é levado à entrada pela forma da barragem, entra no curral e aí fica preso, vítima inconsciente do instinto. O peixe assim preso não pode mais sair, o ingresso fecha-se automaticamente pela própria força da correnteza; qualquer esforço para sair não só se torna improfícuo, mas tem o efeito de melhor vedar a saída. Do cacuri o peixe pode ser retirado quando ao dono convém, escolhendo o que prefere e não retirando senão a quantidade de que precisa. (Cf. *Vocabulário*)
42. Talvez um possível erro de transcrição de Stradelli para cauã, que significa casa de vespas.

Depois de ter realizado essa vingança, [Jurupary] partiu à procura de Caryda. Quando chegou à montanha e viu a rachadura que se adentrava na terra, sabendo da pouca existência [de Caryda], consultou a sombra do céu e viu que o verme já estava no *rio* Cuduiary, transformado em cigarra. [Jurupary], então, transformado em *diuná* (pequeno falcão, extremamente ousado), foi imediatamente naquela direção e lá encontrou a cigarra, que cantava sobre uma pedra, e no ato transformou-a em musgo.

Voltou então a procurar Caryda, que nesse ínterim tinha entrado quase até o centro da terra à procura do verme, e, como [Jurupary] não podia ouvi-lo porque estava muito longe, jogou dentro da rachadura um pouco de pó, que no mesmo instante se transformou em formigas, as quais desapareceram dentro da rachadura.

Caryda, ao ser mordido pelas formigas, veio para fora, e Jurupary perguntou-lhe onde estava seu inimigo, ao que ele respondeu:

– Creio que as formigas o comeram.

– Você tem certeza de que ele morreu?

– Não sei, mas acho que sim.

– Pois então vamos ver se é verdade o que você me diz.

[Jurupary] pegou a sombra do céu e mostrou [a Caryda] o velho transformado em musgo e perguntou-lhe:

– Por que você não recorreu à sua pedra?

– Porque não achei que um verme seria capaz de enganar um *tatu*. Mas agora peço-lhe que me diga como foi que esses dois velhos revelaram às mulheres nossos segredos.

– Todas as mulheres são curiosas, e desde o dia em que levei para longe de nossa casa as mulheres, que foram a desgraça de Ualri, elas não deixam jamais de investigar o motivo de nosso desaparecimento. Esses dois velhos voltaram para a terra de Nunuiba para ensinar nossa lei, e as mulheres, tão logo eles chegaram, ficaram à volta deles para saber o que queriam, e, como eles não tinham forças para resistir, ensinaram a elas todos os nossos segredos, e a música e o canto de Jurupary. Como desconfiaram de que eu poderia saber de alguma coisa, enviaram os amuletos deles para que os avisassem quando eu fosse chegar perto, mas, ainda que tivessem sido avisados em tempo, teriam sido castigados do mesmo jeito.

As mulheres nada sabem do que aconteceu; pensam apenas que os velhos se esconderam para não acompanhá-las nas festas.

— E o que estão fazendo os dois que ficaram lá?

— Estão ensinando ao *tuxáua* e aos *paié* a música e o canto de Jurupary.

Jurupary não gostava de saber de antemão aquilo que ia acontecer, e por isso não fazia idéia do que estava se passando com os outros dois velhos que tinham ficado entre os nunuibas.

As nunuibas, vendo que os dois velhos não apareciam, trataram de seduzir com toda espécie de artifícios os dois que restavam, para que terminassem de lhes ensinar a música e o canto de Jurupary.

Miuá, a mais esperta na arte da doçura, fez que eles se entregassem e prometessem contar todos os segredos de Jurupary e dar a elas os instrumentos.

Uma promessa deve ser cumprida; no dia seguinte os velhos completaram os instrumentos para que a festa pudesse começar naquela noite.

Quando chegou a noite, todas as mulheres da *maloca* nunuiba estavam reunidas na sala da festa, e os dois velhos começaram a tocar seus instrumentos com as mulheres; os que não tinham instrumentos acompanhavam com o canto.

O *tuxáua* Nunuiba estava, com sua gente, vendo a festa e achava que a tal lei de Jurupary era uma mentira inventada pelos dois velhos, e assim dizia para os seus:

— Vocês não estão vendo como eles queriam nos enganar com Jurupary? Ontem, diziam-nos que tudo isso devia ser um segredo para as mulheres e hoje são eles que o ensinam para elas. Se fosse verdade que o sol enviou Jurupary para nos dar leis, não seriam eles os primeiros a infringi-las?

Mas então o *paié* disse:

— Na verdade Jurupary existe, e existem essas leis, e mais cedo ou mais tarde vocês também vão conhecê-lo; e esses dois não passam de dois infratores de suas leis e vão pagar bem caro a própria indisciplina.

Ora, na terceira noite, quando a bebedeira já estava diminuindo, os dois velhos se recordaram do delito que estavam cometendo e imediatamente fugiram da sala e se esconderam na floresta, pois desconfiaram que o castigo já estava se aproximando.

E Nunuiba e seu povo, vendo-os fugirem, perguntaram ao *paié*:

– Por que estão fugindo?

– Porque Jurupary está vindo para castigá-los.

Então todos viram uma grande fumaça branca levantar-se no meio da sala, e logo os instrumentos ficaram sem voz, e sem voz ficaram as cantoras, e todos permaneceram na posição em que se encontravam.

E as que dançavam continuaram dançando, e as que tocavam faziam como se tocassem, mas todas permaneciam em um profundo silêncio.

Perguntou Nunuiba ao *paié*:

– O que é isso?

– O castigo de Jurupary.

– E onde está ele?

– Na floresta, caçando os traidores.

E naquele momento ouviram-se grandes risadas de todos os lados, e todos perguntaram:

– Quem são esses que riem das nossas desgraças?

– São os *uacten-mascan*, que estão zombando do castigo que Jurupary dá às nossas mulheres que causaram a perda de Ualri. Vocês já se esqueceram de Ualri, que quando estava na fogueira disse que logo se vingaria. Diadue foi a primeira de que se vingou, e essas, que foram também suas cúmplices, estão pagando agora.

E Nunuiba perguntou ao *paié* se não poderia reparar tantos males.

– Jamais me colocarei contra o filho do Sol. É mais fácil eu me jogar de encontro a uma pedra do que fazer algum mal a Jurupary, que é muito mais forte do que eu.

Enquanto isso, Jurupary e Caryda corriam, transformados em cachorros, atrás dos fugitivos, que tinham se transformado em *ayuti*, e, quando já estavam quase os alcançando, estes se transformaram em pássaros, seguindo pela corrente do rio.

– Caryda – gritou Jurupary – nossos inimigos já voam como pássaros, voemos nós também atrás deles.

E ambos voaram, transformados em leves passarinhos, e quando estavam quase para alcançar [os fugitivos], estes se transformaram em grãozinhos de pedra, de modo que [Jurupary e Caryda] os perderam de vista e foram obrigados a parar sobre uma pedra, onde Jurupary, após ter retirado a sombra do céu, viu que um já corria transformado em veado e o outro tinha se escondido no rio, transformado em caranguejo.

E Jurupary disse:

— Você, vá atrás deste, eu irei atrás do veado.

Então Jurupary voou feito águia e correu atrás do veado, e alcançando-o no momento em que este chegava ao rio, e aí mesmo enfiou-lhe as garras dentro das carnes e o transformou em pedra.

Enquanto isso, Caryda tinha se atirado na água, transformado em lontra, e o caranguejo, tão logo percebeu a lontra, mudou-se em *pirahíua* grande, e veio ao encontro da lontra, e, como esta não teve tempo de se transformar, foi engolida.

Caryda, já dentro da barriga da *pirahíua* ("peixe grande"), ria da placidez com que ela subia o rio. Quando chegaram aonde a água dorme no pé da cascata, Caryda transformou-se de lontra em porco-espinho, de modo que a pobre *pirahíua* começou a dar pulos desesperados até encalhar na areia, onde morreu.

Então Caryda saiu do ventre da *pirahíua*, rindo por tê-la enganado tão bem. Vendo Jurupary, que sentado numa pedra assistia à morte do último traidor, disse-lhe:

— Você se divertiu com os últimos pulos que dava a *pirahíua* enquanto eu esburacava a barriga dela?

— Muitíssimo. Onde está sua *pussanga*?

— Aqui está ela.

— Está bem. Agora vamos voltar para onde deixamos as nunuibas quase loucas, que a esta altura devem estar praticamente morrendo de sede e de fome. Transforme-se em um pequeno falcão, e eu me transformarei em um *maccary*[43], e, quando chegarmos à sala da festa, pousaremos em cima da viga mestra.

Nunuiba e os seus estavam desesperados por verem o estado lamentável a que tinham se reduzido suas mulheres.

---

43. Possível grafia para – maguari" (Ciconia maguari), um tipo de cegonha. Estaria "macuary" no manuscrito? Nestes boletins, encontramos a grafia – maguary" usada por Stradelli.

Apenas o *paié* estava tranqüilo; não respondia às perguntas que lhe faziam, fumando seu charuto e cheirando grandes pitadas de *caraiuru*, e, de quando em quando, olhava para o oriente como se esperasse alguém.

As risadas que vinham da mata próxima, misturadas com assobios, contribuíam para que os homens ficassem cada vez mais tontos diante daquela triste situação. Nunuiba agarrou-se ao *paié* e gritou:

– Por que não vamos matar aquelas sombras que zombam de nós com seus assobios e suas risadas?

E o *paié* respondeu:

– Por acaso você acha que suas flechas conseguirão atingir alguma daquelas sombras? Já lhe disse que apenas Jurupary tem o poder de calar essas sombras e de devolver a razão às mulheres e ensiná-las a respeitar sua lei.

Nesse instante entraram em casa o pequeno falcão e o *maccary*, que foram pousar na viga mestra.

E os guerreiros, armados, cruzaram as flechas para fazer pontaria nas aves, mas, quando levaram a mão ao peito e estavam para desferir [suas flechadas], ficaram como que inertes naquela mesma posição; só se ouvia sua respiração, e as risadas e os assobios na floresta cessaram.

Então Jurupary e Caryda desceram com um salto para o meio da sala, e assim Jurupary falou, dirigindo-se ao *tuxáua* e ao *paié*:

– Tirem os instrumentos e os enfeites de penas das mulheres e queimem tudo.

E eles obedeceram. Quando terminaram, [Jurupary] continuou:

– Agora levem-nas para comer e depois voltem para me ouvir, tão logo as tiverem deixado em suas redes, para dormir.

E, quando assim fizeram e voltaram, Jurupary continuou:

– Agora que estamos sozinhos, devem ouvir o que lhes resta para fazer e quais leis terão que cumprir de agora em diante sobre a terra. Você, Caryda, leve esses homens até a beira do rio para que se joguem nele e retirem os restos dos ossos de Ualri, para preparar os instrumentos com os quais esta noite possam ser ensinados o canto e a música de Jurupary.

E, virando-se então para Nunuiba, assim continuou:

– Você pertence àquela gente que até hoje sempre me traiu, e os seus seguem o seu exemplo. Eu vejo em você a impaciência, a sem-vergonhice e toda a malvadeza daqueles velhos que me traíram aqui, mas que já foram castigados. Você achava que eu não sabia o que você nutria contra mim no fundo de seu coração quando eu castiguei suas mulheres? Acha que eu não sei que você pediu ao *paié* um jeito de reparar os males que caíam sobre os seus, chegando inclusive a ameaçá-lo, para obter dele o que ele não podia fazer, surdo a todos os conselhos que ele assim mesmo lhe dava? Mas eu não quero castigá-lo pelas ameaças que me fez, armando seus guerreiros contra mim, e vou lhe ensinar hoje mesmo a lei, a música e o canto de Jurupary, para mudar os usos e os costumes dos seus, que são maus. Por isso, tão logo chegue a noite, você e seus homens deverão juntar-se todos nesta casa.

Mal chegou ao rio, Caryda, mandou que todos os guerreiros mergulhassem, e eles logo encontraram os restos dos ossos de Ualri, ainda no mesmo lugar, embaixo da cascata, e, quando aqueles restos foram trazidos para a terra, Caryda cortou-os conforme a lei e fez com eles instrumentos iguais aos primeiros.

O sol já se punha quando chegaram à casa onde estava Jurupary, e então ele terminou os instrumentos, que colocou de pé, ao redor da sala.

E, quando terminou, disse a Nunuiba:

– Mande seus homens comerem e, quando tiverem terminado, ordene que voltem para cá.

E logo os nunuibas sentiram muita fome, porque desde o início da dança das mulheres [eles] não comiam.

Quando a noite cobriu a terra, os instrumentos começaram a tocar sozinhos a música de Jurupary, e Nunuiba e sua gente ficaram maravilhados ao ouvi-los.

Jurupary então veio para o meio da sala e disse assim:

– Todos podiam duvidar das palavras daqueles velhos insensatos que mentiam as próprias palavras, ensinando o que não deviam para as mulheres, mas não deviam duvidar do *paié*, que, por sua vez, confirmava a existência da lei de Jurupary. Se sua velhice, ó *tuxáua*, não impusesse tanto respeito aos seus, eles jamais teriam ousado virar suas flechas contra mim e teriam ouvido, sem duvidar, aquilo que o *paié* lhes dizia. Você ainda pertence àquela gente que pensa que não pode ser enfrentada por ninguém. Mas em verdade digo-lhe que, se você não mudar de pensamento, o dia de amanhã não lhe pertencerá.

E Nunuiba respondeu:

— Como posso desobedecer se você me tem a seu lado, pronto para fazer o que me dirá?

— Todos me obedecem sempre quando estão debaixo de meus olhos, para desobedecer-me tão logo eu vire as costas.

E, então, deu a conhecer todos os pontos de sua lei e depois ensinou a música e o canto de Jurupary.

E quando, com a primeira luz do dia, terminou a festa, Jurupary disse:

— Agora que já conhecem minha lei, com a qual devem ser mudados todos os usos e os costumes da terra, que o *paié* faça as mulheres que estão dormindo aspirarem a fumaça de seu charuto, e elas acordarão sem lembrar as loucuras que cometeram e que levaram a cometer.

E tão logo Jurupary suspendeu a reunião, o *paié* foi acordar as mulheres com a fumaça de seu charuto.

Elas permaneceram loucas por três dias e três noites, sem reconhecer ninguém, e, quando a razão delas voltou, nada mais lembraram do que tinha acontecido, nem da festa, nem do castigo que foi sua conseqüência.

O *paié*, a partir daquele dia, foi sempre ouvido e seguido em tudo e por tudo.

Depois da profanação cometida por Curán, os tenuianas que tinham ficado no povoado de Arianda partiram para diferentes pontos da terra.

Os que se dirigiram para o oriente logo encontraram uma *maloca* de gente muito bonita.

O costume do lugar era o de escolher como *tuxáua* o mais formoso da tribo, fosse ele homem ou mulher, e naquele tempo fora eleita Naruna, belíssima mulher.

Ora, entre os tenuianas também havia um jovem belíssimo, de nome Date.

Naruna, quando o viu, propôs-lhe que se casasse com ela para se tornar com isso o *tuxáua* da terra.

E foi assim que ela falou com Date:

— Eu quero ser sua mulher, pois você é o jovem mais bonito que eu vi até agora, e por isso você me pertence.

Date, que não sabia que caminho escolher para mudar os costumes do lugar segundo as leis de Jurupary, aceitou a oferta de Naruna para poder introduzi-las melhor.

— Nosso casamento será na noite da malvadeza da lua, porque nessa ocasião toda minha gente estará aqui reunida. Enquanto isso você já pode vir morar nesta casa com os seus companheiros, visto que, em breve, você será o *tuxáua* dessa terra.

Date e seus companheiros, já alojados na casa do *tuxáua*, estudavam dia e noite como poderiam mudar os usos e os costumes do lugar segundo as leis de Jurupary, sem que surgisse contra elas qualquer obstáculo.

Todos obedeciam cegamente às leis que então os governavam, e não parecia fácil conseguir mudá-las de um momento a outro, tanto mais que as deles pareciam bem mais rigorosas.

Date perguntava aos companheiros qual seria a melhor maneira de fazer isso, e assim respondeu-lhe Jadiê[44]:

— Antes de seu casamento com a senhora do lugar, parece-me que nada pode ser feito. É melhor que nós nos sujeitemos antes a tudo, até que você se torne *tuxáua*, e então poderemos pôr em prática as leis de Jurupary.

— E Jurupary não vai se aborrecer com nosso modo de proceder?

— Se ele tivesse dado a você e a algum outro de nós algum amuleto, aí sim era de se temer que ele nos castigasse, mas, como ele nada deu, é melhor esperar a ocasião propícia para agir. De que nos serviria agora chamar todos os homens e contar a eles a lei de Jurupary? As mulheres logo ficariam sabendo disso e contariam para Naruna, que certamente mandaria nos matar.

— Estou vendo que não podemos introduzir nossa lei, pois não temos nenhum amuleto; mas, como o dia de minhas núpcias não está longe e eu me tornarei *tuxáua* dessa tribo, então conseguiremos com certeza atingir nosso fim.

Jurupary e Caryda, quando abandonaram a terra dos nunuibas, dirigiram-se para a serra do Tenuí e lá chegaram na ocasião em que seus companheiros choravam e bebiam as cinzas de suas mães, e logo pegaram os instrumentos funerários e tocaram a música dos mortos.

---

44. No original, *Jadié*. Esta é a única vez que este nome é escrito com *J* no texto; depois aparecerá sempre a forma "Iadié". O acento agudo no *e* final, em italiano, lê-se de forma fechada: portanto, adotaremos a grafia com o circunflexo, oferecendo ao leitor brasileiro a pronúncia que o autor quis marcar para seus leitores italianos.

Quando o dia voltava com suas alegrias, tudo estava terminado e cada um se recolhia à própria casa, onde só havia silêncio.

E assim passaram-se três dias; no quarto, que era a véspera da malvadeza da lua, Jurupary e Caryda foram, com os companheiros, até as margens do lago Muypa, onde se banharam. Quando terminaram, Jurupary disse:

– Agora que não estou vendo mais sobre a terra traidores capazes de impedir que os usos e os costumes de nossa lei sejam observados em todos os países do sol, vou descansar; descansem vocês também, porque depois cada um terá que cumprir o que tem a fazer: mas, antes disso, ouçam a triste história de nossas mulheres:

Depois que elas deixaram este lugar, tomaram como guia de sua viagem as águas do rio.

E lá, bem embaixo, elas encontraram uma terra cujos habitantes eram como elas, só que não tinham leis, e lá ficaram todas, dizendo que tinham abandonado a terra que habitavam porque a mãe da água tinha chamado para o fundo do rio todos os homens da tribo delas.

E então o *tuxáua* perguntou a elas para onde queriam ir.

– Queremos ficar aqui.

– E se a mãe da água vier atrás de vocês?

– Ela irá retroceder diante das flechas de seus guerreiros.

– Assim seja. Mas onde encontrarei homens para todas vocês?

– Não queremos homens, porque prometemos não mais nos unirmos aos homens.

– E se eu desse um marido a cada uma de vocês, teriam coragem de recusá-lo?

– Para obedecer-lhe, nós os aceitaríamos, mas não para ter filhos e sim para tratá-los como irmãos.

– Pois muito bem. Hoje mesmo cada uma de vocês terá um irmão para distraí-la e contar-lhes histórias.

E logo que a noite chegou o *tuxáua* enviou um irmão para cada mulher. Mas quando os recém-chegados disseram a elas que tinham sido enviados para contar histórias, elas, em vez de ouvi-los, atiraram-se em seus braços e os receberam como maridos.

Agora que vocês já conhecem a história dessas mulheres impacientes, vamos descansar, pois amanhã cada um deve retomar seu caminho.

Foi a primeira vez que Jurupary dormiu após tantas fadigas e foi visitado pela mãe dos sonhos.

Ele viu em sonho a dificuldade em que se encontravam Date e os companheiros na terra de Neruna e, ao acordar, contou o sonho para Caryda.

— Veja — disse-lhe [Caryda] —, se a mãe dos sonhos contou-lhe a verdade.

E Jurupary tirou a sombra do céu e viu nela pintado fielmente tudo o que tinha sonhado. Disse então a Caryda:

— Tudo é verdade, portanto iremos àquela terra para ajudá-los, mas transformados em outros homens, para ver se algum dos nossos não é sobrepujado. Lá tomaremos parte, amanhã, da festa, juntamente com os outros. Despeça-se de seus companheiros, que não verá de novo tão cedo, porque de lá cada um de nós seguirá seu caminho, até que o Sol nos reúna.

Caryda foi se despedir dos companheiros e prometeu-lhes que um dia, quando menos esperassem, ele voltaria com Jurupary.

E recomendou-lhes que fossem severos com as mulheres e que castigassem sem piedade os traidores, onde quer que os encontrassem.

Quando Caryda se reuniu a Jurupary, este lhe falou:

— Vamos visitar, pela última vez, este morro onde nascemos e onde foram dadas as primeiras leis que devem pôr um fim as estes costumes livres, que são a vergonha da terra. Nossas mães morreram para servir de exemplo às mulheres curiosas que não quiseram acreditar na palavra de Pinon, pai desta nova geração à qual nós também pertencemos. Até hoje, aquelas loucas não acreditam na palavra de Pinon, que, transformado em *paié*, previu para elas tudo o que nós cumprimos com a minha lei, que só deixará de ter força quando aparecer sobre a terra a primeira mulher perfeita. Este morro não será nunca mais habitado, porque as sombras de nossas mães e dos meninos que morreram estrangulados não deixarão que ninguém venha morar aqui, para não profanar o lugar onde eu nasci, e não assustar Seucy, a senhora do lago. E todas as nossas coisas deverão ficar aqui, transformadas em pedras, para dar testemunho de nós. Agora só temos meia lua para ficarmos juntos; amanhã partiremos para a terra de Naruna, para assistir às núpcias de Date. Não sei o que irá me acontecer, pois o Sol não me deu as sombras do céu onde aparece pintado o futuro, portanto, pela primeira vez aceitarei o que tiver que acontecer. E, como não quero ser reconhecido por Date, esconderei meu *matiry* numa pele de *tatu*, e quando, na hora da tristeza, chegarmos lá deveremos imediatamente ocupar nosso lugar entre os dançantes e acompanhar em tudo os usos e os costumes da terra.

Tão logo chegou a hora, Jurupary e Caryda partiram rumo à terra de Naruna, aonde chegaram sem que ninguém os pressentisse.

Mas a lua ainda não tinha chegado ao ponto de sua malvadeza e todos estavam conversando; e uma jovem muito linda ia de grupo em grupo procurando um companheiro para a próxima festa. Chegando perto de Jurupary lhe disse:

– Belo tenuiana, você será meu companheiro durante o casamento: você aceita?

E, tendo Jurupary aceito, ela continuou:

– Bem, eu virei buscar você aqui mesmo, quando a ocasião chegar.

Logo que a lua começou a produzir seus efeitos, as mulheres deram início às núpcias de Naruna e Date.

Todas as mulheres, cada uma com seu companheiro, entraram na sala, onde já estava Jurupary com sua linda companheira.

Naruna, coberta de penas de arara e de águia, entrou então na sala com Date, que a precedia com os instrumentos.

Logo que os esposos se encontraram no meio da sala, formou-se à volta deles uma grande roda que caminhou para esquerda, enquanto Date e Naruna caminhavam para a direita.

A batida dos pés dos dançantes cobria os alegres sons da música.

Quando a lua chegou ao meio do céu, Naruna ofereceu o *capy* a todos os dançantes. Quando o último foi servido, enlaçou com seus braços o esposo.

E todas a imitaram; Jurupary tentou se esquivar, mas a mestra de cerimônias que vigiava para que os usos fossem mantidos obrigou-o a ceder à sua companheira, que ainda não conhecia homem.

E Jurupary, gemendo, cedeu.

Quando Curampa deu o sinal de que a alvorada estava chegando, todos se levantaram, e Naruna distribuiu mais uma vez o *capy* em tamanha quantidade, que todos ficaram logo inebriados. Apenas Jurupary bebeu até não poder mais sem ressentir nenhum efeito.

Depois, a dança continuou, entrando agora na roda os esposos, e o tocador foi Iadiê, que conduzia pelo braço sua bela companheira; assim passaram o dia inteiro dançando.

Quando chegou a noite, repetiu-se a cerimônia que tanta dor tinha causado a Jurupary.

Quando o Sol voltou a aparecer, Naruna e Date entraram na sala nupcial, de onde deveriam sair no dia seguinte para receber os presentes dos parentes.

Como a partir daquele momento já não havia obrigação de dançar, Jurupary e Caryda foram para fora da casa para conversar, e Jurupary disse:

– Se eu tivesse suspeitado do que me esperava, jamais teria assistido ao casamento de Date e nunca teria dado minha palavra de me submeter a todos os costumes dessa gente. Mas ninguém mais verá Carumá, pois hoje ela é minha e vou levá-la para longe da vista dos homens, para que não seja maculada a única mulher que me coube.

– E que presente – perguntou Caryda –, vamos oferecer a Date?

– Você dará para ele seus enfeites de penas, e eu, esta pele de *tatu* com um amuleto.

E, quando as primeiras alegrias do dia iluminaram as raízes do céu, todos se reuniram na sala da festa para entregar os presentes aos esposos e cumprimentá-los.

Quando o sol apareceu, Naruna e Date saíram da sala nupcial e vieram para o meio dos que estavam reunidos para receber os presentes que cada um oferecia a eles; e, quando Jurupary se adiantou para entregar seu presente para Date, Naruna falou de modo a ser ouvida por todos:

– E onde estava você, que eu não vi?

– Pertenço à gente de seu marido.

— Mas você é o jovem mais lindo que eu já vi! Eu sou a dona desta terra e eu faço valer a minha vontade. Assim hoje mesmo voltarei a me casar: você será meu primeiro marido, e Date, o segundo.

— Isso não pode ser; Date é seu único e legítimo marido.

— Já disse que eu sou a dona desta terra, onde só se faz a minha vontade; hoje mesmo, se você não quiser morrer pelas mãos de meus guerreiros, será meu marido.

E a voz dela foi diminuindo aos poucos, até que cessou de vez, e sua gente ficou toda paralisada.

Então Date disse a Jurupary:

— *Tuxáua*, esperava por você para reparar todos esses males.

— Amanhã tire deste *matiry* o amuleto que está nele, ponha-o no nariz e conserve no coração aquilo que você deseja que seja feito, e tudo será feito. Quando tiver devolvido a razão a esta gente, ninguém vai lembrar o que aconteceu, e assim você poderá governar esta terra do jeito que quiser, pois a própria Naruna não mais lembrará que aqui a vontade dela era lei, e obedecerá a você cegamente.

Quando Jurupary acabou de falar, pegou Carumá e desapareceu com ela em direção ao oriente, deixando atrás de si uma fumaça densa, que tinha cheiro de resina de *cumaru*.

Date, no dia seguinte, pegou o amuleto – que era uma unha de águia –, colocou-o no nariz, soprou no rosto de sua gente, ainda imobilizada, e, quando chegou ao último e virou-se, viu que todos já estavam vivos.

E disse então a Iadiê:

— Acorde toda essa gente e ordene que vão se banhar.

Assim foi feito, e todos correram para o rio para se banhar. Com eles também foi Naruna.

Quando Naruna voltou, ela estava tão humilhada que Date sentiu seu coração chorar e perguntou:

— Por que você dormiu tanto assim?

— A mãe do sono me enganou.

— Para que ela não a engane mais, antes de ir se deitar novamente, tome outro banho.

E Naruna ficou tão envergonhada por essa observação de seu marido que foi para a cozinha e se escondeu dentro de um grande jarro de *cachiry*.

Ao chegar a hora de comer, ela não apareceu.

– Onde está minha mulher?

– Não sei – respondeu Iadiê.

– Onde está minha mulher?

E ninguém respondeu. Então ele pegou o talismã dele e desejou que Naruna viesse à frente dele. Então todos viram o jarro do *cachiry*, que estava na cozinha, ir em direção de Date sem que ninguém o levasse. Quando Date perguntou mais uma vez "Ninguém sabe onde está minha mulher?", o jarro se quebrou, e então apareceu o corpo de Naruna já sem pele, de tão forte que era a bebida.

Ao ver que Naruna estava morta, Date amaldiçoou Jurupary.

E de todos os que estavam presentes ninguém soube quem a tinha matado.

Dizem que Date, por não saber usar o amuleto, acabou matando Naruna sem querer.

Quando apareceu o sol do dia seguinte, enterraram o corpo de Naruna ao lado do tronco da *inaiá* (espécie de palmeira), onde, todas as noites, Date ia depositar *beiú*, peixe e outras comidas, para que a sombra de Naruna se alimentasse.

Iadiê ficou encarregado de ensinar à tribo de Date a lei, a música e o canto de Jurupary.

Ninguém se opôs, e os novos usos e costumes foram logo observados em todo o povoado.

Após a morte de Naruna, Date vivia triste e solitário, sem nem conversar com seus companheiros.

Seu lugar era no alto de uma pedra, com os olhos voltados para o oriente.

Aconteceu que Iadiê, que executava suas ordens e que tinha ido lhe prestar contas, encontrou-o chorando e perguntou-lhe:

– O que você tem? Vejo em você os sinais de seu desgosto denunciarem sua fraqueza.

– Eu mesmo não sei o que é; mas sinto uma tristeza que me domina ao ponto que você está vendo. Não me falta nada, tenho em vocês amigos fiéis, mas uma dor desconhecida me mata.

E, mal acabou de falar, caiu morto. Iadiê apressou-se em receber nos braços seu infeliz companheiro.

O amuleto que estava dentro da pele de Date começou a fazer barulho, e parecendo dentes que estivessem batendo juntos.

Iadiê apressou-se a tomar posse dele e pediu, ao colocá-lo no nariz, para ser eleito o chefe da tribo.

Quando chegou à *maloca* com o corpo de Date, os tenuianas pintaram-se com o *urucu* e choraram.

O corpo de Date foi enterrado no mesmo lugar onde estava o corpo de Naruna, e Iadiê ia todas as noites levar comida para suas sombras.

Então, como a lei de Jurupary já vigorava nessa terra, os tenuianas partiram para ir a outros lugares para cumprir seu dever, e Iadiê ficou sozinho para governar o povoado.

Ele, porém, era muito mulherengo e começou a namorar todas as moças, transgredindo, com isso, a lei de Jurupary, uma vez que a mulher dele estava prenhe.

E todas aquelas moças formaram uma conspiração feminina para obrigá-lo a se declarar e dizer qual delas tinha o direito de lhe dar um herdeiro.

Mas, como as mulheres eram o dobro dos homens da *maloca*, Iadiê ficou com medo e não respondeu.

Gidánêm, moça bonita, mas de gênio ruim, foi a primeira a dar à luz um menino, que foi imediatamente depositado na casa de Iadiê.

Ele, furioso com isso, logo mandou jogar no rio o próprio filho.

Gidánêm, então, encabeçando todas as mulheres, foi até a casa de Iadiê, e, juntas, elas o mataram; depois mataram todos os seus guerreiros, poupando apenas alguns jovenzinhos que tinham ajudado suas mães na luta.

E o mais velho desses jovenzinhos, chamado Calribobó, foi eleito *tuxáua*.

Calribobó já conhecia toda a lei de Jurupary e continuou a observá-la estritamente.

Ora, todas as noites, na casa onde morara Iadiê, ele ouvia cantar um grilo, mas tão forte que o incomodava.

Ele se lembrava de todas as coisas que tinha visto e ouvido e que uma vez dois tenuianas falaram de uma *pussanga* que Jurupary tinha distribuído à sua gente.

Com certeza Iadiê tinha que ter uma, e [Calribobó] decidiu-se a ir procurá-la tão logo chegasse a noite.

Quando a noite chegou, ele foi direto para a casa onde morara Iadiê à procura da *pussanga*, mas mal entrou ouviu o canto do grilo.

E [Calribobó] procurou-o para matá-lo; mas qual não foi sua surpresa quando descobriu que o grilo que fazia tanto barulho não passava de uma unha de águia, fechada de um lado por cera de abelha.

E, adivinhando que a unha da águia era o amuleto, pegou-a e colocou-a imediatamente no nariz, pedindo para saber tudo o que ainda não sabia.

E assim foi. Dali em diante Calribobó governou seu povo com tanta sabedoria que ninguém jamais dele teve queixa.

Depois que Jurupary e Caryda deixaram com Carumá a terra de Naruna, dirigiram-se para o oriente, até as margens de um rio de águas brancas, e ali se levantaram até tocar o céu, deixando cair de lá Carumá.

E o corpo de Carumá, ao cair, quanto mais se aproximava da terra, mais aumentava, a tal ponto que, quando descansou no chão, ele tinha se transformado numa grande montanha.

Caryda e Jurupary ficaram por mais algum tempo suspensos no ar, e depois eles também desceram e pousaram sobre o pico da nova montanha, às margens de um belíssimo lago, todo circundado por ervas aromáticas.

E Jurupary assim falou:

– Aqui está a primeira e única mulher que teve a mim, colocada em total segurança longe da vista dos homens. Um dia, quando tudo estiver consumado, virei buscá-la para irmos viver juntos bem pertinho das raízes do céu, onde quero descansar das fadigas de minha missão, longe dos olhos de todos. Hoje, ó Caryda, é o último dia em que estamos juntos, e antes que nos separemos quero lhe contar o segredo de minha missão sobre a terra. O Sol, desde que a Terra nasceu, procurou uma mulher perfeita para tê-la perto de si, mas, como não a encontrou até hoje, confiou-me parte de seu poder, para ver se neste mundo poderá existir uma mulher perfeita.

– E qual é a perfeição que o Sol deseja?

– Que seja paciente, que saiba guardar um segredo e que não seja curiosa. Nenhuma mulher que existe hoje sobre a terra reúne essas qualidades; se uma é paciente, não sabe guardar um segredo; se sabe guardar um segredo, não é paciente; e todas são curiosas, querem tudo saber e tudo experimentar. E até hoje ainda não apareceu a mulher que o Sol deseja possuir. Quando a noite de hoje estiver pela metade, teremos que nos separar; eu irei para o oriente, e você, seguindo o caminho do sol, irá para o poente. Caso um dia o sol, eu e você nos encontremos no mesmo lugar, quer dizer que terá aparecido sobre a terra a primeira mulher perfeita.

Depois disso Jurupary foi para a margem oposta do lago e, sentado sobre uma pedra, ficou a contemplar a própria imagem refletida na água.

Caryda, tomado por uma força maior que sua vontade, ficou no mesmo lugar, sem poder seguir o companheiro.

Quando a lua veio surgindo do seio da terra, apareceu da superfície da água uma mulher lindíssima que Caryda reconheceu ser Carumá.

Ela cantou o canto e a música de Jurupary com tanta doçura que Caryda adormeceu; ao acordar, de madrugada, [Caryda] não viu mais ninguém.

Mas, olhando melhor para o oriente, viu ao longe duas figuras que pareciam seguir pelo mesmo caminho, e Caryda então se levantou e dirigiu seus passos para o poente.

Lendas dos tárias[1]

Ainda são lembradas no povoado as guerras dos tárias[2] com seus vizinhos que moravam às margens deste rio.

Bopé[3] era o chefe naquele tempo, e sua tribo era tão numerosa quanto os cabelos que ele tinha na cabeça. Um dia ele assim falou a seus homens:

– Amigos, nossas mulheres são poucas e não bastam para que cada um tenha uma; portanto, para que todos tenham o coração contente, permito que vocês se casem com mulheres de outras tribos.

Logo todos os jovens tárias foram procurar esposas nas tribos vizinhas e, como eles não podiam ficar na terra de suas mulheres, trouxeram-nas para sua aldeia.

---

1. Há o registro de que essas lendas foram publicadas pela Sociedade Geográfica Italiana ("Leggende dei Taria", em *Memorie della Società Geografica Italiana*, Roma, Sociedade Geográfica Italiana, mar. 1896, vol. 6, pp. 141-8), mas não tivemos acesso a esse original. O presente texto foi, então, retirado da publicação *Quaderni* nº 4 (1964), do Istituto Italiano di Cultura di São Paulo, intitulado *La leggenda del Jurupary e outras lendas amazônicas*, com introdução e organização do professor Ettore Biocca, da Universidade de Roma. A "Leggenda dell'Jurupary" (que aqui editamos a partir dos textos dos boletins) ocupa as pp. 13-66; em seguida há duas outras: "Pitiápo: lenda uanana" (pp. 67-92) e "Leggende dei taria" (pp. 93-100), também transcritas por Stradelli. Esta última lenda trata da conquista do rio Caiary (um afluente do rio Negro), também chamado Baupés, Waupés ou Uaupés, levada a cabo pelo chefe indígena Boopé (Bopé em nossa tradução, conforme a grafia de Stradelli), que o conquistou à frente de emigrantes tárias (o povo de Bopé). Foi recolhida por Maximiano José Roberto (ele próprio um descendente dos tárias) e contada pelos uananas (vencidos), que a receberam por tradição oral.
2. Quanto aos tárias ou tarianas e às outras tribos mencionadas nesta lenda, cf. as informações do próprio Stradelli em "L'Uaupés e gli uaupés", no *Boletim* de março de 1890, série 3, vol. 3, pp. 425-53. (Nota de Ettore Biocca, doravante identificada como N. E. B.)
3. Manteve-se conforme a grafia do original. Buopé – esse nome que segundo a lenda era do primitivo chefe que conduziu os tárias, fixando-os no rio Ucaiari, estendeu-se à nação, donde hoje o chamar-se também esse rio o rio dos Buopés ou mais simplesmente o rio Buopé. Ao influxo de línguas es-

Bopé costumava dançar todas as noites a dança de Jurupary[4] na casa a isso destinada, e por isso os homens, todas as noites, abandonavam suas mulheres.

Aquelas mulheres, todas jovens, logo ficaram muito insatisfeitas, e Uauhy, a filha do próprio Bopé, era uma delas. Não se queixavam muito, porém, esperando que a situação mudasse; entretanto os homens continuavam do mesmo jeito.

Passadas duas luas, Uauhy aconselhou a elas que fugissem, e tal conselho foi posto em prática: todas fugiram.

Imediatamente Bopé mandou que os maridos fossem procurá-las, e estes voltaram três luas depois, com as fugitivas.

Mal chegaram, Bopé assim falou:

– Não tentem fugir uma segunda vez. Não queiram amargurar meu coração, do contrário mandarei que as atirem na cachoeira para servirem de comida aos peixes.

Elas, ofendidas, responderam:

– *Tuyxáua*, nós não queremos morar em um lugar onde as mulheres não podem dançar com seus maridos. Deixe que eles venham conosco para nossa terra, nós não queremos morar em um povoado que tem costumes tão ruins; lá tudo é melhor.

---

tranhas esse nome tomou novas formas, tornando-se Uaupé, Uaupés, Waaupéz, Bouaupés, Goaupé, Aupés e Uayupez. O seu nome primitivo, isto é, Ucaiari, é pronunciado e ordinariamente escrito com a queda da inicial, devida talvez à tendência de considerá-la como artigo. Esse nome não é exclusivo dele, mas acha-se dado a muitos outros, não só afluentes do rio Negro, como também do Amazonas. Sabe-se que era esse nome primitivo do rio Madeira, e sofrida apenas a permuta do *r* em l, é o de um afluente do alto Amazonas, isto é, do Ucayáli ou Ucaiale. No rio Branco tem o mesmo nome um afluente, acima do Cauamé; Araújo Amazonas ainda o escreve corretamente, mas hoje em dia a forma corrente é Cajari. Há ainda, no rio Negro, um outro afluente do mesmo nome acima de Maracabi e no Solimões um outro em frente do canal Manhana. Esse nome também se acha escrito Ucayari, Cayari, Ucajari e, como acima já notamos, Cajari. Wallace, em sua carta, escreve Uacajari. Convém notar que o *y*, nas formas em que aparece, vale por um *i* agudo, e sendo a inicial do segundo componente desse vocábulo, indica não haver ditongo, devendo ele ser lido Uca-iári. A tônica, no português, devido talvez ao nheengatu, deslocou-se tornando agudo o vocábulo, tendo-se conservado grave no castelhano como se vê em Ucaiale, Cassikiare, Guaviare e muitos outros. Em Kiiari, nome primitivo do rio Negro, escrito Quiari, donde o ser também Cuyari, vê-se mais uma vez a queda da inicial; Condamine, que aliás o confundiu com o Ucayari, ainda o escreveu Uquiari. Segundo o padre Noronha, Ucaiari significa rio de água branca na língua dos Manais e Barés. (Fonte: <http://www.jangadabrasil.com.br/abril/im80400a.htm>)

4. Quanto ao Jurupary, cf. *Boletim*, 1890, série 3, vol. 3, março, p. 452, "O Uaupés e os uaupés" e "A lenda de Jurupary" publicadas no *Boletim* de 1890, julho e agosto, pp. 659-89 e 798-835. (N. E. B.)

Bopé não respondeu, mas mandou que as jogassem todas na cachoeira como comida para os peixes.

Entre os tárias havia um homem que era parente daquelas mulheres. Ele voltou para sua aldeia logo em seguida e narrou o acontecido.

Jauhixa, *tuyxáua* dos araras, tão logo ficou sabendo do ocorrido, disse:

– Eu irei vingar aquelas mulheres.

Bopé tinha um filho que ainda andava montado no macu[5]. Um dia ele foi para a floresta recolher mel. O macu subiu na árvore e deixou o menino embaixo. Naquele momento chegou Jauhixa com os araras e matou [o menino].

Ao descer, o macu encontrou o menino morto, flechado. Pegou-o e levou-o à presença de Bopé, a quem contou o que se passara.

Bopé tirou um *curaby*[6] e já estava para matá-lo, quando a mulher, segurando-lhe o braço, disse:

– Por que você quer matar nosso macu, que não tem culpa pelo que fizeram nossos inimigos? Se fosse ele o assassino, não teria voltado.

Bopé ficou calado e começou a beber o *caxiry* [cachiry]. Três dias depois sepultou seu filho, mas antes disse estas palavras:

– Ó Pucudáua, tantos inimigos chorarão sua morte quantos são os cabelos que você tem em sua cabeça.

Depois disso, dirigindo-se aos seus, perguntou:

– Vocês ouviram o que prometi a meu filho?

E aqueles responderam:

– Ouvimos, e assim será feito.

Bopé mandou então que preparassem uma grande quantidade de flechas, *curaby*, escudos, estilingues e *cuidaru*[7], para atacar seus inimigos quando chegasse a nova lua.

Os que tinham de aprontar os escudos começaram logo a matar uma porção de tapires[8] para tirar sua pele. Em pouco tempo já tinham matado tantos tapires que o *tuyxáua* deles [dos tapires] reuniu os sobreviventes à sua volta e lhes disse:

---

5. Nome de membro da tribo macu, escravizada pelas demais tribos.
6. *Curaby* (em nheengatu) – flecha, sempre envenenada, para ser lançada com a mão. (N. E. B.)
7. *Cuidaru* – maça (marreta) de guerra, feita em madeira muito dura. (N. E. B.)
8. Apesar de existir em português a denominação comum de "anta", preferimos usar o termo "tapir", por ser mais próximo ao italiano *tapiro* e ser, como este, do gênero masculino. Variantes: tapiira, tapira, tapiretê.

– Amigos, se continuarmos desse jeito vamos ser exterminados dentro de pouco tempo. Acho bom a gente fazer um *dabucury* de *omary*[9] para os tárias, para ver se conseguimos fazer que parem de nos matar.

E assim fizeram.

No dia seguinte os tárias ouviram se aproximar os sons do *monabo*[10], vindos do caminho grande. Logo os tárias disseram entre si:

– Quem pode estar vindo até aqui para nos oferecer *dabucury*?

Logo em seguida apareceu uma porção de gente, sendo que cada homem carregava um cesto cheio de *omary*. Era gente bonita e que exalava um bom cheiro de *omary*.

Quando entregaram os *omary*, o *tuyxáua* deles falou:

– Amigos, somos boa gente e estamos trazendo *omary* para bebermos juntos o seu suco. Assim poderemos fazer todos os anos, se vocês não acabarem nos matando a todos, embaixo de nossas árvores.

Os tárias, maravilhados, perguntaram:

– Mas quem são vocês?

– Nós somos aqueles que já há duas luas vocês estão matando sem piedade embaixo de nossos *omary*: somos tapires.

Só então os tárias ficaram sabendo quem eram e disseram:

– Agora que sabemos que vocês são pessoas como nós, não mais os mataremos.

Antes do amanhecer, todos os recém-chegados saíram para o pátio e ali mesmo, um por um, transformaram-se em tapires e entraram na floresta.

Quando todos os preparativos foram terminados, Bopé mandou que seu pessoal fosse para o outro lado do rio. Andaram, andaram, até que chegaram, rio acima, à torrente das Pupunhas[11]. Lá, Bopé soprou sobre uma árvore de *tury*, mandou que a derrubassem e que dela fizessem uma porção de tochas. Assim puderam avançar de noite com luz, e três dias mais tarde alcançaram a aldeia dos araras.

Os araras, quando os viram chegar, puseram-se a rir e disseram:

– Quem vai ter medo deles? Aí vêm todos morrer nas nossas mãos como porcos. Ah, dentes meus, como hão de entrar fácil na carne de porco!

---

9. *Omary*: espécie de fruto, muito oleoso. (N. E. B.)
10. *Monabo*: instrumento tocado nas festas às quais as mulheres podem assistir. (N. E. B.)
11. No original, *pupugne*.

Mal tinham acabado de falar assim quando Bopé, com sua gente, atacava o campo entrincheirado[12] arrasando com tudo.

Quando a noite chegou, os tárias tinham matado todos os guerreiros araras. Apenas Jauhyxa ainda estava vivo, e também as mulheres.

Entrando em sua casa, Bopé disse:

– Jauhyxa, aqui estamos frente a frente, vamos ver quem é o mais forte. Isso é melhor do que mandar matar crianças!

Logo saiu do meio das mulheres a mulher de Jauhyxa. Colocando-se diante de Bopé e de sua gente, abaixando-se e zombando deles, ela disse:

– Aqui está seu alvo, miseráveis.

E os guerreiros de Bopé, pensando que com tal ato aquela mulher quisesse lançar sobre eles mau-olhado, mataram-na, cobrindo-a de flechas.

Jauhyxa então mirou em Bopé, mas este parou a flecha com a mão. E Jauhyxa atirou outra e mais outra, e Bopé as desviou sempre e as parou com a mão até que, cansado, gritou:

– Jauhyxa! Se não tivesse jurado matar você, eu o deixaria viver, tamanha a compaixão que você me provoca: mas meu coração ainda chora demasiado a morte de meu filho; morra, então!

E imediatamente atirou contra ele seu *murucu*, atingindo-o bem no coração e deixando-o sem vida.

Desse modo, sobraram apenas as mulheres. E Bopé lhes disse:

– Não tenham medo, ninguém vai lhes fazer mal. Sigam com suas vidas e, se alguém aparecer, contem-lhe como morreram seus homens.

E então dirigiu-se aos companheiros e disse:

– A lei de Jurupary proíbe que se sujem nossas flechas com o sangue das mulheres. Vocês já mataram uma, não quero que isso se repita.

Assim Bopé voltou com os tárias para sua aldeia.

---

12. O campo entrincheirado indígena, do qual vi numerosos traços, era formado por um fosso largo e profundo, mais do que a altura de um homem, cercado internamente por uma cerca de paus que, juntamente com o fosso, os tárias chamam de Uaioró; no pátio interno há uma casa para os defensores, chamada Ipiçarinón. Em alguns pontos esses campos entrincheirados formavam um verdadeiro sistema de defesa que abarcava uma extensão considerável. Os tárias, que, ao que parece, não o conheceram [o campo entrincheirado] senão depois das primeiras guerras com os uananas, de acordo com a tradição, acrescentaram um subterrâneo à casa interna. (N. E. B.) (Na versão de Biocca, esta nota estava introduzida na ocorrência seguinte de "campo entrincheirado", logo adiante no texto. Optamos por inseri-la aqui, nesta primeira referência.)

No dia seguinte à sua chegada, Bopé começou a preparar o campo entrincheirado para se proteger de seus inimigos. Terminado aquele trabalho, Bopé juntou todos os objetos de uso e os levou para dentro de uma grande casa de pedra, onde os escondeu bem para ninguém fabricar outros do mesmo tipo.

Como os araras eram cunhados (aliados) dos uananas, estes quiseram vingá-los. Três luas mais tarde vieram atacar Bopé. Um dia, ao alvorecer, ele viu surgirem, no pé da fortificação, seus inimigos e mandou que fosse tocado imediatamente o *trocano* para dar o sinal da batalha.

Os uananas começaram a atirar flechas por cima da paliçada contra a casa interna, mas, vendo que desse jeito não matavam ninguém, resolveram partir para o assalto. Quando, porém, muitos deles estavam reunidos perto da paliçada, os tárias começaram a matá-los, atirando-lhes pedras.

Os que não morreram pelas pedras foram mortos a golpes de *cuidaru*. Um único homem sobrou e ele conseguiu se salvar fugindo e trepando numa grande árvore de *comá*[13], da qual só desceu em plena madrugada e entrou no matagal para voltar à sua terra.

Depois de muitos dias de marcha, o fugitivo não conseguia mais prosseguir, de tanta fome. Ele tinha criado um tapir e ficava procurando por ele na mata, até que um dia, quando já não agüentava mais, deu de cara com ele e lhe disse:

— Meu *xirimbabo*[14], se você realmente gostasse de mim não me deixaria morrer de fome; e, se você fosse uma pessoa, iria buscar *beju* para mim.

Contam que o tapir foi correndo para a aldeia e voltou trazendo comida para ele. Daí em diante, fez a mesma coisa todos os dias.

Enquanto isso, as uananas esperavam seus maridos e preparavam *caxiry* para festejar a volta deles. Só que o tempo combinado tinha passado e, tomadas por um triste pressentimento, disseram entre si:

— Nossos maridos não voltam; será que não morreram todos?

Tinham acabado de dizê-lo quando o tapir retornou, pegou um *beju* e virou-se para voltar à floresta. As mulheres perceberam e logo correram atrás dele. Assim, no meio da floresta, encontraram aquele homem e perguntaram:

---

13. *Comá* – planta que destila, por incisão, certa quantidade de goma e cujos frutos se parecem com as sorvas. (N. E. B.)
14. *Xirimbabo* é o animal doméstico e criado em casa que já quase pertence à família. Um *xirimbabo* não se come nem nos casos mais extremos. (N. E. B.)

– Onde ficaram nossos maridos que estavam com você?

– Morreram todos – respondeu o tapir – na trincheira de Bopé. Bopé, depois de tê-los matado a todos, mandou que jogassem seus corpos dentro do córrego Hâinan-Cipáua, onde os corpos apodreceram e produziram vermes em grande quantidade. Quando choveu, os vermes foram arrastados pelo córrego até o rio, e eram tantos que chegaram a cobri-lo.

Quando as uananas souberam da morte de seus maridos resolveram vingá-los.

– Que os tárias não pensem que varreram os uananas da face da terra: nós mulheres uananas também sabemos lutar!

Mulheres das tribos vizinhas que se encontravam no meio delas disseram:

– Nós também iremos com vocês, junto com nossos maridos!

Então mandaram chamar dessanas, tucanas, arapassos, cubenas, para que todos juntos fossem atacar Bopé.

Bopé sabia de tudo porque, entre seus inimigos, tinha espiões que lhe contavam o que sucedia. Trancou os objetos preciosos e os de uso na casa de pedra, para que os outros não aprendessem a fabricá-los, e ficou aguardando.

Todas as tardes, ia para a margem do rio, fazia um funil de folha, cuspia dentro e assoprava nele, deixando-o depois ir ao sabor da correnteza.

Ele fazia assim para chamar outras gentes a povoar o rio.

No final daquela lua chegaram seus inimigos. Os tárias os receberam no morro com flechadas. Nenhuma flecha errava.

Quando os inimigos começaram a subir, os tárias fizeram rolar sobre eles grandes troncos.

As flechas dos inimigos nem chegaram a ferir os guerreiros de Bopé.

Três dias mais tarde, os tárias desceram do morro e exterminaram os que ainda haviam sobrado.

Só então eles perceberam que entre os mortos havia muitos corpos de mulheres uananas.

E Bopé disse:

– Meu coração está triste porque tingimos nossas flechas com sangue de mulher. Deus, porém, é testemunha, como também Jurupary, de que não sabíamos que havia mulheres entre nossos inimigos. Bem que Jurupary tinha avisado: nunca as mulheres terão juízo. Meu coração me diz que nem todos os nossos inimigos foram vencidos. Iremos atacá-los no território deles; não quero que eles pensem que nós somos fortes apenas quando estamos protegidos em nossas trincheiras!

Puseram-se então em marcha e chegaram à ilha dos araras. Bopé acampou e disse a seus guerreiros:

– Companheiros, no alto daquela margem que chamamos de Banco do Falcão estão entrincheirados nossos inimigos. Amanhã devemos dormir lá.

Antes de o sol nascer, já se encontravam ao pé da trincheira, onde foram recebidos por uma chuva de flechas.

Como, porém, elas ricocheteavam nos escudos de pele de tapir e não surtiam efeito, os defensores da trincheira começaram a rolar troncos de árvore contra os inimigos.

Os tárias, então, unindo seus escudos para formar uma barreira, receberam os troncos, que rolavam naquela superfície compacta e iam cair dentro do rio.

Os uananas, depois que rolaram os troncos, acharam que tinham matado todos os tárias e gritaram:

– Ehé!

Então Bopé virou-se para seus companheiros e disse:

– Poupem o *tuyxáua* e as mulheres.

Seus guerreiros responderam:

– Ehé!

Bopé pegou uma pedra, colocou-a no estilingue e a lançou, e a pedra atingiu a cabeça de um uanana.

Aquele foi o sinal. Pedras e flechas caíram sobre os uananas como chuva, até que, atravessada a trincheira, os tárias os matavam já a golpes de *cuidaru*.

O sol ainda não havia chegado à metade do céu e no Banco do Falcão não havia mais quem resistisse.

As mulheres, coitadas, e o velho chefe fugiram e se esconderam dentro da água.

Quando os tárias trouxeram as mulheres e o velho chefe diante de Bopé, este disse:

— Seus cabelos brancos fazem que eu o respeite. Sei muito bem que não foi por vontade própria que você se bateu comigo; essas mulheres fizeram você perder o tino. Se eu matasse você, diriam: "Bopé, que mata os velhos, pode muito bem matar as crianças". Os velhos como você são crianças outra vez! Viva e diga a suas mulheres que tratem de voltar a si; foi culpa delas se tantos valentes morreram abatidos pelas minhas flechas. Diga a elas que sejam sábias, que não se intrometam em coisas que só dizem respeito aos homens: ou então todos vocês serão exterminados.

E Bopé, com sua gente, voltou para Jauaretê e dali ao campo entrincheirado de Jurupary. Quando chegaram lá, ele disse:

— Agora todos são obrigados a dizer que nós somos os homens mais valorosos que vivem sobre a terra.

Dos poucos uananas que ficaram vivos, alguns foram salvos adentrando-se nas matas; outros, descendo o rio.

Já tinham se passado muitos anos quando, um dia, Bopé sonhou que se aproximava da morte. Chamou seu filho mais velho e lhe disse:

— Cari, meus dias já são longos e a velhice já tirou-me a força. Em breve devo morrer: Tapurinyre me avisou. Quando eu tiver morrido, enterre meu corpo e chore minha morte. Conserve a terra que lhe deixo, a honra de meu nome e a fama guerreira que minha gente conquistou. Que a lei de Jurupary seja sempre sua lei. Guarde o segredo da casa de pedra, não deixe ninguém entrar lá e mate quem entrar.

Falou isso e na mesma noite foi dançar [a dança de] Jurupary com todos os homens da tribo.

Duas luas depois, Bopé ficou doente e morreu na tarde do dia em que a lua ia ficar com sua cara grande.

Todos os presentes, quando ele morreu, viram sair de seu corpo um beija-flor que subiu direto para o céu.

Naquele mesmo dia, todas as coisas que tinham pertencido a Bopé foram recolhidas na casa de pedra.

Mas os filhos de Bopé eram muitos, e os dois mais velhos começaram a brigar entre si. Cueánaca, porém, tinha juízo e perguntou aos seus:

– O que devemos fazer?

– Deixar seu irmão e ir procurar outra terra: nós iremos com você – foi o que lhe responderam.

E Cueánaca desceu o rio com os seus para fundar uma nova aldeia no Taracoa, perto da foz do Tikié.

Três dias mais tarde Cueánaca desenterrou os ossos de Bopé e os recolheu na casa de pedra. Quando voltou, disse aos seus:

– Agora o segredo da casa de pedra está bem guardado. Deixei lá a sombra de meu pai. Quem entrar, será morto.

Desde aquela época ninguém violou o segredo.

Essas são as coisas que contam os velhos.

Inscrições indígenas na região do Uaupés[1]

Nota do sócio correspondente, conde Ermanno Stradelli, com quadros e mapas[2]

Desde a época de minha segunda viagem (1882) ao rio Uaupés ou Caiary, como o chamam os indígenas, foram-me mostrados alguns desenhos curiosos que, pacientemente gravados, muitas vezes sobre rochas duríssimas, são encontrados na margem dos rios, nos flancos nus das colinas, no seio das florestas, um pouco em todo lugar, enfim, onde, da camada de sedimentos que formam o vale, afloram rochas suficientemente compactas tais que ofereçam ao indígena uma superfície resistente à ação dos agentes atmosféricos ou ao ímpeto e à erosão das águas. Foi o *tuicháua* de Yauaretê, o velho chefe tária Mandu (Cueanaca), que, pela primeira vez, os mostrou para mim sobre grandes rochas e sobre as lajes de granitos que formam a margem direita da cachoeira de Yauaretê, logo a montante da foz do Apapory ou Papori, como outros o chamam. Meu cicerone os mostrava para

---

1. O conde Ermanno Stradelli levantou o Uaupés (rio acima, a partir da foz, por um trecho de cerca de setecentos quilômetros) e seus principais afluentes, o Apapory e o Kerary, por cerca de noventa quilômetros cada. Coudreau (precedido por Stradelli em 1881) remontou, também ele, o Uaupés em 1884 até o Ipanoré, ou seja, por somente 160 quilômetros a partir da foz; e o levantamento dele foi dado na escala 1:2.500.000. Wallace foi o primeiro viajante naquelas regiões (1852), mas seu mapa, em escala diminuta, dá apenas uma idéia do Uaupés. A Stradelli cabe portanto o mérito de ter primeiro remontado e levantado o Uaupés e seus maiores afluentes, no seu todo, por cerca de setecentos quilômetros. (N. D.)
2. *Boletim*, ano XXXIV, vol. 37, série 4, fasc. 1, 1900 (março), pp. 457-83.

mim com evidente satisfação e parecia atribuir-lhes grande importância; isso se depreendia de como ele mandava limpar e avivar os traços para que eu não perdesse nenhum detalhe. Confesso que eu não lhes atribuía muita importância, tanto mais que o velho chefe, que eu bombardeava de perguntas, não sabia, ou melhor, não queria me dizer, nem quem os tinha feito, nem para que finalidade, entrincheirando-se atrás de um teimoso *taucó* ("não sei") que repetia a cada pergunta minha. Mesmo assim os copiei, sem suspeitar do que poderiam representar, um pouco para satisfazer meu gentil anfitrião, mostrando eu também estar interessado, um pouco a título de simples curiosidade, como exemplares de uma arte infantilmente primitiva. E, se tomei nota dos nomes dos animais que, muitas vezes irreconhecíveis, ele me assegurava serem os ali representados, era apenas para realçar a ingenuidade do artista.

De volta a Manaos, o senhor Laurindo, tenente da marinha brasileira, a quem mostrei os desenhos daquelas figuras, garantiu-me ter ele também encontrado algumas, idênticas em seu feitio e numerosas, na margem direita do rio Negro, sobre as pedras de Itá-Rendáua ("pedreira"), antigo nome da *vila* de Moura, e outras na foz do rio Branco, margem esquerda, e me mostrava os desenhos, escrupulosamente decalcados em grandeza natural, no meio de jornais colados um ao outro, para obter uma superfície suficiente para conter o desenho inteiro. O sistema tinha o defeito de não apresentar o agrupamento das diferentes figuras e mostrava que ele também as tinha copiado por mera curiosidade. A comissão governamental para o estudo de uma ferrovia entre o Madeira e o Mamoré, [comissão] que naquele momento estava de volta a Manaos, havia encontrado uma série delas nas rochas que formam o leito do rio Madeira, entre Santo Antonio e a foz do Beni, copiadas pelo senhor Vedani, desenhista daquela comissão[3]. O tenente Schaw, da marinha brasileira, de volta de uma exploração no Urubu, afluente de direita do Amazonas, publicava igualmente algumas delas como ilustração de seu relatório, e Barbosa Rodrigues dizia-me que ele também havia encontrado algumas parecidas no Nhamundá, afluente de esquerda do Amazonas, e no Tapajós, afluente de direita.

---

3. Provavelmente Camillo Vedani, desenhista e também um dos pioneiros da fotografia no Brasil. Atuou no Rio de Janeiro entre 1863 e 1875 e tornou-se conhecido por seus retratos urbanos da capital carioca e de Salvador.

No decorrer de 1883, tendo sido a seca do Amazonas maior do que o habitual, descobriram-se outras figuras gravadas sobre rochas de arenito, quase em frente a Manaos, e apareceram as que se sabia existirem sobre rochas da mesma natureza, que formam a margem esquerda do Amazonas, logo a jusante da foz do rio Negro, no lugar dito *as Lages*. As primeiras, hoje, não existem mais. Com a intenção de conservá-las e guardá-las em lugar apropriado no museu da cidade, foram, com não pouco custo, em 1888 ou 1889, retiradas de lugar e levadas até a porta do local que então servia como museu. Com o advento da República e com a eleição do primeiro governador ditatorial positivista, o museu caiu em desgraça e, mais do que negligenciado, foi quase destruído, sendo que as pobres pedras ficaram abandonadas onde haviam sido depositadas. Vi-as durante anos, mudas acusadoras... Um belo dia, de volta de uma de minhas viagens pelo interior, procurei-as, mas inutilmente. Disseram-me que, depois, haviam sido utilizadas para as fundações de não sei qual edifício público. Eram feitas a mão, e ninguém tinha se preocupado com elas.

Os muitos lugares onde essas curiosas manifestações da passagem do homem se encontravam, sua localização, certas figuras que se repetiam mais ou menos exatamente, mudaram bastante minha primeira impressão, e me vi obrigado a abandonar a idéia de que fossem simples ímpetos artísticos de desocupados sem escopo algum – opinião, aliás, corrente – e fui levado a considerá-las verdadeiros documentos históricos, verdadeiras inscrições em caracteres convencionais indicando, talvez, o itinerário de antigas migrações e feitas para marcar o caminho aos que viriam depois.

Quando voltei para a Europa em 1886, tive ocasião de manifestar esse meu ponto de vista no Congresso dos Americanistas de Turim, onde apresentei os desenhos das inscrições do Uaupés (em seguida publicadas no *Boletim da Sociedade Geográfica Italiana*, de maio de 1890) e as de Lages. Houve, porém, quem objetasse [quanto à minha interpretação dada aos desenhos das inscrições], fazendo-me notar como, nessa matéria, era fácil – e por isso era preciso ter cautela – transformar verdadeiros castelos de nuvens em suposições verossímeis, e, é preciso convir, tais objeções tinham sua razão de ser.

Depois que voltei à América, em 1887, ao remontar de canoa o Orenoco, tornei a encontrar, lá também, as mesmas inscrições. Tendo chegado a Manaos, caiu em minhas mãos o número dos anais de 1885 do Museu Nacional, e nele via minha idéia timidamente despontar, abraçada – com muitíssima reserva, é verdade – pelo então diretor do museu do Rio de Janeiro, dr. Ladislao Lopes Netto[4], cuja morte muito prejuízo trouxe aos estudos americanos. Ele, por sinal, tentava explicar, por meio de analogias, as numerosas inscrições que publicava naquele volume, comparando-as com os caracteres de outros povos de escrita mais ou menos ideográfica; era natural, entretanto, que pouco pudesse afirmar, em sua conclusão.

Em 1890-91, voltei e viajei pelo Uaupés. Desde o começo, sendo minha finalidade precípua um estudo mais acurado da região e, sobretudo, recolher maiores dados sobre os usos, os costumes, a arte, as tradições e a religião dos indígenas que hoje habitam aquela vasta região, comecei a copiar cuidadosamente as inscrições que pouco a pouco vinha encontrando, conservando agrupadas as figuras na disposição em que estavam nas pedras, conferindo novamente, para maior exatidão, sua localização e as várias dimensões. Por mais que parecesse loucura, eu esperava sempre poder encontrar, mais dia menos dia, a chave para decifrá-las ou, ao menos, transformar em certeza a minha suposição de que eram verdadeiras inscrições, escritas em uma forma absolutamente convencional, ou melhor, com o uso de um verdadeiro alfabeto ideográfico. Não imaginava, porém, que minha esperança fosse se tornar realidade tão cedo.

Vale a pena, porém, lembrar como a coisa aconteceu. Copio de minhas notas de viagem, escritas dia após dia.

---

4. Arqueólogo, com formação na Europa, diretor do Museu Nacional (antes chamado Museu Imperial) de 1874 a 1893. O caso aqui comentado de passagem por Stradelli ficou famoso internacionalmente: houve, na época, diversas tentativas, levadas a cabo também por outros pesquisadores, como Bernardo Ramos, de relacionar inscrições antigas encontradas no Brasil e certas características de artefatos e monumentos indígenas com supostas visitações pré-cabralinas por povos do Velho Mundo, como fenícios, gregos e viquingues.

29 de dezembro (1890). O rio (Uaupés) torna-se cada vez mais difícil. Perdemos um bom meio dia para passar a queda de *Tapyra-jerao* ("grade de tapir"), pois tivemos não apenas que descarregar, mas ainda que arrastar a embarcação por um bom trecho e, mais de uma vez, sobre rochas de grés granítico muito duro e fino, que formam imensos degraus inclinados para baixo e, muitas vezes, com desníveis de muitos metros, dividindo o rio como que em várias bacias, obrigando-nos, quase já para sair dele, a tomar um canal quase seco, ao longo da margem direita. À tarde chegamos à cachoeira de *Yacaré*, que é apenas o último degrau da cachoeira que nos atrasou desde manhã. O rio, partido em dois por uma pequena ilha central, descarrega-se em duas escadarias laterais e se recolhe, embaixo, numa tranqüila bacia. Lembra um pouco Pinu-Pinu, mas a ilhota central é mais vasta e a inclinação é bem menor, embora o desnível aqui seja maior, chegando quase a oito metros. Aqui também tivemos que descarregar, e, enquanto nosso pessoal e o da *maloca* da margem esquerda transportavam a carga e a canoa além do degrau e ao longo da margem direita, eu seguindo atrás, depois de ter medido aproximadamente o desnível, a copiar inscrições, Max, meu companheiro de viagem, manda dois mensageiros à minha procura, um atrás do outro. *Eureka!* Parece que encontramos a linha da tradição que nos dará a chave para ler essas inscrições. Ainda se conserva a explicação de alguns dos signos que as constituem. Eu tinha, em parte, razão, mas o velho Kuenomo tinha-a toda quando dizia a Max: "Vocês, para escrever suas histórias, têm o papel; nós temos as pedras".

Um dos velhos moradores do lugar, o chefe cubéua, havia sido surpreendido por Max enquanto explicava as inscrições a Marcellino (o *pajé* do Caruru que nos acompanha) e, apanhado em flagrante, não teve dificuldade em repetir a explicação a Max, primeiro, e depois a mim, tão logo cheguei. O que é extraordinário é que ele fez isso apesar de todas as caretas de meu pobre *pajé*, que, porém, não ousava se opor abertamente a essa propalação de segredos. No final, ele se adaptou tanto a ponto de suprir as lacunas de nosso narrador.

A chave é incompleta e muito imperfeita, mas, mesmo assim, já é bastante. Aqui vai ela:

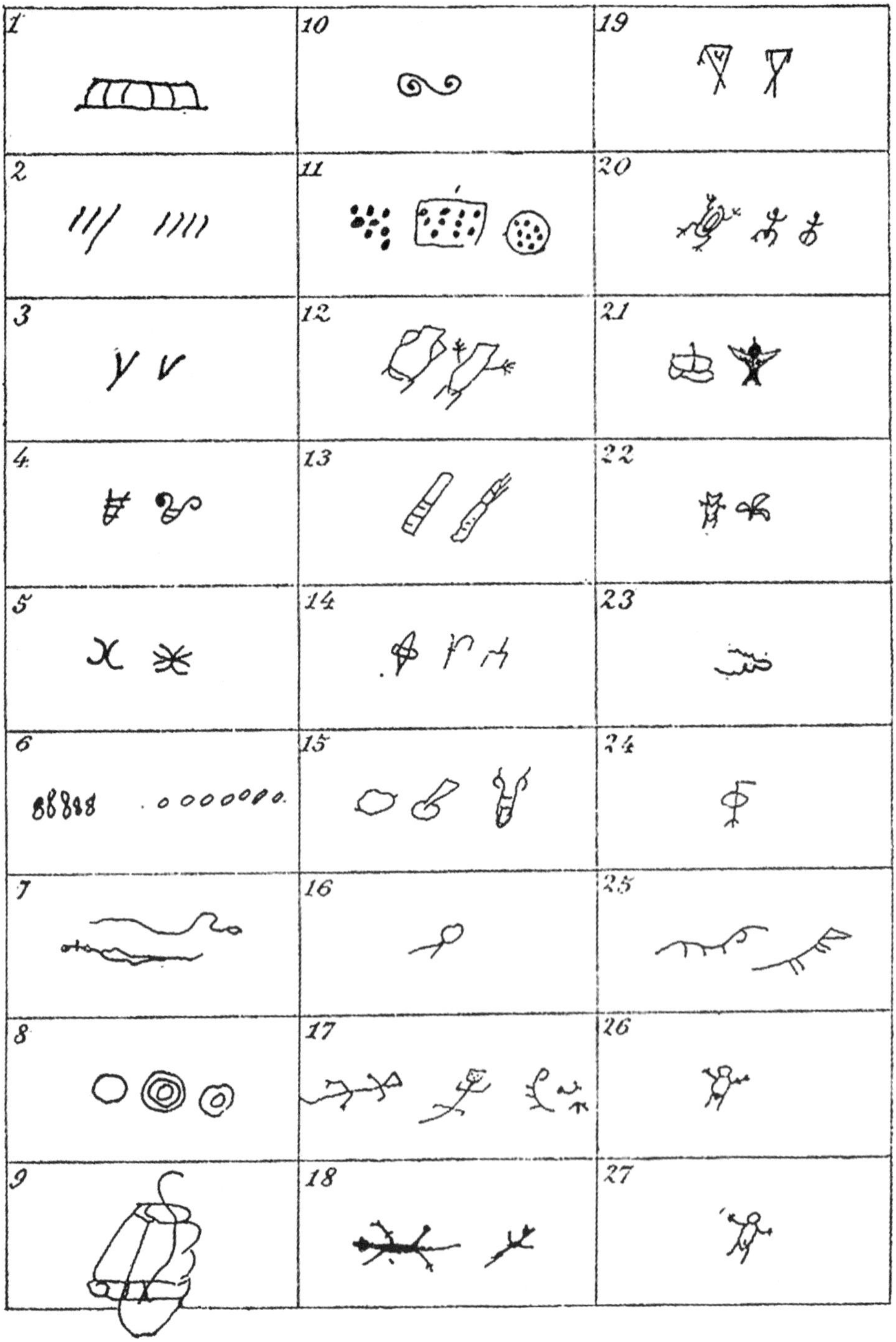
1
2
3
4
5
6
7
8
9
10
11
12
13
14
15
16
17
18
19
20
21
22
23
24
25
26
27

1. o inimigo passou sem desferir nenhum golpe;
2. luas de espera ou de permanência no lugar;
3. avancem, prossigam;
4. avançaram depois de ter permanecido no local tanto tempo quantas são as linhas transversais;
5. posição forte: os habitantes do lugar são amigos, segurança;
6. ovos de cobras, abundância de víveres;
7. cobra: o lugar é pouco seguro, é necessário estar de sobreaviso, é o lugar onde deve ficar a sentinela;
8. plena posse da terra, vitória;
9. instrumento para o suplício dos peixes, lugar onde se ficou para julgar (o suplício dos peixes consiste em se colocar o condenado dentro de uma grande gaiola de cipó, por meio da qual o padecente é mantido submerso na água do rio com a cabeça para fora, após ter sido precedentemente ferido em várias partes [do corpo], para que o sangue atraia os peixes e estes o devorem vivo, pouco a pouco; não creio que possa haver suplício mais barbaramente refinado);
10. [esse sinal] perto do instrumento do suplício significa que o imputado foi absolvido, não houve vítimas; no meio ou no fim das inscrições significa que as que seguem fazem parte das anteriores ou que nas proximidades há outras que as completam; isolado ou repetido: não se deve contar com as forças do lugar, os meios de obter provisões são escassos e difíceis;
11. [essas figuras] ou outras agrupadas de modo diferente: imagem das plêiades ou de Ceucy, mãe de Yurupary, e indica indubitavelmente que as inscrições que as acompanham pertencem aos ritos instituídos pelo reformador;
12. [essas figuras] ou semelhantes: máscara de Yurupary; é prova de que os habitantes do lugar foram iniciados nos mistérios sagrados;
13. instrumentos musicais usados nas festas solenes e cuja vista é proibida às mulheres, sob pena de morte;
14. armas;
15. *acangatara*, ornamento de penas para a cabeça;
16. braceletes;
17. *tamacuaré*, pequeno sáurio muito estimado devido a seus costumes semi-anfíbios;
18. *acutipuru*[5];
19. *garça, Ciconia alba*, algumas vezes representa Yurupari;
20. sapos;
21. falcão;
22. coruja;
23. camarão;
24. *maguary*;
25. *tamandoá*;
26. homens;
27. mulheres.

todos esses animais representam nomes de chefes ou protagonistas das lendas e, quando acompanhados de pontos que representam as estrelas, os representantes de lendas astronômicas.

Há outras, mas por não serem freqüentes nas diferentes inscrições ou por aparecerem de forma por demais variada, prefiro dar o significado delas aos poucos, à medida que for comentando os diferentes quadros.

Uma vez feita essa premissa, passemos a ver a localização das diferentes inscrições, quadro por quadro.

---

5. É o caxinguelê; segundo registra o *Dicionário Houaiss da língua portuguesa*, o nome tupi *acutipuru* significa "cutia enfeitada", devido à bela cauda desse tipo de esquilo.

Quadro 1

A figura *A'* encontra-se próxima ao rio Negro, no alto do morro onde está hoje São Gabriel, pequena aldeia da margem esquerda; está gravada sobre um afloramento de grés bastante duro, que domina a estreita garganta por onde o rio se precipita: representa a *Boiassu* ("a grande cobra").

O grupo *A* é do Uaupés, na ilha a montante de Ipanoré, que forma a margem esquerda do canal central, pelo qual, na época da seca máxima, se passa com a embarcação vazia, enquanto a carga é transportada por terra. As figuras estão gravadas sobre uma grande chapa [laje] de grés granitóide, muito dura, que emerge na base da ilha, voltadas para montante. Só ficam descobertas na época da vazante. A figura 1 representa um *tamacuaré*; a figura 2, um tocador de gaita (*tariuamá*, em língua tária); a figura 3, um *tamandoá* que segura um *maracá*; e a figura 4, um falcão.

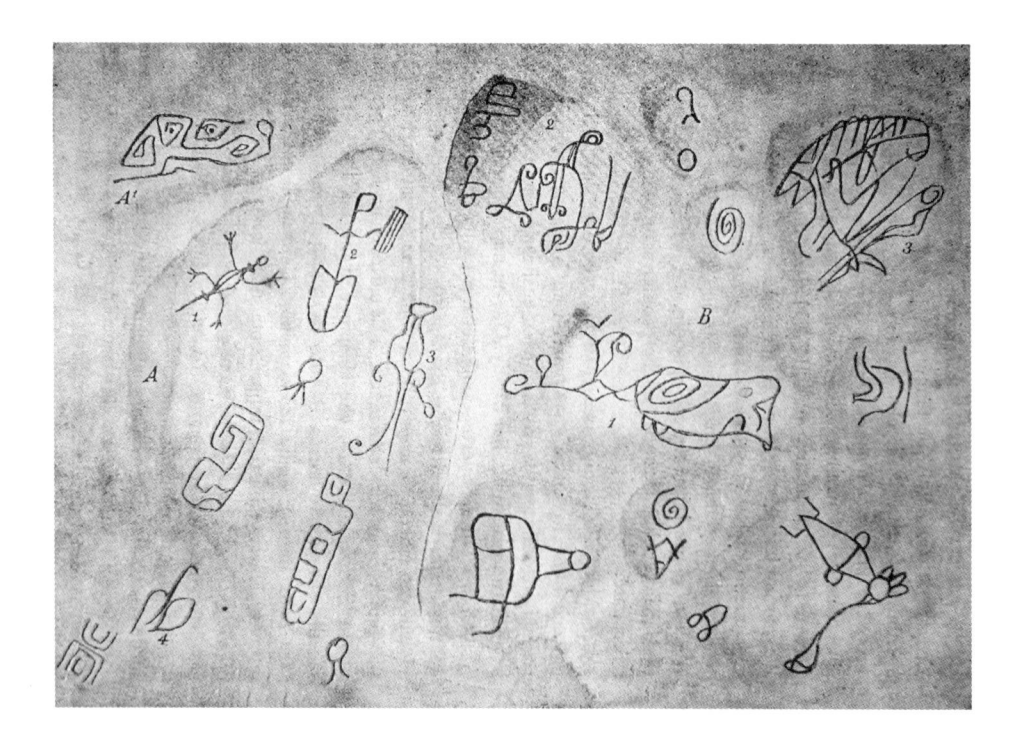

Grupo *B*. [Localiza-se] na margem esquerda do canal de esquerda, que divide a queda de Pinu-Pinu e por onde só se passa quando o rio está baixo. Estão todas gravadas em blocos esparsos que parecem nunca terem sido removidos e que estão voltados alguns para montante, outros a jusante. As figuras, entretanto, estão quase todas voltadas para jusante, para o *thalweg*[6]. A figura 1 representa a máscara sagrada de Yurupary, e as figuras 2 e 3 são instrumentos de suplício.

QUADRO 2

Os grupos *A'* e *A* são de Yauaretê, margem direita, a jusante da foz do Apapory; *A'* está sobre pedras isoladas, voltadas para o *thalweg*; *A* [encontra-se] sobre a laje que aflora no porto da *maloca*, voltada para montante. A figura de *A* é uma coruja. A parte da figura de *A* que fica à direita de quem olha e está quase dividida do restante por meio de uma linha que indica uma rachadura da chapa [laje] é chamada pelos indígenas de *Mokentáua*, nome que é dado também a uma parte da constelação de Órion, que corresponde aproximadamente ao cinturão, mas que outros também chamam de Pary e Ararapary, onde, de acordo com uma lenda banyua, Túpana ter-se-ia tocaiado para surpreender a *Boiassú* (quase o escorpião) que havia devorado o filho do Sol (Júpiter).

---

6. Uma linha, numa superfície topográfica, que tem sempre a direção da maior inclinação (declive), sendo que as linhas de sua projeção horizontal cortam todas as curvas de nível em ângulos retos.

Esplêndido mito astronômico, que mostra uma clara compreensão do movimento aparente desse planeta.

Grupo *B*. Igualmente [são] de Yauaretê, mas a montante da foz do Apapory, na margem esquerda, no final da corredeira, no porto de uma *maloca* hoje abandonada, sobre pedras isoladas, algumas das quais parecem ter sido removidas pela força da correnteza, de modo a não ocuparem mais sua posição primeira. A figura 1 representa um tapir; a figura 2, um falcão; a figura 3, provavelmente, um macaco; o indígena que me acompanha diz: *Macaca Apigáua será?* [Será homem ou macaco?].

QUADRO 3

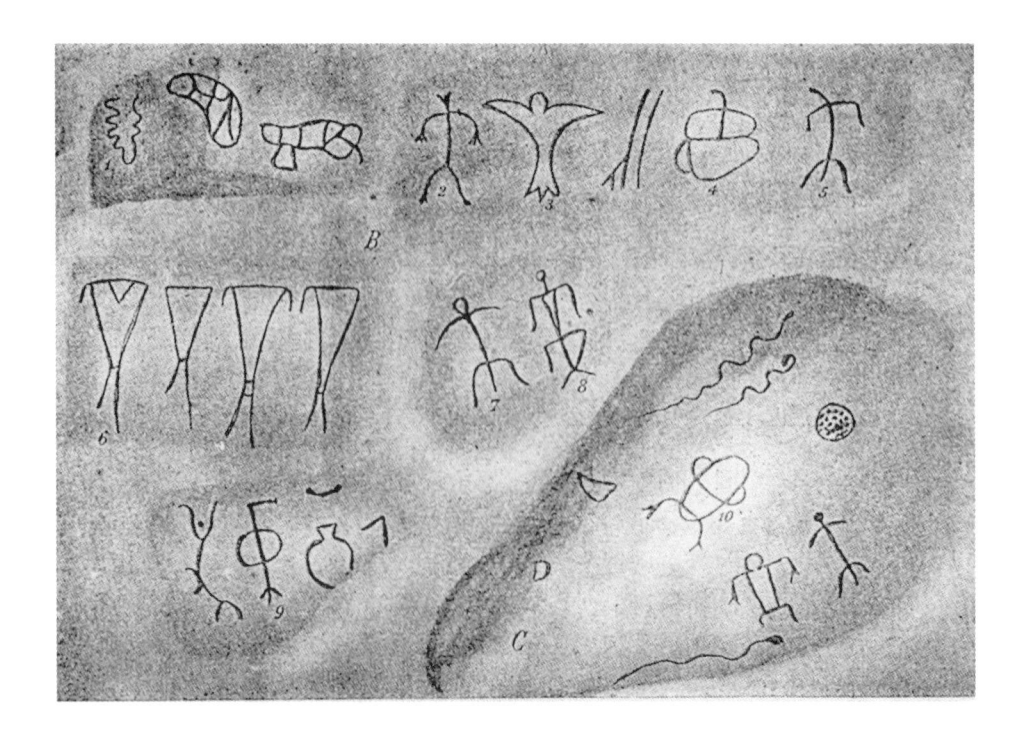

Inscrições de Yauaretê, margem direita, a montante da foz do Apapory, sobre a laje onde descansam as rochas acima descritas. A figura 1 representa um camarão; a figura 2, um homem; a figura 3, um falcão; a figura 4, um outro falcão; a figura 5, um macaco; a figura 6, quatro pegas; a figura 7, um *tamacuaré*; a figura 8, um macaco; a figura 9, um *maguary*; esta última é precedida por uma figura astronômica, cujo significado ignoro, e imperfeita, porque a laje está quebrada.

As figuras do grupo *C* são gravadas sobre a face superior de um grande rochedo de forma ovóide, jacente sobre a grande laje, e que forma uma pequena ilha durante as enchentes médias e permanece submerso nas maiores. Chamam-no "Túmulo da Arara" e a ele referem uma lenda de uma mulher adúltera que morreu pela mão do próprio marido, que, para surpreendê-la em flagrante, se transformou em arara e se escondeu entre os galhos de uma árvore embaixo da qual os culpados costumavam se encontrar. Entretanto, a imagem de Ceucy, que se nota claramente, faz que eu duvide da explicação recebida. Acredito, ao contrário, que se refira à tradição de Yurupary. Trata-se de uma explicação que me foi dada no local, antes, porém, de eu conhecer a chave e o simbolismo de algumas figuras, e não me ocorreu verificá-la depois. A figura 10 representa um sapo.

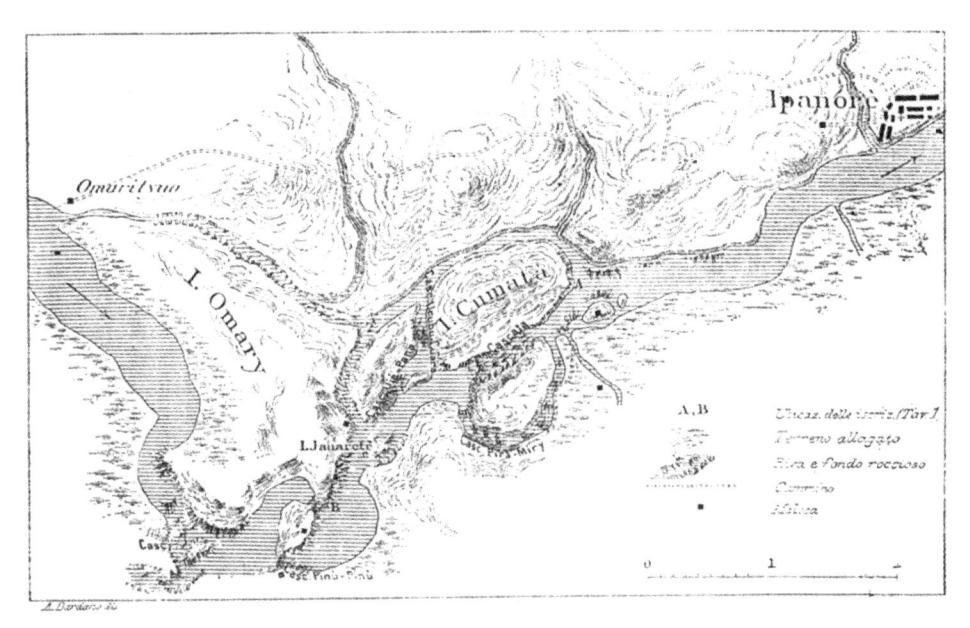

Figura 1 – *Cachoeiras de Ipanoré e Pinu-Pinu (Uaupés), segundo um esboço do conde Stradelli.*

Quadro 4

Grupo *A*. Margem esquerda: Tadassu Itá-Péua, gravadas sobre um vasto afloramento de grés cinzento, que forma o leito do baixo canal que, em época de cheia, divide a margem de uma ilhota que está a sua frente. Elas estão viradas para jusante e para o *thalweg* do rio.

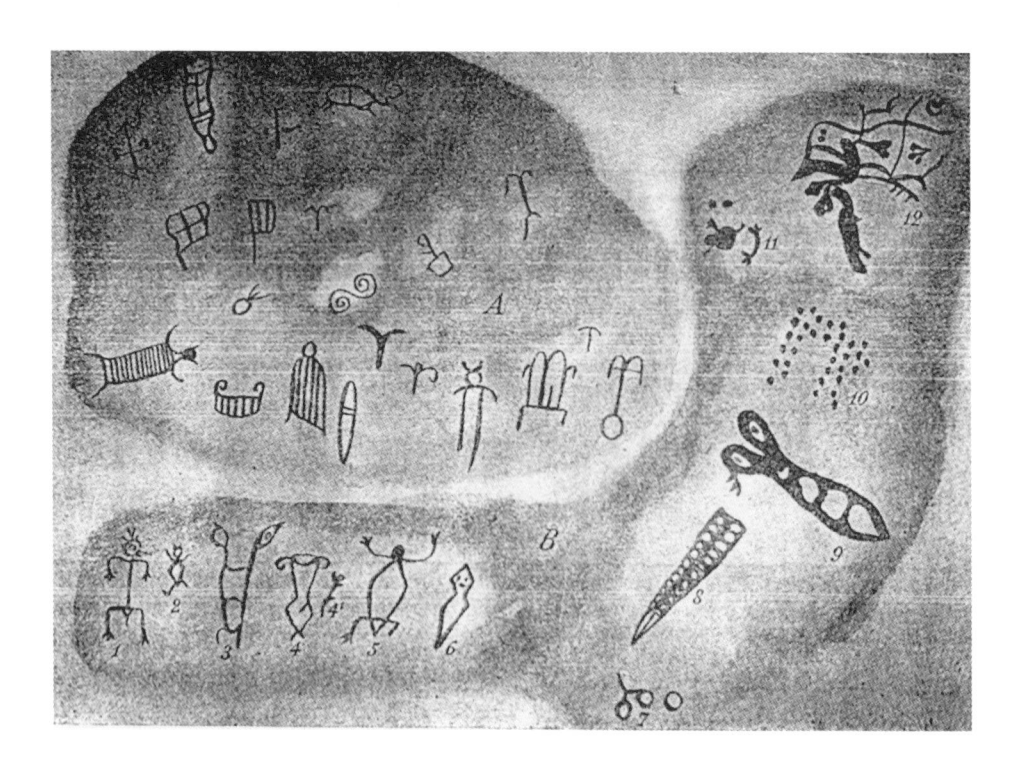

Grupo *B*. Margem direita, Macaca Sapecuna ("promontório do macaco") sobre a face vertical, dirigida ao *thalweg* de uma rocha granítica, muito grosseira. À primeira vista, diferenciam-se de todas as gravuras vistas até aqui pela maneira como parecem ter sido feitas. Enquanto todas as outras figuras e, em sua grande maioria, todas as inscrições indígenas por mim vistas até agora foram evidentemente feitas pela co-fricção paciente de pedra contra pedra, obtendo dessa forma um sulco mais ou menos nítido, mas sempre liso ao tato, essas, ao contrário, além de terem outro tipo de desenho, são ásperas, quase escavadas por completo, ou como se tivessem sido feitas não por co-fricção, mas fazendo saltar a pedra em pequenas lascas, com golpes repetidos (coisa que poderia fazer um cinzel), sem apresentar traços de terem sido polidas. É verdade que, no dizer do *tuicháua* Kari (Marcellino) de Yauaretê, que as mostra para nós, elas representam os instrumentos e os ornamentos usados nas festas do Yurupary e, além de ficarem em lugar pouco acessível e de passagem não-obrigatória, uma vez que há uma senda na ilha em frente, não são reavivadas cuidadosa e continuamente como ocorre com as outras, porque os objetos representados não podem ser vistos pelas mulheres nem pelos próprios rapazes. Pode ser, então, que sua aspereza possa advir, mais do que do modo de laboração, da decomposição das rochas graníticas sob

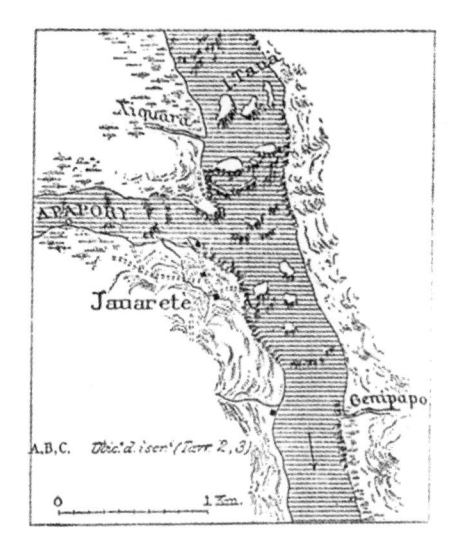

Figura 2 – *Cachoeira de Jauareté (Uaupés), segundo um esboço do conde Stradelli.*

a ação dos agentes atmosféricos – ainda que, mesmo assim, isso não chegue, me parece, a explicar a largura dos entalhes que algumas dessas gravuras apresentam, conforme pode ser visto na foto que anexo. (Cf. figura 4.)

Seja como for, eis o que elas representam: as figuras 1, 2, 5 e 6 representam as máscaras que, nas festas de iniciação aos mistérios do Yurupary, celebradas quando os rapazes atingem a puberdade, acompanham, em algumas tribos do grupo *tocana*, a verdadeira máscara do Yurupary, que representam os *Uacten massan*; 3 e 9, *acangataras*[7]; 4, chefe com o *ararapary*; 7, bagos de *cucura*, o fruto por cujo suco foi fecundada Ceucy, a mãe de Yurupary; 8, feixe de *adaby*, chicotes feitos de cipó flexível e resistente, geral-

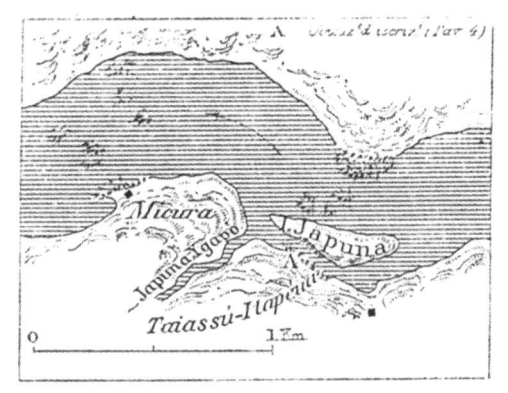

Figura 3 – *Localização de inscrições no Uaupés, segundo um esboço do conde Stradelli.*

---

7. No original, *acangatare*.

Figura 4 – *Inscrição sobre pedra em Macaca Sapecuma.*

mente de *uambé*, e caprichosamente cobertos por uma trança de *curauá*, com a qual são fustigados os iniciandos e também se fustigam entre si os presentes à cerimônia; 12, a verdadeira máscara do Yurupary, aquela que foi feita com os cabelos das mulheres tenuianas e com a qual o reformador se vestiu para chorar a própria mãe, antes de começar sua peregrinação; 10, Ceucy; 11, talvez o nome do artífice ou do chefe que as mandou gravar. Hoje, entre os cubéuas, tribo tucana, esse sinal é usado como símbolo para indicar um *tamacuaré*, e o pintam freqüentemente nas próprias *ubás* (canoa escavada em um único tronco), para que essas tenham, como aquele, a propriedade de se moverem tão facilmente na terra quanto na água. Só ficam cobertas pela água na época das maiores cheias.

Quadro 5

Encontra-se diante de Macaca Sapecuma, na margem esquerda da ilha Tatá-Puinha ("carvão"), onde, de acordo com uma tradição cubéua, ter-se-ia manifestado pela primeira vez o fogo e onde os nativos teriam aprendido a servir-se dele para cozinhar os alimentos. O grupo *A* está gravado sobre uma grande laje, ocupando o afloramento inteiro; as figuras estão dispostas em círculo, e, sobre duas linhas, as que estão orientadas para o *thalweg* do canal que divide a ilha da margem de Macaca Sapecuma. As outras, em sua grande maioria, estão viradas para montante e gravadas na face mais ou menos perpendicular de rochedos isolados e que jazem sobre a grande laje, sem que, aparentemente, tenham sido removidos. No tempo das grandes cheias todas ficam submersas.

QUADRO 6

As figuras 1 e 2 do grupo *A* estão sobre as pedras da corredeira de Yuacáa, margem direita, acima do nível das maiores cheias. A figura 2, que representa Ceucy e a máscara do Yurupary, é feita como as do grupo *B*, quadro 4, de Maca-

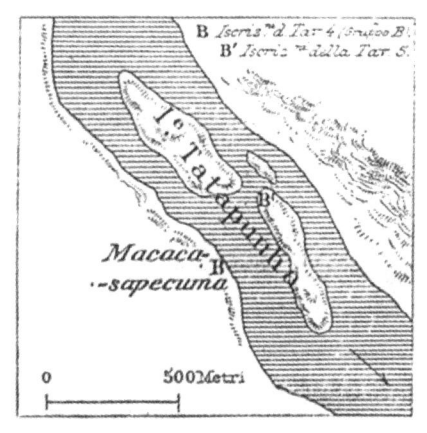

Figura 5 – *Localização das inscrições no Uaupés, segundo um esboço do conde Stradelli.*

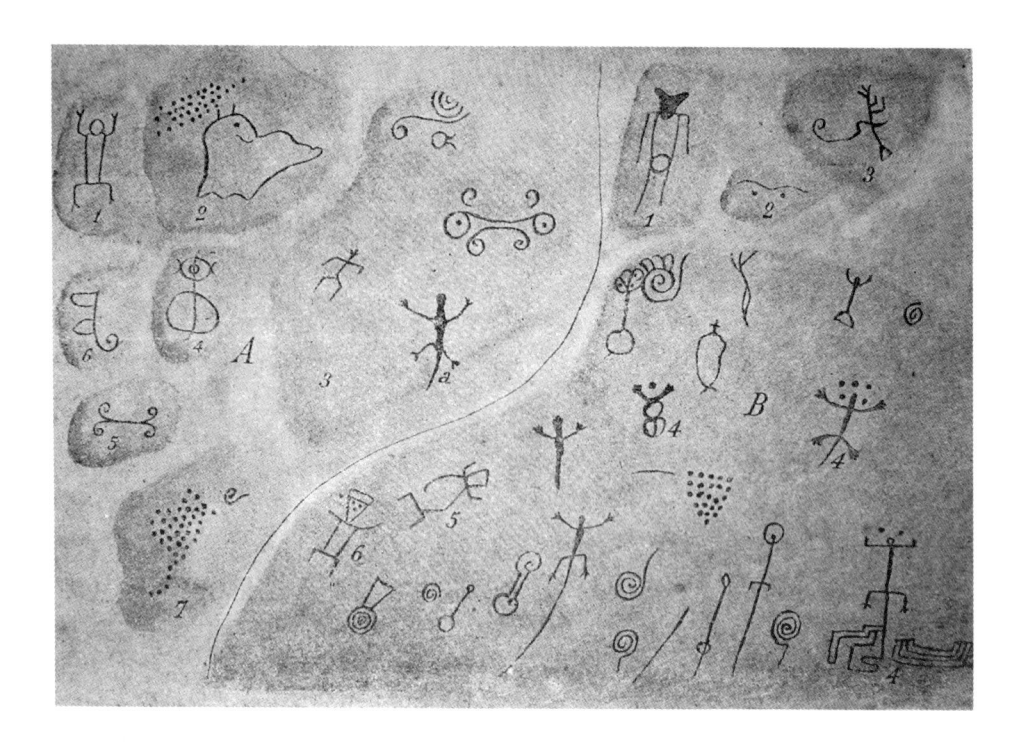

ca Sapecuma. As outras estão sobre rochedos isolados próximos da margem esquerda; todas elas são orientadas para o *thalweg* ou para jusante e na época das cheias ficam submersas. A figura 3 representa um esquilo.

Grupo *B*. Em Tamacuaré Sapecuma ("promontório" ou "ponta do tamacuaré"), margem direita, sobre a grande laje de grés, que forma a base do promontório, determinando uma pequena corredeira: as figuras 1, 2 e 3 estão isoladas, sobre pedras destacadas umas das outras, todas elas orientadas para o *thalweg* e submersas durante as cheias. As figuras 5 e 6 parecem mais antigas, ou, melhor dizendo, são trabalhadas mais grosseiramente que as outras. As figuras 2 e 4 são símbolos astronômicos, ligando-se, provavelmente, a alguma lenda. A figura 1 representa um morcego; curiosa e incomum é a forma antropomorfa que involuntariamente lembra o Egito.

QUADRO 7

Da pequena corredeira de Pirá-miry, margem direita, são os grupos *A* e *B*, ambos dirigidos a montante. As figuras 1 e 2 são polidas, largas e profundas. *C*,

D, E e F são da pequena corredeira do Periquito, margem esquerda; C [encontra-se] sobre a grande laje que a forma; as outras, sobre rochedos isolados. As inscrições G estão na ilha de Yapó, próximas à margem esquerda: M, H, L, na margem direita na cachoeira da Arara; M, sobre a borda da laje que determina o salto próximo ao chão e que se encontra a seco nas vazantes; L e H situam-se na mesma laje, porém mais a montante. N está sobre uma laje arredondada da margem esquerda e que se localiza no começo do canal estreito pelo qual descarrega o rio, logo depois do salto de Caruru ou Cariru; representa um papagaio, um *anacá* (*Psittacus horridus*, Brehm). P e Q encontram-se sobre rochedos isolados, um pouco mais a montante, no meio do rio, no entanto mais próximos da margem esquerda, e quase logo abaixo do salto, um diante do outro. A figura Q estava encoberta por uma espessa camada de musgo e lama; foi necessário gastar um bom tempo com a limpeza antes que ela aparecesse. Marcellino, o *paié* de Caruru, que a mostrou, não quis explicar seu significado, mas faz questão de mantê-la escondida, e os bagos de *cucura* que se vêem lá fazem-me crer que a inscrição se refere à misteriosa fecundação de Ceucy. As figuras do grupo O estão gravadas na grossa laje que forma o leito do rio na época da vazante à seca, pouco longe e quase em frente aos rochedos mencionados: são figurinhas funerárias e representam uma dança fúnebre. Todas elas estão submersas no tempo das cheias.

Quadro 8

A e *B* encontram-se a jusante da corredeira do Matapy, margem direita. As figuras de *A*, sobre uma laje de grés granítico acinzentado, com largos veios de quartzo morto, dirigidas para o *thalweg*; as de *B*, a montante das de *A*, na rachadura da mesma laje que forma um degrau e orientadas para montante. Do mesmo local, mas sobre a face interna de dois rochedos isolados no meio do rio, mais próximos, porém, da margem direita, e acima das cheias médias estão as figuras *C*, *E*, *F*, as quais, por seu feitio, se parecem com as de Macaca Sapecuma, quadro 4, *B* (ou seja, não são polidas, mas parecem feitas a cinzel); porém, deve ser notado que aqui também a rocha é muito dura, e a granulação, muito grossa. *G*, *H* e *L* são da cachoeira de Yacaré. *G*, sobre a grande laje que aflora em forma de coroa sobre a margem direita, logo abaixo da cachoeira, representa um instrumento de suplício, tendo, ao lado, um *acuty-puru*, "esquilo", que indica o nome do chefe e os sinais da absolvição dos culpados. As de *L* estão sobre a rachadura da rocha que forma o último degrau da cachoeira, dirigida a jusante. As outras encontram-se sobre rochedos isolados, todas elas submersas em tempo de cheia.

Quadro 9

Essas também são de Yacaré, da ilha que separa a cachoeira em dois canais; as do grupo *A* estão gravadas sobre a laje a jusante do salto, que forma uma espécie de coroa para a ilhota; as de *B* encontram-se sobre rochedos isolados, a montante do salto. Tanto umas como as outras encontram-se submersas na época da cheia.

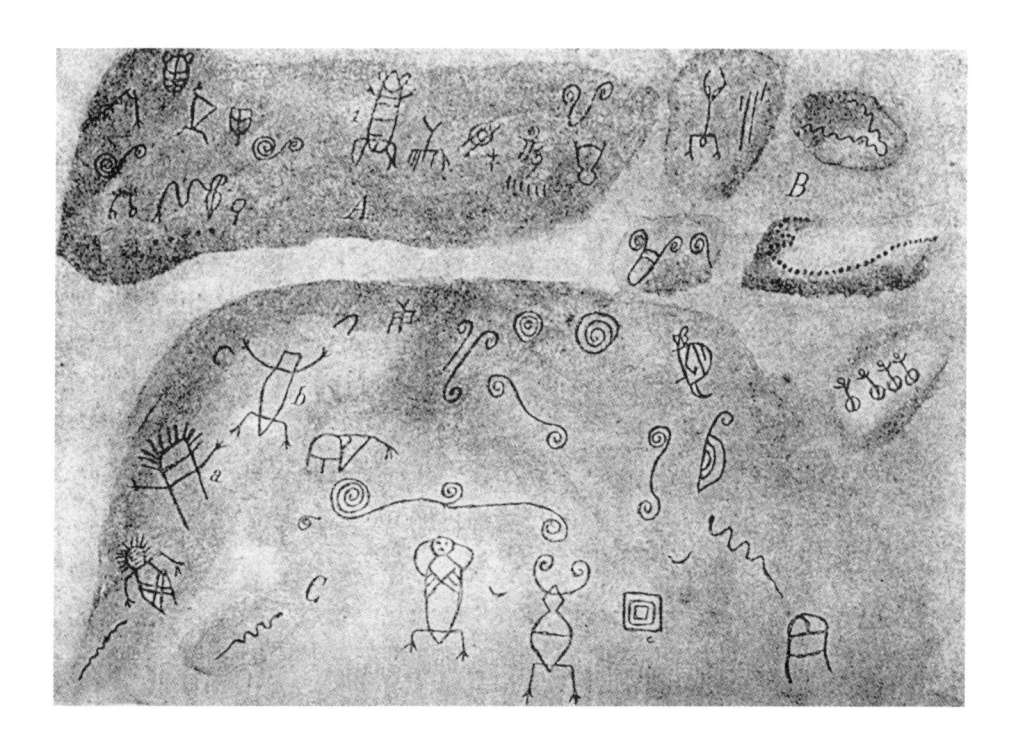

O grupo *C* é de Yauaretê Sapecuma, margem esquerda, sobre a grande laje que, morrendo em suave declive no rio, coroa sua ponta. Aqui também distinguem-se duas maneiras de fazer, destacando-se bem das outras a figura *A*, que me parece ter sido feita, na origem, por pequenas cinzeladas – fato esse que creio ser importante, pois, sendo a rocha sobre a qual estão gravadas de grão bastante fino, com o aspecto de um arenito silicoso colorido em vermelho-ferrugem pelos óxidos de ferro, desfaz-se a dúvida sobre se a diferença que representam é devida à rocha ou à diversidade de fatura, dúvida que é ainda mais facilmente desfeita pelo fato de elas se encontrarem umas próximas às outras e haver sobre a mesma pedra dois tipos de laboração.

Quadro 10

Os grupos *A*, *B* e *C* são do Kerary, afluente de esquerda do Uaupés. *A* encontra-se sobre duas faces, dirigidas a jusante e ao chão de um rochedo situado mais ou menos na metade da cachoeira do Abio, margem esquerda. Ela representa o instrumento de suplício com um supliciado e um peixe que o está devorando. Raramente as águas o submergem por completo. As figuras de *B* encontram-se também sobre um rochedo isolado no começo da corredeira da Passiúba e representam dois sapos, esses também na margem esquerda. Na margem direita, gravada sobre a base de grés amarelado, de granulação bastante fina, que forma a base da colina da Lua, Auiacco, encontra-se *C*, distante uns bons trinta metros do atual leito do rio, orientada para o *thalweg* e agora na floresta e acima das maiores cheias; é evidente que outrora o rio passava por lá e as águas a cobriam.

Os grupos *D* e *E* são do Uaupés. *D* encontra-se na margem esquerda da *cachoeira* do Macucu, sobre um rochedo isolado dirigido a jusante, que só raramente fica de todo submerso. E, no mesmo lugar, sobre uma laje que desce até o rio.

O grupo *F* é da cachoeira do Typiaca, e as figuras parecem de execução muito antiga. A figura 1 é a representação gráfica da fecundação da mãe do Yurupary por meio do suco da *cucura*; fica próximo e domina toda a inscrição um instrumento do suplício dos peixes.

QUADRO 11

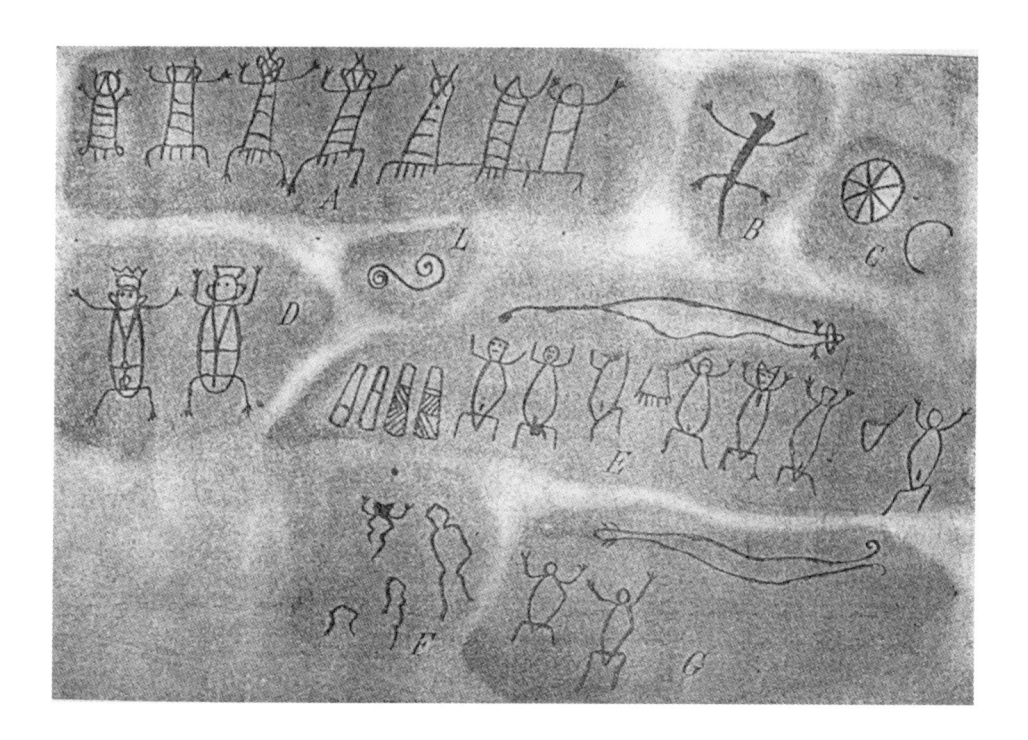

Os grupos *A*, *B*, *C* e *D* encontram-se na cachoeira do Aracapuri, próximo da margem esquerda, sobre rochas de granito que, separadas da terra por um braço estreito, seco nas vazantes, se estendem até a borda do canal por onde o rio, caindo em ruidosa cascata, descarrega-se. Todos eles ficam submersos durante as maiores cheias. As figuras em *A* representam os vestidos de *turury*, casca de uma árvore que, uma vez batida e lavada, imita grosseiramente um tecido áspero, usado pelos cubéuas nas cerimônias fúnebres; *B* é um esquilo; *C*, o sol e a lua. A lua é a segunda figura, incompleta, e o sol traz marcado o nó através do qual os antigos habitantes do Tenuy se espalharam sobre a terra para reencontrar Dinari, a mãe de Pinon; *D*, as duas irmãs Diredo que, segundo a lenda cubéua, saíram antes de todos com Maerinkebebe do buraco da pedra em Aracapury-cachoeira.

L encontra-se no porto de Macaquinho, margem esquerda, sobre uma grande laje de grés que desce lentamente até o rio, orientada para o *thalweg*, submersa na época das grandes cheias. Isolada do jeito que está, a figura representa falta de segurança, provisões escassas e difíceis.

E, da cachoeira do Mirity, sobre a laje que coroa a margem esquerda, recoberto pelas águas em tempo de cheia, representa dois homens, provavelmente dois chefes, que dançam com as mulheres. A primeira tendência foi a de tomá-lo por um *dabucury* ("festa") de paz, tanto mais que os chefes são, evidentemente, de nações diferentes, o que pode ser notado pelo fato de que um deles carrega a *acangatara* e a pedra *tocana* no pescoço e o outro não veste nenhum enfeite e tem, além disso, as partes pudendas descobertas. Entretanto, as *passiubas*[8] sagradas, a não ser que tenham sido acrescentadas depois (mas não é o que parece), obrigam a pensar que o desenho se refere à lenda do Yurupary e, precisamente, ao episódio dos velhos, que se tornou fatal para Ualri, o que seria também confirmado pela presença da Grande Cobra.

As inscrições em *F* estão gravadas sobre um grés extremamente duro, que constitui os rochedos que, em forma de restos de uma imensa construção ciclópica desmoronada, obstruem a margem esquerda e se espalham pelo leito do rio, determinando a corredeira do Madiy. Estas não são polidas, nem parecem jamais tê-lo sido, mas estão cobertas, como, por sinal, toda a rocha em volta, por uma pátina preta, muito lisa e de aspecto vítreo, que imita a lava e parece um depósito silíceo. Estão orientadas para jusante e gravadas sobre um rochedo que se encontra na ponta inferior da corredeira e faz parte de um forte espigão de rochedos, um encostado no outro, que se debruça sobre o leito do rio.

---

8. No original, *passiube*.

G, sobre a rocha que forma o salto de Yurupary-cachoeira, ou Biadarabo ("casa da dança"), como a chamavam os cubéuas, cujo território termina aqui, junto à margem esquerda, representa uma dança.

Quadro 12

As figuras do grupo *A* são do Cuduiary e foram desenhadas pelo meu companheiro de viagem, Max J. Roberto. Não consegui encontrar nenhuma nota sobre sua localização.

As de *B* são do Apapory, afluente de direita do Uaupés, enquanto o Cuduiary é o de esquerda. A figura 1, do Aracapá-cachoeira, margem direita, sobre um rochedo isolado, raramente submerso; a figura 2, em uma ilhota um pouco mais a montante, no lugar onde contam que Tupana tirasse das mulheres dessanas os instrumentos sagrados usados pelos homens nas danças sacras do Yurupary, que elas mesmas haviam subtraído dolosamente antes e que por causa disso foram depois condenadas ao suplício dos peixes. Dizem que a inscrição lembra esse fato. As figuras 3 e 4 estão sobre uma grande laje central da cachoeira do Piramiry e representam os chefes da guerra dos cururus ("sapos") e a afirmação de suas vitórias.

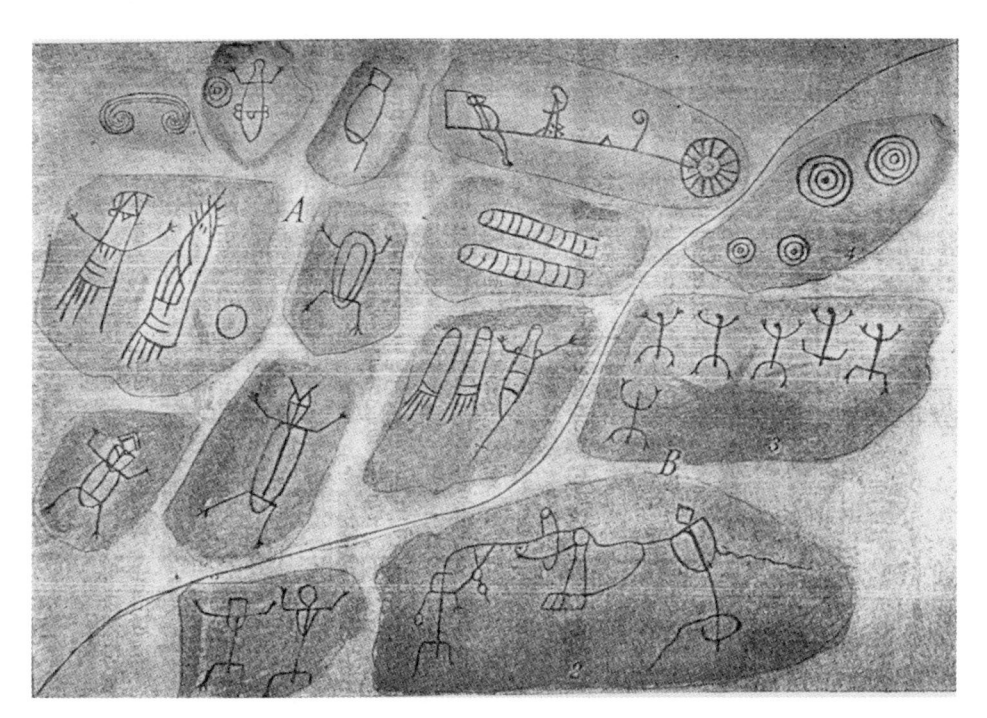

Mapa geográfico do Amazonas[1]

Descrição do mapa apresentado na Itália, por Stradelli, em 1901

Um mapa completo do vastíssimo estado do Amazonas, no Brasil – comumente representado, com detalhes escassos, mesmo se tratando de mapas em escala grande –, capaz de preencher uma considerável lacuna na cartografia sul-americana, é certamente aquele que o conde Stradelli compilou, em escala 1:2.222.000 (uma folha de cerca de um metro quadrado de superfície) e que, pela abundância e qualidade dos dados, é o que de melhor se poderia desejar hoje para o conhecimento da cartografia da extensa região. Stradelli teve o cuidado de nele reproduzir o elenco dos materiais utilizados para a compilação. Entre eles inclui-se, não entre os menores, seu trabalho sobre o grande afluente do rio Negro, o Uaupés, rio este quase todo por ele levantado, que foi publicado por este *Boletim* em 1900 (fasc. v). Um defeito que poderia ser apontado nessa nova e importante obra de nosso conterrâneo diz respeito à execução técnica, que não corresponde totalmente às exigências mais modernas; caso tivesse sido conduzida com método mais rigoroso, teria contribuído não pouco a fazer apreciar o valor intrínseco do mapa, espelhando fielmente a acurada interpretação das fontes.

A.D.

---

1. *Boletim*, ano xxxv, série 4, vol. 2, fasc. 12, 1901 (dezembro), pp. 971-2.

O ESTADO DA AMAZÔNIA[1]

Relato da conferência proferida no dia 10 de novembro

Diante de numeroso e distinto público de sócios e convidados, o conde Ermanno Stradelli, membro correspondente da Sociedade, o qual reside no Brasil há mais de vinte anos, falou na Aula Magna do Colégio Romano sobre o estado da Amazônia.

Atrás da mesa do conferencista, na parede da sala, estava exposto um grande mapa mural de 6,5 metros de largura por 4,5 metros de altura, representando, na escala de 1:555.000, as regiões que o conde Stradelli iria descrever.

O orador, apresentado pelo presidente da Sociedade, professor G. Dalla Vedova, que salientou os méritos adquiridos pelo conde nas ciências geográficas com seus múltiplos estudos, explorações e levantamentos de rios ainda pouco conhecidos, após ter falado, em geral, da grande bacia do Amazonas, entrou no argumento da conferência. Ele ilustrou com a competência haurida do longo e profundo conhecimento do estado do Amazonas, do qual foi descrevendo os confins e as questões surgidas a esse respeito com os estados limítrofes e especialmente com a Guiana Britânica, cuja resolução foi confiada à arbitragem de sua majestade o rei da Itália, a conformação do solo ao norte e ao sul do grande rio, a intrincada hidrografia, a variedade do clima e das principais doenças, os produtos mais importantes e as trocas com o exterior, a navegação interna etc.

---

1. *Boletim*, ano xxxv, série 4, vol. 2, fasc. 12, 1901 (dezembro), pp. 962-3.

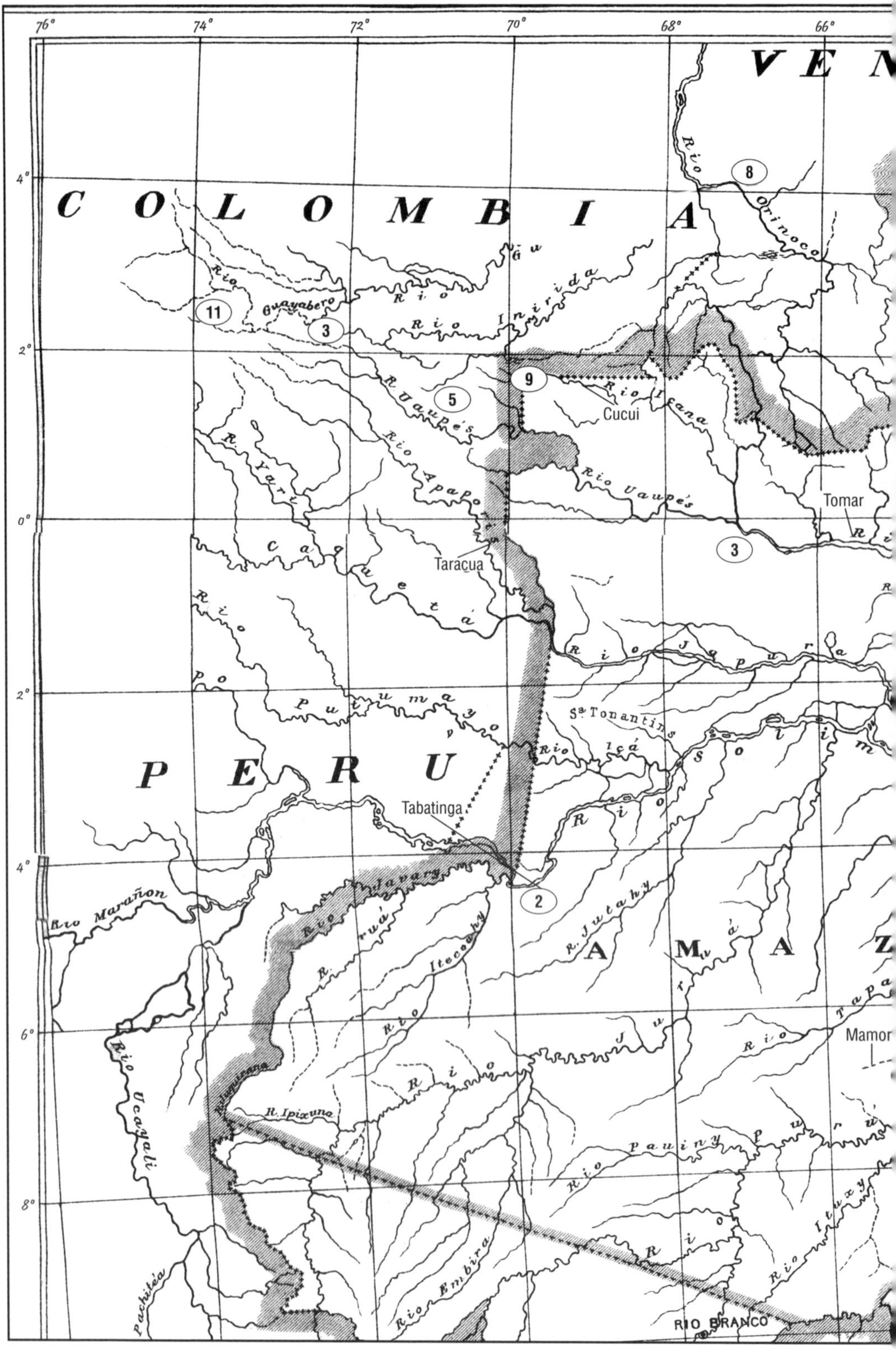

76°
74°
72°
70°
68°
66°
4°
2°
0°
2°
4°
6°
8°
VEN
COLOMBIA
PERU
AMAZ
Rio Orinoco
Rio Guayabero
Rio Inirida
Gu
R. Uaupés
Rio Içana
Cucui
Rio Uaupés
Rio Apaporis
R. Yari
Caquetá
Taracua
Tomar
Rio Japurá
Rio Putumayo
Sª Tonantins
Rio Içá
Solim
Tabatinga
Rio
Rio Javary
Rio Marañon
R. Jutahy
Itecoahy
Rio Ucayali
R. Ipixuna
Rio Juruá
Rio Pauiny
Purus
Tapauá
Mamor
Rio Ituxy
Rio Embira
Pachitéa
RIO BRANCO
8
11
3
9
5
3
2

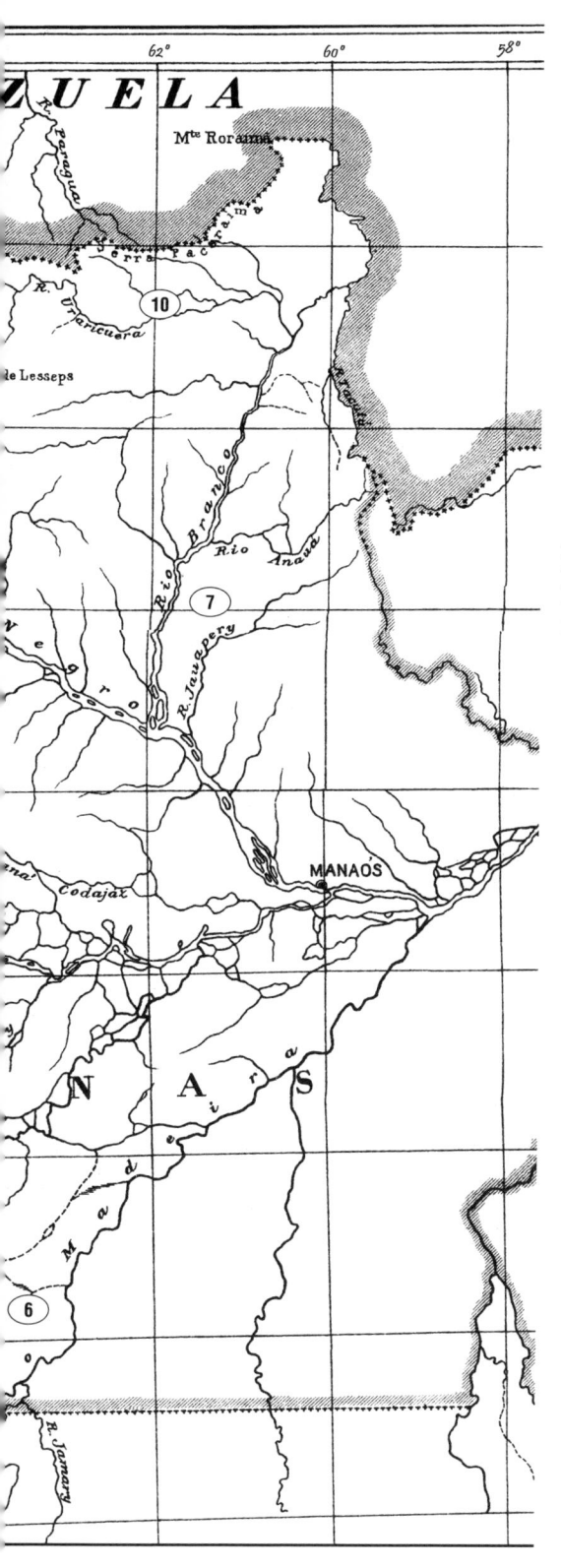

Síntese das viagens de Ermanno Stradelli

1 – Rio Purus e afluentes (1880)
2 – Solimóes até Fonte Boa (1880)
3 – Rio Negro, Uaupés, Tiquié (1881)
4 – Manaus – Venezuela (1882)
5 – Uaupés (1882)
6 – Rio Madeira (1883)
7 – Rio Jauaperi (1884)
8 – Orenoco (1887)
9 – Alto Orenoco (1888)
10 – Rio Branco (1889)
11 – Uaupés (1890/91)

Preparação: Augusto Góes Júnior.
Fonte: Roberto Simonsen, *História Econômica do Brasil*, 2ª carta, São Paulo, Ibep Nacional, 1937.

Bibliografia[1]

1. Obras de Ermanno Stradelli

Boletins da Sociedade Geográfica Italiana

"Spedizione alle sorgenti dell'Orenoco – Estratti di lettere del socio E. Stradelli al Segretario della Società". *Bollettino della Società Geografica Italiana*. Roma, Sociedade Geográfica Italiana, ano XXI, vol. 24, série 2, fasc. 12, pp. 500-6, jul. 1887.

"Dall'isola Trinidad ad Atures – Lettera del conte E. Stradelli al Segretario della Società". *Bollettino della Società Geografica Italiana*. Roma, Sociedade Geográfica Italiana, ano XXI, vol. 24, série 2, fasc. 12, pp. 822-49, out.-nov. 1887.

"E. Stradelli nell'alto Orenoco – Note di viaggio, con 17 disegni ed una carta. I. Da Atures a Maypures. II. Vichada". *Bollettino della Società Geografica Italiana*. Roma, Sociedade Geográfica Italiana, ano XXII, vol. 25, série 3, fasc. 1, pp. 715-44, ago. 1888.

"E. Stradelli nell'alto Orenoco – Note di viaggio, con 17 disegni ed una carta (continuazione e fine). III. Da Maypures a Cucuhy. IV. Appunti di lingua Tamo o Guahibo del Rio Vichada". *Bollettino della Società Geografica Italiana*. Roma, Sociedade Geográfica Italiana, ano XXII, vol. 25, série 3, fasc. 1, pp. 832-54, set. 1888.

---

1. Agradecemos especialmente a Sérgio Medeiros, Danilo Manera e Ermanno Cavazzoni pela indicação de vários e importantes títulos desta bibliografia. (N. O.)

"Contro l'immigrazione nei paesi dell'alto Orenoco – Da una lettera del conte Ermanno Stradelli". *Bollettino della Società Geografica Italiana*. Roma, Sociedade Geográfica Italiana, ano XXII, vol. 25, série 3, fasc. 1, pp. 544-6, jun. 1888.

"Dal Cucuhy a Manàos – Relazione del conte E. Stradelli". *Bollettino della Società Geografica Italiana*. Roma, Sociedade Geográfica Italiana, ano XXIII, vol. 26, série 3, fasc. 2, pp. 6-26, jan. 1889.

"Rio Branco – Note di viaggio di E. Stradelli". *Bollettino della Società Geografica Italiana*. Roma, Sociedade Geográfica Italiana, ano XXIII, vol. 26, série 3, fasc. 2, pp. 210-28 e 251-66, mar.-abr. 1889.

"L'Uaupés e gli uaupés, del conte Ermanno Stradelli (con un disegno nel testo)". *Bollettino della Società Geografica Italiana*. Roma, Sociedade Geográfica Italiana, ano XXIV, vol. 27, série 3, fasc. 3, pp. 425-53, mar. 1890.

"Leggenda dell'Jurupary, del conte E. Stradelli". *Bollettino della Società Geografica Italiana*. Roma, Sociedade Geográfica Italiana, ano XXIV, vol. 27, série 3, fasc. 3, pp. 659- 89 e 798-835, jul.-ago. 1890. (Republicado em *Quaderni*, nº 4, São Paulo, Istituto Italiano di Cultura di São Paulo, 1964, com organização de Ettore Biocca.)

"Iscrizioni indigene della regione dell'Uaupès – Nota del socio corrispondente, conte Ermanno Stradelli (con tavole e carte)". *Bollettino della Società Geografica Italiana*. Roma, Sociedade Geográfica Italiana, ano XXXIV, vol. 37, série 4, fasc. 1, pp. 457-83, mar. 1900.

Obras literárias e textos coligidos

Una gita alla Rocca d'Olgisio. Piacenza, Marchesotti, 1876.

Tempo sciupato. Recolha de sonetos, canções, odes e madrigais. Piacenza, Marchesotti, 1877, 143 pp.

Eiara: leggenda tupi-guarani. Em verso. Piacenza, Porta, 1885, 46 pp.

La Confederazione dei Tamoi, poema epico di D. J. G. Magalhães. Piacenza, Porta, 1885, 304 pp.

"Leggende dei Taria". *Memorie della Società Geografica Italiana*. Roma, Sociedade Geográfica Italiana, vol. 6, mar. 1896, pp. 141-8.

"Ajuricaba" (poema). *O Correio do Purus*. Lábrea, 1898.

Duas lendas amazônicas. Piacenza, Porta, 1900, 181 pp. (Lendas de Ajuricaba e sobre a cachoeira de Caruru).

"Pitiápo – lenda uanana" (poemeto). Org. Ettore Biocca. *Quaderni*, nº 4, São Paulo, Istituto Italiano di Cultura di São Paulo, 1964. (Originalmente publicado em 1900, segundo Brandão Amorim[2], apud CASCUDO, Luís da Câmara. *Literatura oral no Brasil*. 3. ed. Belo Horizonte/São Paulo, Itatiaia/ Edusp, 1984.)

SOBRE LÍNGUAS INDÍGENAS

Vocabulário português–nheengatu e nheengatu–português. São Paulo, Ateliê, [no prelo]. Contém a gramática e algumas lendas. (Originalmente publicado como "Vocabulário portuguez–nheêngatú e nheêngatú–portuguez". *Revista do Instituto Histórico e Geográfico Brasileiro*. Rio de Janeiro, t. 104, vol. 158, 1928-29, pp. 5-768.)

Dicionário nheêngatú–italiano e italiano–nheêngatú. Inédito. (Cf. JOBIM, Anísio. *A intelectualidade no extremo norte*. Manaus, Clássica, 1934, p. 64. Uma cópia foi enviada para a Itália, segundo informações do rev. pe. Alfonso Stradelli.)

Pequenos vocabulários, grupos de línguas tocanas. III Reunião do Congresso Científico Latino-Americano. Rio de Janeiro, vol. 6, 1910, pp. 253-317.

JURISPRUDÊNCIA

Colaborações na *Revista de Direito Civil, Comercial e Criminal*. Org. Antônio Bento de Faria. Rio de Janeiro (indicadas por volume, em itálico, e página): *42*, pp. 415 e 453; *47*, p. 243; *49*, pp. 205 e 501; *50*, pp. 9, 223 e 423; *51*, pp. 13, 223 e 423; *52*, pp. 32, 237 e 421; *53*, pp. 254 e 429; *54*,

---

2. Uauhi, que tanto sangue fez derramar, tinha entre os uananas o nome de Pitiapo, que no tupi corresponde a Surucuá. Com esse nome de Pitiapo publicou em 1900 o meu amigo e companheiro de viagem ao alto rio Negro, E. Stradelli, um poemeto decalcado sobre a lenda que adiante se encontra entre as lendas uananas. Anassanduá tem também o nome de Dassuen.

p. 10; *56*, p. 222; *57*, pp. 36, 219 e 418; *58*, pp. 10, 233 e 426; *59*, pp. 7, 222 e 425; *60*, pp. 11, 201 e 426; *61*, pp. 6, 218 e 425; *62*, pp. 9, 127 e 379; *63*, pp. 6, 230 e 437; *64*, pp. 8, 213 e 391; *65*, pp. 9, 215 e 407; *66*, pp. 9, 189 e 416; *67*, pp. 15, 227 e 437; *68*, p. 249; *69*, pp. 7, 216 e 394; *70*, pp. 10 e 207; *71*, p. 8.

Mapas

Mapa geográfico do estado do Amazonas. Escala 1:2.222.000. Ferrai Torquato Litº. Ermanno Stradelli realizou o delineamento. Piacenza, Porta, 1901. [Original encontrado na Biblioteca Luis Angel Arango, de Bogotá.]

Mapa do rio Branco, com um esboço do trecho encachoeirado. Desenhado por J. Ourique. Dresden, C. C. Mefohold & Sohne, 1906.

2. Obras de referência

Vários autores:

Aspectos de la cultura material de grupos étnicos de Colombia. 2 vols. Townsend/Loma Linda, Instituto Lingüístico de Verano, Ministerio de Gobierno, 1979.

Único autor:

Álvarez Liévano, Joaquín. *Monografia de la Comisaría Especial del Vaupés*. Territórios Nacionales 1, [S. l.], Ministério de Gobierno, 1974.

Alves da Silva, Alcionilio Brüzzi. *A civilização indígena do Uaupés*. Roma, las, 1977.

Amorim, Antonio Brandão de. "Lendas em nheêngatú e em portuguez". *Revista do Instituto Histórico e Geográphico Brasileiro*. Rio de Janeiro, vol. 154, t. 100, 1926.

Antei, Giorgio. *Mal de América: Las obras y los dias de Agustín Codazzi, 1793-1859*. Bogotá, Museo y Biblioteca Nacional, 1993.

Arantes Lana, Firmiano & Gomes Lana, Luiz. *Il ventre del'universo*. Palermo, Sellerio, 1986.

Artocchini, Carmen. *Ermanno Stradelli, 43 anni d'Amazzonia*. Parma, Archivio Storico per le Province Parmensi, ano 1985, série 4, vol. 37, 1986, pp. 345-54.

BALDUS, Herbert. *Ensaios de etnologia brasileira.* São Paulo, Companhia Editora Nacional, 1937.

BASSO, Ellen. *In favor of deceit: A study of tricksters in an Amazonian society.* Tucson, University of Arizona, 1987.

BIOCCA, Ettore. "Stradelli e o mito de Jurupari". Em STRADELLI, Ermanno. *La leggenda dell'Jurupary e outras lendas amazônicas.* São Paulo, Istituto Italiano di Cultura di São Paulo, 1964, *Quaderni* n. 4, pp. 7-11.

_____. *Yanoáma: Dal racconto di una donna rapita dagli indi.* Bari, De Donato, 1965.

_____. *Viaggi tra gli Indi. Alto rio Negro – Alto Orinoco. Appunti di un biologo.* Roma, CNR, 1965.

_____. *Strategia del terrore: Il modello brasiliano.* Bari, De Donato, 1974.

BROTHERSTON, Gordon. *Image of the New World: The american continent portrayed in native texts.* Londres, Thames and Hudson, 1979.

_____ & SÁ, Lúcia. "Peixes, constelações e Jurupari: A pequena enciclopédia amazônica de Stradelli". Em STRADELLI, Ermanno. *Vocabulário da língua geral português-nheengatu e nheengatu–português.* São Paulo, Ateliê, [no prelo].

CALLADO, Antonio. *A expedição "Montaigne".* Rio de Janeiro, Nova Fronteira, 1984.

CAMARA CASCUDO, Luís da. *Em memória de Stradelli.* 1. e 2. eds. atualizadas. Manaus, Governo do Estado do Amazonas, 1966 [1. ed. 1936].

CAMPOS, Augusto de & CAMPOS, Haroldo de. *Revisão de Sousândrade: textos críticos, glossário e biobibliografia.* Rio de Janeiro, Nova Fronteira, 1982.

CARDIM, Fernão. *Tratados da terra e da gente do Brasil.* São Paulo, Companhia Editora Nacional, 1939 [1. ed. 1625].

CARVALHO, Silvia Maria S. de. *Jurupari: Estudos de mitologia brasileira.* São Paulo, Ática, 1979.

CASTRO, Eduardo B. Viveiros de. *Araweté: os deuses canibais.* Rio de Janeiro, Jorge Zahar, 1986.

_____. *A inconstância da alma selvagem.* 2. ed. São Paulo, Cosac Naify, 2006.

COLINI, G. A. "Cronaca del Museo Preistorico-Etnografico". *Bollettino della Società Geografica Italiana.* Roma, 1884, série 2, vol. 9, pp. 883-91.

_____. "La provincia delle Amazzoni, secondo la relazione del P. Giuseppe Illuminato Coppi Missionario nel Brasile". *Bollettino della Società Geografica Italiana.* Roma, 1885, série 2, vol. 10, pp. 136-41 e 193-204.

Coppi, G. I. *Appunti interessanti del Missionario Apostolico francescano nell'America del Sud*. Siena, Arcivescovile S. Bernardino, 1897.

Corrêa, F. *Por el camino de la Anaconda remedio: dinámica de la organización social entre los taiwano del Vaupés*. Bogotá, Universidad Nacional de Colombia, Colciencias, 1996.

Coudreau, Henri Anatole. *Études sur les Guyanes et l'Amazonie*. 2 tomos. Paris, Challamel Ainé, 1886.

_____. *La France équinoxiale*. 2 vols. Paris, Challamel Ainé, 1886-1887.

_____. *Voyages à travers les Guyanes et l'Amazonie*. 2 tomos. Paris, Librairie Coloniale, 1887.

Cowell, Adrian. *The heart of the forest*. Nova York, Alfred Knopf, 1961.

Cunha, Manuela Carneiro da (org.). *História dos índios no Brasil*. São Paulo, Companhia das Letras/smc, 1992.

Dénis, Ferdinand. *Resumo da história literária do Brasil*. Porto Alegre, Lima, 1968 [1. ed. 1826].

Domínguez, C. & Gómez, A. *Nación y etnias: Los conflictos territoriales en la Amazonia colombiana 1750-1933*. Bogotá, coama-Disloque, 1994.

Dundes, Alan. *Morfologia e estrutura no conto folclórico*. São Paulo, Perspectiva, 1995.

Galvis Díaz, G. *Los tucano, mitologia y vida social*. Mitú, Coordinación de Educación Nacional, Oficina de Supervisión de Mitú, 1985.

García Sánchez, R. *Rastros en la selva*. Bogotá, Códice, 1996.

Geertz, Cliford. *Nova luz sobre a antropologia*. Rio de Janeiro, Jorge Zahar, 2001.

Gentil, Gabriel dos Santos. *Povo tukano: cultura, história e valores*. Manaus, Edua, 2005.

Giacone, Antônio. *Trentacinque anni fra le tribù del rio Uaupés*. Roma, las, 1976.

Goldman, Irving. *The Cubeo: Indians of the Northwest Amazon*. Urbana, University of Illinois, 1963.

Hollinger, David A. *Postethnic America: Beyond multiculturalism*. Nova York, BasicBooks, 1995.

Hugh-Jones, Christine. *Dal fiume di latte: Processi spaziali e temporali in Amazzonia nordoccidentale*. Milão, Franco Angeli, 1998 [1. ed. 1979].

Hugh-Jones, Stephen. *The palm and the Pleiades: Initiation and cosmology in Northwestern Amazonia*. Cambridge, Cambridge University, 1979.

Humboldt, Alexandre von. *L'Amérique Espagnole en 1800*. Paris, Calman-Lévy, 1965.

_____. *Viaje a las regiones equinocciales del nuevo continente*. 2. ed. Caracas, Monte Ávila, 1991, t. 5.

Koch-Grünberg, Theodor. *Del Roaraima al Orinoco*. Caracas, Banco Central de Venezuela, 1984.

_____. *Zwei Jahre unter den Indianern*. 2 vols. Berlim, Wasmuth, 1909-1910. [Trad. esp.: *Dos años entre los índios: Viajes por el noroeste brasileño 1903/1905*. Bogotá, Universidad Nacional, 1995.]

Lévi-Strauss, Claude. *Tristes trópicos*. São Paulo, Companhia das Letras, 1996.

_____. *O cru e o cozido*. São Paulo, Cosac Naify, 2004.

_____. *Do mel às cinzas*. São Paulo, Cosac Naify, 2005.

Loureiro, Antonio José Souto. "Discurso pronunciado na Academia Amazonense de Letras, pelo acadêmico Antonio José Souto Loureiro, no dia 23 de março de 2002, sábado, quando de sua posse à cadeira nº 34". Em *Discursos proferidos, na noite de 23 de março de 2002, durante a sessão de posse do acadêmico Antonio José Souto Loureiro*. Manaus, Academia Amazonense de Letras, 2002.

Manera, Danilo. *Yurupari: I flauti dell'anaconda celeste*. Milão, Feltrinelli Traveller, 1999.

Mauro, Alessandra. "Il mito e la rima: la trasposizione poetica delle leggende amazzoniche raccolte da Ermanno Stradelli". *Letterature d'America*. Roma, 1983, nºs 19/20, pp. 113-28.

Medeiros, Sérgio (org.). *Macunaíma e Jurupari: Cosmogonias ameríndias*. São Paulo, Perspectiva, 2002.

Métraux, Alfred de. *A religião dos tupinambás e suas relações com as demais tribos tupi-guarani*. São Paulo, Companhia Editora Nacional, 1950.

Nabuco, Joaquim. *Diários*. Prefácio e notas Evaldo Cabral de Mello, org. Lélia Coelho Frota. Rio de Janeiro: Bem-te-vi Produções Literárias – Editora Massangana-Fundaj, 2005.

Orjuela, Héctor H. "Yurupary. El *Popol Vuh* suramericano". Em Williams, Raymond L. (org.). *Ensayos de literatura colombiana*. Bogotá, Plaza & Janés Colombia, 1985, pp. 205-26.

———. *Yurupary: Mito, leyenda y epopeya del Vaupés*. Bogotá, Instituto Caro y Cuervo, 1983.

REICHEL-DOLMATOFF, Gerardo. *Desana*. Bogotá, Universidad de los Andes, 1968.

———. *The shaman and the jaguar: A study of narcotic drugs among the indians of Colombia*. Filadélfia, Temple University, 1975.

———. *The forest within: The wortd-view of the Tukano Amazonian indians*. Devon, Themis, 1996.

———. *Yuruparí: Studies of an Amazonian foundation myth*. Cambridge (Mass.), Harvard University, 1996.

———. *Chamanes de la selva pluvial*. Devon, Themis, 1997.

RIBEIRO, Darcy. *Os índios e a civilização*. Rio de Janeiro, Civilização Brasileira, 1970.

RIVERA, José Eustasio. *A voragem*. Rio de Janeiro, Francisco Alves, 1982.

SÁ, Lúcia. *Rain forest literatures: Amazonian texts and Latin American culture*. Londres/Mineápolis, University of Minnesota, 2004.

SÁNCHEZ CARDOZO, María Fidela (org.). *Monografia de la Comisaría Especial del Vaupés*. Mitú, Centro Experimental Piloto del Vaupés 1988.

SÁNCHEZ CARDOZO, Servando. *Vaupés. Pasado y presente*. Mitú, [1---].

SCHADEN, Egon. *A mitologia heróica de tribos indígenas do Brasil*. MEC, 1959.

SOCIEDADE GEOGRÁFICA ITALIANA. "Atti della Società – Adunanze del Consiglio Direttivo (seduta del 21 gennaio, 1887)". *Bollettino della Società Geografica Italiana*. Roma, Sociedade Geográfica Italiana, ano XXI, vol. 24, série 2, fasc. 12, fev. 1887, p. 85.

———. "La spedizione Stradelli alle sorgenti dell'Orenoco". *Bollettino della Società Geografica Italiana*. Roma, Sociedade Geográfica Italiana, ano XXI, vol. 24, série 2, fasc. 12, fev. 1887, pp. 354-6.

———. "Conferenza del 10 novembre – Conte Ermanno Stradelli: Lo Stato dell'Amazzonia". *Bollettino della Società Geografica Italiana*. Roma, Sociedade Geográfica Italiana, ano XXXV, vol. 2, série 4, fasc. 12, dez. 1901, pp. 971-2.

———. "Stradelli Ermanno – Mappa geographico do Amazonas". *Bollettino della Società Geografica Italiana*. Roma, Sociedade Geográfica Italiana, ano XXXV, vol. 2, série 4, fasc. 12, dez. 1901, pp. 962-3.

TOMLISON, H. M. *The sea and the jungle*. Nova York, Random House, 1928.

URIBE PIEDRAHITA, César. *Toá: Narracíones de caucherías*. Medellín, Bedout, 1981 [1. ed. 1933].

ÍNDICE REMISSIVO

Este índice remissivo contém nomes de pessoas, de tribos, de lugares geográficos, de objetos e nomes indígenas que aparecem nos textos de Ermanno Stradelli, bem como, entre colchetes, algumas de suas respectivas variantes.

A
açaí [assai, assaí] 62, 111, 144, 283n
acanyatara 236
acanyatara-tapuyas 231
acanzatara 116
acarapis 217
agaranis 217
Agua Serapa, praia de 73
aguty 192
Aiapec 37
Aiari, rio 38
Airió 48
ajumoras 219
Ajuricaba 46n, 169
Alemão, ilha do 76
Alta Gracia 55
Amazonas [Amazzonas] 16n, 17, 24-5, 33n, 41-3, 59, 61, 63, 76, 84-5, 92, 95-6, 100, 105, 119, 129-30, 132, 143, 153, 188n, 203, 220, 230, 271n, 350-1, 373
Amazonas, rio 29, 47-8, 53, 68, 80, 139, 152, 164, 178, 340n, 375
América 11, 16, 18n, 45, 48, 56, 63, 68, 72, 74, 84, 214, 216, 299, 352
Américas 37, 63n
amoruas 107
Apapuri [Apapury, Apipurí] 48, 80, 223, 226-7, 229, 231
Apure 62, 75, 80-2
arapaços 231, 246
arapazo 166, 299
araras 40, 231-2, 341-4, 346

arara-tapuyas 231
Arauca, foz do 82, 86
Arayuary 211
Argentina 46
Arianda[s] 304-11, 313, 315-8, 327
arinas 217
aroaquy 299
Arriba, porto de 90
Atabapo, San Fernando de [S. Fernando d'Atabapo, San Fernando d'Atabasso] 30-1, 52, 59, 69, 70, 91, 99, 101, 106, 127-9, 133-5, 137-8, 152, 162
Átana, Boca de 108
Atlântico 29, 49
aturahiós 220
aturahis 217, 220
Atures 29-31, 33, 59, 65, 70, 84, 91-3, 95-8, 151-2
Atures, randal de 89, 90, 97, 101, 127, 151
Auavena 89
avaquis 217, 219

B
Babilla Flacca, ilha de 89
badano 107, 144
Baedecker 56
Baedecker, Karl 56n
baníua [banyua, baniua, baniva, baniwa] 113, 134, 161, 264, 269, 300, 357
Baraguan, costa de 85
Baraneo 85
Baranquilla, ilha de 66

Bararuma, ilha de 86
Barbosa, Antonio José 31, 34, 143, 158
baré 31, 84, 113, 340n
Barima, ponta 63
barrigudos-tapuias [barrigudo-tapuyas, barriudo-tapuyas] 36, 227, 231, 247
Bassi, Filippo 43
bêdêbo 298
Beis, Las 85
Berrio, d. Antonio 29, 64-6
Bertoldo 76
Biá 243
bianacas 282, 288-90, 292-3, 295
Billacoa, foz do [Anyacoa] 86
bíní 106
Blanca, Playa 71
Blanco, Guzmán [Gusman Blanco, Guzman Blanco] 28, 51, 55-6, 79, 130, 142
boanaris 232
Bobadilla, Francisco 57, 58n, 66, 160
Bogotá 43
Bolívar 55-6
Bolívar, C. 79, 84
Bolívar, Ciudad 29, 51, 58, 62, 64, 66, 68-72, 75, 77-8, 82, 96, 130, 132, 140
Bonitas 82
Bonitas, Las 77
Borjas, randal de São 89
Borjas, São [Borjes, San] 89, 99
Branco, rio [Blanco] 24, 26, 29, 31-2, 33n, 35, 48, 52, 53, 80, 87, 91, 133, 157, 163, 169, 177, 181-3, 195-7, 204, 207-8, 210-2, 215, 217-20, 223, 246, 340n, 350
brany 292
Brasil 11, 13, 16-7, 21-4, 26-7, 33, 35, 39, 41, 47-8, 71, 84, 119, 132, 151n, 156-7, 169, 179, 181, 183, 211, 219n, 230, 249, 350n, 352n, 373, 375
Buciadero 76
Buena Vista 82, 86
Buopé [Bopé] 40-1, 339-48
Burro, pedra do 88

C
Cabruta [Cabritu] 64, 80
Cabullare 82

Cabury 166
cacuri [cacury] 34, 158-9, 320
Caicara 76, 79-82
caimã 72
Camanáos [Camanaos] 160, 163, 166-8
canaimé 203, 210, 213, 220
Canaviare 64
Caño Brea 73
Capanapara, foz do 85
capi [capy] 112, 147, 149, 237, 250-3, 267-8, 271-2, 302, 305, 331, 332
Carabobo 101
Caracaray 195, 200, 211-3
Caracas 28-9, 48, 54-7, 67, 69-70, 78-9, 82, 91, 133-4, 157
caraiuru 236-7, 241, 271n, 275, 296, 299, 325
Carapaná 163, 181, 200, 206
Carapaná-tapuyas 227, 231, 297
Cardinale, Augusto Serra dei Duchi di 46
Carestia 103
Cariben 63, 87
Cariben, pedra de 87
caribes 64-5, 217
Carinpo 73
Caripo 85
Caripoco, Pedro 31
Caroao 64
Caroni 65, 68
Caroni, rio 63-4, 66
Carvao 63
Carvoeiro [Cariveiro] 24, 48, 177, 212
Cassiquiare [Cassiquiari] 31, 33, 48, 69-70, 91, 143, 152, 155, 161, 179
cassave 108, 110, 113, 117, 147-8
Cassiare 122, 125
Castanho 47, 168, 174-6, 218
Castillito 86, 99, 127
Castillo 66, 99
Casuarita 89
Caterimani 197, 200, 219
catire 72
Catlin 63
caupaná 198
Caura 75-8, 130
cautchal 129

cautchales 135, 137
caxiry [casciry, cachiri, cachiry] 37, 184, 192, 217, 231, 237, 239, 243, 249-54, 267-8, 271-2, 302, 304-5, 311, 315, 333-4, 341
Cedeño 64
Central, América 74
Certua 90
Chaffanjon, m.r [M.r Chaffanjon] 28-9, 31, 51, 57-9, 78-9
Chirichana 87
Chorreras 81
cigo 105, 108, 114, 145
Coané 223
Coari 223
Cobéuas [cabéna] 224, 252, 298
cobica 72
Codazzi 12, 57, 58n, 66, 74, 77, 86, 107, 127, 135-6, 138, 162
coeuannas 232
Cogoial 81
Colombo, Cristóvão 29, 63, 232
comá 344
conuco 113, 123
coolis 72
copaíba [copaibe] 30, 69, 103, 111, 179, 213
coquitos 83
Cordilheira dos Andes 69, 98, 100, 178
Coresco 197
Coroso 85
Coval, praia do 74
crichanás [ririchaná, chrichaná, kirichaná] 26, 35, 48, 66, 186, 190-1, 193-4, 216, 218-20
Cuba [Cubazna] 64
cubeos 43
cubéua [cubeuas] 231, 247, 278, 290, 353, 362, 370-1
Cuccuyera, Playa de la 78
Cuchivero 65, 77
Cucuí [Cucuhí, Cucuhy] 27, 30-1, 33-4, 127, 132, 143, 151n, 155-6, 169
Cucurrita 90
cueuanna 300
cuidaru 341, 344, 346
Cuimarás 217
cuiubis 299

cujubim [cujuby] 166, 168, 200, 202, 208, 320
cumare 107, 145
Cumaribo 125-6, 145
Cunaviche 105
cunuco 120
Cupi, cerro 24
cupiscáua 199
cupixáua 239, 250
curaby 319, 341
curaná [curadá] 193, 231, 243
curare 30, 103, 120
curiana 167
curiaras 29, 31, 62, 76, 113, 124-5, 133-4, 139
Curiaú 197
Curicujary 166
Curucuhy 164
Curumy 175, 269-71
Curupyra 157, 175
cururus 371
Custua, costa de 73

D
d'Ordaz, d. Diego 63
dabacuri 40
Delort, M. [M. de l'Or] 51, 91, 95
Delta 130
Democrazia 142
desana [dessana] 36, 231, 246, 345, 371
Diego Urbanej, dom 51
Dragão, Boca do 63
dinari [dianari] 284-91, 293, 295, 300, 370

E
Encaramada 99-101
eshauin 283
Espanha 55-6, 65, 157, 176, 232
Estados Unidos 46
Estados Unidos do Norte 46
euripigia 299
Europa 15, 47, 56, 68, 351, 352n

F
Fajardo, ilha do 64
Faria, Antônio Bento de 42
Ferro, rio 63

Florença 16, 17n, 43
Floriano Peixoto 13, 33n
Fonteboa 47
França 15n, 57, 70
Fuente, Diaz de la [Diaz de la Fuentes] 28, 31, 52, 57-9, 65, 66, 79

G
Galileu 57
Galinha, ilha da 75
Garceta 96
Garcias, Pepe 54
Giacomelli, Giovanna Balsi 43
Graça, Alta 77
Guaribos [guaaribos, guaharibos] 66, 175, 218
Guaco, Plaja del 108
Guagera 130
guahibo 84, 96, 107
guahibos, tribos de 89, 100, 106-7, 118-9, 121, 124, 126, 128, 131, 136
Guai, monte 47
Guaiabal 90
Guaiabal, salto del 31
Guaiabal, Salto do 90-1
Guaínia [Guainia] 31, 68, 134-5, 157, 178-9
Guaira, La [La Guaíra] 28-9, 53-4
guajabe 114
Guajana, San Tomás de [Guyanas, San Thomas de] 64, 77
guajuros 217
Guanacapana [Corumutapo] 74
guaranis 11
guaraúnos [guaraunos] 62-3
Guaribos, randal de los [raudal dos Guaharibos, raudal de los Guaharibos, raudal dos Guaaribos] 28-9, 31, 52, 57-8, 66
Guarico 80-1
Guaricoto, lago 81
Guarinamo, randal de 136
Guassurima, serra de 136
Guaviare [Guaviari] 107, 127, 162, 340n
Guayana, montes da 66
Guiana Inglesa [Gujana Inglesa] 68, 219n
Guja 162

H
Hernandez, Manuel 84
Horeda 89
Hortal 64
Humboldt, Alexandre von 28n, 30, 33, 57-8, 62-3, 66, 92, 97, 129, 155-6, 218

I
iacamis 287-8
ibis 215
Ignácio, Ponta de 75
Ilapai[s] [ilapay] 284, 287, 290, 292-3, 295, 300
Inajá, canto do 43
Inauiny [Iniuiny] 197, 211
Incamarada 81
Ipuraná 224
Issana 162, 170, 173, 178, 226, 245, 265, 320
Itália 11, 17-8, 20n, 26-7, 33, 39n, 41-3, 39n, 41-3, 46, 56, 92, 183, 206, 232n, 373, 375
Itaquatiara 48
Itá-Rendáua 350
itá-tuxáua 234-5, 260, 262-3
Ituxi 22-3
Itzi 37

J
jacaré-tapuyas 176
Jadiê [Jadié] 328
Jajaro 106, 109
jararaca [giararaca, iararaca, yararaca] 216, 220
jaricunas 219
Jauaperi [Jauapiry] 26, 48, 177, 179, 186-9, 191, 194-5, 220
Jauaretê, Mandu de 36, 256
Jauixa 40
Javariben 90
Javitá [Iavita] 27, 31, 91, 128, 133, 135, 138-40, 147, 156
Juruá 23, 47
Jurupari [Jurupary, Yurupary, Giurapari] 10-3, 18n, 19-21, 25n, 26, 37-40, 257n, 262n, 275n, 279-80, 298-300, 320-1, 324-5, 355, 357, 359, 361-3, 369-71
jurupary-miras 231
jurupixunas 220, 299

L
l'Infierno, Boca de 75
Lábrea 41, 42n
Lages, Las 80, 351
Laolao, foz do 105
Lesseps, pico de 32
Loreto 23, 47, 168

M
mââm-pòari 236
macacaráua 19n, 20n, 237
Macacho 122-3
macareo 61, 66
macucuenas 232
macus 36, 191, 219, 231-3, 241, 246-7, 341
macuxis [macuxys] 87, 183, 189, 195, 203-4, 206, 217-9, 221
Madeira 16n, 23-4, 32, 48, 152, 232, 340n, 350
Magalhães, Domingos José Gonçalves de [Domingos José Gonçalves de Magalhaens] 26, 46
maguari [maguary, macuary, maccary] 62n, 215, 324-5, 335, 358
Maipures [Maypures, Mapures, Maipire] 28n, 30, 33, 65, 70, 73, 75, 93, 96-8, 100-1, 103-4, 106, 122, 124, 127, 133, 145
malocas 34, 36, 162, 217-8, 227, 231, 241-2, 295
Malpica, d. Juan 84
mamenyas 232
Mamoré-Mirim [Mamoria-Mirim] 22-3, 47
Mamoré-pana-paraná-miry 196
manaos, índios 36, 169, 256
manau 300
Manaus [Manaos] 12, 15n, 17n, 21n, 22-7, 31-4, 41-3, 47, 48, 68, 91-2, 132, 143, 153, 169, 173, 177-9, 181-2, 187-9, 194-5, 199, 208-9, 221, 255, 350-2
mangue [manglar] 62
Manoa 64
manyhe 163
mapoeis 119-20
marabitana 33, 156, 160, 165
maracanás 219, 237
maracas [maracás, marajás] 85, 145, 147, 149, 214, 219, 237, 251n, 252-4, 256, 356

Marajó, ilha de 72
marapitanas 160
Mararis 71
Marary 100, 174, 176
Maraviá 65, 168-9, 179
Mareri 47
Maria-Luisa, praia 74
Marimari 87
Marselha 17, 28, 48
massamorra 106
matiri 38, 262n
Maturacá 157, 161
Mauaca 47
Máyua 175, 240
mbeiú [beiu, bejú, beiju] 192-3, 238, 243, 264, 267n, 301, 334, 344
Memachi, rio 24
memby 252
meridional, América 45
Meta 29, 64, 88-9, 107, 147, 151
Meta, foz do 63, 69, 89
Michellena [Michelena, Michelerra] 57, 58n, 64n, 66, 79, 129, 140
miranhas 231
Mirim 37
miritis-tapuias 36
mocino 299
mojongós 220
monabo 342n
Mongota 87
Mono, serro 87-8, 98, 127
Monteiro, Rego 42
morichal, morichales 93, 98, 109, 111, 123
moriche 111
Mortaco 75
Mortos, serra dos 95
Moura 26, 80, 84, 177, 186-90, 193-6, 200, 202, 212
Moura, vila de 350
Mucuriama, serra de 103
muirá piranga 193
muirá-puama [myrá, muyrá, mbyrá] 193, 214, 292
muiraquitã [muyrakitan] 26, 234, 235n
muiscas 64

muratu 35, 204
murucu 236-7, 251-2, 343
Mustiqueiro, praia do 79
Muuritu tessilis [morice, murici, muruci] 61-2, 106
muyrá pinima 214
muyrá piranga 214
muyrá pixuna 214
myrity-tapuyas 231

N
naui-nauis 246
Navios, Caño de los 63
Negro, rio 11-2, 19n, 22-3, 29, 33n, 34, 47-8, 53, 59, 65, 68-70, 72, 80, 84, 91, 100, 113, 129, 133, 141-2, 151n, 152, 157-8, 161-3, 166-7, 169-70, 172-3, 176-9, 185-8, 194-5, 212, 219, 223-4, 228, 230, 240, 242, 271n, 339n, 340n, 350-1, 356, 373, 381n
Newton 57
nheengatu [nheêngatú, nehengatu] 9, 12, 18n, 19n, 20, 23, 25, 35n, 36, 37, 43, 220n, 236, 239, 243, 256, 262n, 277, 292, 296, 300, 302, 318, 319, 340n, 341n
Noriega, Pedro 84
Nova Granada 64-5, 69, 82, 89, 178
Nutrias 62, 75

O
ojacás 217
omary 342
Orenoco 11, 27, 29-32, 45, 47-9, 51-3, 57, 58n, 61-9, 71, 78-9, 81, 86, 89-90, 92, 94-6, 98-101, 103, 105, 125, 127, 133, 138-40, 143, 150, 152-3, 157, 175-6, 179, 211, 352
Orenoco, alto 30-2, 58-9, 69, 78, 91, 93, 96, 100, 129, 141, 151, 218
Orenoco, baixo 105, 111
Orenoco, rio 28, 32, 45, 52
Ouriques, Alfredo Ernesto [Alfredo Ernesto Jacques Ouriques] 35

P
Pacienza, Piedra de la 88
Padanyry 174
Padauri [Padaury, Padauiri, Padauary, Padancry] 10, 24, 29, 47, 53, 71, 174, 176, 178-9, 197, 219, 228
pagajas 164
Palomeque, d. Diego 65
pamary 315
Pantheon, monte 55
Panunama, ponta de 89
Papona, pedra da 74
Pará 22, 29, 47, 62, 68, 72, 169-70, 177, 210, 240
Paracaima, serra de 47, 210-1, 213, 219
Parado, cerro do Negro 81
paraman 30, 103, 147
Paraujana 211
paraujanas 217
paravilhanas 219
Paria, golfo de 61, 63
Parima [Paraima, Paruma] 28-9, 32, 52-3, 65, 69, 76, 98-100, 133, 157, 175, 190, 197, 206, 210-1, 213
Parinagura 89
Pary 159, 226-7, 231, 254, 357
passyua 251-5, 274, 276, 296-7
Patagônia 165
patron 71
pauxianas 217, 219
Pepeña-Macuxy 206
peri 107, 148
Perico 98
Perrûo, serro 96
Peru 23, 37, 246
Piacenza 15, 19, 26, 46, 112, 223
Piacoa 66
Piaroa[s] 30, 87, 103, 106, 120
Picure 90
Piedras, Las 75
Pintado, Serro 93-4
piragua 70-1, 96, 127
Pirelli 41
piroga 71, 73, 75-6, 78, 80-1, 84, 87-8, 90-1
Pollo, Playa da el 75
porocotós 189, 195, 201, 217-9
Porto Rico 64
puraquê 159

Purus, rio 22-3, 47, 76, 232
Purya, ilha da 74
pussá 159
pyrá-tapuyas 231, 247, 250, 299
Pytima 174

Q
Quano Quano 213
Quariny 196
Quary 223
Quecenene 211
Quenono [Kuenono] 41
quinhás 217

R
Rabo salado 79
Ralegh, sir Walter 65
raudal [randal] 28n
República Argentina 46
Ribeiro, Eduardo 33n
Rio de Janeiro 42, 59, 165, 210, 350n, 352
Roberto, Maximiano José [Massimiano José Roberto] 12, 18n, 21n, 24n, 25, 36-7, 40, 255-6, 339n, 371
Rodrigues, João Barbosa 13, 24, 25n, 26, 35, 165, 235n, 350
ruaiara 84

S
S. Luiz, cerro de 85
Salsafraz 30, 103, 145
Samariapo 98
Samuro 90
Samuro, porto de 91-2
Sanniro, Playa del 81
Sanson, Adam 64
São Domingos 64
São Luiz, cerro de 86
São Paulo 41, 43
saparás 217, 219
Sapo 90
Sapo, costa do 89
sarabacana 107, 118, 145
Sardineiro, Salto do 90
Sariga 79

Sarisari 105
saúva [sauba, saúba] 183, 264, 300-1
Schomburgk, Richard [Schombourg, Schomburgh] 57, 58n, 65-6, 218n, 219n
Seiva, Playa de la 77
Seiva, praia da 77, 82
seje 116
Serapa, rio 74
sernamby 171
Seucy [Ceucy] 257-9, 261-2, 267, 293, 312, 330, 355, 359, 361-3, 365
Sipapo 30, 98, 103-4, 120
Síquita 127
siripu 111, 136, 149
Solano Soledad 70
sorocoin 198
soruetô 123-4
sotos-caribes 11
spiac 81
Stradelli, Ermanno 9-13, 15-37, 39-43, 45-8, 51n, 57, 58n, 59, 71n, 91n, 92, 137n, 146n, 151, 153, 155, 156n, 161n, 190n, 192n, 204n, 207, 215n, 220n, 238n, 241n, 257n, 262n, 281n, 284n, 301n, 320n, 324n, 339n, 349, 352n, 359, 361, 363, 373, 375, 379
Suapure 85
sucuta 117
Sul, América do 56, 84, 214, 299n
Suquara 115
Suripana, serro de 95

T
tabatenya 120
tabatinga 127, 129, 137
taboca 119, 218
tacus 217
taiussu 236-7, 248
Tamo[s] 107, 109, 144
Tapaquiras 73
taparas 124
tapetis 95n
Tapi, rio [Tapo] 48
Tapir[es] 40, 147, 237, 319-20, 341-2, 344-6, 353, 358
Tapiraperó, montes 47

Tapuruquara 168, 173, 178
Tapyra-Pecô 174-5
Tara 105
tárias [tarias, tarianas, tariana] 10, 18n, 19n, 25n, 36-7, 39-41, 43, 46n, 231, 246, 256, 263, 290, 298, 339, 341-6, 349, 356
Tarumanmiry 36, 256
tatumiras 231
tauá 149, 213
tayuara 119
Tauatinga 213
tauté 277
Teano, M. P. de 59
Tefé 17, 23n, 41
Tejera, Miguel 29, 52, 57
Temi, rio 138, 140
tenuianas 260, 262-3, 265-6, 277-80, 297, 303, 305, 307, 309, 311, 319, 327, 331, 335, 362
tereca[s] 76, 144
Thiessé, M.r 57
Thomar 48, 169, 173-4, 177
Tigre, ilha do 77
Tigre, Piedra del 79-80, 87
tijucas-tapuias 36
timbó 34, 159-60, 282n
tintabri 299
Tiquié, rio [Tikié] 20n, 23, 47, 47n, 223, 226-7, 229, 230-2, 234, 241, 244, 250, 253-5, 298n, 348
tiscibó 107, 149
Tonnina 95, 105
Tonnina, boca de 105
Torno 80, 96
Tortola, ilha da 66
Tortuga 90
Trabasilo, Nicola 82
Trinidad 29, 55, 61, 63-4, 68-9, 167
Trombillo 83
Trombillo, Chono del 83
Tuamimi, r. 138
túbere 111-2, 145, 149
tucanos 37, 175
tucuman [tucumã] 112, 146
Tucuragua 77
Tucurujus 217

Tucutu [Tacutu] 183, 204, 210-2, 217-8
Tucutucuna, praia de 73
tuicháua 349, 361
tunuanaras 232
Tuparro 96, 100-1, 393
Tupicaris 217
tupis-guaranis 12
Turim 16n, 27, 41, 80, 351
tuxáua [tuxaua] 19n, 35-6, 40, 174-6, 183, 198-203, 206, 218, 220, 232, 236-7, 240-5, 248, 251-6, 260, 262-3, 265-6, 270-2, 274-6, 278-9, 281-2, 286-7, 289-92, 294-5, 298n, 299, 301, 303-4, 307-10, 313, 317-8, 322, 325-9, 333, 335
tuyxáua 340-2, 346
tyiuca-tapuyas [tuyuca-tapuyas] 231, 247
Tyrannus [tiranni, tiranos] 82

U

Uaçamo 138
uachi [uaehí] 107, 126, 128, 146, 149
uacten-mascan 316, 323
uacuráua 273-4
Uajanary 169
Uajurus 217
Ualri 12, 269-76, 278-80, 296-8, 302, 314, 316-8, 321, 323, 325-6, 370
Uananas 36, 40, 43, 231-2, 339n, 343n, 344-7, 381n
Uanary 166
Uán-Masquîn 289
Uanuanari 125
uaupés 230, 251n, 271n
Uaupés, rio [Haupés, Baupés, Waupés, Waaupéz, Bouaupés, Goaupé, Aupés, Uayupez] 16, 18n, 19, 21n, 23-6, 36, 40-1, 43, 47-8, 100, 122, 125, 162-4, 167, 170, 173, 175, 177-9, 223-4, 226-34, 240-1, 245-7, 256, 271n, 339n, 340n, 349, 351-3, 356, 359, 361, 363, 368-9, 371, 373
uapixana 183, 199, 203-4, 218, 221
Uapixanas 199, 203, 216-8
ubá 189, 191, 198, 227, 229, 241, 250, 362
uçá 149, 278
ucuqui [ucuquy Ucuki] 288

umáuas 231, 247, 253
Umirizal 42-3
Urape 89
Uraricapará 158, 219
Uraricoera, rio 32
Urariquera 210-2, 217-8
Urbana 81-6
Uriapiari 63-4
Urubaxy 169, 179
Urumanavis 31, 52
urumutu 288
Ururù 120
urutauhy 286
uynamby 265, 284
uynamby-tapuya 300
uyrapuca 159

V
Varideio 90
Venado, ilha do 73
Venezuela 21n, 24, 28, 33, 47-8, 58n, 68, 71, 132, 151n, 156-7, 178-9, 181, 210-1, 218n, 240, 255
Venezuela, Estados Unidos da 78, 130

Viboral 90
Vichada 98, 100-6, 127, 134-5, 150
Vichada, rio 30, 144
Viejo, Cinciorro 90
Viejo, Comun 95, 103

W
Wapis 80

X
Xaperus 217
Xié 157, 160-1, 178
xiquexique [chiquelhique] 69
xirimbabo 344
Xiruiny 179, 195-6

Y
yasmecerené [yasmece-rené] 298
Ygara 62
Igarapê [ygarapé] 159, 204, 206-7, 209, 226, 253, 275, 282, 297, 310
Ygaritê 164, 200
Yuruari 130
Yuruparu 175

1ª edição Junho de 2009 | **Diagramação** Megaart Design | **Fonte** Adobe Garamond
Papel Offset 75 g/m² | **Impressão e acabamento** Vida e Consciência